U0143767

蔡义江新评

红楼梦

曹雪芹 著

蔡义江 评注

第二册

创于1897
商务印书馆
The Commercial Press

第 二 十 三 回
西厢记妙词通戏语　牡丹亭艳曲警芳心

【题解】

本回回目诸本基本一致。回目措辞工丽，将我国古典戏曲中两部名著的书名用来标目，但说的是同一故事前后不同的细节。上句说宝玉与黛玉共读《西厢记》后，借书中的唱词来彼此打趣；下句说的是两人分手后，黛玉回房途中听到梨香院传出一班小女孩练唱《牡丹亭》中的曲词而产生的感触。整回重点只在写宝玉和黛玉二人的故事，且是全书写大观园生活的开始。

话说贾元春自那日幸大观园回宫去后，便命将那日所有的题咏，命探春依次抄录妥协，自己编次，叙其优劣，又命在大观园勒石，为千古风流雅事。[1] 因此，贾政命人各处选拔精工名匠，在大观园磨石镌字。贾珍率领贾蓉、贾萍等监工。因贾蔷又管理着文官等十二个女戏并行头等事，不大得便，因此贾珍又将贾菖、贾菱唤来监工。一日，烫蜡钉朱①，动起手来。这也不在话下。

且说那个玉皇庙并达摩庵两处，一班的十二个小沙弥并十二个小道士，如今挪出大观园来，贾政正想发到各庙去分住。不想后街上住的贾芹之母周氏，正盘算着也要到贾政这边谋一个大小事务与儿子管管，也好弄些银钱使用，可巧听见这件事，便坐轿子来求凤姐。凤姐因见她素日不大拿班作势②的，便依允了，想了几句话，便回王夫人[2] 说："这些小和尚、道士万不可打发到别处去，一时娘娘出来就要承应。倘或散了伙，若再用时，可是又费事。依我的主意，不如将他们竟送到咱们家庙里铁槛寺去，月间不过派一个人拿几两银子去买柴米就完了。说声用，就去叫来，一点儿不费事呢。"王夫人听

1. 元春雅兴不浅。其实，康熙、乾隆两朝皇帝亦颇有此类雅趣逸兴，故至今江南一带名胜景点如杭州西湖等地，仍处处可见他们的题咏石刻。

2. 下回要写贾芸找差事，先从贾芹之母为儿子谋差事引起，方自然而然。凤姐答应成全，乃看重周氏之为人。故脂评说凤姐行事一派心机。（庚）

---

①　烫蜡钉朱——刻碑的工序。石碑上用朱笔先写好字，叫"书丹"；再用熔化的白蜡涂在上面，以免刻石时擦掉字迹，叫"烫蜡"；石工按朱书字迹镌刻，叫"钉朱"。

②　拿班作势——对人摆架子，显得了不起的样子。

了，便商之于贾政。贾政听了，笑道："倒是提醒了我，就是这样。"即时唤贾琏来。

当下贾琏正同凤姐吃饭，一闻呼唤，不知何事，放下饭便走。凤姐一把拉住，笑道："你且站住，听我说话。若是别的事我不管，若是为小和尚们的那事，好歹依我这么着。"[1]如此这般教了一套话。贾琏笑道："我不知道，你有本事你说去。"凤姐听了，把头一梗，把筷子一放，腮上似笑不笑地瞅着贾琏道："你当真的，是玩话了？"贾琏笑道："西廊下五嫂子的儿子芸儿来求了我两三遭，要个事情管管。我依了，叫他等着。好容易出来这件事，你又夺了去。"[2]凤姐笑道："你放心。园子东北角子上，娘娘说了，还叫多多地种松柏树，楼底下还叫种些花草。等这件事出来，我管保叫芸儿管这件工程。"[3]贾琏道："果然？这样倒也罢了。只是昨儿晚上，我不过是要改个样儿，你就扭手扭脚的。"凤姐儿听了，"嗤"的一声笑了，向贾琏啐了一口，低下头便吃饭。[4]

贾琏已经笑着去了，到了前面见了贾政，果然是小和尚一事。贾琏便依了凤姐的主意，说道："如今看来，芹儿倒大大的出息了，这件事竟交与他去管办。横竖照在里头的规例，每月叫芹儿支领就是了。"贾政原不大理论这些事，听贾琏如此说，便依了。贾琏回到房中告诉凤姐，凤姐即命人去告诉了周氏。贾芹便来见贾琏夫妻两个，感谢不尽。凤姐又作情央贾琏先支三个月的，叫他写了领字，贾琏批票画了押，登时发了对牌出去。银库上按数发出三个月的供给来，白花花二三百两。贾芹随手拈了一块，撂与掌秤的人，叫他们吃了茶罢。[5]于是命小厮拿了回家，与母亲商议。登时雇了大脚驴，自己骑上；又雇了几辆车，至荣国府角门前，唤出二十四个人来，坐上车，一径往城外铁槛寺去了。当下无话。

如今且说贾元春，因在宫中自编大观园题咏之后，忽想起那大观园中景致，自己幸过之后，贾政必定敬谨封锁，不敢使人进去骚扰，岂不寥落。况家中现有几个能诗会赋的姊妹，何不命她们进去居住，也不使佳人落魄，花柳无颜。[6]却又想到宝玉自幼在姊妹丛中

1. 料事无误。必欲先借贾琏之口去说，才更有利，可办得顺当，却不曾想到贾琏也已另有推荐人选。

2. 这才带出贾琏曾答应贾芸谋求差使事来。虽也应允过，如今又岂敢违拗凤姐意愿，故才有"夺了去"的话，写出惧内情态。

3. 也为下回中凤姐让贾芸管理园内种树木花草事作铺垫。

4. 写凤姐风月之事如此，总不脱漏。（庚）凡涉及凤姐此等事，作者必用隐笔，以免损伤阿凤英气，也顺便写贾琏性情。

5. 贾芹之为人，从其这一举止细节上，不难想见。

6. 大观园从此将成为女儿国矣。大观园原系十二钗栖止之所，然工程浩大，故借元春之名而起，再用元春之命以安诸艳，不见一丝扭捏。己卯冬夜。（庚）

长大，不比别的兄弟，若不命他进去，只怕他冷清了，一时不大畅快，未免贾母、王夫人愁虑，<u>须得也命他进园居住方妙</u>。[1]想毕，遂命太监夏守忠到荣国府来下一道谕，命宝钗等只管在园中居住，不可禁约封锢，命宝玉仍随进去读书。

　　贾政、王夫人接了这谕，待夏守忠去后，便来回明贾母，遣人进去各处收拾打扫，安设帘幔床帐。别人听了还自犹可，惟宝玉听了这谕，喜得无可不可。正和贾母盘算，要这个，弄那个，忽见丫鬟来说："老爷叫宝玉。"宝玉听了，好似打了个焦雷，登时扫去兴头，<u>脸上转了颜色</u>，[2]便拉着贾母扭得好似扭股儿糖，杀死不敢去。贾母只得安慰他道："<u>好宝贝，你只管去，有我呢，他不敢委屈了你</u>。[3]况且你又作了那篇好文章。想是娘娘叫你进去住，他吩咐你几句，不过不叫你在里头淘气。他说什么，你只好生答应着就是了。"一面安慰，一面唤了两个老嬷嬷来，吩咐："好生带了宝玉去，别叫他老子唬着他。"老嬷嬷答应了。

　　宝玉只得前去，一步挪不了三寸，蹭到这边来。可巧贾政在王夫人房中商议事情，金钏儿、彩云、彩霞、绣鸾、绣凤等众丫鬟都在廊檐下站着呢。一见宝玉来，都抿着嘴笑。金钏一把拉住宝玉，悄悄地笑道："<u>我这嘴上是才擦的香浸胭脂，你这会子可吃不吃了？</u>"[4]彩云一把推开金钏，笑道："人家正心里不自在，你还奚落他。趁这会子喜欢，快进去罢。"宝玉只得挨进门去。原来贾政和王夫人都在里间呢，赵姨娘打起帘子，宝玉躬身挨入。只见贾政和王夫人对面坐在炕上说话，地下一溜椅子，迎春、探春、惜春、贾环四个人都坐在那里。<u>一见他进来，惟有探春、惜春和贾环站了起来</u>。[5]

　　贾政一举目，见宝玉站在跟前，神彩飘逸，秀色夺人；看看贾环，人物委琐，举止荒疏；忽又想起贾珠来，再看看王夫人只有这一个亲生的儿子，素爱如珍，自己的胡须将已苍白：<u>因这几件上，把素日嫌恶、处分宝玉之心不觉减了八九</u>。[6]半晌，说道："娘娘吩咐说，你日日外头嬉游，渐次疏懒，如今叫禁管，[7]同你姊妹们在园里读书写字。你可好生用心习学，再若不守分安常，你可仔细！"宝玉连连答应了

1. 元春最疼爱其幼弟，亦最熟知其性情，所以宠爱有加，赐此特殊待遇。宝玉从此成大观园脂粉队中首脑矣。何等精细！（蒙）

2. 忽喜忽惧，随手起小波澜，总不肯施一直笔。脂评也有太过夸张的赞语说：多大力量写此句，余亦惊骇，况宝玉乎？回思十二三时，亦曾有是病来，想时不再至，不禁泪下。（庚）毫无疑问，这又是畸笏叟老先生的批语。

3. 贾母溺爱、庇护孙儿如此！为后来写宝玉挨打一回张本。

4. 这阵仗难得一见，写来神态活现。金钏之逗趣，已为后来对宝玉说挑逗话激怒王夫人作引。且又反射出宝玉往日有女儿们人人皆知的毛病。

5. 大家中长幼之礼一丝不乱。迎春是姊，所以见到宝玉站起来的只有弟妹三人。

6. 从"素日嫌恶"宝玉的严父眼中所见，来为宝玉着色添彩，是常人万万想不到的。对贾政复杂心态的描述，丰满了这一形象，"想起贾珠"句，脂评：批至此，几乎失声哭出。（庚）这无疑又是畸笏批，读小说与自我和真人真事联系太紧，难免要神经过敏。

7. 元春只命宝玉可随姊妹们进园读书，这话到了贾政口中，便变成"如今叫禁管"，特有意思。写宝玉可入园，用"禁管"二字，得体理之至。壬午九月。（庚）

几个"是"。王夫人便拉他在身旁坐了。他姊弟三人依旧坐下。

王夫人摸挲着宝玉的脖项说道:"前儿的丸药都吃完了么?"宝玉答道:"还有一丸。"王夫人道:"明儿再取十丸去,天天临睡的时候,叫袭人服侍你吃了再睡。"宝玉道:"自从太太吩咐了,袭人天天晚上想着,打发我吃。"贾政问道:"袭人是何人?"王夫人道:"是个丫头。"贾政道:"丫头不管叫个什么罢了,是谁这样刁钻,起这样的名字?"[1]王夫人见贾政不自在了,便替宝玉掩饰道:"是老太太起的。"贾政道:"老太太如何知道这样的话,一定是宝玉。"宝玉见瞒不过,只得起身回道:"因素日读书,曾记古人有一句诗云:'花气袭人知昼暖'。因这个丫头姓花,便随口起了这个名字。"[2]王夫人忙又向宝玉道:"你回去改了罢。老爷也不用为这小事动气。"贾政道:"究竟也无碍,又何用改。只是可见宝玉不务正,专在这些浓诗艳曲上做工夫。"[3]说毕,断喝一声:"作孽的畜生,还不出去!"王夫人也忙道:"去罢,去罢,只怕老太太等你吃饭呢。"宝玉答应了,慢慢地退出去,向金钏儿笑着伸伸舌头,带着两个老嬷嬷一溜烟去了。

刚至穿堂门前,[4]只见袭人倚门立在那里,一见宝玉平安回来,堆下笑来问道:[5]"叫你作什么?"宝玉告诉她:"没有什么,不过怕我进园去淘气,吩咐吩咐。"一面说,一面回至贾母跟前,回明原委。只见林黛玉正在那里,宝玉便问她:"你住哪一处好?"黛玉正心里盘算这事,[6]忽见宝玉问她,便笑道:"我心里想着潇湘馆好,我爱那几竿竹子隐着一道曲栏,比别处更觉幽静。"宝玉听了拍手笑道:"正和我的主意一样,我也要叫你住这里呢。我就住怡红院,咱们两个又近,又都清幽。"[7]

二人正计较,就有贾政遣人来回贾母说:"二月二十二的日子好,哥儿、姐儿们好搬进去的。这几日内遣人进去分派收拾。"薛宝钗住了蘅芜苑,林黛玉住了潇湘馆,贾迎春住了缀锦楼,探

1. 袭人之名,经贾政一发问一责难,便使读者加深了印象。贾政虽乏吟咏才情,岂可任人蒙骗,况王夫人之掩饰笨拙之至。

2. 前有"试才题对额"事,贾政已知宝玉所好所长,故一猜就中,宝玉只得引放翁诗句的出处来。丫头姓花,方见名字起得确切新雅。

3. 好在贾政并不拘泥这些小事,才幸运保住这个名字。或者还与他今日见宝玉"神彩飘逸,秀色夺人"心情不错有关。几乎改去好名。(庚)

4. 妙,这便是凤姐扫雪拾玉之处,一丝不乱。(庚)脂评无意中又提供了凤姐将来"身微运蹇"时的一个细节。她居然落到亲自执帚扫雪的地步。但不知她所拾到的玉,是否即宝玉之通灵玉,因何遗落于穿堂门前。

5. 袭人唯恐宝玉受其严父训斥责骂,或者出什么更严重的事,其关切之甚,竟如慈母之盼爱子能平安归来。等坏了,愁坏了,所以有"堆下笑来问"问话。(庚)

6. 黛玉本多心眼,自然要盘算一番,对宝玉只说看中环境幽静,或者还有别的想头未说出来也难说。颦儿亦有盘算事,拣择清幽处耳。未知择邻否,一笑。(庚)

7. 宝玉便将黛玉住处也盘算在内。择邻出于玉兄,所谓真知己。(庚)

春住了秋爽斋，惜春住了蓼风轩，李氏住了稻香村，宝玉住了怡红院。¹ 每一处添两个老嬷嬷，四个丫头，除各人奶娘亲随丫鬟不算外，另有专管收拾打扫的。至二十二日，一齐进去，登时园内花招绣带，柳拂香风，² 不似前番那等寂寞了。

闲言少叙。<u>且说宝玉自进园来，心满意足，再无别项可生贪求之心。</u>每日只和姊妹、丫头们一处，或读书，或写字，或弹琴下棋，作画吟诗，以至描鸾刺凤，斗草簪花，低吟悄唱，拆字猜枚，无所不至，倒也十分快乐。<u>他曾有几首即事诗①，作的虽不算好，却倒是真情真景，</u>³ 略记几首云：

春夜即事

霞绡云幄任铺陈，隔巷蟆更听未真。
枕上轻寒窗外雨，眼前春色梦中人。
盈盈烛泪因谁泣？默默花愁为我嗔。
自是小鬟娇懒惯，拥衾不耐笑言频。②⁴

夏夜即事

倦绣佳人幽梦长，金笼鹦鹉唤茶汤。
窗明麝月开宫镜，室霭檀云品御香。
琥珀杯倾荷露滑，玻璃槛纳柳风凉。
水亭处处齐纨动，帘卷朱楼罢晚妆。③

秋夜即事

绛芸轩里绝喧哗，桂魄流光浸茜纱。
苔锁石纹容睡鹤，井飘桐露湿栖鸦。
抱衾婢至舒金凤，倚槛人归落翠花。
静夜不眠因酒渴，沉烟重拨索烹茶。④

1. 记清，各人住处。

2. 此类形容，皆从诗词句法中汲取。八字写得满园之内处处有人，无一处不到。（庚）

3. 虚写宝玉进大观园后一般生活状况，用春夏秋冬四时即事诗来概括，特别合适，它告诉人有时间推移，可以是经过了一年，或二三年亦无不可。然后另外再开出新场景来。喜欢给小说故事情节和人物岁数排出年表来的人，遇到这些地方不知该如何处理。其实，研究小说不必把时间算得过于精确。

4. 用四首四时即事诗来替代描述贾宝玉在大观园过着"富贵闲人"的生活，在结构上是省笔，却是写宝玉这个人物所不可少的，必然要有的一个过程。以后他还要经历种种挫折、苦恼、愤恨、失望，以此表明这种悠闲的欢乐日子是不能长久维持的。四诗作尽安福尊荣之贵介公子也。壬午孟夏。（庚）

---

① 即事诗——以眼前的事物为题材的诗。
② 《春夜即事》一首——二句谓任凭锦被铺着，绣帐挂着，深夜中隔巷更鼓之声已隐约可闻，但自己并无睡意。幄（wò 握），帐幕。蟆更，也叫"虾蟆更"，夜里报时的打梆子声。"盈盈"二句，一因所见而感，一因闻雨而联想。嗔（chēn），生气。"自是"二句，意谓娇懒惯了的丫头已拥被欲睡，不耐烦我在她耳边还谈笑不绝。自是，本是。
③ 《夏夜即事》一首——前六句嵌入丫头名，即袭人（"倦绣佳人"的隐指，见第三十六回）、鹦鹉、麝月、檀云、琥珀、玻璃。"窗明"二句，意谓以为明月映窗，原来是打开了镜匣，以为云雾绕室，原来是点燃了炉香。荷露，既是夏夜实景，又指酒，酒以花露命名的见《通俗编》。滑，亦可指酒味醇美。齐纨，指绢绸裙衫，亦可指绢制团扇，古代齐国产细绢著名，故称"齐纨"。
④ 《秋夜即事》一首——"桂魄"句说月光似水，浸透了红色的窗纱。桂魄，月。三四句说石上裂缝都被青苔盖满，变得柔软平滑，可让鹤憩息了；井栏上桐叶飘落，栖鸦为秋露所湿。抱衾婢至，用唐代元稹《会真记》（即《莺莺传》，后演为诸宫调和杂剧名《西厢记》）红娘抱衾而至事。金凤，指有金凤图案的被子。倚槛，写望月情怀。落翠花，卸下镶嵌翡翠的簪花。酒渴，酒后口渴。沉烟，指炉中的深灰余火。索，索取，要求。

冬夜即事

梅魂竹梦已三更，锦罽鹴衾睡未成。
松影一庭惟见鹤，梨花满地不闻莺。
女儿翠袖诗怀冷，公子金貂酒力轻。
却喜侍儿知试茗，扫将新雪及时烹。①

因这几首诗，当时有一等势利人，见是荣国府十二三岁的公子作的，抄录出来，各处称颂；再有一等轻浮子弟，爱上那风骚妖艳之句，也写在扇头壁上，不时吟哦赏赞。因此竟有人来寻诗觅字，倩画求题的。宝玉越发得了意，镇日家作这些外务。

谁想静中生烦恼。忽一日不自在起来，这也不好，那也不好，出来进去只是闷闷的。¹园中那些人多半是女孩子，正在混沌世界、天真烂熳之时，坐卧不避，嘻笑无心，哪里知宝玉此时的心事。那宝玉心内不自在，便懒在园内，只在外头鬼混，却又痴痴的。茗烟见他这样，因想与他开心，左思右想，皆是宝玉玩烦了的，不能开心，惟有这件，宝玉不曾看见过。²想毕，便走去到书坊内，把那古今小说并那飞燕、合德、武则天、杨贵妃的外传与那传奇脚本买了许多来，引宝玉看。宝玉何曾见过这些书，一看见了便如得了珍宝。茗烟又嘱咐他："不可拿进园去，若叫人知道了，我就吃不了兜着走呢。"宝玉哪里舍得不拿进园去，踟蹰再三，单把那文理细密的拣了几套进去，放在床顶上，无人时自己密看。那粗俗过露的，都藏在外面书房里。

那一日，正当三月中浣②，早饭后，宝玉携了一套《会真记》③，走到沁芳闸桥边桃花树底下一块石上坐着，展开《会真记》从头细玩。正看到"落红成阵"，只见一阵风过，把树上桃花吹下一大半来，落得满身满书满地皆是。³宝玉要抖将下

1. 首回中青埂峰下顽石曾求一僧一道将自己携入红尘享受几年富贵荣华生活。二仙曾叹道："此亦静极思动，无中生有之数也。"这话正可用于说此时宝玉的心情。

2. 茗烟是机灵鬼，亦是坏坯子。一味只想取乐主人，不计后果。这才弄来许多写风月之情、香艳之事的传奇脚本给宝玉看。这些书中虽有文理高雅的，也有不少是粗俗淫滥的，茗烟哪里分得清。在当时，或属于禁书，或为父母者不准子弟看的，所以做得偷偷摸摸。书房伴读，累累如是，余至今痛恨。（庚）

3. 精彩的诗化描写。李贺《将进酒》有"桃花乱落如红雨"诗句，似曾启此想象。好一阵凑趣风。（庚）

---

① 《冬夜即事》一首——锦罽（jì季），织出花纹的毛毯。鹴（shuāng 双）衾，雁凫羽绒的被子。梨花，喻雪。"公子"句，谓公子穿戴着貂皮尚嫌酒力不足御寒。试茗，讲究喝茶的，烹时火候要恰到好处，故要"试"，试着品尝，叫"烹试"。见北宋蔡襄《进茶录序》。
② 中浣——一个月的中旬。
③ 《会真记》——这里指的是元代王实甫的《西厢记》杂剧的别称，非指唐元稹的传奇小说《莺莺传》。会真，是与神仙（喻美女）相会的意思。

来，恐怕脚步践踏了，¹只得兜了那花瓣，来至池边，抖在池内。那花瓣浮在水面，飘飘荡荡，竟流出沁芳闸去了。²

回来只见地下还有许多，宝玉正踟蹰间，只听背后有人说道："你在这里作什么？"宝玉一回头，却是林黛玉来了，肩上担着花锄，锄上挂着花囊，手内拿着花帚。³宝玉笑道："好，好，来把这个花扫起来，撂在那水里。我才撂了好些在那里呢。"林黛玉道："撂在水里不好。你看这里的水干净，只一流出去，有人家的地方脏的臭的混倒，⁴仍旧把花糟蹋了。那畸角上我有一个花冢，如今把它扫了，装在这绢袋里，拿土埋上，日久不过随土化了，岂不干净。"⁵

宝玉听了，喜不自禁，笑道："待我放下书，帮你来收拾。"⁶黛玉道："什么书？"宝玉见问，慌得藏之不迭，便说道："不过是《中庸》《大学》。"⁷黛玉笑道："你又在我跟前弄鬼。趁早儿给我瞧瞧，好多着呢。"宝玉道："好妹妹，若论你，我是不怕的。你看了，好歹别告诉人去。真真这是好文章！你看了，连饭也不想吃呢。"⁸一面说，一面递了过去。黛玉把花具且都放下，接书来瞧，从头看去，越看越爱，不顿饭工夫，将十六出俱已看完，自觉词藻警人，余香满口。虽看完了书，却只管出神，心内还默默地记诵。⁹

宝玉笑道："妹妹，你说好不好？"黛玉笑道："果然有趣。"宝玉笑道："我就是个'多愁多病身'，你就是那'倾国倾城貌'①。"¹⁰黛玉听了，不觉带腮连耳通红，登时直竖起两道似蹙非蹙的眉，瞪了两只似睁非睁的眼，微腮带怒，薄面含嗔，指

1. 怜惜之情及于飘落的花瓣。"情不情"。（庚）

2. 不闻老杜《佳人》诗说"在山泉水清，出山泉水浊"吗？宝玉将落花抖在池内举动，引出下文黛玉说，别看这里的水干净，一流出去就脏了的话来，于是自然地归结到"未若锦囊收艳骨，一抔净土掩风流"的葬花上来。

3. 这已是一幅林黛玉标志性的肖像画，画作中常见。一幅采芝图，非葬花图也。（庚）写出扫花仙女。（觉）

4. 清洁的涧溪河水，经人家集居处而变脏，自古而然，今又加工业污染矣。

5. 明代唐寅有将牡丹花"盛以锦囊，葬于药栏东畔"事，作者先祖曹寅有"百年孤冢葬桃花"诗句。写黛玉又胜宝玉十倍痴情。（庚）对黛玉葬花一段，脂评记为其作画事：此图欲画之心久矣，誓不遇仙笔不写，恐亵我颦卿故也。己卯冬。（庚）丁亥春间，偶识一浙省新发，其白描美人，真神品物，甚合余意。奈彼因宦缘所缠无暇，且不能久留都下，未几南行矣。余至今耿耿，怅然之至。恨与阿颦结一笔墨缘之难若此，叹叹！丁亥夏，畸笏叟。（庚）据陈庆浩考："浙省新发"为余集（1738—1823），乾隆三十二年丙戌进士，以白描美人著称于世。

6. 一时高兴，忘了忌讳。顾了这头，忘却那头。（庚）

7. 连撒谎也不会。幽默。

8. 《西厢记》得宝玉一夸赞，胜却评家文字无数，因其实是曹雪芹在夸赞也。

9. 又透过黛玉感受来写，"词藻"等八字确评。"默默地记诵"语，还有后文。

10. 看官，说宝玉忘情，有之；若认作有心取笑，则看不得《石头记》。（庚）此评有理。

---

① 多愁多病身、倾国倾城貌——金本《西厢记》卷二《闹斋》中张生唱词："我是个多愁多病身，怎当你倾国倾城貌。"倾国倾城，语出汉李延年歌，形容绝色女子。

宝玉道:"你这该死的胡说! 好好的把这淫词艳曲弄了来, 还学了这些混话来欺负我。我告诉舅舅、舅母去。"¹ 说到"欺负"两个字上, 早又把眼睛圈儿红了, 转身就走。宝玉着了忙, 向前拦住说道:"好妹妹, 千万饶我这一遭! 原是我说错了。若有心欺负你, 明儿我掉在池子里, 教个癞头鼋①吞了去, 变个大王八, 等你明儿做了一品夫人、病老归西的时候, 我往你坟上替你驮一辈子的碑去。"² 说得林黛玉嗤的一声笑了。一面揉着眼, 一面笑道:"一般唬得这个调儿, 还只管胡说。'呸! 原来是苗而不秀, 是个银样蜡枪头。'②"³ 宝玉听了, 笑道:"你这个呢? 我也告诉去。"林黛玉笑道:"你说你会过目成诵, 难道我就不能一目十行么?"

　　宝玉一面收书, 一面笑道:"正经快把花埋了罢, 别提那个了。"二个便收拾落花, 正才掩埋妥协, 只见袭人走来, 说道:"哪里没找到, 摸在这里来。那边大老爷身上不好, 姑娘们都过去请安, 老太太叫打发你去呢。快回去换衣裳去罢!"宝玉听了, 忙拿了书, 别了黛玉, 同着袭人回房换衣, 不提。

　　这里黛玉见宝玉去了, 又听见众姊妹也不在房, 自己闷闷的。正欲回房, 刚走到梨香院墙角边, 只听墙内笛韵悠扬, 歌声婉转。林黛玉便知是那十二个女孩子演习戏文呢。只因林黛玉素习不大喜看戏文, 便不留心, 只管往前走。⁴ 偶然两句吹到耳内, 明明白白, 一字不落, 唱道是:"原来姹紫嫣红开遍, 似这般都付与断井颓垣。"林黛玉听了, 倒也十分感慨缠绵, 便止住步侧耳细听。⁵ 又听唱道是:"良辰美景奈何天, 赏心乐事谁家院?"

1. 不是写黛玉矫情做作, 恰恰是写出她的身份来, 能自重, 不容人侮弄亵玩。须知她是处在那个时代、那个社会、那个大家庭的千金小姐。

2. 好宝玉! 竟能发如此妙誓。虽是混话一串, 却成了最新最奇的妙文。(庚) 看官想, 用何等话令黛玉一笑收科。(庚)

3. 黛玉早就深受曲文感染, 可礼教给了她一个非戴不可的假面具。终于假面脱落, 原来曲文已溶入她血液中了。虽有点过于戏剧化, 但还无伤大雅。

4. 听《牡丹亭》又是一种写法, 与读《西厢记》截然不同。梨香院笛韵歌声虽悦耳, 黛玉偏偏不喜欢看戏文, 所以既不留心, 也不停步。这样开头, 令人意想不到, 也算是一种欲扬先抑吧。

5. 偏偏入耳之曲词, 明明白白, 心有所动, 于是止步细听。这样, 进入了第二层次。

---

① 癞头鼋——与"大王八"同指俗传中驮石碑的大龟, 名赑屃(bì xì 币戏), 相传是龙所生的九种怪物之一。见明代杨慎《升庵集》。鼋, 大鳖。

② "呸, 原来是……蜡枪头"——《西厢记》第四本第二折红娘嘲张生语:"你原来苗而不秀。呸, 你是个银样镴枪头。"苗而不秀, 长苗不结穗, 喻中看不中用, 语出《论语·子罕》。银样蜡枪头喻意同。蜡, 原出处作"镴", 铅与锡的合金, 色似银, 闪亮而软。

听了这两句，不觉点头自叹，心下自思道："原来戏上也有好文章。可惜世人只知看戏，未必能领略其中的趣味。"[1] 想毕，又后悔不该胡想，耽误了听曲子。又侧耳时，只听唱道："则为你如花美眷，似水流年……"林黛玉听了这两句，不觉心动神摇。又听道"你在幽闺自怜"等句①，越发如醉如痴，站立不住，便一蹲身坐在一块山子石上，细嚼"如花美眷，似水流年"八个字的滋味。[2] 忽又想起前日见古人诗中有"水流花谢两无情"②之句，再又有词中有"流水落花春去也，天上人间"③之句，又兼方才所见《西厢记》中"花落水流红，闲愁万种"之句，都一时想起来，凑聚在一处。仔细忖度，不觉心痛神驰，眼中落泪。[3] 正没个开交，忽觉背上击了一下，及回头看时，原来是……且听下回分解。正是：

　　　　妆晨绣夜心无矣，对月临风恨有之。

1. 继续听唱下去，便不禁感叹了。还唯恐漏听。这是第三层。对其所思之言，脂评道：非不及钗，系不曾于杂学上用意也。（庚）将进门便是知音。（庚）

2. 最后到"心动神摇""如醉如痴"地步，且将以前读过的诗词，也都一一联想起来。步步深入，层次井然。让她最动情的"如花美眷，似水流年"八字，紧切黛玉处境心事。

3. 从读《西厢记》起的头，转了一圈又回到《西厢记》上来，行文作豹尾绕额之势。

【总评】

奉元妃之命，宝玉和众姊妹分别住进了大观园。他心满意足地过着"富贵闲人"的生活；作者以其自作"四时即事"诗替代对这段生活的描述，是省笔，也是情节的过渡，以后另展画幅。

茗烟偷买来古今小说、传奇脚本给宝玉，宝玉如获珍宝，这是当时正统的封建教育思想受到此类书极大的冲击的普遍社会现象。

共读《西厢》一节，写得很优美，如"桃花乱落如红雨"（李贺诗）那样的情景，许多都化用了传统诗词中的意象和境界。黛玉读书时的神往、读后的记诵与她羞赧嗔怒，生宝玉的气，并非写她矫情造作，她的表现，完全合乎那个时代、那样环境中的闺阁小姐的身份和必然会有的矛盾心态。葬花之事，由此始。

黛玉回房时，路经梨香院墙外，听得墙内十二个小女孩唱《牡丹亭》中最脍炙人口的唱段，是再次强化她的感受。两大戏曲名著接连编入此回故事中，也可见作者受这些优秀作品影响之深。

① "原来姹紫嫣红"等曲文至"你在幽闺自怜"等句——都是《牡丹亭·惊梦》中杜丽娘和柳梦梅的唱词。南朝宋谢灵运《拟魏太子邺中集诗序》："天下良辰、美景、赏心、乐事，四者难并。"奈何天，无可奈何之日，意谓面对如此美好时光和景色，不知如何排遣。美眷，娇妻。

② "水流"句——唐代崔涂《春夕》诗："水流花谢两无情，送尽东风过楚城。"

③ "流水落花"二句——南唐李煜《浪淘沙》词中句，谓好时光如春去花落再难寻觅，相见之难如天上与人间之相隔。

第二十四回
醉金刚轻财尚义侠　痴女儿遗帕惹相思

【题解】

　　本回回目诸本基本相同，只有个别字的出入，如有几种本子"惹相思"作"染相思"。此用庚辰本回目。回目为烘托本回所写的主要人物贾芸而拟。上句说的是街坊泼皮"醉金刚倪二"能尚侠仗义，将银子借给急需用钱而又借不到、反受气的贾芸。下句说的是丫头小红对贾芸有意，梦见自己遗落的手帕原来被贾芸拾得，因而惹得相思不已。

　　话说林黛玉正自情思萦逗、缠绵固结之时，忽有人从背后击了她一掌，说道："你做什么一个人在这里？"林黛玉倒唬了一跳，回头看时不是别人，却是香菱。林黛玉道："你这个傻丫头，唬我这么一跳，好的！你这会子打哪里来？"香菱嘻嘻地笑道："我来寻我们姑娘的，总找她不着。你们紫鹃也找你呢，说琏二奶奶送了什么茶叶来给你的。走罢，回家去坐着。"[1]一面说着，一面拉着黛玉的手回潇湘馆来。果然，凤姐儿送了两小瓶上用的新茶来。林黛玉和香菱坐了。况她们有何正事谈讲，不过说些这一个绣得好，那一个刺得精，又下一回棋，看两句书，香菱便走了。[2]不在话下。

　　如今且说宝玉因被袭人找回房去，果见鸳鸯歪在床上看袭人的针线呢，见宝玉来了，便说道："你往哪里去了？老太太等着你呢，叫你过那边请大老爷的安去。还不快换了衣服走呢。"袭人便进房去取衣服。宝玉坐在床沿上，褪了鞋等靴子穿的工夫，回头见鸳鸯穿着水红绫子袄儿，青缎子背心，束着白绉绸汗巾儿，脸向那边，低着头看针线，脖子上戴着扎花领子。宝玉便把脸凑在她脖项上，闻那粉香油气，不住用手摩挲，其白腻

1. 凤姐送茶叶给黛玉，后来还要提起，借此说趣话。细节小事，并非随便写过就算。"回家去坐着"之言，是恐石上冷意。（庚）

2. 此段其实只是过渡，毋须用力。脂评倒不放过，对"有何正事谈讲"说：为学诗伏线。（庚）对下棋看书说：棋不论盘，书不论章，皆是娇憨女儿神理。写得不即不离，似有若无，妙极。（庚）对整段说：是书最好看如此等处，系画家山水树头邱壑俱备，末用浓淡墨点苔法也。丁亥夏，畸笏叟。（庚）赞得都不是地方。

不在袭人之下。宝玉便猴上身去，涎皮笑道：
"好姐姐，把你嘴上的胭脂赏我吃了罢。"[1]一
面说着，一面扭股糖似的粘在身上。鸳鸯便
叫道："袭人，你出来瞧瞧。你跟他一辈子，
也不劝劝，还是这么着。"[2]袭人抱了衣服出来，
向宝玉道："左劝也不改，右劝也不改，你到
底是怎么样？你再这么着，这个地方可就难
住了。"[3]一边说，一边催他穿了衣服，同鸳鸯
往前面来。

　　见过贾母，出至外面，人马俱已齐备。
刚欲上马，只见贾琏请安回来了，正下马，
二人对面，彼此问了两句话。只见旁边转出
一个人来，"请宝叔安"。[4]宝玉看时，只见这
人容长脸，长挑身材，年纪只好十八九岁，
生得着实斯文清秀，倒也十分面善，只是想
不起是哪一房的，叫什么名字。[5]贾琏笑道：
"你怎么发呆，连他也不认得？他是后廊上住
的五嫂子的儿子芸儿。"宝玉笑道："是了，是
了，我怎么就忘了。"因问他母亲好，这会子
什么勾当。贾芸指贾琏道："找二叔说句话。"
宝玉笑道："你倒比先越发出挑了，倒像是我
的儿子。"[6]贾琏笑道："好不害臊！人家比你
大四五岁呢，就替你作儿子了？"宝玉笑道："你
今年十几岁？"贾芸道："十八了。"

　　原来这贾芸最伶俐乖觉，[7]听宝玉这样说，
便笑道："俗语说的，'摇车里的爷爷，拄拐的
孙孙'。虽然岁数大，山高高不过太阳。只从
我父亲没了，这几年也无人照管教导。[8]如若
宝叔不嫌侄儿蠢笨，认作儿子，就是我的造
化了。"贾琏笑道："你听见了？认了儿子不是
好开交的呢。"说着就进去了。宝玉笑道："明
儿你闲了，只管来找我，别和他们鬼鬼祟祟
的。[9]这会子我不得闲儿。明儿你到书房里来，
和你说天话儿，我带你园里玩耍去。"说着扳
鞍上马，众小厮围随往贾赦这边来。

　　见了贾赦，不过是偶感些风寒，先述了
贾母问的话，然后自己请了安。贾赦先站起

1. 宝玉这一毛病一犯再犯，让照看他的人不
能不担心。脂评：胭脂是这样吃法，看官
阿经过否？（庚）"阿经过"有人校作"可
经过"，虽不错，但不必，因为这是苏州话，
批书人若非吴侬，当也是长期在那一带居
住过的。

2. 鸳鸯叫袭人来看，好极。不骂宝玉，是不
恶宝玉，然也对他此种不长进的毛病，大
不以为然。又写出鸳、袭二人关系极亲密。

3. 袭人此语与后来对王夫人说的"防未然"
的话，想法一脉相承。

4. 芸哥此处一现，后文不见突然。（庚）

5. 可见贾府一族支脉之繁。大族人众，毕真，
有是理。（庚）

6. 虽然只是说笑，也显得过于老气横秋。难
怪脂评说：何尝是十二三岁小孩语。（庚）
说得有理。

7. "伶俐乖觉"是贾芸为人的特点，并无贬义。

8. 有机遇岂肯放过，一开口说话便伶俐。脂
评批"父亲没了"二句说：虽是随机而应，
伶俐人之语，余却伤心。（庚）一看知是
畸笏批。

9. 妙在不说明宝玉认不认这个"儿子"，毕
竟只是一句玩笑话，认真不得，故只表示
乐意他前来。何其堂皇正大之语。（庚）

来回了贾母话，¹次后便唤人来："带哥儿进去太太屋里坐着。"宝玉领命退出，来至后面，进入上房。邢夫人见了他来，先倒站了起来，请过贾母的安，宝玉方请安。邢夫人拉他上炕坐了，方问别人，又命人倒茶来。一钟茶未吃完，只见那贾琮来问宝玉好。邢夫人道："哪里找活猴儿去！你那奶妈子死绝了！也不收拾收拾你，弄得黑眉乌嘴的，哪里像大家子念书的孩子！"

正说着，只见贾环、贾兰小叔侄两个也来了，请过安，邢夫人便叫他两个椅子上坐了。<u>贾环见宝玉同邢夫人坐在一个坐褥上，邢夫人又百般摩挲抚弄他，早已心中不自在了，</u>²坐不多时，便和贾兰使眼色儿要走。贾兰只得依他，一同起身告辞。宝玉见他们要走，自己也就起身，要一同回去。邢夫人笑道："你且坐着，我还和你说话。"宝玉只得坐了。邢夫人向他两个道："你们回去，各人替我问你们各人母亲好。<u>你们姑娘、姐姐、妹妹都在这里呢，闹得我头晕，今儿不留你们吃饭了。</u>"³贾环等答应着，便出来回家去了。

宝玉笑道："可是姐姐们都过来了，怎么不见？"邢夫人道："她们坐了一会子，都往后头不知哪屋里去了。"宝玉道："大娘方才说有话说，不知是什么话？"邢夫人笑道："<u>哪里有什么话，不过叫你等着，同你姊妹们吃了饭去。</u>⁴还有一个好玩的东西给你带回去玩。"娘儿两个说话，不觉早又晚饭时节。调开桌椅，罗列杯盘，母女姐妹们吃毕了饭。宝玉辞别了贾赦，同姐妹们一同回家，见过贾母、王夫人等，各自回房安息。不在话下。

且说贾芸进去见了贾琏，因打听可有什么事情。贾琏告诉他说："前儿倒有一件事情出来，偏生你婶婶再三求了我，<u>给了贾芹了。</u>⁵她许了我说，明儿园里还有几处要栽花木的地方，等这个工程出来，一定给你就是了。"贾芸听了，半晌说道："<u>既是这样，我就等着罢。叔叔也不必先在婶婶跟前提我今儿来打听的话，到跟前再说也不迟。</u>"⁶贾琏道："提它作什么，我哪里有这些工夫说闲话儿呢。

1. 大家规矩如此。一丝不乱。（庚）

2. 贾环妒意可知，所以后来渐生歹心。

3. 从留不留饭一节，见邢夫人厚彼薄此的势利态度，也加深了赵姨娘、贾环对其媳凤姐和宝玉的妒恨。故脂评曰：一段为五鬼魔魔法作引。脂砚。（庚）

4. 如何？人情世态如此。宝玉一片天真，如何知道。

5. 上回贾琏对凤姐说，"好容易出来这件事，你又夺了去"，如今只好对贾芸作如此交代。反说体面话，惧内人累累如是。（庚）

6. "半晌"是思忖贾琏既然做不了主，就该另求做得了主的人去。已得了主意了。（庚）

明日一个五更，还要到兴邑去走一趟，须得当日赶回来才好。你先去等着，后日起更以后你来讨信儿，早了我不得闲。"说着便回后面换衣服去了。

贾芸出了荣国府回家，<u>一路思量，想出一个主意来，便一径往他母舅卜世仁家来。</u>[1]原来卜世仁现开香料铺，方才从铺子里回来，忽见贾芸进来，彼此见过了，因问他这早晚什么事跑了来。贾芸道："有件事求舅舅帮衬帮衬。<u>我有一件事，用些冰片、麝香使用，好歹舅舅每样赊四两给我，八月里按数送了银子来。</u>"卜世仁冷笑道："<u>再休提赊欠一事。</u>[2]前儿也是我们铺子里一个伙计，替他的亲戚赊了几两银子的货，至今总未还上。因此我们大家赔上，立了合同，再不许替亲友赊欠。谁要错了，就罚他二十两银子的东道。况且如今这个货也短，你就拿现银子到我们这不三不四的小铺子里来买，也还没有这些，只好倒扁儿①去。这是一。二则你哪里有正经事，不过赊了去又是胡闹。你只说舅舅见你一遭儿就派你一遭儿不是。<u>你小人儿家很不知好歹，也到底立个主意，赚几个钱，弄得穿是穿吃是吃的，我看着也喜欢。</u>"[3]

贾芸笑道："舅舅说得倒干净。我父亲没的时候，我年纪又小，不知事。后来听见我母亲说，都还亏舅舅们在我们家作主意，料理的丧事。难道舅舅就不知道的，还是有一亩地、两间房子，如今我手里花了不成？巧媳妇做不出来没米的粥来，叫我怎么样呢？<u>还亏是我呢，要是别个，死皮赖脸三日两头儿来缠着舅舅，要三升米二升豆子的，舅舅也就没法儿呢。</u>"[4]

卜世仁道："我的儿，舅舅要有，还不是该的。我天天和你舅母说，只愁你没个算计儿。你但凡立得起来，到你大房里，<u>就是他们爷儿们见不着，便下个气，和他们的管家或者管事的人们嬉和嬉和②，也弄个事儿管管。</u>[5]前儿我出城去，撞见了你们三房里的老四，骑着大叫驴，带着四五辆车，

1. 想出的是如何让凤姐能照顾自己的主意。母舅名以谐音义示贬。既云"不是人"，如何肯共事，想芸哥此来空了。（庚）

2. 世态炎凉是此书中要描写的重点之一。前半部贾府尚处在繁华时，故除开卷写甄士隐岳丈封肃外只此等处略一写。后半部佚稿中写"家亡莫论亲"处必定不少。甥舅之谈如此，叹叹！（庚）

3. 不借倒也罢了，还要被教训一顿。这口气难咽。

4. 贾芸受气后的反驳，令母舅无以言对。芸哥亦善谈，井井有理。（庚）接着一条脂评，很值得注意：余二人亦不曾有是气。（庚）俞平伯曾因此怀疑脂砚斋是作者的舅舅。这是看反了，批语是指贾芸受其舅之气，非舅舅受外甥的气。作此评者是畸笏叟，即作者生父曹頫，沦为贱民后，也常有向人借贷度日事，虽有时也碰壁，不顺利，但也不曾受过贾芸那样的恶气，故云：是称赞作者这段文字写得生动。"余二人"，畸笏夫妇即作者之父母自指也。

5. 小人想出来的馊主意。可怜可叹，余竟为之一哭。（庚）

————————————————

① 倒扁儿——同"倒搁"，这里是说无货，需到别的店铺里去套购货物来应付。

② 嬉和嬉和——巴结讨好的意思。

有四五十和尚、道士，往家庙里去了。[1]他那不亏能干，就有这样的事到他了！"贾芸听他唠叨得不堪，便起身告辞。[2]卜世仁道："怎么急得这样？吃了饭再去罢。"一句未说完，只见他娘子说道："你又糊涂了。[3]说着没有米，这里买了半斤面来下给你吃，这会子还装胖呢。留下外甥挨饿不成？"卜世仁说："再买半斤来添上就是了。"他娘子便叫女儿："银姐，往对门王奶奶家去问，有钱借二三十个，明日就送过来。"夫妻两个说话，那贾芸早说了几个"不用费事"，去得无影无踪了。[4]

不言卜家夫妇，且说贾芸赌气离了母舅家门，一径回归旧路。心下正自烦恼，一边想，一边低头只管走，不想一头就碰在一个醉汉身上，把贾芸唬了一跳。听那醉汉骂道："肏你妈的！瞎了眼睛，碰起我来了。"贾芸忙要躲身，早被那醉汉一把抓住，对面一看，不是别人，却是紧邻倪二。[5]原来这倪二是个泼皮，专放重利债，在赌博场吃闲钱，专爱打降①吃酒。如今正从欠钱人家索了利钱，吃醉回来，不想被贾芸碰了一头，正没好气，抢拳就要打。只听那人叫道："老二住手！是我冲撞了你。"倪二听见是熟人的语音，将醉眼睁开看时，见是贾芸，忙把手松了，趔趄着笑道："原来是贾二爷，我该死，我该死。[6]这会子往哪里去？"贾芸道："告诉不得你，平白的又讨了个没趣。"倪二道："不妨不妨，有什么不平的事，告诉我，替你出气。这三街六巷，凭他是谁，有人得罪了我醉金刚倪二的街坊，管叫他人家离散！"

贾芸道："老二，你且别气，听我告诉你这缘故。"说着，便把卜世仁一段事告诉了倪二。倪二听了大怒道："要不是令舅，我便骂出好话来，[7]真真气死我倪二。也罢，你也不用愁烦，我这里现有几两银子，你若用什么，只管拿去买办。但只一件，你我作了这些年的街坊，我在外头有名放帐的人，你却从没有和我张过口。也不知你厌恶我是个泼皮，怕低了你的身份；也不知你怕我难缠，利钱重？若说怕利钱重，这银子我是不要利钱的，也不用写文约；若说怕低了你的身分，我就不敢借给你了，[8]各自走开。"一面说，一面果然从搭包里掏出一卷

---

① 打降——斗殴、打架。一说为赌博术语，应念作"打杠"。

1. 与上一回贾芹捷足先登得到差使，送一群小和尚、道士去铁槛寺的事接上。文心细密。妙极，写小人口角羡慕之言加一倍。毕肖，即又是背面傅粉法。（庚）

2. 有志气，有果断。（庚）

3. "吃了饭再去"本是空头套话，娘子唯恐外甥会赖着，故立即上演一出双簧。虽写小人家琐细，一吹一唱，酷肖之至，却是一气逼出，后文方不突然，《石头记》笔仗全在如此样者。（庚）

4. 研究者多以为作者必有繁华生活的直接经验，其实倒是间接经验。反而是此类情节，非仅凭想象可得，必须实描，更难写得到位，很可能是作者亲自观察体验所得。有知识有果断人自是不同。（庚）

5. 气恼之时，又低头想事，走路碰人，再自然不过了。这一节对《水浒传》杨志卖刀遇没毛大虫一回看，觉好看多矣。己卯冬夜，脂砚。（庚）

6. 贾芸虽落魄，仍受街坊尊敬。如此称呼，可知芸哥素日行止，是"金盆虽破分量在"也。（庚）

7. 肝肠似火，大为抱不平；不骂出来比骂出来更好。仗义人岂有不知礼乎？何尝是破落户，冤杀金刚了。（庚）

8. 有自知之明。说得透，且能激将。知己知彼之话。（庚）

银子来。

贾芸心下自思："素日倪二虽然是泼皮无赖，却因人而使，颇颇的有义侠之名。[1] 若今日不领他这情，怕他臊了，倒恐生事。不如借了他的，改日加倍还他也倒罢了。"想毕，笑道："老二，你果然是个好汉，我何曾不想着你，和你张口。但只是我见你所相与交结的，都是些有胆量的有作为的人，像我们这等无能为的你倒不理。[2] 我若和你张口，你岂肯借给我。今日既蒙高情，我怎敢不领？回家按例写了文约过来便是了。"倪二大笑道："好会说话的人。我却听不上这话。[3] 既说'相与交结'四个字，如何又放账给他使，图赚他的利钱！[4] 既把银子借与他，图他的利钱，便不是相与交结了。闲话也不必讲。既你肯青目，这是十五两三钱有零的银子，你便拿去治买东西。你要写什么文契，趁早把银子还我，[5] 让我放给那些有指望的人使去。"贾芸听了，一面接了银子，一面笑道："我便不写罢了，有何着急的。"倪二笑道："这才是了。天色黑了，也不让茶让酒，我还到那边有点事情去，你竟请回去。我还求你带个信儿与舍下，叫她们早些关门睡罢，我不回家去了。倘或有什么要紧事，叫我们女儿明儿一早到马贩子王短腿家来找我。"一面说，一面趔趄着脚儿去了，不在话下。[6]

且说贾芸偶然碰了这件事，心下也十分希罕，想那倪二倒果然有些意思，只是还怕他一时醉中慷慨，到明日加倍地要起来，便怎么处，心内犹疑不决。[7] 忽又想道："不妨，等那件事成了，也可加倍还他。"想毕，一直走到个钱铺里，将那银子称一称，十五两三钱四分二厘。贾芸见倪二不撒谎，心下越发欢喜，收了银子来至家门，先到隔壁将倪二的信捎与他娘子，方回家来。见他母亲自在炕上拈线，见他进来，便问哪里去了一日。贾芸恐他母亲生气，便不说起卜世仁的事来，[8] 只说在西府里等琏二叔的。问他母亲吃了饭不曾，他母亲吃过了，说留的饭在那里。叫小丫头子拿过来与他吃。那天已是掌灯时候，贾芸吃了饭，收拾安歇，一夜无话。

1. 有见识，有判断。"义侠"二字定评。

2. 不说你交结的也都是些强梁无赖之徒，却说"有胆量的有作为的人"，真能措辞！芸哥亦善谈，好口齿。（庚）

3. 也说他会说话，却不接受这类辞令。"光棍眼内揉不下砂子"是也。（庚）

4. 识得"义利"二字之言。如今不单是亲友言利。不但亲友，即闺阁中亦然。不但生意新发户，即大户旧族颇颇有之。（庚）评语有所感而发。

5. 爽快人，爽快话。（庚）

6. 以上情节有脂评提到有关佚稿内容及其真实素材：醉金刚一回文字，伏芸哥"仗义探庵"。余卅年来得遇金刚之样人不少，不及金刚者亦复不少，惜书上不便历历注上芳讳，是余不是心事也。壬午孟夏。（靖）研究者有以为"探庵"即探监者，谓后来贾芸与小红共往"狱神庙慰宝玉"，此说未必是。贾府事败后，可能落到"庵"里受苦的不乏其人，惜春就是一个。又"壬午孟夏"为1762年，上推卅年为雍正十年（1732），这正是未完欠款的曹𫖯得提前脱枷获释，回家开始过平民生活之时。详见拙著本书文章《畸笏叟应是曹雪芹的父亲曹𫖯》。

7. 必有此疑惑方真实，反衬倪二不撒谎。

8. 孝心可感。孝心可敬，此人后来荣府事败，必有一番作为。（庚）后四十回续书将他写成偷卖巧姐的坏人，恰与作者原意相反。

次日一早起来洗了脸，便出南门，大香铺里买了冰、麝，便往荣国府来。打听贾琏出了门，贾芸便往后面来，到贾琏院门前，只见几个小厮拿着大高笤帚在那里扫院子呢。忽见周瑞家的从门里出来叫小厮们："先别扫，奶奶出来了。"贾芸忙上去笑问道："二婶婶往哪里去？"周瑞家的道："老太太叫，想必是裁什么尺头。"

正说着，只见一群人簇着凤姐出来了。贾芸深知凤姐是喜奉承、尚排场的，¹忙把手逼着，恭恭敬敬抢上来请安。凤姐连正眼也不看，仍往前走着，只问他母亲好，"怎么不来我们这里逛逛？"贾芸道："只是身上不大好，倒时常记挂着婶子，要来瞧瞧，又不能来。"凤姐笑道："可是你会撒谎，不是我提起她来，你就不说她想我了。"贾芸笑道："侄儿不怕雷打了，就敢在长辈前撒谎？昨儿晚上还提起婶婶来，说婶婶身子生得单弱，事情又多，亏婶婶好大精神，竟料理得周周全全。²要是差一点的，早累得不知怎么样呢。"

凤姐听了满脸是笑，不由得便止了步，问道："怎么好好的你娘儿两个在背地里嚼起我来？"贾芸道："有个原故，³只因我有个极好的朋友，家里有几个钱，现开香铺。只因他身上捐着个通判①，前儿选了云南不知哪一处，连家眷一齐去，他这香铺也不在这里开了。⁴便把账物攒了一攒，该给人的给人，该贱发的贱发了，像这细贵的货，都分着送了亲朋。他就一共送了我些冰片、麝香。我就和我母亲商量，⁵若要转卖，不但卖不出原价来，而且谁家拿这些银子买这个作什么，便是很有钱的大家，也不过使个几分几钱就挺折腰②了；若说送人，也没个人配使这些，倒叫他一文不值半文转卖了。因此我就想起婶婶来，往年间我还见婶婶大包的银子买这些东西呢。别说今年贵妃宫中，就是这个端阳节下，不用说这些香料自然是比往常加上十几倍的。因此想来想去，只有孝敬婶婶

1. 当家人有是派。（庚）"深知凤姐"是贾芸乖觉处。

2. 是真是假难说，即便是编的，也编得好，能让凤姐上钩。

3. 必有此一问。答曰"有个原故"，如此一说，便入正题。简捷自然。

4. 看来要说的话事先经周密构思，这位"朋友"去处最远，且不知何州何府，无法查证。

5. 自然带出与"母亲商量"来，等于回答了凤姐所问。

---

①　通判——知府的助理官。
②　挺折腰——到头、为止的意思。

才合式，方不算糟蹋这东西。"[1]一边说，一边将一个锦匣举起来。

凤姐正是要办端阳的节礼、采买香料药饵的时节，忽见贾芸如此一来，听这一篇话，心下又是得意又是欢喜，便命丰儿接过芸哥儿的来，送了家去，交给平儿。因又说道："看着你这样知好歹，怪道你叔叔常提你，说你说话儿也明白，心里有见识。"[2]贾芸听这话入了港，便打进一步来，故意问道："原来叔叔也曾提我的？"凤姐见问，才要告诉他与他事情管的话，便忙又止住，心下想道："我如今要告诉他那话，倒叫他看着我见不得东西似的，为得了这点子香，就混许他管事了。今儿先别提这事。"[3]想毕，便把派他监种花木工程的事都隐瞒得一字不提，随口说了两句淡话，便往贾母那里去了。贾芸也不好提的，只得回来。

因昨日见了宝玉，叫他到外书房等着，贾芸吃了饭便又进来，到贾母那边仪门外绮霰斋书房里来。只见茗烟①、锄药两个小厮下象棋，为夺"车"正拌嘴；还有引泉、扫花、挑云、伴鹤四五个，又在房檐上掏小雀儿玩。[4]贾芸进入院内，把脚一跺，说道："猴头们淘气，我来了。"众小厮看见贾芸进来，都才散了。贾芸进入房内，便坐在椅子上问："宝二爷没下来？"茗烟道："今儿总没下来。二爷说什么，我替你哨探哨探去。"说着便出去了。

这里贾芸便看字画古玩，有一顿饭工夫还不见来，再看看别的小厮，都玩去了。正自烦闷，只听门前娇声嫩语地叫了一声"哥哥"。[5]贾芸往外瞧时，见是一个十六七岁的丫头，生得倒也细巧干净。那丫头见了贾芸，便抽身躲了过去。[6]恰值茗烟走来，见那丫头在门前，便说道："好，好，正抓不着个信儿。"贾芸见了茗烟，也就赶了出来，问怎么样。茗烟道："等了这一日，也没个人来。这就是宝二爷房里的。好姑娘，你进去带个信儿，就说廊上的二爷来了。"

那丫头听说，方知是本家的爷们，便不似先

1. 一番话能瞒过凤姐是绝大本领。也因听话者喜奉承，才令智昏。作续书者见贾芸能如此用心计，巴结凤姐谋得差使，便认定其必是奸邪之徒。实是不谙世事人情者之迂见。今之乡下老农老妇上城为求人办成急事，携一篮鸡蛋，背一袋土产作人情者多多，哪能都是奸邪之徒？

2. 看官须知凤姐所喜者是奉承之言，打动了心，不是见物而喜，若说是见物喜，便不是阿凤矣。（蒙）评语固有所见，然喜言与见物恐不能分得过清，凤姐也不是只喜听奉承话而不爱财物者。

3. 阿凤心机如此，维护威信为要，岂能让人小看了。芸儿且等着吧，会有结果的。

4. 宝玉外书房的一群小厮，写得鲜龙活跳。好名色。（庚）

5. 从芸儿耳中听出。"哥哥"，唤茗烟也。稚声稚气，惹人怜爱。

6. 从芸儿眼中看出。丫头见了陌生人须回避，当时都如此。

---

①　茗烟——其名在庚辰等本中前后不统一，如本回起用"焙茗"，第三十九回后又用"茗烟"。今统一用"茗烟"。

前那等回避，下死眼把贾芸钉了两眼。[1] 听那贾芸说道："什么是廊上廊下的，你只说芸儿就是了。"半晌，那丫头冷笑了一笑："依我说，二爷竟请回去罢，有什么话明儿再来。今儿晚上得空儿我回了他。"茗烟道："这是怎么说？"那丫头道："他今儿也没睡中觉，自然吃的晚饭早。晚上他又不下来。难道只是耍的二爷在这里等着挨饿不成？[2] 不如家去，明儿来是正经。便是回来有人带信，那都是不中用的。他不过口里答应着，他倒给带呢！"贾芸听这丫头说话简便俏丽，待要问她的名字，因是宝玉房里的，又不便问，[3] 只得说道："这话倒是，我明儿再来。"说着便往外走。茗烟道："我倒茶去，二爷吃了茶再去。"[4] 贾芸一面走，一面回头说："不吃茶，我还有事呢。"口里说话，眼睛瞧那丫头还站在那里呢。

那贾芸一径回家。至次日来至大门前，可巧遇见凤姐往那边去请安，才上了车，见贾芸来，便命人唤住，[5] 隔窗子笑道："芸儿，你竟有胆子在我跟前弄鬼。怪道你送东西给我，原来你有事求我。[6] 昨儿你叔叔才告诉我说你求他。"贾芸笑道："求叔叔这事，婶婶休提，我这里正后悔呢。早知这样，我竟一起头儿求婶婶，这会子也早完了。[7] 谁承望叔叔竟不能的。"凤姐笑道："怪道你那里没成儿，昨儿又来寻我。"贾芸道："婶婶辜负了我的孝心，我并没有这个意思。若有这个意思，昨儿还不求婶婶。如今婶婶既知道了，我倒要把叔叔丢下，少不得求婶婶了，好歹疼我一点儿！"[8]

凤姐冷笑道："你们要拣远路儿走，叫我也难说。早告诉我一声儿，什么不成的，多大点子事，耽误到这会子。[9] 那园子里还要种树种花，我只想不出一个人来，你早来不早完了？"贾芸笑道："既是这样，婶婶明儿就派了我罢。"凤姐半晌说道："这个我看着不大好。[10] 等明年正月里的烟火灯烛那个大宗儿下来，再派你罢。"贾芸道："好婶婶，先把这个派了我罢。果然这个办得好，再派我那个。"[11] 凤姐笑道："你倒会拉长线儿。罢了，若不是你叔叔说，我不管你的事。[12] 我不过吃了饭就

1. 写小红见贾芸有层次。一见钟情，便从这"钉了两眼"始。这句是情孽上生。（庚）

2. 装出是宝玉身边亲近的丫头（其实连倒茶都不曾），故说来仿佛其起居情况十分了然，且不称"宝二爷"而称"他"。话中已可体味出对芸儿的爱意。一连两个"他"字，怡红院中使得，否则有假矣。（庚）

3. 又从芸儿感觉上来写，"说话简便俏丽"，是小红的擅长，后凤姐对此特欣赏。想问她名字，便透出好感，只是不敢造次。

4. 假客气，到处都有。滑贼。（庚）

5. 被正要走的凤姐唤住，不知出了何事？

6. 凤姐不是好糊弄的。虽被蒙过一时，只须将前后事一想就明白了。

7. 妙在贾芸能从容应对，且总能不离奉承凤姐。

8. 好芸儿，既能据理反驳，又正好顺着杆子往上爬。

9. 对芸儿找错门路略示不满，借此自诩：只有我才说了算。曹操语。（庚）

10. 故意吊胃口。又一折。（庚）

11. 眼前的先抓住，后来的也要。

12. 既应允了，又把照应芸儿之功推给贾琏，这是为何？总不认受冰、麝贿。（庚）

过来，你到午错的时候来领银子，后日就进去种树。"说毕，命人驾起香车，一径去了。

　　贾芸喜不自禁，来至绮霰斋打听宝玉，谁知宝玉一早便往北静王府里去了。[1] 贾芸便呆呆地坐到晌午，打听凤姐回来，便写个领票来领对牌。至院外，命人通报了，彩明走了出来，单要了领票进去，批了银数年月，一并连对牌交与贾芸。贾芸接了，看那批上银数批了二百两，心中喜不自禁，翻身走到银库上，交与收牌票的，领了银子。回家告诉他母亲，自是母子俱各欢喜。次日一个五鼓，贾芸先找了倪二，将前银按数还他。[2] 那倪二见贾芸有了银子，他便按数收回，不在话下。这里贾芸又拿了五十两，出西门找到花儿匠方椿家里去买树，亦不在话下。[3]

　　如今且说宝玉，自那日见了贾芸，曾说明日着他进来说话儿。如此说了之后，他原是富贵公子的口角，哪里还把这个放在心上，因而便忘怀了。[4] 这日晚上，从北静王府里回来，见过贾母、王夫人等，回至园内，换了衣服，正要洗澡。袭人因被薛宝钗烦了去打结子；秋纹、碧痕两个去催水；檀云又因她母亲的生日接了出去；麝月又现在家中养病；虽还有几个作粗活听唤的丫头，估量叫不着她们，都出去寻伙觅伴玩去了。不想这一刻的工夫，只剩了宝玉在房内。偏生的宝玉要吃茶，[5] 一连叫了两三声，方见两三个老嬷嬷走进来。宝玉见了她们，连忙摇手儿说："罢，罢！不用你们了。"[6] 老婆子们只得退出。

　　宝玉见没丫头们，只得自己下来，拿了碗向茶壶去倒茶。只听背后说道："二爷仔细烫了手！让我来倒。"[7] 一面说，一面走上来，早接了碗过去。宝玉倒唬了一跳，问："你在哪里的？忽然来了，唬我一跳。"那丫头一面递茶，一面回说："我在后院子里，才从里间的后门进来，难道二爷就没听见脚步响？"宝玉一面吃茶，一面仔细打量那丫头：[8] 穿着几件半新不旧的衣裳，倒是一头黑鬒鬒的好头发，挽着个鬏，容长脸面，细巧身材，却十分俏丽干净。[9]

　　宝玉看了，便笑问道："你也是我这屋里的人么？"[10] 那丫头道："是的。"宝玉道："既是这屋里的，

1. 两次来访未晤，免去烦琐枝蔓，却成就了一段情缘。

2. 为人诚信，所以贾芸受街坊尊敬。

3. 买树种树事，除了表示贾府尚处于盛时外，主要还是为写芸儿与小红结缘情节的需要，所以越简略越好。

4. 说得是。宝玉与存心要接近他的贾芸当然不同。若是一个女孩儿，可保不忘的。（庚）

5. "不想""偏生"，意即偶然、凑巧，可见平时宝玉饮食起居，一刻也离不了丫头们。

6. 宝玉喜欢女儿，却讨厌老嬷嬷，嫌其不洁净也。反应之快，自是宝玉之作为。

7. 奇峰突起。神龙变化之文，人岂能测。（庚）

8. 六个"一面"是神情，并不觉厌。（庚）

9. 从宝玉仔细打量中看出，似比芸儿所见更胜。与贾芸目中所见不差。（庚）

10. 开口便笑，神情如见。

我怎么不认得？"那丫头听说，便冷笑了一声道："爷认不得的也多，岂止我一个？从来我又不递茶递水，拿东拿西，眼见的事一点儿不作，爷哪里认得呢！"[1]宝玉道："你为什么不作那眼见的事？"[2]那丫头道："这话我也难说。[3]只是有一句话回二爷：昨儿有个什么芸儿来找二爷。我想二爷不得空儿，便叫茗烟回他，叫他今日早起来，不想二爷又往北府里去了。"

　　刚说到这句话，只见秋纹、碧痕嘻嘻哈哈地说笑着进入院来，两个人共提着一桶水，一手撩着衣裳，趔趔趄趄，泼泼撒撒的。那丫头便忙迎去接。[4]那秋纹、碧痕正对着抱怨，"你湿了我的裙子"，那个又说"你踹了我的鞋"。忽见走出一个人来接水，二人看时，不是别人，原来是小红。二人便都诧异，将水放下，忙进房来东瞧西望，并没个别人，只有宝玉，便心中大不自在。[5]只得预备下洗澡之物，待宝玉脱了衣裳，二人便带上门出来，走到那边房内便找小红，问她方才在屋里说什么。[6]小红道："我何曾在屋里的？只因我的手帕子不见了，往后头找手帕子去。不想二爷要茶吃，叫姐姐们一个没有，是我进去了，才倒了茶，姐姐们便来了。"

　　秋纹听了，兜脸啐了一口，骂道："没脸的下流东西！正经叫你催水去，你说有事故，倒叫我们去，你可等着做这个巧宗儿。一里一里的①，这不上来了。难道我们倒跟不上你了？你也拿镜子照照，配递茶递水不配！"[7]碧痕道："明儿我说给她们，凡要茶要水送东送西的事，咱们都别动，只叫她去便是了。"秋纹道："这么说，还不如我们散了，单让她在这屋里呢。"二人你一句我一句正闹着，只见有个老嬷嬷进来传凤姐的话说："明日有人带花儿匠来种树，[8]叫你们严禁些，衣服裙子别混晒混晾的。那土山上一溜都拦着帏幕呢，可别混跑。"秋纹便问："明儿不知是谁带进匠人来监工？"那婆子道："说是什么后廊上的芸哥儿。"秋纹、碧痕听了，都不知道，只管混问别的话。那小红听见了，心内却明白，[9]就知是昨儿外书房所见的那个人了。

　　原来这小红本姓林，小名红玉，只因"玉"字犯了林黛玉、宝玉，便都把这个字隐起来，便都叫她"小

---

1. 以冷笑应之，多怨怼之语。

2. 晋惠帝时，天下荒乱，百姓饿死。帝曰："何不食肉糜？"宝玉之问，虽不至于此，然其理则一。这是下情不能上达意语也。（庚）

3. "难说"二字隐多少宝玉不知情之事。不服气语，况非尔可完，故云"难说"。（庚）

4. 欲不被讥诮也。好，有眼色。（庚）

5. 大小丫头等级有序，分工内外有别，即可与主子亲近的程度各不相同，谁若逾越，必有人不乐意。这很像宫中嫔妃间争宠，彼此互有猜忌。对"大不自在"四字，脂评曰：四字渐露大丫头素日怡红细事也。（庚）

6. 步骤清清楚楚，要查问的，仍不依不饶。综上一段，脂评曰：怡红细事俱用带笔白描，是大章法也。丁亥夏，畸笏叟。（庚）

7. 连递茶水都讲配不配，小红为婢亦艰难。"难说"二句，全在此句来。（庚）

8. 接得紧。

9. 自然心里明白。

---

　　① 一里一里的——步一步的。

红"。原是荣国府中世代的旧仆，她父母现在收管各处房田事务。[1]这红玉年方十六岁，因分人在大观园的时节，把她便分在怡红院中，倒也清幽雅静。不想后来命人进来居住，偏生这一所儿又被宝玉占了。这红玉虽然是个不谙事的丫头，却因她原有三分容貌，心内着实妄想痴心地向上攀高，[2]每每的要在宝玉面前显弄显弄。只是宝玉身边一干人，都是伶牙利爪的，哪里插得下手去。[3]不想今儿才有些消息，又遭秋纹等一场恶意，心内早灰了一半。正闷闷的，忽然听见老嬷嬷说起贾芸来，不觉心中一动，便闷闷地回至房中，睡在床上暗暗盘算，翻来掉去，正没个抓寻。忽听窗外低低地叫道："红玉，你的手帕子我拾在这里呢。"红玉听了，忙走出来看，不是别人，正是贾芸。红玉不觉的粉面含羞，问道："二爷在哪里拾着的？"贾芸笑道："你过来，我告诉你。"一面说，一面就上来拉她。那红玉急回身一跑，却被门槛绊倒。[4]要知端的，下回分解。

1. 只是不说出林之孝的名字来，留待后文交代。

2. 向上高攀，人之所望，况有"三分容貌"。有"三分容貌"尚且不肯受屈，况黛玉等一干才貌者乎？（庚）八十回前未有黛玉受屈事，岂后半部佚稿情节中有此事？

3. 大观园并不是仙境，怡红院也不是欢乐谷，一群看似活泼可爱的女儿，照样也有钩心斗角，你争我夺。"难说"的原故在此。（庚）

4. 若不说穿，谁知是梦？既知是梦，再从"忽听"句起，细加玩味，竟句句是梦境方有。《红楼梦》写梦章法总不雷同，此梦更写得新奇，不见后文，不知是梦。（庚）红玉在怡红院为诸环所掩，亦可谓生不逢时，但看后四章供阿凤驱使可知。（庚）

【总评】

　　本回的主角是贾芸。贾芸为谋生来荣府，急着找事做。他"伶俐乖觉"，因宝玉一句戏言，便认其为父，虽则自己还比宝玉大了四五岁。他先求贾琏给他活儿干，接着又因其舅卜世仁正开着香料铺，想到端午节临近，赊些冰片、麝香去巴结凤姐以便于谋事。谁知其舅不但不帮衬，反而大加讥嘲，让他受尽了窝囊气。幸好遇近邻泼皮倪二仗义，供给银子，让他买来香料，完了心愿。文中写炎凉世态，极为生动、深刻；凤姐接受贾芸的"孝敬"，给他差使的过程，也写得曲折起伏，很不简单，凤姐与贾芸的个性、对话和心理活动，更是表现得十分到位。

　　在贾芸谋事过程中，穿插着小红初识贾芸，逐渐惹出一段相思情愫，由小红遗落一块手帕，梦见被贾芸拾得而逗出。从此回后的情节发展及读过已佚原稿的批书人所提示的线索看，不但梦境不妄，两人后来还由此结缘。脂评批贾芸说："此人后来荣府事败，必有一番作为"，还说他有"仗义探庵"事。虽详情莫知，但作者写这个曾向势利亲戚伸手告贷而听冷言、受闲气、被人瞧不起的贾芸，却能在贾府有危难时一显身手，是肯定的。而续书中将贾芸写得十分不堪，显然是看走眼了。

　　曹雪芹以贾府盛衰、荣枯为小说情节发展的主要线索，所以人物众多，场景铺得很开；续书作者则以宝、黛、钗爱情婚姻为故事的主要线索，所以用不着写这许多人和事。这是题材上创新与传统的两种不同思路。类似本回所写人物故事，与宝、黛、钗并无直接关系，这样的文字在八十回前是很多的。到了后四十回，则多数都被忽略不写，或只简单提到，因为主线随思路改变了。

第二十五回

魇魔法叔嫂逢五鬼　通灵玉蒙蔽遇双真

【题解】

　　本回用甲戌本回目。诸本各有异文。如庚辰本"叔嫂"作"姊弟","通灵玉蒙蔽"作"红楼梦通灵";别本还有改"双真"作"双仙"的，但所指都是同一情节。魇（yǎn演）魔法，一种迷信活动，认为施行诅咒法术，可驱使鬼神害人，使人疯癫，甚至置人于死地。五鬼，恶煞之一。双真，双仙，指癞头和尚和跛足道人。上句说的是赵姨娘勾结马道婆，欲用魇魔法咒杀宝玉、凤姐叔嫂二人，让他们遇到恶鬼中邪。下句说被咒后的二人命在旦夕，幸遇癞僧、跛道二仙相救。办法是让本有"除邪祟"功能的通灵玉恢复它原来的效用，因为据二仙说它已被声色货利所"蒙蔽"，所以才不灵验。此回中尚写有别的情节，因宝玉和凤姐是小说的重要人物，他们遭人暗算，是他们生活中的一次重大劫难，故以此情节为主来标目。

　　话说红玉心神恍惚，情思缠绵，忽朦胧睡去，见贾芸要拉她，却回身一跑，被门槛子绊了一跤，唬醒过来，方知是梦。[1]因此翻来覆去，一夜无眠。至次日天明，方才起来，就有几个丫头来会她去打扫屋子地面，提洗脸水。这红玉也不梳洗，向镜中胡乱挽了一挽头发，洗了洗手，腰内束了一条汗巾子，便来扫地。谁知宝玉昨儿见了红玉，也就留了心。若要直点名唤她来使用，一则怕袭人等寒心；二则又不知红玉是何等行为，若好还罢了，若不好起来，那时倒不好退送的。[2]因此心中闷闷的，早起来也不梳洗，只坐着出神。一时下来，[3]隔着纱屉子①，向外看得真切，只见好几个丫头在那里扫地，都擦胭抹粉，簪花插柳的，[4]独不见昨儿那一个。宝玉便趿了鞋，晃出了房门，只装着看花儿，这里瞧瞧，那里望望。一抬头，只见西南角上游廊底下栏杆外，似有一个人在那里倚着，却恨面前有一株海棠花遮着，看不真切。[5]只

1. 终于揭底。

2. 这顾虑该有。是宝玉心中想，不是袭人拈酸。（甲）不知"好"是如何讲？答曰：在"何等行为"四字上看便知。玉兄每"情不情"，况有情者乎？（甲）此与前送殡途中见村女二丫头而生情，同属"情不情"例子。

3. "一时下来"，庚辰本作"一时下了窗子"，是后人改笔，其后诸本多从之。其实是以讹传讹。原意是说坐在炕上和从炕上"下来"。宝玉连喝茶都要人倒，岂能自己去做下窗子这样的事。

4. 写几个打扮俗气的丫头，以区别"俏丽干净"的小红。

5. 只为写宝玉之多情。余所谓此书之妙，皆从诗词句中泛出者，皆系此等笔墨也。试问观者，此非"隔花人远天涯近"乎？（甲）"隔花"句出金圣叹批《西厢记》。

---

　　①　纱屉子——旧时窗户里层是用纱糊在木屉上的，透明通风，称"纱屉子"。

得又转了一步，仔细一看，可不是昨儿的那个丫头在那里出神？待要迎上去，又不好去的。正想着，忽见碧痕来催他洗脸，只得进去了。不在话下。

却说红玉正自出神，忽见袭人招手叫她，[1]只得走来。袭人道："你到林姑娘那里去，把她们的喷壶借来使使，我们的还没有收拾了来呢。"红玉答应了，便往潇湘馆去。正走上翠烟桥，抬头一望，只见山坡上高处都拦着帷幕，方想起今儿有匠人在里头种树。因转身一望，只见那边远远的一簇人在那里掘土，贾芸正坐在山子石上。红玉待要过去，又不敢过去，只得闷闷地向潇湘馆取了喷壶回来，无精打彩自向房内倒着去。众人只说她一时身上不爽快，都不理论。[2]

展眼过了一日，[3]原来次日就是王子腾夫人的寿诞。那里原打发人来请贾母、王夫人的，王夫人见贾母不去，自己也便不去了。倒是薛姨妈同凤姐儿并贾家三个姊妹、宝钗、宝玉一齐都去了，至晚方回。

且说王夫人见贾环下了学，便命他来抄个《金刚咒》唪诵①。[4]那贾环在王夫人炕上坐了，命人点上灯，拿腔作势地抄写。[5]一时叫彩云倒茶来，一时又叫玉钏儿剪剪灯花，一时又说金钏儿挡了灯影。众丫鬟们素日厌恶他，都不答理。只有彩霞还和他合得来，[6]倒了一钟茶递与他。见王夫人和人说话，便悄悄地向贾环说道："你安些分罢，何苦讨这个厌呢！"贾环道："我也知道了，你别哄我。如今你和宝玉好，把我不答理，我也看出来了。"彩霞咬着嘴唇，向贾环头上戳了一指头，说道："没良心的！才是狗咬吕洞宾，不识好人心！"[7]

两人正说着，只见凤姐来了，拜见过王夫

1. 这一招手，给红玉招来相思烦恼。

2. 心底事，没人知，没人管。文字到此一顿，狡猾之甚。（甲）

3. 此一句承上而来。必云"展眼过了一日"者，是反衬红玉"挨一刻似一夏"也，知乎？（甲）"挨一刻"句出《西厢记》。

4. 信佛人家抄经积善是常事，却因为此回涉鬼神情节而有。作者这种暗露先兆或称作引的行文方法和习惯，很值得研究者注意。用金刚咒引五鬼法。（甲）

5. 因受王夫人托付，就神气了起来。如此小事亦"拿腔作势"，可见上不得台面，难怪丫头们都瞧不起。

6. 情之所钟，非能以常理推断。暗中又伏一风月之隙。（甲）

7. 偏又讲蠢话，令彩霞有恨。脂评不得不归之于孽障：风月之情皆系彼此孽障所牵，虽云惺惺惜惺惺，但亦从孽障而来。蠢妇配才郎世间固不少，然俏女慕村夫者尤多，所谓孽障牵魔，不在才貌之论。（甲）此等世俗之言，亦因人而用，妥极当极。壬午孟夏，雨窗，畸笏。（庚）

---

① 《金刚咒》唪（fěng 讽）诵——《金刚咒》，是《金刚般若波罗蜜经》中的咒语，佛家以为诵念它可以免除烦恼。唪诵，高声诵经。

人。王夫人便一长一短地问她，今儿是哪位堂客在那里，戏文如何，酒席好歹等话。说了不多几句话，宝玉也来了，进门见了王夫人，不过规规矩矩说了几句，便命人除去抹额，脱了袍服，拉了靴子，便一头滚在王夫人怀里。王夫人便用手满身满脸摩挲抚弄他，宝玉也搬着王夫人的脖子说长道短的。[1] 王夫人道："我的儿，你又吃多了酒，脸上滚热。你还只是揉搓，一会闹上酒来。还不在那里静静地倒一会子呢。"说着，便叫人拿个枕头来。宝玉听了便下来，在王夫人身后倒下，又叫彩霞来替他拍着。宝玉便和彩霞说笑，只见彩霞淡淡的，不大答理，两眼睛只向贾环处看。[2] 宝玉便拉她的手笑着："好姐姐，你也理我一理儿呢。"彩霞夺了手道："再闹，我就嚷了。"

　　二人正说，原来贾环听得见，素日原恨宝玉，如今又见他和彩霞厮闹，心中越发按不下这口毒气。虽不敢明言，却每每暗中算计，只是不得下手，[3] 今儿相离甚近，便要用蜡灯里的滚油烫他一下。因而故意装作失手，把那一盏油汪汪的蜡灯向宝玉脸上只一推。只听宝玉"嗳哟"了一声，满屋人都唬一跳。连忙将地下的戳灯挪过来，又将里外屋拿了三四盏，看时，只见宝玉满脸满头都是蜡油。王夫人又急又气，一面命人来替宝玉擦洗，一面又骂贾环。凤姐三步两步跑上炕去，给宝玉收拾着，[4] 一面笑道："老三还是这么慌脚鸡似的，我说你上不得高台盘。赵姨娘时常也该教导教导他才是。"[5] 一句话提醒了王夫人，王夫人便不骂贾环，便叫过赵姨娘来骂道："养出这样不知道理下流黑心种子来，也不管管！几番几次我都不理论，你们倒得了意了，[6] 这不越发上来了！"

　　那赵姨娘素日虽然也常怀嫉妒之心，不忿凤姐、宝玉两个，[7] 也不敢露出来；如今贾环又生了事，受这场恶气，不但吞声随受，而且还要替宝玉来收拾。只见宝玉左边脸上烫了一溜燎泡，幸而眼睛没动。王夫人看了，又是心疼，

1. 此时着力写母子柔情，正为强化接写宝玉被烫，王夫人的心疼。脂评只顾抒自身感触，定是畸笏无疑：余几几失声哭出。（甲）普天下幼年丧母者齐来一哭。（甲）畸笏即曹頫，必幼而丧生母者。

2. 顾忌贾环吃醋。

3. 所以后来在贾政前有诬宝玉强奸金钏未遂事，皆多日处心积虑的结果。

4. 必用凤姐上来收拾，正为其是赵姨娘将谋害的对象。阿凤活现纸上。（甲）

5. 必说出赵姨娘来。不是不教导，正是教导出来的。为下文紧一步。（庚）

6. 要激化双方冲突，这骂断不可少。"几番几次"可知下流行为非自今日始。补出素日来。（甲）

7. 点明两人。

又怕明日贾母问怎么回答，急得又把赵姨娘数落一顿。[1] 然后又安慰了宝玉一回，又命取败毒消肿药来敷上。宝玉道："有些疼，还不妨事。明儿老太太问，就说是我自己烫的罢了。"[2] 凤姐笑道："便说自己烫的，也要骂人为什么不小心看着，叫你烫了。横竖有一场气生，到明儿凭你怎么说去罢。"王夫人命人好生送了宝玉回房去后，袭人等见了都慌得了不得。

林黛玉见宝玉出了一天门，就觉得闷闷的，没个可说话的人。至晚，正打发人来问了两三遍回来没有，这遍方才说回来，偏生又烫了脸。林黛玉便赶着来瞧，只见宝玉正拿镜子照呢，左边脸上满满地敷着一脸药。黛玉只当烫得十分利害，忙上来问："怎么烫了？"要瞧瞧。宝玉见她来了，忙把脸遮着，摇手不肯叫她看。——知道她的癖性喜洁，见不得这些东西。林黛玉自己也知道有这件癖性，知道宝玉的心内怕她嫌脏，[3] 因笑道："我瞧瞧烫了哪里了，有什么遮着藏着的！"一面说，一面就凑上来，强搬着脖子瞧了一瞧，问他疼得怎么样。宝玉道："也不很疼，养一两日就好了。"黛玉坐了一回，闷闷地回房去了。一宿无话。次日，宝玉见了贾母，虽然自己承认是自己烫的，不与别人相干，免不得贾母又把跟从的人骂一顿。

过了一日，就有宝玉寄名的干娘马道婆进荣国府来请安。[4] 见了宝玉，唬了一跳，问起原故，说是烫的，便点头叹惜一回，又向宝玉脸上用指头画了几画，又口内嘟嘟嚷嚷地持诵了一回，就说道："管保你好了，这不过是一时飞灾。"又向贾母道："祖宗老菩萨哪里知道，那经典佛法上说得利害，[5] 大凡那王公卿相人家的子弟，只一生下来，暗中就有许多促狭鬼跟着他，得空便拧他一下，掐他一下，或吃饭时打下他的饭碗来，或走着推他一跌，所以往往的那大家子的子孙多有长不大的。"

1. 总是为楔紧"五鬼"一回文字。（甲）

2. 这才是宝玉。宝玉身上毛病固也不少，但姊妹们丫头们都喜欢亲近他，正因其心地纯真善良也。才遭兄弟暗算，却不记恨，写来与贾环恰成对照。玉兄自是悌之心性，一叹。（甲）又评"宝玉被烫"一段曰：为五鬼法作耳，非泛文也。雨窗。（庚）

3. 借此细节写宝玉、黛玉彼此体贴之心意。

4. 此书中第一邪恶阴毒的妇人，便是这个姓马的道婆。今研究者中有主张曹雪芹即曹頫遗腹子曹天佑者，因定其出生为1715年。若果真如此，则其生母即为马氏，小说本荒唐言，可信手拈来之姓氏何止百家，怎么偏偏将其母姓用于这一恶婆身上，这种可能性存在吗？这与雪芹将自己大名天佑（如果他真是"官州同"的曹天佑的话），用来作小说中跑龙套人物吴天佑拟名（第十六回）一样不可思议。

5. 此等邪说岂真出于"经典佛法"？不过随口编造，用来吓唬老太太，以便伺机图利耳。一段无伦无理信口开河的浑话，却句句都是耳闻目睹者，并非杜撰而有，作者与余实实经过。（甲）是畸笏叟批。

贾母听如此说，便赶着问道："这可有什么佛法解释①没有呢？"马道婆道："这个容易，只是替他多多做些因果善事也就罢了。¹再那经上还说，西方有位大光明普照菩萨，专管照耀阴暗邪祟，若有那善男子、善女子虔心供奉者，可以永佑儿孙康宁安静，再无惊恐邪祟撞客②之灾。"贾母道："倒不知怎么供奉这位菩萨呢？"马道婆道："也不值什么，不过除香烛供养之外，一天多使几斤香油，添在大海灯里。这海灯就是菩萨的现身法像③，昼夜是不敢熄的。"贾母道："一天一夜也得多少油？明白告诉我，我好做这件功德。"马道婆听如此说，便笑道："这也不拘，随施主们心愿舍罢了。像我们庙里，就有好几处的王妃诰命供奉：南安郡王太妃，她许的多，愿心大，一天是四十八斤油，一斤灯草，²那海灯也只比缸略小些；锦田侯的诰命次一等，一天不过二十四斤油；再还有几家也有五斤的，三斤的，一斤的，都不拘数。那小家子舍不起这些，就是四两半斤，也少不得替他点。"贾母听了，点头思忖。³马道婆又道："还有一件，若是为父母尊亲长上点，多舍些不妨；像老祖宗如今为宝玉，若舍多了倒不好，还怕哥儿禁不起，倒折了福，⁴也不当家④。要舍，大则七斤，小则五斤，也就是了。"⁵贾母说："既这样，你就一日五斤合准了，每月来打躉关了去⑤。"马道婆念了一声"阿弥陀佛，慈悲大菩萨"。贾母又命人来吩咐道："以后大凡宝玉出门的日子，拿几串钱交给他小子们带着，遇见僧道穷苦之人好施舍的。"

说毕，那马道婆又闲话了一回，便又往各院各房问安，闲逛了一回。一时来至赵姨娘房内，⁶二人见过，赵姨娘叫小丫头倒了茶来与她

1. 心中已有成算了。看她放下诱饵。

2. 此诈骗犯惯用骗辞的套路。贼婆先用大铺排试之。（甲）

3. 此处有两条用语相同而长短繁简不同的脂评："点头思忖"是量事之大小，非吝涩也。日费香油四十八斤，每月油二百五十余斤，合钱三百余串，为一小儿如何服众？太君细心若是。（甲）庚辰本有眉批，前两句全同，无后面"日费香油"等四五句而署为壬午夏，雨窗，畸笏。不知是先作评语较长，后删削，还是先作评语较短，后增饰。我猜是前者，因为账算错了：日费四十八斤，每月应是一千四百四十斤才对，畸笏连算账都不会，大概是后来知错而改的吧。

4. 说出仿佛设身处地为贾母着想的话来，以便让听者上钩。贼盗婆，是自太君思忖上来，后用如此数语收之，使太君必心悦诚服愿行。贼婆，贼婆！费我作者许多心机摹写也。（甲）

5. 终于开出价码来了，不信你不照付。

6. 叙来必合情合理。有"各院各房"，按此方不觉突然。（甲）

---

① 解释——这里是解除、脱免的意思。
② 撞客——迷信以为人突然精神失常是鬼神附体，叫"撞客"。
③ 现身法像——菩萨变幻出来的化身形象。
④ 不当家——不妥当。
⑤ 打躉（dǔn 盹）关了去——算出总数领走。躉，整数。关，领取。

吃。马道婆因见炕上堆着些零碎绸缎湾角，赵姨娘正粘鞋呢。马道婆道："可是我正没有鞋面子。赵奶奶，你有零碎缎子，不拘什么颜色，弄一双给我。"[1] 赵姨娘听说，叹口气道："你瞧瞧那里头，还有哪一块是成样的？成样的东西，也到不了我手里来！有的没的都在那里，你不嫌，就挑两块子去。"那马道婆见说，果真挑了两块袖起来。

赵姨娘问道："可是前日我送了五百钱去药王①跟前上供，你可收了没有？"马道婆道："早已替你上了供了。"赵姨娘叹口气道："阿弥陀佛！我手里但凡从容些，也时常地上个供，只是心有余力量不足。"马道婆道："你只管放心，将来熬得环哥儿大了，得个一官半职，[2] 那时你要做多大的功德不能？"赵姨娘听了，鼻子里笑了一声，[3] 道："罢，罢，再别说起。如今就是个样儿，我们娘儿们跟得上哪一个！也不是有了宝玉，竟是得了个活龙。他还是小孩子家，长得得人意儿，大人偏疼他些也还罢了；[4] 我只不服这个主儿。"一面说，一面伸出俩指头来。[5] 马道婆会意，便问道："可是琏二奶奶么？"赵姨娘唬得忙摇手儿，走到门前，掀帘子向外看看无人，[6] 方进来向马道婆悄悄地说道："了不得，了不得！提起这个主儿，这一分家私要不教她搬送了娘家去，我就不是个人！"[7]

马道婆道："我还用你说，难道都看不出来。也亏你们心里都不理论，只凭她去。倒也妙。"[8] 赵姨娘道："我的娘，不凭她去，难道谁还敢把她怎么样？"马道婆听说，鼻子里一笑，半晌说道："不是我说句造孽的话，你们没有本事也难怪。明不敢怎么样，暗里也就算计了，还等到这时候！"[9] 赵姨娘听这话有道理，心里暗暗地欢喜，便问道："怎么暗里算计？我倒有这心，只是没这样的能干人。你若教给我这法子，我大大的谢你。"[10] 马道婆听说这话打拢了一处，

---

① 药王——迷信认为能施良药治病痛的菩萨。

1. 必用小事引起，又见马道婆之贪心。所以听说有钱，鬼便推磨矣。

2. 随口一句奉承话，恰好引出赵姨娘的一腔怨气来。

3. 活画。

4. 视宝玉为环儿出头一大障碍，却未加恶语。赵妪数语可知玉兄之身分，况在背后之言。（甲）

5. 凤姐之威，令赵氏畏惧如此。活现赵妪。（甲）

6. 画出贼头狗脑心虚模样。

7. 所以积愤怀恨，原来为此。这是妒心的正题目。（蒙）

8. 看出赵妪心思，便激一激，以探其深浅虚实。

9. 才得了贾母为保孙平安的好处，转过身便想下毒手，还是"宝玉寄名的干娘"呢！贼婆操必胜之券，赵妪已堕术中，故敢直出明言，可畏可怕。（甲）

10. 这一句抓住了贼道婆的心。

她便又故意说道："阿弥陀佛！你快休来问我，我哪里知道这些事。罪过罪过！"[1] 赵姨娘道："又来了，你是最肯济困扶危的人，难道就眼睁睁地看着人家来摆布死了我们娘儿两个不成？还是怕我不谢你？"马道婆听说如此，便笑道："若说我不忍叫你娘儿们受人委屈还犹可，若说'谢'的这个字，可是你错打了砝码了。就便是我希图你的谢，靠你又有些什么东西能打动我？"[2] 赵姨娘听这话口气松了些，便说道："你这么个明白人，怎么也糊涂起来了。你若果然法子灵验，把他两个绝了，明日这家私不怕不是我环儿的。那时你要什么不得？"马道婆听说，低了头，半晌说道："那时候事情妥当了，又无凭据，你还理我呢！"[3] 赵姨娘道："这又何难！如今我虽手里没什么，也零零碎碎攒了几两梯己，还有几件衣服、簪子，你先拿了去。下剩的，我写个欠银子文契给你，[4] 你要什么保人也有，到那时我照数给你。"马道婆道："果然这样？"赵姨娘道："这如何撒得谎！"说着，便叫过一个心腹婆子来，耳根底下嘁嘁喳喳说了几句话。那婆子出去了，一时回来，果然写了个五百两的欠契来。赵姨娘便印了手模，[5] 走到厨柜里将梯己拿了出来，与马道婆看看，道："这个你先拿了去做香烛供奉使费，可好不好？"马道婆看看白花花的一堆银子，又有欠契，并不顾青红皂白，满口里应着，[6] 伸手先去接了银子掖起来，然后收了欠契。又向裤腰里掏了半响，掏出十几个纸铰的青脸红发的鬼来，并两个纸人，[7] 递与赵姨娘。又悄悄地道："把他两个的年庚八字写在这两个纸人身上，一并五个鬼都掖在他们各人的床上就完了。我只在家里作法，自有效验。千万小心，不要害怕！"[8] 正才说完，只见王夫人的丫鬟进来找，道："奶奶可在这里，太太等你呢。"二人方散了，不在话下。

却说黛玉因见宝玉近日烫了脸，总不出门，倒时常在一处说说话儿。这日饭后，看了二三

1. 注意"故意"二字，似拒实迎也。要做谋财害命的事，故又念佛又说"罪过"。远一步却是近一步，贼婆，贼婆！（甲）

2. 是探问能有多少回报。探谢礼大小，是如此说法，可怕可畏！（甲）

3. 不是想事情能不能做，而是想如何才能保证钱财到手，所以要索取"凭据"。

4. 急切想成事，故不惜血本，又坏又蠢。

5. 物以类聚，坏人干坏事，必有"心腹"，所以办起来十分利索。所谓狐群狗党是也，大族所在不免，看官着眼。（庚）痴妇愚妇。（甲）

6. 目的已达到，再无所求。有道婆作干娘者来看此句，"并不顾"三字怕杀人，千万件恶事，皆从三字生出来，可怕可畏可警，可长存戒之。（甲）

7. 专业得很，什么"阿弥陀佛""罪过"，其实早有准备。如此现成，想贼婆所害之人，岂止宝玉、阿凤二人哉！大家太君、夫人诚之慎之！（庚）

8. 诚其轻心，壮其贼胆，作恶老手经验谈。脂评马道婆一段：宝玉乃贼婆之寄名儿，一样下此毒手，况阿凤乎！三姑六婆之为害如此。即贾母之神明，在所不免，其他只知吃斋念佛之夫人、太君，岂能防范得来。此作者一片婆心，不避嫌疑，特为写出。看官再四着眼，吾家儿孙慎之戒之！（甲）

篇书，自觉无味，便同紫鹃、雪雁做了一回针线，更觉烦闷。便倚着房门出了一回神，信步出来，看阶下新迸出的稚笋，[1]不觉出了院门。一望园中，四顾无人，惟见花光柳影，鸟语溪声。[2]林黛玉信步便往怡红院来，只见几个丫头舀水，都在回廊上围着看画眉洗澡呢。[3]听见房内有笑声，林黛玉便入房中看时，原来是李宫裁、凤姐、宝钗都在这里呢，一见她进来，都笑道："这不又来了一个！"林黛玉笑道："今儿齐全，倒像谁下帖子请来的。"凤姐道："前儿我打发人送了两瓶茶叶去，[4]你往哪去了？"林黛玉笑道："可是，我倒忘了，多谢多谢！"凤姐儿又道："你尝了可还好不好？"没有说完，宝玉便道："论理可倒罢了，只是我说不大甚好，可也不知别人尝着怎么样。"宝钗道："味倒轻，只是颜色不很好。"[5]凤姐道："那是暹罗①进贡来的。我尝着也没什么趣儿，还不如我每日吃的呢。"黛玉道："我吃着好。"[6]宝玉道："你果然吃着好，把我这个也拿了去罢。"凤姐道："你真爱吃，我那里还有呢。"林黛玉道："果真的？我就打发人取了去了。"凤姐道："不用取去，我叫人送来就是了。我明日还有一件事求你，一同打发人送来。"

　　林黛玉听了笑道："你们听听，这是吃了她一点子茶叶，就来使唤我来了。"凤姐笑道："倒求你，你倒说这些闲话。你既吃了我们家的茶，怎么还不给我们家作媳妇？"众人听了，都一齐笑起来。[7]黛玉便红了脸，一声儿也不言语，回过头去了。李宫裁笑向宝钗道："真真我们二婶子的诙谐是好的。"[8]林黛玉含羞笑道："什么诙谐，不过是贫嘴贱舌讨人厌恶罢了！"[9]说着便啐了一口。凤姐笑道："你别作梦！给我们家作了媳妇，你想想——"便指宝玉道："你瞧，人物儿

1. 脂评又指其从诗句泛出：所谓"闲倚绣房吹柳絮"是也。（甲）此李商隐《访人不遇留别馆》诗，"绣房"原作"绣闼"。妙，妙，"笋根稚子无人见"，今得颦儿一见，何幸如之？（甲）此杜甫《漫兴九首》之七诗句。

2. 不必寻出处，自有诗情画意洋溢文字间。

3. 佳趣横生。狂风暴雨即将袭来，特用悦目赏心笔墨作反衬。闺中女儿乐事。（甲）

4. 凡与情节发展相关，即使是琐事，都不突然冒出来。有照应。（庚）

5. 因为要借"吃茶"二字说出重要趣话来，所以先对茶味茶色议论一番，以免读者轻忽。二宝答言是补出诸艳俱领过之文。乙酉冬，雪窗，畸笏老人。（庚）

6. 与凤姐说诙谐话又近了一步。卿爱因味轻也。卿如何担得起味厚之物耶？（甲）

7. 旧时女子受聘叫"吃茶"，故有此谑。二玉之配偶，在贾府上下诸人，即观者、批者、作者皆谓无疑，故常常有此点题语。我也要笑。（庚）二玉事在贾府上下诸人，即看书人、批书人皆信定一段好夫妻，书中常常每每道及，岂其不然！叹叹。（甲）既然上自贾母、下至丫环都对宝黛婚事无疑，则雪芹原意非如续书所写取钗弃黛甚明。"岂其不然"，是大家都想不到的意思。倘若凤姐后来设下"调包计"促成黛玉夭亡，而这里又故意开她的玩笑，批书人岂能不切齿，而反说"我也要笑"？

8. 好赞！该她赞。（庚）李纨是厚道人，从不嘲弄人，故曰"该她赞"。程高本删去"李宫裁"名字而篡改成"宝钗笑道：我们二嫂子的诙谐是好的。"移花接木，故意给人造成宝钗有心藏奸，与凤姐心照不宣的错觉。

9. 此句还要候查。（甲）

───────────

①　暹（xiān 先）罗——今泰国一带的古国名。

门第配不上，还是根基配不上？模样儿配不上，是家私配不上？哪一点玷辱了谁呢？"[1]

林黛玉便起身要走。宝钗便叫道："颦儿急了，还不回来坐着！走了倒没意思。"[2] 说着便站起来，拉住。只见赵姨娘和周姨娘两个人进来瞧宝玉。[3] 李宫裁、宝钗、宝玉等都让她两个坐。独凤姐只和黛玉说笑，正眼也不看她们。宝钗方欲说话时，只见王夫人房内的丫头来说："舅太太来了，请奶奶、姑娘们出去呢。"李宫裁听了，忙叫着凤姐等要走。赵、周两个也忙辞了宝玉出去。宝玉道："我也不能出去，你们好歹别叫舅母进来。"又道："林妹妹，你先站一站，我和你说一句话。"凤姐听了，回头向黛玉笑道："有人叫你说话呢。"说着便把林黛玉往里一推，[4] 和李纨一同去了。

这里宝玉拉着黛玉的袖子，只是嘻嘻地笑，心里有话，只是口里说不出来。[5] 此时，林黛玉只是禁不住把脸红涨起来了，挣着要走。宝玉忽然"嗳哟"了一声，说："好头疼！"[6] 林黛玉道："该，阿弥陀佛！"[7] 只见宝玉大叫一声："我要死！"将身一纵，离地跳有三四尺高，嘴里乱嚷乱叫，说起胡话来了。林黛玉并丫头们都唬慌了，忙去报知贾母、王夫人等。此时，王子腾的夫人也在这里，都一齐来时，宝玉越发拿刀弄杖，寻死觅活的。贾母、王夫人见了，唬得抖衣乱颤，且"儿"一声"肉"一声恸哭起来。于是惊动众人，连贾赦、邢夫人、贾珍、贾政、贾琏、贾蓉、贾芸、贾萍、薛姨妈、薛蟠并家中一干家人、上上下下里里外外众媳妇丫头等，都来园内看视，登时乱麻一般。[8] 正都没个主见，只见凤姐手持一把明晃晃钢刀砍进园来，见鸡杀鸡，见狗杀狗，见人就要杀人。[9] 众人越发慌了。周瑞媳妇忙带着几个有力量的胆壮的婆娘上去抱住，夺下刀来，抬回房去。平儿、丰儿等哭得泪天泪地。贾政等心中也有些烦难，顾了这里，丢不下那里。

别人慌张自不必讲，独有薛蟠更比诸人忙

1. 逼得凤姐将话转暗为明。写大凶之前，先给人以大吉之喜悦，以便与下文造成落差。大大一泻，好接后文。（甲）

2. 凤姐谐笑也是好意，何不大大方方坐着。宝钗绝无丝毫妒意。

3. 借瞧瞧被烫的宝玉来探虚实，不用问周是被赵拉来的。

4. 凤姐有心促宝黛成一对，再明白不过了。

5. 所谓"好事多磨""乐极悲生"竟如此写来。看似已到香巢垒成之时，却原来是人去巢倾。情节安排颇具象征性。是己受镇，说不出来，勿得错会了意。（甲）

6. 脂评赞此段用笔：自黛玉看书起，闲闲一段写来，真无容针之空。如夏日乌云四起，疾闪长雷不绝，不知雨落何时，忽然霹雳一声，倾盆大注，何快如之，何乐如之，真令人宁不叫绝！（庚）

7. 如此才真实。黛玉念佛，是吃茶之语在心故也，然摹写神妙，一丝不漏如此。己卯冬夜。（庚）

8. 宝玉的安危，惊动多少人！写玉兄惊若许人忙乱，正写太君一人之钟爱耳，看官勿被作者瞒过。（庚）

9. 一波未平，一波又起，来势更骇人。荣国府非农家大院，哪能真放养鸡狗，然文字必如此写方见景象之可怖，若拘泥于有无，则呆矣。此处焉用鸡犬。然辉煌富丽非处家之常也，鸡犬闲闲始为儿孙千年之业，故于此处必用鸡犬二字，方是一簇腾腾大舍。（甲）解说却难苟同。

到十分去：又恐薛姨妈被人挤倒，又恐薛宝钗被人瞧见，又恐香菱被人臊皮——知道贾珍等是在女人身上做功夫的，因此忙得不堪。忽一眼瞥见了林黛玉风流婉转，已酥倒在那里。[1]

当下众人七言八语，有的说请端公送祟的，有的说请巫婆跳神①的，有的又荐玉皇阁的张真人，种种喧腾不一。也曾百般的医治祈祷，问卜求神，总无效验。堪堪日落。王子腾的夫人告辞去后，次日王子腾自己亲来瞧问。接着小史侯家、邢夫人兄弟辈并各亲眷都来瞧看，[2]也有送符水的，也有荐僧道的，也都不见效。他叔嫂二人越发糊涂，不省人事，睡在床上，浑身火炭一般，口内无般不说。到夜时，那些婆娘、媳妇、丫头们都不敢上前。因此把他二人都抬到王夫人的上房内，[3]夜间派了贾芸等带着小厮们挨次轮班看守。贾母、王夫人、邢夫人、薛姨妈等寸地不离，只围着干哭。

此时贾赦、贾政又恐哭坏了贾母，日夜熬油费火，闹得人口不安，也都没有主意。贾赦还是各处去寻僧觅道。贾政见都不灵效，着实懊恼，因阻贾赦道：[4]"儿女之数，皆由天命，非人力可强者。他二人之病出于不意，百般医治不效，想天意该当如此，也只好由他们去罢。"贾赦也不理此话，仍是百般忙乱，哪里见些效验。看看三日光阴，那凤姐和宝玉躺在床上，越发连气都将没了。合家人口无不惊慌，都说没了指望，忙着将他二人的后世衣履都治备下了。贾母、王夫人、贾琏、平儿、袭人这几个人更比诸人哭得忘餐废寝，觅死寻活。赵姨妈、贾环等心中欢喜称愿。[5]

到了第四日早晨，贾母等正围着他两个哭时，只见宝玉睁开眼说道："从今以后，我可不在你家了！[6]快些收拾打发我走罢。"贾母听了这话，如同摘去心肝一般。[7]赵姨娘在旁劝道："老太太也不必过于悲痛了，哥儿已是不中用了，不如把

1. 写薛蟠忙乱一段，脂评多赞语，如：写呆兄忙是躲烦碎文字法。好想头，好笔力。《石头记》最得力处在此。（庚）忙中写闲，真大手眼，大章法。（甲）都不免过誉。

2. 以惊动亲眷前来瞧看，烘染府内忙乱不安情状。

3. 安置得妥当。收拾得干净有着落。（甲）

4. 贾赦、贾政虽都着急，但仍能看出二人处事的不同态度来。政老听由天意的话，脂评：念书人自应如是语。（甲）

5. 补明赵姬进怡红为作法也。（甲）"补明"之说不确，然前写赵姬来瞧宝玉"为作法"自不错，否则纸人如何能塞到宝玉床上。

6. "语不惊人死不休"，此之谓也。（甲）所引杜甫《江上值水如海势聊短述》诗。续书写黛玉死前亦作此语，乃效颦也。

7. 形容得出。

---

① 端公送祟、巫婆跳神——端公，巫师。旧有烧纸送鬼祟的迷信活动。巫婆烧香上供，手舞足蹈，装成神仙附体的样子，自称代神降旨，叫"跳神"。

哥儿的衣裳穿好，让他早些回去罢，也免些苦；只管舍不得他，这口气不断，他在那世里也受罪不安生。"¹这些话没说完，被贾母照脸啐了一口唾沫，骂道："烂了舌根的混账老婆，谁叫你来多嘴多舌的！你怎么知道他在那世里受罪不安生？怎么见得不中用了？你愿他死了，有什么好处？²你别做梦！他死了，我只和你们要命。素日都是你们调唆着逼他写字念书，把胆子唬破了，³见了他老子还不像个避猫鼠儿？都不是你们这起淫妇调唆的！这会子逼死了他，你们遂了心了，我饶哪一个！"一面骂，一面哭。贾政在旁听见这些话，心里越发难过，便喝退赵姨娘，自己上来委婉解劝。一时又有人来回说："两口棺材都做齐了，请老爷出去看。"贾母听了，如火上浇油一般，便骂道："是谁做了棺材？"一叠连声只叫把做棺材的拉来打死。⁴

正闹得天翻地覆，没个开交，只闻得隐隐的木鱼声响，⁵念了一句："南无解冤孽菩萨。"又听说道："有那人口不安，家宅颠倾，或逢凶险，或中邪祟不利者，我们善能医治。"贾母、王夫人等听见这些话，哪里还耐得住，便命人去快请来。贾政虽不自在，奈贾母之言如何违拗；又想如此深宅，何得听得如此真切，心中亦是希罕，便命人请了进来。⁶众人举目看时，原来是一个癞头和尚与一个跛足道人。⁷只见那和尚是怎生模样：

> 鼻如悬胆两眉长，目似明星蓄宝光，
> 破衲芒鞋无住迹，腌臜更有满头疮。

看那道人又是怎生模样，但见：

> 一足高来一足低，浑身带水又拖泥。
> 相逢若问家何处，却在蓬莱弱水西^①。⁸

贾政问道："你道友二人在哪庙焚修？"那僧笑道："长官不须多言。⁹因闻得尊府人口不利，故特来

1. 称心如愿人必有这番假惺惺姿态，可惜句句是不入耳话，贾母如何听得下去？

2. 该！挨这顿臭骂一点也不冤枉。

3. 骂至"有什么好处"，只能佩服贾母神明，其直觉丝毫不错。可一到探究原因，就犯糊涂了，是被溺爱蒙蔽住了。奇语，所谓溺爱者不明，然天生必有一段文字的。（甲）

4. 再接再厉，总要将贾母决不愿作不利估计的心情激到极限。偏写一头不了又一头之文，真步步紧之文。（甲）

5. 溺水者凡能抓住的任何浮物都不会放过。真可谓钧天九奏箫韶乐，未抵木鱼剥啄声。不费丝毫勉强，轻轻收住数百言文字，《石头记》得力处全在此处。以幻作真，以真为幻，看书人亦要如此看为幸。（甲）

6. 贾政本不甚信僧道巫师装神弄鬼事，故心态有此一番曲折。作者是幻笔，合屋俱是幻耳，焉能无闻？（甲）政老亦落幻中。（甲）

7. 二仙别来无恙。僧因凤姐，道因宝玉，一丝不乱。（甲）据此评僧道还有分工，则宝玉最后出家似乎只须一道，不必僧道都来到，也如写甄士隐、柳湘莲出家那样？不可知也。

8. 两首诗皆一半透露真身，一半形容幻相。

9. 何必寒暄，一切早了然于胸。避俗套法。（甲）

---

① 蓬莱弱水西——蓬莱仙岛在东海中。弱水在我国西部，传说不一，谓水不能浮鸿毛，所以叫"弱水"。《西游记》中唐僧取经也曾经过。一东一西，是说"无住迹"可寻，是仙界人物。

医治。"贾政道："倒有两个人中邪，不知二位有何符水？"那道人笑道："你家现放着希世奇珍，如何倒还问我们有何符水？"贾政听这话有意思，心中便动了，因说道："小儿落草时虽带了一块宝玉下来，上面说能除邪祟，[1]谁知竟不灵验。"那僧笑道："长官，你哪里知道那物的妙用。只因它如今被声色货利所迷，故此不灵验了。[2]你今且取它出来，待我们持诵持诵，只怕就好了。"[3]

贾政听说，便向宝玉项上取下那玉来递与他二人。那和尚接了过来，擎在掌上，长叹一声道："青埂峰一别，展眼已过十三载矣！人世光阴，如此迅速，尘缘满日，若似弹指！[4]可羡你当时的那段好处：

　　天不拘兮地不羁，心头无喜亦无悲；
　　却因锻炼通灵后，便向人间觅是非。[5]

可叹你今朝这番经历：

　　粉渍脂痕污宝光，绮栊昼夜困鸳鸯①。
　　沉酣一梦终须醒，冤孽偿清好散场！[6]

念毕，又摩弄一回，说了些疯话，递与贾政道："此物已灵，不可亵渎，悬于卧室上槛。将他二人安在一屋之内，除亲身妻母外，不可使外人冲犯。三十三天之后，包管身安病退，复旧如初。"说着回头便走了。贾政赶着还说，让他二人坐着吃茶，要送谢礼，他二人早已出去了。贾母等还只管使人去赶，哪里有个踪影。少不得依言将他二人就安在王夫人卧室之内，将玉悬在门上。王夫人亲自守着，不许别个人进来。

至晚间，他二人竟渐渐地醒来，说腹中饥饿。贾母、王夫人等如得了珍宝一般，[7]旋熬了米汤来与他二人吃了，精神渐长，邪祟稍退，一家子才把心放下来。[8]李宫裁并贾府三艳、薛宝钗、林黛玉、平儿、袭人等在外间听信。闻

1. 点题。（庚）竟让贾政自己说出。

2. 作者写这回非现实的充满神秘色彩的故事情节，原来是寓言，真意也在揭示"声色货利"之害，而四字又各有侧重："声色"对宝玉；"货利"对凤姐。石皆能迷，可知其害不小。观者着眼，方可读《石头记》。（甲）棒喝之声。（庚）

3. 作推测语气，好。"只怕"二字，是不知此石肯听持诵否。（庚）

4. 展眼宝玉已十三四岁了。后十六字古今同慨：年华似水，人生苦短。正点题，大荒山手捧时语。（庚）见此一句，令人可叹可惊，不忍往后再看矣。（甲）

5. 总是聪明人总被聪明所误之意。所谓越不聪明越快活。（甲）

6. 预言全书结局。"沉酣一梦"者，红楼梦也。

7. 切心人自当如此。昊天罔极之恩如何报得？哭杀幼而丧亲者。（甲）批书人再次自述是幼年丧生母者。

8. 通灵玉一段，有重要脂评数条：通灵玉听癞和尚二偈即刻灵应，抵却前回若干《庄子》及语录机锋偈子，正所谓物各有主。叹不能得见宝玉"悬崖撒手"文字为恨。丁亥夏，畸笏叟。（庚）原来初稿在誊清时被借阅者"迷失五六稿"中也有"悬崖撒手"文字。通灵玉除邪，全部只此一见，却又不灵，遇癞和尚，跛道人一点方灵应矣。写利欲之害如此。（甲）通灵玉除邪，全部百回只此一见，何得再言。僧道踪迹虚实，幻笔幻想，写幻人于幻文也。壬午孟夏，雨窗。（庚）可见此类与通灵玉有关的神秘情节，小说中除此之外不再写到。续书却又模仿此回，借通灵玉之失得，写宝玉之昏醒，以便使其能任人摆布，与宝钗成婚，是未遵原作构思。又从评语可见"全部"书稿是写完的无疑。"全部百回"四字，则可作研究原稿回数的参考。

---

① "绮栊"句——绮栊，彩色丝织品为窗纱的窗子，指代房间。困鸳鸯，沉溺于风月之事。

得吃了米汤，省了人事，别人未开口，<u>林黛玉先就念了一声"阿弥陀佛"</u>。[1] 薛宝钗便回头看了她半日，"嗤"的一笑。众人都不会意，惜春问道："宝姐姐，好好的笑什么？"宝钗笑道："我笑如来佛比人还忙，[2] 又要讲经说法，又要普度众生，这如今宝玉与凤姐姐病了，又是烧香还愿，赐福消灾；今儿才好些，又要管林姑娘的姻缘了。你说忙得可笑不可笑？"黛玉不觉红了脸，啐了一口道："你们这起人不是好人，不知怎么死！再不跟着好人学，只跟那些贫嘴恶舌的人学。"一面说，一面摔帘子出去了。〔不知端详，且听下回分解。〕

1. 宝玉刚发病时，黛玉也曾念"阿弥陀佛"来。

2. 宝钗的玩笑话，绝无醋意、恶意，一是恢复姊妹间平日的轻松气氛；二是回到发病前彼此正谈论宝黛婚姻上来。故脂评赞曰：这一句作正意看，余皆雅谑，但此一谑抵颦儿半部之谑。（庚）

【总评】

在荣国府中，凤姐和宝玉是当权者和得宠者，赵姨娘和贾环是在野的、失宠的；利益相抵触，使彼此积怨日深，矛盾冲突难以调和。双方的势力强弱本不相称，但凤姐等在明处，有恃无恐，并不设防；赵姨娘等在暗处，私下用心，防不胜防。本回写的就是这一斗争的激化，赵姨娘的邪恶阴谋差点儿得逞，凤姐等身临险境，幸运地闯过了生死关。

掀大波之前，先起小风波。贾环嫉恨宝玉得王夫人宠爱，又跟自己平日相好的丫头彩霞厮闹，咽不下这口气，便装失手用蜡灯的滚油烫伤宝玉，就是这样的风浪。贾环和赵姨娘都因此挨了一顿臭骂，更加深了怀恨。

但赵姨娘能施出来的只有三姑六婆式的下三滥报复手段，于是就有臭味相投的马道婆出现。她看准贾母爱孙心切且信佛，哄骗得老太太为海灯舍油，说的尽是蛊惑人心的话。密谈凤姐、宝玉事，与赵姨娘一拍即合，在马道婆，只要有钱捞，什么伤天害理的事都干得出来，说是"宝玉寄名的干娘"，心肠邪恶阴毒，在书中怕是已无出其右了。魇魔法是清代屡有记闻的迷信邪术，由来已久，效验如何，难以深究。小说的描写，反映社会上传闻而已。

凤姐、宝玉被邪术镇住，在荣国府不啻响起晴天霹雳。这样，情节发展也须有急转，才能造成剧变效果。凤姐调笑黛玉说："你既吃了我们家的茶，怎么还不给我们家作媳妇？"还当着众人直指宝玉说，他有哪一样"配不上"。这就把全家上下心里认定"二玉之配偶"事挑明了。话不但说到宝黛的心坎里，连读者也为这一对有情人将来"终成眷属"而高兴。就在这样事先毫无征兆的情况下，一场灾祸疾雷破山似的突然降临，荣国府顿时天翻地覆。这也就合上了"好事多磨""乐极悲生"的话。

末了，以"荒唐言"述说僧道二仙持诵通灵玉救厄故事，点出即使是宝物也会"被声色货利所迷"，可见四者危害之大；这是针对中邪者二人说的。其所念"沉酣一梦终须醒，冤孽偿清好散场"等语，则更使这次事故对凤姐、宝玉后来的命运（遭厄拘于狱神庙）具有象征意义。

第二十六回
蜂腰桥设言传蜜意　潇湘馆春困发幽情

【题解】

　　本回用甲戌本回目。其他诸本有将"蜜意"改作"心事"的，也有作"蜜语"或"密语"的；"蜂腰桥"则有改作"蘅芜苑"的。上句说的是红玉与贾芸在蜂腰桥相遇时，彼此对看一眼，借此暗传倾慕之意，以后又借手帕的失落和拾到事，互设关切语，通过小丫头坠儿传递以表示爱意，故"蜜意"二字最妥；改"蜂腰桥"为"蘅芜苑"，为求对仗工整，却不免以词害意了。下句说的是贾宝玉走至潇湘馆外，听得室内的林黛玉因春日困倦，不知不觉借《西厢记》词句以发抒心情的事。

　　话说宝玉养过了三十三天之后，不但身体强壮，亦且连脸上疮痕平服，仍回大观园内去。这也不在话下。

　　且说近日宝玉病的时节，贾芸带着家下小厮坐更看守，昼夜在这里，那红玉同众丫鬟也在这里守着宝玉，彼此相见多日，都渐渐混熟了。那红玉见贾芸手里拿的手帕子，倒像是自己从前掉的，[1]待要问他，又不好问的。不料那和尚、道士来过，用不着一切男人，贾芸仍种树去了。这件事待要放下，心内又放不下；待要问去，又怕人猜疑，正是犹豫不决、神魂不定之际，忽听窗外问道：[2]"姐姐在屋里没有？"红玉闻听，在窗眼内望外一看，原来是本院的小丫头名叫佳蕙的，因答说："在家里，你进来罢。"佳蕙听了，跑进来，就坐在床上，笑道："我好造化！才刚在院子里洗东西，宝玉叫往林姑娘那里送茶叶，花大姐姐交给我送去。可巧老太太那里给林姑娘送钱来，正分给她们的丫头们呢。见我去了，林姑娘就抓了两把给我，[3]也不知多少。你替我收着。"便把手帕子打开，把钱倒

1. 日久生情。前回梦中拾得，此又写见而生疑。两番提及，因手帕是情节发展的重要道具。

2. 不一直叙去而插入其他琐事，方呈生活自然状态。

3. 钱字从不在黛玉心上。潇湘常事出自别院婢口中反觉新鲜。（甲）此等细事是旧族大家闺中常情，今特为暴发钱奴写来作鉴，一笑。壬午夏，雨窗。（庚）

了出来，红玉替她一五一十地数了收起。

佳蕙道："你这一程子心里到底觉怎么样？依我说，你竟家去住两日，请一个大夫来瞧瞧，吃两剂药就好了。"红玉道："哪里的话，好好的家去作什么！"佳蕙道："我想起来了，林姑娘生得弱，时常她吃药，[1]你就和她要些来吃，也是一样。"红玉道："胡说！药也是混吃的？"佳蕙道："你这也不是个长法儿，又懒吃懒喝的，终究怎么样？"红玉道："怕什么，还不如早些儿死了倒干净！"[2]佳蕙道："好好的，怎么说这些话？"红玉道："你哪里知道我心里的事！"

佳蕙点头想了一会，道："可也怨不得这个地方难站。就像昨儿老太太因宝玉病了这些日子，说跟着服侍的这些人都辛苦了，如今身上好了，各处还完了愿，叫把跟的人都按着等儿赏他们。我算年纪小，上不去，不得我也不怨，像你怎么也不算在里头，我心里就不服。[3]袭人哪怕她得十个分儿，也不恼她，原该的。说良心话，谁还敢比她呢？[4]别说她素日殷勤小心，便是不殷勤小心，也拼不得。可气晴雯、绮霰她们这几个，都算在上等里去，仗着老子娘的脸面，众人倒捧着她去。你说可气不可气？"红玉道："也不犯着气她们。俗语说的'千里搭长棚①，没有个不散的筵席'，谁守谁一辈子呢？[5]不过三年五载，各人干各人的去了。那时谁还管谁呢？"这两句话不觉感动了佳蕙的心肠，由不得眼睛红了，又不好意思好端端的哭，只得勉强笑道："你这话说的却是。昨儿宝玉还说，明儿怎么样收拾房子，怎么样做衣裳，倒像有几百年的熬煎。"[6]

红玉听了，冷笑了两声，方要说话，只见一个未留头的小丫头子走进来，手里拿着些花样子并两张纸，说道："这是两个样子，叫你描出来呢。"说着向红玉掷下，回身就跑了。红玉向外问道："到底是谁的？也等不得说完就跑，谁蒸下

1. 黛玉之病弱，人人皆知，时时提起。闲言中叙出黛玉之弱，草蛇灰线。（甲）

2. 一来不被看重，二来又惹相思，竟心灰意懒如此！从旁人眼中口中出，妙极。（庚）此句令人气噎，总在无可奈何上来。（甲）

3. 大小丫头间彼此攀比，闲言碎语自多。禁不住挑拨，往往生事。

4. 却是公论，方见袭卿身分。（庚）

5. 红玉是可用之才，却位处卑微，故发此感慨。言语间直透出一股悲凉气息。如其所说："谁守谁一辈子呢？不过三年五载，各人干各人的去了。那时谁还管谁呢？"贾府后来果如所言。此时写出此等言语，令人堕泪。（甲）不但佳蕙，批书者亦泪下矣。（庚）

6. 闲评之言，恰如警世语。却是小女儿口中无味之谈，实是写宝玉不如一爆婢。（甲）

---

① 千里搭长棚——长棚，旧时豪门贵族遇婚丧之事，架起长棚来以备设宴招待宾客亲友。棚越长表明筵席越盛，故俗语的后半句接"没有个不散的筵席"。

馒头等着你，怕冷了不成！”那小丫头在窗外只说得一声：“是绮大姐姐的。”抬起脚来咕咚咕咚又跑了。红玉便赌气把那样子掷在一边，向抽屉内找笔，[1]找了半天，都是秃了的，因说道：“前儿一枝新笔，放在哪里了？怎么一时想不起来。”一面说着，一面出神，想了一会，方笑道：“是了，前儿晚上莺儿拿了去了。”便向佳惠道：“你替我取了来。”[2]佳惠道：“花大姐姐还等着我替她抬箱子呢，你自己取去罢。”红玉道：“她等着你，你还坐着闲打牙儿？我不叫你取去，她也不等着你了。坏透了的小蹄子！”说着，自己便出房来，出了怡红院，一径往宝钗院内来。[3]

刚至沁芳亭畔，只见宝玉的奶娘李嬷嬷从那边走来。红玉立住问道：“李奶奶，你老人家哪去了？怎打这里来？”李嬷嬷站住，将手一拍道：“你说说，好好的又看上了那个种树的什么云哥儿雨哥儿的，这会子逼着我叫了他来。[4]明儿叫上房里听见，可又是不好。”红玉笑道：“你老人家当真的就依着他去叫了？”李嬷嬷道：“可怎么样呢？”红玉笑道：“那一个要是知道好歹，就回不进来才是。”李嬷嬷道：“他又不痴，为什么不进来？”红玉道：“既是来了，你老人家该同他一齐来，回来叫他一个人乱碰，可是不好呢。”[5]李嬷嬷道：“我有那样工夫和他走？不过告诉了他，回来打发个小丫头子或是老婆子，带进他来就完了。”说着，拄着拐一径去了。红玉听说，便站着出神，且不去取笔。[6]

一时，只见一个小丫头子跑来，见红玉站在那里，便问道：“林姐姐，你在这里作什么呢？”红玉抬头见是小丫头子坠儿。[7]红玉道：“哪去？”坠儿道：“叫我带进芸二爷来。”说着一径跑了。这里红玉刚走至蜂腰桥门前，只见那边坠儿引着贾芸来了。那贾芸一面走，一面拿眼把红玉一溜；那红玉只装作和坠儿说话，也把眼去一溜贾芸。四目恰相对时，红玉不觉脸红了，[8]一扭身往蘅芜苑去了。不在话下。

1. 一个差遣一个。小丫头写得神情活现，有绮大姐姐命令在，怕你不听从。红玉一腔委曲怨愤，系身在怡红不能遂志，看官勿错认为芸儿害相思。（甲）相思烦恼，也不必完全排除，上回写其梦见贾芸后文字可知。既在矮檐下，怎敢不低头？（庚）

2. 又差遣佳惠，好在不受指使，否则没有自己来至蜂腰桥的机遇了。

3. 自怡红院至蘅芜苑要经蜂腰桥。曲折再四，方逼出正文来。（庚）

4. 说得有趣，这话旁人不解，红玉却明白得很。

5. 一番对话，多方试探，可见红玉心机。总是私心语，要直问又不敢，只用这等语慢慢套出，有神理。（甲）

6. 必有的神情。

7. 脂评以为“坠儿”之名有谐音贬义。坠儿者，赘儿也。人生天地间已是赘疣，况又生许多冤情孽债，叹叹。（庚）

8. 数行文字完回目前句的前半，尚有下文。红玉一段另有脂评曰：“狱神庙”回有茜雪、红玉一大回文字，惜迷失无稿，叹叹。丁亥夏，畸笏叟。（庚）狱神庙不是与狱无关的东岳庙或天齐庙，它是嫌犯待审时能与亲友人等相会及祭祀狱神（古时的皋陶或萧何）的地方，简称“狱庙”，也有称“狱神祠”的。多数设于监狱内，但并非囚房，也有设在州县治所内的。可参看《光绪顺天府志》第三册，北京古籍出版社。宝玉和凤姐曾羁留于狱神庙，备受饥寒之苦，前去相慰的二婢，恰恰是原在怡红院被撵者、失意者，这就很有意思了。作者对生活认识的深刻性叫人惊服。

这里贾芸随着坠儿，逶迤来至怡红院中。坠儿先进去回明了，然后方领贾芸进来。贾芸看时，只见院内略略有几点山石，种着芭蕉，那边有两只仙鹤在松树下剔翎。一溜回廊上吊着各色笼子、各色仙禽异鸟。上面小小五间抱厦，一色雕镂新鲜花样隔扇，上面悬着一个匾额，四个大字题道是"怡红快绿"。贾芸想道："怪道叫'怡红院'，可知原来匾上是恁样四个字。"[1]正想着，只听里面隔着纱窗子笑说道："快进来罢。我怎么就忘了你两三个月！"[2]贾芸听得是宝玉的声音，连忙进入房内，抬头一看，只见金碧辉煌，文章闪灼①，却看不见宝玉在哪里。[3]一回头，只见左边立着一架大穿衣镜，从镜后转出两个一般大的十五六岁的丫头来说："请二爷里头屋里坐。"贾芸连正眼也不敢看，连忙答应了。又进一道碧纱橱，只见一张小小填漆床上，悬着大红销金撒花帐子。宝玉穿着家常衣服，靸着鞋，倚在床上，拿着本书看。[4]见他进来，将书掷下，早堆着笑立起身来。贾芸忙上前请了安，宝玉让坐，便在下面一张椅子上坐了。宝玉笑道："只从那日见了你，我叫你往书房里来，谁知接接连连许多事情，就把你忘了。"贾芸笑道："总是我没福，偏偏又遇着叔叔身上欠安。叔叔如今可大安了？"宝玉道："大好了。我倒听见说你辛苦了好几天。"[5]贾芸道："辛苦也是该当的。叔叔大安了，也是我们一家子的造化。"[6]

说着，只见有个丫鬟端了茶来与他。那贾芸口里和宝玉说着话，眼睛却溜瞅那丫鬟：细挑身材，容长脸面，穿着银红袄儿，青缎背心，白绫细折裙。——不是别个，却是袭人。[7]那贾芸自从宝玉病了，他在里头混了两天，却把那有名人口认记了一半。[8]他也知道袭人在宝玉房中比别个不同，[9]今见她端了茶来，宝玉又在旁边坐着，便忙站起来笑道："姐姐怎么替我倒起茶来？我来

---

① 文章闪灼——花纹彩色绚烂。

1. 对"怡红快绿"脂评又感慨说：伤哉，展眼便红稀绿瘦矣，叹叹！（甲）评语指深秋萧索季节，写将来宝玉流亡归来所见怡红院的冷落凄惨景象。

2. 隔着纱窗唤，是十分兴奋状，正合前逼李嬷去叫。此文若张僧繇点睛之龙，破壁飞矣。焉得不拍案叫绝。（庚）

3. 怡红院是最要紧处，故借贾芸眼中精描数笔，以后还借刘姥姥眼中再层层雕绘。武夷九曲之文。（甲）福建武夷山有九曲溪，风景奇丽多变，故喻。

4. 一条自鸣得意的脂评让人看走了眼：这是等芸哥看，故作款式，若果真看书，在隔纱窗子说话时已放下了。玉兄若见此批，必云："老货，他处处不放松我，可恨可恨！"回思将余比作钗、颦等，乃一知己，余何幸也！一笑。（甲）有研究者据此评认为批书人是女的，恐看错了。艺术形象之创造，是复杂的综合与变形过程。并不受性别的限制。郭沫若历史剧《蔡文姬》自序云："蔡文姬就是我，是照着我写的。"能推断自序者是个女的吗？

5. 因当时在昏迷不省人事中，故用"听见说"三字。

6. 不是一家而说成一家，竭力套近乎语。谁"一家子"，可发一大笑。（庚）不伦不理迎合字样，口气逼肖，可笑可叹。（甲）

7. 说话心不在焉了。从贾芸眼中为袭人画像。《水浒》文法，用得恰当，是芸哥眼中也。（甲）

8. 不想混日子，就留心认记周边的人。一路总是贾芸是个有心人，一丝不乱。（甲）

9. 是第一个须拉近关系的人。

到叔叔这里，又不是客，让我自己倒罢了。"[1]
宝玉道："你只管坐着罢，丫头们跟前也是这
样。"贾芸笑道："虽如此说，叔叔房里姐姐们，
我怎么敢放肆呢?"[2]一面说，一面坐下吃茶。

　　那宝玉便和他说些没要紧的散话。又说
道谁家的戏子好，谁家的花园好；又告诉他
谁家的丫头标致，谁家的酒席丰盛；又是谁
家有奇货，又是谁家有异物。[3]那贾芸口里只
得顺着他说，说了一会，见宝玉有些懒懒的了，
便起身告辞。宝玉也不甚留，只说："你明儿
闲了，只管来。"仍命小丫头子坠儿送他出去。

　　出了怡红院，贾芸见四顾无人，便把脚
慢慢停着些走，口里一长一短和坠儿说话，
先问她："几岁了? 名字叫什么? 你父母在哪
一行上? 在宝叔房内几年了? 一个月多少钱?
共总宝叔房内有几个女孩子?"那坠儿见问，
便一桩桩都告诉他了。[4]贾芸又道："刚才那个
与你说话的，她可是叫小红?"坠儿笑道："她
倒叫小红。你问她作什么?"贾芸道："方才
她问你什么手帕子，我倒捡了一块。"[5]坠儿听
了笑道："她问了我好几遍，可有看见她的帕
子。我有那么大工夫管这些事! 今儿她又问
我，她说我替她找着了，她还谢我呢。才在
蘅芜苑门口说的，二爷也听见了，[6]不是我撒
谎。好二爷，你既捡着了，给我罢。我看她
拿什么谢我。"

　　原来上月贾芸进来种树之时，便捡了块
罗帕，便知是在园内的人失落的，但不知是
哪一个人的，故不敢造次。今儿听见红玉问
坠儿，便知是红玉的，心内不胜喜幸。又见
坠儿追索，心中早已得了主意，便向袖内将
自己的一块取了出来，[7]向坠儿笑道："我给是
给你，你若得了她的谢礼，可不许瞒着我。"
坠儿满口里答应了，接了手帕子，送出贾芸，
回来找红玉，不在话下。[8]

　　如今且说宝玉打发了贾芸去后，意思懒

1. 虽是丫头，却与众不同，得敬着点，礼多
不怪嘛。总写贾芸乖觉，一丝不乱。（甲）

2. 话是很得体，很漂亮，至于放肆不放肆，
要看怎么说了。红玉何以使得? （甲）

3. 有两条驳难脂评：妙极是极，况宝玉又有
何正紧可说的。（甲）此批被作者骗过了。
（庚）写这些话并非真的"没要紧"，借说
"散话"为由，补出未写到的宝玉与王公
贵族间结交往来的纨袴生活。

4. 兜着圈子一步步接近侦察目标。坠儿不假
思索，和盘托出。也许正因为她在风情月
债上牵线搭桥，才被唤作赘儿的。

5. 前蜂腰桥相遇时写道："那红玉只装作和坠
儿说话"，没有交代说了什么。至此，方
揭了底，原来是说手帕事。那么，当时红
玉就是存心说给贾芸听的，因为她见过贾
芸有一块像是自己的手帕。说者有意，听
者也有心，贾芸与坠儿的一番搭话就为要
说这一句。

6. 一块手帕又不是什么珍贵宝物，一问再问，
又让贾芸听到，可见志不在物，则"谢"
字就情思无限了，亦所谓"传蜜意"也。
"传"字正文，此处方露。（庚）

7. 是贾芸行事，与前为谋事以冰、麝送凤姐
一样用心机。

8. 留下悬念。至此一顿，狡猾之甚。原非书
中正文之人，写来间色耳。（甲）

懒地歪在床上，似有朦胧之态。袭人便走上来，坐在床沿上推他说道："怎么又要睡觉？闷得很，你出去逛逛不是？"宝玉见说，便拉她的手笑道："我要去，只是舍不得你。"袭人笑道："快起来罢！"一面说，一面拉了宝玉起来。[1]宝玉道："可往哪里去呢？怪腻腻烦烦的。"[2]袭人道："你出去了就好了。只管这么葳蕤①，越发心里烦腻。"

宝玉无精打彩的，只得依她晃出了房门，在回廊上调弄了一回雀儿，出至院外，顺着沁芳溪看了一回金鱼。只见那边山坡上两只小鹿箭也似的跑来，宝玉不解何意。正自纳闷，只见贾兰在后面拿着一张小弓儿追了下来，[3]一见宝玉在前面，便站住了，笑道："二叔叔在家里呢，我只当出门去了。"宝玉道："你又淘气了。好好的射它作什么？"贾兰笑道："这会子不念书，闲着作什么？所以演习演习骑射。"[4]宝玉道："把牙栽了，那时才不演呢。"

说着，顺着脚一径来至一个院门前，只见凤尾森森，龙吟细细②，举目望门上一看，只见匾上写着"潇湘馆"三字。[5]宝玉信步走入，只见湘帘垂地，悄无人声。走至窗前，觉得一缕幽香从碧纱窗中暗暗透出，[6]宝玉便将脸贴在纱窗上，往里看时，耳内忽听得细细地长叹了一声道："'每日家情思睡昏昏。'③"[7]宝玉听了不觉心内痒将起来，再看时，只见黛玉在床上伸懒腰。[8]宝玉在窗外笑道："为什么'每日家情思睡昏昏'？"一面说，一面掀帘子进来了。

林黛玉自觉忘情，不觉红了脸，拿袖子遮了脸，翻身向里装睡着了。宝玉才走上来要搬她的身子，只见黛玉的奶娘并两个婆子都跟了进来说："妹妹睡觉呢，等醒了再请来。"[9]刚说着，黛玉便翻身向外，坐起来，笑道："谁睡觉

1. 亲热话听来虽舒心，但当不得真。如此最好。

2. "往哪里去"，这不是什么难题，想一想，谁都能猜到。

3. 闲缓散漫之时，忽插迅疾意外之象，行文有变化。

4. 顺便写贾兰。骑射是当时八旗子弟常习的科目，故说来理直气壮。奇文奇语，默思之方意会：为玉兄毫无一正事，只知安富尊荣而写。（甲）答的何其堂皇正大，何其坦然之至。（庚）

5. 重要馆舍，须留心着色。虽宝玉常到，写来却似无意间初至，醒人眼目。"凤尾森森，龙吟细细"，词赋妙句。与后文"落叶萧萧，寒烟漠漠"一对，可伤可叹。（甲）脂评所引八字，乃将来黛玉夭亡，宝玉归来后所见潇湘馆景象，时为深秋。

6. 写得出，写得出。（甲）

7. 这是无意间说出来的，可见《西厢记》已深入颦儿血脉中了。用情忘情，神化之文。（甲）

8. 有神理，真真画出。（甲）

9. 若非婆子跟来，宝玉动手搬她，岂能成新雅文字。

---

① 葳蕤——懒散，萎靡不振。
② 凤尾森森，龙吟细细——凤尾，竹名的一种，此泛指竹的枝叶。森森，竹木茂密的样子。龙吟，形容风吹竹子发出的声音。
③ 每日家情思睡昏昏——《西厢记》第二本第一折中莺莺唱词。家，同"价"，语助词。无义。

呢？"¹那两三个婆子见黛玉起来，便笑道："我们只当姑娘睡着了。"说着，便叫紫鹃说："姑娘醒了，进来伺候。"一面说，一面都去了。

黛玉坐在床上，一面抬手整理鬓发，一面笑向宝玉道："人家睡觉，你进来作什么？"²宝玉见她星眼微饧，香腮带赤，不觉神魂早荡，一歪身坐在椅子上，笑道："你才说什么？"黛玉道："我没说什么。"宝玉笑道："给你个榧子①吃！我都听见了。"

二人正说话，只见紫鹃进来。宝玉笑道："紫鹃，把你们的好茶倒碗我吃。"紫鹃道："哪里是好的呢？要好的，只是等袭人来。"黛玉道："别理他，你先给我舀水去罢。"紫鹃笑道："他是客，自然先倒了茶来再舀水去。"说着倒茶去了。³宝玉笑道："好丫头，'若共你多情小姐同鸳帐，怎舍得叠被铺床②？'"⁴林黛玉登时撂下脸来，说道："二哥哥，你说什么？"宝玉笑道："我何尝说什么。"黛玉便哭道："如今新兴的，外头听了村话来，也说给我听；看了混账书，也来拿我取笑儿。我成了替爷们解闷的。"一面哭着，一面下床来，往外就走。⁵宝玉不知要怎样，心下慌了，忙赶上来，笑道："好妹妹，我一时该死，你别告诉去！我再要敢，嘴上就长个疔，烂了舌头。"

正说着，只见袭人走来说道："快回去穿衣服，老爷叫你呢。"⁶宝玉听了，不觉打了个焦雷一般，⁷也顾不得别的，急忙回来穿衣服。出园来，只见茗烟在二门前等着，宝玉便问道："是作什么？"茗烟道："爷快出来罢，横竖是见去的，到那里就知道了。"一面说，一面催着宝玉。

转过大厅，宝玉心里还自狐疑，只听墙角边一阵呵呵大笑，回头看时，见是薛蟠拍着手跳了出来，⁸笑道："要不说姨父叫你，你哪里出

1. 若不坐起来，宝玉非要出去不可了。妙极，可知黛玉是怕宝玉去也。（甲）

2. 当着婆子面否认睡觉，这会儿却说正睡觉，有趣。

3. 紫鹃机灵。不但知宝玉宠袭人，也更知小姐心思，岂能真怠慢宝玉。巴结宝玉，也为让黛玉舒心。写紫鹃笔墨不多，此处信手几笔，为带出宝玉"好丫头"之赞，不露一丝痕迹。

4. 是有意说的，由黛玉叹语引起，写来无丝毫牵强。虽因忘情，冲口而出，毕竟太唐突，难怪要惹恼颦儿。为反映此类书对当时年轻人的吸引力，特虚构出这番情节。可知《西厢记》《牡丹亭》在雪芹胸中，早滚瓜烂熟。

5. 不是矫情做作，那时的闺阁千金，听不得这样没遮拦的话，恼是必然的。

6. 已完回目后半事，故用袭人来截断，另起情节。若无如此文字收拾二玉，写颦无非至哥哭恼，玉只以陪尽小心软求漫恳，二人一笑而止；且书内者此亦多多矣，未免有犯雷同之病。故用险句结住，使二玉心中不得不将现事抛却，各怀一惊心意，再作下文。壬午孟夏，雨窗，畸笏。（庚）

7. 惧怕严父如此，想黛玉也同闻此焦雷了。

8. 画出薛蟠来。如此戏弄，非呆兄无人。欲释二玉，非此戏弄不能立解，勿得泛泛看过，不知作者胸中有多少丘壑。（甲）

---

① 榧子——也叫"香榧"，果仁炒食香脆。这里指用拇指和中指相拭捻，发出一种像剥榧子壳的清脆响声。叫"打榧子"，是戏谑的动作。

② "若共你"二句——《西厢记》第一本第二折中张生的唱词，宝玉自比张生，把紫鹃比作红娘，黛玉比作莺莺。

来得这么快。"茗烟也笑着跪下了。宝玉怔了半天,方解过来,是薛蟠哄他出来。薛蟠连忙打恭作揖陪不是,又求:"不要难为了小子,都是我逼他去的。"宝玉也无法了,只好笑,因说道:"你哄我也罢了,怎么说我父亲呢?我告诉姨娘去,评评这个理,可使得么?"薛蟠忙道:"好兄弟,我原为求你快些出来,就忘了忌讳这句话。改日你也哄我,说我的父亲就完了。"[1]宝玉道:"嗳,嗳,越发该死了!"又向茗烟道:"反叛肏的,还跪着作什么!"茗烟连忙叩头起来。薛蟠道:"要不是我也不敢惊动,只因明儿五月初三日是我的生日,谁知古董行的程日兴,<u>他不知哪里寻了来的这么粗、这么长粉脆的鲜藕</u>,[2]这么大的大西瓜,这么长的一尾新鲜的鲟鱼,这么大的一个暹罗国进贡的灵柏香熏的暹猪。你说,他这四样礼可难得不难得?那鱼、猪不过贵而难得,这藕和瓜亏他怎么种出来的。<u>我连忙孝敬了母亲,赶着给你们老太太、姨父、姨母送了些去。如今留了些,我要自己吃,恐怕折福,左思右想,除我之外,惟有你还配吃</u>,[3]所以特请你来。可巧唱曲儿的一个小子又才来了,我同你乐一日何如?"

一面说,一面来至他书房里。[4]只见詹光、程日兴、胡斯来、单聘仁等并唱曲儿的都在这里,见他进来,请安的,问好的,都彼此见过了。吃了茶,薛蟠即命人摆酒来。话犹未了,<u>众小厮七手八脚摆了半天,才停当归坐</u>。[5]宝玉果见瓜、藕新异,因笑道:"我的寿礼还未送来,倒先扰了。"薛蟠道:"可是呢,<u>明儿你送我什么?</u>"[6]宝玉道:"<u>我可有什么可送的?若论银钱吃穿等类的东西,究竟还不是我的,惟有或写一张字,画一张画,才算是我的</u>。"[7]

薛蟠笑道:"你提画儿,我想起来了。昨儿<u>我看人家一张春宫①,画得着实好</u>。[8]上面还有许多的字,我也没细看,只看落的款,原来是

---

① 春宫——色情画。

---

1. 没伦理的胡言乱语,出自薛蟠之口,像极。

2. 是薛蟠说话神情口气。

3. 孝心难得,却写在薛蟠身上。存正、反面人物僵化观念写书的人,再也想不到的。还怕折福,亦非人能想得到的。呆兄亦有此语,批书人至此,诵"往生咒"至恒河沙数也。(甲)此语令人哭不得,笑不得,亦真心语也。(甲)

4. 不读书人偏有书房。

5. 小厮们何曾摆过酒席?又一个写法。(庚)

6. 客气话也当真。

7. 宝玉有此想法,胜过今之啃老族多多。谁说得出,经过者方说得出,叹叹!(甲)

8. 唐寅擅长仕女画,与色情淫亵的春宫画不同,薛呆子哪里分得清。啊,呆兄所见之画也。(庚)

'庚黄'画的。¹ 真真好得了不得！"宝玉听说，心下猜疑道："古今字画也都见过些，哪里有个'庚黄'？"想了半天，不觉笑将起来，命人取过笔来，在手心里写了两个字，又问薛蟠道："你看真了是'庚黄'？"薛蟠道："怎么看不真！"宝玉将手一撒，与他看道："别是这两字罢？其实与'庚黄'相去不远。"众人都看时，原来是"唐寅"两个字，² 都笑道："想必是这两字，大爷一时眼花了也未可知。"薛蟠自觉没意思，³ 笑道："谁知他'糖银''果银'的！"

正说着，小厮来回"冯大爷来了"。宝玉便知是神武将军冯唐之子冯紫英来了。薛蟠等一齐都叫"快请"。说犹未了，只见冯紫英一路说笑，已进来。⁴ 众人忙起席让坐。冯紫英笑道："好呀！也不出门了，在家里高乐罢。"⁵ 宝玉、薛蟠都笑道："一向少会，老世伯身上康健？"紫英答道："家父倒也托庇康健。近来家母偶着了些风寒，不好了两天。"薛蟠见他面上有些青伤，便笑道："这脸上又和谁挥拳的？挂了幌子了。"冯紫英笑道："从那一遭把仇都尉的儿子打伤了，我就记了再不怄气，如何又挥拳！这个脸上，是前日打围①，在铁网山教兔鹘②捎一翅膀。"⁶ 宝玉道："几时的话？"紫英道："三月二十八日去的，前儿也就回来了。"宝玉道："怪道前儿初三四儿，我在沈世兄家赴席不见你呢。我要问，不知怎么就忘了。单你去了，还是老世伯也去了？"紫英道："可不是家父去，我没法儿，去罢了。难道我闲疯了，咱们几个人吃酒听唱的不乐，寻那个苦恼去？这一次，大不幸之中又大幸。"⁷

薛蟠众人见他吃完了茶，都说道："且入席，有话慢慢地说。"⁸ 冯紫英听说，便立起身来说道："论礼，我该陪饮几杯才是，只是今儿有一件大大要紧的事，回去还要见家父面回，

① 打围——打猎。

② 兔鹘（hú 胡）——猎鹰的一种。

---

1. 谁能识得？奇文奇文。（甲）

2. 若非宝玉聪明，如何解得此疑案。然写此笑话，亦可知雪芹其实并不讲究避讳。闲事顺笔，骂死不学之纨袴。壬午，雨窗，畸笏。（庚）

3. 实心人。（庚）

4. 豪侠之人出场。一派英气如在纸上。（甲）

5. 可知素日多各处宴游。如见其人于纸上。（庚）冯紫英一段又有批说：紫英豪侠小三段是为金闺间色之文。壬午，雨窗。（庚）写倪二、紫英、湘莲、玉菡侠文，皆各得传真写照之笔。丁亥夏，畸笏叟。（庚）惜"卫若兰射圃"文字迷失无稿。叹叹！丁亥夏，畸笏叟。（庚）可知卫若兰亦"侠"，其射圃故事，紧接今存第八十回（实第七十九回）后，因原稿被借阅者迷失，致使誊抄中断，全书终成残稿。叙射圃事起头于第七十五回。参见本书文章《曹雪芹原作为何止于七十九回？》。

6. 随事起姓。往日遇不平，怄气出手，又好臂鹰纵马围猎，笑谈中豪侠之气全出。即如脸上青伤来源，岂庸手凡笔所能写得出的。如何着想，新奇字样。（庚）

7. 读者与当时人均以为必有一段故事。

8. 已勾起听新闻兴趣来，以为可慢慢品味。

实不敢领。"薛蟠、宝玉众人哪里肯依，死拉着不放。[1] 冯紫英笑道："这又奇了。你我这些年，哪一回有这个道理的？果然不能遵命。若必定叫我领，拿大杯来，我领两杯就是了。"[2] 众人听说，只得罢了。薛蟠执壶，宝玉把盏，斟了两大海①。那冯紫英站着，一气而尽。[3] 宝玉道："你到底把这个'不幸之幸'说完了再走。"[4] 冯紫英笑道："今儿说得也不尽兴。我为这个，还要特治一东，请你们去细谈一谈；二则还有所恳之处。"[5] 说着执手就走，薛蟠道："越发说得人热刺刺的丢不下。多早晚才请我们？告诉了，也免得人犹疑。"[6] 冯紫英道："多则十日，少则八天。"一面说，一面出门上马去了。众人回来，依席又饮了一回方散。

宝玉回至园中，袭人正记挂着他去见贾政，不知是祸是福，[7] 只见宝玉醉醺醺地回来，问其原故，宝玉一一向她说了。袭人道："人家牵肠挂肚地等着，你且高乐去，也到底打发人来给个信儿。"宝玉道："我何尝不要送信儿，只因冯世兄来了，就混忘了。"

正说着，只见宝钗走进来笑道：[8] "偏②了我们新鲜东西了。"宝玉笑道："姐姐家的东西，自然先偏了我们了。"宝钗摇头笑道："昨儿哥哥倒特特地请我吃，我不吃它，叫他留着请人送人罢。我知道我的命小福薄，不配吃那个。"说着，丫鬟倒了茶来，吃茶说闲话儿，不在话下。[9]

却说那林黛玉听见贾政叫了宝玉去了，一日不回来，心中也替他忧虑。[10] 至晚饭后，闻得宝玉来了，心里要找他问问是怎么样了。一步步行来，见宝钗进宝玉的院内去了，[11] 自己也便随后走了来。刚到了沁芳桥，只见各色水禽都在池中浴水，也认不出名色来。但见一个个文

---

① 大海——大酒杯。
② 偏——占先享用。

1. 可见紫英人缘好，更因众人都想听其说出所以然来。

2. 豪爽人作豪爽语。

3. 颇有樊哙"自拔长刀割彘肩"（放翁句）之壮。

4. 心中悬念，不解不快。

5. 为说此事，还要特治一东，已吊足众人胃口，紫英的目的已达到，谜底留待第二十八回说。

6. 如此说来，后文必有一次有趣的宴请了。但不妨放一放，先说别事。实心人如此，丝毫形迹俱无，令人痛快然。（庚）

7. 回到开头，贾政唤宝玉去，是袭人切心事，何况久候未归。生员切己之事，时刻难忘。（甲）明清时，经县试、府试、院试合格的童生，进入府、州、县学，称之为生员，即通称之秀才。因经常要受到当地学官的监督和考核，故脂评借以比袭人心情。

8. 宝、黛、钗之间往来，常直进直出，并不避男女之嫌。

9. 宝钗无事来闲坐，不料却惹出二玉间一场误会。

10. 自然闻讯，亦切心事。

11. 偏偏看见，又要生出事来。《石头记》最好看处是此等章法。（甲）

彩炫耀，好看异常，因而站住看了一会。[1] 再往怡红院来，只见院门关着，黛玉便以手扣门。

谁知晴雯和碧痕正拌了嘴，没好气，[2] 忽见宝钗来了，那晴雯正把气移在宝钗身上，正在院内抱怨说："有事没事跑了来坐着，叫我们三更半夜不得睡觉！"[3] 只听又有人叫门，晴雯越发动了气，也并不问是谁，便说道："都睡下了，明儿再来罢！"[4] 林黛玉素知丫头们的情性，她们彼此玩耍惯了，恐怕院内的丫头没听真是她的声音，只当是别的丫头们了，所以不开门。[5] 因而又高声说道："是我，还不开么？"晴雯偏生还没听出来，[6] 便使性子说道："凭你是谁，二爷吩咐的，一概不准放人进来呢！"林黛玉听了，不觉气怔在门外，待要高声问她，斗起气来，自己又回思一番：[7] "虽说是舅母家如同自己家一样，到底是客边。如今父母双亡，无依无靠，现在他家依栖。如今认真淘气，也觉没趣。"一面想，一面又滚下泪珠来。正是回去不是，站着不是。正没主意。只听里面一阵笑语之声，细听一听，竟是宝玉、宝钗二人。[8] 林黛玉心中越发动了气，左思右想，忽然想起早起的事来："必定是宝玉恼我要告他的原故。[9] 但只我何尝告你去了！你也不打听打听，就恼我到这步田地。你今儿不叫我进来，难道明儿就不见面了！"越想越伤感，也不顾苍苔露冷，花径风寒，独立墙角边花阴之下，悲悲戚戚呜咽起来。[10]

原来这林黛玉秉绝代姿容，具希世俊美，不期这一哭，那附近柳枝花朵上的宿鸟栖鸦一闻此声，俱忒楞楞飞起远避，不忍再听。真是：

　　　　花魂默默无情绪，鸟梦痴痴何处惊！[11]

因有一首诗道：

　　　　颦儿才貌世应希，独抱幽芳出绣闺；
　　　　呜咽一声犹未了，落花满地鸟惊飞。

那林黛玉正自啼哭，忽听"吱喽"一声，院门开处，不知是哪一个出来。且看下回。[12]

1. 似因贪看水禽浴水而留步，实则更因想到宝钗刚进去，自己不宜立即跟进也。用笔极细密，又合情合理。

2. 恰值一块爆炭被点着，难免火星四溅。

3. 如此铺垫，必不可少。犯宝钗如此写法。（甲）指明人则暗写。（甲）

4. 先没好气，接着移气，后越发动气，顺理成章。犯黛玉如此明写。（甲）不知人则明写。（甲）

5. 黛玉心思细密，必有此一想方在情理之中。

6. 晴雯本心浮气躁，又在火头上，如何肯细细分辨！想黛玉高声亦不过你我平时说话一样耳，况晴雯素昔浮躁多气之人，如何辨得出。此则须得批书人唱"大江东去"的喉咙，嚷着"是我林黛玉叫门"方可。又想若开了门，如何有后面许多好字样好文章，看官者意为是否？（甲）晴雯迁怒一段评：晴雯迁怒是常事耳，写钗、颦二卿身上，与踢袭人之文，令人于何处设想着笔？丁亥夏，畸笏叟。（庚）踢袭人事在第三十回末。

7. 若无这番回思，真的隔着门斗气质问，便不是林黛玉了。

8. 再接再厉，无一懈怠之笔。

9. 先听说不准放人进来，又传出笑语之声，确有点像故意要气人。

10. 可怜杀，可疼杀，余亦泪下。（甲）

11. 花鸟无情物，与忍不忍本不相干。此种非现实的描述，在《红楼梦》中也有运用，多出现在需要竭力渲染的关键性细节上，能提升诗意境界和感染效果，而无损于艺术的真实性。沉鱼落雁，闭月羞花，原来是哭了出来的。一笑。（庚）

12. 每阅此本掩卷者，十有八九不忍下阅看完，想作者此时泪下如豆矣。（甲）

【总评】

　　此回前半着重写贾芸与红玉（小红）的几次碰面，两情未了。红玉所说"'千里搭长棚，没有个不散的筵席'，谁守谁一辈子呢？不过三年五载，各人干各人的去了"的话，也是谶语。贾芸到怡红院去，遇见小丫头坠儿，坠儿遂成传递信物——手帕的穿线人。

　　宝玉出来漫步，见贾兰追射小鹿，说是"演习演习骑射"，此旗人子弟之训练课目也，可为后来"卫若兰射圃"文字（原稿在一次誊清时被借阅者迷失）作引。宝玉进潇湘馆，来至窗前，听到黛玉用《西厢记》中唱词叹"每日家情思睡昏昏"，进屋后，宝玉也同样引句调笑紫鹃说"好丫头，'若共你多情小姐同鸳帐，怎舍得叠被铺床？'"是照应数回前共读《西厢》事，写透此类书对年轻人影响之深。

　　宝玉被茗烟骗出来，说是老爷传唤，其实是薛蟠邀他，借此对这个呆霸王之为人有所勾勒，错读"庚黄"事可入《笑林》。冯紫英出场，寥寥数语，已画出他粗犷豪爽的个性来，他说过些天"还要特治一东，请你们去细谈一谈"，为后回宝玉到冯家，与紫英、玉菡、薛蟠、云儿等聚饮行令事，先牵出头来。

　　回末黛玉来到宝玉处打听消息，叩门被正动气的晴雯使性子顶撞，不得而入，因而气苦，伤心落泪一段，创造性地运用诗化语言，拉开了下回葬花情节的序幕。

第 二 十 七 回
滴翠亭杨妃戏彩蝶　埋香冢飞燕泣残红

【题解】

　　本回回目诸本基本相同。我国古代美人中汉代的赵飞燕体态轻盈，唐代的杨贵妃（玉环）长得丰满，有"燕瘦环肥"之称。故回目中借"杨妃"比薛宝钗，"飞燕"比林黛玉。前句说，宝钗见一对美丽的大蝴蝶，想扑来玩，追至滴翠亭外，无意中听到两个小丫头在亭内谈隐私——借送还手帕暗传男女情愫事。后句说，黛玉错怪宝玉不开门后，次日独自到曾与宝玉葬过桃花的山坡上去葬花，并念成《葬花吟》以寄托内心的委屈和感伤。恰被也来葬花的宝玉听到。

　　话说林黛玉正自悲泣，忽听院门响处，只见宝钗出来了，宝玉、袭人一群人送了出来。待要上去问着宝玉，又恐当着众人问，羞了他倒不便，[1]因而闪过一旁，让宝钗去了，宝玉等进去关了门，方转过来，犹望着门洒了几点泪。[2]自觉无味，便转身回来，无精打彩地卸了残妆。

　　紫鹃、雪雁素日知道她的情性：无事闷坐，不是愁眉，便是长叹，且好端端的不知为了什么，便常常的就自泪自干。[3]先时还解劝，怕她思父母，想家乡，受了委屈，用话来宽慰解劝。谁知后来一年一月的竟常常的如此，把这个样儿看惯，也都不理论了。所以没人去理，由她去闷坐，[4]只管睡觉去了。那林黛玉倚着床栏杆，两手抱着膝，眼睛含着泪，好似木雕泥塑的一般，[5]直坐到三更多天，方才睡了。一宿无话。

　　至次日，乃是四月二十六日，原来这日未时交芒种节。尚古风俗：凡交芒种节的这日，都要设摆各色礼物，祭饯花神，言芒种一过，便是夏日了，众花皆卸，花神退位，须要饯行。[6]然闺中更兴这件风俗，所以大观园中之人都早起来了。那些女

1. 必有的想头。

2. "犹望着门"四字，想见其一时惊怪、疑惑、失落种种复杂感情的神态。

3. 多愁善感的性情，于此总写一笔。补写，却是避繁文法。（庚）

4. 伤感是常事，因看惯而麻木也是常情。所谓"久病床前少孝子"是也。（庚）

5. 心结难解，夜坐出神，竟如"木雕泥塑"，能不令人恻恻！

6. 遍查岁时风俗书，不见有记此事者，即批书人亦似未曾闻知。饯花风俗，不论是否真有出典，应看作是作者为象征将来大观园风流云散、群芳落尽而创造的，虽然说得似乎煞有介事。在薄命的众多女儿中，黛玉自可作为代表，因此又由她来吟成葬花词。《葬花吟》是大观园诸艳之归源小引，故用在饯花日诸艳毕集之期。饯花日不论其典与不典，只取其韵致生趣耳。（庚）无论事之有无，看去有理。（庚）

孩子们或用花瓣、柳枝编成轿马的，或用绫锦、纱罗叠成干旄旌幢①的，都用彩线系了。每一棵树每一枝花上，都系上了这些物事。满园中绣带飘飘，花枝招展，¹更又兼这些人打扮得桃羞杏让，燕妒莺惭，²一时也道不尽。

且说宝钗、迎春、探春、惜春、李纨、凤姐等并大姐、香菱与众丫鬟们都在园内玩耍，³独不见林黛玉。迎春因说道："林妹妹怎么不见？好个懒丫头！这会子还睡觉不成？"宝钗道："你们等着，我去闹了她来。"⁴说着便丢下众人，一直往潇湘馆来。正走着，只见文官等十二个女孩子也来了，⁵见宝钗问了好，说了一回闲话。宝钗回身指道："她们都在那里呢，你们找去罢。我叫林姑娘去就来。"说着便往潇湘馆来。忽见宝玉进去了，宝钗便站住，低头想了一想：宝玉和黛玉是从小一处长大，他二人间多有不避嫌疑之处，嘲笑喜怒无常；况且黛玉素习猜忌，好弄小性儿。⁶此刻自己也跟了进去，一则宝玉不便，二则黛玉嫌疑。倒是回来的妙。⁷想毕，抽身要寻别的姊妹去。

忽见面前一双玉色蝴蝶，大如团扇，一上一下地迎风翩跹，十分有趣。宝钗意欲扑了来玩耍，遂向袖中取出扇子来，⁸向草地下来扑。只见那一双蝴蝶忽起忽落，来来往往，穿花度柳，将欲过河。倒引得宝钗蹑手蹑脚的，一直跟到池中的滴翠亭，香汗淋漓，娇喘细细，也无心扑了。⁹刚欲回来，只听亭子里边嘁嘁喳喳有人说话。¹⁰原来这亭子四面俱是游廊曲桥，盖造在池中，周围都是雕镂隔子糊着纸。¹¹

宝钗在亭外听见说话，便煞住脚，往

1. 虽属想象虚构，却描述得满园五彩缤纷，历历在目。数句大观园景倍胜省亲一回，在一园人俱得闲闲寻乐上看。彼时只有元春一人闲耳。（甲）

2. 此类四字句，从文学传统意象中提炼而得，是作者所长。桃杏燕莺是这样的用法。（甲）

3. 列举群芳名字，连大姐都点出，此脂评所谓"诸艳毕集"也；而凤姐与后赏识红玉有关，故必当有。写凤姐随大众一笔，不见红玉一段则认为泛文矣，何一丝不漏若此！畸笏。（庚）

4. 宝钗是去找黛玉的，记清。

5. 作者既赋予"众花皆卸，花神退位"之饯花辰以红颜命薄如花的象征意义，那么群芳之中岂能没有那些唱戏的十二个女孩子，所以也顺便捎带一句。一人不漏。（庚）

6. 旁观者清，况宝钗之见识，从其心目中总写宝黛之间关系及黛玉平素习性。道尽二玉连日事。（庚）

7. 二玉亲近，宝钗并不在意，此时则以避嫌为是。道尽黛玉每每小性，全不在宝钗心上。（甲）

8. 写出女儿活泼好玩耍天性。今见有作"宝钗扑蝶"图者，画其手执团扇，乃不细读原文故。袖中之扇，折叠扇也。可是一味知书识礼女夫子行止？写宝钗无不相宜。（甲）

9. 宝钗体丰，形容得当。若玉兄在，必有许多张罗。（庚）原无可无不可。（庚）指无心再扑。

10. 忽起波澜。无闲纸闲笔之文如此。（甲）

11. 交代清亭子构筑，是情节发展的需要。

---

① 干旄（máo 毛）旌幢——古时的仪仗用具，此为送花神别去时用。干，盾牌。旄，顶端用牦牛尾作装饰的旗。旌，似旄，有彩羽为饰。幢，形似伞的旗。

里细听，只听说道："你瞧瞧这手帕子，果然是你丢的那块，你就拿着；要不是，就还芸二爷去。"[1] 又有一人道："可不是我那块！拿来给我罢。"又听说道："你拿什么谢我呢？难道白寻了来不成？"又答道："我既许了谢你，自然不哄你。"又听说道："我寻了来给你，自然谢我；但只是捡的人，你就不拿什么谢他？"又回道："你别胡说！他是个爷们家，捡了我们的东西，自然该还的。叫我拿什么给他呢？"又听说道："你不谢他，我怎么回他呢？况且他再三再四地和我说了，若没谢的，不许我给你呢。"半晌，又听答道："也罢，拿我这个给他，就算谢他的罢。[2]——你要告诉别人呢？须说个誓来。"又听说道："我要告诉一个人，就长一个疔，日后不得好死！"又听说道："嗳呀！咱们只顾说话，看有人来悄悄地在外头听见。[3] 不如把这隔子都推开了，[4] 便是有人见咱们在这里，他们只当我们说玩话呢。若走到跟前，咱们也看得见，就别说了。"

宝钗在外面听见这话，心中吃惊，[5] 想道："怪道从古至今那些奸淫狗盗的人，心机都不错。[6] 这一开了，见我在这里，她们岂不臊？况才说话的语音儿，大似宝玉房里的红儿。她素昔眼空心大，最是个头等刁钻古怪的东西。今儿我听了她的短儿，一时人急造反，狗急跳墙，不但生事，而且我还没趣。如今便赶着躲了，料也躲不及，少不得要使个'金蝉脱壳'的法子……"犹未想完，只听"咯吱"一声，[7] 宝钗便故意放重了脚步，笑着叫道："颦儿，我看你往哪里藏！"[8] 一面说，一面故意往前赶。那亭子里的红玉、坠儿刚一推窗，只听宝钗如此说着往前赶，两个人都唬怔了。[9] 宝钗反向她二人笑道："你们把林姑娘藏在哪里了？"[10] 坠儿道："何曾见林姑娘了？"宝钗道："我才在河边看着她在这里蹲着弄水儿的。我要悄

1. 原稿下半部有贾芸、红玉故事，亦重要角色。但其两情相悦事，却多用侧笔叙出，变化不板。这桩风流案，又一体写法，甚当。己卯冬夜。（庚）

2. 谢礼是何物？珠花头饰或者还是手帕？不必说出，反正总是传情信物。

3. 出语惊心，自知见不得人。这是自难自法，好极好极！惯用险笔如此。壬午夏，雨窗。（庚）

4. 未见人，先斗智。贼起飞志，不假。（庚）

5. 两种道德观猝然相遇。四字写宝钗守身如此。（甲）

6. 道尽矣。（庚）"想道"二字着眼，以下交代清宝钗恪守的准则、对人事的洞察力和自己行止的动机。

7. "犹未想完"四字着眼，推窗声如迅雷不及掩耳。

8. 反应间不容发。"放重了脚步"，让亭内听来像刚赶到；"笑着叫"，像根本不知亭内有人；喊"颦儿"，最最现成，宝钗本就为找黛玉而来。闺中弱女机变如此之便，如此之急。（庚）

9. 正心虚提防之时，能不丧胆？

10. 又一"笑"字，以攻为守，精彩演技。像极，好煞，妙煞，焉得不拍案叫绝！（庚）

悄地唬她一跳，还没有走到跟前，她倒看见我了，朝东一绕就不见了。别是藏在这里头了。"一面说，一面故意进去寻了一寻，抽身就走，[1] 口里说道："一定又是在那山子洞里去。遇见蛇，咬一口也罢了。"一面说一面走，心中又好笑：这件事算遮过去了，不知她二人是怎么样。[2]

谁知红玉听了宝钗的话，便信以为真，[3] 让宝钗去远，便拉坠儿道："了不得了！林姑娘蹲在这里，一定听了话去了！"坠儿听说，也半日不言语。[4] 红玉又道："这可怎么样呢？"坠儿道："便是听了，管谁筋疼，各人干各人的就完了。"[5] 红玉道："若是宝姑娘听见还倒罢了。林姑娘嘴里又爱刻薄人，心里又细，她一听见了，倘或走露了，怎么样呢？"[6] 二人正说着，只见文官、香菱、司棋、待书等上亭子来了。二人只得掩住这话，且和她们玩笑。

只见凤姐儿站在山坡上招手叫红玉，[7] 红玉连忙弃了众人，跑至凤姐前，堆着笑问："奶奶使唤作什么？"凤姐打量了一打量，见她生得干净俏丽，说话知趣，[8] 因说道："我的丫头今儿没跟进来。我这会子想起一件事来，要使唤个人出去，可不知你能干不能干，说得齐全不齐全？"红玉道："奶奶有什么话，只管吩咐我说去。若说不齐全，误了奶奶的事，凭奶奶责罚罢了。"[9] 凤姐笑道："你是谁房里的？我使你出去，他回来找你，我好替你答应。"红玉道："我是宝二爷房里的。"凤姐听了笑道："嗳哟！你原来是宝玉房里的，怪道呢！[10] 也罢了，等他问，我替你说。你到我家，告诉你平姐姐：外头屋里桌子上汝窑盘子架儿底下放着一卷银子，那是一百二十两，给绣匠的工价，等张材家的来要，当面称给她瞧了，再给她拿去。再里头屋里床上有个小荷包拿了来给我。"[11]

1. 必演到十二分像。像极，是极。（庚）

2. 有人以为宝钗有心藏奸，借机嫁祸黛玉，是误会了作意。宝钗当时的心理活动，小说已和盘托出，所谓"想道""犹未想完"是也。把没有的动机硬栽在她身上，或是受续书写钗代黛嫁等情节的影响。真弄婴儿，轻便如此，即余至此亦要发笑。（甲）亭外急智脱壳，明写宝钗非拘拘然一迂女夫子。（甲）

3. 宝钗身分。（甲）

4. 沉思神情，想：会听见吗？听见了会怎样？

5. 没有答案，无可奈何，只能如此说。勉强语。（庚）

6. 丫头间的"钗黛论"。与宝钗初到贾府，作者评说钗黛的话一致。

7. 机缘来了。

8. 第一眼印象不错。

9. 答得那么自信，与宝钗前所想"她素昔眼空心大"恰吻合。

10. 宝玉房里的自然不同，怪不得长得如此"干净俏丽"。

11. 这番话要"说得齐全"，非得十分"能干"的丫头不可。

红玉听了，撤身去了。回来只见凤姐不在这山坡上了。因见司棋从山洞里出来，站着系裙子①，¹ 便上来问道：“姐姐不知道二奶奶往哪里去了？”司棋道：“没理论。”红玉听了，又往四下里看，只见那边探春、宝钗在池边看鱼。红玉便走来陪笑问道：“姑娘们可看见二奶奶没有？”探春道：“往大奶奶院里找去。”红玉听了，才往稻香村来，顶头只见晴雯、绮霰、碧痕、² 紫绡、麝月、待书、入画、莺儿等一群人来了。晴雯一见了红玉，便说道：“你只是疯罢！花儿也不浇，雀儿也不喂，茶炉子也不燶②，就在外头逛。”³ 红玉道：“昨儿二爷说了，今儿不用浇花，过一日再浇罢。我喂雀儿的时候，姐姐还睡觉呢。”碧痕道：“茶炉子呢？”红玉道：“今儿不该我燶的班儿，有茶没茶别问我。”⁴ 绮霰道：“你听听她的嘴！你们别说了，让她逛去罢。”红玉道：“你们再问问，我逛了没有。二奶奶才使唤我说话取东西去的。”说着将荷包举给她们看，方没言语了，大家分路走开。⁵ 晴雯冷笑道：“怪道呢！原来爬上高枝儿去了，把我们不放在眼里。不知说了一句半句话，名儿姓儿知道了不曾呢，就把她兴得这样！这一遭儿半遭儿的算不得什么，过了后儿还得听呵！有本事的从今儿出了这园子，长长远远的在高枝儿上才算得。”⁶ 一面说着走了。

这里红玉听说，也不便分证，只得忍着气来找凤姐，到了李氏房中，果见凤姐在那里说话儿呢。红玉便上来回道：“平姐姐说，奶奶刚出来了，她就把银子收起来了，才张材家的来取，当面称了给她拿去了。”说着将荷包递了上来，⁷ 又道：“平姐姐叫回奶奶说：旺儿进来讨奶奶的示下，好往那家子去的。平姐姐就把那话按着奶奶的主意打发他去了。”凤姐笑

1. 小点缀，一笑。（庚）此批未见作者插这句话的真正用意：是为司棋后来事而有。见注释①。

2. 第二十四回末有红玉给宝玉倒茶，遭秋纹、碧痕恶语一段，此时为凤姐赏识而得意，正需再次强调她一直以来受宝玉房中丫头们压制排挤的处境，故安排她遇见晴雯一干人。又一折。（庚）

3. 必有此数句，方引出称心得意之语来。（庚）

4. 所责种种不是，一一据理反驳。红玉不是可随便让人捏的软柿子。

5. 说得更理直气壮，众人不再言语是怕惹事，得罪二奶奶谁担当得起？独心高的晴雯敢回嘴。非小红夸耀，系尔等逼出来的，离怡红意已定矣。（甲）众女儿何苦自讨之。（甲）得意称心如意，在此一举荷包。（庚）

6. 本以为上不了高枝，故用此话气她，不料真会另移高枝。虽是醋语，却兴下无痕。（庚）

7. 交代的事办完，不差半点。

① 因见司棋从山洞里出来，站着系裙子——后来鸳鸯无意中发现司棋幽会，也在这种地方，这里写她解手是伏笔。

② 燶（lóng 龙）——生火。

道："她怎么按我的主意打发去了？"红玉道："平姐姐说：我们奶奶问这里奶奶好。原是我们二爷不在家，虽然迟了两天，只管请奶奶放心。等五奶奶好些，我们奶奶还会了五奶奶来瞧奶奶呢。五奶奶前儿打发了人来说，舅奶奶带了信来了，问奶奶好，还要和这里的姑奶奶寻两丸延年神验万全丹。若有了，奶奶打发人来，只管送在我们奶奶这里。明儿有人去，就顺路给那边舅奶奶带去的。"[1]

话未说完，李纨笑道："嗳哟哟！这话我就不懂了。什么'奶奶''爷爷'的一大堆。"[2]凤姐笑道："怨不得你不懂，这是四五门子的话呢。"说着又向红玉笑道："好孩子，倒难为你说得齐全。[3]别像她们扭扭捏捏蚊子似的。"[4]嫂子你不知道，如今除了我随手使的这几个人之外，我就怕和别人说话。她们必定把一句话拉长了作两三截儿，咬文咬字，拿着腔儿，哼哼唧唧的，急得我冒火。先时我们平儿也是这么着，我就问着她：难道必定装蚊子哼哼就是美人了？[5]说了几遭，才好些了。"李宫裁笑道："都像你破落户才好。"凤姐又道："这个丫头就好。方才说话虽不多，听那口气就简断。"[6]说着又向红玉笑道："你明儿服侍我去罢。我认你作女儿，我再调理调理，你就出息了。"[7]

红玉听了，扑嗤一笑。凤姐道："你怎么笑？你说我年轻，比你能大几岁，就作你的妈了？你别做春梦呢！你打听打听，这些人都比你大的大的，赶着我叫妈，我还不理呢！"[8]红玉笑道："我不是笑这个，我笑奶奶认错了辈数了。我妈是奶奶的女儿，[9]这会子又认我作女儿。"凤姐道："谁是你妈？"李宫裁笑道："你原来不认得她？她就是林之孝之女。"[10]凤姐听了，十分诧异，因笑问道："哦！原来是他的丫头！"又笑道："林之孝两口子都是锥子扎不出一声儿来的。我成日家说，他们倒是配就了的一对，夫妻一双，天聋地哑。[11]哪里承望养出这么个伶俐丫头来！你十几岁了？"红玉道："十七了。"又问名字，红玉

1. 红玉传平儿的回话，将"我们奶奶""这里奶奶""五奶奶""舅奶奶""这里的姑奶奶"等"四五门子"的事一气说尽，真是一篇比绕口令还复杂精彩的绝妙说辞。也只有极富于幽默感和文字才能的作者笔下才有。聪明机灵的红玉于此得以大显一番身手。

2. 借李纨听不懂作渲染。又一润色。（庚）

3. 难得凤姐夸奖，真投了缘。红玉今日方遂心如意，却为宝玉后伏线。（甲）（此批原错位于李纨话旁。）脂评另有"狱神庙回有茜雪、红玉一大回文字"（第十六回评）、"狱神庙慰宝玉"（第二十回评）等语，这里所谓"为宝玉后伏线"当与佚稿中狱神庙情节有关。

4. 凤姐之好恶突显其风格。骂死假斯文。（庚）

5. 贬杀，骂杀。（庚）

6. 先面赞，再向李纨夸其好，不容易。小红说话"简断"，正合凤姐所好。红玉此刻心内想，可惜晴雯等不在旁。（甲）

7. 这是真心喜欢，一眼便认准是可造就之材。看来小红后来定有一番作为。不假。（庚）

8. 地位尊卑，比年龄大小重要，只看贾芸愿认宝玉作父亲便知。

9. 述发笑缘故，证明凤姐的话不妄。所以说"比你大的大的"。（庚）

10. 前面只说小红"原是荣国府中世代的旧仆，她父母现在收管各处房田事务"（第二十四回末），此时说清。管家之女，而晴卿辈挤之，招祸之媒也。（甲）

11. 说话何其生猛，全个性化语言。用得是阿凤口角。（甲）

道："原叫红玉的，因为重了宝二爷，如今叫红儿了。"[1]

凤姐听了，将眉一皱，把头一回，说道："讨人嫌得很！得了玉的便宜似的，你也玉，我也玉。"因说道："既这么着，上月我还和她妈说：'赖大家的如今事多，也不知这府里谁是谁，你替我好好地挑两个丫头我使'，她一般地答应，她饶①不挑，倒把她这女孩子送了别处去。难道跟我必定不好？"[2]李纨笑道："你可是又多心了。她进来在先，你说话在后，怎么怨得她妈呢！"凤姐道："既这么着，明儿我和宝玉说，叫他再要人，叫这丫头跟我去。[3]可不知本人愿意不愿意？"[4]红玉笑道："愿意不愿意，我们不敢说。只是跟着奶奶，我们也学些眉眼高低、出入上下、大小的事也得见识见识。"[5]刚说着，只见王夫人的丫头来请，[6]凤姐便辞了李宫裁去了。红玉回怡红院，不在话下。

如今且说林黛玉因夜间失寐，次日起迟了，闻得众姊妹都在园中作饯花会，恐人笑她痴懒，连忙梳洗了出来。刚到了院中，只见宝玉进门来了，笑道："好妹妹，昨儿可告我不曾？教我悬了一夜心。"[7]林黛玉便回头叫紫鹃道：[8]"把屋子收拾了，下一扇纱屉子；看那大燕子回来，把帘子放下来，拿狮子②倚住；烧了香，就把炉罩上。"一面说一面仍往外走。宝玉见她这样，还认作是昨日中晌的事，哪知晚间的这段公案，[9]还打恭作揖的。林黛玉正眼也不看，各自出了院门，一直找别的姊妹去了。宝玉心中纳闷，自己猜疑：看起这个光景来，不像是为昨日的事；但只昨日我回来得晚了，又没有见她，再没有冲撞

① 饶——不但。
② 狮子——指压帘用的石狮子。

1. 所以都叫她小红。

2. 借多心出怨言，写小红被凤姐实实看中。

3. 必先和宝玉商量，因姊弟关系特别融洽。有悌弟之心。（甲）

4. 这是一定要问的，也给小红有表白心意机会。总是追足红玉十分心事。（庚）

5. 措辞极好。"不敢说"者，岂宜自己选择主人？况宝玉对小红不错，只是难被其手下人所容耳。想到能跟着凤姐必有出头机会，故十分乐意又非明白说出不可。千愿意万愿意之言。（庚）且系本心本意，狱神庙回内方见。（甲）小红答凤姐一段，又有评说：奸邪婢岂是怡红应答者，故即逐之。前良儿，后坠儿，便是确证。作者又不得可也。己卯冬夜。（庚）此系未见"抄没""狱神庙"诸事，故有此批。丁亥夏，畸笏。（庚）两条评，后一条纠正前一条，前评称小红为"奸邪婢"，还以为作者有意将她"逐"出怡红院，太道学，太误看了，即使未见后来她的作为。坠儿因偷虾须镯被逐出贾府，良儿事只言谈中提到，均见第五十二回。

6. 该写的都写出，故打住。截得真好。（庚）

7. 故意逗黛玉。明知无是事，不得不作开谈。（甲）

8. 装作没有看见、没有听见，才有一番看来多余的嘱咐。

9. 本不信真会生气，今见如此，反疑是被调笑惹恼。

了她的去处。一面想，一面走，又由不得从后面追了来。[1]

只见宝钗、探春正在那边看鹤舞，[2]见黛玉来了，三个一同站着说话儿。又见宝玉来了，探春便笑道："宝哥哥，身上好？整整三天没见了。"[3]宝玉笑道："妹妹身上好？我前儿还在大嫂子跟前问你呢。"探春道："宝哥哥，往这里来，我和你说话。"[4]宝玉听说，便跟了她，来到一棵石榴树下。探春因说道："这几天老爷可叫你没有？"宝玉道："没有叫。"探春说："昨儿我恍惚听见说老爷叫你出去的。"[5]宝玉笑道："那想是别人听错了，并没叫的。"[6]探春又笑道："这几个月，我又攒下有十来吊钱了。你还拿去，明儿出门逛去的时候，或是好字画、书籍、卷册，轻巧玩意儿，给我带些来。"宝玉道："我这么城里城外、大廊小庙的逛，也没见个新奇精致东西，左不过是金玉铜器、没处摆的古董，再就是绸缎、吃食、衣服了。"探春道："谁要那些！像你上回买的那柳条儿编的小篮子，整竹子根抠的香盒子，胶泥垛的风炉儿，这就好。[7]把我喜欢得什么似的，谁知她们都爱上了，都当宝贝似的抢了去了。"宝玉笑道："原来要这个。这不值什么，拿五百钱出去给小子们，管拉两车来。"[8]探春道："小厮们知道什么！你拣那朴而不俗、直而不拙[9]者，这些东西，你多多地替我带了来。我还像上回的鞋做一双你穿，比那双还加工夫，[10]如何呢？"

宝玉笑道："你提起鞋来，我想起个故事来了：那一回我穿着，可巧遇见了老爷，[11]老爷就不受用，问是谁做的。我哪里敢提'三妹妹'三个字，我就回说是前儿我的生日，是舅母给的。[12]老爷听了是舅母给的，才不好说什么，半日还

1. 疑团不解，非问清不可。

2. 若追上解释和好，便无妙文可看，故有钗、探挡路。二玉文字岂是容易写的，故有此截。（庚）《石头记》用截法、岔法、突然法、伏线法、由近渐远法、将繁改简法、重作轻抹法、虚敲实应法，种种诸法，总在人意料之外，且不曾见一丝牵强，所谓"信手拈来无不是"是也，己卯冬夜。（庚）

3. 宝、探兄妹感情深挚，一开口便不同，既见面，定有许多话要说。横云截岭，好极妙极。二玉文原不易写，《石头记》得力处在兹。（甲）

4. 显见有梯己话要说。是移一处语。（庚）

5. 先问宝玉事，可见关心。老爷叫宝玉再无喜事，故园中合宅皆知。（甲）

6. 若说出薛蟠哄骗事，涉及他人，倘再传开去，不好，不如否认。非谎也，避繁也。（甲）又评宝、探一段说：若无此一岔，二玉和合，则成嚼蜡文字，《石头记》得力处正此。丁亥夏，畸笏叟。（庚）

7. 补出前兄妹间送小物件事及探春之爱好。

8. 不知物理艰难，公子口气也。（庚）此评有点一本正经，缺乏幽默感。宝玉岂是呆公子，故意说说趣话而已。

9. 八字可作诗文评。是论物是论人，看官着眼。（甲）

10. 又补出做鞋事，见关爱之深，且又牵出故事来。

11. 补出贾政，活现其为人。补遗法。（庚）

12. 机警。

说:'何苦来! 虚耗人力, 作践绫罗, 作这样的东西。'我回来告诉了袭人, 袭人说, 这还罢了, 赵姨娘气得抱怨得了不得:[1]'正经兄弟, 鞋搭拉袜搭拉的没人看见, 且作这些东西!'"探春听说, 登时沉下脸来道:"你说这话糊涂到什么田地! 怎么我是该做鞋的人么? 环儿难道没有分例的, 没有人的?[2]衣裳是衣裳, 鞋袜是鞋袜, 丫头、老婆一屋子, 怎么抱怨这些话! 给谁听呢? 我不过是闲着没有事, 做一双半双的, 爱给哪个哥哥兄弟, 随我的心。谁敢管我不成! 这也是她气的?"[3]宝玉听了, 点头笑道:"你不知道, 她心里自然又有个想头了。"[4]探春听说, 益发动了气, 将头一扭, 说道:"连你也糊涂了! 她那想头自然有的, 不过是那阴微鄙贱的见识。她只管这么想, 我只管认得老爷、太太两个人, 别人我一概不管。[5]就是姊妹兄弟跟前, 谁和我好, 我就和谁好, 什么偏的庶的, 我也不知道。论理, 我不该说她, 但她忒昏愦得不像了![6]还有笑话儿呢: 就是上回我给你那钱, 替我带那玩的东西。过了两天, 她见了我, 也是说没钱使, 怎么难, 我也不理论。谁知后来丫头们出去了, 她就抱怨起我来, 说我攒了钱为什么给你使, 倒不给环儿使了![7]我听见这话, 又好笑又好气, 我就出来往太太屋里去了。"正说着, 只见宝钗那边笑道:"说完了, 来罢。显见得是哥哥妹妹了, 丢下别人, 且说梯己去。[8]我们听一句儿就使不得了!"说着, 探春、宝玉二人方笑着来了。

宝玉因不见了林黛玉, 便知她是躲了别处去了,[9]想了一想, 索性迟两日, 等她的气消一消再去也罢了。因低头看见许多凤仙、石榴等各色落花, 锦重重地落了一地,[10]因叹道:"这是她心里生了气, 也

1. 事若贯珠, 不料又牵出一个, 探春心头之疙瘩。

2. 糊涂话大伤探春自尊心, 焉得不愤愤!

3. 想见当时反唇状况。

4. 什么想头不必说出, 探春一听就明白, 所以更加生气。

5. 探春的宗法等级观念特深固, 她之所以对生母如此轻蔑、厌恶、无情, 除赵氏本身非善良之辈外, 一个处于婢妾地位的人, 竟敢逾越界线, 冒犯她作为主子的尊严也是重要原因。她只认老爷、太太两个人就能说明问题。这在今天, 大可非议; 在当时, 却很占理。

6. 生母血缘关系毕竟也是理, 故有"不该说她"语, 但话锋一转, 伏而又起, 是忍无可忍。开一步, 妙妙。(甲)

7. 宝玉是赵氏母子欲置之死地的对头, 生女偏和对头好, 故心里难平, 一而再找茬儿。话又回到钱上, 与前文合榫。这一节特为"兴利除弊"一回伏线。(庚)在第五十六回。

8. 截得好。(庚)

9. 原为追黛玉来, 回到原来。兄妹话虽久长, 心事总未少歇, 接得好。(甲)

10. 渐近主题。不因见落花, 宝玉如何突至埋香冢, 不至埋香冢, 如何写《葬花吟》。《石头记》无闲文闲字正此。丁亥夏, 畸笏叟。(庚)

不收拾这花儿了。待我送了去,明儿再问她。"[1]说着,只见宝钗约着她们往外头去。宝玉道:"我就来。"说毕,等她二人去远了,便把那花兜了起来,[2]登山渡水,过柳穿花,一直奔了那日同林黛玉葬桃花的去处。犹未转过山坡,只听山坡那边有呜咽之声,一行数落着,哭得好不伤感。宝玉心中想道:"这不知是哪房里的丫头,受了委屈,跑到这个地方来哭。"[3]一面想,一面煞住脚步,听她哭道是:

> 花谢花飞飞满天,红消香断有谁怜?[4]
> 游丝软系飘春榭,落絮轻沾扑绣帘。
> 闺中女儿惜春暮,愁绪满怀无释处,
> 手把花锄出绣帘,忍踏落花来复去。
> 柳丝榆荚自芳菲,不管桃飘与李飞。[5]
> 桃李明年能再发,明年闺中知有谁?
> 三月香巢已垒成,梁间燕子太无情。
> 明年花发虽可啄,却不道人去梁空巢也倾。[6]
> 一年三百六十日,风刀霜剑严相逼。
> 明媚鲜妍能几时,一朝飘泊难寻觅。
> 花开易见落难寻,阶前闷杀葬花人。
> 独倚花锄泪暗洒,洒上空枝见血痕。
> 杜鹃无语正黄昏,荷锄归去掩重门。
> 青灯照壁人初睡,冷雨敲窗被未温。[7]
> 怪奴底事倍伤神,半为怜春半恼春:
> 怜春忽至恼忽去,至又无言去不闻。
> 昨宵庭外悲歌发,知是花魂与鸟魂?
> 花魂鸟魂总难留,鸟自无言花自羞。
> 愿奴胁下生双翼,随花飞到天尽头。
> 天尽头,何处有香丘?
> 未若锦囊收艳骨,一抔净土掩风流。
> 质本洁来还洁去,强于污淖陷渠沟。[8]
> 尔今死去侬收葬,未卜侬身何日丧?

1. 又近一步。至埋香冢方不牵强,好情理。(甲)

2. 恐被姊妹说痴。怕人说笑。(庚)

3. 再也想不到竟会是黛玉。文似看山不喜平。岔开线路,活泼之至。(甲)诗词歌赋有如此章法写于书上者乎?(甲)开生面,立新场,是书多多矣,惟此回更生更新。非颦儿无是佳吟,非石兄断无是情聆赏。难为了作者了,故留数字以慰之。(甲)庚批略同,唯"是书多多矣"作"是书不止'红楼梦'一回",可知"开生面"六字是第五回原拟回目,庚辰本改其回目,而未改过录脂评,则开头几句含义难明。又末二句改为"愧杀古今小说家也。畸笏"。可知原批时作者尚在世,故长辈留字以"慰",作者逝世后,畸笏遂改其原批结语。

4. 起得有声势。老杜《曲江》诗"一片花飞减却春,风飘万点正愁人"意境。

5. 或喻病危时无人顾惜。

6. 香巢垒成当喻二玉婚事已定,然变故突发,宝玉匆忙离家出走,借燕子无情飞去为喻。"一别西风又一年",宝玉回来后,一切都改变了,美人已归黄土,居处蛛丝结满雕梁,此或即"人去梁空巢也倾"之谓也。

7. 二句演化成第四十五回《秋窗风雨夕》一诗。

8. 后黛玉病重时,必闻诟谇之言,因有此喻。二玉初葬花时,黛玉阻将花瓣撒入水中,以为不洁,故有是语。今竟有人谓黛玉是投水而死,岂非强要她"污淖陷渠沟"吗?

侬今葬花人笑痴，他年葬侬知是谁？
试看春残花渐落，便是红颜老死时。
一朝春尽红颜老，花落人亡两不知。^①1

宝玉听了，不觉痴倒。²要知端的，且看下回。

1. 后六句谶语性质最明显，书中反复强调，下回开头写宝玉痴倒时重复之；后又于鹦鹉学舌中再次提到。"花落"喻黛玉泪尽夭亡；"人亡"喻宝玉离家出走。"两不知"者，"一个枉自嗟呀，一个空劳牵挂"也。余读《葬花吟》至再至三四，其凄楚感慨，令人身世两忘，举笔再四，不能下批。有客曰："先生身非宝玉，何能下笔，即字字双圈，批词通仙，料难遂颦儿之意，俟看玉兄之后文再批。"噫唏！阻余者想亦《石头记》来的，故停笔以待。（甲）"玉兄之后文"，当指下一回开头写宝玉闻此吟后的感想，对"葬花吟"似谶含义颇有阐发。又与作者同时的明义《题红楼梦》绝句之十八曰："伤心一首葬花词，似谶成真自不知。安得返魂香一缕，起卿沉痼续红丝？"后面两句说，希望有起死回生的返魂香，能救治黛玉的不治之症，让宝黛两个有情人成为眷属，使已确定了的美满婚姻得以结成。

2. 宝玉是贾府中最能感知繁华之林中的悲凉之雾者，故听词痴倒，读下回开头一节便知。

【总评】

　　宝钗扑蝶与黛玉葬花这两事对钗、黛形象来说都属标志性事件，同写于此回之中。

　　宝钗扑蝶，追赶到滴翠亭时，凑巧听到亭内两个小丫头在说要与人结私情的话，宝钗用"金蝉脱壳"之法脱身。对此有着迥异的两种评论：一种认为是写宝钗心机诡深，故意嫁祸于黛玉；另一种则认为此事只不过表现宝钗洁身自好、处变机智而已，并无别的深意。脂评说是后者，以为是"明写宝钗非拘拘然一迂女夫子"。宝钗离姊妹们而独行，本来就为寻找黛玉，这也许是她急智时叫"颦儿，我看你往哪里藏"的一个原因。更重要的是宝钗听到亭内私语时的心理活动，书中是毫不遗漏地写出来的，细读原文，可以帮助我们作更符合实际的判断。

　　黛玉葬花，说来也简单，就是把落花当成老死的红颜，给予好好的埋葬，以表自己怜惜之心，也包括怜惜如花一般美好、短暂的自身。把落花比成绝命佳人，古已有之。北朝诗人庾信曾写过《瘗花铭》。瘗（yì），就是埋葬。但此文已佚，无从知道它写的是什么，南宋时尚存，故吴文英《风入松》词有"听风听雨过清明，愁草《瘗花铭》"之句，只是那时说的

---

① 《葬花吟》一首——榆荚，又叫"榆钱"，榆树的实，似成串的钱。芳菲，花草香茂。"洒上"句，与两个传说有关：一、湘妃哭舜，泣血染竹枝成斑。二、蜀帝魂化杜鹃鸟，啼血染花枝，即杜鹃花。奴，我，女子自称。底。何。一抔（póu），一捧，一抔土指坟墓。侬，我，吴语。

葬花并非指人之所为，常常是比喻风雨对花的摧残。如唐代韩偓《哭花》诗："若是有情怎不哭，夜来风雨葬西施。"北宋周邦彦《六丑》词用其意说："为问花何在？夜来风雨，葬楚宫倾国。"到明代才有唐寅哭花葬花事。

作者在《葬花吟》中用了明显的谶语式的表现手法，使许多诗句都带有某种象征性和预言性。故与雪芹同时的明义《题红楼梦》诗有"伤心一首葬花词，似谶成真自不知"之句。下一回开头写宝玉聆听黛玉吟诵后之感触，更表明了这一点。

本回中还用一定的笔墨穿插着写到小红，脂评说：凤姐用小红，可知晴雯等埋没其人久矣，无怪有私心私情。且红玉后有宝玉大得力处，此于千里外伏线也。（甲）可知她在此书的情节发展中，也是起相当作用的人物。

第二十八回

蒋玉菡情赠茜香罗　薛宝钗羞笼红麝串

【题解】

　　本回回目诸本一致。有脂评曰："茜香罗""红麝串"写于一回，盖琪官虽系优人，后回与袭人供奉玉兄、宝卿得同始终者，非泛泛之文也。（庚）可知回目是原拟。又从此评中知道，后来袭人嫁了琪官（蒋玉菡）。宝玉、宝钗成夫妻后，生活不易，幸而得到琪官、袭人夫妇的"供奉"。回目上句说，宝玉与蒋玉菡彼此爱慕，交换汗巾，蒋的大红汗巾据说是"茜香国女国王进贡"之物，故名。下句说，元春各赐红麝香珠二串给宝玉和宝钗，宝玉要看宝钗的，宝钗从腕上褪下给他，见宝玉看得发呆，倒不好意思了。此外，回中还写到药名药方，也有脂评说：自"闻曲"回以后，回回写药方是白描颦儿添病也。（庚）"闻曲"指第二十三回。"回回"之"回"，不作章回解，而是"次"的意思，即次次。

　　话说林黛玉只因昨夜晴雯不开门一事，错疑在宝玉身上。至次日，又可巧遇见饯花之期，正是一腔无明①正未发泄，又勾起伤春愁思，因把些残花落瓣去掩埋，<u>由不得感花伤己</u>，哭了几声，便随口念了几句。¹ 不想宝玉在山坡上听见是黛玉之声，先不过点头感叹；次后听到"侬今葬花人笑痴，他年葬侬知是谁"，"一朝春尽红颜老，花落人亡两不知"等句，² 不觉恸倒山坡之上，怀里兜的落花撒了一地。试想林黛玉的花颜月貌，将来亦到<u>无可寻觅之时</u>，宁不心碎肠断！既黛玉终归无可寻觅之时，推之于他人，如宝钗、香菱、袭人等，亦可以到无可寻觅之时矣。宝钗等终归无可寻觅之时，则自己又安在哉？且自身尚不知何在何往，则斯处、斯园、斯花、斯柳，又不知当属谁姓矣！³ 因此，一而

1. 精心之构，叙来偏轻描淡写。

2. 要紧句，故复述之。

3. 由黛玉推至宝钗等，由他人转想到自己，由人及物，说大观园不知当属谁，大是讖语。不言炼句炼字，辞藻工拙，只想景、想情、想事、想理，反复推求悲感，乃玉兄一生之天性；真颦儿之知己，玉兄外实无一人。想昨日阻批《葬花吟》之客，嫡是宝玉之化身无疑。余几作点金为铁之人，幸甚幸甚！（庚）上回末和此处提到的阻批之客，是实有其人，还是批书人批书的技巧，很难说。

---

　　① 无明——怒火，语出佛家。

二，二而三，反复推求了去，¹真不知此时此际欲为何等蠢物，杳无所知，逃大造，出尘网，使可解释这段悲伤。^{①2}正是：

　　　　花影不离身左右，鸟声只在耳东西。³

　　那黛玉正自悲伤，忽听山坡上也有悲声，心下想道："人人都笑我有些痴病，难道还有一个痴子不成？"⁴想着，抬头一看，见是宝玉。林黛玉看见，便道："啐！我当是谁，原来是这个狠心短命的……"刚说到"短命"二字，又把口掩住，⁵长叹了一声，自己抽身便走了。

　　这里宝玉悲恸了一回，见黛玉去了，便知黛玉看见他躲开了，自己也觉无味，抖抖土起来，下山寻归旧路，往怡红院来。⁶可巧看见林黛玉在前头走，⁷连忙赶上去说道："你且站住。我知道你不理我，我只说一句话，从今以后撂开手。"⁸林黛玉回头，见是宝玉，待要不理他，听他说："只说一句话，从此撂开手"，这话里有文章，少不得站住说道："有一句话，请说来。"宝玉笑道："两句话，说了你听不听？"⁹黛玉听说，回头就走。宝玉在身后面叹道："既有今日，何必当初！"¹⁰林黛玉听见这话，由不得站住，回头道："当初怎么样？今日怎么样？"宝玉叹道："当初姑娘来了，哪不是我陪着玩笑？凭我心爱的，姑娘要，就拿去；¹¹我爱吃的，听见姑娘也爱吃，连忙干干净净收着等姑娘吃。一桌子吃饭，一床上睡觉。丫头们想不到的，我怕姑娘生气，我替丫头们想到了。我心里想着：姊妹们从小儿长大，亲也罢，热也罢，和气到了头，才见得比人好。¹²如今谁承望姑娘人大心大，不把我放在眼里，¹³倒把外四路

1. 百转千回矣。（庚）

2. "一生几许伤心事，不向空门何处销？"王维之所以皈依佛家也。此为"悬崖撒手"伏根。非大善知识说不出这句话来。（甲）

3. 借实景以写虚境。"花影"，又不妨理解为总是晃动眼前的黛玉、宝钗、袭人等的身影；"鸟声"，也不妨理解为总是在他耳边响起的"侬今葬花人笑痴，他年葬侬知是谁"之类的吟咏。文笔空灵如此！二句作禅语参。（甲）所谓"禅语"亦借虚喻而别有他指之意。一大篇《葬花吟》却如此收拾，真好机思笔仗，令人焉得不叫绝称奇！（甲）

4. 与前宝玉疑"哪房里的丫头受了委屈"对应。

5. 情情。不忍道出"的"字来。（甲）"情情"是原稿末回"警幻情榜"中作者对黛玉的评语。意即对意中人一往情深。

6. 不好再追，只能回来，其实还与追一样。折得好，誓不写开门见山文字。（甲）

7. 如何？还是看见了。哄人字眼。（庚）指"可巧"二字。

8. 宝玉有算计。非此三字，难留莲步，玉兄之机变如此。（甲）指"撂开手"三字。

9. 不免得寸进尺。

10. 此是真话。自言自语，真是一句话。（甲）

11. 以"当初""今日"为纲，开始倾诉委屈。以下乃答言，非一句话也。（甲）我阿颦恼者，玉兄实摸不着，不得不将自幼之苦心实事一诉，方可明心，以白今日之故，勿作闲文看。（甲）

12. 说完当初，总一句自己所愿。要紧语。（庚）

13. 说事与愿违，是牢骚，也是激语。反派不是。（庚）

---

① "逃大造"三句——逃离这世界，超出利欲的羁绊，解除这样的痛苦。大造，创造万物的宇宙。

的^①什么宝姐姐、凤姐姐的放在心坎儿上，¹倒把我三日不理四日不见的。我又没个亲兄弟、亲姊妹。——虽然有两个，你难道不知道是和我隔母的？我也和你是独出，只怕同我的心一样。²谁知我是白操了这个心，弄得我有冤无处诉！"说着，不觉滴下泪来。³

黛玉耳内听了这话，眼内见了这形景，心内不觉灰了大半，⁴也不觉滴下泪来，低头不语。宝玉见她这般形景，⁵遂又说道："我也知道我如今不好了，但只凭着怎么不好，万不敢在妹妹跟前有错处。便有一二分错处，你倒是或教导我，戒我下次，或骂我两句，打我两下，⁶我都不灰心。谁知你总不理我，叫我摸不着头脑，少魂失魄，不知怎么样才是。⁷就便死了，也是个屈死鬼，任凭高僧高道忏悔，也不能超生，还得你申明了缘故，我才得托生呢！"⁸

黛玉听了这话，不觉将昨晚的事都忘在九霄云外了，⁹便说道："你既这么说，昨儿为什么我去了，你不叫丫头开门？"宝玉诧异道："这话从哪里说起？我要是这么样，立刻就死了！"¹⁰林黛玉啐道："大清早死呀活的，也不忌讳！¹¹你说有呢就有，没有就没有，起什么誓呢。"宝玉道："实在没有见你去。就是宝姐姐坐了一坐，就出来了。"林黛玉想了一想，笑道：¹²"想必是你的丫头们懒怠动，丧声歪气的也是有的。"宝玉道："想必是这个原故。等我回去问了是谁，教训教训她们就好了。"黛玉道："你的那些姑娘们也该教训教训，只是论理我不该说。今儿得罪了我的事小，倘或明儿宝姑娘来，什么贝姑娘来，也得罪了，事情岂不大了！"说着抿着嘴笑。¹³宝玉听了，又是咬牙，又是笑。二人正说话，只见丫头来请吃饭，¹⁴遂都往前头来了。

1. 在"宝姐姐"前加"外四路的"，还加"什么"，又把"凤姐姐"带上，有策略。用此人（凤姐）瞒看官也，瞒颦儿也。心动阿颦，在此数句也。一节颇似说辞，玉兄口中却是衷肠话。（甲）此条庚批分两条，后署"己卯冬夜"。

2. 与提"宝姐姐"一样。"独出"也针对黛玉心事要害，宝玉好厉害！这里"只怕"乃也许会之意。

3. 说到伤心处。玉兄泪非容易有的。（甲）

4. 耳闻"撂开手""白操心"，眼见将他伤透心的样子，以为这次真要吹了。

5. 知火候已到，是该索解疑团的时机了。

6. 尽量放低身段，以消妹妹的气。可怜语。（庚）

7. 不理比训斥打骂可怕多了，衬出妹妹在自己心中的分量。实难为情。（庚）真有是事。（庚）意即这种心情，生活中是常有的。

8. 既说到关键，就非说得酣畅淋漓、无以复加不可。

9. 烦恼本因情起，如何抵挡得住宝玉这番处处以情动人的攻击，已全线崩溃了。"情情"本来面目也。（甲）

10. 急了。（甲）

11. 一变而为宝玉的守护神。

12. 已看得清清楚楚，还用你说？疑团既冰释，便笑逐颜开。不用兄言，彼已亲睹。（庚）

13. 就为丫头们"懒怠动"，让我一夜无眠，白白流了多少眼泪！还不该教训教训！照样得妙。（庚）心结才解，尖酸本性又露，但此刻不过是轻松愉快的调侃罢了。至此心事全无矣！（甲）

14. 收拾得干净。（甲）

---

① 外四路的——外来的人，此指血缘关系较疏远的亲戚。

王夫人见了林黛玉，因问道："大姑娘，你吃那鲍太医的药可好些？"林黛玉道："也不过这么着，老太太还叫我吃王大夫的药呢。"[1]宝玉道："太太不知道，林妹妹是内症，先天生得弱，所以禁不住一点风寒，不过吃两剂煎药疏散了风寒，还是吃丸药的好。"[2]王夫人道："前儿大夫说了个丸药的名字，我也忘了。"宝玉道："我知道那些丸药，不过叫她吃什么人参养荣丸。"王夫人道："不是。"宝玉又道："八珍益母丸？左归？右归？再不，就是麦味地黄丸。[①]"王夫人道："都不是。我只记得有个'金刚'两个字的。"[3]宝玉扎手笑道："从来没听见有个什么'金刚丸'。若有了'金刚丸'，自然有'菩萨散'了！"[4]说得满屋里人都笑了。宝钗笑道："想是天王补心丹[②]。"[5]王夫人笑道："是这个名儿。如今我也糊涂了。"宝玉道："太太倒不糊涂，都是叫'金刚''菩萨'支使糊涂了。"[6]王夫人道："扯你娘的臊！又欠你老子捶你了。"宝玉笑道："我老子再不为这个捶我的。"[7]

王夫人又道："既有这个名儿，明日就叫人买些来。"宝玉笑道："这些药都是不中用的。太太给我三百六十两银子，我替妹妹配一料丸药，包管一料不完就好了。"[8]王夫人道："放屁！什么药就这么贵？"宝玉道："当真的呢，我这方子比别的不同。那个药名儿也古怪，一时也说不清。只讲那头胎紫河车、人形带叶参，三百六十两不足，龟大何首乌、千年松根茯苓胆[③]，诸如此类的药都不算为奇，[9]只在群药里算那为君的

1. 和乐之后，隐隐接上愁事，脂评所谓"写药方是白描颦儿添病也"。鲍太医、王大夫，是暗示医生不断地在更换。

2. 又是风寒，又是内症，又是煎药，又是丸药，带出一串成药名和偏方的趣话来。引下文。（甲）

3. 闻所未闻。奇文奇语。（甲）

4. 此时心情轻松，不觉出此谑语。亦作者幽默也。慈母前放肆了。（甲）宝玉因黛玉事完，一心无挂碍，故不知不觉手之舞之，足之蹈之。（甲）

5. 宝钗既博识又聪慧，故一猜就中。慧心人自应知之。（甲）

6. 又借弄混药名调笑其母。是语甚对，余幼时所闻之语合符，哀哉伤哉！此畸笏所批无疑。

7. 别得意，有捶的时候。此节对话又有脂评说：此写玉兄亦是释却心中一夜半日要事，故大大一泄。己卯冬夜。（庚）写药案是暗度颦卿病势渐加之笔，非泛泛闲文也。丁亥夏，畸笏叟。（庚）

8. 像江湖郎中卖假说的话，如何信得？

9. 再奇的药是什么，不说出，怕是说不出。

---

① 人参养荣丸、八珍益母丸、左归（丸）、右归（丸）、麦味地黄丸——都是常用的著名中医补益方剂配制的药丸。

② 天王补心丹——亦著名中医成药，能补心安神。

③ 头胎紫河车、人形带叶参、龟大何首乌、千年松根茯苓胆——胎盘中药名紫河车，传统以为头胎补力大。人参，传说认为似人形者佳，炮制成药而带叶者更难得。何首乌为块根，似薯而小。茯苓多寄生于松树根部，块状，故称"胆"，千年古松亦难得。有研究者以为"不足"乃"六足"之讹，词连下，有"六足龟"之称，乃龟之异种。此说不可信。"不足"显言只此两味药，这些银子还不够。若断成与"龟"相连，则如何解"三百六十两"？

药①，说起来吓人一跳。前儿薛大哥哥求了我有一二年，我才给了他这个方子。他拿了方子去，又寻了二三年，花了有上千的银子，才配成了。¹太太不信，只问宝姐姐。"宝钗听说，笑着摇手儿道："我不知道，也没听见。你别叫姨娘问我。"²王夫人笑道："到底是宝丫头，好孩子，不撒谎。"宝玉站在当地，听见如此说，一回身把手一拍，说道："我说的倒是真话呢，倒说我撒谎。"说着一回身，只见林黛玉坐在宝钗身后抿着嘴笑，用手指在脸上画着羞他。³

　　凤姐因在里间屋里看着人放桌子，听如此说，便走来笑道："宝兄弟不是撒谎，这倒是有的。⁴上月薛大哥亲自和我寻珍珠，我问他作什么，他说是配药。他还抱怨说，不配也罢了，如今哪里知道这么费事。我问他什么药，他说是宝兄弟的方子，⁵说了多少药，我也没工夫听。他说：'不然我就买几颗珍珠了，只是定要头上戴过的，所以来和你寻。'他说：'妹妹，若没散的，花儿上也得，掐下来，过后儿我拣好的再给妹妹穿了来。'我没法儿，把两枝珠花儿现拆了给他。还要了一块三尺大红上用库纱去，乳钵乳了隔面子②呢。"凤姐说一句，那宝玉念一句佛，说："太阳在屋里呢③！"⁶凤姐说完了，宝玉又道："太太想，这不过是将就呢。正经按那方子，这珍珠宝石定要古坟里的，有那古时富贵人家装裹的头面，拿了来才好。如今哪里为这个去刨坟掘墓，所以只要活人戴过的，也可以使得。"王夫人道："阿弥陀佛，不当家花花的④！就是坟里有这个，人家死了几百年，如今翻尸盗骨的，作了药也不灵！"⁷

1. 此话更教人无法相信，请问老兄，你奇方从何而得，难道也是和尚给的？宝玉本就惯于杜撰，况在兴高采烈之时。

2. 宝钗毕竟敦厚，实话实说，不来圆谎，也不讥诮宝玉。

3. 虽不出面，岂肯饶过宝玉不羞他。好看煞，在颦儿必有之。（庚）

4. 事有凑巧，被凤姐听到，出来作证，令人意想不到。凤姐非有文化者，不像宝玉杂学旁收，读到稀奇古怪的东西多。恐是把未必是同一回事扯到一起了。且不接宝玉文字，妙。（庚）

5. 宝玉得理在此一句。可能他真向薛蟠说过某类奇方，阿呆便践行之。这一来，即便撒谎，也非完全无据了。

6. 遇救星了，能不得意！

7. 作者说王夫人"是个宽仁慈厚的人"（第三十回）。人多不信，我是相信的。人的言行离不开所处的客观环境和主观动机，王夫人"作孽"的事是有，但亦当细辨起因，不应遽下断语。这里几句话亦为写其为人而有。不止阿凤圆谎，今作者亦为圆谎了，看此数句则知矣。（甲）是阿凤还是作者，是圆谎还是真话，并不重要，重要的是作者要借此节写出在传统医学发展过程中孳生出的怪现象。"医者，意也"是中医名言，片面运用，也能荒谬可笑。有幼童食管被头发卡住，众医束手，一医处方以陈年木梳熬汤服，谓梳子能克头发。又清人处方有"蟋蟀一对，原配"一味，蟋蟀固可利尿通淋，而何从知其原配或再婚，故遭鲁迅尖锐讽刺，皆是。其中清代用作药引的奇物尤多，所写即此类也。此节又有脂评说：写得不犯冷香丸方子。（庚）前"玉生香"回（第十九回）中，颦云：她有金，你有玉，她有冷香，你岂不该有暖香，是宝玉无药可配矣。今颦儿之剂若许材料，皆系滋补热性之药，兼有许多奇物，而尚未拟名，何不竟以暖香名之，以代补宝玉之不足，岂不三人一体矣。己卯冬夜。（庚）

---

①　为君的药——中药方剂，各味药的组成有不同的作用，分君、臣、佐、使，君药起主要作用。
②　隔面子——筛滤粉末取其极细者。
③　太阳在屋里呢——犹言我没有说谎吧，天日可鉴。
④　不当家花花的——罪过。家，同"价"，与"花花的"都是语气助词。

宝玉向黛玉说道："你听见了没有，难道二姐姐也跟着我撒谎不成？"脸望着黛玉说，却拿眼睛瞟着宝钗。[1]黛玉便拉王夫人道："舅母听听，宝姐姐不替他圆谎，他直问着我。"王夫人也道："宝玉很会欺负你妹妹。"宝玉笑道："太太不知道原故。宝姐姐先在家里住着，那薛大哥的事，她就不知道，何况如今在里头住着呢，自然是越发不知道了。[2]林妹妹才在背后，以为是我撒谎，就羞我。"

说着，只见贾母房里的丫头找宝玉、黛玉吃饭。林黛玉也不见宝玉走，便起身拉了那丫头就走。那丫头说："等着宝玉一块儿走。"林黛玉道："他不吃饭了，咱们走。我先走了。"说着便出去了。[3]宝玉道："我今儿还跟着太太吃罢。"王夫人道："罢，罢，我今儿吃斋，你正经吃去罢。"宝玉道："我也跟着吃斋。"[4]说着便叫那丫头"去罢"，自己先跑到炕上坐了。王夫人向宝钗道："你们只管吃你们的去，由他罢。"宝钗因笑道："你正经去罢。吃不吃，陪着林妹妹走一趟，她心里打紧的不自在呢。"[5]宝玉道："理她呢，过一会子就好了。"[6]

一时吃过饭，宝玉一则怕贾母记挂，二则也记挂着黛玉，忙忙地要茶漱口。探春、惜春都笑道："二哥哥，你成日家忙些什么？[7]吃饭、吃茶也是这么忙碌碌的。"宝钗笑道："你叫他快吃了，瞧林妹妹去罢，叫他在这里胡羼些什么。"宝玉吃了茶，便出来，直往西院走。可巧走到凤姐儿院前，只见凤姐蹬着门槛子拿耳挖子剔牙，[8]看着小厮们挪花盆呢。见宝玉来了，笑道："你来正好。进来，替我写几个字儿。"宝玉只得跟了进来。到了房里，凤姐命人取过笔砚纸来，向宝玉道："大红妆缎四十匹、蟒缎四十匹、上用纱各色一百匹、金项圈四个。"宝玉道："这算什么？又不是帐，又不是礼物，怎么个写法？"凤姐道："你只管写上，横竖我自己明白就罢了。"[9]宝玉听说，只得写了，凤姐收起来，笑道："还有句话告诉你，不知你依不依？[10]你屋里有

1. 望着你，瞟着她，看你们还有什么话说！

2. 剖析宝钗所以说"不知道，也没有听见"的缘故，分析得是，不敢正犯。（庚）

3. "出去了"，不一定真就走了，看后文方知。

4. 有你永远吃斋的日子。依恋慈母。

5. 以诚待人，宝钗早看出黛玉心里不自在，故劝宝玉前去相陪，她哪里知道二玉在丫头来请吃饭前，已在路上解释误会彼此和好了。

6. 不解说为何不须相陪，却在宝钗面前挺脖子装硬汉，也不想想黛玉有否走远，会不会站在门外听。后来袭人责备宝玉："你有甚忌讳的，一时高兴了，你就不管有人无人了。"（第七十七回）说得一点也不错。后文方知。（庚）

7. 怪道有"无事忙"诨号。冷眼人自然了了。（甲）

8. 从不单线直叙，遇见凤姐，必有它事先将话头岔开。凤姐闲散时造型。画出饭后全无拘束全无顾忌状态。也才吃了饭，是阿凤身段。（庚）

9. 写阿凤不甚识字，又见姐弟悌爱亲情甚笃。有是语，有是事。（庚）

10. 主要想说之事反如随口带到。

个丫头叫红玉，我和你说说，要叫了来使唤，也总没说，今儿见你，才想起来。"宝玉道："我屋里的人也多得很，姐姐喜欢谁，只管叫了来，何必问我。"¹凤姐笑道："既这么着，我就叫人带她去了。"宝玉道："只管带去。"说着便要走。凤姐道："你回来，我还有句话说。"宝玉道："老太太叫我呢，有话等我回来罢。"²说着，便来至贾母这边，已经都吃完了饭。贾母因问他："跟着你母亲吃什么好的了？"宝玉笑道："也没什么好的，我倒多吃了一碗饭。"³因问："林妹妹在哪里呢？"⁴贾母道："里头屋里呢。"

宝玉进来，只见地下一个丫头吹熨斗，炕上两个丫头打粉线，黛玉弯着腰，拿着剪子裁什么呢。宝玉走进来笑道："哦，这是作什么呢？才吃了饭，这么空着头①，一会子又头疼了。"黛玉并不理，⁵只管裁她的。有一个丫头道："这块绸子角儿还不好呢，再熨它一熨。"黛玉把剪子一撂，说道："理它呢，过一会子就好了。"宝玉听说，只是纳闷。⁶只见宝钗、探春等也来了，和贾母说了一会话。宝钗也进来问："林妹妹作什么呢？"见黛玉裁剪，因笑道："越发能干了，连裁剪都会了。"黛玉笑道："这也不过是撒谎哄人罢了。"⁷宝钗笑道："我告诉你个笑话儿，才刚为那个药，我说了个不知道，宝玉心里不受用了。"林黛玉道："理他呢，过一会子就好了。"⁸宝玉又向宝钗道："老太太要抹骨牌，正没人，你抹骨牌去罢。"⁹宝钗听说，便笑道："我是为抹骨牌才来了？"说着便走了。林黛玉道："你倒是去罢，这里有老虎，看吃了你！"说着又裁。宝玉见她不理，只得还陪笑说道："你也去逛逛再裁不迟。"黛玉总不理。宝玉便问丫头们："这是谁叫裁的？"黛玉见问丫头们，便说道："凭他谁叫裁，也不管二爷的事！"宝玉听了，方欲说话，只见有人进来回说"外头有人请你呢"。¹⁰宝玉听说，忙撤身出来。黛玉向外头说道："阿弥陀佛！

1. 凤姐如何安排，宝玉无有不依从的，可见是完全信任、依赖。虽说宝玉对红玉也有好感，但毕竟不是一时也离不开的林妹妹。红玉接杯倒茶，自纱屉内觅至回廊下再见。此处如此写来，可知玉兄除颦儿外，俱是行云流水。又了却怡红一桩冤，一叹。（甲）评者以男女相悦为孽冤。

2. 急着要走，已有点不耐烦了，故推给老太太。非也，林妹妹叫我，一笑。（甲）

3. 常有的事，未必吃得好才有饭量。安慰祖母之心也。（甲）

4. 急着来只为此。

5. 不理必有原因。

6. 果然听见了前言，就用你射出的箭射还给你。宝玉可不会如此多心，这话要想上老半天：她说这话是什么意思？这是自己说过的话吗？她不是走了吗，怎么会听见的？所以纳闷。有意无意，暗合针对，无怪玉兄纳闷。（庚）是有意，非无意；不理宝玉，正为此语。

7. 仍暗刺前宝玉说奇异药方事。

8. 怕自己只说一句未引起注意，故再次重复。连重两遍前言，是颦、宝气味相仿，无非偶然暗合相符，勿认作有过言小人也。（庚）此评不可从，黛玉反讽，岂是偶然暗合？特巧妙引用，天衣无缝而已。

9. 上次还纳闷，这次明指自己，在宝钗前被讥，脸上有点挂不住，所以借故"逐客"，催促她快走。

10. 此时截断，令纠葛未尽而尽，最妙。

_____

① 空着头——"空"借作"控"，弯腰低头。

赶你回来，我死了也罢了！"[1]

宝玉出来到外头，只见茗烟说道："冯大爷家请。"[2] 宝玉听了，知道是昨日的话，便说要衣裳去，自己便往书房里来。茗烟一直到了二门前等人，只见出来个老婆子，茗烟上去说道："宝二爷在书房里等出门的衣裳，你老人家进去带个信儿。"那婆子道："你娘的屁！倒好，宝二爷如今在园子里住着，跟他的人都在园子里，你又跑了这里来带信儿！"茗烟听了笑道："骂得是，我也糊涂了。"说着一径往东边二门上来。可巧门上小厮在甬路底下踢球，茗烟将原故说了。有个小厮跑了进去，半日才抱了一个包袱出来，递与茗烟。回到书房里，宝玉换了，命人备马，只带着茗烟、锄药、双瑞、双寿四个小厮，一径来到冯紫英家门口。

有人报与冯紫英，出来迎接进去。只见薛蟠早已在那里久候，[3] 还有许多唱曲儿的小厮并唱小旦的蒋玉菡[4]、锦香院的妓女云儿。大家都见过了，然后吃茶。宝玉擎茶，笑道："前儿所言幸与不幸之事，我昼悬夜想，今日一闻呼唤即至。"冯紫英笑道："你们令姑表兄弟①倒都心实。前日不过是我的设辞，诚心请你们一饮，恐又推托，故说下这句话。[5] 今日一邀即至，谁知都信真了。"说毕，大家一笑，然后摆上酒来，依次坐定。冯紫英先命唱曲儿的小厮过来让酒，然后命云儿也来敬。

那薛蟠三杯下肚，不觉忘了情，拉着云儿的手笑道："你把那梯己新样儿的曲子唱个我听，我吃一坛如何？"云儿听说，只得拿起琵琶来唱道：

> 两个冤家，都难丢下，想着你来又记挂着他。两个人形容俊俏，都难描画。想昨宵幽期私订在荼蘼架，一个偷情，一个寻拿，拿住了三曹对案②，我也无回话。[6]

1. 又念佛，又自咒，真是冤家孽债。仍丢不下，叹叹！（甲）虽是一时气话，谁料说出来竟成谶语。故脂评曰：何苦来，余不忍听。（甲）

2. 接上前冯紫英说以后"要特治一东"语。至此，方开始说回目前句中情节。

3. 此类宴请，薛蟠是最有兴致的人，前面说药方几次提他，或亦为他要出场先露个头。

4. 此次宴会席上五人，个性、地位或生活行业都不相同，聚在一起，各呈色彩，所以好看。其中蒋玉菡是与后来多处故事情节有关的重要人物，其人出场偏如随笔带出。

5. 多日悬念，一语解除。若真有一事，则不成《石头记》文字矣。作者得三昧在兹，批书人得书中三昧亦在兹。（甲）

6. 此唱一曲，为直刺宝玉。（甲）此批不可认真。无论作者或唱曲人都无借此讥刺宝玉的必要。云儿，妓女也；处处留情，招来纷争，有何不宜？勿将宝玉感情生活庸俗化为幸！

---

① 令姑表兄弟——诸本同；然"姑"当作"姨"方合。
② 三曹对案——审案时，原告、被告、证人三方面的人一同都到，互相对质。曹，通"造"，到，指到堂。

唱毕笑道："你喝一坛子罢了。"薛蟠听说，笑道："不值一坛，再唱好的来！"

宝玉笑道："听我说来，如此滥饮，易醉而无味。我先吃一大海，发一新令，有不遵者，连罚十大海，逐出席外与人斟酒。"[1]冯紫英、蒋玉菡等都道："有理，有理。"宝玉拿起海来，一气饮尽，说道："如今要说悲、愁、喜、乐四字，都要说出'女儿'来，还要注明这四字的原故。说完了，饮门杯。酒面要唱一个新鲜时样曲子；酒底要席上生风①一样东西，或古诗、旧对，《四书》《五经》成语。"薛蟠未等说完，先站起来，拦住道："我不来，别算我，这竟是捉弄我呢！"[2]云儿便站起来，推他坐下，笑道："怕什么？这还亏你天天吃酒呢，难道连我也不如！[3]我回来还说呢。说是了，罢；不是了，不过罚上几杯酒，哪里就醉死了！你如今一乱令，倒喝十大海，下去给人斟酒不成？"[4]众人都拍手道："妙！"薛蟠听说，无法可治，只得坐下，听宝玉先说，宝玉便道：

> 女儿悲，青春已大守空闺。
> 女儿愁，悔教夫婿觅封侯②。
> 女儿喜，对镜晨妆颜色美。
> 女儿乐，秋千架上春衫薄。[5]

众人听了都道："说得有理。"薛蟠独扬着脸摇头说："不好，该罚！"众人问道："如何该罚？"薛蟠道："他说的我都不懂，怎么不该罚？"云儿便拧他一把，笑道：[6]"你悄悄地想你的罢。回来说不出，才是该罚呢。"于是拿琵琶，听宝玉唱道：

> 滴不尽相思血泪抛红豆③，开不完春柳
> 春花满画楼，睡不稳纱窗风雨黄昏后，忘

1. 寻常话语却引得畸笏老人对如烟往事的追忆和悲叹：大海饮酒，西堂产九台灵芝日也。批书至此，宁不悲乎！壬午重阳日。（庚）谁曾经过？叹叹！西堂故事。（甲）西堂，曹寅为江宁织造时署内室名，亦常作其人指代。能"经过""西堂故事"的，除非他比雪芹年长二三十岁。

2. 呆霸王一听就跳：这不明摆着欺侮我没文墨！爽人爽语。（甲）

3. 正该云儿来劝。"难道连我也不如"一语，激得阿呆非遵令不可。

4. 又提醒他权衡得失。有理。（庚）

5. 悲、愁之句暗合宝钗结局。"春衫薄"炼字炼句尤妙。

6. 云儿与阿呆一搭一档，令情节增趣。

---

① 门杯、酒面、酒底、席上生风——酒席上放在各人面前的一杯酒，叫"门杯"。斟满酒不饮，先行酒令，叫"酒面"。行完令后，喝干酒，叫"酒底"。取酒席上有的一样东西，说一句有关的诗文、成语，叫"席上生风"。生风，生出风趣来。

② 悔教夫婿觅封侯——唐代王昌龄《闺怨》诗中成句。这里宝玉唱的"女儿悲""女儿愁"，正好与宝钗误了终身一致。

③ 红豆——红豆树的种子，大如豌豆，色鲜红，又称"相思子"，亚热带植物，这里象征"相思血泪"。

不了新愁与旧愁，咽不下玉粒金莼①噎满喉，
照不见菱花镜里形容瘦。展不开的眉头，捱
不明的更漏。呀！恰便似遮不住的青山隐隐，
流不断的绿水悠悠。¹

唱完，大家齐声喝彩，独薛蟠说无板。宝玉饮了门
杯，便拈起一片梨来，说道："雨打梨花深闭门②。"²
完了令。

下该冯紫英。听冯紫英说道：

女儿悲，儿夫染病在垂危。
女儿愁，大风吹倒梳妆楼。
女儿喜，头胎养了双生子。
女儿乐，私向花园掏蟋蟀。³

说毕，端起酒来唱道：

你是个可人，你是个多情，你是个刁钻
古怪鬼灵精，你是个神仙也不灵。我说的话
儿你全不信，只叫你去背地里细打听，才知
道我疼你不疼！⁴

唱完饮了门杯，〔便拈起一片鸡肉，〕③说道："鸡
鸣茅店月④。"令完，下该云儿。云儿便说道：

女儿悲，将来终身指靠谁？⁵

薛蟠叹道："我的儿，有你薛大爷呢，你怕什
么！"⁶众人都道："别混她，别混她！"

云儿又道：

女儿愁，妈妈⑤打骂何时休！

薛蟠道："前儿我见了你妈，还吩咐她不叫她
打你呢。"众人都道："再多言者，罚酒十杯。"薛
蟠连忙自己打了一个嘴巴子，⁷说道："没耳性，再

1. 十个"不"字组合，如一串贯珠、百
丈飞涧，滚滚而下，格式独创，真不
愧"新鲜时样曲子"中的佳作。只要
不与姊妹们在一起吟咏，宝玉诗才
总能突显。此曲句句像专为黛玉而
作。杜牧有"青山隐隐水迢迢"之诗，
稼轩有"青山遮不住，毕竟东流去"
词句，曲末两句，熔唐诗宋词中的
意象而重铸，写内心之隐痛，愁思
之不绝，也有悠然不尽之致。

2. 亦令人联想到《长恨歌》"玉容寂寞
泪阑干，梨花一枝春带雨"诗句。

3. 紫英豪侠之人，亦非有文墨者，然
与阿呆全无情思自别。其酒令极难
摹拟。四句中说女儿悲喜，皆常情，
恰到好处。不能修饰容貌确是女儿
愁事，但说梳妆楼被大风吹倒，近
乎滑稽说笑，由此人说出，自能突
现其个性。末句说小女儿不受管束
活泼天性，也有情趣。当时斗蟋蟀
是富家子弟所好的玩意儿。

4. 调笑腔调，俗而不陋，狎而不衮，别
是一格。

5. 道着了。（甲）

6. 此种插科打诨断不可少。

7. 疑从戏剧丑角表演中化出。

---

① 玉粒金莼（chún 纯）——精细的米饭和美味的菜肴。莼，南方水生植物，叶大如钱，嫩时可食，爽滑可口，
多作羹汤，借以代表美肴。程高本改"金莼"作"金波"，则美酒也；酒岂能"噎满喉"，谬甚。
② 雨打梨花深闭门——宋代李重元《忆王孙》词："杜宇声声不忍闻，欲黄昏，雨打梨花深闭门。"词牌与句又暗
合住着梨香院的宝钗将来的遭遇。
③ 便拈起一片鸡肉——与"便拈起一个桃来"，甲戌、己卯、庚辰本皆无，当是蒙府、戚序本整理者所加。然依
情理当有，故从之。
④ 鸡鸣茅店月——唐代温庭筠《商山早行》诗："鸡声茅店月。"冯紫英说成"鸡鸣"，或正表现其非有文墨者。
⑤ 妈妈——指鸨（bǎo 保）母，妓院的老板娘。

不许多说了。"云儿又道：

> 女儿喜，情郎不舍还家里。
> 女儿乐，住了箫管弄弦索。[1]

说完，又唱道：

> 豆蔻开花三月三，一个虫儿往里钻。
> 钻了半日不得进去，爬到花儿上打秋千。
> 肉儿小心肝，我不开了你怎么钻？[2]

唱毕，饮了门杯，〔便拈起一个桃来，〕说道："桃之夭夭①。"[3] 令完了，下该薛蟠。

薛蟠道："我可要说了：女儿悲……"说了半日，不见说底下的。冯紫英笑道："悲什么？快说来。"薛蟠顿时急得眼睛铃铛一般，瞪了半日，才说道："女儿悲……"又咳嗽了两声，[4]说道：

> 女儿悲，嫁了个男人是乌龟。

众人听了，都大笑起来。薛蟠道："笑什么，难道我说的不是？一个女儿嫁了汉子，要当忘八，她怎么不伤心呢？"[5] 众人笑得弯腰，说道："你说得很是，快说底下的。"薛蟠瞪了瞪眼，又说道："女儿愁……"说了这句，又不言语了。众人道："怎么愁？"薛蟠道：

> 女儿愁，绣房窜出个大马猴。[6]

众人呵呵笑道："该罚，该罚！这句更不通，先还可恕。"说着便要斟酒。宝玉笑道："押韵就好。"[7] 薛蟠道："令官都准了，你们闹什么！"众人听说，方罢了。云儿笑道："下两句越发难说了，我替你说罢。"[8] 薛蟠道："胡说！当真的我就没好的了？听我说罢：

> 女儿喜，洞房花烛朝慵起。"

众人听了都诧异道："这句何其太韵？"薛蟠又道：

1. 仍不脱其行当身份。

2. 以花虫作伪装的淫曲，句句是性行为的廋辞。

3. 本出自谈婚论嫁的诗，由云儿说自宜。

4. 画出。受过此急者，大都不止呆兄一人耳。（甲）

5. 此种幽默实非他人笔下所有。

6. 大马猴似喻被当场发现的偷情者，故用"窜"字，程高本改为"钻"，不佳。不愁，一笑。（甲）

7. 骂倒胡乱凑泊而成的所谓诗。

8. 用云儿此语一垫，蓄足文势。

----

① 桃之夭夭——《诗经·周南·桃夭》中的成句。夭夭，形容花开得盛而艳。

女儿乐，一根乜乜往里戳。[1]

众人听了都扭着脸说道："该死，该死！快唱了罢。"薛蟠便唱道：

一个蚊子哼哼哼。

众人都怔了，说道："这是什么曲儿？"薛蟠还唱道：

两个苍蝇嗡嗡嗡。[2]

众人都道："罢，罢，罢！"薛蟠道："爱听不听！这个新鲜曲儿，叫作哼哼韵。你们要懒怠听，连酒底都免了，我就不唱。"众人都道："免了罢，免了罢，倒别耽误了别人家。"于是蒋玉菡说道：

女儿悲，丈夫一去不回归。
女儿愁，无钱去打桂花油①。
女儿喜，灯花并头结双蕊②。
女儿乐，夫唱妇随真和合。[3]

说毕，唱道：

可喜你天生成百媚娇，恰便似活神仙离碧霄。度青春，年正小；配鸾凤，真也着。呀！看天河正高，听谯楼③鼓敲，别银灯同入鸳帏悄。[4]

唱毕，饮了门杯。笑道："这诗词上我倒有限。幸而昨日见了一副对子，可巧只记得这句，幸而席上还有这件东西。"[5]说毕，便饮干了酒，拿起一朵木樨④来，念道："花气袭人知昼暖。"[6]

众人倒都依了，完令。薛蟠又跳了起来，喧嚷道："了不得，了不得！该罚，该罚！这席上并没有宝贝，你怎么念起宝贝来？"[7]蒋玉菡怔了，说道："何曾有宝贝？"薛蟠道："你还赖呢！你

1. "女儿喜"句非阿呆能自拟者，不知从何处可巧拾得，以此造成前后反差的效果。末句毫无遮饰，直说秽语。此非作者偶尔寻求低级趣味，实为写活薛蟠其人（从所好、个性到灵魂）所不得不用者。如此大胆落笔，文才、见识庸凡浅陋之辈绝不能有。有前韵句，故有是句。（甲）对薛蟠说酒令一段又有脂评曰：此段与《金瓶梅》内西门庆应伯爵在李桂姐家一回对看，未知孰家生动活泼。（甲）见《金瓶梅》第十二回。

2. 淫曲秽语与蚊蝇之声何异，不知是否有借此讥诮意？

3. 此曲中之"女儿"当暗合袭人命运。悲、愁二句，似隐宝玉离家流落在外及荣府败后的窘况。喜、乐二句，则指她嫁给了蒋玉菡无疑，故对灯花结蕊句脂评曰：佳谶也。（甲）

4. 此唱洞房花烛夜情景。所拟曲文，很像舞台上生旦演对手戏的唱词，这是玉菡的看家本领，所以开口就来，充分展示了他的职业优势。

5. 为将情节安排得合情合理，作者颇费心机。此处用两个"幸而"，一个"可巧"，便见布局用心。真巧。（甲）瞒过众人。（甲）

6. 念放翁诗已说是偶然从对联中见到，而当时宴席上并不摆设插花，不像今天。虽无花，却有洒在点心上的糖桂花，所以说拿起来的是"一朵"而不是"一枝"。这一来，便合情理了。

7. 语惊四座，不如此如何加深读者印象？奇谈。（甲）

---

① 桂花油——一种有桂花香气的发油。
② "灯花"句——灯烛余烬结成花蕊形叫"灯花"；俗传以结灯花为喜兆，并头结双蕊当象征夫妻相会。
③ 谯（qiáo乔）楼——即鼓楼。
④ 木樨——又作"木犀"，桂花的别称。

再念来。"蒋玉菡只得又念了一遍。薛蟠道："袭人可不是宝贝是什么！¹你们不信，只问他。"说着，指着宝玉。宝玉没好意思起来，说道："薛大哥，你该罚多少？"薛蟠道："该罚，该罚！"说着拿起酒来，一饮而尽。冯紫英与蒋玉菡等不知原故，犹问原故，云儿便告诉了出来。²蒋玉菡忙起身陪罪，众人都道："不知者不作罪。"

少刻，宝玉席外解手，蒋玉菡便随了出来。二人站在廊檐下，蒋玉菡又赔不是。宝玉见他妩媚温柔，心中十分留恋，³便紧紧地搭着他的手，叫他："闲了，往我们这里来。还有一句话借问，也是你们贵班中，有一个叫琪官的，他在哪里？如今名驰天下，我独无缘一见。"蒋玉菡笑道："就是我的小名儿。"⁴宝玉听说，不觉欣然跌足笑道："有幸，有幸！果然名不虚传。今儿初会，便怎么样呢？"想了一想，向袖中取出扇子，将一个玉块扇坠解下来，递与琪官道："微物不堪，略表初见之谊。"琪官接了，笑道："无功受禄，何以克当！也罢，我这里也得了一件奇物，今日早起方系上，还是簇新的，聊可表我一点亲热之意。"说着，将系小衣儿一条大红汗巾子解下来，递与宝玉道："这汗巾是茜香国女国王进贡来的，⁵夏天系着，肌肤生香，不生汗渍。昨日北静王给我的，今日才上身。若是别人，我断不肯相赠。二爷请把自己系的给我系着。"宝玉听说，喜不自禁，连忙接了，将自己一条松花汗巾解了下来，递与琪官。⁶二人方束好，只见一声大叫："我可拿住了！"⁷只见薛蟠跳了出来，拉着二人道："放着酒不吃，两个人逃席出来干什么？快拿出来我瞧瞧！"二人都道："没什么。"薛蟠哪里肯依，还是冯紫英出来才解开了。于是复又归坐饮酒，至晚方散。⁸

宝玉回至园中，宽衣吃茶。袭人见扇子上的坠儿没了，便问他："往哪里去了？"宝玉道："马上丢了。"睡觉时，只见腰里一条血点似的大红汗巾子，袭人便猜了八九分，⁹因说道："你有了好的系裤子，把我那条还我罢。"宝玉听说，方

1. 原来如此！挪揄宝玉也算得有高招。阿呆实不笨。

2. 云儿所事行业，最关注人家此类细事，故由她来说出缘故。用云儿细说，的是章法。（甲）云儿知怡红细事，可想玉兄之风情意也。壬午重阳。（庚）

3. 清代盛行男风，尤其在上层和都市社会。小说中也有涉及，从家塾里学童到戏班子艺人，处处可见此种风气的影响。在宝玉身上则表现为与秦钟、琪官等人的亲近。人谓是同性恋，此问题太过深奥，尚待作深入的科学研究，不宜妄加评议。但书中无论是谁，都同时有明显恋异性的表现；尤其是视女儿是水做的骨肉的宝玉，他所留恋的也是"妩媚温柔"，有某种女性化倾向的男子。

4. 艺名琪官，居然这样介绍出来，亦令人意想不到。

5. 琪官受宠，其馈赠之盛情，比宝玉犹有过之。述说汗巾之来历，方完本回回目上句。

6. 宝玉一时感动，欣然作此交换，已为袭人终身安排下宿命的伏笔。红绿牵巾是这样用法，一笑。（甲）

7. 要写的已写完，故立即打断。薛蟠是有此癖好者，由他跳出来，最恰当。

8. 一语了结。

9. 袭人是深知宝玉行为性情者，懂得的世事也多，故发现此两件，便猜到大半。

想起那条汗巾子原是袭人的，不该给人才是，心里后悔，口里说不出来，[1] 只得笑道："我赔你一条罢。"袭人听了，点头叹道："我就知道又干这些事！也不该拿着我的东西给那起混账人去。也难为你心里没个算计儿。"[2] 再要说上几句，又恐怕恼上他的酒来，少不得也睡了，一宿无话。

至次日天明起来，只见宝玉笑道："夜里失了盗也不晓得，你瞧瞧裤子上。"袭人低头一看，只见昨日宝玉系的那条汗巾子系在自己腰里，便知是宝玉夜间换了，[3] 忙一顿把解下来，说道："我不希罕这行子，趁早儿拿了去！"宝玉见她如此，只得委婉解劝了一回。袭人无法，只得系上。过后，宝玉出去，终究解下来，掷在个空箱子里，自己又换了一条系着。

宝玉并不理论，因问起昨日可有什么事情。袭人便回说道："二奶奶打发人叫了红玉去了。[4] 她原要等你来，我想什么要紧，我就作了主，打发她去了。"宝玉道："很是。我已知道了，不必等我罢了。"袭人又道："昨儿贵妃差了夏太监出来，送了一百二十两银子。叫在清虚观初一到初三打三天平安醮①，唱戏献供，叫珍大爷领着众位爷们等跪香拜佛呢。还有端午儿的节礼也赏了。"[5] 说着命小丫头来，将昨日的所赐之物取了出来，只见上等宫扇两柄、红麝香珠二串、凤尾罗二端、芙蓉簟②一领。宝玉见了，喜不自胜，问道："别人的也都是这个么？"袭人道："老太太的多着一柄香如意、一个玛瑙枕。太太、老爷、姨太太的只多着一柄如意。你的同宝姑娘的一样。林姑娘同二姑娘、三姑娘、四姑娘只单有扇子同数珠儿，别人都没了。[6] 大奶奶、二奶奶她两个是每人两匹纱、两匹罗、两个香袋、两个锭子药③。"宝玉听了，笑道："这是怎么个原故？怎么林姑娘的倒不同我的一样，倒是宝姐姐的同我一样？别是传错了罢？"[7] 袭人道："昨儿拿出来，

1. 没有后悔之心，也不是宝玉了。

2. "干这些事"，说得含混；"那起混账人"，也说得囫囵，不过如此，何须追究。袭人为人真当得起"温柔和顺"了。

3. 此宝玉补过之举。为写袭人之归宿乃命中注定，费我作者多少心力去构思安排！茜香罗暗系于袭人腰中，系伏线之文。（靖）

4. 应前，说红玉事是陪。

5. 贵妃送节礼来是主，然只在说送银打醮等事之后带出。

6. 赐物之异同，令一些研究者错会作意：以为元春在暗示父母将来宝玉、宝钗可成一对夫妻，甚至有人探佚说后来金玉完婚是奉了元妃之命。这绝不可能。家中祖母、父母都健在，儿女婚事长辈做主才合乎礼仪，岂有元春仗着皇家权势越俎代庖硬要插上一脚？宝玉是其爱弟，居然不问其是否愿意、有无意中人，便乱点鸳鸯谱，这可能吗？元春早卒，她命入黄泉后还托梦，要天伦早退步抽身，可见死于贾府变故之前而诸芳零落在后，时间上也不对。元春厚礼赐钗，只因薛氏母女是家中的贵宾亲戚，宝钗是她姨表姊妹，应特别给面子方是待客之道。而父母双亡的黛玉，正不妨将她视同自己的妹妹，故与二、三、四姑娘同列，如此而已。至于这来自宫中的二宝礼物相同，恰好也成了象征将来金玉姻缘的吉兆，则又是另一回事。金姑玉郎是这样的写法。（甲）

7. 宝玉自然是另一种心思，还以为别人也该跟他一样想。

---

① 打平安醮——因丧事请僧道念经叫"打醮"，平时为祈求无病消灾降福的打醮，叫"打平安醮"。
② 芙蓉簟（diàn 电）——编织有芙蓉花图案的细竹席。
③ 锭子药——将药压制成各种花样的硬的小块，叫"锭子药"。

都是一份一份的写着签子，怎么就错了！你的是在老太太屋里来着，我去拿了来了。老太太说，明儿叫你一个五更天进去谢恩呢。"宝玉道："自然要走一趟。"说着便叫："紫绡，来，拿了这个到林姑娘那里去，就说是昨儿我得的，爱什么留下什么。"[1]紫绡答应了，便拿了去，不一时回来说："林姑娘说了，昨儿也得了，二爷留着罢。"

宝玉听说，便命人收了。刚洗了脸出来，要往贾母那边请安去，只见林黛玉顶头来了。宝玉赶上去，笑道："我的东西叫你拣，你怎么不拣？"林黛玉昨日所恼宝玉的心事，早又丢开，[2]只顾今日的事了，因说道："我没这么大福禁受，比不得宝姑娘，什么金什么玉的，我们不过是草木之人！"[3]宝玉听她提出"金玉"二字来，不觉心动疑猜，便说道："除了别人说什么金什么玉，我心里要有这个想头，天诛地灭，万世不得人身！"[4]林黛玉听他这话，便知他心里动了疑，忙又笑道："好没意思，白白的说什么誓！管你什么金什么玉的呢！"宝玉道："我心里的事也难对你们说，日后自然明白。除了老太太、老爷、太太这三个人，第四个就是妹妹了。要有第五个人，我就说个誓。"黛玉道："你也不用说誓，我很知道，你心里有妹妹。但只是见了姐姐，就把妹妹忘了。"[5]宝玉道："那是你多心，我再不的。"黛玉道："昨儿宝丫头不替你圆谎，为什么问着我呢？那要是我，你又不知怎么样了。"

正说着，只见宝钗从那边来了，二人便走开了。宝钗分明看见，只装看不见，低着头过去了，到了王夫人那里，坐了一会，然后到了贾母这边，只见宝玉在这里呢。[6]宝钗因往日母亲对王夫人等曾提过"金锁是个和尚给的，等日后有玉的方可结为婚姻"等语，所以总远着宝玉。昨日见了元春所赐的东西，独她与宝玉一样，心里越发没意思起来。[7]幸亏宝玉被一个黛玉缠绵住了，心心念念只记挂着黛玉，并不理论这事。此刻忽见宝玉笑问道："宝姐姐，我瞧瞧你的红麝串子？"[8]可巧宝钗左腕上笼着一串，见宝玉问她，

1. 怕林妹妹有委屈，特示关怀、体贴。

2. 知宝玉向着自己，故不计前嫌，但对礼物的厚薄确有不平。

3. 自然会触动切心事而生妒意。自道本是绛珠草也。（甲）

4. 宝玉就怕她有如此想头，所以一听"金玉"二字就急，就赌咒发誓。

5. 虽是醋语，说的也是。

6. 得到礼物的，贾母处是必去的。宝钗往王夫人处去，故宝玉先在贾母处，一丝不乱。（甲）

7. 宝钗本豁达之人，可情势却偏偏令她难以避嫌，故心中特不自在。可知宝钗确不屑存与黛玉争夺之心。此处表明，以后二宝文章，宜换眼看。（甲）峰峦全露，又用烟云截断，好文字！（甲）"峰峦全露"指说出金玉姻缘来，即和尚所言。

8. 宝玉所得之物中有"红麝香珠二串"，又听说礼物与宝姑娘一样，故想验证一下。

少不得褪了下来。宝钗原生得肌肤丰泽，容易褪不下来。宝玉在旁看着雪白一段酥臂，不觉动了羡慕之心，暗暗想道："这个膀子要长在林妹妹身上，或者还得摸一摸，偏生长在她身上。"[1] 正是恨没福得摸，忽然想起"金玉"一事来，再看看宝钗形容，只见脸若银盆，眼似水杏，唇不点而红，眉不画而翠，比黛玉另具一种妩媚风流，不觉就呆了，[2] 宝钗褪下串子来递与他也忘了接。宝钗见他怔了，自己倒不好意思的，丢下串子，回身才要走，只见黛玉蹬着门槛子，嘴里咬着手帕子笑呢。[3] 宝钗道："你又禁不得风儿吹，怎么又站在那风口里呢？"黛玉笑道："何曾不是在屋里呢。只因听见天上一声叫，出来瞧了一瞧，原来是个呆雁。"宝钗道："呆雁在哪里呢？我也瞧瞧。"林黛玉道："我才出来，它就'忒儿'一声飞了。"口里说着，将手里的帕子一甩，向宝玉脸上甩来。不防正打在眼上，"嗳哟"了一声。[4] 再看下回分明。

1. 此真一击两鸣绝妙的表述方法：既羡姐姐酥臂，又恨不长在妹妹身上。前者是爱美天性，也是异性身姿对宝玉具诱惑力的真实描述；后者则又表达了超越形体的心灵相通。

2. 又及容貌。须知"银盆""水杏"是形容貌美的传统意象，若认真以实物相比，则无美可言矣。此时写其"妩媚风流"，是从宝玉眼中看出，所以呆了。太白所谓"清水出芙蓉"。（甲）李白《经乱离后……》诗："清水出芙蓉，天然去雕饰。"忘情，非呆也。（甲）

3. "不好意思"就是回目中"羞"字。回身见黛玉，如戏剧场面，精彩极了。

4. 这次又与以往只用语言奚落不同，作者真神乎其技矣！

【总评】

宝玉听《葬花吟》，以其超乎常人的敏锐感觉，预见到群芳和大观园将来的悲凉情景，所以才会恸倒于山坡。宝黛见面后，因昨夜被拒外事，自有一番纷争；疑团消除、重归于好后，宝玉如释重负。在谈药方一段，不难看出他兴高采烈、得意忘形的神态。宝钗要宝玉去陪陪心里不自在的黛玉，宝玉说："理她呢，过一会子就好了。"后来可推想到此话已被黛玉听见，竟在她与丫头和宝钗的对话中，连说两次来反讽宝玉，宝玉似乎还没有察觉。这一细节也写出宝黛二人不同的个性。

写冯紫英家宴，把聚饮者的层次放低了，看来作者是相当熟悉这种场景的。席上唱曲行令，颇多淫词亵语，夹杂插科打诨，可看出对戏曲艺术的传承。作者摹写不同职业身份人物的文化教养、个性特点的本领，非凡手庸笔能到；其中仍不乏对人物未来命运的隐约预言。

对蒋玉菡（琪官）言行的描述，颇与后来情节发展有关。他行酒令先带出"袭人"，再与宝玉两情相悦，交换汗巾（琪官的大红汗巾据说是"茜香国女国王进贡"，故回目称"茜香罗"）。此事近则与宝玉受其父笞挞成因果，远则与将来袭人由于某种变故，离开宝玉，出嫁琪官以及琪官"后回与袭人供奉玉兄、宝卿得同终始者"（脂评）相关。又有研究者以为宝玉在性方面多少带点同性恋倾向，此亦一例。但宝玉喜欢的男性是"怯怯羞羞，有女儿之态"的秦钟和"妩媚温柔"演小旦的琪官，二人在某种程度上已女性化了。

宫中送来元春端午节的节礼，宝玉与宝钗所得的一样，比其他姊妹略多一二件。遂有研究者以为后来"金玉良姻"，乃出于元春指婚。这不可能，理由是：一、黛与钗就贾府血缘而言，有亲疏之分，钗更近似客，重客合待客之道；二、宝玉有祖母、父母在，婚姻大事，自有人做主，何用元春越俎代庖；三、元春与宝玉"分虽姊弟，情同母子"，岂有不问胞弟之意愿，乱点鸳鸯谱之理；四、元春早卒，宝玉成亲时，只怕她"命已入黄泉"了；五、小说正文和脂评都无这方面的暗示，有的均是不利于这种指认的线索。

　　宝玉要看宝钗腕上的红麝串子，"看着雪白一段酥臂，不觉动了羡慕之心，暗暗想道：'这个膀子要长在林妹妹身上，或者还得摸一摸，偏生长在她身上。'"此非写滥情者之轻佻，作者描写真实复杂的人性，总是深刻的、大胆的，这里妙在动心时想到黛玉，乃用一击两鸣之法。

第 二 十 九 回
享福人福深还祷福　痴情女情重愈斟情

【题解】

　　此回回目诸本大体一致，有个别字的差异，如"痴情女"程高本作"多情女"；庚辰本则误作"斟情女"。此用蒙府、戚序本回目。对仗中用同一字重复（如"福""情"），像律诗中的"双拟对"形式，是曹雪芹拟对喜欢用的习惯，可知其是原拟。"享福人"指贾母，以她为首率领贾府上下众人前往清虚观打醮祈神，即所谓"祷福"。"痴情女"指林黛玉，她与宝玉又因"说亲""姻缘"等话语顶撞而大闹了一场。过后黛玉对一些有关两情话头的深义，细细回味思量，即所谓"斟情"。

　　话说宝玉正自发怔，不想黛玉将手帕子甩了来，正碰在眼睛上，倒唬了一跳，问是谁。黛玉摇着头儿笑道："不敢，是我失了手。因为宝姐姐要看呆雁，我比给她看，不想失了手。"宝玉揉着眼睛，待要说什么，<u>又不好说的。</u>[1]

1. 了结上回故事，另起头绪。

　　一时，凤姐儿来了，因说起初一日在清虚观打醮的事来，遂约着宝钗、宝玉、黛玉等看戏去。宝钗笑道："<u>罢，罢，怪热的。什么没看过的戏，我就不去了！</u>"[2]凤姐儿道："他们那里凉快，两边又有楼。咱们要去，我头几天打发人去，<u>把那些道士都赶出去</u>，把楼上打扫了，挂起帘子来，<u>一个闲人不许放进庙去</u>，[3]才是好呢。我已经回了太太了，你们不去我去。这些日子也闷得很了。家里唱动戏①，我又不得舒舒服服地看。"贾母听说，笑道："既这么着，我同你去。"凤姐听说，笑道："老祖宗也去，敢情好了！<u>就只是我又不得受用了。</u>"[4]贾母道："到明儿，我在正面楼上，你在旁边楼上，你也不用到我这边来立规矩，可好不好？"凤姐笑道："这

2. 必先一折，再由老祖宗出面请。

3. 后文见。

4. 只有凤姐才敢如此说话。

————————————

　　①　唱动（tòng 痛）戏——唱热闹的戏。

就是老祖宗疼我了。"贾母因而向宝钗道："你也去，连你母亲也去。长天老日的，在家里也是睡觉。"宝钗只得答应着。[1]

贾母又打发人去请了薛姨妈，顺路告诉王夫人，要带了她们姊妹去。王夫人因一则身上不好，二则预备着元春有人出来，早已回了不去的；听贾母如此说，笑道："还是这么高兴。"因打发人去到园里告诉："有要逛去的，只管初一跟了老太太逛去。"这个话一传开了，别人还都可以，只是那些丫头们天天不得出门槛儿，听了这话，谁不要去。便是各人的主子懒怠去，她也百般地撺掇了去，因此李宫裁等都说去。贾母越发心中欢喜，[2] 早已吩咐人去打扫安置，都不必细说。

单表到了初一这一日，荣国府门前车轿纷纷，人马簇簇。那底下凡执事人等，闻得是贵妃作好事，贾母亲去拈香，正是初一日乃月之首日，况是端阳节间，因此凡动用的什物，一色都是齐全的，不同往日。少时，贾母等出来。贾母坐一乘八人大轿，李氏、凤姐儿、薛姨妈，每人一乘四人轿，[3] 宝钗、黛玉二人共坐一辆翠盖珠缨八宝车，迎春、探春、惜春三人共坐一辆朱轮华盖车。然后贾母的丫头鸳鸯、鹦鹉、琥珀、珍珠，林黛玉的丫头紫鹃、雪雁、春纤，宝钗的丫头莺儿、文杏，迎春的丫头司棋、绣橘，探春的丫头待书、翠墨，惜春的丫头入画、彩屏，薛姨妈的丫头同喜、同贵，外带着香菱、香菱的丫头臻儿，李氏的丫头素云、碧月，凤姐儿的丫头平儿、丰儿、小红，并王夫人的两个丫头也要跟了凤姐儿去的是金钏、彩云，奶子抱着大姐儿①另在一车，还有两个丫头，一共再连上各房的老嬷嬷、奶娘并跟出门的家人媳妇子，乌压压的占了一街的车。贾母等已经坐轿去了多远，这门前尚未坐完。[4] 这个说"我不同你在一处"，那个说"你压了我们奶奶的包袱"，那边车上又说"蹭了我的花儿"，这边又说"碰折了我的扇子"，咭咭呱呱，说笑不绝。周瑞家的走来过去地说道："姑娘们，这是街上，看人笑话！"说了两遍，方觉好了。[5] 前头的全副执事摆开，

1. 果然，没有再推辞的理了。

2. 老太太如此喜欢热闹，确是会享福之人。丫头们踊跃争着去，连韶华已逝的寡嫂也有兴头，更衬出贾母之兴高采烈。

3. 大阵仗出门。从贾母乘八人大轿起，然后按长幼尊卑顺序乘轿坐车，连各房丫头、老嬷嬷、奶娘等都一人不漏地列出，可谓是着力渲染。

4. 说来毫不费劲，却见阵势吓人。

5. 举出"这个""那个""那边""这边"的话语来，将一大群姑娘出门时兴奋笑闹场面写得栩栩如生。周瑞家的一句劝说，起着点睛作用。

---

① 奶子抱着大姐儿——庚辰诸本在这句话后，尚有"带着巧姐儿"五字，从小说前后描述来看，凤姐只有一个女儿，未取名前就叫"大姐儿"，后来，才请刘姥姥起了"巧姐"之名。此时名尚未起，所以这里说"带着巧姐儿"是不合理的，故删。

早已到了清虚观。宝玉骑着马，在贾母轿前。街上的人都站在两边。

　　将至观前，只听钟鸣鼓响，早有张法官①执香披衣，带领众道士在路旁迎接。贾母的轿刚至山门②以内，贾母在轿内因看见有守门大帅并千里眼、顺风耳、当方土地、本境城隍各位泥胎圣像，便命住轿。¹贾珍带领各子弟上来迎接。凤姐知道鸳鸯等在后面，赶不上来搀贾母，自己下了轿，忙要上来搀。²可巧有个十二三岁的小道士儿，拿着剪筒，照管剪各处的蜡花。正欲得便且藏出去，不想一头撞在凤姐儿怀里。³凤姐便一扬手，照脸一下，把那小孩子打了一个筋斗，骂道："野牛肏的，朝哪里跑！"⁴那小道士也不顾拾烛剪，爬起来往外还要跑。正值宝钗等下车，众婆娘、媳妇正围随得风雨不透，但见一个小道士滚了出来，都喝声叫："拿，拿，拿！打，打，打！"⁵

　　贾母听了，忙问："是怎么了？"贾珍忙出来问。凤姐儿上去搀住贾母，就回说："一个小道士儿，剪灯花的，没躲出去，这会子混钻呢。"贾母听说，忙道："快带了那孩子来，别唬着他！小门小户的孩子，都是娇生惯养惯了的，哪里见得这个势派。倒怪可怜见的，倘或唬着他，他老子娘岂不疼得慌？"⁶说着，便叫贾珍去好生带了来。贾珍只得去拉了那孩子来。那孩子还一手拿着蜡剪，跪在地下乱颤。贾母命贾珍拉起来，叫他不要怕，问他几岁了。那孩子通说不出话来。⁷贾母还说"可怜见的"，又向贾珍道："珍哥儿，带他去罢。给他些钱买果子吃，别叫人难为了他。"贾珍答应了，领他去了。这里贾母带着众人，一层一层地瞻拜观玩。外面小厮们见贾母等进入二层山门，忽见贾珍领了一个小道士出来，叫人来带去，给他几百钱，不要难为了他。家人听说，忙上来，领了下去。

　　贾珍站在阶矶上，因问："管家在哪里？"底下站的小厮们见问，都一齐喝声说："叫管家！"登时林之孝一手整理着帽子跑了来，⁸到贾珍跟前。贾珍道："虽说这里地方大，今儿不承望来这么些人。你使的人，

1. 虽是泥胎，不敢不敬，贾母祈神虔诚之心可见。

2. 凤姐精细周到处，不是只会在贾母前说笑耍嘴皮子。

3. 坏了！什么地方不好撞！

4. 凤姐发威，一时打骂并施。

5. 身似败将陷重围，已无路可逃。

6. 史太君大慈大悲，令人感动。怜幼恤贫之心与阿凤形成对照。菩萨有灵，当保佑其多福多寿。

7. 惊魂未定之状。

8. 声势如见，管家整理帽子细节，是颊上添毫。

---

　　① 法官——指有职位的道士。
　　② 山门——佛寺、道观的外门。

你就带了你的那院里去；使不着的，打发到那院里去。把小幺儿们挑几个在这二层门上同两边角门上，伺候着要东西传话。你可知道不知道，今儿小姐、奶奶们都出来了，一个闲人也不许到这里来！"[1] 林之孝忙答应"晓得"，又说了几个"是"。贾珍道："去罢。"又问："怎么不见蓉儿？"一声未了，只见贾蓉扣着纽子从钟楼里跑了出来。贾珍道："你瞧瞧他，我这里也没说热，他倒乘凉去了！"喝命家人唾他。那小厮们都知道贾珍素日的性子违拗不得，有个小厮便上来向贾蓉脸上唾了一口。[2] 贾珍又道："问着他！"那小厮便问贾蓉道："爷还不怕热，哥儿怎么先乘凉去了？"贾蓉垂着手，一声不敢说。那贾芸、贾萍、贾芹等听见了，不但他们慌了，亦且连贾琏、贾瑞、贾琼等也都慌了，一个一个从墙根下慢慢地溜下来。[3] 贾珍又向贾蓉道："你站着作什么？还不骑了马跑到家里，告诉你娘母子去！老太太同姑娘们都来了，叫她们快来伺候。"[4] 贾蓉听说，忙跑了出来，一叠连声要马，一面抱怨道："早都不知作什么的，这会子寻趁①我！"一面又骂小子："捆着手呢？马也拉不来。"要打发小子去，又恐怕后来对出来，说不得亲自走一趟，骑马去了，不在话下。

　　且说贾珍方要抽身进去，只见张道士站在旁边陪笑说道："论理我不比别人，应该里头伺候。只因天气炎热，众位千金都出来了，法官不敢擅入，请爷的示下。恐老太太问，或要随喜哪里，我只在这里伺候罢了。"[5] 贾珍知道这张道士虽然是当日荣国府国公的替身，曾经先皇御口亲呼为"大幻仙人"，如今现掌"道录司"印，又是当今封为"终了真人"，现今王公、藩镇都称他为"神仙"，所以不敢轻慢。二则他又常往两个府里去，凡夫人、小姐都是见的。[6] 今见他如此说，便笑道："咱们自己，你又说起这话来。再多说，我把你这胡子还扔②了呢！还不跟我进来。"[7] 那张道士呵呵大笑着，跟了贾珍进来。

　　贾珍到贾母跟前，控身③陪笑说道："张爷爷进来请安。"贾母听了，忙道："搀他来。"贾珍忙去搀了过来。

1. 与前日凤姐约宝钗等去看戏说的话一样。

2. 贾珍个性执拗于此点明。此次出门，爷们中以珍为长，凡保护、伺候如此众多女眷及安排差遣诸事皆其职责所在，岂敢稍有疏忽，惹老太太不高兴、众人怪罪，故严谴蓉儿偷懒。

3. 贾芸等是带"草"字头的小辈，贾琏等则是带"玉（王）"字旁的同辈，都慌着贾珍行事。

4. 荣府车马人等，来若云屯；宁府伺候，若不主动，万一有闪失，岂不落人讥议。

5. 张道士身份本自特殊，此亦故意先说退让话，以示谦恭。

6. 珍爷对老道心中有谱，故不敢轻慢，又加其常来府见过女眷，自然另眼相看。

7. 故作谑语以戏之，既示彼此亲近，又自持身份。

---

①　寻趁——找碴子；故意找麻烦。
②　扔（xún 旬）——拔。
③　控身——弯腰屈身。

那张道士先呵呵笑道："无量寿佛！老祖宗一向福寿康宁？众位奶奶小姐纳福！一向没到府里请安，老太太气色越发好了。"贾母笑道："老神仙，你好？"[1]张道士笑道："托老太太万福万寿，小道也还康健。别的倒罢，只记挂着哥儿，[2]一向身上好？前日四月二十六日，我这里做遮天大王的圣诞，人也来得少，东西也很干净，我说请哥儿来逛逛，怎么说不在家？"贾母说道："果真不在家。"一面回头叫宝玉。谁知宝玉解手去了才来，[3]忙上前问"张爷爷好"。张道士忙抱住问了好，又向贾母笑道："哥儿越发发福了。"贾母道："他外头好，里头弱。又搭着他老子逼着他念书，生生的把个孩子逼出病来了。"[4]张道士道："我前日在好几处看见哥儿写的字，作的诗，都好得了不得，[5]怎么老爷还抱怨说哥儿不大喜欢读书呢？依小道看来，也就罢了。"又叹道："我看见哥儿的这个形容身段、言谈举动，怎么就同当日国公爷一个稿子！"说着两眼流下泪来。[6]贾母听说，也由不得满脸泪痕，说道："正是呢，我养了这些儿子孙子，也没一个像他爷爷的，就只这玉儿像他爷爷。"[7]

　　那张道士又向贾珍道："当日国公爷的模样儿，爷们一辈的不用说，自然没赶上，大约连大老爷、二老爷也记不清楚了。"说毕，呵呵又一大笑道："前日在一个人家看见一位小姐，今年十五岁了，生得倒也好个模样儿。我想着哥儿也该寻亲事了。若论这个小姐模样儿，聪明智慧，根基家当，倒也配得过。[8]但不知老太太怎么样，小道也不敢造次。等请了老太太的示下，才敢向人去张口。"贾母道："上回有个和尚说了，这孩子命里不该早娶，等再大一大儿再定罢。[9]你可如今也打听着，不管她根基富贵，只要模样配得上就好，来告诉我。便是那家子穷，不过给他几两银子也罢了。只是模样儿性格儿难得好的。"[10]

　　说毕，只见凤姐儿笑道："张爷爷，我们丫头的寄名符你也不换去。前儿亏你还有那么大脸，打发人和我要鹅黄缎子去！[11]我要不给你，又恐怕你那老脸上过不去。"张道士呵呵大笑道："你瞧，我眼花了，也没看见奶奶在这里，也没道多谢。符早已有了，前日原要送去的，不料娘娘来作好事，就混忘了，还在佛前镇着。待我取来。"说着，跑到大殿上去，一时拿了一个茶盘子，

1. 是念佛，是称呼，都很恰当。

2. 只怕另有惦念之事，不是平白记挂。

3. 偏说"解手"细事，或借此表示宝玉不把老道当回事。

4. 溺爱不明语。

5. 可知宝玉所写斗方、所赋之诗，流传在外不假。也亏得老道留意。

6. 追忆早岁情景心结，人皆有之，正引起贾母怀旧无限怅触。

7. 爱宝玉如命的老祖母，如此想可信，也可理解。所不可理解的是有人竟对这段描述穿凿深求，以为是在隐写早年张道士与贾母有过某种不正当关系。此类说法，既不严肃，又近龌龊，故不愿置辩。

8. 替人家攀亲说媒，能获得极大好处，恐是老道士记挂着宝玉的真正原因，所以话说到一定火候，便直接提明。

9. 幸好贾母深通世故，也不糊涂，立即以"命里不该早娶"婉言谢绝。若非言不由衷，则也可解释贾母为何不早早说定宝玉的婚事。

10. 话不说绝，网不收回。贾母择媳标准于此说出：不重门第根基，不问是否富贵，只看重姑娘本人的"模样儿性格儿"如何。贾母特别满意生前的重孙媳妇秦可卿，得到了解说。

11. "我们丫头"指由奶子抱着的大姐儿，后名巧姐。话语泼撒，是凤辣子口吻。

搭着大红蟒缎经袱子①，托出符来。大姐儿的奶子接
了符。张道士方欲抱过大姐儿来，只见凤姐笑道："你
就手里拿出来罢了，又用个盘子托着。"张道士道："手
里不干不净的，怎么拿，用盘子洁净些。"凤姐儿笑
道："你只顾拿出盘子，倒唬我一跳。我不说你是为送
符，倒像是和我们化布施来了。"[1] 众人听说，哄然一笑，
连贾珍也撑不住笑了。贾母回头道："猴儿，猴儿！你
不怕下割舌地狱？"凤姐儿笑道："我们爷儿们不相干。
他怎么常常的说我该积阴鸷，迟了就短命呢！"[2]

　　张道士也笑道："我拿出盘子来一举两用，却不为
化布施，倒要将哥儿的这玉请了下来，[3] 托出去给那些
远来的道友并徒子徒孙们见识见识。"贾母道："既这
么着，你老天拔地的跑什么，就带他去瞧了，叫他进来，
岂不省事？"张道士道："老太太不知道，看着小道是
八十多岁的人，托老太太的福倒也健朗；二则外面的
人多，气味难闻，况是个暑热天，哥儿受不惯，倘或
哥儿受了腌臜气味，倒值多了。[4] 贾母听说，便命宝玉
摘下通灵玉来，放在盘内。那张道士兢兢业业地用蟒
袱子垫着，捧了出去。

　　这里贾母与众人各处游玩了一回，方去上楼。只
见贾珍回说："张爷爷送了玉来。"刚说着，只见张道
士捧了盘子，走到跟前笑道："众人托小道的福，见了
哥儿的玉，实在可罕，都没什么敬贺之物，这是他们
各人传道的法器，都愿意为敬贺之礼。[5] 哥儿便不希罕，
只留着在房里玩耍赏人罢。"贾母听说，向盘内看时，
只见也有金璜，也有玉玦②，或有"事事如意"，或有
"岁岁平安"，皆是珠穿宝贯，玉琢金镂，共有三五十件。
因说道："你也胡闹。他们出家人是哪里来的！何必这
样，这断不能收。"张道士笑道："这是他们一点敬意，
小道也不能阻挡。老太太若不留下，岂不叫他们看着
小道微薄，不像是门下出身了。"[6] 贾母听如此说，方
命人接了。宝玉笑道："老太太，张爷爷既说又推辞
不得，我要这个也无用，不如叫小子们捧了这个，跟
我出去散给穷人罢。"贾母笑道："这倒说得是。"张道

---

① 经袱子——僧道用来包裹经卷的绸布包袱。
② 金璜、玉玦——金属制的像玉璧一半的饰物和环形有缺口的玉饰。

侧注：

1. 凤姐不说话则已，一开口便诙谐机智，令人绝倒。这样的对话，后四十回续书中一句也没有；如果不信，请找出一句来我看。

2. "爷儿们"指张道士；原来他曾向凤姐说过那样的话，戏语遂又成谶了。为什么作者对人物的结局要不断以谶语来预示呢？看来这是《红楼梦》的大悲音：宿命。

3. 一个盘子多用途。

4. 哥儿受不了腌臜气味，通灵玉可不怕，它第一功能不就是"除邪祟"吗？不过不让宝玉去，老道士也许另有打算。

5. 原来为此。虽曰贺礼，实同贿赂。要巴结贾府，借宝玉之玉为贺，讨老太君欢心，最是妙法。拉近与贾府关系，即开辟出长远的生财之道，如打醮演戏，设宴招待，哪一项不可大捞一笔？小小投资正是一本万利的交易。此处所谓小道士们献上的法器，恐只是说说而已，大概计划中早就准备下的。

6. 张道士真会措辞，说得老太太想推辞也不能。

士又忙拦道："哥儿虽要行好，但这些东西虽说不甚希奇，到底也是几件器皿。若给了乞丐，一则与他们无益，二则反倒糟蹋了这些东西。要舍穷人，何不就散钱与他们。"宝玉听说，便命："收下。等晚间拿钱施舍罢了。"[1]说毕，张道士方退出。

这里贾母与众人上了楼。在正面楼上归坐，凤姐等占了东楼，众丫头等在西楼，轮流伺候。贾珍一时来回："神前拈了戏①，[2]头一本《白蛇记》。"贾母问："《白蛇记》是什么故事？"贾珍道："是汉高祖斩蛇方起首的故事。第二本是《满床笏》②。"贾母笑道："这倒是第二本上，也罢了。神佛要这样，也只得罢了。"又问第三本。贾珍道："第三本是《南柯梦》③。"贾母听了，便不言语。[3]贾珍退了下来，至外边预备着申表、焚钱粮、开戏，不在话下。

且说宝玉在楼上，坐在贾母旁边，因叫个小丫头子捧着方才那一盘子贺物，自己将玉戴上，用手翻弄寻拨，一件一件地挑与贾母看。贾母因看见有个赤金点翠的麒麟，便伸手翻弄拿了起来，笑道："这件东西，好像我看见谁家的孩子也戴着这么一个的。"宝钗笑道："史大妹妹有一个，比这个小些。"[4]贾母道："是云儿有这个。"宝玉道："她这么往我们家去住着，我也没看见？"探春笑道："宝姐姐有心，不管什么她都记得。"[5]林黛玉冷笑道："她在别的上，心还有限，惟有这些人戴的东西上越发留心。"宝钗听说，便回头装没听见。[6]宝玉听见史湘云有这件东西，自己便将那麒麟忙拿起来揣在怀里。[7]一面心里又想到怕人看见他听见史湘云有了，他就留这件，因此手里揣着，却拿眼睛瞟人。[8]只见众人都倒不理论，惟有林黛玉瞅着他点头儿，似有赞叹之意。[9]宝玉不觉心里没好意思起来，又掏了出来，向黛玉笑道："这个东西倒好玩，我替你留着，到了家穿上你戴。"[10]林黛玉将头一扭，说道："我不希罕。"宝玉笑道："你果然不希罕，我少不得就拿着。"[11]说着又揣了起来。

1. 幸好收下，不然就没有有趣的下文了。

2. 虽说打醮时神前拈戏是惯例，但也借此暗示世事都有天意。

3. 贾母颇信冥冥中有神佛指点，故对大富大贵的吉庆戏的安排早晚也甚在意。第三本显然不是吉兆，心情为之一变，不言语，乃陷入沉思也。

4. 宝钗只比贾母记得清楚些，本是常事。

5. 探春的话是称道，并不带讥刺意。

6. 这就是有意讥诮了。宝钗深知黛玉脾性心思，故不愿搭腔。

7. 伸手时倒未必已有成算，宝玉就是这种性情。可这一拿一揣，却引出后面多少故事来。

8. 自己意识到这样的举动，不够磊落大方，故又不免有几分心虚。

9. 谁都不在意，自有在意人。

10. 既被看穿心思，只好如此说了。但哄孩子的话能骗得了黛玉？

11. 碰钉子了，进退失据，强作自若，难免尴尬相。

① 神前拈了戏——用抓阄的方法选出要演的戏目，表示是神选的，戏名义上也是演给神看的。
② 《满床笏》——清代范希哲撰，演唐代郭子仪"七子八婿，富贵寿考"的故事。
③ 《南柯梦》——即汤显祖之《南柯记》，取材于唐代李公佐《南柯太守传》。所点三部戏也象征贾府的兴衰过程：即从起家到盛极，终归于幻灭。

刚要说话，只见贾珍、贾蓉的妻子婆媳两个来了，[1]彼此见过，贾母方说："你们又来做什么？我不过没事来逛逛。"一句话没说了，只见人报："冯将军家有人来了。"原来冯紫英家听见贾府在庙里打醮，连忙预备了猪羊、香烛、茶食之类的东西送礼。凤姐儿听见了，忙赶过正楼来，拍手笑道："嗳呀！我就不防这个。只说咱们娘儿们来闲逛逛，人家只当咱们大摆斋坛地来送礼。都是老太太闹的。这又得预备赏封儿。"刚说了，只见冯家的两个管家娘子上楼来了。冯家的两个未去，接着赵侍郎家也有礼来了。于是接二连三，都听见贾府打醮，女眷都在庙里，凡一应远亲近友、世家相与都来送礼。[2]贾母才后悔起来，说："又不是什么正经斋事，我们不过闲逛逛，就想不到这礼上没的惊动了人。"因此虽看了一天戏，至下午便回来了，次日便懒怠去。凤姐又说："打墙也是动土，已惊动了人，今儿乐得还去逛逛。"那贾母因昨日张道士提起宝玉说亲的事来，谁知宝玉一日心中不自在，回家来生气，嗔着张道士与他说了亲，口口声声说，从今以后不再见张道士了，别人也并不知为什么原故；[3]二则林黛玉昨日回家又中了暑：因此二事，贾母便执意不去了。[4]凤姐儿见不去，自己带了人去，也不在话下。

且说宝玉因见林黛玉又病了，心里放不下，饭也懒去吃，不时来问。林黛玉又怕他有个好歹，因说道："你只管看你的戏去，在家里作什么？"宝玉因昨日张道士提亲，心中大不受用，今听见黛玉如此说，心里因想道："别人不知道我的心还可恕，连她也奚落起我来。"[5]因此心中更比往日的烦恼加了百倍。若是别人跟前，断不能动这肝火，只是黛玉说了这话，倒比往日别人说这话不同，由不得立刻沉下脸来，说道："我白认得了你。罢了，罢了！"[6]林黛玉听说，便冷笑了两声道，"白认得了？我哪里像人家，有什么配得上呢！"宝玉听了，便向前来直问到脸上："你这么说，是安心咒我天诛地灭？"[7]黛玉一时解不过这话来。宝玉又道："昨儿我还为这个赌了几回咒，今儿你到底又准我一句。我便天诛地灭，你又有什么益处？"黛玉一闻此言，方想起上日的话来。[8]今日原是

1. 这是贾蓉骑马回东府叫来的。贾蓉已再娶，于此补一笔，因蓉儿新妇非警幻情案中角色，只须带到就是。

2. 与今之大明星日常生活行动，处处被人关注追逐，造成诸多不便，十分相似。与贾府略有交往者，都不肯错过这一示好拉近关系的机会。

3. 别人不知缘故，读者应该知道，说亲对宝玉来说是其实现爱情理想的重大威胁。

4. 贾母最溺爱最在意者，唯宝黛二人，如今一个不自在，一个中了暑，哪里还有心情再去。清虚观，贾母、凤姐原意大适意、大快乐，偏写出多少不适意事来，此亦天然至情至理必有之事。（庚）

5. 所谓"求全之毁，不虞之隙"（第五回）是也。

6. 这话无异点着了火。

7. 口角一起，冲突便迅速升级。

8. 前日，因礼物的异同，内心不平衡，宝玉曾对黛玉说过心里若有"金玉"之类的想头，便"天诛地灭，万世不得人身"，被立即阻止其发誓。如今黛玉自己又说了配得上配不上的话，故觉说错了。

自己说错了，又是着急，又是羞愧，便战战兢兢地说道："我要安心咒你，我也天诛地灭。何苦来！我知道，昨日张道士说亲，你怕阻了你的好姻缘，你心里生气，来拿我来煞性子。"[1]

原来那宝玉自幼生成有一种下流痴病，况从幼时和黛玉耳鬓厮磨，心情相对；及如今稍明时事，又看了那些邪书僻传，[2]凡远亲近友之家所见的那些闺英闺秀，皆未有稍及黛玉者：所以早存了一段心事，只不好说出来。故每每或喜或怒，变尽法子暗中试探。那林黛玉偏生也是个有些痴病的，也每用假情试探。[3]因你也将真心真意瞒了起来，只用假意，我也将真心真意瞒了起来，只用假意，如此两假相逢，终有一真。其间琐琐碎碎，难保不有口角之争。即如此刻，宝玉的心内想的是："别人不知我的心，还有可恕，难道你就不想我的心里眼里只有你！你不能为我烦恼，反来以这话奚落堵噎我。可见，我心里一时一刻自有你，你竟心里没我。"心里这意思，只是口里说不出来。那林黛玉心里想着："你心里自然有我，虽有'金玉相对'之说，你岂是重这邪说不重我的。我便时常提这'金玉'，你只管了然自若无闻的，方见得是待我重，而毫无此心了。[4]如何我只一提'金玉'的事，你就着急，可知你心里时时有'金玉'，见我一提，你又怕我多心，故意着急，安心哄我。"

看来两个人原本是一个心，但都多生了枝叶，反弄成两个心了。那宝玉心里又想着："我不管怎么样都好，只要你遂意，我便立刻因你死了也情愿。你知也罢，不知也罢，只由我的心，可见你方和我近，不和我远。"那林黛玉心里又想着："你只管你，你好我自好，你何必为我而自失。殊不知你失我自失。可见你是不叫我近你，有意叫我远你了。"如此看来，却都是求近之心，反弄成疏远之意。[5]如此之话，皆他二人素习所存私心，也难备述。

如今只述他们外面的形容。那宝玉又听她说"好姻缘"三个字，越发逆了己意，心里干噎，口里说不出话来，便赌气向颈上抓下通灵玉来，咬牙恨命往地下一摔道："什么捞什骨子，我砸了你完事！"[6]偏生那玉坚硬非常，摔了一下，竟文风不动。宝玉见没摔碎，

1. 既然不是安心咒，如何又说出"好姻缘"的话来？可见心有猜疑，要不表露也难。

2. 故意借道学眼光作贬语，故有"下流痴病""邪书僻传"等语，别误会作者竟如此一本正经。

3. 真可谓"你证我证，心证意证"（第二十二回宝玉偈语）了。

4. 我国传统小说并不特别注重心理描写，纵有，也多结合行动来写，极少作详尽述说。像这两节中停下来细加剖析的文字，实是表现手法上的一大创新和跨越。能如此写，必须对人物心理活动有深切的体验作为创作基础，然后才可能运用艺术的想象力。

5. 一个心弄成两个心，求近反弄成疏远，其理说来，令人信服。但在今天某些年轻人看来，总觉何必如此复杂，怎么就会说不清呢？这是不能脱离二三个世纪前的历史社会环境条件来理解的。

6. 与初见黛玉时摔玉又不同：那次是因众姊妹，尤其是神仙似的林妹妹都没有，可见此玉不是好东西，连人之高低都不识，自己独有也没趣，不如不要；此次则是将玉视同祸根，"金玉"之说因它而生，招致多少苦恼，故必欲砸之而后快，只有毁掉它方能一泄心头之愤恨。

便回身找东西来砸，黛玉见他如此，早已哭起来，说道："何苦来！你又摔砸那哑巴物件。有砸它的，不如来砸我！"[1]二人闹着，紫鹃、雪雁等忙来解劝。后来见宝玉下死力砸玉，忙上来夺，又夺不下来，见比往日闹得大了，少不得去叫袭人。袭人忙赶了来，才夺了下来。宝玉冷笑道："我砸我的东西，与你们什么相干！"[2]

袭人见他脸都气黄了，眉眼都变了，从来没气得这样，便拉着他的手笑道："你同妹妹拌嘴，不犯着砸它。倘或砸坏了，叫她心里脸上怎么过得去！"林黛玉一行哭着，一行听了这话说到自己心坎儿上来，可见宝玉连袭人不如，[3]越发伤心大哭起来。心里一烦恼，方才吃的香薷饮①解暑汤便承受不住，"哇"的一声都吐了出来。紫鹃忙上来用手帕子接住，登时一口一口地把块手帕子吐湿。雪雁忙上来捶。紫鹃道："虽然生气，姑娘到底也该保重着。才吃了药好些，这会子因和宝二爷拌嘴，又吐了出来。倘或犯了病，宝二爷怎么过得去呢？"宝玉听了这话说到自己心坎儿上来，可见黛玉不如一紫鹃。[4]又见黛玉脸红头胀，一行啼哭，一行气凑，一行是泪，一行是汗，不胜怯弱。宝玉见了这般，又自己后悔方才不该同她较证，这会子她这样光景，我又替不了她。[5]心里想着，也由不得滴下泪来。袭人见他两个哭，由不得守着宝玉也心酸起来，又摸着宝玉的手冰凉，待要劝宝玉不哭罢，一则又恐宝玉有什么委屈闷在心里，二则又恐薄了黛玉。不如大家一哭，就丢开手了，因此也流下泪来。紫鹃一面收拾了吐的药，一面拿扇子替黛玉轻轻地扇着，见三个人都鸦雀无声，各自哭各自的，也由不得伤起心来，也拿手帕子擦泪。四个人都无言对泣。[6]

一时，袭人勉强向宝玉道："你不看别的，你看这玉上穿的穗子，也不该同林姑娘拌嘴。"[7]黛玉听了，也不顾病，赶来夺过去，顺手抓起一把剪子来要剪。袭人、紫鹃刚要夺，已经剪了好几段。黛玉哭道："我也是白效力。他也不希罕，自有别人替他再穿好

1. 若谓通灵玉是宝玉的命根子，则宝玉又是黛玉的命根子，宝玉受伤害是黛玉最大的痛，无论发生什么情况，这一点绝不会改变，所以无愧"情情"之称。

2. 太相干了！若通灵玉真的被砸碎，老太太能饶得过谁？首先是在一旁伺候的丫头们难辞其咎，还想不想活了！

3. 旁观者清，话也好说。黛玉因此有宝玉不如袭人的想法，很自然，很合乎常情，但绝非事实。

4. 同样道理，黛玉不如紫鹃的想法，也只说说而已。世上事，只知其一，不知其二而产生的念头，往往如此。

5. 见状后悔，是真爱真情的必然，若无心疼怜惜之情，木石前盟便无价值可言了。

6. 袭人、紫鹃都是对主人全心全意、情深意重的丫头，既不能缓解二玉间的纷争烦恼，也只剩下陪着一齐哭了。

7. 坏了！心是好心，话却不是此时此刻该说的。

---

① 香薷饮——中医常用的治疗外感暑热的方剂，由香薷、厚朴、白扁豆组成。

的去。"[1]袭人忙接了玉道："何苦来！这是我才多嘴的不是了。"宝玉向林黛玉道："你只管剪，我横竖不戴它也没什么。"[2]

只顾里头闹，谁知那些老婆子们见黛玉大哭大吐，宝玉又砸玉，不知道要闹到什么田地，倘或连累了她们，便一齐往前头回贾母、王夫人知道，好不干连了她们。[3]那贾母、王夫人见她们忙忙地作一件正经事来告诉，也都不知有了什么大祸，一齐进园来瞧他兄妹。袭人急得抱怨紫鹃为什么惊动了老太太、太太；紫鹃又只当是袭人去告诉的，也抱怨袭人。[4]那贾母、王夫人进来，见宝玉也无言，黛玉也无话，问起来又没为什么事，便将这祸移在袭人、紫鹃两个人身上，[5]说："为什么你们不小心服侍？这会子闹起来都不管！"[6]因此，将她二人连骂带说教训了一顿。二人都没话，只得听着。还是贾母带出宝玉去了，方才平复。

过了一日，至初三日，乃是薛蟠生日，家里摆酒唱戏，来请贾府诸人。宝玉因得罪了林黛玉，二人总未见面，心中正自后悔，无精打采的，哪里还有心肠去看戏，因而推病不去。黛玉不过前日中了些暑溽之气，本无甚大病，听见他不去，心里想："他是好吃酒看戏的，今儿反不去，自然是因为昨儿气着了。再不然，他见我不去，他也没心肠去。只是昨儿千不该、万不该剪了那玉上的穗子。管定他再不戴了，还得我穿了他才戴。"因而心中十分后悔。[7]

那贾母见他两个都生了气，只说趁今儿那边去看戏，他两个见了，也就完了，不想又都不去。老人家急得抱怨说："我这老冤家是哪世里的孽障，偏生遇见了这么两个不省事的小冤家，没有一天不叫我操心。真是俗语说的，'不是冤家不聚头'。[8]几时我闭了这眼，断了这口气，凭这两个冤家闹上天去，我眼不见、心不烦也就罢了，偏又不咽这口气。"自己抱怨着也哭了。这话传入宝、林二人耳内，原来他二人竟从未听见过"不是冤家不聚头"的这句俗语，如今忽然得了这句话，好似参禅的一般，都低头细嚼这话的滋味，[9]都不觉潜然泪下。虽不会面，然一个在潇湘馆临风洒泪，一个在怡红院对月长吁，却不是

1. 文笔如后浪逐前浪，一波接一波，仍不见稍有衰颓之势。

2. 话是这么说，如何做得到？

3. 连外头的老婆子都怕连累，可知里头动静有多大。

4. 惊动上头，必遭责骂，所以彼此抱怨。

5. 果然，不骂才怪！何况又问不出什么事来。

6. 怎么没有管？管得住吗？越管闹得越凶。

7. 过了一日，二人都静下来了，方后悔当时冲动。人之思绪心境，恰如水中之影，激荡波动时是看不清的，必待平静后方可。

8. 爱总是与烦恼共生，这就是生活，就是世界。难怪贾母要抱怨前世孽障，说出这句颇含哲理性的俗语来。二玉心事，此回大书，是难了割，却用太君一言以定，是道悉通部书之大旨。（庚）此可见贾母已认知宝黛心事，只是未到挑明的时候。又有一条圈外人加的广义脂评说：一片哭声，总因情重；金玉无言，何可为证？（蒙）

9. 滋味可以领略，禅理却难参透。

人居两地，情发一心？

　　袭人因劝宝玉道："千万不是，都是你的不是。往日家里小厮们和他们的姊妹拌嘴，或是两口子分争，你听见了，还骂小厮们蠢，不能体贴女孩儿们的心肠。今儿你也这么着了。[1] 明儿初五，大节下，你们两个再这么仇人似的，老太太越发要生气，一定弄得不安生。依我劝，你正经下个气儿，赔个不是，大家还是照常一样，[2] 这么也好，那么也好。"那宝玉听了，不知依与不依，要知端详，且听下回分解。

1. 此当局者迷之谓也。

2. 袭人此劝甚是。以前不是没有说过，时机不对，适得其反；此时宝玉听了，定以为有理。

【总评】

　　本回除宝黛外，贾母是重要角色。

　　端午节前的初一，清虚观打醮，贾家二府主仆尽数前往。从一个剪灯花的小道士不慎闯入，挨了凤姐一巴掌，被众人围住，喊拿喊打的细节，就可看出贾府阵仗势派之大。也是通过对小道士的不同态度，使贾母怜贫爱幼的慈祥老贵妇形象得以充分展示。

　　荣国公生前许出家修道的替身张道士，在贾母前夸宝玉"同当日国公爷一个稿子"，非客套话，他和贾母都因而流泪也令人信服。老道乘机给宝玉提亲，贾母婉拒说："上回有个和尚说了，这孩子命里不该早娶，等再大一大儿再定罢。"话似非随口搪塞。这也许可以解释为何贾母心中虽有"二玉之配偶"想法（第二十五回脂评）而未早早挑明。她还对张道士说："你可如今也打听着，不管她根基富贵，只要模样配得上就好，来告诉我，便是那家子穷，不过给他几两银子罢了。只是模样儿性格儿难得好的。"这就与先前贾母心目中秦可卿"生得袅娜纤巧，行事又温柔和平，乃重孙媳中第一个得意之人"对上榫了。庸俗社会学从僵化程式出发，为人物另制思想模子，以为贾母择媳标准必重门第与血统高贵，从养生堂抱来的秦氏必实际生身于皇家方可，于是便生种种怪想。

　　清虚观内演戏，特说明戏目是在神前拈出的，三本戏恰恰象征了贾府百年兴衰的三个阶段：一、演汉高祖斩蛇的《白蛇记》：祖上由军功起家；二、演郭子仪七子八婿、富贵寿考的《满床笏》：正当盛极之时；三、取材于唐传奇的《南柯梦》：终至事败、抄没，"到头一梦，万境归空"。故"贾母听了，便不言语"。

　　宝玉在张道士的贺礼盘中，独选了湘云也有这么一个的金麒麟揣在怀里（这与湘云后来的命运密切相关），从宝玉的为人看，这是最自然不过的。可却因此引起有关"金玉"的口角之争。但关键不在黛玉真疑宝玉有他心，而在于双方以假意试探，结果反把一个心弄成两个心了。作者在这段情节中对双方的心理状态作了极详尽的剖析，充分展示了宝黛之恋的深度，是其他小说中所未见的。一个死命地砸玉，一个剪了穿玉的穗子，闹得不可开交。急得贾母抱怨连连，还哭了，说出"不是冤家不聚头"的俗话来，让宝黛听了，都"好似参禅的一般"警悟、伤感起来。

第三十回
宝钗借扇机带双敲　龄官划蔷痴及局外

　　本回回目诸本大体一致，唯梦稿本（杨本）别作"讯宝玉借扇生风，逐金钏因丹受气"。不佳。大概以为金钏被逐事比龄官画蔷更重要，故作此改动，其实看法未必对。庚辰、列藏、甲辰（梦觉）、舒序、程高诸本"龄官"作"椿灵"，此据蒙府、戚序本回目。上句说宝钗借扇子为由头，说出机智的双关语来，同时讥刺了宝玉和黛玉两个人。下句说龄官在地上不断地画她意中人的名字：（贾）"蔷"，她的痴情举动，竟传染给了在局外观看她的宝玉，使宝玉也成了痴情人。

　　话说林黛玉自与宝玉口角后，也自后悔，但又无去就他之理，因此日夜闷闷，如有所失。紫鹃度其意，乃劝道："若论前日之事，竟是姑娘太浮躁了些。[1] 别人不知宝玉那脾气，难道咱们也不知道的。为那玉也不是闹了一遭两遭了。"黛玉啐道："你倒来替人派我的不是。我怎么浮躁了？"紫鹃笑道："好好的，为什么又剪了那穗子？岂不是宝玉只有三分不是，姑娘倒有七分不是？我看他素日在姑娘身上就好，皆因姑娘小性儿，常要歪派他，才这么样。"[2] 林黛玉正欲答话，只听院外叫门。[3] 紫鹃听了一听，笑道："这是宝玉的声音，想必是来赔不是来了。"黛玉听了道："不许开门！"紫鹃道："姑娘又不是了。这么热天毒日头地下，晒坏了他如何使得呢！"口里说着，便出去开门，[4] 果然是宝玉。一面让他进来，一面笑道："我只当宝二爷再不上我们这门了，谁知这会子又来了。"宝玉笑道："你们把极小的事倒说大了。好好的，为什么不来？我便死了，魂也要一日来一百遭。[5] 妹妹可大好了？"紫鹃道："身上病好了些，只是心里的气不大好。"宝玉笑

1. 紫鹃真可谓是黛玉闺中诤友，看准时机，便直言劝谏。

2. 心气浮躁，都因姑娘小性儿，揭其短，能切中要害。

3. 心知言之有理，无可反驳；又不愿当面认输，没有答话，用叫门截断最好。

4. 深知姑娘心里特在乎宝玉，故敢抗命去开门。

5. 显然已依了袭人"下个气儿，赔个不是"之言，是有备而来。

道："我晓得有什么气。"一面说着，一面进来，只见林黛玉又在床上哭。

那林黛玉本不曾哭，听见宝玉来，由不得伤了心，止不住滚下泪来。[1] 宝玉笑着走近床来，道："妹妹身上可大好了？"黛玉只顾拭泪，并不答应。宝玉因便挨在床沿上坐了，一面笑道："我知道你不恼我。但只是我不来，叫旁人看着，倒像是咱们又拌了嘴似的。若等他们来劝咱们，那时节，岂不咱们倒觉生分了？[2] 不如这会子，你要打要骂，凭着你怎么样，千万别不理我。"说着，又把"好妹妹"叫了几十声。黛玉心里原是再不理宝玉的，[3] 这会子听见宝玉说别叫人知道他们拌了嘴就生分了似的这一句话，又可见得比别人原亲近，[4] 因又撑不住哭道："你也不来用哄我。从今以后，我也不敢亲近二爷，二爷也全当我去了。"[5] 宝玉听了笑道："你往哪里去呢？"黛玉道："我回家去。"宝玉笑道："我跟了去。"黛玉道："我死了。"宝玉道："你死了，我做和尚！"[6] 黛玉一闻此言，登时将脸放下来，[7] 问道："想是你要死了，胡说的是什么！你家倒有几个亲姐姐、亲妹妹呢，明儿都死了，你有几个身子去做和尚？明儿我倒把这话告诉人去评评。"

宝玉自知这话说得造次了，后悔不来，登时脸上红胀，低着头不敢则一声。幸而屋里没人。黛玉两眼直瞪瞪地瞅了他半天，气得一声儿也说不出来。见宝玉憋得脸上紫胀，便咬着牙用指头狠命地在他额颅上戳了一下，哼了一声，咬牙说道："你这……"[8] 刚说了两个字，便又叹了一口气，仍拿起手帕子来擦眼泪。宝玉心里原有无限心事，又兼说错了话，正自后悔；又见黛玉戳他一下，要说也说不出来，自叹自泣，因此自己也有所感，不觉滚下泪来。要用帕子揩拭，不想又忘了带来，便用衫袖去擦。[9] 黛玉虽然哭着，却一眼看见了，见他穿着簇新藕合纱衫，竟去拭泪，便一面自己拭着泪，一面回身将枕上搭的一方绡帕子拿起来，向宝玉怀里一摔，[10] 一语不发，仍掩面自泣。宝玉见她摔了帕子来，忙接住

1. 勿认作因生气受屈而落泪。

2. 先给个台阶，让黛玉下，也让自己下，想得不错。

3. 未必。

4. 果然能有效果。

5. 黛玉何曾当面叫过"二爷"？明知他俩比别人亲近，偏要敬而远之，说惹不起还躲得起的话。

6. 前缘已定，如影随形，想躲也躲不过。直逼出"你死了，我做和尚"这句已注定无法改变的悲剧结局的谶语来。对话至此，又极自然。

7. 敏锐的心已预感到这话大不吉利，岂可轻言。

8. 爱恨交加，不忍说出来的大概是贾母说过的"冤家"二字。

9. 也管不了那么多了。

10. 藕合纱衫最不经脏，又是簇新的，用来拭泪，不免可惜，能惜其衣者，必惜其人，不言可知。

拭了泪，又挨近前些，伸手挽了黛玉一只手笑道："我的五脏都碎了，你还只是哭。走罢，我同你往老太太跟前去。"[1] 黛玉将手一摔道："谁同你拉拉扯扯的。一天大似一天，还是这么涎皮赖脸的，连个道理也不知道。"[2] 一句话没说完，只听喊道："好了！"宝黛两个不防，都唬了一跳，[3] 回头看时，只见凤姐跳了进来，笑道："老太太在那里抱怨天抱怨地，只叫我来瞧瞧你们好了没有。我说不用瞧，过不了三天，他们自己就好了。[4] 老太太骂我，说我懒。我来了，果然应了我的话。也没见你们两个有些什么可拌的，三日好了，两日恼了，越大越成了孩子了！有这会子拉着手哭的，昨儿为什么又成了乌眼鸡呢！还不跟我走，到老太太跟前，叫老人家也放些心。"说着拉了黛玉就走。[5] 黛玉回头叫丫头们，一个也没有。凤姐道："又叫她们作什么？有我服侍你呢。"一面说，一面拉了就走。宝玉在后面跟着出了园门。到了贾母跟前，凤姐笑道："我说他们不用人费心，自己就会好的。老祖宗不信，一定叫我去说合。及至我到那里要说合，谁知两个人倒在一处对赔不是了。对笑对诉，倒像'黄鹰抓住了鹞子的脚'，两个都扣了环了，[6] 哪里还要人去说合。"说得满屋里都笑起来。

此时宝钗正在这里。那林黛玉只一言不发，挨着贾母坐下。宝玉没甚说的，便向宝钗笑道："大哥哥好日子，偏生我又不好了，没别的礼送，连个头也不得磕去。[7] 大哥哥不知我病，倒像我懒，推故不去的。倘或明儿闲了，姐姐替我分辩分辩。"宝钗笑道："这也多事。你便要去也不敢惊动，何况身上不好，弟兄们日日在一处，要存这个心倒生分了。"宝玉又笑道："姐姐知道体谅我就好了。"又道："姐姐怎么不看戏去？"宝钗道："我怕热，看了两出，热得很。要走，客又不散。我少不得推身上不好，就来了。"[8] 宝玉听说，自己由不得脸上没意思，只得又搭讪笑道："怪不得他们拿姐姐比杨妃，原也体丰怯热。"宝钗听说，不由得大怒，[9] 待要怎样，又不好怎样。回思了

1. 激动之余，差一点冲破礼教在当时人心中所设下的樊篱了。

2. 毕竟不是新时代女性，"道理"还须懂得。

3. 读者也为之一惊。

4. 凤姐料事如神。

5. 风风火火。

6. 妙语解颐，应前宝玉伸手挽起黛玉手来描述。

7. 无关紧要闲话开头，以见"没甚说的"硬找话来说。如此反而容易失言。

8. 与前面宝钗所说"怪热的，什么没看过的戏，我就不去了"的话呼应。

9. 当众讥笑女孩子的体态，乃忌中之大忌，宝玉何不慎言如此！是故意说给黛玉听的吗？难怪宝钗要大怒。不当场发作，并非不在意。

一会，脸红起来，便冷笑了两声说道："我倒像杨妃，只是没一个好哥哥好兄弟可以作得杨国忠①的！"¹二人正说着，可巧小丫头靓儿因不见了扇子，和宝钗笑道："必是宝姑娘藏了我的。好姑娘，赏我罢！"宝钗指她道："你要仔细！我和你玩过，你再疑我。和你素日嘻皮笑脸的那些姑娘们，你该问她们去。"²说得靓儿跑了。宝玉自知又把话说造次了，当着许多人，更比才在林黛玉跟前更不好意思，便急回身又同别人搭讪去了。

　　林黛玉听见宝玉奚落宝钗，心中着实得意，才要搭言，也趁势取个笑，不想靓儿因找扇子，宝钗又发了两句话，她便改口笑道：³"宝姐姐，你听了两出什么戏？"宝钗因见黛玉面上有得意之态，一定是听了宝玉方才奚落之言，遂了她的心愿，⁴忽又见问她这话，便笑道："我看的是李逵骂了宋江，后来又赔不是。"宝玉便笑道：⁵"姐姐通今博古，色色都知道，怎么连这一出戏的名字也不知道？就说了这么一串子。这叫《负荆请罪》。"宝钗笑道："原来这叫《负荆请罪》！你们通今博古，才知道'负荆请罪'，我不知道什么是'负荆请罪'！⁶"一句话未说完，宝玉、黛玉二人心里有病，听了这话，早把脸羞红了。凤姐儿于这些上虽不通，但只见他三人形景，便知其意，便也笑着问人道："你们大暑天，谁还吃生姜呢？"⁷众人不解其意，便说道："没有吃生姜。"凤姐儿故意用手摸着腮，诧异道："既没人吃生姜，怎么这么辣辣的？"宝玉、黛玉二人听见这话，越发不好过了。宝钗再欲说话，见宝玉十分惭愧，形景改变，也就不好再说，只得一笑收住。⁸别人总未解得他四个人的言语，因此付之流水。

　　一时宝钗、凤姐儿去了，黛玉笑向宝玉道："你也试着比我利害的人了。谁都像我心拙口笨的，由着人说呢！"⁹宝玉正因宝钗多了心，自己没趣，

1. 挨骂是自找的。

2. 指桑骂槐，合回目中"借扇"二字，至于"双敲"，还有下文。

3. 欲攻不成，只好转为守势。

4. 宝钗的本领还不在善察颜观色，洞悉对方心思，更在机变之快，能一转念便设下语言陷阱。

5. 宝玉粗心大意，竟自己往圈套里钻。

6. 收网了。本以为能捕捉住来蹭者，不料竟一网获俩。作者之巧思，真太出神入化了。

7. 凤姐此谑，令一对尴尬人无可遁形。

8. 适可而止，是宝钗宽厚处。

9. 从黛玉话中，再证宝钗有说话厉害，不可轻侮一面。

① 杨国忠——杨贵妃之兄。唐玄宗天宝间权倾朝野的奸相，招致"安史之乱"。玄宗西逃，才至马嵬坡，士兵激愤，杀杨国忠。

又见黛玉来问着他,越发没好气起来。待要说两句,又恐黛玉多心,<u>说不得忍着气,</u>[1]无精打采一直出来。

谁知目今盛暑之际,又当早饭已过,<u>各处主仆人等多半都因日长神倦,宝玉背着手,到一处,一处鸦雀无闻。</u>[2]从贾母这里出来,往西走过了穿堂,便是凤姐儿的院落。到她院门前,只见院门掩着。知道凤姐儿素日的规矩,每到天热,午间要歇一个时辰的,进去不便,遂进角门,来到王夫人上房内。只见几个丫头子手里拿着针线,都打盹儿呢。<u>王夫人在里间凉榻上睡着,金钏儿坐在旁边捶腿,也乜斜着眼乱恍。</u>[3]

宝玉轻轻地走到跟前,把她耳上戴的坠子一摘,金钏儿睁开眼见是宝玉。宝玉悄悄地笑道:"就困得这么着?"<u>金钏儿抿嘴一笑,摆手令他出去,仍合上眼。</u>[4]<u>宝玉见了她就有些恋恋不舍的,悄悄地探头瞧瞧王夫人合着眼,</u>[5]便自己向身边荷包里带的香雪润津丹掏了一丸出来,便向金钏儿口里一送。<u>金钏儿并不睁眼,只管噙了。</u>宝玉上来便拉着手,悄悄地笑道:"我明日和太太讨你,咱们在一处罢。"金钏儿不答。<u>宝玉又道:"不然,等太太醒了我就讨。"</u>[6]金钏儿睁开眼,将宝玉一推,笑道:"你忙什么!<u>'金簪子掉在井里头,有你的只是有你的',</u>[7]连这句俗语难道也不明白?<u>我倒告诉你个巧宗儿,你往东小院子里拿环哥儿同彩云去。"</u>[8]宝玉笑道:"凭他怎么去罢,我只守着你。"<u>只见王夫人翻身起来,照金钏儿脸上就打了个嘴巴子,指着骂道:"下作小娼妇!好好的爷们,都叫你们教坏了。"</u>[9]<u>宝玉见王夫人起来,早一溜烟去了。</u>[10]

这里金钏儿半边脸火热,一声不敢言语。登时众丫头听见王夫人醒了,都忙进来。王夫人便叫玉钏儿:"把你妈叫上来,带出你姐姐去!"金钏儿听说,忙跪下哭道:"我再不敢了。太太要打要骂,只管发落,别叫我出去就是天恩了。我跟了太太十来年,这会子撵出去,我还见人不见人

1. 自己造次,招惹来的没趣,也只好忍着。

2. 另写一事,先处处布下盛夏昼长神倦的氛围作背景。

3. 摹写房中诸人情态如见。

4. 情理之中,宝玉能听从其手势就好了。

5. 可叹者,被宝玉恋恋者都没有好结果。合着眼,未必睡着,情令智昏。

6. 焉知不是醒着在听。

7. 恰好与金钏儿投井同义,居然也为近日将发生的事作谶语。

8. 彩云与贾环要好,大概府内已有传闻。替宝玉出此"巧宗儿"主意,王夫人听了,如何能容忍?

9. 当母亲的大概都会如此。王夫人这一巴掌,一声怒骂,设身处地地站在一位竭力要保护自己唯一爱子不被人带坏的母亲立场想想,实在并不算太过分。

10. 两人调戏的话既被王夫人听到,且已发怒,此刻不赶快溜更待何时?有研究者严责宝玉太自私,缺乏担当,在危急关头自己溜之大吉,丢下金钏儿不管,导致她走上绝路,所以不幸的发生,宝玉难辞其咎。如此仗义执言的高见,实不敢苟同。当王夫人动怒时,宝玉能料到此事的后果吗?他若留下来不走,能理直气壮地向母亲争自由人权,捍卫金钏儿不受责罚吗?此事在宝玉看来,只不过是一次有趣的玩闹十分遗憾地被打断了而已。

呢！" [1] 王夫人固然是个宽仁慈厚的人，从来不曾打过丫头们一下，今忽见金钏儿行此无耻之事，此乃平生最恨者，故气忿不过，打了一下，骂了几句。[2] 虽金钏儿苦求，亦不肯收留，到底唤了金钏儿之母白老媳妇来领了下去。那金钏儿含羞忍辱地出去，不在话下。

　　且说宝玉见王夫人醒了，自己没趣，忙进大观园来。只见赤日当空，树阴合地，满耳蝉声，静无人语。[3] 刚到了蔷薇花架，只听有人哽噎之声。宝玉心中疑惑，便站住细听，果然架下那边有人。如今五月之际，那蔷薇正是花叶茂盛之时，宝玉便悄悄地隔着篱笆洞儿一看，只见一个女孩子蹲在花下，手里拿着根绾头的簪子，在地下抠土，一面悄悄地流泪。宝玉心中想道："难道这也是个痴丫头，又像颦儿来葬花不成？" 因又自笑道："若真也葬花，可谓'东施效颦'①，[4]不但不为新特，且更可厌了。" 想毕便要叫那女孩子说："你不用跟着林姑娘学了。" 话未出口，幸而再看时，这女孩子面生，不是个侍儿，倒像是那十二个学戏的女孩子之内的一个，却辨不出她是生、旦、净、丑哪一个角色来。宝玉忙把舌头一伸，将口掩住，自己想道："幸而不曾造次。上两回皆因造次了，颦儿也生气，宝儿也多心，[5]如今再得罪了她们，越发没意思了。"
　　一面想，一面又恨认不得这个是谁。再留神细看，只见这女孩子眉蹙春山，眼颦秋水，面薄腰纤，袅袅婷婷，大有林黛玉之态。宝玉早又不忍弃她而去，只管痴看。[6] 只见她虽然用金簪划地，并不是掘土埋花，竟是向土上画字。宝玉用眼随着簪子的起落，一直一画一点一勾的看了去，数一数，十八笔。自己又在手心里用指头按着她方才下笔的规矩写了，猜是个什么字。写成一想，原来就是个蔷薇花的"蔷"字。[7] 宝玉想道：

1. 颜面比什么都重要，可惜王夫人低估了。

2. 作者立即替王夫人辩白，以免有人把她当主犯来抓。她内心真实想法，且留待后文交代。

3. 盛暑风物，换一种写法，令人如临其境。

4. 必先生一疑、一曲折，不作直笔。今之为文作"东施效颦"者多多。

5. 对上两回教训作一回顾。

6. 这里说体态外貌近似黛玉，后文更有性情相像处，难怪宝玉眷恋。

7. "蔷"字繁体，可十七笔，也可十八笔，全看此字的下部"回"字，若写作"囘"，即多一笔，作者正是这个算法。

---

① 东施效颦——美人西施捧心皱眉很好看，邻女东施长得很丑，也学西施的样子，结果更丑。后作为生硬模仿别人的成语。

"必定是她要作诗填词。这会子见了这花，因有所感，或者偶成了两句，一时兴至恐忘，在地下画着推敲，也未可知。[1]且看她底下再写什么。"一面想，一面又看，只见那女孩子还在那里画呢，画来画去，还是个"蔷"字。再看，还是个"蔷"字。里面的原是早已痴了，画完一个又画一个，已经画了有几十个"蔷"。外面的不觉也看痴了，[2]两个眼睛珠儿只管随着簪子动，心里却想："这女孩子一定有什么说不出的大心事，才这么个形景。外面既是这个形景，心里不知怎么熬煎。看她的模样儿这般单薄，心里哪里还搁得住熬煎。可恨我不能替你分些过来。"[3]

　　伏中阴晴不定，扇云可致雨。忽一阵凉风过了，唰唰的落下一阵雨来。宝玉看着那女孩子头上滴下水来，纱衣裳登时湿了。宝玉想道："这时下雨。她这个身子，如何禁得骤雨一激！"[4]因此禁不住便说道："不用写了。你看下大雨，身上都湿了。"那女孩子听说，倒唬了一跳，抬头一看，只见花外一个人叫她不要写了，下大雨了。一则宝玉脸面俊秀；二则花叶繁茂，上下俱被枝叶隐住，刚露着半边脸：那女孩子只当是个丫头，再不想是宝玉，因笑道："多谢姐姐提醒了我！难道姐姐在外头有什么遮雨的？"[5]一句提醒了宝玉，"嗳哟"了一声，才觉得浑身冰凉。低头一看，自己身上也都湿了。说声"不好"，只得一气跑回怡红院去了，心里却还记挂着那女孩子没处避雨。[6]

　　原来明日是端阳节，那文官等十二个女孩子都放了学，进园来各处玩耍。可巧小生宝官、正旦玉官等两个女孩子，正在怡红院和袭人玩笑，被雨阻住。大家把沟堵了，水积在院内，把些绿头鸭、花鸂鶒①、彩鸳鸯，捉的捉，赶的赶，缝了翅膀，放在院内玩耍，将院门关了。袭人等都在游廊上嬉笑。[7]宝玉见关着门，便以手叩门，

1. 又先从生疑始，想的也合乎事理，后香菱学诗，就有"蹲在地下抠土"的举动（第四十八回）。

2. 恰恰是回目中"痴及局外"四字。

3. 活宝玉。虽是与己无关的陌生女孩子，也同样体贴用情，所以称"情不情"。

4. 已入忘我之境，宝玉之痴，他人难及。

5. 错看成丫头，真妙不可言。要说没有看错也行，宝玉确是一位好心姐姐。其痴又胜龄官十倍，真找不出第二个来。

6. 一语喝醒迷梦，痴情人顿悟了，哈哈！

7. 如何想来？为一群顽皮的小女孩画一幅嬉戏图。没有骤雨积水，玩不成；没有园内养的许多水禽，也玩不成；没有这场关了院门的嬉笑玩耍，也就没有宝玉被关在门外的事。为即将发生的情节，想得无丝毫缝隙。

---

　　① 鸂鶒（xī chì 溪赤）——类似鸳鸯的水鸟。

里面诸人只顾笑，哪里听见。叫了半日，拍得门山响，里面方听见了，估量着宝玉这会子再不回来的。[1] 袭人笑道："谁这会子叫门？没人开去。"宝玉道："是我。"麝月道："是宝姑娘的声音。"晴雯道："胡说！宝姑娘这会子做什么来。"袭人道："让我隔着门缝儿瞧瞧，可开就开，要不可开，叫她淋着去。"说着，便顺着游廊到门前，往外一瞧，只见宝玉淋得雨打鸡一般。袭人见了，又是着忙，又是可笑，忙开了门，笑得弯着腰拍手道：[2]"这么大雨地里跑什么？哪里知道爷回来了。"

宝玉一肚子没好气，满心里要把开门的踢几脚，及开了门，并不看真是谁，还只当是那些小丫头子们，便抬腿踢在肋上。袭人"嗳哟"了一声。宝玉还骂道："下流东西们！我素日担待你们得了意，一点儿也不怕，越发拿我取笑儿了！"口里说着，一低头见是袭人哭了，方知踢错了，[3] 忙笑道："嗳哟，是你来了！踢在哪里了？"袭人从来不曾受过一句大话的，今忽见宝玉生气踢她一下，又当着许多人，又是羞，又是气，又是疼，真一时置身无地。[4] 待要怎么样，料着宝玉未必是安心踢他，少不得忍着说道："没有踢着。还不换衣裳去！"[5] 宝玉一面进房来解衣，一面笑道："我长了这么大，今日是头一遭儿生气打人，不想就偏遇见了你！"袭人一面忍痛换衣裳，一面笑道："我是个起头儿的人，不论事大事小、事好事歹，自然也该从我起。[6] 但只是别说打了我，明儿顺了手，也打起别人来。"宝玉道："我才刚也不是安心。"袭人道："谁说是安心了！素日开门关门，都是那起小丫头子们的事。她们是憨皮惯了的，早已恨得人牙痒痒，她们也没个怕惧儿。你原当是她们，踢一下子，唬唬她们也好。才刚是我淘气，不叫开门的。"[7]

说着，那雨已住了，宝官、玉官也早去了。袭人只觉肋下疼得心里发闹，晚饭也不曾好生吃。至晚间洗澡时，脱了衣服，只见肋上青了碗大一块，自己倒唬了一跳，又不好声张。一

1. 前见黛玉叩门吃了闭门羹，不料宝玉也有叩门不开时。不过一是悲泣，一是发火，又绝无半点雷同。

2. 须防乐极生悲。若不笑得弯腰，宝玉或不至于看不真切。

3. 踢了还骂，直至低头方知踢错。是写袭人一直弯着腰，初时是因为笑，此刻则因为疼。

4. 此日挨踢，只是皮肉伤，他年受累出嫁，则伤及灵魂、疼彻心肺。从羞、气、疼、置身无地等语看，似有某种瓜葛。不知以为作者写此情节有象征性是否求之过深。

5. 这就是袭人，难得难得。

6. 如果当作双关隐语去解读，您以为如何？

7. 宽慰宝玉，不使内疚，终至揽到自己身上。

时睡下，梦中作痛，由不得"嗳哟"之声从睡梦中哼出。宝玉虽说不是安心，因见袭人懒懒的，也睡不安稳。忽夜间闻得"嗳哟"之声，便知踢重了，[1] 自己下床来，悄悄地秉灯来照。刚到床前，只见袭人嗽了两声，吐出一口痰来，"嗳哟"一声，睁开眼见了宝玉，倒唬了一跳道："作什么？"宝玉道："你梦里'嗳哟'，必定踢重了。我瞧瞧。"袭人道："我头上发晕，嗓子里又腥又甜，你倒照一照地下罢。"宝玉听说，果然持灯向地下一照，只见一口鲜血在地。宝玉慌了，只说"了不得了"！袭人见了，也就心冷了半截。[2] 要知端的，且听下回分解。

1. 不知有碍无碍，所以睡不稳，总是在意之人。

2. 见吐鲜血，谁都会吃惊，况袭人有日后争荣耀之心。脂评曾说"袭人是好胜所误"（第二十二回评），亦与此心思相关。

【总评】

上回写宝黛口角之争，此回接写双方归于和好，当然是宝玉前来黛玉处赔不是。和好过程很有层次：宝玉未来时，先是丫头紫鹃批评小姐黛玉太"浮躁"，接着宝玉来敲门，黛玉说："不许开门！"紫鹃不听，还是去开了。然后是紫鹃与宝玉对话，让他说出"我便死了，魂也要一日来一百遭"的话来。再是黛玉哭，宝玉哄，甚至说"你死了，我做和尚"，让黛玉放下脸来骂他胡说。最后是两人对哭，黛玉摔帕子给他拭泪，宝玉挽起她的手说："我同你往老太太跟前去。"意思是让贾母亲自答应他俩的事。凤姐闯来截住，说是老太太叫她来瞧瞧的，并拉他们去见贾母，叫老人家放心。

贾母处有宝钗在，说起自己怕热，宝玉口不择言，将她比作"杨妃"，说她"体丰怯热"。当众说女孩子体态又有揭短之嫌，是最忌讳的，难怪宝钗"大怒"，反唇相讥，还借小丫头找扇子事，用双关语回击，又设套儿让宝玉钻，奚落其"负荆请罪"，宝黛"心里有病，听了这话，早把脸羞红了"。这样写出宝钗的自尊、机智和"利害"的一面来，人物的性格就丰满了。

宝玉与王夫人丫头金钏儿调笑，被王夫人打了一嘴巴子，"宝玉见王夫人起来，早一溜烟去了"。有人以为宝玉闯了祸，自己跑了，不敢承担责任，太不像话。其实，也不该苛责宝玉，他毕竟只是个大孩子，哪能想到几句调笑的话会酿成事后的严重后果。那么，是王夫人要玉钏儿叫来她妈将金钏儿领回去的事做得太绝了吗？作者在叙述中特意强调了王夫人本是"宽仁慈厚的人"，只是"平生最恨""行此无耻之事"，故有此举。她后来还对宝钗说："我只说气她两天，还叫她上来，谁知她这么气性大，就投井死了。岂不是我的罪过！"（第三十二回）可见，世上事往往是很复杂的。

"龄官划蔷"也是一段精彩文字，龄官恋着贾蔷，以簪在地上不断地划他名字，固然痴心，宝玉是"局外"人，居然也看得痴了，连一阵大雨下来，只怕女孩子淋湿，却忘了自己，回目"痴及局外"便是这个意思。宝玉"情不情"的特点，再次得到强化。淋着雨回来与袭人开门后被宝玉误踢又直接相关；袭人强忍疼痛地遮掩，也再次将她温顺宽厚的性格，涂上了一层柔美色彩。

第三十一回
撕扇子作千金一笑　因麒麟伏白首双星

【题解】

　　本回回目除了个别本子外，诸本都一致，如上所标。梦稿本(杨本)另作"撕扇子公子追欢笑，拾麒麟侍儿论阴阳"。显然是因为原目后句不知当如何确解，方能与书中故事对上号。不得已，才作此改换的。这一改，将作者提供的佚稿中许多重要信息都取消了。前句易懂，说晴雯不慎，跌折了扇骨，被宝玉责备，引起激烈争吵；事后宝玉俯就，让她以撕扇子取乐，博得她嫣然一笑。"千金一笑"，语本《史记·周本纪》所记周幽王举烽火戏诸侯，以博取宠妃褒姒一笑的故事。后句是说：因为金麒麟一物，伏下了将来一对到老都分离的夫妻姻缘线索。这一对夫妻就是贵公子卫若兰(后宝玉的金麒麟给了他)和史湘云。双星，牵牛、织女星，即牛郎织女，夫妻分离的象征；近代之前，"双星"一词没有别的用法。自小说传世后，不少人误解回目此句含义，遂生出湘云后来嫁宝玉的说法，其实这是不对的，也是不可能的。

　　话说袭人见了自己吐的鲜血在地，也就冷了半截。想着往日常听人说："少年吐血，年月不保，纵然命长，终是废人了。"[1]想起此言，不觉将素日想着后来争荣夸耀之心尽皆灰了，眼中不觉滴下泪来。宝玉见她哭了，也不觉心酸起来，因问道："你心里觉得怎么样？"袭人勉强笑道："好好的，觉怎么呢。"宝玉的意思即刻便要叫人烫黄酒要山羊血黎洞丸①来。[2]袭人拉了他的手，笑道："你这一闹不打紧，闹起多少人来，倒抱怨我轻狂。分明人不知道，倒闹得人知道了，你也不好，我也不好。正经明儿你打发小子问问王太医去，弄点子药吃吃就好了。人不知鬼不觉的可不好？"[3]宝玉听了有理，也只得罢了，向案上斟了茶来，给袭人漱了口。袭人知宝玉心内是不安稳的，待要不叫他服侍，他又必不依；二则定要惊动别人，不如由他去罢，因此只在榻上

1. 从严重后果去想，故灰心落泪，其实何至于此。

2. 宝玉杂学，颇知药理，难得，更难得是能真情关切。

3. 袭人最怕多事，落人讥贬，所以只要悄悄问医。

---

　　① 山羊血黎洞丸——黎洞丸，中成药名，治跌打损伤、出血瘀血等症。此与山羊血同服。

由宝玉去服侍。一交五更，宝玉也顾不得梳洗，忙穿衣出来，便往王济仁家来，亲自确问。¹ 王济仁问其原故，不过是伤损，便说了个丸药名字，怎么服，怎么敷。宝玉记了，回园依方调治。不在话下。

这日正是端阳佳节，蒲艾簪门，虎符系背①。午间，王夫人治了酒席，请薛家母女等赏午②。宝玉见宝钗淡淡的，也不和他说话，便知是昨日的原故。王夫人见宝玉没精打采，也只当是昨日金钏儿之事，他不好意思的，越发不理他。林黛玉见宝玉懒懒的，只当是他因为得罪了宝钗的原故，心中不自在，形容也就懒懒的。凤姐儿昨日晚间王夫人就告诉了她宝玉、金钏儿的事，知道王夫人不自在，自己如何敢说笑，也就随着王夫人的气色行事，更觉淡淡的。贾迎春姊妹见众人无意思，也都无意思了。因此，大家坐了一坐就散了。²

林黛玉天性喜散不喜聚。她想的也有个道理，她说："人有聚就有散，聚时欢喜，到散时岂不清冷？既清冷则生伤感，所以不如倒是不聚的好。比如那花开时令人爱慕，谢时则增惆怅，所以倒是不开的好。"故此人以为喜之时，她反以为悲。那宝玉的情性只愿常聚，生怕一时散了添悲；³ 那花只愿常开，生怕一时谢了没趣；及到筵散花谢，虽有万种悲伤，也就无可如何了。因此，今日之筵，大家无兴散了，林黛玉倒不觉得，倒是宝玉心中闷闷不乐，回至自己房中，长吁短叹。⁴ 偏生晴雯上来换衣服，不防又把扇子失了手跌在地下，将股子跌折。宝玉因叹道："蠢才！蠢才！将来怎么样？明日你自己当家立业，难道也是这么顾前不顾后的？"⁵ 晴雯冷笑道："二爷近来气大得很，行动就给脸子瞧。前儿连袭人都打了，今儿又来寻我们的不是。⁶ 要踢要打凭爷去就是。跌了扇子，也是平常的事。先时连那么样的玻璃缸、玛瑙碗不知弄坏了多少，也没见个大气儿，⁷ 这会子一把扇子就这么着了。

1. 袭人由宝玉来服侍，真非常有之事，且特别尽心，问医也不派小厮去，必亲自前往才放心。

2. 书中不但有许多过节宴会热闹场面，也有这样大家寡言少语、没精打采的描述，个个不同，说来都合情理。

3. 黛玉与宝玉对聚散的喜好，看似截然相反，其实根源是一样的，都是聚时喜，散时悲；区别只在于对这同一情况的不同态度。

4. 烦闷的时候最容易生气。

5. 晴雯蠢，就没有聪明人了。她有"将来"吗？还望"当家立业"呢。话本身不能算说得特别重，但是教训语气和难看的脸色让她受不了。

6. 此时为袭人抱不平，过一会儿就难说了。

7. 补出从前事。

---

① 蒲艾簪门，虎符系背——农历五月初五端午节，习俗将气味浓烈的菖蒲、艾叶悬于门框上，菖蒲常剪扎成宝剑形，叫蒲剑；又将绫罗缝制成小老虎挂在小儿背上，传说可以辟邪。

② 赏午——端午节盛餐，喝雄黄酒，吃粽子、樱桃，赏石榴花等事都叫"赏午"。

何苦来！要嫌我们，就打发了我们，再挑好的使。好离好散的倒不好？"宝玉听了这些话，气得浑身乱战，因说道："你不用忙，将来有散的日子！"[1]

袭人在那边早已听见，忙赶过来向宝玉道："好好的，又怎么了，可是我说的，一时我不到，就有事故儿！"[2]晴雯听了冷笑道："姐姐既会说，就该早来，也省了爷生气。自古以来，就是你一个人服侍爷的，我们原没服侍过。因为你服侍得好，昨日才挨窝心脚；我们不会服侍的，到明儿还不知是个什么罪呢！"[3]袭人听了这话，又是恼，又是愧，待要说几句话，又见宝玉已经气得黄了脸，少不得自己忍了性子，推晴雯道："好妹妹，你出去逛逛，原是我们的不是。"[4]晴雯听她说"我们"两个字，自然是她和宝玉了，不觉又添了醋意，冷笑几声道："我倒不知道你们是谁，别叫我替你们害臊了！便是你们鬼鬼祟祟干的那事儿，也瞒不过我去，哪里就称起'我们'来了。明公正道，连个姑娘①还没挣上去呢，[5]也不过和我似的，哪里就称上'我们'了！"袭人羞得脸紫胀起来，想一想，原是自己把话说错了。宝玉一面道："你们气不忿，我明儿偏抬举她！"袭人忙拉了宝玉的手道："她一个糊涂人，你和她分证什么？[6]况且你素日又是有担待的。比这大的过去了多少，今儿是怎么了？"晴雯冷笑道："我原是糊涂人，哪里配和我说话呢！"袭人听说道："姑娘倒是和我拌嘴呢，是和二爷拌嘴呢？要是心里恼我，你只和我说，不犯着当着二爷吵；要是恼二爷，不该这么吵得万人知道。我才也不过为了事，进来劝开了，大家保重。姑娘倒寻上我的晦气。又不像是恼我，又不像是恼二爷，夹枪带棒，终究是个什么主意？我就不多说，让你说去。"[7]说着便往外走。宝玉向晴雯道："你也不用生气，我也猜着你的心事了。我回太太去，你也大了，打发你出去可好不好？"[8]晴雯听见了这话，不觉又伤起心来，含泪说道："我为什么出去？[9]要嫌我，变着法儿打发我去，也不能够。"宝玉道："我何曾经过这么个吵闹？一定是你

1. 丝毫不肯服软，倒让宝玉的气话无意言中，也与前面谈聚散的话作映衬。
2. 是真实想法，只是此刻说不得。

3. 出言锋利如刀。

4. 本想退一步宁人息事，不料失言了。也是心中隐秘观念不自觉流露。

5. 火力全开，袭人如何抵挡得住。

6. 总是劝慰宝玉要紧，得不得罪晴雯无所谓。

7. 既非对手，不如撤兵为是。
8. 无奈之下，施出最后一着来，说得越心平气和，越厉害。
9. 晴雯何尝真的不安于位，真的对宝玉无情，只是自尊心强，不肯逆来顺受而已。她已习惯宝玉素日平等相待，视同闺友知己，不防也忽然变脸，摆出主子架子来。但若真的要她离开怡红院，那是她最伤心的，宝玉的话恰好触到了她的软肋。

---

① 姑娘——这里是"通房丫头"的意思。

要出去了。不如回太太，打发你出去吧。"说着，站起来就要走。[1]袭人忙回身拦住，[2]笑道："往哪里去？"宝玉道："回太太去。"袭人笑道："好没意思！认真地去回，你也不怕臊了！便是她认真要去，也等把这气下去了，等无事中说话儿回了太太也不迟。这会子急急地当一件正经事去回，岂不叫太太犯疑？"宝玉道："太太必不犯疑，我只明说是她闹着要去的。"[3]晴雯哭道："我多早晚闹着要去了？饶生了气，还拿话压派我。只管去回，我一头碰死了也不出这门儿。"[4]宝玉道："这又奇了。你又不去，你又闹些什么？我经不起这么吵，不如去了倒干净。"说着一定要去。[5]袭人见拦不住，只得跪下了。碧痕、秋纹、麝月等众丫鬟见吵闹，都鸦雀无闻地在外头听消息，这会子听见袭人跪下央求，便一齐进来都跪下了。[6]宝玉忙把袭人扶起来，叹了一声，在床上坐下，叫众人起来，向袭人道："叫我怎么样才好！这个心使碎了，也没人知道。"说着，不觉滴下泪来。袭人见宝玉流下泪来，自己也就哭了。

晴雯在旁哭着，方欲说话，只见林黛玉进来，[7]便出去了。林黛玉笑道："大节下怎么好好的哭起来？难道是为争粽子吃，争恼了不成？"宝玉和袭人嗤的一笑。黛玉道："二哥哥不告诉我，我问你就知道了。"一面说，一面拍着袭人的肩，笑道："好嫂子，你告诉我。必定是你两个拌了嘴了。[8]告诉妹妹，替你们和劝和劝。"袭人推她道："林姑娘你闹什么？我们一个丫头，姑娘只是混说。"黛玉笑道："你说你是丫头，我只拿你当嫂子待。"宝玉道："你何苦来！替她招骂名儿。饶这么着，还有人说闲话，还搁得住你来说她？"袭人笑道："林姑娘，你不知道我的心事，除非一口气不来，死了倒也罢了。"林黛玉笑道："你死了，别人不知怎么样，我先就哭死了。"宝玉笑道："你死了，我做和尚去。"[9]袭人笑道："你老实些罢，何苦还说这些话。"林黛玉将两个指头一伸，抿嘴笑道："做了两个和尚了。我从今以后都记着你做和尚的遭数儿。"宝玉听了，知道是点他前日的话，自己一笑也就罢了。

一时黛玉去后，就有人来说："薛大爷请。"[10]宝

1. 倔脾气，真气着了。

2. 袭人冷静，严防宝玉一时冲动，事后懊悔。

3. 这是凭自己是主子，有谎报之便利，故意压人了。

4. 纵然已处劣势，也不肯就此低头，写出晴雯的刚烈性格。

5. 非宝玉无情，此时不坚持也下不了台了。

6. 袭人看似软弱怕事，实是看准此举行不得，非阻止到底不可。这一跪，不应被轻视。难得众丫头都一齐跟进求情，又见晴雯平时为人行事正直，故院内并无一人挟私怨愿其受辱离去。

7. 真不知此事如何了结，幸亏林黛玉来得及时。

8. 虽是开玩笑的话，"好嫂子"之称袭人如何当得起？见黛玉平时极关注怡红院事。

9. 此话可一不可再。初次说时，黛玉极认真，放下脸来，斥之为"胡说"。如今再说，只能当作笑料了。为加深读者对这句话的印象，有意重复。

10. 一场吵闹，因黛玉来而停歇下来，但要弥合裂痕，尚须有过程，因而有薛蟠来请作区隔，这只是时间上过渡，叙述越简短越好，不必再生枝节。

玉只得去了。原来是吃酒，不能推辞，只得尽席而散。晚间回来，已带了几分酒，踉跄来至自己院内，只见院中早把乘凉枕榻设下，榻上有个人睡着。宝玉只当是袭人，[1]一面在榻沿上坐下，一面推她，问道："疼得好些了？"只见那人翻身起来说："何苦来，又招我！"宝玉一看，原来不是袭人，却是晴雯。宝玉将她一拉，拉在身旁坐下，[2]笑道："你的性子越发惯娇了。早起就是跌了扇子，我不过说了那两句，你就说上那些话。你说我也罢了，袭人好意来劝，你又括上她，你自己想想，该不该？"晴雯道："怪热的，拉拉扯扯作什么！叫人来看见像什么！我这身子也不配坐在这里。"[3]宝玉笑道："你既知道不配，为什么睡着呢？"晴雯没得说，嗤的又笑了，说："你不来，便使得；你来了，就不配了。起来，让我洗澡去。袭人、麝月都洗了澡，我叫了她们来。"宝玉笑道："我才又吃了好些酒，还得洗一洗。你既没有洗，拿了水来，咱们两个洗。"[4]晴雯摇手笑道："罢，罢，我不敢惹爷。还记得碧痕打发你洗澡，足有两三个时辰，也不知道作什么呢？我们也不好进去的。后来洗完了，进去瞧瞧，地下的水淹着床腿儿，连席子上都汪着水，也不知是怎么洗了，笑了几天。[5]我也没那工夫收拾水，也不用同我洗去。今儿也凉快，那会子洗了，这会子可以不用。我倒舀一盆水来，你洗洗脸，通通头。才刚鸳鸯送了好些果子来，都湃①在那水晶缸里呢，叫她们打发你吃。"[6]宝玉笑道："既这么着，你也不许洗去，只洗洗手来拿果子来吃罢。"晴雯笑道："我慌张得很，连扇子还跌折了，哪里还配打发吃果子！倘或再打破了盘子，还更了不得呢。"[7]宝玉笑道："你爱打就打，这些东西原不过是供人所用，你爱这样，我爱那样，各自性情不同。比如那扇子原是扇的，你要撕着玩，也可以使得，只是不可生气时拿它出气。就如杯盘，原是盛东西的，你喜听那一声响，就故意地摔碎了，也可以使得，只是别在生气时拿它出气。这就是爱物了。"[8]晴雯听了笑道："既这么

1. 醉眼朦胧，自然最容易看错。又可见这样睡的人，按常理是袭人的可能性最大。

2. 酒未全消气已消。

3. 心知于理有亏，顾左右而言他。说不配，又睡着，令人怀疑晴雯是有意等待宝玉。

4. 这算是好意吗？不过就宝玉身份而言，毋须大惊小怪。

5. 晴雯哪有如此雅兴？她的一番话倒说出了一段颇令人浮想的怡红公子奇异而有趣的绯闻。为不掩生活真实，又不损艺术形象，宝玉的那些风流事，往往只用此类隐笔点出，这是作者美学理想使然，也是他写作技巧高明处。

6. 这两个细节，足可看出晴雯对宝玉的深情，也由此可领悟她宁一头碰死也不愿离去的原因。

7. 仍不忘因扇子挨训事，还得宝玉来抚平。

8. 亏他能想出这一套歪理来。晴雯弄坏扇子，哪里是生气时拿它出气，倒是自己生气时训人。

① 湃（pài派）——浸入凉水使冷；冰镇。

说，你就拿扇子来我撕。我最喜欢撕的。"[1]宝玉听了，便笑着递与她。晴雯果然接过来，"嗤"的一声撕了两半，接着"嗤嗤"又听几声。[2]宝玉在旁笑着说："响的好，再撕响些！"正说着，只见麝月走过来笑道："少作些孽罢！"宝玉赶上来，一把将她手里的扇子也夺了递与晴雯。晴雯接了，也撕作几半子，二人都大笑。[3]麝月道："这是怎么说，拿我的东西开心儿？"宝玉笑道："打开扇子匣子你拣去，什么好东西！"麝月道："既这么说，就把匣子搬了出来，让她尽力地撕，岂不好？"[4]宝玉笑道："你就搬去。"麝月道："我可不造这孽。她也没折了手，叫她自己搬去。"晴雯笑着，便倚在床上说道："我也乏了，明儿再撕罢。"宝玉笑道："古人云，'千金难买一笑'，几把扇子能值几何？"[5]一面说着，一面叫袭人。袭人才换了衣服走出来，小丫头佳蕙过来拾去破扇，大家乘凉，不消细说。

　　至次日午间，王夫人、薛宝钗、林黛玉众姊妹正在贾母房内坐着，就有人回："史大姑娘来了。"[6]一时果见史湘云带领众多丫鬟、媳妇走进院来。宝钗、黛玉等忙迎至阶下相见。青年姊妹间经月不见，一旦相逢，其亲密自不消说得。一时进入房中，请安问好，都见过了。贾母因说："天热，把外头的衣服脱了罢。"史湘云忙起身宽衣。王夫人因笑道："也没见穿上这些作什么？"[7]史湘云笑道："都是二婶婶叫穿的，谁愿意穿这些！"宝钗一旁笑道："姨娘不知道，她穿衣裳还更爱穿别人的衣裳。可记得旧年三四月里，她在这里住着，把宝兄弟的袍子穿上，靴子也穿上，额子也勒上，猛一瞧倒像是宝兄弟，就是多两个坠子。她站在那椅子背后，哄得老太太只是叫'宝玉，你过来，仔细那上头挂的灯穗子招下灰来迷了眼'。她只是笑，也不过去。后来大家撑不住笑了，老太太才笑了，说'倒扮上男人好看了'。"[8]林黛玉道："这算什么。惟有前年正月里接了她来，住了没两日，下起雪来，老太太和舅母那日想是才拜了影①回来，老太

① 拜影——逢节日或祭祀时叩拜祖宗的画像。

1. 试他说话有多少诚意。

2. 你以为我不敢，偏撕给你看！

3. 两个人都任性，气味相投。为寻求心情愉悦畅快，将其他物事都看得不值一钱，是一种极夸张的个性表现。或以为是暴殄天物，实属贵族阶级中一部分人的人生哲学。

4. 索性推向极端，方能适可而止。

5. 点明回目句意。"撕扇子"是以不知情之物供娇嗔不知情时之人一笑。所谓"情不情"。（己）如此解释"警幻情榜"中对宝玉的评语，虽很独特，总不免牵强。

6. 又有热闹可看了！

7. 贾母、王夫人说穿衣服多少的话，极平常，却与接着的话题相关。此书不作泛泛无谓文字。

8. 活画出一个活泼、顽皮、可爱的小女孩来。

太的一个新新的大红猩猩毡斗篷放在那里，谁知眼
错不见她就披了，又大又长，她就拿了条汗巾子拦
腰系上，和丫头们在后院子扑雪人儿去，一跤栽到
沟跟前，弄了一身泥水。"[1] 说着，大家想着前情都
笑了。宝钗笑问那周奶妈道："周妈，你们姑娘还那
么淘气不淘气？"周奶妈也笑了。迎春笑道："淘
气也罢了，我就嫌她爱说话。也没见睡在那里还是
咭咭呱呱，笑一阵，说一阵，也不知哪里来的那些
话。"[2] 王夫人道："只怕如今好了。前儿有人家来相
看，眼见有婆婆家了，还是那么着。"[3] 贾母因问："今
儿还是住着，还是家去呢？"周奶妈笑道："老太太
没有看见衣服都带了来，可不住两天？"史湘云问道：
"宝玉哥哥不在家么？"宝钗笑道："她再不想着别人，
只想宝兄弟，两个人好憨的。"[4] 这可见还没改了淘气
呢。"贾母道："如今你们大了，别提小名儿了。"

　　刚说着，只见宝玉来了，笑道："云妹妹来了。
前儿打发人接你去怎么不来？"王夫人道："这里老
太太才说这一个，他又来提名道姓的了。"林黛玉
道："你哥哥得了好东西，等着你呢。"[5] 史湘云道：
"什么好东西？"宝玉笑道："你信她呢！几日不见越
发高了。"湘云笑道："袭人姐姐好？"宝玉道："多
谢你记挂。"湘云道："我给她带了好东西来了。"说
着，拿出手帕子来，挽着一个疙瘩。宝玉道："什么
好的？你倒不如把前儿送来的那种绛纹石戒指儿带
两个给她。"[6] 湘云笑道："这是什么？"说着便打开。
众人看时，果然就是上次送来的那绛纹石戒指，一
包四个。林黛玉笑道："你们瞧瞧她这主意。前儿一
般的打发人给我们送了来，你就把她的也带了来岂
不省事？"[7] 今儿巴巴地自己带了来，我当又是什么新
奇东西，原来还是它。真真你是个糊涂人。"史湘
云笑道："你才糊涂呢！我把这理说出来，大家评一
评谁糊涂。给你们送东西，就是使来的人不用说话，
拿进来一看，自然就知是送姑娘们的了；若带她们
的东西，这须得我先告诉来人，这是哪一个丫头的，
那是哪一个丫头的。那使来的人明白还好，再糊涂
些，丫头的名字他也不记得，混闹胡说的，反连你
们的东西都搅糊涂了。若是打发个女人来，素日知

1. 湘云够淘气的，都由穿衣的话引起。

2. 又带出湘云爱说话的特点来，偏由
不爱说话的迎春说出，妙。

3. 一提"有人家来相看"，婚事虽尚遥
远，也见湘云已初长成了，又可知
贾家不会再存招她为儿媳的念头。

4. 宝玉、湘云都有几分傻气，因而亲
近，亦见彼此有脾气相投处。

5. 可知宝玉揣下金麒麟事，黛玉心中
一直在乎。

6. 还不知带来的是什么好东西，先用
这样的话点出，也属别出心裁。

7. 正为湘云要说分两次送戒指的理
由，才有黛玉此一问。

道的还罢了，偏生前儿又打发小子来，可怎么说丫头们的名字？横竖我来给她们带来，岂不清白！”说着，把四个戒指放下，说道：“袭人姐姐一个，鸳鸯姐姐一个，金钏儿姐姐一个，平儿姐姐一个：[1] 这倒是四个人的，难道小子们也记得这么清白？”众人听了，都笑道：“果然明白。”宝玉笑道：“还是这么会说话，不让人。”林黛玉听了冷笑道：“她不会说话，她的金麒麟也会说话。”[2] 一面说着便起身走了。幸而诸人都不曾听见，只有薛宝钗抿嘴一笑。[3] 宝玉听见了，倒自己后悔又说错了话，忽见宝钗一笑，由不得也笑了。宝钗见宝玉笑了，忙起身走开，找了林黛玉去说笑。[4]

　　贾母因向湘云道：“吃了茶，歇一歇，瞧瞧你的嫂子们去。园子里也凉快，同你姐姐们去逛逛。”[5] 湘云答应了，将三个戒指儿包上，歇了一歇，便起身要瞧凤姐等人去。众奶娘、丫头跟着，到了凤姐那里，说笑了一回，出来便往大观园来。见过了李宫裁，少坐片时，便往怡红院来找袭人。因回头说道：“你们不必跟着，只管瞧你们的朋友亲戚去，留下翠缕服侍就是了。”[6] 众人听了，自去寻姑觅嫂，单剩下湘云、翠缕两个人。翠缕道：“这荷花怎么还不开？”[7] 史湘云道：“时候没到。”翠缕道：“这也和咱们家池子里的一样，也是楼子花①？”湘云道：“他们这个还不如咱们的呢。”翠缕道：“他们那边有棵石榴，接连四五枝，真是楼子上起楼子，这也难为它长。”史湘云道：“花草也是同人一样，气脉充足，长得就好。”[8] 翠缕把脸一扭，说道：“我不信这话。若说同人一样，我怎么不见头上又长出一个头来的人？”[9] 湘云听了，由不得一笑，说道：“我说你不用说话，你偏好说。这叫人怎么好答言？天地间都赋阴阳二气所生，或正或邪，或奇或怪，千变万化，都是阴阳、顺逆、多少；一生出来，人罕见的就奇，究竟理还是一样。”翠缕道：“这么说起来，从古至今，开天辟地，都是些阴阳了？”[10] 湘云笑道：“糊涂东西！越说越放屁。什么‘都是

① 楼子花——蕊中开出双层或多层的花，又叫“重台”。

1. 宝玉、贾母、王夫人、凤姐贾府四大要人的丫头，定是常接触、得关照之人，须联络感情，湘云的公关本领不错。

2. 心中有结自难忘，怕的是这次真会应了金配玉的话。金玉姻缘已定，又写一金麒麟，是间色法也。何颦儿为其所惑，故颦儿谓“情情”。（己）此评说：金锁配通灵玉的姻缘已是命中注定，不会改变的，现在又写一个金麒麟，是为了衬托前者，使之更突出而设的。为什么黛玉会看不清而被迷惑生出烦恼来呢？所以黛玉称“情情”，即由于对其所爱之人感情上过于专注反而多疑的缘故。为使主要颜色鲜明突出，用另一种颜色来衬托，叫“间色”。比如此书以儿女笔墨为主，用一些豪侠文字来“为金闺间色”。将来宝钗婚姻的结果是独居，是主；湘云也是独居，是次，以次衬托主便是间色。黛玉因太在乎宝玉而“为其所惑”，一些研究者则因误解“白首双星”含义，以为是白头成双，也是“为其所惑”。

3. 笑黛玉醋意。

4. 不屑与宝玉一鼻孔出气。

5. 为拾麟情节布局。

6. 又距构思好的情节近了一步。

7. 先从荷花说起，一步步接近目标。

8. 从花草比到人。

9. 将翠缕写成一个好发问的傻姑娘。

10. 难答的问题只好归之于阴阳二气的大道理。这样，就进入设定的目标区了。可这超出了傻姑娘的理解能力。越解说，越不懂，故有此糊涂的一问。

些阴阳'，难道还有两个阴阳不成！'阴''阳'两个字还只是一个字，阳尽了就成阴，阴尽了就成阳，不是阴尽了又有个阳生出来，阳尽了又有个阴生出来。"翠缕道："这糊涂死了我！什么是个阴阳，没影没形的。我只问姑娘，这阴阳是怎么个样儿？"[1]湘云道："阴阳可有什么样儿，不过是个气，器物赋了成形。比如天是阳，地就是阴；水是阴，火就是阳；日是阳，月就是阴。"翠缕听了笑道："是了，是了，我今儿可明白了。怪道人都管着日头叫'太阳'呢，算命的管着月亮叫什么'太阴星'，就是这个理了。"[2]湘云笑道："阿弥陀佛！刚刚的明白了。"翠缕道："这些大东西有阴阳也罢了，难道那些蚊子、虼蚤、蠓虫儿、花儿、草儿、瓦片儿、砖头儿也有阴阳不成？"[3]湘云道："怎么没有呢？比如那一个树叶儿还分阴阳呢，那边向上朝阳的就是阳，这边背阴覆下的就是阴。"翠缕听了，点头笑道："原来这样，我可明白了。只是咱们这手里的扇子，怎么是阳，怎么是阴呢？"[4]湘云道："这边正面就是阳，那边反面就为阴。"翠缕又点头笑了，还要拿几件东西问，因想不起个什么来，猛低头就看见湘云宫绦上系的金麒麟，便提起来笑道："姑娘，这个难道也有阴阳？"[5]湘云道："走兽飞禽，雄为阳，雌为阴；牝为阴，牡①为阳。怎么没有呢！"翠缕道："姑娘这个是公的，倒底是母的呢！"湘云道："这连我也不知道。"[6]翠缕道："这也罢了，怎么东西都有阴阳，咱们人倒没有阴阳呢？"湘云照脸啐了一口道："下流东西，好生走罢！越问越问出好的来了！"[7]翠缕笑道："这有什么不告诉我的呢？我也知道了，不用难我。"湘云笑道："你知道什么？"翠缕道："姑娘是阳，我就是阴。"说得湘云拿手帕子捂着嘴，呵呵地笑起来。翠缕道："说是了，就笑得这样！"湘云道："很是，很是。"翠缕道："人规矩主子为阳，奴才为阴，我连这个大道理也不懂得？"湘云笑

1. 翠缕哪有哲学思维，再说也白费劲，只知问什么模样儿，逼得湘云只好不断地举实例，以期能开窍。

2. 不笨，只是并非真懂。

3. 由大及小，近了一步。

4. 从手里拿的，渐次问到腰间佩的，有安排。

5. 点中目标了。说雌雄是要旨，与隐寓配偶意相关。

6. 马上就会知道的。

7. 湘云误会其所问了，以为事涉男女，非姑娘该问，故啐她。

---

①　牝、牡——即雌、雄，原特指兽畜类。

道："你很懂得。"[1]

一面说，一面走，刚到蔷薇架下，湘云道："你瞧，那是谁掉的首饰？金晃晃在那里。"翠缕听了，忙赶上拾在手里攥着，笑道："可分出阴阳来了。"[2]说着，先拿史湘云的麒麟瞧。湘云要她捡的瞧，翠缕只管不放手，笑道："是件宝贝，姑娘瞧不得。这是从哪里来的？好奇怪！我从来在这里没见有人有这个。"湘云道："拿来我瞧瞧。"翠缕将手一撒，笑道："请看。"湘云举目一验，却是文彩辉煌的一个金麒麟，比自己佩的又大又有文彩。湘云伸手擎在掌上，只是默默不语。[3]正自出神，忽见宝玉从那边来了，[4]笑问道："你两个在这日头底下作什么呢？怎么不找袭人去？"湘云连忙将那麒麟藏起，说道："正要去呢。咱们一同走。"说着，大家进入怡红院来。袭人正在阶下倚槛追风，忽见湘云来了，连忙迎下来，携手笑说一向别情。一时，进来归坐，宝玉因笑道："你该早来，我得了一件好东西，专等你呢。"[5]说着，一面在身上摸掏，掏了半天，"啊呀"了一声，便问袭人："那个东西你收起来了么？"袭人道："什么东西？"宝玉道："前儿得的麒麟。"袭人道："你天天带在身上的，怎么问我？"宝玉听了，将手一拍，说道："这可丢了，往哪里找呢！"就要起身自己寻去。[6]湘云听了，方知是他遗落的，便笑问道："你几时又有个麒麟了？"宝玉道："前儿好容易得的呢，不知多早晚丢了，我也糊涂了。"湘云笑道："幸而是玩的东西，还是这么慌张。"说着，将手一撒："你瞧瞧，是这个不是？"宝玉一见，由不得欢喜非常，[7]因说道……不知是如何，且听下回分解。

1. 谁知竟是如此出奇的答案，一说出来，令人忍俊不禁。作者幽默诙谐的才情再次迸发。如此风趣文字续书中一处也找不到。

2. 点睛一笔。

3. 大者为雄，小者为雌，何用再说，只不知其为何人所有，与自己终身是否有关，故陷入沉思。

4. 毫不拖沓，没有过渡文字，立即接上宝玉。

5. 对应黛玉见湘云时说的第一句话。

6. 不必找，已经送来了。

7. 由湘云将金麒麟送还宝玉，是令读者误以为二人将来有另一种金玉姻缘的原因。后数十回若兰在射圃所佩之麒麟，正此麒麟也。提纲伏于此回中，所谓草蛇灰线在千里之外。（己）从此评中知道，原来宝玉无意中充当了红娘角色。他在后来贾珍设的射圃中与卫若兰结识，并彼此比赛射箭，将金麒麟送给或输给了若兰，因此成就了卫、史这一对到老都成为牛郎织女的失败婚姻。比射事已在第七十五回中写到，尚未展开，第八十回正是"射圃文字"，可惜这一回被借阅者弄丢了，小说也因此无法再抄下去而终成残稿了。至于若兰与湘云婚姻短暂的原因，见本回总评。

【总评】

此回主要情节是"晴雯撕扇"和"湘云拾麟"。

袭人吐血疗伤是上一回的余波。可注意的是"不觉将素日想着后来争荣夸耀之心尽皆灰了"一句，袭人存有将来"争荣夸耀"心思，似出人意外。但脂砚斋曾用抽象的话提到过数钗的不幸："阿凤是机心所误，宝钗是博知所误，湘云是自爱所误，袭人是好胜所误。"（第二十二回评）倒有相似处。但将来变故发生，荣耀是争不到了，为保全自己和宝玉的声誉，同意离府嫁人，甚至自告奋勇，是很可能的。这或许也可算是一种"好胜"吧。

丫头中晴雯地位次于袭人，却在"又副册"之首，说她"心比天高"；后来宝玉的一篇最长的瑰奇诔文，也是为她作的，可见其分量之重。撕扇是首次专写她的章节。晴雯失手跌折了扇子骨，宝玉骂她"蠢才""顾前不顾后"，晴雯不受这个气，就与他顶撞起来。可注意的是一开始她还为袭人挨踢抱不平，说"前儿连袭人都打了"，可是等到袭人一介入，她立刻转而讥诮袭人，言辞之锋利尖刻，让袭人难以招架。晴雯是个直烈性子，有正义感，最少奴颜媚骨。她对宝玉绝非无情无义，故有"一头碰死了也不出这门儿"的话。她是见不得平时像闺友般的宝玉，忽然摆出主子爷儿的架势、脸色来给她看，拿她当奴才训斥、出气，这里包含着某种人格上平等的观念，尽管还是朦胧的。与袭人口角也非出于争宠，而是对她以柔猫式的温顺态度向主子邀宠的不屑和反感。

宝玉当然有纨袴习气，但毕竟不同于流俗，跟晴雯大吵后，到底还是他迁就晴雯，消她的气。晴雯不肯与之同浴，补出宝玉平时行为，也洗出晴雯的洁白无邪。宝玉"爱物"的说教，未必不是歪理，却引出任其撕扇以博"千金一笑"的事来。此举固暌违常情，或有暴殄天物之议，然本意或在竭力宣扬轻财物、重人情的价值观，也借此消除主奴间尊卑的隔阂。晴雯非轻薄之辈，此时虽无言，将来或有以报答宝玉的一片深情。

幽默风趣是才华的表现，湘云跟丫头翠缕谈阴阳二气的一段文字，便显现着作者的这种才华。翠缕再缺少文化，也不能真傻成那样，既是幽默风趣，就不应以常理衡量。所以，她说的话，越不通越妙。然而，这一切都只是为了带出一句话来，那就是她们在拾到宝玉遗落的那个比湘云佩带的略大些的金麒麟时说的："可分出阴阳来了！"东西既是宝玉掉的，又还给了他，加上回目的示意，于是宝玉娶湘云之说便随之而纷起：有载于笔记见闻的，有写入某种续书情节的，就连红学家也将宝、湘成偶事写到研究著作中去。其实，这是大谬不然的。

首先，回目"白首双星"作何解说？不少人理解为白头成双、白头夫妻、白头偕老的意思，大名鼎鼎的学者胡适也这么看，其实是误解。"双星"是专指牵牛星和织女星的特定名词，与现代可泛用不同。自唐至清，诗词中用"双星"的多不胜举，一律都指牛郎织女，绝无例外。所以，"白首双星"是夫妻到老都分居的意思。这一点有的研究者如梅节、朱彤等也已著文指出。且"双星"所指是卫若兰与史湘云而非宝、湘。金麒麟在宝玉处只过一过手，如此回回目注释引脂评说的"后数十回若兰在射圃所佩之麒麟，正此麒麟也，提纲伏于此回中"。

那么"因麒麟伏白首双星"与宝玉没有什么关系吗？当然不是。梅节先生说："湘云对嫁得若兰这样一个夫婿是满意的。但他们的婚姻似没有维持多久。原因大概就是由金麒麟而起。若兰的麒麟得自宝玉，婚后发现，湘云也有这样一个金麒麟，一雌一雄，刚好是一对儿。他认为这是二人的'信物'，因此怀疑湘云与宝玉有私。湘云不能忍受这种冤屈，关系破裂。从白海棠诗之'自是霜娥偏爱冷''幽情欲向嫦娥诉'看，可能是湘云主动离去。她是贞洁的，想不到她所最心爱的人竟怀疑她不贞。也许她应该向若兰作解释，讲明真相，但她没有这样做。……'湘云是自爱所误'，大概就是指这一点而说的。"(《红学耦耕集·史湘云结局探索》)推断合理，极有可能。"自传说"者由误解而说湘云是脂砚斋，是作者"新妇"，着实不敢苟同。

第三十二回

诉肺腑心迷活宝玉　含耻辱情烈死金钏

【题解】

　　本回回目诸本一致。前句说的是宝玉向黛玉倾诉肺腑之情，令黛玉心灵震动，走后，宝玉还继续诉说，迷糊中把袭人错当作黛玉了。后句说的是金钏儿被王夫人撵回家，性情刚烈的她，因为一时忍受不了这样的耻辱，便投井死了。此回正文前有总批说：前明显祖汤先生有怀人诗一截，读之堪合此回，故录之以待知音："无情无尽却情多，情到无多得尽么？解到多情情尽处，月中无树影无波。"（己）戚序本有此评，"截"作"绝"，末句作"月中无影水无波。"据陈庆浩兄《新编石头记脂砚斋评语辑校》注："所引汤显祖七绝，确见玉茗堂诗之九，题为《江中见月怀远公》。按远公指庐山归宗寺僧真可。真可字远观，号紫柏。"

　　话说宝玉见那麒麟，心中甚是欢喜，便伸手来拿，笑道："亏你捡着了。你是哪里捡的？"史湘云笑道："幸而是这个，明儿倘或把印①也丢了，难道也就罢了不成？"宝玉笑道："倒是丢了印平常，若丢了这个，我就该死了。"[1] 袭人斟了茶来与史湘云吃，一面笑道："大姑娘，我听见前日你大喜了。"[2] 史湘云红了脸，吃茶不答。袭人道："这会子又害臊了。你还记得十年前，咱们在西边暖阁住着，晚上你同我说的话儿？那会子不害臊，这会子怎么又害臊了？"史湘云笑道："你还说呢。那会子咱们那么好，后来我们太太没了，我家去住了一程子，怎么就把你派了跟二哥哥，[3] 我来了，你就不像先待我了。"袭人笑道："你还说呢。先姐姐长姐姐短哄着我替你梳头洗脸，作这个弄那个，如今大了，就拿出小姐的款来。你既拿小姐的款，我怎么敢亲近呢？"史湘云道："阿弥陀佛，冤枉冤哉！我要这样，就立刻死了。你瞧瞧，这么大热天，我来了必定赶来先瞧瞧你。不信，你问问缕儿，

1. 宝玉真性情：功名算得了什么！

2. 应前王夫人"有人家来相看"等语。

3. 十年前湘云至多五六岁，也曾住荣府，与比她大的袭人相伴，且与宝玉是青梅竹马，逐渐补出。

---

　　① 印——指官印。丢印也就是丢官。

我在家时时刻刻哪一回不念你几声。"话未了，忙得袭人和宝玉都劝道："玩话你又认真了。还是这么性急。"[1] 史湘云道："你不说你的话噎人，倒说人性急。"一面说，一面打开手帕子，将戒指递与袭人。袭人感谢不尽，因又笑道："你前儿送你姐姐们的，我已得了；[2] 今儿你亲自又送来，可见是没忘了我。只这个就试出你来了。戒指儿能值多少，可见你的心真。"[3] 史湘云道："是谁给你的？"袭人道："是宝姑娘给我的。"湘云笑道："我只当是林姐姐给你的，[4] 原来是宝钗姐姐给了你。我天天在家里想着，这些姐姐们再没一个比宝姐姐好的。可惜我们不是一个娘养的。我但凡有这么个亲姐姐，就是没了父母也是没妨碍的。"说着，眼睛圈儿就红了。[5] 宝玉道："罢，罢，罢！不用提这些话。"史湘云道："提这个便怎么？我知道你的心病，恐怕你林妹妹听见，又怪嗔我赞了宝姐姐。可是为这个不是？"[6] 袭人在旁嗤的一笑，说道："云姑娘，你如今大了，越发心直口快了。"宝玉笑道："我说你们这几个人难说话，果然不错。"史湘云道："好哥哥，你不必说话叫我恶心。只会在我们跟前说话，见了你林妹妹，又不知怎么了。"

袭人道："且别说玩话，正有一件事还要求你呢。"史湘云便问"什么事？"袭人道："有一双鞋，抠了垫心子①。我这两日身上不大好，不能做，你可有工夫替我做做？"史湘云笑道："这又奇了，你家放着这些巧人不算，还有什么针线上的，裁剪上的，怎么叫我做起来？你的活计叫谁做，谁好意思不做呢？"袭人笑道："你又糊涂了。你难道不知道我们这屋里的针线，是不要那些针线上的人做的。"[7] 史湘云听了，便知是宝玉的鞋了，因笑道："既这么说，我就替你做了罢。只是一件，你的我才做，别人的我可不能。"[8] 袭人笑道："又来了，我是个什么，就烦你做鞋？实告诉你，可不是我的。你别管是谁的，横竖我领情就是了。"史湘云道："论理，你的东西也不知烦我做了多少了，今儿我倒不做了的

1. 湘云为人豪爽，心直口快，都与其性子急一致。

2. 引出湘云赞宝钗的话来。

3. 辩明自己刚才说的"拿出小姐的款来"是"玩话"。

4. 袭人是宝玉的人，而与宝玉要好的是黛玉。故有此猜想。

5. 有感于宝钗处处对人关爱，说赞语是动了真情的。

6. 好湘云，一语中的！难怪袭人说她心直口快。

7. 回避直言宝玉是如此说法。宝玉的怪脾气与他喜爱女儿憎恶婆子有关。

8. 一听便知是为宝玉，心里已愿意了，嘴上却偏要把他排除在外，定有缘故。

---

①　抠（kōu）了垫心子——用剪刀在鞋面上挖镂出图案花样，再从背面以别种颜色的料子来衬贴。

原故，你必定也知道。"袭人道："我倒也不知道。"
史湘云冷笑道："前儿我听见把我做的扇套子拿着
和人家比，赌气又铰了。我早就听见了，你还瞒
我。¹这会子又叫我做，我成了你们的奴才了。"
宝玉忙笑道："前儿的那事，本不知是你做的。"
袭人也笑道："他本不知是你做的。是我哄他的话，
说是新近外头有个会做活的女孩儿，说扎得出奇
的花，我叫他们拿了一个扇套子试试，看好不好。
他就信了，拿了出去给这个瞧，给那个看的。不
知怎么又惹恼了林姑娘，铰了两段。回来他还叫
赶着做去，我才说了是你做的，他后悔得什么似
的。"²史湘云道："这越发奇了。林姑娘她也犯不
上生气，她既会剪，就叫她做。"袭人道："她可
不做呢。饶这么着，老太太还怕她劳碌着了。大
夫又说好生静养才好，谁还烦她做？³旧年好一年
的工夫，做了个香袋儿；今年半年，还没见拿针
线呢。"

　　正说着，有人来回说："兴隆街的大爷来了，
老爷叫二爷出去会。"宝玉听了便知是贾雨村来了，
心中好不自在。⁴袭人忙去拿衣服。宝玉一面蹬着
靴子，一面抱怨道："有老爷和他坐着就罢了，回
回定要见我。"⁵史湘云一边摇着扇子，笑道："自
然你能会宾接客，老爷才叫你出去呢。"宝玉道："哪
里是老爷，都是他自己要请我去见的。"湘云笑道：
"主雅客来勤，自然你有些警①他的好处，他才只
要会你。"宝玉道："罢，罢，我也不敢称雅，俗
中又俗的一个俗人，并不愿同这些人往来。"⁶湘
云笑道："还是这个情性改不了。如今大了，你就
不愿读书去考举人进士的，也该常会会这些为官
做宰的人们，谈谈讲讲些仕途经济的学问，也
好将来应酬世务，日后也有个朋友。没见你成年
家只在我们队里搅些什么！"⁷宝玉听了道："姑娘
请别的姊妹屋里坐坐，我这里仔细脏了你知经济
学问的。"⁸袭人道："云姑娘，快别说这话！上回
也是宝姑娘曾说过一回，他也不管人脸上过得去

① 警——使人动心的意思。

1. 原来为此，难怪湘云内心不忿。

2. 不后悔才怪呢。

3. 贾母宠爱外孙女如此，也顺便一提黛玉之病。

4. 厌见利禄之徒是其天性。

5. 喜欢攀附、应酬奉承，是雨村秉性。

6. 宝玉之恶雨村，非俗雅之分，是性情真假有别。作者之蔑视功名利禄、仕途经济的态度，寄托在宝玉身上，乃对在现实生活中此路不通、一生惭恨的强烈反弹，犹在考场中屡试屡败、屡败屡试，终不甘心之蒲松龄，深切痛恨并深刻揭露科举任用制度的不合理。宝玉的话引出湘云、宝钗都碰了壁的劝说来。

7. 此话何堪入耳！宝玉平时对姊妹们宽容谦让，唯此一端碰也碰不得。

8. 翻脸不认，谁叫你往枪口上撞？

过不去，他就咳了一声，拿起脚来走了。[1]这里宝姑娘的话也没说完，见他走了，顿时羞得脸通红，说又不是，不说又不是。幸而是宝姑娘，那要是林姑娘，不知又闹到怎么样，哭得怎么样呢。提起这些话来，真真宝姑娘叫人敬重，自己讪了一会子去了。[2]我倒过不去，只当她恼了。谁知过后还是照旧一样，真真有涵养，心地宽大。谁知这一个反倒同她生分了。那林姑娘见你赌气不理她，你得赔多少不是呢！”宝玉道："林姑娘从来说过这些混账话不曾？若她也说过这些混账话，我早和她生分了。"[3]袭人和湘云都点头笑道："这原是混账话。"[4]

原来林黛玉知道史湘云在这里，宝玉一定又赶来说麒麟的原故。因心下忖度着，近日宝玉弄来的外传野史，多半才子佳人，都因小巧玩物上撮合，或有鸳鸯，或有凤凰，或玉环金佩，或鲛帕鸾绦①，皆由小物而遂终身。今忽见宝玉亦有麒麟，便恐借此生隙，同史湘云也做出那些风流佳事来。[5]因而悄悄走来，见机行事，以察二人之意。不想刚走来，正听见史湘云说经济一事，宝玉又说："林妹妹不说这样混账话，若说这话，我也和她生分了。"林黛玉听了这话，不觉又喜又惊，又悲又叹。[6]所喜者，果然自己眼力不错，素日认他是个知己，果然是个知己。所惊者，他在人前一片私心称扬于我，其亲热厚密，竟不避嫌疑。所叹者，你既为我之知己，自然我亦可为你之知己矣；既你我为知己，则又何必有金玉之论哉！既有金玉之论，亦该你我有之，则又何必来一宝钗哉！[7]所悲者，父母早逝，虽有铭心刻骨之言，无人为我主张。况近日每觉神思恍惚，病已渐成，医者更云气弱血亏，恐致劳怯之症②。你我虽为知己，但恐自不能久待；你纵为我知己，奈我薄命何！[8]想到此间，不禁滚下泪来。待进去相见，自觉无味，便一面拭泪，一面抽身回去了。

这里宝玉忙忙地穿了衣裳出来，忽抬头见林黛

1. 一个正面描述，一个从话中补出，一色两曜。

2. 袭人的褒贬，与其本性本意一致，又引出宝玉的反驳。

3. 说得理直气壮，这话真该让林姑娘听。

4. 点头笑是完全不认同"混账话"三字，但只说反话，不加争辩，是将宝玉视作发狂病、说傻话，可见在人生价值这一带根本性问题上，不同观念的对立是何等尖锐。

5. 黛玉生疑心结于此直说。

6. 心灵遭受九级地震，然后分述喜、惊、叹、悲内涵。

7. 命运之不可抗拒也，所以说"宿命"是本书的大悲音。

8. 沉疴已成，时不我待，这无异于宣告残酷无情的死刑判决。颇讶大谈林黛玉后来投水而死的人为何没看清这段话。

---

① 鲛帕鸾绦——绢纱的手帕和织着鸾凤图案的丝带。传说南海有美人鱼叫鲛人，滴泪成珠，能织质地轻薄的绡，后遂以鲛绡指代手帕。

② 劳怯之症——中医把肺结核病称为"痨"，亦作"劳"，以为由虚弱劳损所致，当时是难治之症。怯，虚弱。

玉在前面慢慢地走着，似有拭泪之状，便忙赶上来笑道："妹妹往哪里去？怎么又哭了？又是谁得罪了你？"林黛玉回头见是宝玉，便勉强笑道："好好的，我何曾哭了。"宝玉笑道："你瞧瞧，眼睛上的泪珠儿未干，还撒谎呢。"一面说，一面禁不住抬起手来替她拭泪。[1]林黛玉忙向后退了几步，说道："你又要死了，作什么这么动手动脚的！"[2]宝玉笑道："说话忘了情，不觉地动了手，也就顾不得死活。"林黛玉道："你死了倒不值什么，只是丢下了什么金，又是什么麒麟，可怎么样呢？"[3]一句话又把宝玉说急了，赶上来问道："你还说这话！到底是咒我还是气我呢？"林黛玉见问，方想起前日的事来，遂自悔自己又说造次了，[4]忙笑道："你别着急，我原说错了。这有什么呢，筋都暴起来，急得一脸汗。"一面说，一面禁不住近前伸手替他拭脸上的汗。[5]宝玉瞅了她半天，方说了"你放心"三个字。林黛玉听了，怔了半天，方说道："我有什么不放心的？我不明白这话。你倒说说，怎么是放心不放心？"[6]宝玉叹了一口气，问道："你果不明白这话？难道我素日在你身上用的心都用错了？连你的意思若体贴不着，就难怪你天天为我生气了。"林黛玉道："果然我不明白放心不放心的话。"[7]宝玉点头叹道："好妹妹，你别哄我。果然不明白这话，不但我素日之心白用了，且连你素日待我之意也都辜负了。你皆因总是不放心的原故，才弄了一身病。但凡宽慰些，这病也不得一日重似一日。"[8]林黛玉听了这话，如轰雷掣电，细细思之，竟比自己肺腑中掏出来的还觉恳切，[9]竟有万句言语，满心要说，只是半个字也不能吐，却怔怔地望着他。此时，宝玉心中也有万句言语，一时不知从哪一句上说起，却也怔怔地望着黛玉。两个人怔了半天，[10]林黛玉只咳了一声，两眼不觉滚下泪来，回身便要走。宝玉忙上前拉住，说道："好妹妹，且略站住，我说一句话再走。"林黛玉一面拭泪，一面将手推开，说道："有什么可说的。你的话我早知道了！"[11]口里说着，却头也不回竟去了。

　　宝玉站着，只管发起呆来。原来方才出来慌忙，

1. 发乎情却难止乎礼。

2. 也就是那个时代，在今天替情侣拭泪，哪能被责怪成"动手动脚"？

3. 不是醋劲儿尚未过去，是此类讥语随口就来，本性和习惯使然。

4. 如何？是一时考虑欠周吧？

5. 妙！怎么就不算"动手动脚"了呢？可知情之所至，都是自然的，没有什么举动是不应该的。

6. 若以为真的"不明白"，就被黛玉骗了。这样说只是想证实一下自己心里所想的。

7. 非要宝玉亲口说出来不可。此种心态也很真实。

8. 只好实话实说了。

9. 尽管先已猜到几分，但与此刻听到宝玉亲口说出来还是大不一样，敏感的心因而受到极大的震动。

10. 感情的闸门打开一点，就势不可挡，"万句言语"也诉说不尽。

11. 肺腑言既已说出，别的话不说也罢。

不曾带得扇子，袭人怕他热，忙拿了扇子赶来送与他，忽抬头见林黛玉和他站着。一时黛玉走了，他还站着不动，因而赶上来说道："你也不带了扇子去，亏我看见，赶了送来。"宝玉出了神，见袭人和他说话，并未看出是何人来，便一把拉住，说道："好妹妹，我这心事，从来也不敢说，今儿我大胆说出来，死也甘心！我为你也弄了一身病在这里，又不敢告诉人，只好揣着。只等你的病好了，只怕我的病才得好呢。[1]睡里梦里也忘不了你！"袭人听了这话，吓得魄消魂散，只叫："神天菩萨，坑死我了！"[2]便推他道："这是哪里的话！敢是中了邪？还不快去？"宝玉一时醒过来，方知是袭人送扇子来，羞得满面紫胀，夺了扇子，便忙忙地抽身跑了。

　　这里袭人见他去了，自思方才之言，一定是因黛玉而起，如此看来，将来难免不才之事①，令人可惊可畏。想到此间，也不觉怔怔地滴下泪来，心下暗度，如何处治，方免此丑祸。[3]正裁疑间，忽有宝钗从那边走来，笑道："大毒日头地下，出什么神呢？"袭人见问，忙笑道："那边两个雀儿打架，倒也好玩，我就看住了。"[4]宝钗道："宝兄弟这会子穿了衣服，忙忙的哪去了？我才看见走过去，倒要叫住问他呢。他如今说话越发没了经纬，我故此没叫他了，[5]由他过去罢。"袭人道："老爷叫他出去。"宝钗听了忙道："嗳哟！这么黄天②暑热的，叫他做什么！别是想起什么来生了气，叫出去教训一场。"袭人笑道："不是这个，想是有客要会。"宝钗笑道："这个客也没意思，这么热天，不在家里凉快，还跑些什么！"袭人笑道："倒是呢，你说说罢。"

　　宝钗因又问道："云丫头在你们家做什么呢？"袭人笑道："才说了一会子闲话。你瞧，我前儿粘的那双鞋，明儿叫她做去。"宝钗听见这话，便向两边回头，看无人来往，便笑道：[6]"你这么个明白人，怎么一时半刻的就不会体谅人。我近来看着云丫

1. 宝玉想倾吐的话煞也煞不住，于是有这节出神而弄错对象的描写，完成回目中"心迷"二字。

2. 主子与奴婢关系压倒了包括两性关系在内的所有关系，所以才惊呼"坑死我了"。

3. 袭人的预感绝不是过虑，绝不是泛文。所谓"不才之事"，所谓"丑祸"，一定都会有的，袭人内心的恐惧可想而知。只是"好胜"的她不愿就此顺命，她还想尽最大的努力去预防祸事的发生，去与命运抗争，可是能斗得过命吗？——又是"宿命"！

4. 此事非掩饰不可。

5. 诸如说宝钗体丰，像杨妃，所以怕热之类。

6. 要说不能让旁人听的事了。

―――――――――――――

① 不才之事——没出息的事，指男女间的丑事，故下文有如何可免"丑祸"的话。
② 黄天——古代五行之说，以五色配岁时季节，即春季为青，夏季为赤，长夏为黄，秋季为白，冬季为黑。农历六月称"长夏"。黄天就是盛夏。

头的神情，再风里言风里语地听起来，那云丫头在家里竟一点儿作不得主。她们家嫌费用大，竟不用那些针线上的人，差不多的东西都是她们娘儿们动手。[1]为什么这几次她来了，她和我说话儿，见没人在跟前，她就说家里累得很。[2]我再问她两句家常过日子的话，她就连眼圈儿都红了，[3]口里含含糊糊待说不说的。想其形景来，自然从小儿没爹娘的苦。我看着她，也不觉地伤起心来。"[4]袭人见说这话，将手一拍，道："是了，是了！[5]怪道上月我烦她打十根蝴蝶结子，过了那些日子才打发人送来，[6]还说'这是粗打的，且在别处能着①使罢；要匀净的，等明儿来住着再好生打罢'。如今听宝姑娘这话，想来我们烦她，她不好推辞，不知她在家里怎么三更半夜地做呢。可是我也糊涂了，早知是这样，我也不烦她了。"宝钗道："上次她就告诉我，在家里做活做到三更天，若是替别人做一点半点，她家的那些奶奶、太太们还不受用呢。"[7]袭人道："偏生我们那个牛心左性的小爷，凭着小的大的活计，一概不要家里这些活计上的人做。[8]我又弄不开这些。"宝钗笑道："你理他呢！只管叫人做去，只说是你做的就是了。"[9]袭人道："哪里哄得过他，他才是认得出来呢。说不得我只好慢慢地累去罢了。"宝钗笑道："你不必忙，我替你做些如何？"[10]袭人笑道："当真的这样，就是我的福了。晚上我亲自送过来。"

　　一句话未了，忽见一个老婆子忙忙走来，说道："这是哪里说起！金钏儿姑娘好好的，投井死了！"[11]袭人唬了一跳，忙问："哪个金钏儿？"那老婆子道："哪里还有两个金钏儿呢？就是太太屋里的。前儿不知为什么撵她出去，在家里哭天哭地的，也都不理会她，谁知找她不见了。刚才打水的人在那东南角上井里打水，只见一个尸首，赶着叫人打捞起来，谁知是她。[12]她们家里还只管乱着要救活，哪里中用了！"宝钗道："这也奇了。"[13]

1. 湘云可怜！在家的日子竟与奴婢相差无几。

2. 只肯对宝钗说，不让旁人知道，且只说到很累为止。"自爱"之人必自尊。

3. 不用说就明白了。

4. 收养她的叔伯家待她不好，都在"从小儿没爹娘的苦"中了。宝钗是极富于同情心的。

5. 恍然大悟。

6. 必须以实例来印证。

7. 又补上一层为难来，更增袭人歉疚。

8. 虽说个性与众不同，也总是只管自己喜欢，不顾他人干活计辛苦的大少爷习气。

9. 必先替袭人想出此一法来应付，看看可行否。

10. 既哄不过，不得已，才自告奋勇，是出于同情袭人，也可见宝钗在针线活上相当自信。

11. 接得快。婆子说得干脆。

12. 叙述简要，过程清楚。

13. 宝钗对王夫人为人"宽仁慈厚"有基本认识，一时也想不出金钏儿有什么事让她非投井不可，所以称奇。

---

① 能着——将就着。

袭人听说，点头赞叹，想素日同气之情，不觉流下泪来。[1]宝钗听见这话，忙向王夫人处来道安慰。[2]这里袭人回去不提。

却说宝钗来至王夫人房中，只见鸦雀无闻，独有王夫人在里间房内坐着垂泪。宝钗便不好提这事，只得一旁坐了。[3]王夫人便问："你从哪里来？"宝钗道："从园里来。"王夫人道："你从园里来，可见你宝兄弟么？"[4]宝钗道："才倒看见了。他穿了衣服出去，不知哪里去了。"王夫人点头，哭道："你可知道一桩奇事？金钏儿忽然投井死了！"[5]宝钗见说，道："怎么好好的投井？这也奇了。"王夫人道："原是前儿她把我一件东西弄坏了，[6]我一时生气，打了她一下，撵了她下去。我只说气她两天，还叫她上来，谁知她这么气性大，就投井死了。岂不是我的罪过！"[7]宝钗笑道："姨娘是慈善人，固然是这么想。[8]据我看来，她并不是赌气投井。多半她下去住着，或是在井跟前憨玩，失了脚掉下去的。她在上头拘束惯了，这一出去，自然要到各处去玩玩逛逛，岂有这样大气性的理！[9]纵然有这样大气，也不过是个糊涂人，也不为可惜。"[10]王夫人点头叹道："这话虽然如此说，到底我心不安。"宝钗笑道："姨娘也不劳念念于兹，十分过不去，不过多赏她几两银子发送她，也就尽了主仆之情了。"[11]王夫人道："刚才我赏了她娘五十两银子，原要还把你姐妹们的新衣服拿两套给她妆裹。谁知凤丫头说，可巧都没有什么新做的衣服，只有你林妹妹作生日的两套。我想你林妹妹那孩子素日是个有心的，况且她原也三灾八难的，既说了给她过生日，这会子又给人去妆裹，岂不忌讳！[12]因为这么样，我现叫裁缝赶两套给她。要是别的丫头，赏她几两银子也就完了，只是金钏儿虽然是个丫头，素日在我跟前，比我的女儿也差不多。"口里说着，不觉流下泪来。[13]宝钗忙道："姨娘这会子又何用叫裁缝赶

1. 同气姐妹必有之悲情。

2. 丫头不明不白死了，宝钗立刻想到应去安慰主人，这很正常，也是她懂得关心人的做法。可就有批评者先认定王夫人是逼死金钏儿的凶手，于是对宝钗颇有微词，难道说听到消息，漠然置之，甚至义愤填膺，前去声讨更好？

3. 不明究竟，故不敢造次。

4. 去会雨村先生了。

5. 主动提起，哭着说，也以为奇事。可见十分后悔，也完全没有预料到结果会是这样。

6. 面子太重要了，故为宠儿讳，也为死者讳，却不推卸自己责任。

7. 王夫人述说自己的动机，是可信的。但她有个很大的弱点，是只顾全自己的面子，却不想到面子对他人也同样重要。金钏儿固然"气性大"，但也总是记得她求情时的那句话："这会子撵出去，我还见人不见人呢！"王夫人想保护儿子不被勾引坏的心越切，越容易犯此类毛病，以后怕也难免。

8. 王夫人的述说不足以构成赌气投井的充分理由，也不能令宝钗完全信服，故笑着说。

9. 因为事非顺理成章，宝钗才推想另有缘故。若就此指责宝钗"虚伪"，何能服人？

10. 退一步说（因不信"有这样大气"），称之为"糊涂人"也并非全无道理，何况是在宽慰悔恨不已的王夫人。但这些话也被批评为编造谎言，冷酷无情——成见是很可怕的。

11. 悲剧已发生，无法补救，这话本也颇合情理，若责其是想拿几两银子买一条命，宝钗非吓昏不可。

12. 有理，有理。

13. 几同自己的女儿的话可信。

去，我前儿倒做了两套，拿来给她岂不省事。况且她活着的时候也穿过我的旧衣服，身量又相对。"王夫人道："虽然这样，难道你不忌讳？"宝钗笑道："姨娘放心，我从来不计较这些。"[1]一面说，一面起身就走。王夫人忙叫了两个人跟宝姑娘去。

一时宝钗取了衣服回来，<u>只见宝玉在王夫人旁边坐着垂泪。王夫人正数说他，因见宝钗来了，却掩口不说了。宝钗见此光景，察言观色，早知觉了八分，</u>[2]于是将衣服交割明白。王夫人将她母亲叫来拿了去。再看下回便知。

1. 宝钗可敬可佩处。宝玉有许多超前意识，大家易见，宝钗不计较忌讳不忌讳，只想着为姨娘解难，岂是容易做到的！

2. 了结得好！宝钗的疑窦终于解开了，以她的慧心明智，哪里是可以轻易瞒过的。说知觉"八分"最恰当，还有不知的二分，只是细节，不过是些风流勾当，何必过问，也不屑过问。

【总评】

此回的前半，重点虽在写宝黛，但对湘云仍有些重要着笔：一、袭人见到她第一句话："大姑娘，我听见前日你大喜了。"这是回应上回王夫人说："前儿有人家来相看，眼见有婆婆家了。"二、回忆"十年前"与袭人为伴，那该是四五岁吧，应在贾母处，与宝玉两小无猜；湘去后，来了黛。三、湘云动情地极夸宝姐姐好。四、袭人烦湘云替宝玉做鞋，补出湘云曾给宝玉做过扇套，被黛玉铰了。五、宝玉不愿会见贾雨村，湘云以仕途经济、应酬世务一套道理相劝，宝玉顿时要下逐客令。袭人对湘云说宝钗也同样碰过钉子，幸好有涵养，叫人敬重；若换作林姑娘，不知要怎么闹。看来湘、袭与钗有共同语言，宝玉孤立。可他所说林姑娘从来不说这些"混账话"的话，恰好被悄悄走来的黛玉听到，惊喜地引为知己。这样，自然地转入"诉肺腑"情节。

至此，宝黛之恋又上了新台阶。黛玉即以宝玉为知己，则其心病已由疑宝玉会移情别恋而转为怕自己心事"无人为我主张"（恨有"金玉之论"亦为此），而今"病已渐成"，时不我待奈何！宝玉直说出"你皆因总是不放心的原故，才弄了一身病"，黛玉闻言，"如轰雷掣电，细细思之，竟比自己肺腑中掏出来的还觉恳切"。所以，不用再听，走了。可宝玉意犹未尽，还要说出"我为你也弄了一身病在这里"，却因出神误把袭人当作黛玉，袭人因此而生大忧虑："如此看来，将来难免不才之事，令人可惊可畏……如何处治，方免此丑祸。"这些话是有预言性质、要应验的，极为重要。她后来向王夫人进言"防未然"，也出于这一想法。

宝钗对袭人说湘云"从小儿没爹娘的苦"，在"家里累得很"，表示愿帮湘、袭做点针线活，似应从她善于关怀别人去看，不该被苛责为拉拢。

金钏儿投井消息传来，宝钗忙去王夫人处道安慰。王夫人哭着相告，虽掩过金钏儿与宝玉的事，却没有推卸责任，说是自己的罪过。宝钗好言宽慰，尽量为王夫人开脱，想减轻她的精神压力；还将自己新做的两套衣服拿出来作死者的妆裹。可是这些作为，却常被人说成是"虚伪"。不知贬钗者若处在宝钗位置上，将会怎样做、怎么说，是否能做得更妥，说得更好。末了宝钗送衣服来，见宝玉在垂泪，王夫人正数说他，"察言观色，早知觉了八分"。这样交代就完整了。宝钗岂是能轻易被瞒过的人？

第 三 十 三 回
手足眈眈小动唇舌　不肖种种大承笞挞

【题解】 本回回目诸本都一样，唯"卞藏本"作"小进谗言素非友爱，大加打楚诚然不肖"，不知是否整理者以为以"手足"对"不肖"欠工而自己重拟的。说实在的，拟得很蹩脚，文字也不像雪芹风格。用"素非友爱"来替代"手足眈眈"可谓点金成铁。"打楚"一词强扭生造，再添"大加"，就变原来的被动为主动了，难道是为父的"不肖"，很可笑。还有"诚然"一词也是无谓硬凑的，总之属于妄改。此回前句，"手足"指贾环。"眈眈"形容瞪着眼睛等待机会，所谓"虎视眈眈"。贾环借机向父亲进谗言，低毁宝玉，激怒了贾政。后句"不肖"指宝玉，他被揭出的罪状多种，因而遭到严父的毒打。"笞（chī 吃）挞"，用鞭子或板子打罚。

却说王夫人唤上金钏母亲来，拿几件簪环当面赏与，又吩咐请几众僧人念经超度。她母亲磕头谢了出去。

原来宝玉会过雨村回来，就听见金钏儿含羞赌气自尽，心中早又五内摧伤，[1] 进来被王夫人数落教训，也无可回说。见宝钗进来，方得便出来，茫然不知何往，背着手，低着头，一面感叹，一面慢慢地走着。[2] 信步来至厅上，刚转过屏门，不想对面来了一人正往里走，可巧撞了个满怀。只听那人喝了一声："站住！"宝玉唬了一跳，抬头一看，不是别人，却是他父亲，[3] 早不觉倒抽了一口气，只得垂手一旁站了。贾政道："好端端的，你垂头丧气嗐些什么？[4] 方才雨村来了要见你，叫你那半天才出来；既出来了，全无一点慷慨挥洒谈吐，仍是葳葳蕤蕤。[5] 我看你脸上一团思欲愁闷气色，这会子又嗐声叹气。你哪些还不足，还不自在？无故这样，却是为何？"宝玉素日虽然口角伶俐，只是此时一心总为金钏儿感伤，恨不得此时也身亡命陨，跟了金钏儿去。如今见了他父亲说这些话，究竟不曾听见，只是怔怔

1. 仿佛能听到内心的哭泣：怎么会这样！怎么会这样！

2. 宝玉又一次茫然心迷了。

3. "屋漏偏逢连夜雨"，与父亲撞满怀是绝无仅有的事。

4. 即使不垂头丧气，也难免要责问。

5. 心里本就有气：出来得晚，与客谈吐又令他大失所望，为父亲的没了面子。

地站着。[1]

贾政见他惶悚，应对不似往日，原本无气的，这一来倒生了三分气。[2]方欲说话，忽有回事人来回："忠顺亲王府里有人来，要见老爷。"[3]贾政听了，心下疑惑，暗暗思忖道："素日并不与忠顺王府来往，为什么今日打发人来？"一面想，一面命"快请"，[4]急走出来看时，却是忠顺府长史官，忙接进厅上坐了献茶。未及叙谈，那长史官先就说道："下官此来，并非擅造潭府①，皆因奉王命而来，有一件事相求。[5]看王爷面上，敢烦老大人作主，不但王爷知情，且连下官辈亦感谢不尽。"贾政听了这话，抓不住头脑，[6]忙陪笑起身问道："大人既奉王命而来，不知有何见谕，望大人宣明，学生好遵谕承办。"[7]那长史官冷笑道："也不必承办，只用大人一句话就完了。我们府里有一个做小旦的琪官，那原是奉旨由内园赐出，[8]只从出来，好好在府里，住了不上半年，如今竟三五日不见回去，各处去找，又摸不着他的道路，因此各处察访。这一城内，十停人倒有八停人都说，他近日和衔玉的那位令郎相与甚厚。[9]下官辈听了，尊府不比别家，可以擅来索取，因此启明王爷。[10]王爷亦云：'若是别的戏子呢，一百个也罢了；只是这琪官乃奉旨所赐，不便转赠令郎。'若十分爱慕，老大人竟密题一本请旨，岂不两便？[11]若大人不题奏时，还得转谕令郎，请将琪官放回，一则可免王爷负恩之罪，二则下官辈也可免操劳求觅之苦。"说毕，忙打一躬。贾政听了这话，又惊又气，[12]即命唤宝玉来。宝玉也不知是何缘故，忙赶来时，贾政便问："该死的奴才！你在家不读书也罢了，怎么又做出这些无法无天的事来！那琪官现是忠顺王驾下承奉之人，你是何等草芥，无故引逗他出来，如今祸及于我。"[13]宝玉听了，唬了一跳，忙回道："实在不知此事。究竟连'琪官'两个字不知为何物，更又加'引逗'二字！"说着便哭了。[14]贾政未及开言，只见那长史官冷笑道："公子也不必掩饰。或隐藏在家，

1. 严父训斥什么，竟未听见，也不当回事了，也是从未有过的，写宝玉此时心迷意乱入木三分。

2. "三分气"打个底。

3. 风暴来得快，不容人喘息。

4. 岂敢怠慢。

5. 说话软中带硬。

6. 岂止贾政，读者也丈二和尚摸不着。

7. 尽量谦恭。

8. 来头不小，怪道有茜香国女国王进贡来的汗巾。

9. 此类新闻自能不胫而走。

10. 不启报倒好些。

11. 直拿"奉旨"来压，可题密本请旨云云，是明知不可行而将一军。厉害！

12. 是不敢相信，又不敢不信。

13. 恰恰是"孽根祸胎"。

14. 宝玉也会演戏，只怕蒙混不过去。

① 擅造潭府——擅自来到府上。潭府，深宅大院，对人府第的尊称。

或知其下落，早说了出来，我们也少受些辛苦，岂不念公子之德？"宝玉连说："不知，恐是讹传，也未见得。"[1]那长史官冷笑道："现有据证，何必还赖？必定当着老大人说了出来，公子岂不吃亏？既云不知此人，那红汗巾子怎么到了公子腰里？"[2]宝玉听了这话，不觉轰去魂魄，目瞪口呆，心下自思："这话他如何得知！他既连这样机密事都知道了，大约别的瞒他不过，[3]不如打发他去了，免得再说出别的事来。"因说道："大人既知他的底细，如何连他置买房舍这样大事倒不晓得了？[4]听得说他如今在京东郊外离城二十里，有个什么紫檀堡，他在那里置了几亩田地、几间房舍。想是在那里也未可知。"那长史官听了，笑道："这样说，一定是在那里。[5]我且去找一回，若有了，便罢，若没有，还要来请教。"说着，便忙忙地走了。

　　贾政此时气得目瞪口歪，[6]一面送那长史官，一面回头命宝玉："不许动！回来有话问你。"一直送那官员去了。才回身，忽见贾环带着几个小厮一阵乱跑。[7]贾政喝命小厮："快打，快打！"贾环见了他父亲，唬得骨软筋酥，连忙低头站住。贾政便问："你跑什么？带着你的那些人都不管你，不知往哪里逛去，由你野马一般！"喝命叫跟上学的人来。贾环见他父亲盛怒，便乘机说道："方才原不曾跑，只因从那井边一过，那井里淹死了一个丫头，我看见人头这样大，身子这样粗，泡得实在可怕，[8]所以才赶着跑了过来。"贾政听了惊疑，问道："好端端的，谁去跳井？我家从无这样事情，自祖宗以来，皆是宽柔以待下人。[9]大约我近年于家务疏懒，自然执事人操克夺之权①，致使生出这暴殄轻生②的祸患来。[10]若外人知道，祖宗颜面何在！"喝命快叫贾琏、赖大、来兴儿来。小厮们答应了一声，方欲去叫，贾环忙上前拉住贾政的袍襟，贴膝跪下道："父亲不用生气，[11]此事除太太房里的人，别人一点也不知道。我听见我母亲说……"说到这里，便回

① 克夺之权——生杀予夺之权。
② 暴殄（tiǎn 舔）轻生——任意糟蹋自己，不爱惜生命。

1. 一口咬定"不知"，犯案者刚被稽查时，每每如此。

2. 必举出铁证，使无可抵赖。果然"吃亏"了。可见长史官已为此事花费了不少察访工夫。

3. 心防已垮塌，只好从实招了。

4. 倒反问起长史官来了，不得已，下台阶也。

5. 知道这次不会撒谎了。

6. 惹出如此没颜面的事来，还能不气！

7. 再接再厉，无一懈笔。强台风刚登陆，大海啸又涌到。

8. 是未成年孩子说的话，想见其边说边比画的神态。将几件倒霉的事巧妙地组织在一起，绑成威力巨大的集束炸弹。

9. 追述贾府世代家风，以从未见此类事说震惊之大。

10. 必先误判其原因，再也想不到仍是宝玉生事。有此一折，更突现反弹之猛。

11. 机会来了，岂可放过！故用"忙"字，"拉"字。素日妒恨，正欲借此一泄，所谓"手足眈眈"也。

头四顾一看。¹贾政知其意，将眼一看众小厮，小厮们明白，都往两边后面退去。贾环便悄悄说道："我母亲告诉我说，宝玉哥哥前日在太太屋里，拉着太太的丫头金钏儿强奸不遂，打了一顿。那金钏儿便赌气投井死了。"²话未说完，把个贾政气得面如金纸，大喝："快拿宝玉来！"³一面说，一面便往书房去，喝命："今日再有人劝我，我把这冠带家私①一应交与他与宝玉过去！我免不得做个罪人，把这几根烦恼鬓毛剃去，寻个干净去处自了②，也免得上辱先人、下生逆子之罪。"⁴众门客、仆从见贾政这个形景，便知又是为宝玉了，一个个都是咬指咬舌，连忙退出。那贾政喘吁吁地直挺挺坐在椅子上，满面泪痕，一叠声"拿宝玉！拿大棍！拿索子捆上！把各门都关上！有人传信到里头去，立刻打死"！⁵众小厮只得齐声答应，有几个来找宝玉。

那宝玉听见贾政吩咐他"不许动"，早知凶多吉少，哪里承望贾环又添了许多话。正在厅上干转，怎得个人来，往里头去捎信，⁶偏生没一个人，连茗烟也不知在哪里。正盼望时，只见一个老姆姆出来了。宝玉如得了珍宝，⁷便赶上来拉她，说道："快进去告诉：老爷要打我呢！快去，快去！要紧，要紧！"宝玉一则急了，说话不明白；二则老婆子偏生又聋，竟不曾听见是什么话，⁸把"要紧"二字只听作"跳井"二字。便笑道："跳井让她跳去，二爷怕什么？"宝玉见是个聋子，便着急道："你出去快叫我的小厮来罢！"那婆子道："有什么不了的事？⁹老早的完了。太太又赏衣服，又赏了银子，怎么不了事的！"

宝玉急得跺脚，正没抓寻处，只见贾政的小厮走来，逼着他出去了。贾政一见，眼都红紫了，也不暇问他在外流荡优伶③，表赠私物，在家荒疏学业，淫辱母婢等语，只喝令："堵起嘴来，着实打死！"¹⁰小厮们不敢违拗，只得将宝玉按在凳上，举起大板，打

1. 怕公然说出来，传开去，于己不利，何况出自赵姨娘邪念编造。所以只好鬼鬼祟祟。

2. "小动唇舌"，竟能说成大大罪行。贾政一听，便深信不疑，因素有宝玉是"酒色之徒"成见，特别是刚刚闻知琪官丑事的缘故。

3. 这一气更非同小可，形容得出。宝玉危矣！

4. 不到绝望境地，怎会说这样的话，不定是指谁，却隐隐有王夫人在。

5. 教子无方，出事后，唯凭棍棒泄愤，多少做父亲的难免走这条路！既决心重罚，须先断援兵。

6. 情势危急，讨救兵第一，贾母是最大保护神。

7. 反衬其心急如焚。

8. 欲速而偏缓，有此一折，便见文字精彩。

9. 此等谐趣，当从喜剧中来。宝玉倒霉透了，注定在劫难逃，行文色调不单一，方见大家手笔。

10. 是盛怒神情。

---

① 冠带家私——官位和家业。
② 把这几根烦恼鬓毛剃去，寻个干净去处自了——把头发剃光，找个寺院去做和尚，自己了却这些烦恼。佛家称头发为"烦恼丝"。
③ 流荡优伶——依恋戏子。流荡，留恋、亲近。

了十来下。贾政犹嫌打轻了，一脚踢开掌板的，自己夺过来，咬着牙狠命盖了三四十下。[1]众门客见打得不祥了，忙上来夺劝。[2]贾政哪里肯听，说道："你们问问他干的勾当，可饶不可饶！素日都是你们这些人把他酿①坏了，到这步田地，还来解劝！明日酿到他弑君杀父，你们才不劝不成！"[3]

众人听这话不好听，知道是气急了，忙又退出，只得觅人进去给信。[4]王夫人不敢先回贾母，[5]只得忙穿衣出来，也不顾有人没人，忙忙赶往书房中来，慌得众门客、小厮等避之不及。王夫人一进房来，贾政更如火上浇油一般，那板子越发下去得又狠又快。[6]按宝玉的两个小厮忙松了手走开，宝玉早已动弹不得。贾政还欲打时，早被王夫人抱住板子。[7]贾政道："罢了，罢了！今日必定要气死我才罢！"王夫人哭道："宝玉虽然该打，老爷也要自重。况且炎天暑日的，老太太身上又不大好，打死宝玉事小，倘或老太太一时不自在了，岂不事大！"[8]贾政冷笑道："倒休提这话。我养了这不肖的孽障，我已不孝！教训他一番，又有众人护持，不如趁今日一发勒死了，以绝将来之患！"[9]说着，便要绳索来勒死。王夫人连忙抱住哭道："老爷虽然应当管教儿子，也要看夫妻分上。我如今已将五十岁的人，只有这个孽障，必定苦苦地以他为法，我也不敢深劝。今日越发要他死了，岂不是有意绝我。既要勒死他，快拿绳子来先勒死我，再勒死他。我们娘儿们不敢含怨，到底在阴司里得个依靠。"[10]说毕，爬在宝玉身上大哭起来。贾政听了此话，不觉长叹一声，向椅上坐了，泪如雨下。[11]王夫人抱着宝玉，只见他面白气弱，底下穿的一条绿纱小衣皆是血渍，禁不住解下汗巾看，由臀至胫，或青或紫，或整或破，竟无一点好处，[12]不觉失声大哭起"苦命的儿"来，因哭出"苦命儿"来，忽又想起贾珠来，便叫着贾珠，[13]哭道："若有你活着，便死一百个我也不管了。"此时，里面的人闻得王夫人出来，那李宫裁、王熙凤与迎春姊

1. 以小厮们不敢下重手为陪衬，"一脚踢开""夺过来"，写举动而其心情如见，非如此怎能解气？

2. 众门客上来夺劝，既写宝玉被打得"不祥"，也逼出贾政满腔怨恨的话来。

3. 气急败坏，都怪到门客头上，说到"弑君杀父"的分上了，谁还敢来劝？说严重后果，仍不离老夫子口吻。

4. 再不让老太太、太太知道，不行了。

5. 能不惊动贾母最好。

6. 贾政想：都是你当母亲的平时惯的，还来劝！

7. 母性自然反应。

8. 以老太太为挡箭牌，也只好用这一手了。说的也是理。

9. 谁知以孝道论理，倒生出反效果来：不如早绝后患。

10. 此非以死要挟，乃出于母爱的肺腑之言。未丧母者来细玩，既丧母者来痛哭。（己）

11. 贾政能听出这是真心话，既痛苦，又无奈。

12. 趁此间隙，将宝玉被打后不忍睹之惨状一写。

13. 由此想到不幸早死的大儿，合情合理。

---

①　酿——犹言"惯"。

妹早已出来了。王夫人哭着贾珠的名字,别人还可,惟有李宫裁禁不住也放声哭了。贾政听了,那泪珠更似滚瓜一般滚了下来。[1]

正没开交处,忽听丫鬟来说道:"老太太来了。"[2] 一句话未了,只听窗外颤巍巍的声气说道:"先打死我,再打死他,岂不干净了!"[3] 贾政见他母亲来了,又急又痛,连忙迎出来,只见贾母扶着丫头,摇头喘气地走来。贾政上前躬身陪笑道:"大暑热天,母亲有何生气,亲自走来?有话只该叫了儿子进去吩咐。"贾母听说,便止住步,喘息一会,厉声说道:"你原来是和我说话!我倒有话吩咐,只是可怜我一生没养个好儿子,却叫我和谁说去!"[4] 贾政听这话不像,忙跪下含泪说道:"为儿的教训儿子,也为的是光宗耀祖。母亲这话,我做儿的如何禁得起?"贾母听说,便啐了一口道:"我说了一句话,你就禁不起,你那样下死手的板子,难道宝玉就禁得起了?你说教训儿子是光宗耀祖,当初你父亲是怎么教训你来!"[5] 说着,也不觉滚下泪来。贾政又陪笑道:"母亲也不必伤感,皆是做儿的一时性起,从此以后再不打他了。"贾母便冷笑道:"你也不必和我使性子赌气。你的儿子,我也不该管你打不打。我猜着你也厌烦我们娘儿们。不如我们早离了你,大家干净!"说着便命人去看轿马,"我和你太太、宝玉立刻回南京去"![6] 家下人只得干答应着。贾母又叫王夫人道:"你也不必哭了。如今宝玉年纪小,你疼他,他将来长大为官作宰的,也未必想着你是他母亲了。你如今倒不要疼他,只怕将来还少生一口气呢。"[7] 贾政听说,忙叩头哭道:"母亲如此说,贾政无立足之地。"[8] 贾母冷笑道:"你分明使我无立足之地,你反说起你来!只是我们回去了,你心里干净,看有谁来许你打。"一面说,一面只命快打点行李、车轿回去。贾政苦苦叩求认罪。贾母一面说话,一面又记挂宝玉,忙进来看时,[9] 只见今日这顿打不比往日,又是心疼,又是生气,也抱着哭个不了。王夫人与凤姐等解劝了一会,方渐渐地止住。早有丫鬟、媳妇等上来,要搀宝玉,凤姐便骂道:"糊涂东西,也不睁开眼

1. 作者之笔,不漏一角,李纨之哭,顿时增强了悲情,从贾政的反应也可看出,可怜的父亲!场面确是到了不可开交的地步。

2. 救苦救难观世音菩萨到了。

3. 先声夺人,只"颤巍巍"三字已将此刻贾母焦急气愤情状写尽了。

4. 从来没有见过贾母如此厉声厉色地说话,须知这是摘心肝的痛。

5. 句句话都顶回去,不依不饶。

6. 忽提"南京"二字,着眼。《石头记》本来就是发生在石头(即石头城,古时南京的别称,如"一片降旛出石头")的"一段陈迹故事"(首回石上碣后语)。写在都中,假语也。

7. 借儿刺父。人到大气恼时,说话也尖刻。

8. 贾政不能不说是孝子,无地立足是实情,只怕这话仍被顶回。

9. 记挂宝玉是必写的。

瞧瞧！打得这个样儿，还要换着走！还不快进去把那藤屉子春凳①抬出来呢。"[1]众人听说，连忙进去，果然抬出春凳来，将宝玉抬放在凳上，随着贾母、王夫人等进去，送至贾母房中。

彼时贾政见贾母气未全消，不敢自便，也只得跟了进去。看看宝玉，果然打重了。[2]再看看王夫人，"儿"一声，"肉"一声，"你替珠儿早死了，留着珠儿，免你父亲生气，我也不白操这半世的心了。这会子你倘或有个好歹，丢下我，叫我靠哪一个"！数落一场，又哭"不争气的儿"。贾政听了也就灰心，自悔不该下毒手打到如此地步。[3]先劝贾母，贾母含泪说道："你不出去，还在这里做什么！难道于心不足，还要眼看着他死了才去不成！"[4]贾政听说，方退了出来。

此时，薛姨妈同宝钗、香菱、袭人、史湘云等也都在这里。袭人满心委屈，只不好十分使出来，见众人围着，灌水的灌水，打扇的打扇，自己插不下手去，便索性走出来，到二门前，令小厮们找了茗烟来细问：[5]"方才好端端的，为什么打起来？你也不早来透个信儿！"茗烟急得说："偏生我没在跟前，打到半中间，我才听见了。忙打听原故，却是为琪官同金钏儿姐姐的事。"袭人道："老爷怎么得知道的？"茗烟道："那琪官的事，多半是薛大爷素习吃醋，没法儿出气，不知在外头调唆了谁来，在老爷跟前下的火②。[6]那金钏儿的事，是三爷说的，我也是听见老爷的人说的。"[7]袭人听了这两件事都对景，[8]心中也就信了八九分，然后回来，只见众人都替宝玉疗治。调停完备，贾母命"好生抬到他房内去"。众人答应，七手八脚忙把宝玉抬入怡红院内自己床上卧好。又乱了半日，众人渐渐散去，袭人方进前来经心服侍，问他端的。且听下回分解。

1. 遇事处置得当，骂下人为写宝玉伤势之重。

2. 不跟进便不是孝顺儿子了，冷静下来看看，方知当时下手有多重。

3. 冲动之下做出来的事，没有不后悔的，何况父子之间。

4. 不挨骂还不能出去。

5. 别人犹可，袭人是第一切心人，非要寻根探底不可，也必定先找宝玉的贴身小厮茗烟。

6. 略知一二，便自作聪明地揣测，虽说得像那么回事，仍不免冤枉了薛大爷。

7. 这点说对了，有当事人可作证。

8. 未必。

---

① 藤屉子春凳——面上用藤皮编织成的、可以坐也可单人躺卧的家具。

② 下的火——点的火，进的谗言。

【总评】

　　这是《红楼梦》中十分精彩的章回。这次家庭内部的冲突碰撞，能说明的问题很多，能提供借鉴的艺术经验也不少。比如封建家庭的伦理道德问题、家庭教育问题等等，都是可探讨的课题，但对爱好文学的人来说，欣赏作者的写作技巧，也许会得到更多的启发。比如在人物形象的描绘上，作者把处在不同地位、有着不同思想的人物，置于这场激烈冲突的旋涡之中，而使他们能充分展现各自特点，并使情节始终紧张和吸引人。这里，每个人物形象都生动逼真而又合情合理，其中贾政和贾母的形象刻画得尤为出色。

　　贾政对宝玉大加笞挞，甚至要拿绳索来勒死他，就必须有足够的原因让他一腔怒气被刺激到如火山般爆发出来，否则就难以合情合理。在这一点上，作者把几件事集中起来，组织安排得非常到位。他一环扣一环，层层加码，让人觉得事态发展到这一步，是势所必然。

　　先是贾政不满于宝玉去会见雨村时的态度，宝玉正为金钏儿感伤，自然"应对不似往日"，贾政"原来无气的，这一来倒生了三分气"。

　　接着是忠顺王府派长史登门索取琪官，还说了些仗势压人的话，令贾政"又惊又气"，感到儿子的丑行将祸及一家。宝玉本想抵赖，反而被当场戳穿红汗巾事，只得从实招出琪官去处。这样丢脸的事还不让贾政"气得目瞪口歪"？

　　刚送走长史官，回身又迎面碰上贾环，责问之下，贾环趁机状告宝玉"拉着太太的丫头金钏儿强奸不遂，打了一顿。那金钏儿便赌气投井死了"。虽说，贾政是封建专制家长的代表，但事情到了这样地步，哪个做父亲的能不怒火万丈呢？

　　贾母与贾政的冲突，并不表明她在教育子女问题上持有更开明的观点。这只是封建家庭中两种很有代表性的不同态度的冲撞。贾母的表现，纯属做祖母的对其视同命根子的孙子的极端溺爱不明；当然也可以把要延续贾氏的血脉香火的因素考虑在内。所以，百般纵容、包庇，而训斥贾政的话也句句不让，令其难以自辩。两种不同对待儿孙的方式，自然都有问题。不过，对宝玉而言，恰恰因为有了祖母的大力庇护，才在这样气氛令人窒息的家庭环境中，获得了更多的自由发展其思想、个性的空间。

第三十四回
情中情因情感妹妹　错里错以错劝哥哥

【题解】

本回回目诸本相同，符合雪芹拟对好重出字、词以求巧的习惯，为原拟无疑。唯卞藏本独作"露真情倾心感表妹，信讹言苦口劝亲兄"。一看便知非雪芹手笔，什么"表妹"啦，"亲兄"啦，将血缘关系算得那么清干吗？还有"倾心""苦口"，也不高明。宝黛间的感情，难道此回前都隐藏在各自心里，到此时才"露真情"？大概是觉得原拟目不好懂，才缺乏自知之明地将好端端的回目给改掉的。原目上句说，宝玉养伤中，黛玉来探望，动真情而流泪不止，使宝玉也在动情之余，派晴雯送去旧帕以相劝慰，此即"情中情"，黛玉深感其深情，激动不已，遂题诗于帕上以抒悲情。下句说，茗烟错疑薛蟠将琪官送红汗巾事调唆人去告发宝玉，说与袭人听，后者信以为真，又告诉宝钗，宝钗母女也相信了。薛姨妈就以这件"错中错"事责问薛蟠，引得受屈的他大闹一场，宝钗从中劝其兄今后少在外胡闹、管闲事。

话说袭人见贾母、王夫人等去后，便走来宝玉身边坐下，含泪问他："怎么就打到这步田地。"[1] 宝玉叹气说道："不过为那些事，问它做什么！只是下半截疼得很，你瞧瞧打坏了哪里。"[2] 袭人听说，便轻轻的伸手进去，将中衣①褪下。宝玉略动一动，便咬着牙叫"嗳哟"，袭人连忙停住手，如此三四次才褪了下来。袭人看时，只见腿上半段青紫，都有四指宽的僵痕高了起来。[3] 袭人咬着牙说道："我的娘，怎么下这般的狠手！你但凡听我一句话，也不得到这步地位。[4] 幸而没动筋骨，倘或打出个残疾来，可叫人怎么样呢！"

正说着，只听丫鬟们说："宝姑娘来了。"袭人听见，知道穿不及中衣，[5] 便拿了一床袷纱被替宝玉盖了。只见宝钗手里托着一丸药走进来，[6] 向袭人说道："晚上把这药用酒研开，替他敷上，把那淤血的热毒散开，可以就好了。"说毕，递与袭人，又问："这会

1. 袭人必定是要问缘故、看伤势的人。

2. 不回答为何挨打，是。自己也不比袭人知道的多。伤势倒主动要袭人看，亦见二人非寻常关系。庸手落笔未必想得到。

3. 又与刚打时，王夫人所见有别。

4. 痛心语，懊恼语，所言确是袭人的想法。

5. 褪时三四次才褪下，穿上哪来得及。细。

6. 宝钗是很懂医理的，以后时有写到。

---

① 中衣——内裤。

子可好些?"宝玉一面道谢说"好了",又让坐。宝钗见他睁开眼说话,不像先时,心中也宽慰了好些,便点头叹道:[1]"早听人一句话,也不至今日。[2]别说老太太、太太心疼,就是我们看着,心里也……"刚说了半句,又忙咽住,自悔说的话急速了,不觉红了脸,低下头来。[3]宝玉听得这话如此亲切稠密,大有深意,忽见她又咽住不往下说,红了脸低下头只管弄衣带,那一种娇羞怯怯非可形容得出者,不觉心中大畅,将疼痛早丢在九霄云外。[4]心中自思:"我不过挨了几下打,她们一个个就有这些怜惜悲感之态露出,令人可玩可观,可怜可敬。假若我一时竟遭殃横死,她们还不知是何等悲感呢![5]既是她们这样,我便一时死了,得她们如此,一生事业纵然尽付东流,亦无足叹惜,冥冥之中若不怡然自得,亦可谓糊涂鬼祟矣!"想着,只听宝钗问袭人道:"怎么好好的动了气,就打起来了?"袭人便把茗烟的话说了出来。[6]宝玉原来还不知道贾环的话,听见袭人说出,方才知道。因又拉上薛蟠,惟恐宝钗沉心①,忙又止住袭人道:"薛大哥哥从来不这样的,你们别混猜度。"[7]宝钗听说,便知宝玉是怕她多心,用话拦袭人,因心中暗暗想道:"打到这个形景,疼还顾不过来,还是这样细心,怕得罪了人,可见在我们身上也算是用心了。你既这样用心,何不在外头大事上做工夫,老爷也喜欢了,也不能吃这样亏。[8]但你固然怕我沉心,所以拦袭人的话,难道我就不知道我哥哥素日恣心纵欲,毫无防范的那种心性?当日为一个秦钟,还闹得天翻地覆,自然如今比先又更利害了。"想毕,因笑道:"你们也不必怨这个,怨那个。据我想,到底宝兄弟素日不正,肯和那些人来往,老爷才生气。就是我哥哥说话不防头,一时说出宝兄弟来,也不是有心调唆:一则也是本来的实话,二则他原不理论这些防嫌小事。[9]袭姑娘从小儿只见宝兄弟这么样细心的人,你何尝见过我那哥哥

1. 原有不忍心、同情心,刚得宽慰,便作感叹。

2. 竟与袭人说的一样,可知为人之道彼此近似。

3. 自悔说话欠斟酌,怕被误会,因而脸红。勿错认作有心里话羞于出口。

4. 果然被误会了。宝玉好一厢情愿地去猜度别的女孩子,正所谓"情不情"也。到第三十六回在龄官处碰了钉子,才"识分定"而有所"情悟"。

5. 想入非非矣!

6. 无非是贾环与薛蟠。说出前者。宝玉知道罢了,没事;说出后者,便惹出下半回薛家的一场纷争来。

7. 总是体贴。

8. 这才是宝钗的心里话,只是不肯说出来,因为以前碰过钉子,印象深刻。

9. 善于措辞,说得有原则、有分寸、有策略,是经过一番斟酌的话。内心对两人都不以为然。

---

① 沉心——又叫"嗔心""吃心",疑别人说自己有不是,心中不快。

天不怕地不怕，心里有什么，口里就说什么的人。"
袭人因说出薛蟠来，见宝玉拦她的话，早已明白自
己说造次了，恐宝钗没意思，听宝钗如此说，更觉
羞愧无言。[1]宝玉又听宝钗这番话，一半是堂皇正
大，一半是去自己的疑心，更觉比先畅快了。[2]方
欲说话时，只见宝钗起身说道："明儿再来看你，
你好生养着罢。方才我拿了药来交给袭人，晚上敷
上管保就好了。"说着便走出门去。袭人赶着送出
院外，说："姑娘倒费心了。改日宝二爷好了，亲
自来谢。"宝钗回头笑道："有什么谢处。你只劝他
好生静养，别胡思乱想的就好了，不必惊动老太太、
太太众人，倘或吹到老爷耳朵里，虽然彼时不怎
么样，将来对景终是要吃亏的。"[3]说着，一面去了。

　　袭人抽身回来，心内着实感服宝钗。[4]进来见
宝玉沉思默默、似睡非睡的模样，因而退出房外，
自去栉沐①。宝玉默默地躺在床上，无奈臀上作痛，
如针挑刀挖一般，更又热如火炙，略展转时，禁
不住"嗳哟"之声。那时，天色将晚，因见袭人
去了，却有两三个丫鬟伺候，此时并无可呼唤之事，
因说道："你们且去梳洗，等我叫时再来。"众人听
了，也都退出。[5]

　　这里宝玉昏昏默默，只见蒋玉菡走了进来诉
说忠顺府拿他之事，一时又见金钏儿进来哭说为
他投井之情。宝玉半梦半醒，都不在意。忽又觉
有人推他，恍恍惚惚听得有人悲戚之声。[6]宝玉从
梦中惊醒，睁眼一看，不是别人，却是林黛玉。宝
玉犹恐是梦，忙又将身子欠起来，向脸上细细一认，
只见她两个眼睛肿得桃儿一般，满面泪光，不是黛
玉却是哪个。[7]宝玉还欲看时，怎奈下半截疼痛难
禁，支持不住，[8]便"嗳哟"一声，仍旧倒下，叹
了一声说道："你又做什么来了！虽说太阳落了，
那地上余热未散，走两趟或又要受了暑。我虽然挨
了打，并不觉疼痛。我这个样儿，只装出来哄他们，
好在外头布散与老爷听，其实是假的。[9]你不可信

1. 最怕多事之人，能不羞愧！

2. 总从好心着想，若宝钗说出"何不
   在外头大事上做工夫"的话来，只
   怕没有这么"畅快"了。

3. 所谓"不必惊动"，是怕她再去说贾
   环调唆事，又生波澜。

4. 当然，当然。

5. 众人不在，方能出黛玉探视一幕，
   黛玉是特意选"天色将晚"时来的，
   有意避人也。

6. 真爱无言，与宝钗来访截然不同。

7. "犹恐相逢是梦中"。也管不了能否
   欠起身子，细认是拉近镜头，给个
   特写：只看两眼，就知道绛珠已还
   了多少泪债。

8. 当然受不了，还用说。

9. 忘我之境，心中只有黛玉。真活宝玉，
   再找不出第二个人来。

---

① 栉沐——梳洗。

真。"此时林黛玉虽不是嚎啕大哭，<u>然越是这等无声之泣，气噎喉堵，更觉得利害。</u>[1] 听了宝玉这番话，心中虽然有万句言词，只是不能说得，半日方抽抽噎噎地说道：<u>"你从此可都改了罢！"</u>[2] 宝玉听说，便长叹一声道：<u>"你放心！别说这样话。我便为这些人死了，也是情愿的！"</u>[3] 一句话未了，只听院外人说："二奶奶来了。"林黛玉便知是凤姐来了，连忙立起身来说道："我打后院子里去罢，回来再来。"宝玉一把拉住说道："这又奇了，好好的怎么怕起她来了？"林黛玉急得跺脚，悄悄地说道：<u>"你瞧瞧我的眼睛，又该她取笑儿开心呢。"</u>[4] 宝玉听说，连忙地放了手。黛玉三步两步转过床后，出后院而去，凤姐从前头已进来了，问宝玉："可好些了？想什么吃？叫人往我那里取去。"接着，薛姨妈又来了。一时贾母又打发了人来。

至掌灯时分，宝玉只喝了两口汤，便昏昏沉沉地睡去。接着，<u>周瑞媳妇、吴新登媳妇、郑好时媳妇这几个有年纪常往来的，只听宝玉挨了打，也都进来。</u>[5] 袭人忙迎出来，悄悄地笑道："姊姊们来迟了一步，二爷才睡着了。"说着，一面带她们到那边房里坐了，倒茶与她们吃。那几个媳妇子都悄悄地坐了一回，向袭人说："等二爷醒了，你替我们说罢。"袭人答应了，送她们出去。

刚要回来，只见王夫人使了个婆子来，口称"太太叫一个跟二爷的人呢。"袭人见说，想了一想，便回身悄悄地告诉晴雯、麝月、檀云、秋纹等说：<u>"太太叫人，你们好生在房里，我去了就来。"</u>[6] 说毕，同那婆子一径出了园子，来至上房。王夫人正坐在凉榻上摇着芭蕉扇子，见她来了，说道：<u>"你不管叫个谁来也罢了。你又丢下他来了，谁服侍他呢？"</u>[7] 袭人见说，连忙陪笑回道："二爷才睡安稳了，那四五个丫头如今也好了，会服侍二爷了，太太请放心。恐怕太太有什么话吩咐，打发她们来，一时听不明白倒耽误了。"王夫人道：<u>"也没什么话，白问问他这会子疼得怎么样。"</u>[8] 袭人道："宝姑娘送去的药，我给二爷敷上了，比先好些了。先疼得躺不稳，这会子都睡沉了，可见好些。"王夫

1. 有时，假话比真话更动人，此是"情情"大悲大痛。

2. 不是以是非论，只为怕宝玉往后再遭罪也。

3. 真是死不改悔的顽石本性。

4. 如此取笑已不止一次了，能不急吗？也是对黛玉泪眼如桃的再次描述。

5. 众媳妇来探望，只是礼节性的，虽无情节可述，为使生活场景真实，也不可不写，故特安排在宝玉睡着之时，以免文字累赘。

6. 想到有可能会问及的事，不放心别人，非亲自出马不可。

7. 最在意宝玉伤势能早早康复，只有袭人服侍着，才放心。

8. 此是开场白，想要问的，也须由表及里，渐渐深入。

人又问："吃了什么没有？"袭人道："老太太给的
一碗汤，喝了两口，只嚷干渴，要吃酸梅汤。我想
着酸梅是个收敛的东西，才刚挨了打，又不许叫喊，
自然急得那热毒热血未免不存在心里，倘或吃下
这个去激在心里，再弄出大病来，可怎么样呢。[1]
因此我劝了半天才没吃，只拿那糖腌的玫瑰卤子
和了吃，吃了半碗，又嫌吃絮①了，不香甜。"王
夫人道："嗳哟！你不早来和我说。前儿有人送了
几瓶子香露来，[2] 原要给他一点子的，我怕他胡糟
蹋了，就没给。既是他嫌那些玫瑰膏子絮烦，把
这个拿两瓶子去。一碗水里只用挑一茶匙儿，就
香得了不得呢。"说着就唤彩云来："把前儿的那几
瓶香露拿了来。"袭人道："只拿两瓶来罢，多了也
白糟蹋。等不够再要，再来取也是一样。"彩云听说，
去了半日，果然拿了两瓶来，付与袭人。袭人看时，
只见两个玻璃小瓶，都有三寸大小，上面螺丝银盖，
鹅黄绫笺上写着"木樨清露"，那一个写着"玫瑰
清露"。袭人笑道："好金贵东西！这么个小瓶儿，
能有多少？"王夫人道："那是进上的，你没看见
鹅黄笺子？你好生替他收着，别糟蹋了。"[3]

袭人答应着，方要走时，王夫人又叫："站着，
我想起一句话来问你。"[4] 袭人忙又回来。王夫人见
房内无人，便问道："我恍惚听见今日宝玉挨打，
是环儿在老爷跟前说了什么话。你可听见这个了？
你要听见，告诉我听听，我也不吵出来教人知道
是你说的。"[5] 袭人道："我倒没听见这话②，只听说
为二爷霸占着戏子，人家来和老爷要，为这个打
的。"[6] 王夫人摇头说道："也为这个，还有别的原
故。"袭人道："别的原故实在不知道了。我今日大
胆在太太跟前说句不知好歹的话。论理——"[7] 说
了半截，忙又咽住。王夫人道："你只管说。"袭人
笑道："太太别生气，我就说了。"王夫人道："我
有什么生气的，你只管说来。"袭人道："论理，我
们二爷也须得老爷教训教训。若老爷再不管，不

1. 袭人也粗通生理物性，说出来的话
   颇合医道。

2. 这香露与二三十回后情节还有点关
   联，先提个头。"你不早来和我说"，
   庚辰本妄改作"你不该早来和我说"，
   可笑！然今之校注本有从之者，不
   知是何眼光。

3. 荣府之显贵及其与皇家的关系，借
   小物件提醒。

4. 其实不是忽然想起来的。

5. 找宝玉身边人来，正为此问。

6. 看来，宝钗嘱咐她别惊动老太太、太
   太，以免吹到老爷耳朵里的话，已
   心领神会，谨记不忘了。何况袭人
   原就不肯多事，所以推得一干二净。

7. 自"诉肺腑心迷活宝玉"被错认后，"如
   何处治，方免此丑祸"的念头始终
   存在于袭人心中，宝玉受父管挞后，
   更觉制止此种事态发展迫在眉睫，今
   谈及此事，便觉机不可失，故壮着
   胆子，向王夫人陈言。

---

① 吃絮——吃厌了。下文"絮烦"也是厌腻的意思。
② 我倒没听见这话——前文写袭人已听说贾环动了口舌，这里说"没听见"，是怕多事，写袭人厚道，宁人息事。

知将来做出什么事来呢。"[1] 王夫人一闻此言，便合掌念声"阿弥陀佛"，由不得赶着袭人叫了一声："我的儿，亏你也明白，这话和我的心一样。[2] 我何曾不知道管儿子，先时你珠大爷在，我是怎么样管他，难道我如今倒不知道管儿子了？只是有个原故：[3] 如今我想，我已经快五十岁的人了，通共剩了他一个，他又长得单弱，况且老太太宝贝似的，若管紧了他，倘或再有个好歹，或是老太太气坏了，那时上下不安，岂不倒坏了，所以就纵坏了他。[4] 我常常掰着口儿劝一阵说一阵，气得骂一阵哭一阵，彼时他好，过后儿还是不相干，端的吃了亏才罢。设若打坏了，将来我靠谁呢！"说着，由不得滚下泪来。

袭人见王夫人这般悲感，自己也不觉伤了心，陪着落泪。又道："二爷是太太养的，岂不心疼。便是我们做下人的服侍一场，大家落个平安，也算是造化了。要这样起来，连平安都不能了。哪一日哪一时我不劝二爷，只是再劝不醒。偏生那些人又肯亲近他，也怨不得他这样，总是我们劝的倒不好了。今儿太太提起这话来，我还记挂着一件事，每要来回太太，讨太太个主意。[5] 只是我怕太太疑心，不但我的话白说了，且连葬身之地都没了。"王夫人听了这话内有因，忙问道："我的儿，你有话只管说。近来我虽听见众人背前背后都夸你，我只说你不过是在宝玉身上留心，或是诸人跟前和气，这些小意思好，所以将你和老姨娘一体行事。谁知你方才和我说的话竟是大道理，正合我的心事。你有什么只管说什么，只别教别人知道就是了。"[6] 袭人道："我也没什么别的说。我只想着讨太太一个示下，怎么变个法儿，以后竟还教二爷搬出园子来住就好了。"[7] 王夫人听了，吃一大惊，忙拉了袭人的手问道："宝玉难道和谁作怪了不成？"[8] 袭人连忙回道："太太别多心，并没有这话。这不过是我的小见识。如今二爷也大了，里头姑娘们也大了，况且林姑娘、宝姑娘又是两姨姑表姊妹，虽说是姊妹们，到底是男女之分，日夜一处起坐不方便，由不得叫人

1. 此开宗明义，后面还准备提具体建议。贬袭者认为，最初与宝玉发生两性关系者，如今反说这样的话，可见其虚伪。其实，袭人所说的不是性，而是与性相关的"丑祸"。在那个时代，那种贵族家庭环境里，主子与归属他、服侍他的丫头之间发生性关系，并不算什么大事。在宝玉强袭人同领警幻所训云雨之事时，书中写道："袭人素知贾母已将自己与了宝玉的，今便如此，亦不为越礼。"还有晴雯笑话宝玉与丫头碧痕一同洗澡事等等皆是。但若在姊妹之间做出这些来，便是"不才之事"了，为礼法所不容。

2. 说中为母者内心之忧了。

3. 必申明当时拼死庇护的缘故。

4. 实话实说，合情合理。

5. 这件事是最想说的。

6. 竭力打消其顾虑。

7. 多日来思考着"如何处治"，想来想去，也只有此一法。可是，要想"变个法儿"，谈何容易！

8. 住在园子里的人想搬出去，确实很奇怪。听了吃惊，怀疑有事是必然的。

悬心，便是外人看着也不像大家子的事。[1]俗语说的'没事常思有事'，世上多少没头脑的事，多半因为无心中做出，有心人看见，当作有心事，反说坏了。只是预先不防着，断然不好。二爷素日的性格，太太是知道的。他又偏好在我们队里闹，倘或不防前后，错了一点半点，不论真假，人多口杂，那起小人的嘴有什么避讳，心顺了，说得比菩萨还好，心不顺，就贬得连畜性不如。[2]二爷将来倘或有人说好，不过大家直过，设若要叫人哼出一声'不'字来——我们不用说粉身碎骨、罪有万重，都是平常小事——但后来二爷一生的声名品行岂不完了，二则太太也难见老爷。俗语又说'君子防未然'①，[3]不如这会子防避的为是。太太的事情多，一时固然想不到。我们想不到则可，既想到了，若不回明太太，罪越重了。近来我为这事日夜悬心，又不好说与人，惟有灯知道罢了。"[4]王夫人听了这话，如雷轰电掣的一般，正触了金钏儿之事，心内越发感爱袭人不尽，[5]忙笑道："我的儿，你竟有这个心胸，想得这样周全！我何曾又不想到这里，只是这几天有事就忘了。你今儿这一番话提醒了我。难为你成全我娘儿两个声名体面，真真我竟不知道你这样好。罢了，你且去罢，我自有道理。[6]只是还有一句话：你今日既说了这样的话，我就把他交给你了，好歹留心，保全了他就是保全了我。我自然不辜负你。"[7]袭人连连答应着去了。

回来正值宝玉睡醒，袭人回明香露之事。宝玉喜不自禁，即命调来尝试，果然香妙非常。因心下记挂着黛玉，满心里要打发人去，只是怕袭人，[8]便设一法，先使袭人往宝钗那里去借书。

袭人去了，宝玉便命晴雯来吩咐道：[9]"你到林姑娘那里看看她做什么呢。她要问我，只

1. 赶紧先解除王夫人怀疑，说清只是防范，并无状况发生。为此，特意将"林姑娘、宝姑娘"一起提，绝不让王夫人听起来，自己的话在暗示某人某事。即便如此小心，一丝风也不漏，仍有贬袭者责其是向王夫人"告状""打小报告"，甚至说是"告密"。连贾环进谗事都不肯说，何况宝玉的隐私！不知她告过谁的"状"，泄过什么"密"。人既有观点，总是会在适当时候表露的。除非你批评她不该有这样的看法、想法。但后来事态的发展，很可能又恰恰证明袭人之忧是有预见的。

2. 世情如此，恐宝玉后来也难免遭诟辱讥谤。

3. 引用得当。

4. 是实情，非自夸也。

5. 是王夫人听了感爱袭人，不是袭人设辞向王夫人邀宠。

6. 留一悬念，不知是否已想好了，总是给袭人特殊待遇。

7. 见清后期评点者讥贬说："认贼作子，'交给她了'绝倒！"（三家评本）这是很有代表性的。将袭人比作"贼"，不外乎两点：第一，受后四十回续书所写的影响；第二，失去贞操的人还谈男女大防。然而这与作者思想相距极远。曹雪芹并没有如此强的贞节观，对刚懂人事的两个小儿女的性游戏，也没有看得太严重。此外，他圈子内的批书人，也从未蔑视过他们所偏爱的"袭卿"。世界和人性都是复杂的。此书的难企及处在于都能如实描写，并无讳饰。

8. 扬钗抑黛的人，自然要避开。

9. 找对了。前文晴雯放肆，原有把柄所恃也。（己）撕扇博笑，晴雯确是欠着宝玉一份人情，但不能说是"把柄"。之所以派她去，还看重晴雯为人单纯，办事诚心，不多管宝玉闲账，足以信赖。

---

① 君子防未然——古乐府《君子行》："君子防未然，不处嫌疑间。瓜田不纳履，李下不正冠。"

说我好了。"晴雯道:"白眉赤眼①,做什么去呢?到底
说句话儿,也像一件事。"宝玉道:"没有什么可说的。"
晴雯道:"若不然,或是送件东西,或是取件东西,不
然我去了怎么搭讪呢?"宝玉想了一想,便伸手拿了
两条手帕子撂与晴雯,¹笑道:"也罢,就说我叫你送
这个给她去了。"晴雯道:"这又奇了。她要这半新不
旧的两条手帕子作什么?她又要恼了,说你打趣她。"
宝玉笑道:"你放心,她自然知道。"²

　　晴雯听了,只得拿了帕子往潇湘馆来。只见春纤
正在栏杆上晾手帕子,³见她进来,忙摇手儿说:"睡
下了。"晴雯走进来,满屋魆黑,并未点灯。黛玉已
睡在床上,问是谁,晴雯忙答道:"晴雯。"黛玉道:"做
什么?"晴雯道:"二爷送手帕子来给姑娘。"黛玉听
了心中发闷,暗想道:"做什么送手帕子来给我?"因问:
"这帕子是谁送他的?必是上好的,叫他留着送别人
罢,我这会子不用这个。"晴雯笑道:"不是新的,就
是家常旧的。"林黛玉听见越发闷住,着实细心搜求
思忖,一时方大悟过来,⁴连忙说:"放下,去罢。"晴
雯听了,只得放下抽身回去,一路盘算,不解何意。⁵

　　这里林黛玉体贴出手帕子的意思来,不觉神魂驰
荡:宝玉这番苦心,能领会我这番苦意,又令我可喜;
我这番苦意,不知将来如何,又令我可悲;忽然好好
的送两块旧帕子来,若不是领我深意,单看了这帕子,
又令我可笑;再想令人私相传递与我,又可惧;我自
己每每好哭,想来也无味,又令我可愧。如此左思右
想,一时五内沸然炙起。黛玉由不得余意绵缠,令掌
灯,也想不起嫌疑避讳等事,⁶便向案上研墨蘸笔,便
向那两块旧帕上走笔写道:

其一

眼空蓄泪泪空垂,暗洒闲抛却为谁?
尺幅鲛绡劳解赠,叫人焉得不伤悲!

其二

抛珠滚玉只偷潸,镇日无心镇日闲;
枕上袖边难拂拭,任它点点与斑斑。

──────────

① 白眉赤眼——平白无故。

侧批:

1. 是灵机一动,非刻意为之。

2. 对黛玉必领悟,很有信心。

3. 送的是手帕,见晾的也是手帕,真巧。已暗示拭泪之多。

4. 手帕是用来拭泪的,由此而悟。

5. 我说晴雯单纯,如何?其深意当然不解。

6. 悲喜感愧,种种心绪一时交集,令其激情似火。唯借笔墨一抒其胸中之缠绵意。不顾"嫌疑避讳"是以下题帕诗的特点。

其三

彩线难收面上珠，湘江旧迹已模糊；

窗前亦有千竿竹，不识香痕渍也无？[1]

林黛玉还要往下写时，觉得浑身火热，面上作烧，走至镜台前，揭起锦袱一照，只见腮上通红，自羡压倒桃花，却不知病由此萌。[2]一时方上床睡去，犹拿着那帕子思索，不在话下。

却说袭人来见宝钗，谁知宝钗不在园内，[3]往她母亲那里去了，袭人便空手回来。等至二更，宝钗方回来。原来宝钗素知薛蟠情性，心中已有一半疑是薛蟠调唆了人来告宝玉的，今又听袭人说出来，越发信了。究竟袭人是听茗烟说的，那茗烟也是私心窥度，并未据实，竟认准是他说的。那薛蟠都因素日有这个名声，其实这一次却不是他干的，被人生生地一口咬死是他，有口难分。[4]这日，正从外头吃了酒回来，见过母亲，只见宝钗在这里，说了几句闲话，因问："听见宝兄弟吃了亏，是为什么？"[5]薛姨妈正为这个不自在，见他问时，便咬着牙道："不知好歹的冤家，都是你闹的，你还有脸来问！"薛蟠见说便怔了，忙问道："我何尝闹什么？"薛姨妈道："你还装憨呢！人人都知道是你说的，还赖呢。"薛蟠道："人人说我杀了人，也就信了罢？"[6]薛姨妈道："连你妹妹都知道是你说的，难道她也赖你不成？"[7]宝钗忙劝道："妈和哥哥且别叫喊，消消停停的就有个青红皂白了。"因向薛蟠道："是你说的也罢，不是你说的也罢，事情也过去了，不必较证，倒把小事弄大了。我只劝你从此以后少在外头胡闹，少管别人的事。天天一处大家胡逛，你是个不防头的人，过后没事就罢了，倘或有事，不是你干的，人人都也疑惑是你干的。不用说别人，我先就疑惑。"[8]薛蟠本是个心直口快的人，一生见不得这样藏头露尾的事，又见宝钗劝他不要逛去，他母亲又说他犯舌，宝玉之打是他治的，早已急得乱跳，赌身发誓地分辩。又骂众人："是谁这样赃派我？我把那囚攘的牙敲了才罢！"[9]分明是为打了宝玉，没的献勤儿，拿我来作幌子。难道宝玉是天王，他老子打他一顿，一家子定要闹几天？那一回为

1. 三首绝句都写一"泪"字，率而成篇，未加琢磨，若以字句工拙论，过于浅俗直露，算不上罂儿佳作。但从借此突出绛珠偿还神瑛"甘露之惠"意图看，情节上自有强调作用。如"暗洒闲抛却为谁""任他点点与斑斑"等，都超出了平时说话必不如此直截了当的限度。用"湘江旧迹"典故，孤立地看，似是胡乱堆砌，因为娥皇、女英哭舜是妻子哭丈夫，与宝哥哥挨打，林妹妹痛惜根本挨不上。如果理解为黛玉自抒内心已将宝玉视为同命鸟的精神向往，就一点也不奇怪了。

2. 病体最不宜如此激动耗神，欧阳修所谓"有动于中，必摇其精"（《秋声赋》）。此虚火炽旺上炎之象。

3. 本来就为要叫晴雯送帕，借口遣开袭人往宝钗处去，其实并没有事，但也正好借此将叙述转到宝钗身上，过渡无痕。

4. 可见为人名声之重要。

5. 薛蟠憨直，不像是有意装相的人，也不屑去装。

6. 不杀人，怎么能有香菱？

7. 宝钗身份可知。

8. 回应母亲的话，但只说"疑惑"，毕竟与"知道"不同。

9. 是薛蟠着急时说话口气。

他不好，姨爹打了他两下子，过后老太太不知怎么知道了，说是珍大哥治的，好好的叫了去，骂了一顿。[1] 今儿越发拉上我了！既拉上，我也不怕，越性进去把宝玉打死了，我替他偿了命，大家干净！"[2] 一面嚷，一面抓起一根门闩来就跑。慌得薛姨妈一把抓住，骂道："作死的孽障，你打谁去？你先打我！"薛蟠急得眼似铜铃一般，[3] 嚷道："何苦来！又不叫我去，又好好的赖我。将来宝玉活一日，我担一日的口舌，不如大家死了清净！"宝钗忙也上来劝道："你忍耐些儿罢。妈急得这个样儿，你不说来劝妈，你还反闹得这样。[4] 别说是妈，便是旁人来劝你，也为你好，倒把你的性子劝上来了。"薛蟠道："你这会子又说这话。都是你说的！"[5] 宝钗道："你只怨我说你，再不怨你那顾前不顾后的形景。"薛蟠道："你只会怨我顾前不顾后，你怎么不怨宝玉外头招风惹草的那个样子？[6] 别说多的，只拿前儿琪官的事比给你们听：那琪官，我们见过十来次的，他并未和我说一句亲热话；怎么前儿他见了，连姓名还不知道，就把汗巾子给他了？难道这也是我说的不成？"[7] 薛姨妈和宝钗急得说道："还提这个！可不是为这个打他呢？可见是你说的了。"[8] 薛蟠道："真真的气死人了！赖我说的我不恼，我只恼为一个宝玉闹得这样天翻地覆的。"宝钗道："谁闹了？你先持刀动杖地闹起来，倒说别人闹。"薛蟠见宝钗说的话句句有理，难以驳正，比母亲的话反难回答，因此便要设法拿话堵回她去，就无人敢拦自己的话了；也因正在气头上，未曾想话之轻重，[9] 便说道："好妹妹，你不用和我闹，我早知道你的心了。从先妈和我说，你这金要拣有玉的才可正配，你留了心儿，见宝玉有那劳什子，你自然如今行动护着他。"话未说了，把个宝钗气怔了，[10] 拉着薛姨妈哭道："妈妈你听，哥哥说的是什么话！"薛蟠见妹子哭了，便知自己冒撞了，便赌气走到自己房里安歇，不提。

这里薛姨妈气得乱战，[11] 一面又劝宝钗道："你素日知那孽障说话没道理，明儿我叫他给你陪不是。"宝钗满心委屈气忿，待要怎样，又怕她母亲不安，少不得含泪别了母亲，各自回来，到房里整哭了一夜。[12] 次日早起来，也无心梳洗，胡乱整理整理，便出来瞧

1. 补出一段没有写到过的事来。

2. 暴跳如雷，一副蛮横不讲理的样子。在气头上说的话，未必真的去做。

3. 再蛮再横，母亲的骂还不敢违抗。

4. 深知哥哥的性子，也深知他颇有孝心，故先出此言。

5. 气发到宝钗头上了。

6. 怎么不怨宝玉？怨得着吗？

7. 举宝玉招风惹草例子，本想证明非自己生事，谁料倒跌进坑里爬不出来。

8. 如此尴尬局面，也亏作者想出来。

9. 薛蟠在说下面的话之前，作者先说明：这是他"要设法拿话堵回她去"，是"正在气头上"，是不知"轻重"等等，究其用意，乃表明所说的话是无中生有的，故意那样说的。

10. 果然，若真说中宝钗心思，何至于如此反应。

11. 连薛姨妈都气成那样，可知话有多离谱。

12. 看"满心委屈气忿"六字，便知这是实写。宝钗对宝玉友谊亲情都不错，若说男女爱情是没有的，甚至不屑于有。倘或疑其在人前装作没有，那又何必独自"整哭了一夜"！

母亲。可巧遇见林黛玉独立在花阴之下，问她哪里去。薛宝钗因说："家去。"口里说着，便只管走。黛玉见她无精打采地去了，又见眼上有哭泣之状，大非往日可比，便在后面笑道："姐姐也自己保重些儿。就是哭出两缸眼泪来，也医不好棒疮！"[1]不知薛宝钗如何答对，且听下回分解。

1. 恰遇黛玉而受其奚落，是令人再也想不到的。哭得最多的人反笑人哭，且又将哭的缘故弄反了。文笔奇妙风趣如此！

【总评】

宝钗与黛玉分别来探望被严父打伤的宝玉，两人的态度确实很不同，但不是一个假意、一个真情；两个人都是真心的，所不同的只是钗与黛的思想性格、与宝玉的关系，以及对宝玉惹祸问题的看法。

宝钗来看宝玉并非虚礼，她有亲情友情。在见到卧床的宝玉时，想说自己也心疼而咽住不说，赧颜局促的情态不是装出来的。只是她很理智、现实，也信奉传统家教。见宝玉能体贴用心，便想："你既这样用心，何不在外头大事上做工夫。"所以她说："据我想，到底宝兄弟素日不正，肯和那些人来往，老爷才生气的。"所言皆"堂皇正大"。袭人无意中拉上薛蟠，使描写在场的三个人的个性特点得以充分展现，因而也有了后半回情节。

黛玉看宝玉是基于爱情，她又是情绪型的，板子打在宝玉身上比打在她身上还痛。所以她不是堂而皇之来到，而是在"天色将晚"，众人散去后，宝玉昏睡之中悄悄地到来。当她推醒宝玉时，"只见她两个眼睛肿得桃儿一般满面泪光"。黛玉说："你从此可都改了罢！"着眼宝玉受苦；故宝玉答："你放心！别说这样话。我便为这些人死了，也是情愿的！"真是顽石本性。

王夫人叫去袭人，先是问宝玉疼得如何，给香露让他解渴，然后打听环儿在老爷跟前说了什么，末了是袭人对她说了自己的想法："怎么变个法儿，以后竟还教二爷搬出园子来住好了。"对于最后一点，贬袭人者曾说她是"告密""打小报告"。人们恶袭的原因很多，如未见后半部原稿而受续书描述的影响，将宝玉"初试云雨情"归咎于她，见她反处处怕宝玉做"不才之事"，以为是伪善；她受封建统治阶级精神奴役的烙印是较深；着眼于阶级斗争，以是否反封建划线，定正、反面人物等。脱离历史条件，将作者思想政治化，未必能公正褒贬人物。前文说袭人已从茗烟处详知贾环告状事，但她回答王夫人的询问，却是"我倒没听见这话"。在与王夫人谈及姊妹们大了，应有"男女之分"时，举"林姑娘"必带上"宝姑娘"，以示宝玉并没有"和谁作怪"事，所以是不能看作"进谗""告密"的。何况，据线索提示，在后半部中像袭人所担心的那种"丑祸"还真的惹出来了。

宝玉打发人去看黛玉，遣走袭人而命晴雯，是知袭、晴之为人；不说为何送旧手帕，是深知黛玉；黛玉果然领会，是写两心相通。题帕三绝句只写一"泪"字，是还债也；以黛玉的诗作而论，算不得上乘，但写她"想不起嫌疑避讳"，直抒内心，倒是成功的；用"湘江旧迹"典故，自比娥皇、女英哭舜而为之殉情，已将宝哥哥当作自己的丈夫了。

薛姨妈、宝钗因"疑是薛蟠调唆了人来告宝玉的"，便责备薛蟠，引起一场大吵，急得他要去拼命。回目三用"错"字是说薛蟠因平日作为，故被大家错认作是他干的。借此事对薛家三人作一番描述，也是很有必要的。

第三十五回
白玉钏亲尝莲叶羹　黄金莺巧结梅花络

【题解】

　　本回回目诸本基本一致。前句，"白玉钏"是王夫人的丫头、金钏儿的妹妹。玉钏在其姊投井后，对宝玉心存怨恨，但在宝玉的体贴关怀下，改变了心情，并受宝玉哄骗，亲尝了他的莲叶羹。下句"黄金莺"，即宝钗的丫头莺儿。宝玉求她打个准备装汗巾子的络子，莺儿则以为打个络通灵玉的更好。在谈到如何花色搭配才好看上，尽显莺儿的心灵手巧。

　　话说宝钗分明听见林黛玉刻薄她，因记挂着母亲、哥哥，并不回头，一径去了。[1] 这里林黛玉还自立于花阴之下，远远地却向怡红院内望着，只见李宫裁、迎春、探春、惜春并各项人等都向怡红院内去过之后，一起一起地散尽了，只不见凤姐儿来，心里自己盘算道："如何她不来瞧宝玉？便是有事缠住了，她必定也是要来打个花胡哨①，讨老太太和太太的好儿才是。今儿这早晚不来，必有原故。"[2] 一面猜疑，一面抬头再看时，只见花花簇簇的一群人又向怡红院内来了。定睛看时，只见贾母搭着凤姐儿的手，后头邢夫人、王夫人跟着周姨娘并丫鬟、媳妇人等都进院去了。[3] 黛玉看了不觉点头，想起有父母的人的好处来，早又泪珠满面。少顷，只见宝钗、薛姨娘等也进入去了。忽见紫鹃从背后走来说道："姑娘吃药去罢，开水又冷了。"黛玉道："你到底要怎么样？只是催，我吃不吃管你什么相干！"[4] 紫鹃笑道："咳嗽得才好了些，又不吃药了。如今虽然是五月里，天气热，到底也还该小心些。大清早起，在这个潮地方站了半日，也该回去歇息歇息了。"[5] 一句话提醒了黛玉，方觉有点腿酸，呆了半日，方慢慢地扶着紫鹃回潇湘馆来。

1. 不与计较。

2. 站立远望，凡来怡红院者一一留心，想得也多。

3. 凤姐久未至，原来为此。是好媳妇，熟知侍奉长辈之要义。

4. 怎么不相干？紫鹃是姑娘最难得的忠婢。

5. 由紫鹃来点明站立之久，可见小姐的举止行动，她一直都在心。

---

　　① 打个花胡哨——假惺惺地说些好听的话。

一进院门，只见满地下竹影参差，苔痕浓淡，不觉又想起《西厢记》中所云"幽僻处可有人行，点苍苔白露泠泠"①二句来，[1] 因暗暗地叹道："双文，双文②，诚为命薄人矣！然你虽命薄，尚有媚母弱弟；今日林黛玉之命薄，一并连媚母弱弟俱无。古人云'佳人薄命'，然我又非佳人，[2] 何命薄胜于双文哉！"一面想，一面只管走，不防廊上的鹦哥儿见林黛玉来了，"嘎"的一声扑了下来，倒吓了一跳，因说道："作死的，又扇了我一头的灰。"那鹦哥仍飞上架去，便叫："雪雁，快掀帘子，姑娘来了。"黛玉便止住步，以手扣架笑道："添了食水不曾？"那鹦哥便长叹一声，竟大似林黛玉素日吁嗟音韵，接着念道："侬今葬花人笑痴，他年葬侬知是谁？试看春残花渐落，便是红颜老死时。一朝春尽红颜老，花落人亡两不知！"[3] 黛玉、紫鹃听了都笑起来。紫鹃笑道："这都是素日姑娘念的，难为它怎么记了。"黛玉便命将架子摘下来，另挂在月洞窗外的钩上，于是进了屋子，在月洞窗内坐了。吃毕药，只见窗外竹影映入纱窗来，满屋内阴阴翠润，几簟生凉。黛玉无可释闷，便隔着纱窗调逗鹦哥作戏，又将素日所喜的诗词也教与它念，[4] 这且不在话下。

且说薛宝钗来至家中，只见母亲正自梳头呢。一见她来了，便说道："你大清早起跑来作什么？"宝钗道："我瞧瞧妈身上好不好。昨儿我去了，不知他可又过来闹了没有？"一面说，一面在她母亲身旁坐了，由不得哭将起来。薛姨妈见她一哭，自己撑不住也就哭了一场，[5] 一面又劝她："我的儿，你别委屈了，你等我处分那孽障。你要有个好歹，我指望哪一个来！"薛蟠在外听见，连忙跑了过来，对着宝钗左一个揖，右一个揖，只说："好妹妹，恕我这次罢！原是我昨儿吃了酒，回来得晚了，路上撞客着了，来家未醒，不知胡说了什么，连自己也不知道，怨不得你生气。"[6] 宝钗原是掩面哭的，听如此说，由不得又好笑了，遂

旁批：

1. 潇湘馆环境再一渲染，联想起的莺莺唱词，虽"白露"等语不合季节，然与心境极为协调，凄然之感，何异泠泠寒露。

2. 卿非佳人，则世间女子皆成无盐嫫母矣！

3. 一而再重出这几句诗，是为加深读者印象，则知所述必成谶也。

4. 有此描述作结，方显鹦鹉学舌细节，非穿凿而成。

5. 前事余波。

6. 勇于认错，向妹妹道歉。薛蟠也不是一无是处。

---

① "幽僻处"二句——《西厢记》第二本第三折中红娘唱词。泠泠（líng 灵），形容水的清凉。

② 双文——指《西厢记》中的崔莺莺，因其叠字为名，故称"双文"。

抬头向地下啐了一口，说道："你不用做这些像声儿^①。我知道你的心里多嫌着我们娘儿两个，你是变着法儿叫我们离了你，你就心净了。"薛蟠听说，连忙笑道："妹妹这话从哪里说起来的，这叫我连立足之地都没了。妹妹从来不是这样多心说歪话的人。"¹薛姨妈忙又接着道："你就只会听见你妹妹的歪话，难道昨儿晚上你说的那话就该的不成？当真是你发昏了！"薛蟠道："妈也不必生气，妹妹也不用烦恼，从今以后我再不同他们一处吃酒闲逛如何？"²宝钗笑道："这不明白过来了？"薛姨妈道："你要有这个恒劲，那龙也下蛋了。"³薛蟠道："我若再和他们一处逛，妹妹听见了，只管啐我，再叫我畜生，不是人，如何？何苦来，为我一个人，娘儿两个天天操心！妈为我生气还有可恕，若只管叫妹妹为我操心，我更不是人了。如今父亲没了，我不能多孝顺妈，多疼妹妹，反教娘生气、妹妹烦恼，真连个畜生也不如了！"⁴口里说，眼睛里禁不住也滚下泪来。薛姨妈本不哭了，听他一说，又勾起伤心来。宝钗勉强笑道："你闹够了，这会子又招妈哭起来了。"薛蟠听说，忙收了泪，笑道："我何曾招妈哭来！罢，罢，罢，丢下这个别提了。叫香菱来倒茶妹妹吃。"宝钗道："我也不吃茶，等妈洗了手，我们就进去了。"薛蟠道："妹妹的项圈我瞧瞧，只怕该炸一炸^②去了。"宝钗道："黄澄澄的又炸它作什么？"薛蟠又道："妹妹如今也该添补些衣裳了，要什么颜色、花样，告诉我。"⁵宝钗道："连那些衣服我还没穿遍呢，又做什么？"一时薛姨妈换了衣裳，拉着宝钗进去，薛蟠方出去了。

这里薛姨妈和宝钗进园来瞧宝玉，⁶到了怡红院中，只见抱厦里外回廊上许多丫鬟、老婆站着，便知贾母等都在这里。母女两个进来，大家见过了，只见宝玉躺在榻上。薛姨妈问他可好些。宝玉忙欲欠身，口里答应着"好些"，又说："只管惊动姨娘、姐姐，我禁不起。"薛姨妈忙扶他睡下，又问他："想什么只管告诉我。"宝玉笑道："我想起来，自然和姨娘要去。"

1. 从哥哥口中说出妹妹平时之为人，想不到。

2. 纵然真有此决心，无奈要做到太难。

3. 知子莫若母。在古生物学家、地质学家发现恐龙蛋之前，世上没有人相信龙会下蛋。

4. 明白过来后，对母亲、妹妹真不赖！前之胡言乱语，必如此才能"彻底消毒"。

5. 为了赔罪作补偿，想出些难说高明的主意来。呆霸王还是有几分呆气。

6. 薛姨妈也是必定要来探望的，方合情理。前时宝玉至梨香院探视母女俩，薛姨妈留下他用餐吃酒，何等宠爱！

---

① 像声儿——也作"像生儿"，亦即"相声"；原为模仿各种声响的技艺，这里说薛蟠装模作样的表演。

② 炸一炸（zhá 札）——将金属器物淬火加工，使它重现光泽。

王夫人又问："你想什么吃，回来好给你送来。"宝玉笑道："也倒不想什么吃，倒是那一回做的小荷叶儿、小莲蓬儿的汤还好些。"[1]凤姐一旁笑道："听听口味不算高贵，只是太磨牙①了。巴巴地想这个吃了。"贾母便一叠声地叫人做去。凤姐儿笑道："老祖宗别急，等我想一想这模子谁收着呢。"[2]因回头吩咐个婆子去问管厨房的要去。那婆子去了半天回来说："管厨房的说，四副汤模子都交上来了。"凤姐儿听说，想了一想道："我记得交上来了，但不知交给谁了，多半在茶房里。"一面又遣人去问管茶房的，也不曾收。次后还是管金银器皿的送了来。薛姨妈先接过来瞧时，原来是个小匣子，里面装着四副银模子，都有一尺多长，一寸见方，上面凿着有豆子大小，也有菊花的，也有梅花的，也有莲蓬的，也有菱角的，共有三四十样，打得十分精巧。因笑向贾母、王夫人道："你们府上也都想绝了，吃碗汤还有这些样子。若不说出来，我见这个也不认得这是作什么用的。"[3]凤姐儿也不等人说话，便笑道："姑妈哪里晓得，这是旧年备膳，他们想的法儿：不知弄些什么面印出来，借点新荷叶的清香，全仗着好汤，究竟没意思，谁家常吃它呢。"[4]那一回呈样地作了一回，他今日怎么想起来了。"说着接了过来，递与个妇人，吩咐厨房里立刻拿几只鸡，另外添了东西，做出十来碗来。[5]王夫人道："要这些做什么？"凤姐儿笑道："有个原故：这一宗东西家常不大作，今儿宝兄弟提起来了，单做给他吃，老太太、姑妈、太太都不吃，似乎不大好。不如借势儿弄些大家吃，托赖着连我也上个俊儿②。"[6]贾母听了笑道："猴儿，把你乖的！拿着官中的钱你做人情。"[7]说得大家笑了。凤姐也忙笑道："这不相干。这个小东道我还孝敬得起。"便回头吩咐妇人："说给厨房里，只管好生添补着做了，在我的账上来领银子。"[8]妇人答应着去了。

宝钗一旁笑道："我来了这么几年，留神看起来，凤丫头凭她怎么巧，再巧不过老太太去。"[9]贾母听说，便答道："我如今老了，哪里还巧什么。当日我像凤哥

1. 光听这话，怕是没人知道是什么汤。

2. "磨牙"的汤，哪能说做就做，先说要"模子"，又想不起在哪里，看来，总得有一番周折。

3. 贾府之豪奢，并非都从大处落墨，有时偏从一小器物上来表现，薛家是领内府国库帑银的皇商，交通四海，见识最广，居然也不认得，物之稀奇可知。

4. 徒有好名色的新奇菜肴，多半不过如此。

5. 宝玉哪能喝得了这些。

6. 想得周全。

7. 是玩笑话，也是实话。贾母脑筋灵活。

8. 凤姐真乖，循着贾母"做人情"的话，立马认了这东道，几碗汤能值几何，得个侍奉长辈有孝心美名，何乐而不为？

9. 像是奉承话，但奉承老太太也属知礼，况非违心之言。贾母因此而得意起来。

---

① 磨牙——本指多言善辩，难以对付，这里指提出的要求相当麻烦的意思。
② 上个俊儿——沾点光。

儿这么大年纪，比她还来得呢。她如今虽说不如我们，也就算好了，比你姨娘强远了。你姨娘可怜见的，不大说话，和木头似的，在公婆跟前就不大显好。[1]凤儿嘴乖，怎么怨得人疼她。"宝玉笑道："若这么说，不大说话的就不疼了？"[2]贾母道："不大说话的又有不大说话的可疼之处，嘴乖的也有一宗可嫌的，倒不如不说的好。"[3]宝玉笑道："这就是了。我说大嫂子倒不大说话呢，老太太也是和凤姐姐的一样看待。若是单是会说话的可疼，这些姊妹里头也只是凤姐姐和林妹妹可疼了。"贾母道："提起姊妹，不是我当着姨太太的面奉承，千真万真，从我们家四个女孩儿算起，都不如宝丫头。"[4]薛姨妈听说，忙笑道："这话老太太是说偏了。"王夫人忙又笑道："老太太时常背地里和我说宝丫头好，这倒不是假话。"宝玉勾着贾母，原为赞林黛玉的，不想反赞起宝钗来，倒也意出望外，便看着宝钗一笑。宝钗早扭过头去和袭人说话去了。[5]

忽有人来请吃饭，贾母方立起身来，命宝玉好生养着，又把丫头们嘱咐了一回，方扶着凤姐儿，让着薛姨妈，大家出房去了。因问："汤好了不曾？"又问薛姨妈等："想什么吃，只管告诉我，我有本事叫凤丫头弄了来，咱们吃。"薛姨妈笑道："老太太也会怄她的。时常她弄了东西孝敬，究竟又吃不了多少。"凤姐儿笑道："姑妈倒别这样说。我们老祖宗只是嫌人肉酸，若不嫌人肉酸，早已把我还吃了呢。"[6]

一句话没说了，引得贾母、众人都哈哈大笑起来。宝玉在房里也撑不住笑。袭人笑道："真真的二奶奶的这张嘴怕死人！"宝玉伸手拉着袭人笑道："你站了这半日，可乏了？"一面说一面拉她身旁坐了。[7]袭人笑道："可是又忘了。趁宝姑娘在院子里，你和她说，烦她的莺儿来打上几根络子。"[8]宝玉笑道："亏你提起来。"说着，便仰头向窗外道："宝姐姐，吃过饭叫莺儿来，烦她打几根络子，可得闲儿？"宝钗听见，回头道："怎么不得闲，一会叫她来就是了。"贾母等尚未听真，都止步问宝钗。宝钗说明了，大家方明白。贾母又说道："好孩子，你叫她来替你兄弟作几根。你要无人使唤，我那里闲着的丫头多呢，你喜欢谁，只管叫了来使唤。"[9]薛姨妈、宝钗等都笑道："只管叫

1. 只有贾母才能这样当面品评王夫人。

2. 说到母亲了，宝玉自然会有此一问。

3. 贾母善辩，但也是深谙人情的实话。

4. 凡相信续书所写后来在宝玉婚姻上贾母取钗弃黛的人，必拍手叫好，以为找到了有力的证据。我想奉劝老太太、太太说话要多加注意，有人不管何种场合、情况，将您每一句话都当成在掂量将来为宝玉择媳哪个更好。

5. 又一次装作不在意、没听见。宝钗最烦宝玉在这种时候看着她，对她笑。

6. 不过是说胃口还算不错，竟能说成这样！凤姐时时大胆调笑贾母，是她说话的明显标记，后续者代笔来写凤姐时，怎么就一点也不会。

7. 宝玉体贴、亲昵袭人处，并不时时写到。

8. 过到莺儿打络子情节，便捷。

9. 关心薛家母女，亦见贾府婢仆人浮于事。

她来做就是了，有什么使唤的去处。她天天也是闲着淘气。"

　　大家说着，往前正走，忽见史湘云、平儿、香菱等在山石边掐凤仙花儿①，见了她们走来，都迎上来了。少顷，出至园外，王夫人恐贾母乏了，便欲让至上房内坐。贾母也觉腿酸，便点头依允。[1] 王夫人便命丫头先去铺设座位。那时，赵姨娘推病，只有周姨娘与众婆娘、丫头们忙着打帘子，立靠背，铺褥子。贾母扶着凤姐儿进来，与薛姨妈分宾主坐了。薛宝钗、史湘云坐在下面。王夫人亲捧了茶奉与贾母，李宫裁奉与薛姨妈。[2] 贾母向王夫人道："让她们小姑娌服侍，你在那里坐了好说话儿。"王夫人方向一张小杌子上坐下，便吩咐凤姐儿道："老太太的饭在这里放，添了东西来。"凤姐儿答应了出去，便命人去贾母那边告诉，那边的婆娘忙往外传了，丫头们忙赶过来。王夫人便命请姑娘们去。请了半天，只有探春、惜春两个来了，迎春身上不耐烦，[3] 不吃饭；林黛玉自不消说，平素十顿饭只好吃五顿，众人也不着意了。少顷饭至，众人调放了桌子。凤姐儿用手巾裹着一把牙箸站在地下，笑道："老祖宗和姑妈不用让，还听我说就是了。"贾母笑向薛姨妈道："我们就是这样。"薛姨妈笑着应了。于是凤姐放了四双：上面两双是贾母、薛姨妈，两边是薛宝钗、史湘云的。王夫人、李宫裁等都站在地下看着放菜。[4] 凤姐先忙着要干净家伙来，替宝玉拣菜。

　　少顷，荷叶汤来，贾母看过了。王夫人回头见玉钏儿在旁边，便命玉钏与宝玉送去。[5] 凤姐道："她一个人拿不去。"可巧莺儿和同喜儿都来了。宝钗知道她们已吃了饭，便向莺儿道："宝兄弟正叫你去打络子，你们两个一同去罢。"[6] 莺儿答应，同着玉钏儿出来。莺儿道："这么远，怪热的，怎么端了去？"玉钏笑道："你放心，我自有道理。"说着，便命一个婆子来，将汤饭等类放在一个捧盒里，命她端了跟着，她两个却空着手走。[7] 一直到了怡红院门口，玉钏儿方接了过来，同莺儿进入宝玉房中。袭人、麝月、秋纹三个人正和

1. 王夫人让贾母至上房歇脚，并在这里用饭，情节安排上大有考虑。这样，叫玉钏儿送汤，再后面太太特意叫人给袭人送菜，写来都顺理成章了。

2. 今之座位，只论主客、尊卑、长幼，清代习俗，在家中茶饭待客，更多一层规矩：未出阁的女儿为尊，是主子待遇，可坐；已婚媳妇则须站立侍奉。故钗、湘得坐，王夫人、李纨反站着奉茶。王夫人比姑娘们长一辈，未与薛姨妈同坐，贾母觉得不安，故有"让她们小姑娌服侍"之言。小姑娌，指纨、凤。后吃饭座次亦同此。

3. 指经期身体不适。

4. 凤姐仍遵规矩安排，故桌上只放四双筷，探春、惜春等可知在另桌吃。

5. 因而有亲尝羹汤事。

6. 巧结络子事也有了。

7. 偷懒法子，又差遣婆子来端，玉钏儿也会欺人。

────────────

① 掐凤仙花儿——凤仙花又名"指甲花"。开花时，女孩子掐取而捣之，以染指甲，颜色鲜红。

宝玉玩笑呢，见她两个来了，都忙起来笑道："你两个来得这么碰巧，一齐来了？"一面说，一面接了下来。玉钏儿便向一张杌子上坐了，莺儿不敢坐下。[1] 袭人便忙端了个脚踏来，莺儿还不敢坐。宝玉见莺儿来了，却倒十分欢喜；忽见了玉钏儿，便想起她姐姐金钏儿来，[2] 又是伤心，又是惭愧，便把莺儿丢下，且和玉钏儿说话。袭人见把莺儿不理，恐莺儿没好意思的，又见莺儿不肯坐，便拉了莺儿出来，到那边房里去吃茶说话儿去了。

　　这里麝月等预备了碗箸来伺候吃饭。宝玉只是不吃，问玉钏儿道："你母亲身子好？"玉钏儿满脸怒色，正眼也不看宝玉，半日方说了一个"好"字。[3] 宝玉便觉没趣，半日，只得又陪笑问道："谁叫你替我送来的？"玉钏儿道："不过是奶奶、太太们！"宝玉见她还是这样哭丧，便知她是为金钏儿的原故；待要虚心下气，摸转①她，又见人多不好下气的，因而变尽方法将人都支出去，然后又陪笑问长问短。[4] 那玉钏儿先虽不悦，只管见宝玉一些性气没有，凭她怎么丧谤②，还是温存和悦，自己倒不好意思了，脸上方有了三分喜色。[5] 宝玉便笑求她："好姐姐，你把那汤端了来我尝尝。"玉钏儿道："我从不会喂人东西，等她们来了再吃。"宝玉笑道："我不是要你喂我。我因为走不动，你递给我吃了，你好赶早儿回去交代了，你好吃饭的。我只管耽误时候，你岂不饿坏了？你要懒怠动，我少不得忍了疼下去取来。"说着，便要下床来，扎挣起来，禁不住"嗳哟"之声。[6] 玉钏儿见了这般，忍不住，起身说道："躺下罢！哪世里造了孽的，这会子现世现报！教我哪一个眼睛看得上！"一面说，一面"嗤"的一声又笑了，[7] 端过汤来。宝玉笑道："好姐姐，你要生气，只管在这里生罢，见了老太太、太太，可放和气些。若还这样，你就又挨骂了。"玉钏儿道："吃罢，吃罢！不用和我甜嘴蜜舌的，我可不信这样话！"说着催宝玉喝了两口汤。宝玉故意说："不好吃，不吃了。"[8] 玉钏儿道："阿弥陀佛！这还不好吃，什么好

----

① 摸转——挽回；使对方回心转意。
② 丧谤——说话难听，态度又不好。

1. 二人表现殊异：玉钏不见拘束；莺儿只怕越礼，想是长期跟着宝钗学的。

2. 不免愧疚，由此生补偿心意。

3. 怜姐之亲情所致，可以理解。

4. 下心气"陪笑"，宝玉演练有素，做来轻车熟路。

5. 终究抵挡不住柔情攻势。

6. 半真半假，估量施此计能让她听使唤。

7. 半骂半谑，可这一笑彻底暴露自己已没了气。

8. 再施一计，不知又打什么主意。

吃？"宝玉道："一点味儿也没有，你不信尝一尝就知道了。"玉钏儿果真就赌气尝了一尝。[1]宝玉笑道："这可好吃了。"玉钏儿听说，方解过意来，原是宝玉哄她吃一口，便说道："你既说不好吃，这会子说好吃也不给你吃了。"[2]宝玉只管陪笑央求要吃，玉钏儿又不给他，一面又叫人来打发吃饭。

　　丫头方进来时，忽有人来回话："傅二爷家的两个嬷嬷来请安，来见二爷。"[3]宝玉听说，便知是通判傅试家的嬷嬷来了。那傅试原是贾政的门生①，历年来都赖贾家的名势得意，贾政也着实看待，故与别个门生不同，他那里常遣人来走动。宝玉素习最厌勇男蠢妇的，今日却如何又命这两个婆子进来？其中原来有个原故：只因那宝玉闻得傅试有个妹子，名唤傅秋芳，也是个琼闺秀玉，常听人传说才貌俱全，虽目未亲睹，然遐思遥爱之心十分诚敬，[4]不命她们进来，恐薄了傅秋芳，因此连忙命让进来。那傅试原是暴发的，因傅秋芳有几分姿色，聪明过人，那傅试安心仗着妹妹要与豪门贵族结姻，不肯轻易许人，所以耽误到如今。且今傅秋芳已二十三岁，尚未许人。[5]怎奈那些豪门贵族又嫌他穷酸，根基浅薄，不肯求配。那傅试与贾家亲密，也自有一段心事。今日遣来的两个婆子偏生是极无知识的，闻得宝玉要见，进来只刚问了好，说了没两句话。那玉钏儿见生人来，也不和宝玉厮闹了，手里端着汤只顾听话。宝玉又只顾和婆子说话，一面吃饭，一面伸手去要汤。两个人的眼睛都看着人，不想伸猛了手，便将碗撞落，将汤泼了宝玉手上。玉钏儿倒不曾烫着，唬了一跳，忙笑道："这是怎么了！"慌得丫头们忙上来接碗。宝玉自己烫了手倒不觉得，却只管问玉钏儿："烫了哪里了？疼不疼？"[6]玉钏儿和众人都笑了。玉钏儿道："你自己烫了，只管问我。"宝玉听说，方觉自己烫了。众人上来连忙收拾。宝玉也不吃饭了，洗手吃茶，又和那两个婆子说了两句话。然后两个婆子告辞出去，[7]晴雯等送至桥边方回。

　　那两个婆子见没人了，一行走一行谈论。这一个笑道："怪道有人说他们家宝玉是外像好里头糊涂，中

1. 中计了。

2. 也会微嗔撒娇。

3. 为行文不致平直，故用它事打断。傅家非要紧人，总为写宝玉性情而有。

4. 只闻其名，未曾亲见，便"遐思遥爱"，此"情不情"又一例证。

5. 想凭姿色聪明攀高枝，反成明日黄花，宝玉不见也罢。

6. 是提醒龄官躲雨，自己反被淋湿情节的翻版。

7. 本来无事，早走为是。

---

①　门生——这里是门客的意思。

看不中吃的，果然竟有些呆气。他自己烫了手，倒问人疼不疼，¹这可不是个呆子？"那一个又笑道："我前一回来，听见他家里许多人抱怨，千真万真的有些呆气。大雨淋得水鸡似的，他反告诉别人'下雨了，快避雨去罢'。²你说可笑不可笑？时常没人在跟前，就自哭自笑的；看见燕子，就和燕子说话；河里看见了鱼，就和鱼说话；见了星星月亮，不是长吁短叹的，就是咕咕哝哝的。³且连一点刚性也没有，连那些毛丫头的气都受得。⁴爱惜东西，连个线头儿都是好的；糟蹋起来，哪怕值千值万的都不管了。"⁵两个人一面说，一面走出园来，辞别诸人回去，不在话下。

如今且说袭人见人去了，便携着莺儿过来，问宝玉打什么络子。宝玉笑向莺儿道："才只顾说话，就忘了你。烦你来不为别的，也替我打几根络子。"莺儿道："装什么的络子？"宝玉见问，便笑道："不管装什么的，你都每样打几个罢。"莺儿拍手笑道："这还了得！要这样，十年也打不完了。"宝玉笑道："好姐姐，你闲着也没事，都替我打了罢。"⁶袭人笑道："哪里一时都打得完，如今先拣要紧的打两个罢。"莺儿道："什么要紧，不过是扇子、香坠儿、汗巾子。"宝玉道："汗巾子就好。"莺儿道："汗巾子是什么颜色的？"宝玉道："大红的。"莺儿道："大红的须是黑络子才好看，或是石青的才压得住颜色。"宝玉道："松花色配什么？"莺儿道："松花配桃红。"宝玉笑道："这才娇艳。再要雅淡之中带些娇艳。"莺儿道："葱绿柳黄是我最爱的。"⁷宝玉道："也罢了，也打一条桃红，再打一条葱绿。"莺儿道："什么花样呢？"宝玉道："共有几样花样？"莺儿道："一炷香、朝天凳、象眼块、方胜^①、连环、梅花、柳叶。"宝玉道："前儿你替三姑娘打的那花样是什么？"莺儿道："那是攒心梅花。"⁸宝玉道："就是那样好。"一面说，一面袭人刚拿了线来。窗外婆子说："姑娘们的饭都有了。"宝玉道："你们吃饭去，快吃了来罢。"袭人笑道："有客在这里，我们怎好去呢！"莺儿一面理线，一面笑道："这话又打哪里说起，正经快吃了来罢。"袭人等听说，方去了，

1. 借两个婆子的讥贬，将宝玉的"呆气"作一番概述。从眼前所见说起，列举种种，此其一。

2. 此其二，先举最相似的避雨淋雨事。

3. 此其三，是没有写到过具体情节的，可作"情不情"事例的补笔。其实，惜花葬花也属同一性质。

4. 此其四，不只有对玉钏儿如此。

5. 此其五，晴雯撕扇事，及其说过的话。宝玉"呆气"，不止此五件，仅择适合婆子谈吐之事。

6. 总是"富贵闲人"的口吻，只管自己喜欢，不管别人劳累，还以为别人都闲着没事。又可见络子种类之多，莺儿手艺之巧，会打的必定多。

7. 色彩搭配的学问。

8. 花样变化之繁复。

---

① "一炷香"等花样——炷香，直线形。朝天凳，梯形。象眼块，菱形。方胜，一角相叠的两个方形。

只留下两个小丫头听呼唤。

　　宝玉一面看莺儿打络子，一面说闲话，因问她："十几岁了？"莺儿手里打着，一面答话说："十六岁了。"宝玉道："你本姓什么？"莺儿道："姓黄。"宝玉笑道："这个名姓倒对了，果然是个黄莺儿。"莺儿笑道："我的名字本来是两个字，叫作金莺。[1]姑娘嫌拗口，就单叫莺儿，如今就叫开了。"宝玉道："宝姐姐也算疼你了。明儿宝姐姐出阁，少不得是你跟去了。"莺儿抿嘴一笑。宝玉笑道："我常常和袭人说，明儿不知哪一个有福的消受你们主子奴才两个呢。[2]莺儿笑道："你还不知道我们姑娘有几样世人都没有的好处呢，模样儿还在次。"宝玉见莺儿娇憨婉转，语笑如痴，早不胜其情了，哪禁又提起宝钗来！[3]便问她道："好处在哪里？好姐姐，细细告诉我。"莺儿笑道："我告诉你，你可不许又告诉她去。"宝玉笑道："这个自然的。"正说着，只听外头说道："怎么这样静悄悄的！"[4]二人回头看时，不是别人，正是宝钗来了。宝玉忙让坐。宝钗坐了，因问莺儿："打什么呢？"一面问，一面向她手里去瞧，才打了半截。宝钗笑道："这有什么趣儿，倒不如打个络子把玉络上呢。"[5]一句话提醒了宝玉，便拍手笑道："倒是姐姐说得是，我就忘了。只是配个什么颜色才好？"宝钗道："若用杂色断然使不得，大红又犯了色，黄的又不起眼，黑的又过暗。等我想个法儿把那金线拿来，配着黑珠儿线，一根一根地拈上，打成络子，这才好看。"[6]

　　宝玉听说，喜之不尽，一叠声便叫袭人来取金线。正值袭人端了两碗菜走进来，告诉宝玉道："今儿奇怪，才刚太太打发人给我送了两碗菜来。"[7]宝玉笑道："必定是今儿菜多，送来给你们大家吃的。"袭人道："不，是指名给我送来，还不叫我过去磕头。这可是奇了！"宝钗笑道："给你的，你就吃去，这有什么可猜疑的！"袭人笑道："从来没有的事，倒叫我不好意思的。"宝钗抿嘴一笑，说道："这就不好意思了？明儿还有比这个更叫你不好意思的呢。"袭人听了话内有因，素知宝钗不是轻嘴薄舌奚落人的，自己方想起上日王夫人的意思来，便不再提，[8]将菜与宝玉看了，说："洗了手来拿线。"说毕，便一直出去了。吃过饭，洗了手，

1. 知回目中用名之由来。

2. 不知自己将来事者，偏有此疑问，可见造化弄人。

3. 八字写出莺儿天真可爱，宝玉太多情。于宝钗亦动心，唯与钟情輇輇不同耳。

4. 若真告诉出世人皆无的好处来，又有何妙言可说哉！故非立刻截断不可。留下惹人猜想空间。

5. 说话者并无作隐寓的意思，但客观上给住通灵玉又自有摆脱不了命运束缚的暗示。

6. 论颜色搭配，宝钗又高出一筹。金与黑配，似亦有象征性。

7. 前王夫人感袭人护玉心意，说过"我自有道理""我自然不辜负你"的话，现在已开始在兑现了。

8. 宝钗事事留神，王夫人的一番苦心，她看得透彻明白，倒是袭人要经她提醒方想起来。

进来拿金线与莺儿打络子。此时，宝钗早被薛蟠遣人来请出去了。

这里宝玉正看着打络子，忽见邢夫人那边遣了两个丫鬟送了两样果子来与他吃，[1] 问他："可走得了？若走得动，叫哥儿明儿过去散散心，太太着实记挂着呢。"宝玉忙道："若走得了，必定请太太的安去。疼得比先好些，请太太放心罢。"一面叫她两个坐下，一面又叫秋纹来，把才拿来的那果子拿一半送与林姑娘去。[2] 秋纹答应了，刚欲去时，只听得黛玉在院内说话，宝玉忙叫"快请"。要知端的，且听下回分解。

1. 慰问宝玉，一人不漏，邢夫人虽隔了一层，岂可无所表示。

2. 不忘与黛玉共享。

【总评】

宝玉养伤期间，除其父辈和推故不出面的赵姨娘、环儿外，荣国府上上下下，一批批地都来探望，本回就将这件事作个了结。

贾母由凤姐陪着，与邢、王二位夫人等一群人来怡红院，黛玉见了，触景生情，感伤自己无父母。紫鹃催她回去吃药、歇息，是为时时点醒其病情；她记起《西厢记》红娘唱词，是为自叹命薄；鹦哥儿念出她《葬花吟》中结尾六句，是反复强调此乃谶语。

薛蟠向母亲和妹妹悔过道歉，写出呆霸王憨厚爽直一面。一家归于平静和睦，薛姨妈便拉宝钗也来看宝玉。

宝玉想吃小荷叶小莲蓬儿汤，凤姐为找寻模子折腾了一阵子，借此细节侧笔写荣府的奢华。宝钗说话讨贾母欢心，贾母便赞道："从我们家四个女孩儿算起，都不如宝丫头。"这话与宝黛乃贾母最溺爱之人并不矛盾，更不能成为续书硬编贾母弃黛取钗情节的理由。凤姐命玉钏儿、莺儿端汤去给宝玉，便生出回目所标的两段故事。

玉钏儿因其姊金钏儿事，开始时"满脸怒色"，挡不住宝玉低声下气、温存和悦，而有"三分喜色"，终至被宝玉哄得"亲尝莲叶羹"，又不慎将碗撞落，烫了宝玉的手。宝玉反问玉钏儿："烫了哪里了？疼不疼？"两个前来请安的婆子见了，谈论起来，谈宝玉是个"呆子"，还把"龄官划蔷"、对不情之物（燕子、鱼儿、星星、月亮）说话感叹，及甘受毛丫头的气等事联系起来，可谓是对宝玉为人的小结。

宝玉求莺儿打络子，莺儿谈了许多用何种颜色搭配，取何种花样的话。作者本"工诗善画"（张宜泉语），写来自然得心应手。莺儿问："装什么的络子？"宝玉道："汗巾子就好。"问颜色，则说"大红的"，还有"松花色"。这不正是宝玉与琪官交换互赠汗巾子的颜色吗？可见，挨父亲一顿下死手的板子，居然习性不改，毫无作用。宝钗走来，她的建议是"倒不如打个络子把玉络上呢"，且说须用"金线"。其象征性隐寓，耐人寻味。

王夫人专派人送两碗菜来给袭人，是对上回她所说"我就把他交给你了，好歹留心，保全了他就是保全了我，我自然不辜负你"的呼应。

第三十六回
绣鸳鸯梦兆绛芸轩　识分定情悟梨香院

【题解】

　　本回回目诸本大体一致，略有异同，如己卯、庚辰本后句作"识分定情语梨花院"，显然不对；梦稿本前句中"梦兆"作"惊梦"，也非原意。此用蒙府、戚序本回目。前句说，宝钗来找宝玉，正值他在房（绛芸轩）中午睡，她无意中代袭人刺绣有鸳鸯图案的活计，俨然像女主人的样子；又听到宝玉梦中喊出不要"金玉姻缘"的话。这一切都是未来命运的预兆，故用"梦兆"二字。后句中"分定"是命中注定的意思。书中写宝玉从龄官对自己很冷淡和对贾蔷十分深情而"深悟人生情缘各有分定"。脂评：绛芸轩梦兆是金针暗度法，夹写月钱是为袭人渐入金屋步位。梨香院是明写大家蓄戏，不免奸淫之陋，可不慎哉慎哉！（己）评语中某些话，恐有后半部佚稿中情节为依据，值得进一步探索研究。

　　话说贾母自王夫人处回来，见宝玉一日好似一日，心中自是欢喜。因怕将来贾政又叫他，遂命人将贾政的亲随小厮头儿唤来，吩咐他："以后倘有会人待客诸样的事，你老爷要叫宝玉，你不用上来传话，就回他说：我说了，一则打重了，得着实将养几个月才走得；二则他的星宿不利①，祭了星不见外人，过了八月才许出二门。"[1] 那小厮头儿听了，领命而去。贾母又命李嬷嬷、袭人等来，将此话说与宝玉，使他放心。[2] 那宝玉素日本就懒与士大夫诸男人接谈，又最厌峨冠礼服、贺吊往还等事，今日得了这句话，越发得了意，不但将亲戚朋友一概杜绝了，而且连家庭中晨昏定省②亦发都随他的便了；[3] 日日只在园中游卧，不过每日一清早到贾母、王夫人处走走就回来了，却每每甘心为诸丫鬟充役，[4] 竟也得十分闲消日月。或如宝钗辈有时见机导劝，反生起气来，只说"好好的一个清

1. 因祸得福，有保护伞了。

2. 老祖母太过溺爱了。

3. 因此，有了免去世务应酬，不做学业功课，不受严父管教的自由空间。

4. 本性所好，当然甘心。

---

① 星宿（xiù 秀）不利——古时迷信常把人的命运与星座的位置、运行联系在一起，所以人有灾祸疾病，就说"星宿不利"，要祭星消灾，祭了星就不与外人见面。星宿，星座。

② 晨昏定省——即"昏定晨省"，古时子女侍奉父母的礼节，意即晚上服侍父母安寝，早上省视问好。

净洁白女儿，也学得钓名沽誉，入了国贼禄鬼之流。[1] 这总是前人无故生事，立言竖辞，原为导后世的须眉浊物。不想我生不幸，亦且琼闺绣阁中亦染此风，真真有负天地钟灵毓秀①之德"！[2] 因此祸延古人，除《四书》外，竟将别的书焚了。[3] 众人见他如此疯癫，也都不向他说这些正经话了。独有林黛玉自幼不曾劝他去立身扬名等话，所以深敬黛玉。[4]

　　闲言少述。如今且说王凤姐自见金钏儿死后，忽见几家仆人常来孝敬她些东西，又不时地来请安奉承，自己倒生了疑惑，不知何意。[5] 这日，又见人来孝敬她东西，因晚间无人时笑问平儿道："这几家人不大管我的事，为什么忽然这么和我贴近？"平儿冷笑道："奶奶连这个都想不起来了？我猜他们的女儿都必是太太房里的丫头，如今太太房里有四个大的，一个月一两银子的分例，下剩的都是一个月只几百钱。如今金钏儿死了，必定他们要弄这两银子的巧宗儿呢。"[6] 凤姐听了笑道："是了，是了，倒是你提醒了。我看这起人也太不知足，钱也赚够了，苦事情又侵不着，弄个丫头搪塞着身子也就罢了，又还想这个。也罢了，他们几家的钱容易也不能花到我跟前，这是他们自寻的，送什么来我就收什么，横竖我有主意。"[7] 凤姐儿安下这个心，所以只管迁延着，等那些人把东西送足了，然后乘空方回王夫人。

　　这日午间，薛姨妈母女两个与林黛玉等正在王夫人房里大家吃西瓜，凤姐儿得便回王夫人道："自从玉钏儿姐姐死了，太太跟前少着一个人。太太或看准了哪个丫头好，就吩咐，下月好发放月钱的。"[8] 王夫人听了，想了一想道："依我说，什么是例，必定四个五个的，够使就罢了，竟可以免了罢。"凤姐笑道："论理，太太说的也是。只是这原是旧例，别人屋里还有两个呢，太太倒不按例了。况且省下一两银子也有限。"王夫人听了，又想一想道："也罢，这个分例只管关了来，不用补人，就把这一两银子给她妹妹玉钏儿罢。[9] 她姐姐服侍了我一场，没个好结果，剩下

1．所谓"导劝"，无非是"何不在外头大事上做工夫"之类，不劝还好，越劝越反感，鄙薄愤恨名利场之心，一至于此。

2．归咎于历来为圣人儒教立说之书，极尖锐的离经叛道言论，以"疯癫"为掩护。

3．若讥贬《四书》，为当时所不容；再说弊病也不出在孔孟本身。

4．钗、黛之差异，除个性外，对生活理想的追求，各有不同取向（人生观、价值观），是宝玉最为看重的，所以这里不说"爱"，只说"敬"。

5．必有所求，必有所图。

6．平儿机灵，一猜就中。

7．是阿凤做法：来者不拒，送的全收，是你自寻的，谁教你小看我！世间如此花冤枉钱、白费气力的人不少。

8．从金钏儿死后须补缺，说到发放月钱，渐渐向袭人受王夫人特惠靠拢。

9．将原有分例给了玉钏儿，以补自己内心对其姊不幸的愧疚，过渡得好。

---

　　① 钟灵毓秀——意谓天地间灵秀之气聚集和养育了有才智的人。钟，聚。毓，养育。

她妹妹跟着我，吃个双分子也不为过逾了。"凤姐答应着，回头找玉钏儿笑道："大喜，大喜！"玉钏儿过来磕了头。王夫人又问道："正要问你，如今赵姨娘、周姨娘的月例多少？"[1] 凤姐道："那是定例，每人二两。赵姨娘有环兄弟的二两，共是四两，另外四串钱。"王夫人道："月月可都按数给她们？"凤姐见问得奇，忙道："怎么不按数给！"王夫人道："前儿我恍惚听见有人抱怨，说短了一吊钱，是什么原故？"[2] 凤姐忙笑道："姨娘们的丫头，月例原是人各一吊钱。从旧年他们外头商议的，姨娘们每位的丫头分例减半，人各五百钱，每位两个丫头，所以短了一吊钱。这也抱怨不着我，我倒乐得给她们呢，他们外头又扣着，难道我添上不成？这个事我不过是接手儿，怎么来，怎么去，由不得我作主。我倒说了两三回，仍旧添上这两份的为是。他们说只有这个项数，叫我也难再说了。如今我手里每月连日子都不错给她们呢。先时在外头关，哪个月不打饥荒，何曾顺顺溜溜地得过一遭儿？"王夫人听说，也就罢了。半日，又问："老太太屋里几个一两的？"凤姐道："八个。如今只有七个，那一个是袭人。"王夫人道："这就是了。你宝兄弟也并没有一两的丫头，袭人还算是老太太房里的人。"凤姐笑道："袭人原是老太太的人，不过给了宝兄弟使。她这一两银子还在老太太的丫头分例上领。如今说因为袭人是宝玉的人，裁了这一两银子，断乎使不得。若说再添一个人给老太太，这个还可以裁她的。若不裁她的，须得环兄弟屋里也添上一个才公道均匀了。[3] 就是晴雯、麝月等七个大丫头，每月人各月钱一吊，佳蕙等八个小丫头，每月人各月钱五百，还是老太太的话，别人如何恼得气得呢？"薛姨娘笑道："只听凤丫头的嘴，倒像倒了核桃车①似的，只听她的账也清楚，理也公道。"[4] 凤姐笑道："姑妈，难道我说错了不成？"薛姨妈笑道："说得何尝错，只是你慢些说岂不省力。"凤姐才要笑，忙又忍住了，听王夫人示下。王夫人想了半日，向凤姐儿道："明儿挑一个好丫头送去老太太使，补袭人，把袭人的一份裁了。

1. 不知为何要问赵、周姨娘的月例，读了后文方知。

2. 估计是赵姨娘出的怨言，传到了王夫人耳中。这样摆明的问题，凤姐说起缘故来，必头头是道，是挑不出一丝毛病来的。但前问月例，并不为此。

3. 问到老太太房里丫头的分例，凤姐不但说得一清二楚，倒向王夫人提出个难题：贾环屋里也得再添上一个丫头才能摆平。既总管荣府家务，须处事公正公平，不徇私情，方经得起检验，不落人口实。凤姐大有经验老到的政治家风度。

4. 真能形容得出，赞语也恰当中肯。

————————————————

① 倒了核桃车——以不断的响声喻人会说话，滔滔不绝。

把我每月的月例二十两银子里拿出二两银子一吊钱来给袭人。以后凡事有赵姨娘、周姨娘的，也有袭人的，只是袭人的这一份都从我的分例上匀出来，不必动官中的就是了。"¹ 凤姐一一答应了，笑推薛姨妈道："姑妈听见了，我素日说的话如何？今儿果然应了我的话。"薛姨妈道："早就该如此。² 模样儿自然不用说的，她的那一种行事大方，说话见人和气里头带着刚硬要强，这个实在难得。"王夫人含泪说道："你们哪里知道袭人那孩子的好处，比我的宝玉强十倍。宝玉果然是有造化的，能够得她长长远远地服侍他一辈子，也就罢了。"³ 凤姐道："既这么样，就开了脸，明放她在屋里岂不好？"王夫人道："那就不好了，一则都年轻，二则老爷也不许，三则那宝玉见袭人是个丫头，纵有放纵的事，倒能听她的劝，如今作了跟前人①，那袭人该劝的也不敢十分劝了。如今且浑着，等再过二三年再说。"⁴

说毕半日，凤姐见无话，便转身出来。刚至廊檐上，只见有几个执事的媳妇子正等她回事呢，见她出来都笑道："奶奶今儿回什么事，说了这半天？可是要热着了。"凤姐把袖子挽了几挽，趷着那角门的门槛子②，笑道："这里过门风倒凉快，吹一吹再走。"⁵ 又告诉众人道："你们说我回了这半日的话，太太把二百年的事都想起来问我，难道我不说罢？"又冷笑道："我从今以后倒要干几样刻毒事了。抱怨给太太听，我也不怕。糊涂油蒙了心，烂了舌头，不得好死的下作东西，别作娘的春梦！明儿一裹脑子扣的日子还有呢。如今裁了丫头的钱，就抱怨了咱们。也不想一想是奴几③，也配使两三个丫头！"⁶ 一面骂一面方走了，自去挑人回贾母话去，不在话下。

却说王夫人等这里吃毕西瓜，又说了一会闲话，各自方散去。宝钗与黛玉等回至园中，宝钗因约黛玉往藕香榭去，黛玉固说立刻要洗澡，便各自散了。

---

① 跟前人——意谓由丫头而成了侍妾。
② 趷着门槛子——脚尖踩在门槛上。
③ 奴几——奴才辈人。

1. 对袭人的感激和不辜负许诺实现了。要摆平的难题解决了，询问姨娘们月例的用意也明白了。这不仅仅是每月所得银子多少的问题，是预先非正式地提升袭人的身份、地位。钱从自己分例中出，更是意味深长。可怜慈母心！

2. 以凤姐的才干，善察言观色，哪能看不透王夫人的心思。薛姨妈然其言，可知众人对袭人的观感都不错。

3. 动情之语，美好愿景，岂其不然！总是造化捉弄人。"孩子"二字，愈见亲热，故后文连呼二声"我的儿"。（己）忽加"我的宝玉"四字，愈令人堕泪。加"我的"二字者，是明显袭人是彼的。然彼的何如此好，我的何如此不好，又气又愧，宝玉罪有万重矣！作者有多少眼泪写此一句，观者又不知有多少眼泪也。（己）评者总认为作者是在此书中借宝玉其人，表达自我惭恨和忏悔心情。此评虽有卓见，怕也未必尽然。

4. 二三年等得了吗？一旦风波骤起，一切都改变了，落空了。

5. 细节处也不忘紧扣季节环境来写，所以有真实感。

6. 前文回太太所问时，轻轻松松，侃侃而谈，以为凤姐不在意，也不知道谁在告她状，那就想错了；以为凤姐真的那么公道，不徇私，那么一视同仁，也想错了。

宝钗独自行来，顺路进了怡红院，意欲寻宝玉去闲谈以解午倦。[1] 不想一入院来，鸦雀无闻，一并连两只仙鹤在芭蕉下都睡着了。[2] 宝钗便顺着游廊来至房中，只见外间床上横三竖四都是丫头们睡觉。[3] 转过十锦槅子，来至宝玉的房内，见宝玉在床上睡着了，袭人坐在身旁，手里做针线，旁边放着一柄白犀麈①。[4] 宝钗走近前来，悄悄地笑道："你也过于小心了，这个屋里哪里还有苍蝇、蚊子，还拿蝇帚子赶什么？"袭人不防，猛抬头见是宝钗，忙放下针线起身，悄悄笑道："姑娘来了，我倒也不防，吓了一跳。姑娘不知道，虽然没有苍蝇、蚊子，谁知有一种小虫子，从这纱眼里钻进来，人也看不见，只睡着了，咬一口，就像蚂蚁夹的。"宝钗道："怨不得。这屋子后头又近水，又都是香花儿，这屋子里头又香。这种虫子都是花心里长的，闻香就扑。"[5] 说着，一面又瞧她手里的针线，原来是个白绫红里的兜肚，上面扎着鸳鸯戏莲的花样，[6] 红莲绿叶，五色鸳鸯。宝钗道："嗳哟，好鲜亮活计！这是谁的，也值得费这么大工夫？"袭人向床上努嘴儿。[7] 宝钗笑道："这么大了，还戴这个？"袭人笑道："他原是不戴，所以特特地做得好了，叫他看见由不得不戴。如今天气热，睡觉都不留神，哄他戴上了，便是夜里纵盖不严些儿，也就罢了。[8] 你说这一个就用了工夫，还没看见他身上现戴的那一个呢。"宝钗笑道："也亏你奈烦。"袭人道："今儿做的工夫大了，脖子低得怪酸的。"又笑道："好姑娘，你略坐一坐，我出去走走就来。"说着便走了。宝钗只顾看着活计，便不留心一蹲身，刚刚的也坐在袭人方才坐的那个所在，因又见那活计实在可爱，不由得拿起针来替她代刺。[9]

不想林黛玉因遇见史湘云约她来与袭人道喜，二人来至院中，见静悄悄的，湘云便转身先到厢房里去找袭人。林黛玉却来至窗外，隔着纱窗往里一看，[10] 只见宝玉穿着银红纱衫子，随便睡着在床上，宝钗坐在身旁做针线，旁边放着蝇帚子。林

1. 见黛玉回去，不致猜疑，才顺路进怡红院来。"解午倦"是其来意，故以下写足午倦时景象。

2. 先以睡鹤作陪衬，构图雅致。

3. 再写到丫头们的样子，更好看。只有在怡红院里才能见到这种景象，宝玉从来不管束她们也。

4. 或问：正睡觉时，姑娘直入男子房中，岂无授受之嫌？答曰：大观园中小儿女们白天任意往来，已成习惯，都不避嫌，黛、湘亦如此。宝钗是为闲谈解午倦而来，并不知宝玉正在睡觉，倘不是丫头们也睡着，必先回二爷："宝姑娘来了！"这一节所写多凑巧之事，但都是情理中可能有的。

5. 这种小虫常能遇到。旧红学评点家有深求这些话的，作双关秽语解读，当与心存贬袭、钗成见有关，不敢苟同。

6. 象征配偶。

7. 情态如见。

8. 关爱入微。

9. 袭人暂离，宝钗独处，毫不在意，正其胸怀坦荡处。看此绣鸳鸯情景，则又俨然是一位女主人。然句句都写出是无意间的作为。作者不但常用言语诗谜作谶，也以行动举止来显现命运的先兆，宿命观念可谓强矣！

10. 约好来道喜，湘云性直，自然先去厢房找袭人，黛玉则另有关心之人。

---

① 白犀麈（zhǔ 主）——用犀牛角做柄的拂尘。麈，鹿的一种，尾可制拂尘。

黛玉见了这个景况，连忙把身子一藏，手捂着嘴不敢笑出来，招手儿叫湘云。[1] 湘云一见她这般景况，只当有什么新闻，忙也来一看，也要笑时，忽然想起宝钗素日待她厚道，便忙掩住口。知道林黛玉口里不让人，怕她取笑，便忙拉过她来道："走罢。[2] 我想起袭人来，她说午间要到池子里去洗衣裳，想必去了，咱们那里找她去。"林黛玉心下明白，冷笑了两声，只得随她走了。[3]

这里宝钗只刚做了两三个花瓣儿，忽见宝玉在梦中喊骂说："和尚、道士的话如何信得？什么是'金玉姻缘'，我偏说是'木石姻缘'！"[4] 薛宝钗听了这话不觉怔了。忽见袭人走进来笑道："还没有醒呢？"宝钗摇头。袭人又笑道："我才碰见林姑娘、史大姑娘，她们可曾进来？"宝钗道："没见她们进来。"因向袭人笑道："她们没告诉你什么话？"[5] 袭人笑道："左不过是她们那些玩话，有什么正经说的。"宝钗笑道："今儿她们说的可不是玩话，我正要告诉你呢，你又忙忙地出去了。"

一句话未完，只见凤姐儿打发人来叫袭人。宝钗笑道："就是为那话了。"[6] 袭人只得唤起两个丫鬟来，一同宝钗出怡红院，自往凤姐这里来。果然是告诉她这话，又叫她与王夫人叩头，且不必去见贾母，倒把袭人不好意思的。见过王夫人急忙回来，宝玉已醒了，问起原故，袭人且含糊答应，至夜间人静，袭人方告诉了宝玉。[7] 宝玉喜不自禁，又向她笑道："我可看你回家去不去了！那一回往家里走了一趟，回来就说你哥哥要赎你，又说在这里没着落，终究算什么，说了那么些无情无义生分的话吓我。从今以后，我可看谁敢来叫你去！"[8] 袭人听了便冷笑道："你倒别这么说。从此以后我是太太的人了，我要走连你也不必告诉，只回了太太就走。"宝玉笑道："就便算我不好，你回了太太竟去了，叫别人听见说我不好，你去了，你也没意思。"袭人笑道："有什么没意思，难道做了强盗贼，我也跟着罢？再不然，还有一个死呢。人活百岁，横竖要死，这一口气不在，听不见看不见就罢了。"[9] 宝玉听见这话，便忙捂她的嘴

1. 反应甚快，所见景况，自然看作新闻。

2. 场面虽不多见，但也非见不得人的事。湘云立即想到宝钗为人厚道，不愿让黛玉取笑她，各自性情、关系，都写得到位。

3. 不能不走，醋意可想而知。

4. 像个主妇还不是先兆的全部，必定要显示宝玉对"金玉姻缘"的结果心意难平才算完。故有此呓语，即《终身误》曲开头二句意，落实了回目"梦兆"二字。

5. 听袭人说见林、史来此，只想到她们会告诉好消息，自己全无半点心虚样子，可知宝钗本来就没有要遮遮掩掩的事情。称"兆"，都不是有意做出来的。

6. 不错。王夫人与凤姐谈月例事，钗、黛等都在场。

7. 不张扬为是。

8. 总记着谈赎回的事，那次确是吓着了。今后就不会再去了？恐未必。

9. 做"强盗贼"倒不会，倘若闯下"丑祸"，还跟不跟？脂评曾说"袭人是好胜所误"（第二十二回评），这里说"还有一个死""一口气"等语，可与前面薛姨妈赞她"说话见人和气里头带着刚硬要强"相印证。如此看来，变故发生时，为争口气，跟不跟还真难说。

说道："罢，罢，罢！不用说这些话了。"袭人深知宝玉性情古怪，听见奉承吉利话，又厌虚而不实，听了这些尽情实话，又生悲感，[1]便悔自己说冒撞了，连忙笑着用话截开，只拣那宝玉素喜谈者问之。先问他春风秋月，再谈及粉淡脂浓，然后谈到女儿如何好，不觉又谈到女儿死，[2]袭人忙掩住口。宝玉谈至浓快时，见她不说了，便笑道："人谁不死，只要死得好。那些个须眉浊物，只知道文死谏，武死战，这二死是大丈夫死名死节，究竟何如不死的好！[3]必定有昏君他方谏，他只顾邀名，猛拼一死，将来弃君于何地？必定有刀兵他方战，猛拼一死，他只顾图汗马之名，将来弃国于何地？[4]所以这皆非正死。"袭人道："忠臣良将，皆出于不得已他才死。"[5]宝玉道："那武将不过仗血气之勇，疏谋少略，他自己无能，送了性命，这难道也是不得已！那文官更不比武官了，他念两句书滓在心里，若朝廷少有疵瑕，他就胡谈乱劝，只顾他邀忠烈之名，浊气一涌，即时拼死，这难道也是不得已？[6]还要知道，那朝廷是受命于天，他不圣不仁，那天也断断不把这万几重任与他了。[7]可知那些死的都是沽名，并不知大义。比如我此时若果有造化，该死于时的，如今趁你们在，我就死了。再能够你们哭我的眼泪流成大河，把我的尸首漂起来，送到那鸦雀不到的幽僻之处，随风化了，自此再不要托生为人，就是我死得得时了。"[8]袭人忽见说出这些疯话来，忙说困了，不理他。那宝玉方合眼睡着，至次日，也就丢开了。[9]

一日，宝玉因各处游得烦腻，便想起《牡丹亭》曲来，[10]自己看了两遍，犹不惬怀，因闻得梨香院的十二个女孩子中有小旦龄官最是唱得好，因着意出角门来找时，只见宝官、玉官都在院内，见宝玉来了，都笑让坐。宝玉因问"龄官在哪里？"众人都告诉他说："在她房里呢。"宝玉忙至她房内，只见龄官独自倒在枕上，见他进来，文风不动。[11]宝玉素习与别的女孩子玩惯了的，只当龄官也同别人一样，因进前来身旁坐下，又陪笑央她起来唱"袅

1. 性情中人罢了，以世俗眼光看，当然古怪。

2. 想不到从谈女儿，能过渡到大题目上。

3. 向大丈夫当"文死谏，武死战"的传统道德观念发起挑战。

4. 从为君为国立论，找出其中矛盾不合理来，当时只能如此，并非只因文禁严酷，实也不可能有更新更深的认识。

5. 大概忠婢义仆，也出于不得已才离旧主换新主的。

6. 批判未必能触其根本，但自有其难能可贵处：一、直接抨击政治，讥议官场；二、鄙视蔑视，态度极其鲜明、激烈。

7. 此处"朝廷"即皇帝。有这几句称功颂德语宣示"大义"，方于文禁无大碍。且与首回声称"虽有些指奸责佞，贬恶诛邪之语，亦非伤时骂世之旨"的话，尽量保持一致。"伤时骂世"纵然非主题，也是重要内容，否则又何必非插上这段不相干的议论不可呢？是表现宝玉屡教不改，说"疯话"的毛病越来越严重了吧。

8. 又转回到自己的身上说死。想得倒美，只是太一厢情愿了。哪能有这许多人都为你流泪？反跌以下"识分定情悟"情节。

9. 是疯话，随手抹去最妥。

10. 又生出一事来。

11. 神已驰彼，视而不见。龄官个性极强。

晴丝"一套①。<u>不想龄官见他坐下，忙抬身起来躲避，正色说道："嗓子哑了。前儿娘娘传进我们去，我还没有唱呢。"</u>[1]宝玉见她坐正了，再一细看，原来就是那日蔷薇花下划"蔷"字那一个。又见如此景况，<u>从来未经过这番被人弃厌，自己便讪讪的红了脸，只得出来了。</u>[2]宝官等不解何故，因问其所以。宝玉便说了出来。宝官便说道："只略等一等，蔷二爷来了叫她唱，是必唱的。"[3]宝玉听了，心下纳闷，因问："蔷哥儿哪去了？"宝官道："才出去了，一定还是龄官要什么，他去变弄去了。"[4]

宝玉听了以为奇特。少站片时，果见贾蔷从外头来了，手里提着个雀儿笼子，上面扎着个小戏台，并一个雀儿，兴兴头头往里走找龄官。见了宝玉，只得站住。宝玉问他："是个什么雀儿？会衔旗串戏台？"贾蔷笑道："是个玉顶金豆。"宝玉道："多少钱买的？"贾蔷道："一两八钱银子。"一面说，一面让宝玉坐，自己往龄官房里来。宝玉此刻把听曲子的心都没了，且要看他和龄官是怎样。[5]只见贾蔷进去笑道："你起来瞧这个玩意儿。"龄官起身问："是什么？"贾蔷道："买了了雀儿你玩，省得天天闷闷的没个开心。我先玩个你看。"说着，便拿些谷子哄得那个雀儿果然在戏台上乱串，衔鬼脸旗帜。众女孩子都笑道："有趣！"独龄官冷笑了两声，赌气仍睡去了。[6]贾蔷还只管陪笑，问她好不好。龄官道：<u>"你们家把好好的人弄了来，关在这牢坑里学这个劳什子还不算，你这会子又弄个雀儿来，也偏生干这个。你分明是弄了它来打趣形容我们，还问我好不好。"</u>[7]贾蔷听了不觉慌起来，连忙赌身立誓。又道："今儿我哪里的脂油蒙了心！费一二两银子买它来，原说解闷，就没有想到这上头。罢，罢！放了生，免免你的灾病。"说着，果然将雀儿放了，一顿把那笼子拆了。龄官还说："那雀儿虽不如人，它也有个老雀儿在窝里，你拿了它来弄这个劳什子也

1. 竟如躲避瘟神。当头给个钉子碰：你难道比娘娘还有面子？回应元妃省亲时，龄官执意不肯演唱《游园》《惊梦》二出，贾蔷也拗她不过。

2. 实在难堪，不受此重创，哪能有所觉悟。

3. 龄官害相思，旁观者早看在眼里。

4. 连贾蔷处处迁就，也逃不过旁观者的眼睛。

5. 是该好好看看。

6. 必有缘故。

7. 多心了，活像颦儿。然话中透露作者借人物之口说出在阶级压迫社会里同情受奴役者精神痛苦和渴望自由的极可贵的人道主义思想。

---

① "袅晴丝"一套——《牡丹亭·惊梦》中第一支曲《步步娇》的开头三个字为"袅晴丝"。一个宫调若干支曲组成"一套"，实际上也就是一出。

忍得！[1]今儿我咳嗽出两口血来，太太打发人来找你，叫你请大夫来细问问，你且弄这个来取笑。偏生我这没人管没人理的，又偏病。"说着又哭起来。[2]贾蔷忙道："昨儿晚上我问了大夫，他说不相干。他说吃两剂药，后儿再瞧。谁知今儿又吐了。这会子请他去。"说着，便要请去。龄官又叫："站住！这会子大毒日头地下，你赌气子去请了来我也不瞧。"[3]贾蔷听如此说，只得又站住。宝玉见了这般景况，不觉痴了，这才领会了划"蔷"的深意。[4]自己站不住，便抽身走了。贾蔷一心都在龄官身上，也不顾送，倒是别的女孩子送了出来。

那宝玉一心裁夺盘算，痴痴地回至怡红院中，正值林黛玉和袭人坐着说话儿呢。宝玉一进来，就和袭人长叹，说道："我昨晚上的话竟说错了，怪道老爷说我是'管窥蠡测'。[5]昨夜说你们的眼泪单葬我，这就错了。我竟不能全得了。从此后只是各人得各人的眼泪罢了。"[6]袭人昨夜不过是些玩话，已经忘了，不想宝玉今又提起来，便笑道："你可真真有些疯了。"宝玉默默不对，自此，深悟人生情缘各有分定，[7]只是每每暗伤："不知将来葬我洒泪者为谁？"此皆宝玉心中所怀，也不可十分妄拟。[8]

且说林黛玉当下见了宝玉如此形象，便知是又从哪里着了魔来，也不便多问，[9]因向他说道："我才在舅母跟前听的，明儿是薛姨妈的生日，叫我顺便来问你出去不出去。你打发人前头说一声去。"宝玉道："上回连大老爷的生日我也没去，这会子我又去，倘或碰见了人呢？我一概都不去。这么怪热的，又穿衣裳，我不去姨妈也未必恼。"[10]袭人忙道："这是什么话？她比不得大老爷。[11]这里又住得近，又是亲戚，你不去岂不叫她思量。你怕热，只清早起到那里磕个头，吃钟茶再来，岂不好看！"宝玉未说话，黛玉便先笑道："你看人家赶蚊子的分上，也该去走走。"[12]宝玉不解，忙问："什么赶蚊子？"袭人便将昨日睡觉无人作伴，宝姑娘坐了一坐的话说了出来。宝玉听了忙说：

1. 再表人文精神。龄官真是一朵多刺的玫瑰。

2. 是向心上人撒娇，怎么"没人管没人理"？蔷儿不是人吗？因生病，就更像林姑娘了。

3. 对管她的蔷爷竟用命令口气说话，什么关系还不明白？话虽强硬，却极心疼贾蔷。宝玉看在眼里还能不理解？自己经历得多了。

4. 当初只关心她被雨淋，并不思索划"蔷"深意，至此方恍然领悟。这条线拉得够长的。

5. 是大观园竣工"试才题对额"时说的话。

6. 挫折与失败的一大收获：从以自我为中心的美梦中清醒过来。

7. 总束一句，点醒回目。

8. 作者虚拟此书乃石头所作，石头是通灵的，凡人物心中所想，皆了无隐遁。此言"不可十分妄拟"，与当年秦钟"得趣馒头庵"，宝玉要睡时"算账"，石头便以"未见真切，未曾记得，此系疑案，不敢纂创"而将事情隐去的说法相同。

9. 不问为是。

10. 厌烦应酬，又有贾母之命可免去此类，故必先说不去。

11. 袭人促其去，劝得对。光凭前薛姨妈对宝玉那样疼爱，若不去，岂不令她失望。

12. 昨日窥见情景，不吐不快。

"不该。我怎么睡着了，亵渎了她。"一面又说："明日必去。"[1]

正说着，忽见史湘云穿得齐齐整整走来辞说家里打发人来接她。宝玉、黛玉听说，忙站起来让坐。史湘云也不坐，宝、林两个只得送她至前面。那史湘云只是眼泪汪汪的，见有她家人在跟前，又不敢十分委屈。[2]少时，薛宝钗赶来，愈觉缱绻难舍。还是宝钗心内明白，她家人若回去告诉了她婶娘，待她家去又恐受气，因此倒催她走了。[3]众人送至二门前，宝玉还要往外送，[4]倒是湘云拦住了。一时回身又叫宝玉到跟前，悄悄地嘱道："便是老太太想不起我来，你时常提着，打发人接我去。"[5]宝玉连连答应了。眼看着她上车去了，大家方才进来。要知端的，且听下回分解。

1. 不免有愧歉之意，就为这一事，也非去不可。

2. 湘云可怜，多少委屈，尽在"眼泪汪汪"中。

3. 处事理智，只把难舍之情藏在心中。

4. 宝玉感情外露，故止不住脚。每逢此时，就忘却严父，可知前云"为你们死也情愿"不假。（己）这是第三十四回中对前来探望伤势的黛玉说的，原话是"我便为这些人死了，也是情愿的"。

5. 嘱托对了人，办法也想得好。湘云的话让人听了心酸。此真余音绕梁之笔。

【总评】

宝玉得贾母特许，只在园中静养，不待客应酬。宝钗辈见机劝导，宝玉大以为逆耳，认为是闺阁沾染上书本导人立身扬名的风气，使"好好的一个清净洁白的女儿，也学得钓名沽誉，入了国贼禄鬼之流"，故"除《四书》外，竟将别的书焚了"。作者借述宝玉"疯癫"言行，以寄自身对封建正统道德教育的憎恶。

王夫人闻知姨娘们的丫头被扣了一吊钱，便与凤姐谈起月钱分发的事。凤姐"像倒了核桃车似的"滔滔不绝地谈起每月银钱分配情况，包括使用丫头多少。这方面是未见有人写过的，可看出从主子的月例到大小丫头的月钱，等级差别是很大的。王夫人从自己份内拨银给袭人，是有意树榜样，也让袭人能感恩尽心。

宝钗来至怡红院，宝玉午睡未醒，袭人正在为他绣鸳鸯肚兜，她走开后，宝钗坐在袭人的位置上代她刺绣，俨然像一个女主人。这有隐约预示将来的象征意义。可偏在此时，宝玉说梦话："和尚、道士的话如何信得，什么是'金玉姻缘'，我偏说是'木石姻缘'！"恰好与《红楼梦曲·终身误》开头的话相印证。

袭人知王夫人的恩赐，与宝玉谈及人终有一死，引出了宝玉的一段"疯话"来。比起宝玉厌恶别人劝他走科考仕途，学世务应酬，又进了一步。这次是对封建时代为官者信条"文死谏，武死战"的大胆否定，是在直接讥评政治。

宝玉来梨香院找演小旦的龄官，想叫她唱《牡丹亭》中"袅晴丝"一套。他以为自身优越，所有女孩子都该围着他转。不料这个划"蔷"的龄官偏弃厌他，不肯唱。一会儿，贾蔷买来扎着小戏台的雀儿笼子给龄官解闷，龄官以笼中雀自比的一番话，道出了被"关在这牢坑里"学戏女孩子内心的屈辱与辛酸。她敏感，小性，也爱哭，又恰好"咳嗽出两口血来"，大有黛玉之风。钟情于她的贾蔷听了话，慌忙放雀拆笼，又要立刻去请医生，"一心都在龄官身上"。这一切宝玉看在眼里，"深悟人生情缘各有定分"，更清醒地认识到现实是怎么回事。

第三十七回
秋爽斋偶结海棠社　蘅芜苑夜拟菊花题

【题解】

　　本回回目诸本基本一致，此用己卯、庚辰本回目。秋爽斋为探春所居，她忽然兴起，奉笺宝玉，相约邀众姊妹同结诗社，因初次作诗以咏白海棠为题，遂名海棠社。次日，湘云来到贾府，被宝钗邀到住处蘅芜苑安歇，二人对诗社热情很高，夜间，共同商议为再次开社又拟了菊花诗十二题，以备众人选用。脂评：此回才放笔写诗写词作札，看他诗复诗，词复词，札又札，总不相犯。（庚）

　　这年贾政又点了学差^①，择于八月二十日起身。¹是日，拜过宗祠及贾母起身，宝玉诸子弟等送至洒泪亭。

　　却说贾政出门去后，外面诸事不能多记。单表宝玉每日在园中任意纵性的逛荡，真把光阴虚度，岁月空添。这日正无聊之际，只见翠墨进来，手里拿着一副花笺送与他。²宝玉因道："可是我忘了，才说要瞧瞧三妹妹去的，可好些了？你偏走来。"翠墨道："姑娘好了，今儿也不吃药了，不过是凉着了一点儿。"宝玉听说，便展开花笺看时，上面写道：

　　娣^②探谨奉：

　　二兄文几：前夕新霁，月色如洗，因惜清景难逢，讵忍就卧。时漏已三转，犹徘徊于桐槛之下，未防风露所欺，致获采薪之患^③。³昨蒙亲劳抚嘱，又复数遣侍儿问切，兼以鲜荔并真卿^④墨迹见

1. 结社吟诗，参与者众，动静也大，若贾政在家，必定知道，赞成还是反对是两难选择，且再掺和进来，只能横生枝节，使姊妹们行动拘束，难以尽兴。不如让他出差离家最妥。又借此点出时在仲秋季节。

2. 风雅之事来了。由探春发起，送笺宝玉，见三姑娘志趣高雅、兄妹情深。

3. 探春帖子，丽词秀句，似六朝小品，即说得病缘故，亦由赏景兴浓而起。

---

① 点了学差——委派为提督学政。学差，提督学政，简称"学政"，俗称"学台"，朝廷派往各省督察科举、学校等事务的官员。

② 娣（dì 第）——女弟。古时女子对兄称"妹"，对姊称"娣"。这里探春故意抹掉性别界线，将宝玉视同姊妹，具名也只用一"探"字，既表亲切，又增风趣。戚序、甲辰及程高诸本，未细察作意，改"娣"作"妹"，不从。

③ 采薪之患——对自己生病的谦称，意思说因病不能打柴。语出《孟子·公孙丑下》。

④ 真卿——颜真卿，又称"颜鲁公"。唐代大书法家。

赐，¹何痌瘝①惠爱之深哉耶！今因伏几凭床处默之时，忽思及历来古人中，处名攻利敌之场，犹置一些山滴水之区②，远招近揖，投辖攀辕③，务结二三同志者盘桓于其中，或竖词坛，或开吟社，虽一时之偶兴，²遂成千古之佳谈。娣虽不才，窃同叨④栖处于泉石之间，而兼慕薛、林之技。³风庭月榭，惜未宴集诗人；帘杏溪桃，或可醉飞吟盏。孰谓莲社⑤之雄才，独许须眉；直以东山⑥之雅会，让余脂粉。⁴若蒙棹雪而来⑦，娣则扫花以待⑧。特此谨奉。

宝玉看了，不觉喜得拍手笑道："倒是三妹妹高雅，我如今就去商议。"一面说，一面就走，翠墨跟在后面。刚到了沁芳亭，只见园中后门上值日的婆子手里拿着一个字帖走来，⁵见了宝玉便迎上去，口内说道："芸哥儿请安，在后门口等着呢，叫我送来的。"宝玉打开看时，写道是：

　　不肖男芸恭请

　　父亲大人万福金安。⁶男思自蒙天恩，认于膝下，日夜思一孝顺，竟无可孝顺之处。前因买办花草，上托大人金福，竟认得许多花儿匠，⁷并认得许多名园。前因忽见有白海棠一种，不可多得。故变尽方法，只弄得两盆。大人若视男是亲男一般，⁸便留下赏玩。因天气暑热，恐园中姑娘们不便，故不敢面见。奉书恭启，并叩台安。

　　　　　　　　　　　　男芸跪书。⑨⁹

宝玉看了笑问道："独他来了？还有什么人？"婆子道：

1. 所送颜真卿墨迹，在第四十回写探春房中陈设时见到，即"烟霞闲骨格，泉石野生涯"一联。前后针线缜密如此。

2. 点回目"偶结"二字。

3. 钗、黛吟咏，技高一筹，此诸芳所共识。

4. 脂粉不让须眉，正见探春之志高自负，语句中透出一股英气。

5. 偏偏又来一帖，两相对照，煞是好看。

6. 戏认干儿子事，竟如此认真写来。作者不愧幽默大师。

7. 真欲喷饭，真好新鲜文字！（己）

8. 皆千古未有之奇文。初读令人不解，思之则喷饭。（己）

9. 一笑。（蒙）程高、甲辰诸本皆误抄作正文，大谬。

---

① 痌瘝（tōng guān 通关）——对疾苦的关怀。

② 名攻利敌之场、些山滴水之区——争名夺利的场所，指繁华的闹市；后者指范围很小的人工园景。

③ 投辖攀辕——形容挽留客人心切。辖，古代车上的金属零件，插于轴端孔内，使轮不离轴。汉代陈遵为留客，将客人车辖投入井中。辕，驾车用的伸于前端的直木或曲木；攀辕，即挽住车子不让走。

④ 窃同叨——我幸同一道。窃，表示自己心意的谦词。

⑤ 莲社——佛教净土宗最初所结的文社，东晋慧远创立于庐山东林寺（内有白莲池），曾招陶渊明去参加。

⑥ 东山——在会稽山阴（今浙江山阴）。东晋谢安曾隐居东山，常与友人会聚，为文作诗，吟咏山水。

⑦ 棹（zhào 照）雪而来——乘兴而来。用《世说新语》中王子猷冒雪"夜乘小船"访戴安道事；有"吾本乘兴而行"等语。

⑧ 扫花以待——殷勤期待客人到来。杜甫《客至》诗："花径不曾缘客扫，蓬门今始为君开。"原表示自己疏懒，待客不周，今反用其意。

⑨ 贾芸送白海棠帖一封——此帖半文不白，语言多似通非通，比如"大人若视男如亲男一般"等语，就很滑稽，可见作者的诙谐幽默。

"还有两盆花儿。"宝玉道："你出去说，我知道了，难为他想着。你便把花儿送到我屋里去就是了。"一面说，一面同翠墨往秋爽斋来，只见宝钗、黛玉、迎春、惜春已都在那里了。[1]

众人见他进来，都笑说道："又来了一个。"探春笑道："我不算俗，偶然起了个念头，写了几个帖儿试一试，谁知一招皆到。"宝玉笑道："可惜迟了，早该起个社的。"黛玉说道："你们只管起社，可别算我，我是不敢的。"迎春笑道："你不敢谁还敢呢！"[2]宝玉道："这是一件正经大事，大家鼓舞起来，不要你谦我让的。各有主意只管说出来大家平章①。[3]宝姐姐也出个主意，林妹妹也说个话儿。"宝钗道："你忙什么！人还不全呢。"[4]一语未了，李纨也来了，进门笑道："雅得紧！要起诗社，我自荐我掌坛。前儿春天我原有这个意思的。我想了一想，我又不会作诗，瞎乱些什么，[5]因而也忘了，就没说得。既是三妹妹高兴，我就帮你作兴起来。"[6]

黛玉道："既然定要起诗社，咱们都是诗翁了，先把这些姐妹叔嫂的字样改了才不俗。"[7]李纨道："极是，何不大家起个别号，彼此称呼倒雅。我是定了'稻香老农'，再无人占的。"[8]探春笑道："我就是'秋爽居士'罢。"宝玉道："居士、主人到底不恰，且又累赘。[9]这里梧桐、芭蕉尽有，或指梧桐、芭蕉起个倒好。"探春笑道："有了，我最喜芭蕉，就称'蕉下客'罢。"众人都道别致有趣。黛玉笑道："你们快牵了她去，炖了脯子吃酒。"[10]众人不解。黛玉笑道："你们不知，古人曾云'蕉叶覆鹿'②。她自称'蕉下客'，可不是一只鹿了？快做了鹿脯来。"众人听了，都笑起来。探春因笑道："你别忙使巧话来骂人，我已替你想了个极当的美号了。"[11]又向众人道："当日娥皇、女英洒泪在竹上成斑，故今斑竹又名湘妃竹。如今她住的是潇湘馆，她又爱哭，将来她想林姐夫，那些竹子也是要变成斑竹的。以后都叫她作'潇湘妃子'就完了。"[12]大家听

---

1. 都是热心人。迎、惜虽不善诗，有此雅会，岂肯错过！

2. 谦让太过了，难怪二姑娘要顶她嘴。必得如此，方是妙文。若也如宝玉说兴头话，则不是黛玉矣。（己）

3. 唯恐别人打退堂鼓，黄了这事。这是"正紧大事"已妙，且曰"平章"更妙，的是宝玉的口角。（己）

4. 妙，宝钗自有主见，真不诬也。（己）

5. 李纨也有兴难得，自荐掌坛因年长也，非为夸诗，故有"不会作诗"谦语。

6. 愿为成此事而作贡献也。看他又是一篇文字，分叙单传之法也。（己）

7. 可知前日"不敢"是过谦之词。看他写黛玉，真可人也。（己）

8. 起别号是文坛风气。未起诗社，先起别号。（己）真妙，一个花样。（己）

9. 想别出新意，不落俗套。

10. 忽出此语，不知何意，经解说方知，黛玉心思敏捷，却引出探春大可玩味的调侃。

11. 来而不往非礼也，看她如何说。

12. "将来她想林姐夫"云云，于戏谑中作谶语，全无牵强痕迹。

---

① 平章——评论。
② 蕉叶覆鹿——《列子·周穆王》中故事：郑国有个樵夫，无意中遇到一头惊鹿，把它打死后，怕别人看到，把鹿藏起来，还用蕉（原通"樵"）叶覆盖着。不久，他忘记鹿藏在哪儿了，还以为自己是做了个梦。后人多用"蕉鹿"比喻世事变化无常。

说，都拍手叫妙。林黛玉低了头，方不言语。[1] 李纨笑道："我替薛大妹妹也早已想了个好的，也只三个字。"惜春、迎春都忙问是什么。[2] 李纨道："我是封她为'蘅芜君'了，[3] 不知你们如何？"探春笑道："这个封号极好。"宝玉道："我呢？你们也替我想一个。"[4] 宝钗笑道："你的号早有了，'无事忙'三字恰当得很。"[5] 李纨道："你还是你的旧号'绛洞花主'就好。"[6] 宝玉笑道："小时候干的营生，还提它作什么！"[7] 探春道："你的号多得很，又起什么。我们爱叫你什么，你就答应着就是了。"[8] 宝钗道："还得我送你个号罢。有最俗的一个号，却于你最当。天下难得的是富贵，又难得的是闲散，这两样再不能兼有，不想你兼有了，就叫你'富贵闲人'也罢了。"[9] 宝玉笑道："当不起，当不起！倒是随你们混叫去罢。"李纨道："二姑娘、四姑娘起个什么号？"迎春道："我们又不大会诗，白起个号做什么？"[10] 探春道："虽如此，也起个才是。"宝钗道："她住的是紫菱洲，就叫她'菱洲'；四丫头在藕香榭，就叫她'藕榭'就完了。"

　　李纨道："就是这样好。但序齿我大，你们都要依我的主意，管情说了大家合意。我们七个人起社，我和二姑娘、四姑娘都不会作诗，须得让出我们三个人去。我们三个各分一件事。"探春笑道："已有了号，还只管这样称呼，不如没有了。以后错了，也要立个罚约才好。"李纨道："立定了社，再定罚约。我那里地方大，竟在我那里作社。我虽不能作诗，这些诗人竟不厌俗客，我作个东道主人，我自然也清雅起来了，于是要推我作社长。[11] 我一个社长自然不够，必要再请两位副社长，就请菱洲、藕榭二位学究来，一位出题限韵，一位誊录监场。亦不可拘定了我们三个不作，若遇

1. 妙极，趣极，所谓"夫人必自侮然后人侮之"，看因一谑便匀出一美号来，何等妙文哉！另一花样。（己）脂评引语出《孟子·离娄上》。

2. 插一句以免冷落二人。妙文。迎春、惜春固不能答言，然不便撕之序，故插她二人问。试思近日诸豪宴集，雄语伟辩之时，座上或有一二愚夫不敢接谈，偏好问，亦可厌之事。（庚）

3. "君"为尊号，楚辞用以称神有云中君、湘君；汉武帝之外祖母被尊为平原君，其姊号为修成君，皆是，故此处说"封"。

4. 必有是问。（己）

5. 问李纨，宝钗抢答，有情理。作调侃语，是绰号、诨号，不是雅号。真恰当，形容得尽。（己）

6. 与宝玉"居士、主人到底不恰"语相违。妙极，又点前文。通部中从头至末，前文已过者，恐去之冷落，使人忘怀，得便一点；未来者，恐来之突然，或先伏一线，皆行文之妙诀也。（己）此是补笔，前文未提过此号，只有第三回王夫人向黛玉介绍宝玉"是这家里的混世魔王"时，有脂批说"与绛洞花主为对看"。批书人记混了。

7. 小时候好模仿文人时髦，长成后以为羞。清代即评《红》者中，也多有以"主人"为号的，如梦觉主人、伊园主人、海圃主人、话石主人、西园主人、护花主人等。报言如闻，不知大时又有何营生。（己）

8. 更妙，若只管挨次一个一个乱起，则成何文字。另一花样。（己）

9. 仍是调侃，见地也精到。

10. 假斯文、守钱虏来看这句。（己）

11. 即前云"我自荐我掌坛""帮你作兴起来"之意。李纨自幼读书，鉴赏诗颇有眼力，但创作平平，又因年长，为人公正，所以在吟咏赛场上，最合适当裁判长，而当不了优秀运动员。

见容易些的题目、韵脚，我们也随便作一首。你们四个却是要限定的。若如此便起，若不依我，我也不敢附骥①了。"迎春、惜春本性懒于诗词，又有薛、林在前，听了这话便深合己意，二人皆说"极是"。探春等也知此意，见她二人悦服，也不好强，只得依了。因笑道："这话也罢了，只是自想好笑，好好的我起了个主意，反叫你们三个来管起我来了。"¹宝玉道："既这样，咱们就往稻香村去。"李纨道："都是你忙，今日不过商议，等我再请。"²宝钗道："也要议定几日一会才好。"探春道："若只管会得多，又没趣了。一月之中，只可两三次才好。"宝钗点头道："一月只要两次就够了。拟定日期，风雨无阻。除这两日外，倘有高兴的，她情愿加一社的，或情愿到她那里去，或附就了来，亦可使得，岂不活泼有趣。"众人都道："这个主意更好。"

探春道："只是原系我起的意，我须得先作个东道主人，方不负我这兴。"³李纨道："既这样说，明日你就先开一社如何？"探春道："明日不如今日，就是此刻好。⁴你就出题，菱洲限韵，藕榭监场。"迎春道："依我说，也不必随一人出题限韵，竟是拈阄公道。"李纨道："方才我来时，看见他们抬进两盆白海棠来，倒是好花。你们何不就咏起它来？"⁵迎春道："都还未赏，先倒作诗。"⁶宝钗道："不过是白海棠，又何必定要见了才作。古人的诗赋，也不过都是寄兴寓情耳。若都等见了才作，如今也没这些诗了。"⁷迎春道："既如此，待我限韵。"说着，走到书架前抽出一本诗来，随手一揭，这首竟是一首七言律，递与众人看了，都该作七言律。迎春掩了诗，又向一个小丫头道："你随口说一个字来。"那丫头正倚门立着，便说了个"门"字。⁸迎春笑道："就是门字韵，'十三元②'了。头一个韵定要这'门'字。"说着，又要了韵牌匣子③过来，

1. 谐语有致。
2. 既然自承做东，哪能匆匆忙忙，毫无准备。不过，若真又写李纨如何安排开社，文字不免拖泥带水。
3. 说得有理。
4. 好！何必舍近就远，此刻即行，剪去多少枝蔓。
5. 送得也巧。真正好题，妙在未起诗社，先得了题目。(己)
6. 老实人说老实话，殊不知作诗切忌老实。
7. 绝妙诗论，推而广之，写小说何尝要照着葫芦画瓢。真诗人语。(己)
8. 所限韵部及韵脚几个字，都是咏白海棠所宜用的，更是代她们写诗的作者在构思时早选定的。想不到融于情节中，竟能穿插得如此灵巧。

① 附骥——多作依附先辈、名流而沾光的谦辞。本来是个比喻，说苍蝇飞不远，但附在良马尾巴上就可跑千里了。见《史记·伯夷列传》及司马贞索隐。
② "十三元"——唐宋以后，作近体诗都用"平水韵"（即《佩文诗韵》所分106部韵）中的平声韵，它分为上平声、下平声各15部，每部有个字为韵目，如上平声是"一东""二冬""三江""四支"……"十三元""十四寒""十五删"。"门"，字韵属"元"部。这种先规定韵脚的作诗叫"限韵"。
③ 韵牌匣子——将诗韵中平声韵每一部里的同韵字，分别刻在小牌上，装于匣内，以备作诗时选用。

抽出"十三元"一屉，又命那小丫头随手拿四块。那丫头便拿了"盆""魂""痕""昏"四块来。宝玉道："这'盆''门'两个字不大好作呢！"待书一样预备下四份纸笔，便都悄然各自思索起来。<u>独黛玉或抚弄梧桐，或看秋色，或又和丫鬟们嘲笑。</u>[1]迎春又<u>命丫鬟炷了一支"梦甜香"。</u>[2]原来这"梦甜香"只有三寸来长，有灯草粗细，以其易烬，故以此烬为限，如香烬未成便要受罚。一时探春便先有了，自提笔写出，又改抹了一回，递与迎春。因问宝钗："蘅芜君，你可有了？"宝钗道："有却有了，只是不好。"宝玉背着手，在回廊上踱来踱去，<u>因向黛玉说道："你听，她们都有了。"</u>[3]黛玉道："你别管我。"宝玉又见宝钗已誊写出来，因说道："了不得！香只剩了一寸了，我才有了四句。"又向黛玉道："香快完了，<u>只管蹲在那潮地下作什么？"</u>[4]黛玉也不理。宝玉道："我可顾不得你了，好歹也写出来罢。"说着，也走在案前写了。李纨道："我们要看诗了，若看完了，还不交卷是必罚的。"宝玉道："<u>稻香老农虽不善作却善看，又最公道，你就评阅优劣，我们都服的。</u>[5]"众人都道："自然。"于是先看探春的稿上写道：

咏白海棠　　限门盆魂痕昏

斜阳寒草带重门，苔翠盈铺雨后盆。
玉是精神难比洁，雪为肌骨易销魂。[6]
芳心一点娇无力，倩影三更月有痕。
莫谓缟仙能羽化，多情伴我咏黄昏。①

大家看了，称赞一回，又看宝钗的：

<u>珍重芳姿昼掩门，</u>[7]自携手瓮灌苔盆。
胭脂洗出秋阶影，<u>冰雪招来露砌魂。</u>[8]
<u>淡极始知花更艳，</u>[9]愁多焉得玉无痕。[10]
<u>欲偿白帝凭清洁，</u>[11]不语婷婷日又昏。②

---

① 探春"斜阳寒草带重门"一律——后六句都是以花拟人，比作仙子。销魂，这里是使人迷恋陶醉的意思。倩影，指花的美好的身姿。月有痕，月有影子。缟仙，白衣仙子，指花。缟，白绢。羽化，道家称成仙飞升为"羽化"。末两句说，不要说白衣仙女会升天飞去，她正多情地伴我在黄昏中吟咏呢。

② 宝钗"珍重芳姿昼掩门"一律——"胭脂"二句是诗的一种修辞句法，意谓秋阶旁有洗去胭脂的倩影，露砌边招来冰雪的精魂。洗出，洗掉所涂抹的而显出本色。露砌，带露水的阶台边。"愁多"句，就玉说，"痕"是瑕疵；以人拟，"痕"是泪痕，其实就是指花的怯弱姿态或含露的样子。白帝，西方之神，管辖秋事。这句说花儿要报答白帝雨露化育之恩，全凭自身保持清洁。

---

1. 正是在思索作诗而偏偏摆出一副不必劳神的样子，黛玉诗才敏捷、性情自负活现。看他单写黛玉。（己）

2. 好香，专能撰此新奇字样。（己）

3. 一心在意黛玉，唯恐其落后，可知评诗也必偏心。

4. 作诗呢，还会作什么？真是"无事忙"！

5. 这话说对了。理岂不公。（己）

6. 颔联也颇精警，只是句法稍平直。

7. 宝钗诗全是自写身分，讽刺时事，只以品行为先，才技为末。纤巧流荡之词，绮靡秾艳之语，一洗皆尽，非不能也，屑而不为也。最恨近日小说中，一百美人诗词语气，只得一个艳稿。（己）

8. 句法较探春多一层锤炼功夫。看她清洁自厉，终不肯作一轻浮语。（己）

9. 懂辩证法，最是全篇中警句。好极！高情巨眼，能几人哉！正"一鸟不鸣山更幽"也。引句出王安石《钟山绝句二首》其一；取南朝梁王籍《入若耶溪》诗"鸟鸣山更幽"句翻案。

10. 语中有刺。看她讽刺林、宝二人，省手。（己）

11. 将来能不遭诟谇而保洁者，恐怕只有宝钗了。看她收到自己身上来，是何等身分！（己）

李纨笑道："到底是蘅芜君。"[1]说着又看宝玉的，道是：

> 秋容浅淡映重门，七节攒成雪满盆。
> 出浴太真冰作影，捧心西子玉为魂。[2]
> 晓风不散愁千点，[3]宿雨还添泪一痕。[4]
> 独倚画栏如有意，清砧怨笛送黄昏。①[5]

大家看了，宝玉说探春的好，[6]李纨终要推宝钗这诗有身分，因又催黛玉。黛玉道："你们都有了？"说着提笔一挥而就，掷与众人。[7]李纨等看她写道是：

> 半卷湘帘半掩门，[8]碾冰为土玉为盆。[9]

看了这句，宝玉先喝起彩来，只说"从何处想来"！又看下面道是：

> 偷来梨蕊三分白，借得梅花一缕魂。[10]

众人看了，也都不禁叫好，说"果然比别人又是一样心肠"。又看下面道是：

> 月窟仙人缝缟袂，秋闺怨女拭啼痕。[11]
> 娇羞默默同谁诉，倦倚西风夜已昏。②[12]

众人看了，都道是这首为上。李纨道："若论风流别致，自是这首；若论含蓄浑厚，终让蘅芜稿。"[13]探春道："这评得有理，潇湘妃子当居第二。"李纨道："怡红公子是压尾，你服不服？"宝玉道："我的那首原不好，这评得最公。"[14]又笑道："只是蘅、潇二首还要斟酌。"[15]李纨道："原是依我评论，不与你们相干，再有多说者必罚。"宝玉听说，只得罢了。李纨道："从此后，我定于每月初二、十六这两日开社，出题、限韵都要依我。这其间，

1. 赞誉之意已溢于言表。
2. 颔联只有宝玉才适合写，详见注释①。
3. 这句直是自己一生心事。（己）
4. 妙在终不忘黛玉。（己）
5. 宝玉再细心作，只怕还有好的，只是一心挂着黛玉，故平妥不警也。（己）怕也不欲与姐妹们争胜。
6. 评诗唯亲，不知是在说诗还是说人。
7. 用"一挥""掷与"，神情如见。可知最后交卷，非才思迟钝，而是情节安排需要由她唱压台戏。
8. 发端突兀有势。且不说花，且说看花的人，起得突然别致。（己）
9. 若看作是对宝钗讥语的反击，则锋芒毕露。极妙，料定她自与别人不同。（己）
10. 宋代卢梅坡《雪梅》诗："梅须逊雪三分白，雪却输梅一段香。"黛玉此联也许受到它的启发。
11. 已涉仙界，又缝缟素，似非吉兆。虚敲旁比，真逸才也，且不脱落自己。（己）
12. 心有隐私，娇羞难言，向谁一诉衷情；倦体难支，不觉大暮降临。看她终结到自己。一人是一人口气。逸才仙品，固让颦儿；温雅沉着，终是宝钗。今日之作，宝玉自应居末。（己）
13. 不附和众议，作公道评论，有主见。
14. 自己居末，而称公评，心态不错。话内细思，则似有不服先评之意。（己）
15. 不服者为此，替林妹妹抱不平。文章高下，本难定评，况喜爱不同，见仁见智可也。

① 宝玉"秋容浅淡映重门"一律——秋容，指秋花的容貌。攒（zǎn）：簇聚。这句说花在枝上层层而生，开得很繁。"出浴"二句，唐玄宗宠爱杨贵妃，曾赐浴华清池，诗歌、戏曲都写她肤如"凝脂"，这里以其身影如冰雪洁白喻白海棠；又以捧心西施风韵格调似玉比花。二句隐寓"雪"姑娘宝钗之"冷"、病西施黛玉与宝玉亲似一体，"玉为魂"，即宝玉梦游幻境时仙子所说"有绛珠妹子的生魂前来游玩"之意。"独倚"句，如写"愁""泪"一样，都是以花拟人。清砧（zhēn真）：清苦的捣衣声。砧，捣衣石。古时常秋夜捣衣，诗词中多借以写妇女思念丈夫的愁绪。
② 黛玉"半卷湘帘半掩门"一律——湘帘，湘竹制的门帘，首句是说看花人。"半卷""半掩"与末联花的娇羞倦态相呼应。"偷来"二句，意即白净如同梨花，风韵可比梅花。月窟，月中仙境。袂，衣袖，指代衣服。缟袂，喻白花；但"缝缟袂"，似隐裁制丧服。

你们有高兴的，只管另择日子补开，哪怕一个月每天都开社，我只不管。只是到了初二、十六这两日，是必往我那里去。"宝玉道："到底要起个社名才是。"探春道："俗了又不好，特新了，刁钻古怪也不好。可巧才是海棠诗开端，就叫个海棠社罢。[1]虽然俗些，因真有此事，也就不碍了。"说毕，大家又商议了一回，略用些酒果，方各自散去。也有回家的，也有往贾母、王夫人处去的。当下别人无话。[2]

且说袭人[3]因见宝玉看了字帖儿便慌慌张张地同翠墨去了，也不知何事。后来又见后门上婆子送了两盆海棠花来。袭人问是哪里来的，婆子便将宝玉前一番缘故说了。袭人听说，便命她们摆好，让她们在下房里坐了，自己走到自己房内秤了六钱银子封好，又拿了三百钱走来，都递与那两个婆子，道："这银子赏那抬花来的小子们，这钱你们打酒吃罢。"[4]那婆子们站起来，眉开眼笑，千恩万谢地不肯受，见袭人执意不收，方领了。袭人又道："后门上外头可有该班的小子们？"婆子忙应道："天天有四个，原预备里面差使的。姑娘有什么差使，我们吩咐去。"袭人笑道："有什么差使？今儿宝二爷要打发人到小侯爷家与史大姑娘送东西去，可巧你们来了，顺便出去叫后门上的小子们雇辆车来。回来你们就往这里拿钱，不用叫他们又往前头混碰去。"婆子答应着去了。袭人回至房中，拿碟子盛东西与史湘云送去，[5]却见橱子①上碟槽空着。因回头见晴雯、秋纹、麝月等都在一处做针黹，袭人问道："这一个缠丝白玛瑙碟子哪去了？"众人见问，都你看我，我看你，都想不起来。半日，晴雯笑道："给三姑娘送荔枝去的，[6]还没送来呢。"袭人道："家常送东西的家伙也多，巴巴地拿这个去。"晴雯道："我何尝不也这样说。他说这个碟子配上鲜荔枝才好看。[7]我送去，三姑娘见了也说好看，叫连碟子放着，就没带来。你再瞧，那橱子尽上头的一对联珠瓶还没收来呢。"[8]秋纹笑道："提起这瓶来，我又想起笑话。我们宝二爷说声

1. 有事可凭，顺理成章，无须大雅。

2. 一路总不写薛、林兴头，可见她二人并不着意于此。不写薛、林，正是大手笔。独她二人长于诗，必使二人为之，则极腐矣。全是错综法。（己）

3. 忽然写到袭人，真令人不解，看他如何终此诗社之文。（己）

4. 怡红院全凭袭人当家，看她处置此细事，何等周全妥当。难怪得上下众口好评。

5. 是宝玉记挂起湘云来叫送的，但先不说送什么。线头却牵出，观者犹不理会。不知是何碟何物，令人犯思索。（己）

6. 前探春招宝玉结诗社帖子中已提到，所谓"兼鲜荔并真卿墨迹见赐"是也。前后丝丝密合。

7. 自然好看，原该如此。可恨今之有一二好花者，不肯像景而用。（己）

8. 由玛瑙碟子带出联珠瓶来，又由瓶带出送花事来，然后丫头受赏，彼此谑语讥讽，接二连三，牵五挂四，没完没了。最后仍能归到诗社事上来，此展示生活场景的大开大合写法，非单纯一条线说故事可比。

---

① 橱子——像书架的木器家具，分大小式样不同的格子，可放置器皿、玩物、摆设。

孝心一动，也孝敬到二十分。因那日见园里桂花，折了两枝，原是自己要插瓶的，忽然想起来说，这是自己园里的才开的新鲜花儿，不敢自己先玩，巴巴地把那一对瓶拿下来，亲自灌水插好，叫个人拿着，亲自送一瓶进老太太，又进一瓶与太太。[1] 谁知他孝心一动，连跟的人都得了福了。可巧那日是我拿去的。老太太见了这样，喜得无可无不可，见人就说：'到底是宝玉孝顺我，连一枝花儿也想得到。别人还只抱怨我疼他。'你们知道，老太太素日不大同我说话的，有些不入她老人家的眼的。那日竟叫人拿几百钱给我，说我可怜见的，生得单柔。这可是再想不到的福气。几百钱事小，难得这个脸面。[2] 及至到了太太那里，太太正和二奶奶、赵姨奶奶、周姨奶奶好些人翻箱子，找太太当日年轻的颜色衣裳，不知要给哪一个。[3] 一见了，连衣裳也不找了，且看花儿。又有二奶奶在旁边凑趣儿，夸宝玉又是怎样孝敬，又是怎样知好歹，有的没的说了两车话。[4] 当着众人，太太自为又增了光，堵了众人的嘴。太太越发喜欢了，现成的衣裳就赏了我两件。衣裳也是小事，年年横竖也得，却不像这个彩头。"晴雯笑道："呸！没见世面的小蹄子！那是把好的给了人，挑剩下的才给你，你还充有脸呢！"[5] 秋纹道："凭她给谁剩的，到底是太太的恩典。"晴雯道："要是我，我就不要。若是给别人剩下的给我，也罢了。一样这屋里的人，难道谁又比谁高贵些？把好的给她，剩下的才给我，我宁可不要。[6] 冲撞了太太，我也不受这口软气。"秋纹忙问道："给这屋里谁的？我因为前儿病了几天，家去了，不知是给谁的。好姐姐，你告诉我知道知道。"晴雯道："我告诉了你，难道你这会退还太太去不成？"[7] 秋纹笑道："胡说！我白听了喜欢喜欢。哪怕给这屋里的狗剩下的，[8] 我只领太太的恩典，也不犯管别的事。"众人听了，都笑道："骂得巧，可不是给了那西洋花点子哈巴儿①了。"[9] 袭人笑道："你们

1. 说宝玉是孽根、不肖、叛逆等都无不可，只是不能责他没有孝心。虽说是忽然心血来潮，却实实出自他善良天性。

2. 因意外获小惠而庆幸感恩，亦人情常见，今之善于感情投资者，颇懂此中诀窍。

3. 要给的人近在眼前。

4. 凤姐甚疼宝兄弟，常见特殊关爱，今背后夸他孝顺，知好歹，是深知其为人的话。

5. 所谓"心比天高，身为下贱"也。虽语有所指，也难得在那个时代的丫头身上，见不到奴颜媚骨。

6. 原来就在屋里，此人已呼之欲出。

7. 妙在不告诉是给谁，却作反问，这才逗出秋纹那句话来。

8. 是有意还是无意，很难说。

9. 若以为作者借此在痛斥袭人是走狗奴才，这就过于夸张了。丫头们奚落其善讨主子喜欢如哈巴儿，是不错的，今人则谓之奴性。须知阶级烙印人人难免，表现出来不尽相同，有时在思想观念上会彼此对立，如晴雯与袭人即是。作者有一定倾向性，但并非事事处处非黑白分明不可，并非借小说在自觉地表达反封建意识。那样既不可能，也是写不出好小说来的。故不可仅据此划线来臧否人物。

---

①　西洋花点子哈巴儿——从外国带来的花毛哈巴狗。花点子，当指袭人姓花，或因袭人正穿着花点子衣服。

这起烂了嘴的！得了空就拿我取笑打牙儿①。一个个不知怎么死呢！"秋纹笑道："原来姐姐得了，我实在不知道。我赔个不是罢。"袭人笑道："少轻狂罢。你们谁取了碟子来是正经。"1麝月道："那瓶儿也该得空收来了。老太太屋里还罢了，太太屋里人多手杂。别人还可以，赵姨奶奶一伙的人，见是这屋里的东西，又该使黑心弄坏了才罢。太太也不大管这些事，不如早些收来是正经。"晴雯听说，便掷下针黹道："这话倒是，等我取去。"秋纹道："还是我取去罢，你取你的碟子去。"晴雯笑道："我偏取一遭儿去。是巧宗儿你们都得了，难道不许我得一遭儿？"2麝月笑道："通共秋丫头得了一遭儿衣裳，哪里今儿又巧，你也遇见找衣裳不成？"晴雯冷笑道："虽然碰不见衣裳，或者太太看见我勤谨，一个月也把太太的公费里分出二两银子来给我，也定不得。"3说着又笑道："你们别和我装神弄鬼的，什么事我不知道。"一面说，一面往外跑去。秋纹也同她出来，自去探春那里取了碟子来。

袭人打点齐备东西，叫过本处的一个老宋妈妈来，4向她说道："你先好生梳洗了，换了出门的衣裳来，如今打发你与史大姑娘送东西去。"那宋妈妈道："姑娘只管交给我，有话说与我，我收拾了就好一顺去的。"袭人听说，便端过两个小捐丝盒子来。先揭开一个，里面装的是红菱和鸡头②两样鲜果；又揭那一个，是一碟子桂花糖蒸新栗粉糕。又说道："这都是今年咱们这里园子里新结的果子，宝二爷送来与姑娘尝尝。再，前日姑娘说这玛瑙碟子好，姑娘就留下玩罢。5这绢包儿里头是姑娘上日叫我做的活计，姑娘别嫌粗糙，能着用罢。替我们请安，替二爷问好就是了。"宋妈妈道："宝二爷不知还有什么说的没有，姑娘再问问去，回来又别说忘了。"袭人因问秋纹道："方才可见在三姑娘那里？"秋纹道："他们都在那里商议起什么诗社呢，又都作诗。想来没话，你只去罢。"宋妈妈听了，6便拿了东西出去，

① 打牙儿——弄舌，说俏皮话。
② 鸡头——即芡实。水生，夏日开花，叶似荷而小，果实可食。

1. 看他忽然夹写女儿喁喁一段，总不脱正事。所谓此书一回是两段，两段中却有无限事体，或有一语透至一回者，或有反补上回者，错综穿插，从不一气直起直泻至终为了。（己）

2. 只怕还有话要说，未必真想去。若真去了，后来大观园出丑事，太太也就不会不认识晴雯了。

3. 这就是了。物不平则鸣，毕竟彼此月例差别太悬殊了。晴雯不过说说而已。

4. 宋，送之。随事生文，妙。（己）

5. 前文说袭人"拿碟子盛东西与史湘云送去"，发现不见了，晴雯想起来，就叫她从探春处取回。原来是因为湘云喜欢，打算趁机送给她。袭人真有心人！妙，隐这一件公案。余想：袭人必要玛瑙碟子盛去，何必骄奢轻发如是耶？因有此一案，则无怪矣。（己）

6. 后文说宋妈妈送东西给湘云，还告知起诗社事，若非此时听见，如何能得知。细。

另外穿戴了。袭人又嘱咐她："从后门出去，有小子和车等着呢。"宋妈妈去后，不在话下。

　　一时宝玉回来，先忙着看了一回海棠，至房内告诉袭人起诗社的事。袭人也把打发宋妈妈与史湘云送东西去的话告诉了宝玉。<u>宝玉听了拍手道："偏忘了她。我自觉心里有件事，只是想不起来，亏你提起来，正要请她去。这诗社里若少了她还有什么意思。"</u>[1]袭人劝道："什么要紧，不过是玩意儿。她比不得你们自在，家里又作不得主儿。告诉她，她要来又由不得她；不来她又牵肠挂肚的，没的叫她不受用。"宝玉道："不妨事，我回老太太打发人接她去。"正说着，宋妈妈已经回来，回复道生受^①，与袭人道乏。又说："<u>问二爷作什么呢，我说和姑娘们起什么诗社作诗呢。史姑娘说，他们作诗也不告诉她去，急得了不得。</u>"[2]<u>宝玉听了，立身便往贾母处来，立逼着叫人接去。</u>[3]贾母因说："今儿天晚了，明日一早再去。"宝玉只得罢了，回来闷闷的。

　　次日一早，便又往贾母处来催逼人接去。直到<u>午后，史湘云才来，宝玉方放了心，</u>[4]见面时，就把始末原由告诉她，又要与她诗看。李纨等因说道："<u>且别给她看，先说与她韵。</u>[5]她后来，先罚她和了诗：若好，便请入社；若不好，还要罚她一个东道再说。"湘云笑道："你们忘了请我，我还要罚你们呢。<u>就拿韵来，我虽不能，只得勉强出丑。容我入社，扫地焚香我也情愿。</u>"[6]众人见她这般有趣，越发喜欢，都埋怨昨日怎么忘了她，遂忙告诉她韵。史湘云一心兴头，等不得推敲删改，<u>一面只管和人说着话，心内早已和成，即用随便纸笔录出，</u>[7]先笑说道："我却依韵和了两首，好歹我却不知，不过应命而已。"说着递与众人。众人道："<u>我们四首也算想绝了，再一首也不能了。你倒弄了两首，哪里有许多话说，必要重了我们的。</u>"[8]一面说，一面看时，只见那两首诗写道：

---

1. 若只说忘了，不好；必说心里有件事，想不起，方千妥万妥。湘云是诗社中最有意思角色，未正面描述前，先从宝玉口中说出，有引人入胜效果。

2. 若非从宋妈处得消息，如何写她"急得了不得"。倘由庸笔来写，必是宝玉想起来，请她，她高兴得了不得。作者偏不写高兴，而写她急。

3. "急得了不得"的还有宝玉，"立逼着"三字，活龙活现。

4. "无事忙"有事了，还不更忙？

5. 先不看别人的，只凭自己本领做才有意思。

6. 早技痒难熬了。"就拿韵来！"怎么听去就像水泊梁山好汉说"拿酒来"。但能入社，不辞充役，爽快人说得真有趣！

7. 诗思敏捷是湘云一大本领。可见越是好文字，不管怎样就有了；越用工夫越讲究笔墨，终成涂鸦。（己）

8. 竭力用众人的话来反衬，以怀疑和低估来推高其所作。说实在的，已有四首，又加两首，谁能用同样诗题、同样韵脚连写六首而立意、风格各异，不彼此"重了"呢？雪芹真神乎其技矣！

---

　　①　生受——难为，麻烦。

其　一

神仙昨日降都门，[1]种得蓝田玉一盆。[2]
自是霜娥偏爱冷，[3]非关倩女亦离魂。
秋阴捧出何方雪？[4]雨渍添来隔宿痕。
却喜诗人吟不倦，岂令寂寞度朝昏。①

其　二

蘅芷阶通萝薜门，也宜墙角也宜盆。[5]
花因喜洁难寻偶，[6]人为悲秋易断魂。
玉烛滴干风里泪，晶帘隔破月中痕。
幽情欲向嫦娥诉，[7]无奈虚廊夜色昏。[8]②

　　众人看一句，惊讶一句，看到了赞到了，都说："这个不枉作了海棠诗，真该要起海棠社了。"史湘云道："明日先罚我个东道，[9]就让我先邀一社可使得？"众人道："这更妙了！"因又将昨日的诗与她评论一回。

　　至晚，宝钗将湘云邀往蘅芜苑去安歇。湘云灯下计议如何设东拟题。宝钗听她说了半日，皆不妥当，因向她说道："既开社，便要作东。虽然是个玩意儿，也要瞻前顾后，又要自己便宜，又要不得罪了人，然后方大家有趣。你家里你又作不得主，一个月通共那几吊钱，你还不够盘缠呢。这会子又干这没要紧的事，你婶婶听见了，越发抱怨你了。况且你就都拿出来，做这个东道也不够。难道为这个家去要不成？还是和这里要呢？"[10]一席话提醒了湘云，倒踌蹰起来。宝钗道："这个我已经有个主意。[11]我们当铺里有一个伙计，他家田里出的好肥螃蟹，前儿送了几斤来。现在这里的人，从老太太起，连园子里的人，有多一半都是爱吃螃蟹的。前日姨娘还说要请老太太在园子里赏桂花、吃螃蟹，[12]因为有事还没有请。你如今且把诗社别提起，只普通一请。等他们散了，咱有多少诗作不得呢。我和

1. 天外落笔，直透下句。落想便新奇，不落彼四套。（己）

2. 用神仙种玉故事，恰好。好，"盆"字押得更稳，总不落彼四套。（己）

3. 又不脱自己将来形景。（己）"偏爱冷"与"湘云是自爱所误"（第二十二回脂评）可互为印证。

4. 遣词造句都妙。清初李玉有《一捧雪》戏曲，乃以雪名玉杯，此借以喻花而将秋阴拟人，故言"捧出"。秋有阴而无雪，故用"何方"设问，且表惊喜。拍案叫绝，压倒群芳在此一句。（己）

5. 湘云成长之路坎坷不平，无论寄养叔家，还是招至荣府，皆深知自爱，随遇而安，此名花植于墙角盆中无不相宜之寓意吧！

6. 总喻将来不肯蒙受垢语污名而与丈夫分手。

7. 嫦娥亦"碧海青天夜夜心"之孤栖者。

8. 二首真可压卷。诗是好诗，文是奇奇怪怪之文，总令人想不到忽有二首来压卷。（己）

9. 罚也有自己讨的，有趣！

10. 好宝钗！对要好朋友，只以诚相待，实话实说，全不绕弯子，给做事不瞻前顾后且正在兴头上的湘云泼冷水，让她面对自己处境，想想做东的困难。

11. 不光给人出难题，办法也替她想好了。

12. 赏桂吃蟹便成下回后半作诗的题材。

---

① 湘云"神仙昨日降都门"一律——蓝田，山名，在陕西西安市南，以产白玉著名，古神怪故事中有神仙种玉事。"自是"句，自是，本是。霜娥，亦称"青女"，管霜雪的女神。"非关"句，用唐代陈玄祐《离魂记》事：倩娘与王宙相爱，魂离身随王宙远遁共居。此谓海棠非关倩娘事而也像离了魂的女子一样多情。
② 湘云"蘅芷阶通萝薜门"一律——"玉烛"句，白色蜡烛烧完时，剩下的是一堆凝脂，以喻花。晶帘，水晶帘，从帘内可见帘外景物，唯白色的东西不明显，故曰"隔破"，谓月中花影模糊。

哥哥说，要几篓极肥极大的螃蟹来，再往铺子里取上几坛好酒来，再备四五桌果碟，岂不又省事，又大家热闹了！”[1] 湘云听了，心中自是感服，极赞她想得周到。宝钗又笑道：“我是一片真心为你的话。你千万别多心，想着我小看了你，咱们两个就白好了。[2] 你若不多心，我就好叫他们办去。”湘云忙笑道：“好姐姐，你这样说，倒多心待我了。凭她怎么糊涂，连个好歹也不知，还成个人了？我若不把姐姐当作亲姐姐一样看，上回那些家常话、烦难事也不肯尽情告诉你了。”[3] 宝钗听说，便唤一个婆子来：“出去和大爷说，像前日的大螃蟹要几篓来，明日饭后请老太太、姨娘赏桂花。你说，大爷好歹别忘了，我今儿已请下人了。”[4] 那婆子出去说明回来，无话。

　　这里宝钗又向湘云道：“诗题也不要过于新巧了。你看古人诗中哪里有那些刁钻古怪的题目和那极险的韵①，若题过于新巧，韵过于险，再不得有好诗，终是小家气。诗固然怕说熟话，然更不可过于求生，[5] 只要头一件立意清新，自然措词就不俗了。究竟这也算不得什么，还是纺绩、针黹是你我的本等②。[6] 一时闲了，倒是于身心有益的书看几章是正经。”湘云只答应着，因笑道：“我如今心里想着，昨日作了海棠诗，我如今要作个菊花诗如何？”宝钗道：“菊花倒也合景，只是前人作的太多了。”湘云道：“我也是如此想着，恐怕落套。”宝钗想了一想，说道：“有了，如今以菊花为宾，以人为主，竟拟出几个题目来，都是两个字：一个虚字，一个实字，实字便用‘菊’字，虚字就用通用门的。如此又是咏菊，又是赋事，前人也没作过③，也不能落套。[7] 赋景、咏物两关着，又新鲜又大方。”湘云笑道：“这却很好。只是不知用何等虚字才好。你

1. 办法想得确实好，只是要自家破费了。而且还尽量将操办事说得简便，以免对方不安。

2. 出自好心，也须防伤人自尊，故作此表白，无微不至。

3. 肝胆相照之言。

4. 必得如此叮咛，阿呆兄方记得。（己）也见宝钗办事认真，想得周到。

5. 高见。非但作诗，即书画、论著，无不如此。固怕亦步亦趋，人云亦云，了无新意，更不可“徒为供人之目”而故作姿态，或为求轰动效应而独创奇谈怪论。

6. 这句煞风景。今之读者尤不喜欢此类说教。然不说这话，醉心于论诗说词，便不是薛宝钗了。

7. 前人诗文集中固少见此种，清代则已相当流行。见注释③。

① 险韵——以极难押韵的字押韵。有两类情况：一、某一韵部所属的字多或常用字较多，因而选择余地较大的叫宽韵；反之，选择余地较小的叫窄韵；特别窄的就叫险韵，如上平“三江”韵。二、所押之字，虽属宽韵部，却生僻难用，或以常人思路看来此字与诗题内容仿佛风马牛不相及的，也叫险韵。
② 本等——本分。
③ 一个虚字，一个实字……又是咏菊，又是赋事，前人也没作过——小说虽称是宝钗、湘云想出来的新鲜作诗法，其实是对当时已存在着的诗风的艺术反映。比如与作者同时代的宗室文人永恩《诚正堂稿》和永奎（嵩山）的《神清室诗稿》中就有彼此唱和的《菊花八咏》诗，诗题有《访菊》《对菊》《种菊》《簪菊》《问菊》《梦菊》《供菊》《残菊》等，小说中几乎和这一样，可见并非向壁虚构。

先想一个我听听。"宝钗想了一想，笑道："《菊梦》就好。"湘云笑道："果然好。我也有一个，《菊影》可使得？"宝钗道："也罢了。只是也有人作过，若题目多，这个也夹得上。我又有了一个。"湘云道："快说出来。"宝钗道："《问菊》如何？"湘云拍案叫妙，因接说道："我也有了，《访菊》如何？"宝钗也赞有趣，因说道："索性拟出十个来，写上再定。"说着，二人研墨蘸笔，湘云便写，宝钗便念，一时凑了十个。湘云看了一遍，又笑道："<u>十个还不成幅，索性凑成十二个便全了，</u>[1]也如人家的字画册页一样。"宝钗听说，又想了两个，一共凑成十二。又说道："既这样，一发编出它个次序先后来。"湘云道："如此更妙，竟弄成个菊谱了。"宝钗道："起首是《忆菊》；忆之不得，故访，第二是《访菊》；访之既得，便种，第三是《种菊》；种既盛开，故相对而赏，第四是《对菊》；相对而兴有余，故折来供瓶为玩，第五是《供菊》；既供而不吟，亦觉菊无彩色，第六便是《咏菊》；既入词章，不可不供笔墨，第七便是《画菊》；既为菊如是碌碌，究竟不知菊有何妙处，不禁有所问，第八便是《问菊》；菊如解语，使人狂喜不禁，第九便是《簪菊》；如此人事虽尽，犹有菊之可咏者，《菊影》《菊梦》二首续在第十第十一；末卷便以《残菊》总收前题之盛。这便是三秋的好景妙事都有了。"湘云依言将题录出，又看了一回，又问："该限何韵？"宝钗道："<u>我平生最不喜限韵，分明有好诗，何苦为韵所缚。咱们别学那小家派，只出题，不拘韵。原为大家偶得了好句取乐，并不为那些难人。</u>"[2]湘云道："这话很是。这样大家的诗还进一层。但只是咱们五个人，这十二个题目，难道每人作十二首不成？"宝钗道："那也太难人了。将这题目誊好，都要七言律诗，明日贴在墙上。他们看了，谁作哪一个就作哪一个。有力量者，十二首都作也可；不能的，一首不成也可。高才捷足者为尊。若十二首已全，便不许他后赶着又作，罚他就完了。"湘云道："这倒也罢了。"二人商议妥帖，方才熄灯安寝。要知端的，且听下回分解。

1. 作者总喜欢凑"十二"之数。

2. 据意择韵，以韵承意，才是作诗的正路。如果迁意就韵，因韵求事，就本末倒置了。但限韵风气，当时相当普遍。难得宝钗此论，且得宝玉赞同，在下一回中，宝玉说："我也最不喜限韵。"

【总评】

大观园儿女们结社作诗的种种情况，是当时知识阶层文化精神生活的反映，也可视作与作者多有接触的宗室文人、旗人子弟互相吟咏唱酬活动（在他们的集子中就可找到）的艺术写照；只是这种普遍存在的社会现象，经作者重新构思、加工、变形，被写入到虚构的大观园群芳的趣闻故事中而已。

探春诗才不及林、薛，却多风雅之趣；她与宝玉兄妹情深，由她发花笺邀结诗社是最自然的。作者把她和贾芸的帖子放在一起写，艺术上颇有安排。探春的请帖是一篇骈散相杂、写得很漂亮的短简。文笔干净利落，措辞藻丽多彩，与贾芸半文不白、似通非通的帖子形成对照，艺术效果上相得益彰。贾芸平时说话生动活泼，写信却另找陈词俗套来妆点，以为不如此就不够斯文。什么话都从"前因""因"开头，在"认得许多花儿匠"之前还加"竟"字，如此等等，百般扭捏，反成效颦。但从这个令人发笑的帖子中，仍可看出他办事能干、处处讨宝玉喜欢的"伶俐乖觉"的性格特点。赞扬探春文采风流，揶揄贾芸不通文墨，不过是眼前文章高下的对比，到后半部写他们遭遇时，却又完全反过来了。探春不论才志多高，"生于末世运偏消"，一点也不能有所作为；而被人瞧不起的贾芸，如脂评说"此人后来荣府事败"时"有一番作为"，却偏能一显身手。这是很深刻的，能发人深思。

作诗先起雅号，也是历来社会风气，但不宜尽落前人窠臼，故宝玉说"居士（如秋爽居士）、主人（如绛洞花主）到底不恰，且又累赘"。探春给黛玉起"潇湘妃子"雅号说的戏言，又是作谶："将来她想林姐夫，那些竹子也要变成斑竹的"，岂非是用闲语"将后半部线索提动"！李纨见有人"抬进两盆白海棠来"，就提议以咏白海棠为诗题。迎春道："都还未赏，先倒作诗。"宝钗道："不过是白海棠，又何必定要见了才作。古人的诗赋，也不过都是寄兴寓情耳。若都见了才作，如今也没有这些诗了。"此真作诗高论！套用其言来论小说创作，不知如何："若都要亲身经历了才写，如今也没有一部《红楼梦》了。"

宝玉说李纨对诗"虽不善作却善看，又最公道"，大家都服她的优劣评阅。李纨评："若论风流别致，自是这首（黛玉诗）；若论含蓄浑厚，终让蘅芜稿。"黛玉屈居第二。宝玉说"还要斟酌"，当然是表现他对人和对诗的偏爱。毕竟评诗见仁见智，不可能像判田径赛成绩那样客观。

秋纹丫头受老太太、太太赞赏，得了彩头，大为得意。晴雯尖刻地嘲笑她，谈话扯上了"狗剩下的"，有人便戏语指袭人是"西洋花点子哈巴儿"。这段虽属过渡性文字，却突出了晴雯反对媚主、维护自身尊严的可贵品格。

因结诗社，宝玉想起了湘云，催贾母立刻接她来，与上回结尾湘云临别嘱咐接上了榫。湘云诗思敏捷，言谈间便作了两首，反成"压倒群芳"之作。脂评告诉我们，诗句多有"不脱自己将来形景"处，如"自是霜娥偏爱冷""花因喜洁难寻偶""烛泪""嫦娥"等，皆暗示她和她丈夫后来成了牛郎织女那样的"白首双星"。又"也宜墙角也宜盆"句，让人联想到她无论处境如何变化，总能随遇而安、因地而宜的开朗心胸。

"夜拟菊花题"用一个虚字、一个实字拟成十二题，虽说是宝钗、湘云想出来的新鲜作诗法，其实也是对当时诗风的艺术反映。

第三十八回
林潇湘魁夺菊花诗　薛蘅芜讽和螃蟹咏

【题解】

　　本回回目诸本基本相同，两句所说都是诗社吟咏事。前句说的是在开社时，众人共作菊花诗十二题，其中林黛玉所选作的《咏菊》等三首，经讨论，被评为最佳，因而夺魁。后句说，作完菊花诗后，宝玉又说："今日持螯（蟹钳）赏桂，亦不可无诗。"便将自己即兴作的一首出示，引出黛、钗都各和一首，薛宝钗的咏螃蟹诗因其讽刺世人辛辣，被大家推为"食蟹绝唱"。有回前脂评曰：题曰："菊花诗"，"螃蟹咏"，偏自太君前。阿凤若许诙谐中不失体，鸳鸯、平儿宠婢中多少放肆之迎合取乐，写来似难入题，却轻轻用弄水、戏鱼、看花等游玩事，及王夫人云"这里风大"一句收住入题，并无纤毫牵强。此重作轻抹法也。妙极，好看煞！（己）

　　话说宝钗、湘云二人计议已妥，一宿无话。湘云次日便请贾母等赏桂花。[1]贾母等都说："倒是她有兴头，须要扰她这雅兴。"[2]至午，贾母果然带了王夫人、凤姐兼请薛姨妈等进园来。贾母因问："哪一处好？"[3]王夫人道："凭老太太爱在哪一处，就在哪一处。"[4]凤姐道："藕香榭已经摆下了，那山坡下两颗桂花开得又好，河里的水又碧清。坐在河当中亭子上岂不敞亮，看着水，眼也清亮。"[5]贾母听了说："这话很是。"说着，引了众人往藕香榭来。原来这藕香榭盖在池中，四面有窗，左右有曲廊可通，亦是跨水接岸，后面又有曲折竹桥暗接。众人上了竹桥，凤姐忙上来搀着贾母，口里说："老祖宗只管迈大步走，不相干的，这竹子桥规矩是咯吱咯喳的。"[6]

　　一时进入榭中，只见栏杆外另放着两张竹案，一个上面设着杯箸酒具，一个上头设着茶筅、茶盂各色茶具。那边有两三个丫头煽风炉煮茶，这一边另外几个丫头也煽风炉烫酒呢。贾母喜得忙问："这茶想得到，且是地方、东西都干净。"湘云笑道：

1. 原是薛家打算要请的，今让湘云出面，将这份做东的人情给了她，都是宝钗出的主意。

2. 喜欢热闹的贾母，见侄孙女来请，能不欣然答应？若在世俗小家，则云："你是客，在我们舍下，怎么反扰你的呢？"一何可笑！（己）

3. 必如此问方好。（己）

4. 必是王夫人知此答方好。（己）

5. 知者乐水，岂其然乎？（己）"知"通"智"，所谓"仁者乐山，智者乐水"。

6. 竹桥别出心裁的设计，阿凤无微不至的服侍，只从她一句话中写出，真神了！如见其势，如临其上，非走过者必形容不到。（己）

"这是宝姐姐帮着我预备的。"[1] 贾母道："我说这个孩子细致，凡事想得妥当。"[2] 一面说，一面又看见柱上挂的黑漆嵌蚌的对子，命人念。湘云念道：

芙蓉影破归兰桨　菱藕香深写竹桥①。[3]

贾母听了，又抬头看匾，因回头向薛姨妈道："我先小时，家里也有这么一个亭子，叫作什么'枕霞阁'。[4] 我那时也只像她们姊妹这么大年纪，同姊妹们天天玩去。那日谁知我失了脚掉下去，几乎没淹死，好容易救了上来，到底被那木钉把头碰破了。如今这鬓角上那指头顶大一块窝儿就是那残破。众人都怕经了水，又怕冒了风，都说活不得了，谁知竟好了。"凤姐不等人说，先笑道："那时要活不得，如今这么大福可叫谁享呢！可知老祖宗从小儿的福寿就不小，神差鬼使碰出那个窝儿来，好盛福寿的。寿星老儿头上原是一个窝儿，因为万福万寿盛满了，所以倒凸高出些来了。"[5] 未及说完，贾母与众人都笑软了。[6] 贾母笑道："这猴儿惯得了不得了，只管拿我取笑起来，恨得我撕你那油嘴！"凤姐笑道："回来吃螃蟹，恐积了冷在心里，讨老祖宗笑一笑开心，一高兴多吃两个就无妨了。"[7] 贾母笑道："明儿叫你日夜跟着我，我倒常笑笑觉得开心，不许回家去。"王夫人笑道："老太太因为喜欢她，才惯得她这样，还这样说她，明儿越发无礼了。"贾母笑道："我喜欢她这样，况且她又不是那不知高低的孩子。家常没人，娘儿们原该这样。横竖礼体不错就罢，没的倒叫她从神儿似的作什么！"[8]

说着一齐进入亭子，献过茶，凤姐忙着搭桌子，要杯箸。上面一桌：贾母、薛姨妈、宝钗、黛玉、宝玉。东边一桌：史湘云、王夫人、迎、探、惜。西边靠门一小桌：李纨和凤姐的，虚设座位，

1. 不肯掠人之美。

2. 称赞得是。

3. 上句，比王维"莲动下渔舟"（《山居秋暝》）多一层曲折。下句，俗人以为菱藕无香，此妙在言香，更着一"深"字；"写"，杨藏、甲辰、程高诸本妄改作"泻"，以状桥之势，则成拱桥矣。前文写明是"曲折竹桥"，总是不细读之故。

4. 怪不得下文湘云雅号起作"枕霞旧友"。

5. 窝儿能盛福寿已巧，讵料更将老寿星扯上。如此精彩谐语，唯雪芹笔下有，他人续写凤姐，半句也不能。

6. 看他忽用贾母数语，闲闲又补出此书之前，似已有一部十二钗的一般，令人遥忆不能一见。余则将欲补出枕霞阁中十二钗来，岂不又添一部新书？（己）

7. 答得好，且懂物性养生。

8. 凤姐不像小家媳妇那样拘拘束束，难得开笑脸，在长辈前不敢多说一句话，弄得"从神儿似的"。故明义说她"不似小家拘束态，笑时偏少默时多"（《题红楼梦》二十绝句之十五），真不错。敢于调笑贾母而能让她喜欢，正在于知高低，识礼体，此是绝大本领，旁人难学。近日之暴发专讲礼法，竟不知礼法；此似无礼，而礼法井井。所谓"整瓶不动半瓶摇"，又曰"习惯成自然"，真不谬也。（己）

---

①　"芙蓉"一联——芙蓉，指水芙蓉，即荷花。兰桨，木兰制的桨，指代小舟。上句说见水动影破方知船来；下句说竹桥架于水面生长菱藕的幽深处，恰如画出。写，画。

二人皆不敢坐，只在贾母、王夫人两桌上伺候①。[1]
凤姐吩咐："螃蟹不可多拿来，仍旧放在蒸笼里，[2] 拿
十个来，吃了再拿。"一面又要水洗了手，站在贾母
跟前剥蟹肉，头次让薛姨妈。薛姨妈道："我自己掰
着吃香甜，不用人让。"凤姐便奉与贾母。二次的便
与宝玉，又说："把酒烫得滚热的拿来。"又命小丫
头们去取菊花叶儿、桂花蕊熏的绿豆面子②来，预备
洗手。史湘云陪着吃了一个，就下座来让人，又出
至外头，命人盛两盘子与赵姨娘、周姨娘送去。[3] 又
见凤姐走来道："你不惯张罗，你吃你的去。我先替
你张罗，等散了我再吃。"湘云不肯，又命人在那
边廊上摆了两桌，让鸳鸯、琥珀、彩霞、彩云、平
儿去坐。[4] 鸳鸯因向凤姐笑道："二奶奶在这里伺候，
我们可吃去了。"凤姐儿道："你们只管去，都交给
我就是了。"说着，史湘云仍入了席。凤姐和李纨
也胡乱应个景儿。凤姐仍是下来张罗，一时出至廊
上。鸳鸯等正吃得高兴，见她来了，鸳鸯等站起来
道："奶奶又出来作什么？让我们也受用一会子。"[5]
凤姐笑道："鸳鸯小蹄子越发坏了，我替你当差，倒
不领情，还抱怨我。还不快斟一钟酒来我喝呢。"鸳
鸯笑着忙斟了一杯酒，送到凤姐唇边，凤姐一扬脖
子吃了。琥珀、彩霞二人也斟上一杯，送到凤姐唇
边，那凤姐也吃了。平儿早剔了一壳黄子送来，凤
姐道："多倒些姜醋。"[6] 一面也吃了，笑道："你们坐
着吃罢，我可去了。"鸳鸯笑道："好没脸，吃我们
的东西。"凤姐儿笑道："你和我少作怪。你知道你
琏二爷爱上了你，要和老太太讨了你作小老婆呢。"
鸳鸯道："啐，这也是作奶奶说出来的话！我不拿腥
手抹你一脸算不得。"[7] 说着赶就要抹。凤姐儿央道：
"好姐姐，饶我这一遭儿罢！"琥珀笑道："鸳丫头要
去了，平丫头还饶她？你们看看她，没有吃了两个
螃蟹，倒喝了一碟子醋，她也算不会揽酸了。"平儿
手里正掰了个满黄的螃蟹，听如此奚落她，便拿着

1. 仍遵此家礼，小女儿可坐，媳妇只
应一旁伺候。

2. 螃蟹要趁热吃，亦一诀。

3. 湘云礼数人情也周到。

4. 原在一旁伺候的都是贾母、王夫人、
凤姐的丫头将军们，也得招待好。

5. 写出鸳鸯首席丫头身份，特有面子，
故说话敢与凤姐调笑叫板。

6. 非凤姐口重，吃螃蟹原须有姜有醋，
尤其是姜。近见北方吃蟹，往往有
醋而无姜，殊不知吃蟹用姜越多越
好，姜多才不会吃坏肚子。

7. 凤姐的嘴岂肯让人半步。鸳鸯一句
挑逗，让她火力全开，从打嘴仗到
动手，"战争"升级。

---

① 二人皆不敢坐，只在贾母、王夫人两桌上伺候——清代旗俗家庭礼法规定，未出嫁的姊妹地位尊于媳妇，儿
女们可以陪坐在父母身旁吃饭，而儿媳妇只能站在一旁像婢仆那样地伺候。
② 菊花叶儿、桂花蕊熏的绿豆面子——菊叶、绿豆粉有去掉蟹腥的效果，故用来擦洗手。

螃蟹照琥珀脸上来抹，口内笑骂："我把你这嚼舌根的小蹄子！"琥珀也笑着往旁边一躲，平儿使空了，往前一撞，正恰恰地抹在凤姐儿腮上。[1]凤姐儿正和鸳鸯嘲笑，不防唬了一跳，"嗳呀"了一声。众人撑不住都哈哈地大笑起来。凤姐也禁不住笑骂道："死娼妇！吃离了眼了，混抹你娘的。"平儿忙赶过来替她擦了，亲自去端水。鸳鸯道："阿弥陀佛！这是个报应。"贾母那边听见，一叠声问："见了什么这样乐？告诉我们也笑笑。"[2]鸳鸯等忙高声笑回道："二奶奶来抢螃蟹吃，平儿恼了，抹了她主子一脸的螃蟹黄子。主子奴才打架呢。"[3]贾母和王夫人等听了也笑起来。贾母笑道："你们看她可怜见的，把那小腿子、脐子给她点子吃也就完了。"鸳鸯等笑着答应了，高声又说道："这满桌子的腿子，二奶奶只管吃就是了。"凤姐洗了脸走来，又服侍贾母等吃了一会。黛玉弱，不敢多吃，只吃了一点儿夹子肉就下来了。[4]

贾母一时不吃了，大家方散，都洗了手，也有看花的，也有弄水看鱼的，游玩了一回。王夫人因向贾母说："这里风大，才又吃了螃蟹，老太太还是回房去歇歇罢了。若高兴，明日再来逛逛。"贾母听了笑道："正是呢。我怕你们高兴，我走了又怕扫了你们的兴。既这么说，咱们就都去罢。"回头又嘱咐湘云："别让你宝哥哥、林姐姐多吃了。"湘云答应着。又嘱咐湘云、宝钗二人说："你两个也别多吃。那东西虽好吃，不是什么好的，吃多了肚子疼。"[5]二人忙应着，送出园外，仍旧回来，命将残席收拾了另摆。宝玉道："也不用摆，咱们且作诗。把那大团圆桌子放在当中，酒菜都放着。也不必拘定座位，有爱吃的去吃，大家散坐岂不便宜？"宝钗道："这话极是。"湘云道："虽如此说，还有别人。"因又命另摆一桌，拣了热螃蟹来，请袭人、紫鹃、司棋、待书、入画、莺儿、翠墨等一处共坐。山坡桂树底下铺下两条花毡，命答应的婆子并小丫头等也都坐了，只管随意吃喝，等使唤再来。[6]

湘云便取了诗题，用针绾在墙上。众人看了

1. 若只有两人对垒，总不热闹，于是将琥珀、平儿也牵进来，遂造成席间躲、撞、误抹的混乱，不复杂化不罢休。凤姐非一味对下人苛严者，能放下身段与丫头们嬉闹取乐，博取亲近好感，是她又一大本领。主婢之间如此融洽的欢乐场面，让只会念阶级对立经的头脑僵化的庸俗社会学者瞠目结舌。

2. 转写那边反响，两边着色。

3. 诙谐的回话，只是半真半假。

4. 黛玉不可不提，能点到体弱，浅尝即止便可。

5. 关爱孙辈，老太太作经验之谈。

6. 一人不漏，面面俱到，方能皆大欢喜。

都说："新奇固新奇，只怕作不出来。"湘云又把不限韵的原故说了一番。宝玉道："这才是正理，我也最不喜限韵。"[1]林黛玉因不大吃酒，又不吃螃蟹，自命人掇了一个绣墩倚栏坐着，拿着钓竿钓鱼。宝钗手里拿着一枝桂花玩了一回，俯在窗槛上掐了桂蕊掷向水面，引得游鱼浮上来唼喋①。[2]湘云出一回神，[3]又让一回袭人等，又招呼山坡下的众人只管放量吃。探春和李纨、惜春立在垂柳阴中看鸥鹭。迎春又独在花阴下拿着花针儿穿茉莉花。[4]宝玉又看了一回黛玉钓鱼，一回又俯在宝钗旁边说笑两句，一回又看袭人等吃螃蟹，自己也陪她饮两口酒。袭人又剥一壳肉给他吃。[5]黛玉放下钓竿，走至座间，拿起那乌银梅花自斟壶来，拣了一个小小的海棠冻石蕉叶杯。[6]丫鬟看见，知她要饮酒，忙着走上来斟。黛玉道："你们只管吃去，让我自己斟才有趣儿。"说着便斟了半盏，看时，却是黄酒，因说道："我吃了一点子螃蟹，觉得心口微微的疼，须得热热的吃口烧酒。"宝玉忙道："有烧酒。"便命将那合欢花浸的酒②烫一壶来。[7]黛玉也只吃了一口，便放下了。宝钗也走过来，另拿了一只杯来，也饮了一口放下，便蘸笔至墙上把头一个《忆菊》勾了，底下又赘了一个"蘅"字。[8]宝玉忙道："好姐姐，第二个我已经有了四句了，你让我作罢！"宝钗笑道："我好容易有了一首，你就忙得这样。"黛玉也不说话，接过笔来把第八个《问菊》勾了，接着把第十一个《菊梦》也勾了，也赘上一个"潇"字。[9]宝玉也拿起笔来，将第二个《访菊》也勾了，也赘上一个"怡"字。探春走来看看道："竟没人作《簪菊》，让我作这《簪菊》。"又指着宝玉笑道："才宣过总不许带出闺阁字样来③，你可要留神！"说着，只见湘云走来，将第四、第五《对菊》《供菊》一连两个都勾了，也赘上一个"湘"字。探春道："你

1. 与前宝钗说诗所见略同。

2. 为黛、钗绰约风姿作画。

3. 想想作为东道主，还有什么疏忽不周之处；此处可想者，如如何感谢宝钗，如何作诗等。

4. 又写两样姿态。看他各人各式，亦如画家有孤笋独出，有攒三聚五，疏疏密密，直是一幅百美图。（己）

5. 写宝玉到处乱窜，似无头苍蝇。

6. 写壶非写壶，正写黛玉。（己）妙杯，非写杯，正写黛玉。"拣"字有神理。盖黛玉不善饮，此任兴也。（己）

7. 伤哉！作者犹记矮𪐜舫前以合欢花酿酒乎？屈指二十年矣！（己）此批当是畸笏叟（即作者生父曹頫）所加。𪐜（ào），大头深貌。"矮𪐜舫"，当是为状似宽头低矮舫船的小屋而起的名。若按第四十一回脂评"尚记丁巳春日谢园送茶乎？展眼二十年矣！丁丑仲春，畸笏"计算，雪芹当时十二三岁左右，应随家人居于北京崇文门蒜市口"十七间半"内。

8. 妙极，韵极。（己）

9. 这两个妙题，料定黛卿必喜，岂让他人作去哉！（己）偏先不提后文被评为"第一"的第六个《咏菊》。

---

① 唼喋（shà zhá 霎闸）——水鸟或水面鱼儿争食的声音，此作鱼儿争食解。

② 合欢花浸的酒——合欢花，即马樱花。可作药材，泡酒服用，有解郁安神等功效。

③ 总不许带出闺阁字样来——作诗除限题、限体、限韵以外，也还可以有别的限制，如闺阁作诗偏"不许带出闺阁字样来"即是。所以姊妹们的诗中有"科头坐"、"抱膝吟"、行来"负手"、头戴"葛巾"以及"拍手任他笑路旁"等语，与通常文人所作无异。这仿佛只是以文字为游戏的规定，其实是便于借此反映当时的文化精神生活和儒林风貌。

也该起个号。"湘云笑道："我们家里如今虽有几处轩馆，我又不住着，借了来也没趣。"¹宝钗笑道："方才老太太说，你们家也有这么个水亭叫'枕霞阁'，难道不是你的？如今虽没了，你到底是旧主人。"²众人都道有理，宝玉不待湘云动手，便代将"湘"字抹了，改了一个"霞"字。又有顿饭工夫，十二题已全，各自誊出来，都交与迎春，另拿了一张雪浪笺过来，一并誊录出来，某人作的底下赘明某人的号。李纨等从头看起：

忆　菊　　蘅芜君

怅望西风抱闷思，蓼红苇白断肠时。
空篱旧圃秋无迹，瘦月清霜梦有知。
念念心随归雁远，寥寥坐听晚砧痴，
谁怜我为黄花病？慰语重阳会有期。①³

访　菊　　怡红公子

闲趁霜晴试一游，酒杯药盏莫淹留。
霜前月下谁家种？槛外篱边何处秋？
蜡屐远来情得得，冷吟不尽兴悠悠。
黄花若解怜诗客，休负今朝挂杖头！②⁴

种　菊　　怡红公子

携锄秋圃自移来，篱畔庭前故故栽。
昨夜不期经雨活，今朝犹喜带霜开。
冷吟秋色诗千首，醉酹寒香酒一杯。
泉溉泥封勤护惜，好知井径绝尘埃。③

对　菊　　枕霞旧友

别圃移来贵比金，一丛浅淡一丛深。
萧疏篱畔科头坐，清冷香中抱膝吟。

1. 不愿夸当年富，湘云有个性。近之不读书暴发户，偏爱起一别号。一笑。（己）

2. 宝钗事事留心，所以记得贾母说笑时的话。

3. 宝钗此回中共作诗三首，此首外，尚有《画菊》和《螃蟹咏》。三首中居然都提到"重阳"，即此句和"粘屏聊以慰重阳""长安涎口盼重阳"，这是非常奇怪的。若以为是诗题与季节偶合，那么，他人所作的菊花诗尚有十首，加上螃蟹诗两首，共十二首，都是同样季节、写相同对象，为何"重阳"二字一次也未用，独宝钗首首都用呢？所以是很难说得通的。按作者拟人物诗作多"不脱自己将来形景"（第三十七回脂评）的习惯，我以为"重阳"很可能与宝钗将来某重大事件有关，比如成婚之类，因无其他佐证，姑且存疑，以待再研究。

4. "挂杖头"庚辰本原抄无误，被另笔改"挂"作"挂"，同于其他诸本，以为用《世说新语》阮修"以百钱挂杖头，至酒店，便独酣畅"事。其实是不对的。宝玉于此诗中以病弱者自拟，故以挂杖表示出访，与首联"药盏"呼应。若用杖头钱事，则外出是为饮酒而非访菊了。酒不自携，而备钱往沽，岂酒肆中有菊可赏，要黄花不负诗客是很难的。发端既说出游胜于在家饮酒，莫为"酒杯"所"淹留"，最后又推翻原意，诗能这样写吗？后人改诗改字，不顾整体，往往如此。

---

① 宝钗《忆菊》一首——蓼红苇白之时，菊尚未开，故怅望西风，抱闷思而断肠。"秋无迹"即"花无迹"的修辞说法，说唯梦中能见，正写"忆"字。五六句将菊比为所忆之远别亲人，故由北雁南飞而勾起思念之情，盼着远方的讯息；听捣衣砧声而独自久久痴坐。戚序、程高诸本押"迟"字，当以为砧声不应言"痴"而改。其实，此为诗歌修辞的特殊句法，犹言"远心随归雁，痴坐听晚砧"。菊开于重阳（农历九月九日），故末谓相会有期以慰其心病。

② 宝玉《访菊》一首——首联说正可趁晴访菊，不必为了耽酒或病弱而留在家里。"何处秋"，即"何处花"的修辞说法。"谁家""何处"都为写"访"。蜡屐（jī机），木底鞋，古人制屐上蜡，多穿它游山玩水。得得，特地，唐时方言。末言菊如怜我，莫辜负我今天乘兴往访。

③ 宝玉《种菊》一首——首言亲自移来菊苗，栽于庭前篱边。故故，特意。不期，不料。秋色、寒香，皆指菊。酹（lèi泪），洒酒于地表示祭奠。也可引申为对菊举酒。末谓我一心只爱惜菊花，便可知居于幽僻之地是为了与尘世的喧闹隔绝。井径，偏僻小径。

数去更无君傲世，看来惟有我知音。[1]

秋光荏苒休孤负，相对原宜惜寸阴。①

供　菊　　　枕霞旧友

弹琴酌酒喜堪俦，几案婷婷点缀幽。

隔座香分三径露，抛书人对一枝秋。

霜清纸帐来新梦，圃冷斜阳忆旧游。[2]

傲世也因同气味，春风桃李未淹留。②[3]

咏　菊　　　潇湘妃子

无赖诗魔昏晓侵，绕篱欹石自沉音。

毫端蕴秀临霜写，口角噙香对月吟。[4]

满纸自怜题素怨，片言谁解诉秋心？[5]

一从陶令平章后，千古高风说到今。③

画　菊　　　蘅芜君

诗余戏笔不知狂，岂是丹青费较量。

聚叶泼成千点墨，攒花染出几痕霜。[6]

淡淡神会风前影，跳脱秋生腕底香。[7]

莫认东篱闲采撷，粘屏聊以慰重阳。④[8]

问　菊　　　潇湘妃子

欲讯秋情众莫知，喃喃负手叩东篱。

孤标傲世偕谁隐？一样开花为底迟？[9]

圃露庭霜何寂寞，鸿归蛩病可相思？[10]

休言举世无谈者，解语何妨话片时。⑤

1. 恰如骏马注坡，奔腾而下，造句极流动而遣词极工整，无丝毫琢刻痕迹而有洒脱之致。坐对傲霜枝，直抒独居自爱情怀。

2. 此句得黛玉大赞，妙处有说，只是未及其象征隐义。大观园败落凄冷之时，"两鬓已成霜"的湘云岂能不追忆今日与同游吟咏之乐吗？

3. 亦有"终究是云散高唐，水涸湘江"意。

4. 李宫裁极赏此句，是此诗夺魁的亮点。"口角噙香"，固不妨理解为吟咏时口中含着一枝菊花，又可视其为吟出芳香诗句的修辞说法。

5. 上联固精巧，此联似更应着眼，我们仿佛从中可听到雪芹"都云作者痴，谁解其中味"之心声。

6. 绘画行家语。

7. 妙句，韵极。

8. 扣题乃紧，然总是画饼意。

9. 黛玉淡薄功名，真有隐逸之风。此"开花"，与《葬花吟》中垒成香巢同喻。

10. 望穿秋水而终无音信也。

---

① 湘云《对菊》一首——科头，不戴帽子，借指不拘礼法，与下联"傲世"关合。唐代王维《与卢员外象过崔处士兴宗林亭》诗："科头箕踞（抱膝而坐）长松下，白眼看他世上人。"菊有"傲霜枝"之称，湘云自称其知音，正说自己高傲。末谓不要辜负好时光，对菊应尽情赏玩，好景是不长的。

② 湘云《供菊》一首——以菊插瓶，置室内供观赏，所以说弹琴饮酒时，高兴有它作伴。"几案"句倒装，即"（菊花）婷婷点缀几案幽"。"隔坐"句，即一座之隔而闻到菊花的香气。三径露，菊的修辞说法，用陶潜《归去来辞》"三径就荒，松菊犹存"意。"香分三径露"，说菊从三径折得，与下句用"一枝"同写出"供"字。纸帐来新梦，房内新供菊枝，使睡梦也增香。纸帐，用藤皮茧纸制的透气性好的帐子。圃冷，菊圃冷落。末言自己也与菊一样傲世，并不迷恋世俗的荣华。春风桃李，也可喻幸福美景。湘云二诗，题虽异，却有两点共同：好时光不久和自傲。这与脂评说"湘云是自爱所误"（第二十二回）是一致的。

③ 黛玉《咏菊》一首——首言诗歌创作冲动所带来的不得安宁的心情。无赖，无端，无法可想。欹，通"倚"。沉音，默念。临霜写，描绘菊花，即言咏菊。噙，含着。香，修辞上兼因菊、人和诗三者而言。"口角"，戚序本作"口底"，己卯、庚辰、甲辰诸本作"口齿"，不成对。从舒序、程甲乙本。素怨，即秋怨，与下句"秋心"互文，秋叫"素秋"。末言自从陶渊明吟咏菊花以后，历来都称颂诗人与菊的高风。

④ 宝钗《画菊》一首——首联谓诗后戏笔画菊，乃乘一时之逸兴不经意所作，岂存心绘画，苦苦构思而成哉！国画中有泼墨、晕染等法，颔联所写即是。攒，簇聚。"淡淡"句谓对风前之菊花姿影心领神会，然后在纸上用浓淡来表现。跳脱，灵活。"秋生腕底香"即"腕底生秋香"。七句谓不要错认是真的菊花而随手就去采摘，说画得神态逼真。陶渊明有"采菊东篱下"（《饮酒》）的名句。撷，拿取。粘屏，贴于屏风上。慰重阳，时值重阳而不得赏菊，以观画代之，可安慰一下寂寞的心情。画中婵娟，似有金玉成空隐意。

⑤ 黛玉《问菊》一首——秋情，即中二联所问到的种种情怀。负手，两手在背后相握，是有所思的样子。叩，询问。东篱，指代菊。孤标，孤高的品格。为底，为何。蛩（qióng穷），蟋蟀。可，是否。

簪　菊　　蕉下客

瓶供篱栽日日忙，折来休认镜中妆。
长安公子因花癖，彭泽先生是酒狂。
短鬓冷沾三径露，葛巾香染九秋霜。[1]
高情不入时人眼，拍手凭他笑路旁。①

菊　影　　枕霞旧友

秋光叠叠复重重，潜度偷移三径中。
窗隔疏灯描远近，篱筛破月锁玲珑。[2]
寒芳留照魂应驻，霜印传神梦也空。[3]
珍重暗香休踏碎，[4]凭谁醉眼认朦胧。②

菊　梦　　潇湘妃子

篱畔秋酣一觉清，和云伴月不分明。
登仙非慕庄生蝶，忆旧还寻陶令盟。[5]
睡去依依随雁断，惊回故故恼蛩鸣。
醒时幽怨同谁诉？衰草寒烟无限情。③[6]

残　菊　　蕉下客

露凝霜重渐倾欹，宴赏才过小雪时。
蒂有余香金淡泊，枝无全叶翠离披。[7]
半床落月蛩声病，万里寒云雁阵迟。[8]
明岁秋风知再会，暂时分手莫相思。④[9]

众人看一首赞一首，彼此称扬不绝。李纨笑道：

1. 切"簪"字，用事无痕，措辞亦妙。

2. 题之正面，借灯月之光写影，构想新奇。

3. 用笔空灵虚幻，措辞玄妙，隐寓存焉。

4. 程高本改"休踏碎"为"踏碎处"，谬甚。影岂能踏碎？踏碎了还谈得上"珍重"吗？妄改者真是以朦胧醉眼在看诗了。

5. 用词令人想起北静王曾有"逝者已登仙界"之语（第十五回）。"陶令"只是门面，旧"盟"当向甄士隐午梦中"寻"，警幻能说。

6. 梦觉时哀鸣低回，所见唯有萧索颓败而已。

7. 菊开时易措辞，残时难形容。看这一联写得何等瑰丽，真是佳句。

8. 床前明月西沉，故乡遥望，云山万里，盼雁书而不至。此正"把骨肉家园齐来抛闪"景象。

9. 此"知"，即含不知意，犹"知多少"即"不知多少"；与写元妃回宫前说"倘明岁天恩仍许归省"用意相似。"分手莫相思"，亦《分骨肉》曲中"从今分两地，各自保平安。奴去也，莫牵连"词意。

---

① 探春《簪菊》一首——头上插菊是古时重阳节风俗。男子也簪菊，故言"休认镜中妆"，以别于通常女子对镜妆饰时将鲜花等首饰插于发间。长安公子，当指唐代诗人杜牧，他是京兆（长安）人，其祖父杜佑曾为两朝宰相，故称公子；其《九日齐山登高》诗有"菊花须插满头归"之句。彭泽先生，陶渊明，为彭泽令时，将公田都种了制酒的高粱，说："吾尝得醉于酒足矣！"故称"酒狂"。短鬓，用杜甫《春望》诗"白头搔更短，浑欲不胜簪"及《重九》诗"羞将短发还吹帽"等句意以切重阳簪菊。三径露，指代菊，因说"露"，所以用"冷沾"。葛巾，葛布做的头巾，用陶潜"葛巾漉酒"事。九秋霜，亦代菊。九秋，即秋天，秋季三个月九十天，故称三秋或九秋。末两句谓时俗之人不能理解那种高尚情操，就让他们在路旁见插花醉酒的样子而拍手取笑吧。李白《襄阳歌》："襄阳小儿齐拍手……笑杀山公醉似泥。"陆游《小舟游近村舍舟步归》诗："儿童共道先生醉，折得黄花插满头。"此兼取两诗意化用之。

② 湘云《菊影》一首——先说菊影（秋光）随日光不知不觉移动。接着写隔窗透出疏稀灯光在地上描下远近菊影；竹篱似筛子透过月光碎片以如把精巧菊花身影锁在里面。五六句说菊留影能传神，其中当有花魂在，但它毕竟是虚像；"梦也空"即其修辞说法。末写爱惜心情：菊影（暗香）在地，怕会将它踏碎，不知醉酒之人可认得清其朦胧身影否？

③ 黛玉《菊梦》一首——篱边秋菊于酣睡中梦魂依稀伴着白云明月。如翩跹而成仙，却不是羡慕庄子变作蝴蝶（庄周梦中化蝶事见《庄子·齐物论》，为点"梦"而引此）；梦见旧友，却似陶潜与菊之永结盟好。"登仙"又为死之隐语，黛玉之死又证了"木石前盟"，用语双关。梦中依恋之心，随雁直飞到绝远之处，可知所思相隔千里；惊醒后又时时为自身的凄凉孤单而悲伤。故故，屡屡，时时。与前《种菊》用此二字义有别。

④ 探春《残菊》一首——立冬后的一个节气为小雪，其时菊已呈倾侧歪斜之状，花蒂上金色的余瓣（余香）已蔫淡不鲜，枝干上翠叶也散乱不全。后半首以秋虫悲鸣、秋雁不见写残像，借菊说人已万里隔断音讯，分手而去，相思无益。

"等我从公评来。通篇看来，各人有各人的警句。¹ 今日公评：《咏菊》第一，《问菊》第二，《菊梦》第三，题目新，诗也新，立意更新，恼不得要推潇湘妃子为魁了；然后《簪菊》《对菊》《供菊》《画菊》《忆菊》次之。"宝玉听说，喜得拍手叫："极是，极公道！"² 黛玉道："我那首也不好，到底伤于纤巧些。"³ 李纨道："巧得却好，不露堆砌生硬。"黛玉道："据我看来，头一句好的是'圃冷斜阳忆旧游'，这句背面傅粉①。'抛书人对一枝秋'已经妙绝，将供菊说完，没处再说，故翻回来想到未折未供之先，意思深透。"⁴ 李纨笑道："固如此说，你的'口角噙香'一句也敌得过了。"探春又道："到底要算蘅芜君沉着，'秋无迹''梦有知'，把个'忆'字竟烘染出来了。"宝钗笑道："你的'短鬓冷沾''葛巾香染'，也就把簪菊形容得一个缝儿也没了。"湘云笑道："'偕谁隐''为底迟'，真真把个菊花问得无言可对。"李纨笑道："你的'科头坐''抱膝吟'，竟一时也舍不得别开，菊花有知，也必腻烦了。"说得大家都笑了。宝玉笑道："我又落第。⁵ 难道'谁家种''何处秋'，'蜡屐远来''冷吟不尽'，都不是访不成？'昨夜雨''今朝霜'，都不是种不成？但恨敌不上'口角噙香对月吟''清冷香中抱膝吟'，'短鬓''葛巾'，'金淡泊''翠离披'，'秋无迹''梦有知'这几句罢了。"又道："明儿闲了，我一个人作出十二首来。"李纨道："你的也好，只是不及这几句新巧就是了。"

大家又评了一回，复又要了热蟹来，就在大圆桌子上吃了一回。宝玉笑道："今日持螯②赏桂，亦不可无诗。⁶ 我已吟成，谁还敢作呢？"说着，便忙洗了手，提笔写出。⁷ 众人看道：

持螯更喜桂阴凉，泼醋擂姜兴欲狂。

1. 此言可从。

2. 太情绪化，只凭印象评分，当不得公道的裁判员。

3. 固是谦辞，然亦贵在有自知之明。

4. 此是高见，诗家经验之谈。以下诸芳所好，皆有灼见，妙在以趣语笑谈出之。

5. 非心有不平，说几句自辩的话，亦略一解颐，宝玉在姊妹前总甘于殿后，心态极好。

6. 想不到宝玉挑头又要作诗。全是他忙，全是他不及，妙极！（己）

7. 我知道了，定是"钓诗钩"，不会有好诗的。且莫看诗，只看他偏于如许大回诗后，又写一回诗，岂世人想得到的。（己）

---

① 背面傅粉——本绘画技法，在绢面上涂铅粉，以衬托画面，使清晰鲜明。喻写作上的反衬手法。

② 持螯（áo敖）——手持螃蟹夹子，即吃蟹。

> 饕餮王孙应有酒，横行公子却无肠。
> 脐间积冷馋忘忌，指上沾腥洗尚香。
> 原为世人美口腹，坡仙曾笑一生忙。①

黛玉笑道："这样的诗，要一百首也有。"[1]宝玉笑道："你这会子才力已尽，不说不能作了，还贬人家。"[2]黛玉听了，并不答言，也不思索，提起笔来一挥，已有了一首。众人看道：

> 铁甲长戈死未忘，堆盘色相喜先尝。
> 螯封嫩玉双双满，壳凸红脂块块香。
> 多肉更怜卿八足，助情谁劝我千觞。
> 对斯佳品酬佳节，桂拂清风菊带霜。②

宝玉看了，正喝彩，黛玉便一把撕了，命人烧去，[3]因笑道："我作的不及你的，我烧了它。你那个很好，比方才的菊花诗还好，你留着它给人看。"宝钗接着笑道："我也勉强了一首，未必好，写出来取笑儿罢。"说着，也写了出来。大家看时，写道是：

> 桂霭桐阴坐举觞，长安涎口盼重阳。
> 眼前道路无经纬，皮里春秋空黑黄。[4]

看到这里，众人不禁叫绝。宝玉道："骂得痛快！我的诗也该烧了。"又看底下道：

> 酒未敌腥还用菊，性防积冷定须姜。[5]
> 于今落釜成何益，月浦空余禾黍香。③

众人道："这是食蟹绝唱，这些小题目，原要寓大

1. 这样的诗，怎能入得了黛玉之眼，只能遭到讥贬了。看她这一说。（己）

2. 我本为钓你等诗而作，你既说大话，我就用激将，说你才尽，看你作不作。

3. 不假思索，又喝彩。率尔凑成之作，撕了烧去为是。

4. 一篇之警策，全诗只为此两句而有。

5. 喜欢吃螃蟹者切记。

---

① 宝玉"持螯更喜桂阴凉"一首——此诗写食蟹之兴高采烈。饕餮（tāo tiè 涛贴）王孙，宝玉自指；饕餮，本古代传说中贪吃的凶兽，后用以说人贪馋能吃。横行公子，指蟹，蟹称"横行介士（战士）"，又称"无肠公子"。横行、无肠，既是蟹的特点，又可双关说人的恣睢任性、没有心机，即所谓"偏僻""乖张"。金代元好问《送蟹与兄》诗："横行公子本无肠，惯耐江湖十月霜。"传统医学认为蟹性咸寒，不可恣食，其腹间脐内（长脐为雄，团脐为雌）内积寒尤甚，当忌食。香，与"腥"同义。苏轼（自号东坡居士，人称坡仙）《初到黄州》诗："自笑平生为口忙，老来事业转荒唐。"

② 黛玉"铁甲长戈死未忘"一首——铁甲长戈，喻蟹壳蟹脚。色相，借佛家语说蟹煮熟后颜色好看。怜，爱。卿，昵称对方，指蟹。助情，助兴。觞，酒杯。"对斯"句，谓蟹是下酒佳肴，与知己斟酒持螯，方不辜负重阳佳节。

③ 宝钗"桂霭桐阴坐举觞"一首——霭（ǎi 矮），云气，此指桂花香气。涎口，馋嘴。蟹横行，所以眼前的道路是直是横，它是不管的。皮里春秋，原指人外表不露好恶而心存褒贬，后又可用以说人心机诡深而不动声色。蟹肚内膏黄膜黑，有不同颜色，故借"春秋"说各种花样。然亦徒劳，因其不免被人煮食。菊花酒可辟除恶气、解蟹腥。生姜性热解寒。落釜，放到锅里去煮，既煮食，横行与诡计又有何用。末句说蟹已死，其生长之处，唯见月映水光，稻谷飘香而已。此诗表面讽蟹，借题骂世，讥刺不走正道者的可悲下场，小说已点明。

意，才算是大才，只是讽刺世人太毒了些。"[1] 说　　1. 此番议论很值得注意，详见本回总评。
着，只见平儿复进园来。不知作什么，且听下
回分解。

【总评】

　　作诗自是本回主题，如何切入有讲究。做菊花诗，上回已写了拟题；作螃蟹咏，也要有由头才自然。所以开头先写贾母一行到藕香榭赏桂吃蟹；有趣话，有玩笑，写得很热闹，中心人物是凤姐。她敢于拿贾母小时头上碰出的伤疤来取笑，还能引得老太太非常开心，这是绝大本领。但对丫头又能放下架子，恣意戏闹，还用螃蟹黄子抹来抹去。鸳鸯告贾母说："主子奴才打架呢！"这样写主与奴之间的融洽关系、欢乐气氛而非阶级斗争，或许会让一些头脑僵化者傻眼，不知该如何评说。

　　林黛玉的三首菊花诗，被评为冠、亚、季军。如果作者只是为了表现她的诗才出众，为什么在前面咏白海棠时要让湘云"压倒群芳"（脂评语），在后面讽和螃蟹咏时却又称宝钗之作为"绝唱"呢？原来作者还让所咏之物的"品质"去暗合吟咏它的人物。咏物抒情，恐怕没有谁能比黛玉的身世和气质与被称为"傲霜枝"的菊花更相适合的了。她比别人能更充分、更真实、更自然地表达自己的思想感情，是完全合乎情理的。"口角噙香"句固好，"满纸自怜题素怨，片言谁解诉秋心？"难道不就是作者写在小说开卷的那首"自题绝句"在具体情节中所激起的回响吗？这实在比之于让黛玉夺魁这件事本身，更能表明作者对人物的倾向性。

　　三首螃蟹咏中，前两首是陪衬。众人评宝钗诗说："这是食蟹绝唱，这些小题目，原要寓大意，才算大才，只是讽刺世人太毒了些。"这里明白告诉我们两点：一、以小寓大——《红楼梦》常借儿女之情的琐事，寄托政治、社会的大感慨；二、旨在骂世。所以此诗可视作一首以闲吟景物的外衣伪装起来的政治讽刺诗。其犀利锋芒集中于第二联："眼前道路无经纬，皮里春秋空黑黄。"这作为一切政治掮客、官场赌棍、野心家、奸恶之徒的画像，十分惟肖，他们总是心怀叵测，横行一时，背离正道，走到邪路上去，结果机关算尽，却逃脱不了可悲可耻的下场；就像螃蟹肚子里花样虽多，终不免被人煮食。所以小说特地强调："看到这里，众人不禁叫绝。宝玉道：'骂得痛快！我的诗也该烧了。'"此诗出自宝钗之手，与人物性格、修养是协调的。宝钗博学多才，精通世态人情，作诗含蓄老练，蕴藏深厚；为人虽随分从时，平和宽容，却绝不软弱糊涂。她是个很有心机、必要时也能口角锋芒的强者。这样的人，吟出这样的诗来，是可信的。

第三十九回
村姥姥是信口开河　情哥哥偏寻根究底

【题解】

　　本回回目诸本文字略有异同。如"姥姥"写作"嬷嬷"或"老老"，又或作"老妪"；"情哥哥"或作"痴情子"。唯杨藏本、卞藏本作"村老妪荒（杨本讹作'谎'）谈承色笑，痴情子实意觅踪迹"，不见佳，显系后改。此用己卯本参庚辰本称呼用字。刘姥姥"二进"荣国府，贾母喜欢，留她在府小住。因众人爱听她说村里事，她没话时便信口开河地编出些话来讲，别人犹可，唯情哥哥宝玉听讲"一个十七八岁极标致的小姑娘"抽柴火故事未完被阻断，就背地里拉着姥姥刨根问底，并对其信口胡诌之言信以为真。回目二句，说的是同一件事。

　　话说众人见平儿来了，都说："你们奶奶作什么呢，怎么不来了？"平儿笑道："她哪里得空儿来。因为说没有好生吃得，又不得来，所以叫我来问还有没有，叫我要几个拿了家去吃罢。"湘云道："有，多着呢。"忙命人拿盒子装了十个极大的。平儿道："多拿几个团脐的。"众人又拉平儿坐，平儿不肯。李纨拉着她笑道："偏要你坐。"拉着她身旁坐下，端了一杯酒送到她嘴边。[1]平儿忙喝了一口就要走。李纨道："偏不许你去。显见得你只有凤丫头，就不听我的话了。"说着又命嬷嬷们："先送了盒子去，就说我留下平儿了。"那婆子一时拿了盒子回来说："二奶奶说，叫奶奶和姑娘们别笑话要嘴吃。这个盒子里是方才舅太太那里送来的菱粉糕和鸡油卷儿，给奶奶、姑娘们吃的。"又向平儿道："说使唤你来你就贪住玩不去了。劝你少喝一杯儿罢。"平儿笑道："多喝了又把我怎么样？"[2]一面说，一面只管喝，又吃螃蟹。李纨揽着她笑道："可惜这么个好体面模样儿，命却平常，只落得屋里使唤。不知道的人，谁不拿你当作奶奶、太太看！"

　　平儿一面和宝钗、湘云等吃喝，一面回头笑道："奶奶，别只摸得我怪痒的。"李氏道："嗳哟！这硬的是

1. 李纨特喜欢平儿，也许是因为都有如今说来大可非议的传统美德。

2. 此话敢在二奶奶面前说？心存畏惧者大抵如此。

什么？"平儿道："钥匙。"¹李氏道："什么钥匙？要紧梯己东西怕人偷了去，却带在身上？我成日家和人说笑，有个唐僧取经，就有个白马来驮他①；有个刘智远打天下，就有个瓜精来送盔甲②；有个凤丫头，就有个你。你就是你奶奶的一把总钥匙，还要这钥匙做什么？"²平儿笑道："奶奶吃了酒，又拿我来打趣着取笑儿了。"宝钗笑道："这倒是真话。我们没事儿评论起人来，你们这几个都是百个里头挑不出一个来，妙在各人有各人的好处。"³李纨道："大小都有个天理。比如老太太屋里，要没那个鸳鸯如何使得？⁴从太太起，哪一个敢驳老太太的回，她现敢驳回。偏老太太只听她一个人的话。老太太那些穿戴的，别人不记得，她都记得，要不是她经管着，不知叫人诓骗了多少去呢。那孩子心也公道，虽然这样，倒常替人说好话儿，还倒不倚势欺人的。"⁵惜春笑道："老太太昨儿还说，她比我们还强呢。"平儿道："那原是个好的，我们哪里比得上她。"宝玉道："太太屋里的彩霞，是个老实人。"探春道："可不是，外头老实，心里有数儿。太太是那么佛爷似的，事情上不留心，她都知道。凡百一应事都是她提着太太行。连老爷在家出外去的一应大小事，她都知道。太太忘了，她背后告诉太太。"李纨道："那也罢了。"指着宝玉道："这一个小爷屋里要不是袭人，你们度量，到个什么田地！凤丫头就是个楚霸王，也得这两只膀子好举千斤鼎③。她不是这丫头，就得这么周到了？"⁶平儿笑道："先时陪了四个丫头来，死的死去的去，只剩下我一个孤鬼了。"李纨道："你倒是有造化的。凤丫头也是有造化的。想当初你珠大爷在日，何曾也没两个人。你们看我还是那容不下人的？天天只见她两个不自在。所以你珠大爷一没了，趁年轻我都打发了。若有一个好的守得住，我到底有个膀臂了。"说着，不觉滴下泪来。众人都道："这又何必伤心，不如散了倒好。"说着，便都洗了手，大家约

1. 两个字带出李纨一番妙评来。

2. 通俗小说戏曲本子一定看得不少。是趣话，也是实话。取喻现成。

3. 从平儿说到"你们这几个"，带出鸳鸯、彩霞、袭人来，都是丫头中的佼佼者，得空便为她们勾勒着色。作者将人物形象的刻画，看得比故事情节的叙述更重要得多，是此书之所以成功的一大原因。

4. 信了这话，便知后来贾赦起色心想夺贾母所爱，成不了事。

5. 李纨不但评诗有眼光，评人也极中肯到位。试看她几句话中，有多少层意思在。

6. 袭人无须细说，点到即可。话又从同一道理兜回到眼前平儿身上来，极是。用楚霸王臂膀作比，与前面说唐僧、刘智远的话，色调上也保持一致。

---

① 唐僧取经，有白马来驮他——唐僧取经，旅途艰险，龙王三太子化成白马，驮他去西天。见《西游记》第十五回。

② 刘智远打天下，有瓜精来送盔甲——明初无名氏《白兔记·看瓜》一出中故事。刘本瓜园看瓜人，得到瓜精所示盔甲、兵书、宝剑后，投军立功，衣锦还乡。刘后来成了五代后汉的开国皇帝。

③ 楚霸王举千斤鼎——项羽灭秦后，自封西楚霸王。《史记·项羽本纪》说他"长八尺余，力能扛鼎"。此比平儿为凤姐的左膀右臂。

着往贾母、王夫人处问安。

　　众婆子、丫头打扫亭子，收拾杯盘。袭人便和平儿一同往前去，袭人因让平儿到房里坐坐，再吃一钟茶。平儿说："不吃茶了，再来罢。"一面说，一面便要出去。袭人又叫住问道："这个月的月钱，连老太太和太太还没放呢，是为什么？"平儿见问，忙转身至袭人跟前，又见方近无人，悄悄说道：[1]"你快别问，横竖再迟两天就放了。"袭人笑道："这是为什么，唬得你这样？"平儿悄声告诉她道："这个月的月钱，我们奶奶早已支了，放给人使呢。等别处的利钱收了来，凑齐了才放呢。因为是你，我才告诉你，[2]可不许告诉一个人去。"袭人笑道："她难道还短钱使，还没个足厌？何苦还操这心！"平儿笑道："何曾不是呢。她这几年拿着这一项银子，翻出有几百来了。她的公费月例又使不着，十两八两零碎攒了放出去，只她这梯己利钱，一年不到，上千的银子呢！"袭人笑道："拿着我们的钱，你们主子、奴才赚利钱，哄得我们呆等。"[3]平儿道："你又说没良心的话。你难道还少钱使？"[4]袭人道："我虽不少，只是我也没地方使去，就只预备我们那一个。"[5]平儿道："你倘若有要紧事用银钱使时，我那里还有几两银子，你先拿来使，明儿我扣下你的就是了。"袭人道："此时也用不着，怕一时要用起来不够了，我打发人去取就是了。"

　　平儿答应着，一径出了园门来至家内，只见凤姐儿不在房里。忽见上回来打抽丰①的那刘姥姥和板儿又来了，[6]坐在那边屋里，还有张材家的、周瑞家的陪着，又有两三个丫头在地下倒口袋里的枣子、倭瓜并些野菜。众人见她进来，都忙站起来了。[7]刘姥姥因上次来过，知道平儿的身分，忙跳下地来问"姑娘好"，又说："家里都问好。早要来请姑奶奶的安，看姑娘来的，因为庄家忙，好容易今年多打了两石粮食，瓜果、菜蔬也丰盛。这是头一起摘下来的，并没敢卖呢，留的尖儿②孝敬姑奶奶、姑娘们尝尝。[8]姑娘们天天山珍海味的也吃腻了，这个吃个野意儿，也算是我们的穷

1. 如此神秘兮兮，必有不可告人之事。

2. 原来为此。平、袭关系也够铁的。

3. 是笑着说的，虽不以为然，但并非愤愤不平意。

4. 立刻站在主子一边说话，所谓"没良心的话"，潜台词是：你能拿月钱二两，还不是二奶奶与太太商议定的，别忘了二奶奶对你的好。

5. "我们那一个"，宝玉也。这话也敢对平儿讲，真是铁姊儿了。对宝玉真可谓全心全意。也许将来宝玉真的需要袭人"供奉"，只是跟她现在憧憬的大不一样。

6. 又有好戏看了。

7. 虽是丫头身份，谁敢不尊重？妙文！上回是先见平儿后见凤姐，此则是先见凤姐后见平儿也，何错综巧妙得情得理之至也耶？（庚）

8. 感恩知报是姥姥最大美德。瓜果、菜蔬不值什么，难得她一片诚心。

---

①　打抽丰——揩油、分肥、得有钱人一点好处的意思。原意说往丰稔之地抽分一点钱粮。因音近也作"打秋风"。
②　尖儿——其中最好的。

心。"平儿忙道："多谢费心。"又让坐，自己也坐了。又让张婶子、周大娘坐，又命小丫头子倒茶去。周瑞、张材两家的因笑道："姑娘今儿脸上有些春色，眼睛圈儿都红了。"平儿笑道："可不是。我原是不吃的，大奶奶和姑娘们只是拉着死灌，不得已喝了两盅，脸就红了。"张材家的笑道："我倒想着要吃呢，又没人让我。明儿再有人请姑娘，可带了我去罢。"说着，大家都笑了。周瑞家的道："早起我就看见那螃蟹了，一斤只好秤两三个。这么两三大篓，想是有七八十斤呢。若是上上下下只怕还不够①。"平儿道："哪里够，不过都是有名儿的吃两个子。那些散众的，也有摸得着的，也有摸不着的。"刘姥姥道："这样螃蟹，今年就值五分一斤。十斤五钱，五五二两五，三五一十五，再搭上酒菜，一共倒有二十多两银子。阿弥陀佛！这一顿的钱够我们庄家人过一年的了。"¹平儿因问："想是见过奶奶了？"²刘姥姥道："见过了，叫我们等着呢。"说着，又往窗外看天气，³说道："天好早晚了，我们也去罢，别出不去城才是饥荒呢。"周瑞家的道："这话倒是，我替你瞧瞧去。"说着一径去了，半日方来，笑道："可是你老的福来了，竟投了这两个人的缘了。"平儿等问怎么样，周瑞家的笑道："二奶奶在老太太的跟前呢。我原是悄悄地告诉二奶奶：'刘姥姥要家去呢，怕晚了赶不出城去。'二奶奶说：'大远的，难为她扛了那些沉东西来。晚了就住一夜，明儿再去。'⁴这可不是投上二奶奶的缘了！这也罢了，偏生老太太又听见了，问刘姥姥是谁。二奶奶便回明白了。老太太说：'我正想个积古的老人家说话儿，请了来我见一见。'这可不是想不到天上缘分了！"⁵说着，催刘姥姥下来前去。刘姥姥道："我这生像儿怎好见的！好嫂子，你就说我去了罢。"平儿忙道："你快去罢，不相干的。我们老太太最是惜老怜贫的，比不得狂三诈四的那些人。想是你怯上，我和周大娘送你去。"说着，同周瑞家的引了刘姥姥往贾母这边来。

二门口该班的小厮们见了平儿出来，都站了起来，

1. 叹世之言。

2. 写平儿伶俐如此。（己）

3. 估量该到告辞时候了。

4. 此话非虚情假意，在凤姐就很难得了。

5. 贾母则又不同，欲请来见面交谈，姥姥真是遇"真佛"了。以下许多精彩文字，皆由这"缘分"而生。

---

① "若是上上下下"句——此句之前，庚辰诸本原有"周瑞家的道"，杨传镛先生以为"若将周瑞改张材，不但通顺，且文意婉曲"。

有两个又跑上来，赶着平儿叫"姑娘"。[1]平儿问："又说什么？"那小厮笑道："这会子也好早晚了，我妈病着，等我去请大夫。好姑娘，我讨半日假可使得？"平儿道："你们倒好，都商议定了，一天一个告假，又不回奶奶，只和我胡缠。前日住儿去了，二爷偏生叫他，叫不着，我应起来了，还说我作了情。你今儿又来了。"[2]周瑞家的道："当真的，他妈病了，姑娘也替他应着，放了他罢。"平儿道："明儿一早来。听着，我还要使你呢，再睡得日头晒着屁股再来！你这一去，带个信儿给旺儿，就说奶奶的话，问着他那剩的利钱。明日若不交了来，奶奶也不要了，就索性送他使罢。"[3]那小厮欢天喜地答应去了。

　　平儿等来至贾母房中，彼时，大观园中姊妹们都在贾母前承奉。[4]刘姥姥进去，只见满屋里珠围翠绕，花枝招展的，并不知都系何人。只见一张榻上歪着一位老婆婆，身后坐着一个纱罗裹的美人一般的丫鬟在那里捶腿，凤姐儿站着正说笑。刘姥姥便知是贾母了，[5]忙上来陪着笑，福了几福①，口里说："请老寿星安。"[6]贾母亦忙欠身问好，又命周瑞家的端过椅子来坐着。那板儿仍是怯人，不知问候。贾母道："老亲家，你今年多大年纪了？"[7]刘姥姥忙立身答道："我今年七十五了。"贾母向众人道："这么大年纪了，还这么健朗。比我大好几岁呢。[8]我要到这么大年纪，还不知怎么动不得呢。"刘姥姥笑道："我们生来是受苦的人，老太太生来是享福的。若我们也这样，那些庄家活也没人做了。"贾母道："眼睛牙

---

① 福——也叫"万福"，旧时女子的一种行礼，"但微屈其膝而躬（身子）不曲"（明田艺蘅《留青日札》），双手相握置胸右上下移动。

1. 小厮们有事告假，都找上平儿，不敢面对二奶奶，是写平儿既做得了主，又待人好心宽厚。想这一个"姑娘"，非下称上之"姑娘"也。按北俗以姑母曰"姑姑"，南俗曰"娘娘"，此"姑娘"定是"姑姑""娘娘"之称。每见大家风俗，多有小童称少主妾曰"姑姑""娘娘"者。按此书中若干人说话语气及动用器物、饮食诸类，皆东西南北互相兼用，此"姑娘"之称，亦南北相兼而用无疑矣。（己）

2. 不免有怨言。分明几回没写到贾琏，今忽闲中一语，便补得贾琏这边天天热闹，令人却如看见听见一般，所谓不写之写也。（己）

3. 袭人问月钱，更提醒了平儿，便借传奶奶的话讨利钱，说得借债者哪敢拖欠。交待过袭人的话。看她如此说，真比凤姐又甚一层，李纨之语不谬也。不知阿凤何福得此一人。（己）

4. 妙极！连宝玉一并算入姊妹队中了。（己）此时难说宝玉一定在场。饭后再去时，则明言有宝玉在。

5. 有多年历练的刘姥姥看如此光景，哪能不知。奇奇怪怪文章。在刘姥姥眼中，以为阿凤至尊至贵，普天下人都该站着说，阿凤独坐才是。如何今见阿凤独站哉？真妙文字。（己）此评将刘姥姥当作傻帽儿了，欠妥，我不凭。

6. 更妙！贾母之号何其多耶？在诸人口中则曰"老太太"，在阿凤口中则曰"老祖宗"，在僧尼口中则曰"老菩萨"，在刘姥姥口中则曰"老寿星"者，却似有数人，想去则皆贾母，难得如此，各尽其妙。刘姥姥亦善应接。（庚）

7. 称呼得体，问得也亲切。神妙之极！看官至此，必愁贾母以何相称，谁知公然曰"老亲家"，何等现成，何等大方，何等有情理！若云作者心中编出，余断断不信。何也？盖编得出者，断不能有这等情理。（己）"心中编出"，也是平日观察体验生活的积累，不必将两者对立起来。

8. 健朗从劳动中得，农村长寿者都如此。可知贾母此时七十出头些。

齿都还好？”刘姥姥道：“都还好，就是今年左边的槽牙活动了。”[1]贾母道：“我老了，都不中用了，眼也花，耳也聋，记性也没了。你们这些老亲戚，我都不记得了。亲戚们来了，我怕人笑我，我都不会。不过嚼得动的吃两口，睡一觉，闷了时和这些孙子、孙女儿玩笑一回就完了。”刘姥姥笑道：“这正是老太太的福了。我们想这么着不能。”贾母道：“什么福，不过是个老废物罢了。”说得大家都笑了。贾母又笑道：“我才听见凤哥儿说，你带了好些瓜菜来，叫她快收拾去了，我正想个地里现擷的瓜儿、菜儿吃。外头买的，不像你们田地里的好吃。”[2]刘姥姥笑道：“这是野意儿，不过吃个新鲜。依我们倒想鱼肉吃，只是吃不起。”[3]贾母又道：“今儿既认着了亲，别空空的就去。不嫌我这里，就住一两天再去。[4]我们也有个园子，园子里头也有果子，你明日也尝尝，带些家去，也算看亲戚一趟。”凤姐儿见贾母喜欢，也忙留道：“我们这里虽不比你们的场院大，空屋子还有两间。你住两天，把你们那里的新闻故事儿说些与我们老太太听听。”贾母笑道：“凤丫头别拿她取笑儿。她是乡屯里的人，老实，哪里搁得住你打趣她。”[5]说着，又命人去先抓果子与板儿吃。板儿见人多了，又不敢吃。贾母又命拿些钱给他，叫小幺儿们带他外头玩去。刘姥姥吃了茶，便把些乡村中所见所闻的事情说与贾母，贾母越发得了趣味。正说着，凤姐儿便命人来请刘姥姥吃晚饭。贾母又将自己的菜拣了几样，命人送过去与刘姥姥吃。[6]

　　凤姐知道合了贾母的心，吃了饭便又打发过来。鸳鸯忙命老婆子带了刘姥姥去洗了澡，自己挑了两件随常的衣服命给刘姥姥换上。[7]那刘姥姥哪里见过这般行事，忙换了衣裳出来，坐在贾母榻前，又搜寻些话出来说。彼时宝玉、姊妹们也都在这里坐着，他们何曾听见过这些话，自觉比那些瞽目先生们说的书还好听。[8]那刘姥姥虽是个村野人，却生来的有些见识，况且年纪老了，世情上经历过的，[9]见头一个贾母高兴，第二见这些哥儿、姐儿们都爱听，便没了话也编出些话来讲。[10]因说道：“我们村庄上种地、种菜，每年每日，春夏秋冬，风里雨里，哪里有个

1. 老来要享福，眼与牙最重要，确是贾母的问。回答也极妥，若说眼也明、齿也坚，反不真实。

2. 姥姥听了一定高兴。

3. 好了，这次让你吃个够！

4. 哪会空空的去！住一两天只怕不够。

5. 贾母对凤姐的性情行事太了解了，所料没错，不打趣还能是凤姐？对姥姥的本领却完全没有估计到，搁不住打趣还能是刘姥姥？这话看出贾母为人厚道来。

6. 看贾母对姥姥有多喜欢。

7. 鸳鸯想得周全，能拿主意。一段鸳鸯身分、权势、心机，只写贾母也。（己）

8. 古人陈年故事，哪有鲜活的新闻好听。

9. 交代姥姥自幼颖悟，阅历丰富。

10. 这就写到回目“信口开河”了。

坐着的空儿，天天都是在那地头子上作歇马凉亭①，¹什么奇奇怪怪的事不见呢。就像去年冬天，接连下了几天雪，地下压了三四尺深。我那日起得早，还没出房门，只听外头柴草响。我想着必定是有人偷柴草来了。我爬着窗眼儿一瞧，却不是我们村庄上的人。"贾母道："必定是过路的客人们冷了，见现成的柴，抽些烤火去也是有的。"刘姥姥笑道："也并不是客人，所以说来奇怪。老寿星当个什么人？原来是一个十七八岁极标致的小姑娘，梳着溜油光的头，穿着大红袄儿、白绫裙子……"²刚说到这里，忽听外面人吵嚷起来，又说："不相干的，别唬着老太太！"贾母等听了，忙问怎么了。丫鬟回说："南院马棚里走了水②，不相干，已经救下去了。"贾母最胆小的，听了这话，忙起身扶了人出至廊上来瞧，只见东南上火光犹亮。贾母唬得口内念佛，忙命人去火神跟前烧香。王夫人等也忙都过来请安，又回说"已经救下去了，老太太请进房去罢。"贾母足足地看着火光熄了，方领众人进来。³宝玉且忙着问刘姥姥："那女孩儿大雪地里作什么抽柴草？倘或冻出病来呢？"⁴贾母道："都是才说抽柴草惹出火来了，你还问呢！别说这个了，再说别的罢。"宝玉听说，心内虽不乐，也只得罢了。刘姥姥便又想了一篇话，说道："我们庄子东边庄上，有个老奶奶子，今年九十多岁了。她天天吃斋念佛，谁知就感动了观音菩萨，夜里来托梦说'你这样虔心，原本你该绝后的，如今奏了玉皇，给你个孙子。'原来这老奶奶只有一个儿子，这儿子也只一个儿子，好容易养到十七八岁上死了，⁵哭得什么似的。落后果然又养了一个，今年才十三四岁，生得雪团儿一般，聪明伶俐非常。可见这些神佛是有的。"⁶这一席话，实③合了贾母、王夫人的心事，连王夫人也都听住了。

宝玉心中只记挂着抽柴的故事，因闷闷地心中筹画。探春因问他："昨日扰了史大妹妹，咱们回去商议着邀一社，又还了席，也请老太太赏菊花何如？"宝玉笑道："老太太说了，还要摆酒还史妹妹的席，叫咱们作陪呢。等吃了老太太的，咱们再请不迟。"探春道："越往前去越冷

1. 人多以为此书中富贵气象，没有经历过的人写不出。我倒以为曾沉浸在这种生活中的人，看平常了，反视而不见，没有激情了，倒不如生活反差大的人，能留下深刻印象。像这些随口而出的话，我以为更须有真正的生活体验，交往过地头的农民。

2. 这话还能不激起宝玉极大的关爱热情？妙在就此打断，这才有回目中的"寻根究底"。刘姥姥口气如此。（己）

3. 一段为后回作引，然偏于宝玉爱听时藏住。（己）"后回"即第四十回，在下一回回末，刘姥姥行酒令说"花儿落了结个大倭瓜"引得众人大笑时，忽被外面发生一件事打断。可惜因末页破失已无法知道是何事了。但写法上与这里插马棚失火情节相似，故称"作引"。参见下一回末批评。

4. 活宝玉！失火什么要紧，女孩儿冻出病来才糟呢。

5. 巧极，编出来的事，无意中竟说得像贾珠。

6. 又养一个，不像宝玉又像谁？这就未必是无意的了。

---

① 歇马凉亭——旧时驿路边供往来行人避暑避雨、歇马休息的亭子。这里说农民只能把地头当作凉亭来休息。

② 走了水——实即"失了火"。旧时迷信，失火时忌讳直说。

③ 实——此据庚辰本，己卯本作"时"，杨传镛先生以为"乃暗字讹写"。

了，老太太未必高兴。"宝玉道："老太太又喜欢下雨下雪的。不如咱们等下头场雪，请老太太赏雪岂不好？咱们雪下吟诗也更有趣了。"林黛玉忙笑道："咱们雪下吟诗？依我说，还不如弄一捆柴火，雪下抽柴，不更有趣儿呢！"[1] 说着，宝钗等都笑了。宝玉瞅了她一眼，也不答话。

一时散了，背地里宝玉足的拉了刘姥姥，细问那女孩儿是谁。刘姥姥只得编了告诉他道："那原是我们庄北沿地埂子上有一个小祠堂里供的，不是神佛，当先有个什么老爷。"说着又想名姓。宝玉道："不拘什么名姓，你不必想了，只说原故就是了。"[2] 刘姥姥道："这老爷没有儿子，只有一位小姐，名叫若玉。[3] 小姐知书识字，老爷太太爱如珍宝。可惜这若玉小姐生到十七岁，一病死了。"[4] 宝玉听了，跌足叹惜，又问："后来怎么样？"刘姥姥道："因为老爷、太太思念不尽，便盖了这祠堂，塑了这若玉小姐的像，派了人烧香拨火。如今日久年深的，人也没了，庙也烂了，那像就成了精。"[5] 宝玉忙道："不是成精，规矩这样人是虽死不死的。"[6] 刘姥姥道："阿弥陀佛！原来如此。不是哥儿说，我们都当她成精。[7] 她时常变了人出来各村庄店道上闲逛。我才说这抽柴火的就是她了。我们村庄上的人还商议着要打了这塑像、平了庙呢。"宝玉忙道："快别如此。若平了庙，罪过不小。"刘姥姥道："幸亏哥儿告诉我，我明儿回去拦住他们就是了。"宝玉道："我们老太太、太太都是善人，就是合家大小也都好善喜舍，最爱修庙塑神的。我明儿做一个疏头①，替你化些布施，你就做香头②，攒了钱把这庙修盖了，再装潢了泥像，每月给你香火钱烧香岂不好？"刘姥姥道："若这样，我托那小姐的福，也有几个钱使了。"宝玉又问她地名庄名，来往远近，坐落何方。刘姥姥便顺口胡诌了出来。[8]

宝玉信以为真，回至房中盘算了一夜。次日一早，便出来给了茗烟几百钱，按着刘姥姥说的方向、地名，着茗烟去先踏看明白，回来再做主意。那茗烟去后，宝玉左等也不来，右等也不来，急得热锅上的蚂蚁一般。好容易等到日落，方见茗烟兴兴头头地回来了。宝玉忙

---

① 疏头——旧时僧道拜忏时焚化的祝告文叫"疏头"，此指修庙募捐的启事。
② 香头——庙里管香火的头目。

1. 黛玉等在一旁早看透情哥哥心思了，调侃语妙不可言。

2. 急切之情如见。

3. 名也起得巧，岂不就像黛玉。

4. 你看像不像？难道黛玉不是"一病死了"，倒是投水自尽的？

5. 编得不错，以为事情无从查证，宝玉也会就此作罢，岂其不然。

6. 有此想头，后来才信晴雯成了花神。

7. 刘姥姥戏演得不错，能让因情入迷的宝玉越说越认真。

8. 若再细说庄名、里程、方位就不成文章了，只用"顺口胡诌"省略掉最好。

问："可有庙了？"茗烟笑道："爷听得不明白，要我好
找。那地名坐落不似爷说的一样，所以找了一日，找
到东北上田埂子上才有一个破庙。"宝玉听说，喜得
眉开眼笑，忙说道："刘姥姥有年纪的人，一时错记了
也是有的。你且说你见的。"茗烟道："那庙门却倒是
朝南开，也是稀破的。我找得正没好气，一见这个，
我说'可好了'，连忙进去。一看泥胎，唬得我跑出
来了，活似真的一般。"宝玉喜得笑道："她能变化人
了，自然有些生气。"茗烟拍手道："哪里是什么女孩
儿，竟是一位青脸红发的瘟神爷。"[1]宝玉听了，啐了
一口，骂道："真是一个无用的杀才！这点子事也干不
来。"茗烟道："二爷又不知看了什么书，或者听了谁
的混话，信了了，把这件没头脑的事派我去碰头，怎
么说我没用呢？"宝玉见他急了，忙抚慰他道："你别
急。改日闲了你再找去。[2]若是她哄我们呢，自然没了，
若竟是有的，你岂不也积了阴骘。我必重重地赏你。"
正说着，只见二门上的小厮来说："老太太房里的姑娘
们站在二门口找二爷呢。"〔要知端详，下回分解。〕

1. 这一段颇似相声或喜剧科白，必
有几个来回，到最后才摊底牌。

2. 碰了壁仍不死心，真顽石脾气。

【总评】————————————————————

　　李纨拉住来拿蟹的平儿闲谈，说平儿是凤姐的"总钥匙"，因而又在谈话中带出鸳鸯之于
贾母、彩霞之于王夫人、袭人之于宝玉，都有类似之处。这是得空便为人物上色，以加深人
们的印象。袭人与平儿关系特好，故透露凤姐拿公众的月钱放出去，赚利钱事。再次点染凤
姐贪财本性。

　　刘姥姥带板儿到来，是"二进"荣府，这次不为借贷，她是带着刚摘下的枣子、倭瓜、
野菜等土产特地来孝敬奶奶、太太、小姐们的。可见这个农村老妪，是个感恩图报的人。有
人谈及这次螃蟹的花费，姥姥听了说："这一顿的钱够我们庄家人过一年的了。"大有深意。

　　刘姥姥不但投了凤姐的缘，也投了贾母的缘。平儿说："我们老太太最是惜老怜贫的。"此
非虚言，两老相见场景写得相当到位。姥姥有丰富的阅历经验，深知大宅中上下喜闻之事，
故其"搜寻些话来说"，比说书还好听。说"一个十七八岁极标致的小姑娘"前来抽柴草，才
开头，就被"南院马棚里走了水（失了火）"打断，这是很好的安排。火熄后，宝玉要姥姥继
续讲女孩儿抽柴草事，被贾母阻止，刘姥姥也立即变换话题，讲了个胡诌的求佛得孙子的故事，
可见她善于察言观色，懂得怎样才能投贾母、王夫人所好。

　　宝玉之痴，就在谈话散后，拉了刘姥姥"寻根问底"，定要知道"那女孩儿是谁"，说不
得姥姥只能"信口开河"再编下去。结尾时，宝玉竟给茗烟钱，要他私下去寻访，谁知茗烟
回来说，见到的"竟是一位青脸红发的瘟神爷"。作者以风趣幽默的笔触，把"情不情"的宝
玉的那股呆劲儿给写活了。

第 四 十 回
史太君两宴大观园　金鸳鸯三宣牙牌令

【题解】

　　本回回目诸本都一致。回目前后两句，指的是同一件事：刘姥姥令贾母（史太君）十分喜欢，贾母就由众人陪同与姥姥一道进大观园游玩。其间两次设宴招待。席上还由鸳鸯（姓金）为令官行酒令。牙牌，又称骨牌，牌九，游戏用具，亦作赌具，用它来行酒令叫"牙牌令"。这次所行之令，用其中能组成"一副儿"的三张牙牌来玩，每一张都由令官依次来宣称牌名，故曰"三宣"。

　　话说宝玉听了，忙进来看时，只见琥珀站在屏风跟前说："快去吧，立等你说话呢。"宝玉来至上房，只见贾母正和王夫人、众姊妹商议给史湘云还席。¹宝玉因说道："我有个主意。既没有外客，吃的东西也别定了样数，谁素日爱吃的拣样儿做几样。也不要按桌席，每人跟前摆一张高几，各人爱吃的东西一两样，用一个什锦攒心盒子^①，自斟壶，岂不别致！"贾母听了，说："很是。"忙命人传与厨房："明日就拣我们爱吃的东西做了，按着人数，再装了盒子来。²早饭也摆在园子里吃。"商议之间，早又掌灯，一夕无话。

　　次日清早起来，可喜这日天气清朗。李纨侵晨先起，看着老婆子、丫头们扫那些落叶，³并擦抹桌椅，预备茶酒器皿。只见丰儿带了刘姥姥、板儿进来，说："大奶奶倒忙得紧。"李纨笑道："我说你昨儿去不成，只忙着要去。"刘姥姥笑道："老太太留下我，叫我也热闹一天去。"丰儿拿了几把大小钥匙，说道："我们奶奶说了，外头的高几恐不够使，不如开了楼把那收着的拿下来使一天罢。奶奶原该亲自来的，因和太太说话呢，请大奶奶开了，带着

1. 湘云做过东，须还席方合礼数。

2. 后并未专写明还席，已命厨房"明日"做了，而次日一早，贾母等就陪刘姥姥游园，可知"两宴"也就是还席了。若专为刘姥姥设宴，她又不是什么贵宾，便不合情理了。

3. 是八月尽的光景。（戚）

---

① 攒心盒子——简称"攒盒"，一种盛果菜、糕点的盒子，盒中分许多格，用来分盛各种食品，每一格子都攒向中心。

人搬罢。"李氏便命素云接了钥匙，又命婆子出去把二
门上的小厮叫几个来。李氏站在大观楼下往上看，命
人上去开了缀锦阁，一张一张往下抬。小厮、老婆子、
丫头一齐动手，抬了二十多张下来。[1]李纨道："好生着，
别慌慌张张鬼赶似的，仔细碰了牙子①！"又回头向
刘姥姥笑道："姥姥也上去瞧瞧。"[2]刘姥姥听说，巴不
得一声儿，便拉了板儿登梯上去。进里面，只见乌压
压地堆着些围屏、桌椅、大小花灯之类，虽不大认得，
只见五彩炫耀，各有奇妙。念了几声佛便下来了。然后
锁上门，一齐才下来。李纨道："恐怕老太太高兴，索
性把船上划子、篙桨、遮阳幔子都搬了下来预备着。"[3]
众人答应，又复开了，色色的搬了下来。命小厮传驾
娘们到船坞里撑出两只船来。

　　正乱着安排，只见贾母已带了一群人进来了。李
纨忙迎上去，笑道："老太太高兴，倒进来了。我只当
还没梳头呢，才撷了菊花要送去。"一面说，一面碧月
早捧过一个大荷叶式的翡翠盘子来，里面养着各色折
枝菊花。贾母便拣了一朵大红的簪于鬓上。因回头看
见了刘姥姥，忙笑道："过来戴花儿。"一语未完，凤姐
便拉过刘姥姥来笑道："让我打扮你。"说着，将一盘子
花横三竖四地插了一头。贾母和众人笑得不住。[4]刘姥
姥笑道："我这头也不知修了什么福，今儿这样体面起
来。"众人笑道："你还不拔下来摔到她脸上呢，把你打
扮得成了个老妖精了。"刘姥姥笑道："我虽老了，年轻
时也风流，爱个花儿粉儿的，今儿老风流才好。"[5]

　　说笑之间，已来至沁芳亭子上。丫鬟们抱了一个
大锦褥子来，铺在栏杆榻板上。贾母倚柱坐下，命刘
姥姥也坐在旁边，因问她："这园子好不好？"刘姥姥
念佛说道："我们乡下人到了年下，都上城来买画儿贴。
时常闲了，大家都说，怎么得也到画儿上去逛逛。想
着那个画儿也不过是假的，哪里有这个真地方。谁知
我今儿进这园子里一瞧，竟比那画儿还强十倍。怎么
得有人也照着这个园子画一张，我带了家去，给他们
见见，死了也得好处。"[6]贾母听说，便指着惜春笑道：

1. 前商议还席时，宝玉出主意："也
不要按桌席，每人跟前摆一张
高几"，所以要准备这么多。

2. 必借刘姥姥的眼睛，见证荣国
府家具器物繁多之盛况，故让
她亲自看看。

3. 想得不错，确是用上了。

4. "尘世难逢开口笑，菊花须插满
头归"（杜牧《九日齐山登高》诗）
意境。千余年前沿袭下来的风
俗，今得于此一见。

5. 姥姥亦喜谐笑，心态尚年轻。

6. "异日图将好景，归去凤池夸。"
此柳永夸杭州之《望海潮》词也。
若改"凤池"作"山村"，即姥
姥所言。因此带出惜春来。

---

　① 牙子——指装饰桌凳沿边的雕花镶木。

“你瞧我这个小孙女儿，她就会画。等明儿叫她画一张如何？”刘姥姥听了喜得忙跑过来，拉着惜春说道：“我的姑娘，你这么大年纪儿，又这么个好模样，还有这个能干，别是神仙托生的罢！”[1]

贾母少歇一回，自然领着刘姥姥都见识见识，先到了潇湘馆。一进门，只见两边翠竹夹路，土地下苍苔布满，中间羊肠一条石子墁的路。[2]刘姥姥让出路来与贾母众人走，自己却赾走土地①。[3]琥珀拉她说道：“姥姥，你上来走，仔细青苔滑了！”刘姥姥道：“不相干的，我们走熟了的，[4]姑娘们只管走罢。可惜你们的那绣鞋，别沾脏了。”她只顾上头和人说话，不防底下果踩滑了，咕咚一跤跌倒。众人都拍手哈哈地笑起来。贾母笑骂道：“小蹄子们，还不搀起来！只站着笑。”说话时，刘姥姥已爬了起来，自己也笑了，说道：“才说嘴就打了嘴。”贾母问她：“可扭了腰了不曾？叫丫头们捶一捶。”刘姥姥道：“哪里说得我这么娇嫩了。哪一天不跌两下子，都要捶起来，还了得呢！”[5]紫鹃早打起湘帘，贾母等进来坐下。林黛玉亲自用小茶盘捧了一盖碗茶来奉与贾母。王夫人道：“我们不吃茶，姑娘不用倒了。”林黛玉听说，便命丫头把自己窗下常坐的一张椅子挪到下首，请王夫人坐了。刘姥姥因见窗下案上设着笔砚，又见书架上磊着满满的书，刘姥姥道：“这必定是哪位哥儿的书房了。”[6]贾母笑指黛玉道：“这是我这外孙女儿的屋子。”刘姥姥留神打量了林黛玉一番，方笑道：“这哪里像个小姐的绣房，竟比那上等的书房还好。”贾母因问：“宝玉怎么不见？”[7]众丫头们答说：“在池子里船上呢。”贾母道：“谁又预备下船了？”李纨忙回说：“才开楼拿几，我恐怕老太太高兴，就预备下了。”贾母听了，方欲说话时，人回说：“姨太太来了。”贾母等刚站起来，只见薛姨妈早进来了，一面归座笑道：“今儿老太太高兴，这早晚就来了。”贾母笑道：“我才说来迟了的要罚他，不想姨太太就来迟了。”

说笑一会，贾母因见窗上纱的颜色旧了，便和王夫人说道：“这个纱新糊上好看，过了后来就不翠了。

1. 倒不是“神仙托生”，只怕将来皈依神仙去。

2. 为潇湘馆幽境一染。

3. 姥姥能替别人着想。

4. 走惯的泥路未必有青苔。

5. 跌跤一节总为这两句话而有。作者深意在焉。

6. 正为写黛玉。

7. 因提起“哥儿的书房”而想到，有神理。

---

① 赾（jìn尽）走土地——小心地行走在泥地上。赾，可通“靳”，谨慎行走。

这个院子里头又没有个桃杏树，这竹子已是绿的，再拿这绿纱糊上反不配。[1] 我记得咱们先有四五样颜色糊窗的纱呢。明儿给她把这窗上的换了。"凤姐儿忙道："昨儿我开库房，看见大板箱里还有好些匹银红蝉翼纱，[2] 也有各样折枝花样的，也有流云卍福花样的，也有百蝶穿花花样的，颜色又鲜，纱又轻软，我竟没见过这样的。拿了两匹出来，作两床绵纱被，想来一定是好的。"贾母听了笑道："呸！人人都说你没有不经过、不见过的，连这个纱还不认得呢，明儿还说嘴！"[3] 薛姨妈等都笑说："凭她怎么经过见过，如何敢比老太太呢。老太太何不教导了她，我们也听听。"凤姐儿也笑说："好祖宗，教给我罢。"贾母笑向薛姨妈众人道："那个纱，比你们的年纪还大呢。[4] 怪不得她认作蝉翼纱，原也有些像，不知道的都认作蝉翼纱。正经名字叫作'软烟罗'。"凤姐儿道："这个名儿也好听。只是我这么大了，纱罗也见过几百样，从没听见过这个名色。"贾母笑道："你能够活了多大，见过几样没处放的东西，就说嘴来了。那个软烟罗只有四样颜色：一样雨过天晴，一样秋香色，一样松绿的，一样就是银红的；若是做了帐子，糊了窗屉，远远的看着就似烟雾一样，所以叫作'软烟罗'。那银红的又叫作'霞影纱'。如今上用①的府纱也没有这样软厚轻密的了。"[5] 薛姨妈笑道："别说凤丫头没见，连我也没听见过。"凤姐儿一面说话，早命人取了一匹来了。贾母说："可不是这个，先时原不过是糊窗屉，后来我们拿这个作被作帐子试试，也竟好。明儿就找出几匹来，拿银红的替她糊窗子。"[6] 凤姐答应着。众人都看了称赞不已。刘姥姥也觑着眼看个不了，念佛道："我们想它作衣裳也不能，拿着糊窗子，岂不可惜？"贾母道："倒是做衣裳不好看。"凤姐忙把自己身上穿的一件大红棉纱袄子襟儿拉了出来，向贾母、薛姨妈道："看我的这袄儿。"贾母、薛姨妈都说："这也是上好的了，如今上用内造②的，竟比不上这个。"[7] 凤

1. 对建筑与环境的色调搭配有行家眼光。

2. 认准是蝉翼纱了？且听贾母怎么说。

3. 当众奚落凤姐，只有贾母可以。

4. 王夫人说过"我如今已将五十岁的人"（第三十三回），则老姊妹薛姨妈岁数当也小不了多少。那纱的年纪居然还要大，可知必是国公爷在世时的事。若以写此书时计算起，当在作者出生前早就过世的先祖曹寅生活的全盛年代。接着，贾母又嘲凤姐"你能够活了多大"，也令我想起凤姐跟赵嬷嬷闲聊南巡、省亲时说过的话："可恨我小几岁年纪，若早生二三十年，如今这些老人家也不薄我没见世面了。"（第十六回）此类文字都仿佛流露作者我生也晚的感慨。

5. 这是世代任江宁织造的曹家人的看家本领，听得多了，所以写来也头头是道，能与"上用的府纱"作质地比较，着实令人吃惊。

6. 宠爱外孙女之情可见。

7. 据档案史料，曹頫任职后期，内务府多责罚各织造处所进上用绸缎，不"依照旧式，敬谨将丝制熟，织成极细厚重之缎"，而"改变旧式……织得粗糙而轻薄"，因此曹頫等各被罚俸一年。（雍正四年三月初十处本）又有上用缎、官缎"皆甚粗糙轻薄，而比早年织进者已大为不如"等语。（雍正四年十一月二十九日折）可知贾母等议论的话，多有现实素材为依据。

---

① 上用——皇帝所用。
② 内造——宫廷内所织造。清时，由江宁、苏州、杭州三处织造府专任其职。

姐儿道："这个薄片子，还说是内造上用呢，竟连这个官用的也比不上了。"贾母道："再找一找，只怕还有青的。若有时，都拿出来，送这刘亲家两匹，再做一个帐子我挂，下剩的配上里子，做些夹背心子给丫头们穿，[1]白收着霉坏了。"凤姐忙答应了，仍命人送去。贾母起身笑道："这屋里窄，再往别处逛去。"刘姥姥念佛道："人人都说大家子住大房。昨儿见了老太太正房，配上大箱、大柜、大桌子、大床，果然威武。那柜子比我们一间房子还大还高。怪道后院子里有个梯子。我想又不上房晒东西，预备个梯子作什么？[2]后来我想起来，定是为开顶柜取放东西，非离了那梯子怎么得上去呢？如今又见了这小屋子，更比大的越发齐整了。满屋里的东西都只好看，都不知叫什么，我越看越舍不得离了这里。"凤姐道："还有好的呢，我都带你去瞧瞧。"说着一径离了潇湘馆。

　　远远望见池中一群人在那里撑船。贾母道："他们既预备下船，咱们就坐一回。"说着，便向紫菱洲蓼溆一带走来。未至池前，只见几个婆子手里都捧着一色捏丝戗金①五彩大盒子走来。[3]凤姐忙问王夫人早饭在哪里摆。王夫人道："问老太太在哪里，就在哪里罢了。"贾母听说，便回头说："你三妹妹那里就好。你就带了人摆去，我们从这里坐了船去。"凤姐听说，便回身同了李纨、探春、鸳鸯、琥珀带着端饭的人等，抄着近路到了秋爽斋，就在晓翠堂上调开桌案。鸳鸯笑道："天天咱们说外头老爷们吃酒吃饭都有一个篾片相公②，拿他取笑儿。咱们今儿也得了一个女篾片了。"李纨是个厚道人，听了不解。[4]凤姐儿却知说的是刘姥姥了，也笑说道："咱们今儿就拿她取个笑儿。"二人便如此这般的商议。李纨笑劝道："你们一点好事也不做，又不是小孩子，还这么淘气，仔细老太太说。"鸳鸯笑道："很不与你相干，有我呢。"[5]

　　正说着，只见贾母等来了，各自随便坐下。

1. 姥姥宜用青色，而不宜红绿，"雨过天晴"做成帐子一定好看；做衣裳虽不好看，做背心却不错。贾母还真是不错的设计师。

2. 旧时北地百姓上房晒瓜菜薯片之类者甚多。

3. 前商议还席时说过吃的用盒子装，此时遵命送来。

4. 鸳鸯打定主意要拿姥姥取笑儿，李纨一时不解，正写其为人。

5. 何等自信！摸透了贾母脾性。

---

①　捏丝戗（qiàng呛）金——把金属丝条做成各种图案嵌在器皿上，如景泰蓝工艺即是。
②　篾片相公——"篾片"为"清客"的俗称，即在豪门富家帮闲，专事趋奉凑趣的门客。

先有丫头端过两盘茶来，大家吃毕。凤姐手里拿着块西洋布手巾，裹着一把乌木三镶银箸，掂掇①人位，按席摆下。贾母因说："把那一张小楠木桌子抬过来，让刘亲家近我这边坐着。"众人听说，忙抬了过来。凤姐一面递眼色与鸳鸯，鸳鸯便拉了刘姥姥出去，悄悄地嘱咐了刘姥姥一席话，又说："这是我们家的规矩，若错了，我们就笑话呢。"[1]调停已毕，然后归座。薛姨妈是吃过饭来的，不吃，只坐在一边吃茶。[2]贾母带着宝玉、湘云、黛玉、宝钗一桌，王夫人带着迎春姊妹三个人一桌，刘姥姥傍着贾母一桌。贾母素日吃饭，皆有小丫鬟在旁边，拿着漱盂、麈尾、巾帕之物。如鸳鸯，是不当这差的了，今日鸳鸯偏接过麈尾来拂着。丫鬟们知道她要撮弄刘姥姥，便躲开让她。[3]鸳鸯一面侍立，一面悄向刘姥姥说道："别忘了。"刘姥姥道："姑娘放心。"[4]那刘姥姥入了座，拿起箸来，沉甸甸的不伏手。原是凤姐和鸳鸯商议定了，单拿了一双老年四楞象牙镶金的筷子与刘姥姥。[5]刘姥姥见了，说道："这叉爬子比俺那里铁锹还沉，哪里犟得过它。"[6]说得众人都笑起来。

只见一个媳妇端了一个盒子站在当地，一个丫鬟上来揭去盒盖，里面盛着两碗菜。李纨端了一碗放在贾母桌上。凤姐儿偏拣了一碗鸽子蛋放在刘姥姥桌上。[7]贾母这边说声"请"，刘姥姥便站起身来，高声说道："老刘，老刘，食量大似牛，吃个老母猪不抬头。"[8]自己却鼓着腮不语。众人先是发怔，后来一听，上上下下都哈哈大笑起来。[9]史湘云撑不住，一口饭都喷了出来；林黛玉笑岔了气，伏着桌子"嗳哟"；宝玉早滚到贾母怀里，贾母笑得搂着宝玉叫"心肝"；王夫人笑得用手指着凤姐儿，只说不出话来；薛姨妈也撑不住，口里的茶喷了探春一裙子；探春手里的饭碗都合在迎春身上；惜春离了座位，拉着她奶母叫"揉一揉肠子"。地下的无一个不弯腰屈背，也有躲出去蹲着笑去的，也有忍着笑上来替她姊妹换衣裳的，[10]独有凤姐、鸳鸯二人撑着，还只管让刘姥姥。刘姥姥拿起箸来，只觉不听使，又说道：

1. 好，不说出嘱咐什么。
2. 妙！若只管写薛姨妈来则吃饭，则成何文理。（己）
3. 丫鬟们也会看阵势，对鸳鸯都有所了解也。
4. 再次提醒，以防失算。
5. 亦策划中一环。
6. 生猛鲜活的话，谁写得出？
7. 且看用这样的筷子如何吃鸽子蛋。
8. 再三叮嘱原来为此。姥姥亦善解人意者。
9. 通常写哄堂大笑情景，到此为止了，谁知还有精彩的分镜头特写。
10. 最神奇的文字，每种笑态都合其人的特点。你可以去翻检世界上任何伟大作家的作品，无论是塞万提斯、狄更斯、福楼拜、巴尔扎克、雨果、莫泊桑、托尔斯泰、契诃夫、陀思妥耶夫斯基、杰克·伦敦、海明威……总之，任何一位巨匠的杰作，你可曾见到过这样写笑的文字，或者写别种情态写得足可与此处媲美的文字也行。我想你是找不到的。曹雪芹绝对是独一无二的。当然，世界文学之林的大师们也都有其独有的长处，这是无须烦言的。这段文字中只没有写一个人的笑，那就是宝钗，这也值得深思。

① 掂掇——估计，盘算。

"这里的鸡儿也俊，下的这蛋也小巧，怪俊的。我且夹攮一个。"[1] 众人方住了笑，听见这话，又笑起来。贾母笑得眼泪出来，琥珀在后捶着。贾母笑道："这定是凤丫头促狭鬼儿闹的，快别信她的话了。"那刘姥姥正夸鸡蛋小巧，要夹攮一个，凤姐儿笑道："一两银子一个呢，你快尝尝罢，那冷了就不好吃了。"刘姥姥便伸箸子要夹，哪里夹得起来，满碗里闹了一阵，好容易撮起一个来，才伸着脖子要吃，偏又滑下来滚在地下，忙放下箸子要亲自去捡，早有地下的人捡了出去了。刘姥姥叹道："一两银子，也没听见个响声儿就没了。"[2] 众人已没心吃饭，都看着她取笑。贾母又说："谁这会子又把那个筷子拿了出来？又不请客摆大筵席。都是凤丫头支使的，还不换了呢！"地下的人原不曾预备这牙箸，本是凤姐和鸳鸯拿了来的，听如此说，忙收了过去，也照样换上一双乌木镶银的。刘姥姥道："去了金的，又是银的，到底不及俺们那个伏手。"凤姐儿道："菜里若有毒，这银子下去了，就试得出来。"刘姥姥道："这个菜里有毒，俺们那些菜都成了砒霜了。哪怕毒死了，也要吃尽了。"[3] 贾母见她如此有趣，吃得又香甜，把自己的菜也都端过来与她吃。又命一个老嬷嬷来，将各样的菜给板儿夹在碗里。

一时吃毕，贾母等都往探春卧室中去闲话。这里收拾过残桌，又放了一桌。刘姥姥看着李纨与凤姐儿对坐着吃饭，叹道："别的罢了，我只爱你们家这行事。怪道说'礼出大家'。"凤姐儿忙笑道："你可别多心，才刚不过大家取乐儿。"一言未了，鸳鸯也进来笑道："姥姥别恼，我给你老人家赔个不是。"[4] 刘姥姥笑道："姑娘说哪里话，咱们哄着老太太开个心儿，可有什么恼的！你先嘱咐我，我就明白了，不过大家取个笑儿。我要心里恼，也就不说了。"[5] 鸳鸯便骂人："为什么不倒茶给姥姥吃？"刘姥姥忙道："刚才那个嫂子倒了茶来，我吃过了。姑娘也该用饭了。"凤姐儿便拉鸳鸯坐下道："你和我们吃了罢，省得回来又闹。"鸳鸯便坐下了。婆子们添上碗箸来，三人吃毕。刘姥姥笑道："我看你们这些人都只吃这一点儿就完了，亏你们也不饿。怪

1. 也不知是真不知还是装不知。

2. 趣极。"夹""闹""撮"，用词变化有神理，还以"一两银子"的话首尾呼应，真像一出绝妙的短喜剧。

3. 说得也有俚趣。

4. 凤姐、鸳鸯过后向姥姥赔不是，这就对了。倘一味恶作剧戏弄，便无礼了，反低了自己身份，也非她二人本心本意。

5. 一场精彩的演出，不但要有最有本领的编剧、导演，也靠悟性和演技都很高的天才演员，刘姥姥在这方面完全有资格获得金奖。

只道风儿都吹得倒。"鸳鸯便问："今儿剩的菜不少，都哪去了？"婆子们道："都还没散呢，在这里等着一齐散与他们吃。"鸳鸯道："他们吃不了这些，挑两碗给二奶奶屋里平丫头送去。"[1]凤姐儿道："她早吃了饭了，不用给她。"鸳鸯道："她不吃了，喂你们的猫。"婆子听了，忙拣了两样，拿盒子送去。[2]鸳鸯道："素云哪去了？"李纨道："她们都在这里一处吃，又找她作什么？"鸳鸯道："这就罢了。"凤姐儿道："袭人不在这里，你倒是叫人送两样给她去。"[3]鸳鸯听说，便命人也送两样去后，鸳鸯又问婆子们："回来吃酒的攒盒可装上了？"婆子道："想必还得一回子。"鸳鸯道："催着些儿。"婆子答应了。

　　凤姐儿等来至探春房中，只见她娘儿们正说笑。探春素喜阔朗，这三间屋子并不曾隔断。当地放着一张花梨大理石大案，案上磊着各种名人法帖，并数十方宝砚，各色笔筒、笔海内插的笔如树林一般。那一边设着斗大的一个汝窑花囊①，插着满满的一囊水晶球的白菊。[4]西墙上当中挂着一大幅米襄阳《烟雨图》②，左右挂着一副对联，乃是颜鲁公③墨迹，其联云：

烟霞闲骨格　泉石野生涯④[5]

案上设着大鼎。左边紫檀架上放着一个大观窑的大盘，盘内盛着数十个娇黄玲珑大佛手。右边洋漆架上悬着一个白玉比目磬⑤，旁边挂着小锤。那板儿略熟了些，便要摘那锤子要击，丫鬟们忙拦住他。他又要那佛手吃，[6]探春拣了一个与他说："玩罢，吃不得的。"东边便设着卧榻，拔步床⑥上悬着葱绿双绣花卉草虫的纱帐。板儿又跑过来看，说"这是蝈蝈，

1. 大丫头姊妹间的情谊。

2. 凤姐说不用给她，鸳鸯说她不吃喂猫，婆子二话不说，立遵后者之命行事。只此细节便看出鸳鸯何等权势体面。

3. 袭人当然也不应遗落。

4. 恰如进到雅好文墨的士大夫书斋里。

5. 与前结诗社帖子中说宝玉曾以"真卿墨迹见赐"一语对上榫，构思完整，文心细密如此！颜真卿并未真的写过这样的对联，是雪芹模拟其为人而虚构的代笔，一如前秦可卿卧室中拟秦少游所书对联。士大夫多喜欢自称"野客""山人"，以示风雅清高。探春羡慕能为朝廷"立出一番事业来"的男人，通过她对这些字画陈设的爱好，表现出当时士大夫的思想志趣，是很典型的。

6. 既写探春雅趣，也借此带出板儿来。板儿与佚稿中贾府败后之事有关，是刘姥姥二进荣府不可缺少的角色，但因小儿并无太多事可写，故得便时点染一下。

---

① 汝窑花囊——汝窑，汝州（今河南汝州）以青器窑闻名，始建于北宋。花囊，插花用器，大腹，无口，顶盖上开多孔以备插花枝。

② 米襄阳《烟雨图》——宋代大书画家米芾，襄阳人，世称"米襄阳"，以画烟雨中景物著称。

③ 颜鲁公——唐代大书法家颜真卿，封鲁郡公，世称"颜鲁公"。

④ "烟霞"一联——意思是天性风流闲散如烟霞一般，山野人的生活常以泉石为伴。唐代田游岩爱好烟霞、泉石成癖，见《新唐书》本传。

⑤ 比目磬——制成比目鱼形的挂磬。磬，古代的一种打击乐器。

⑥ 拔步床——一种制作讲究的高脚大床，前有挂幔帐用的雕镂的纱厨和踏步，两头有小柜。因上床时要跨一两步，故称"拔步床"。

这是蚂蚱"。刘姥姥忙打他一巴掌，骂道："下作黄子①，没干没净地乱闹！倒叫你进来瞧瞧，就上脸②了。"打得板儿哭起来，众人忙劝解方罢。贾母因隔着纱窗往后院内看了一回，因说："这后廊檐下的梧桐也好了，就只细些。"正说话，忽一阵风过，隐隐听得鼓乐之声。贾母问："是谁家娶亲呢？这里临街倒近。"¹ 王夫人等笑回道："街上的哪里听得见，这是咱们的那十来个女孩子们演习吹打呢。"贾母便笑道："既她们演，何不叫她们进来演习。她们也逛一逛，咱们可又乐了。"凤姐听说，忙命人出去叫来，又一面吩咐摆下条桌，铺上红毡子。贾母道："就铺排在藕香榭的水亭子上，借着水音更好听。² 回来咱们就在缀锦阁底下吃酒，又宽阔，又听得近。"众人都说："那里好。"贾母向薛姨妈笑道："咱们走罢。她们姊妹们都不大喜欢人来，生怕脏了屋子。咱们别没眼色，正经坐一回子船喝酒去。"³ 说着，大家起身便走。探春笑道："这是哪里的话，求着老太太、姨妈、太太来坐坐还不能呢！"贾母笑道："我的这三丫头却好，只有两个玉儿可恶。⁴ 回来吃醉了，咱们偏往他们屋里闹去。"

说着，众人都笑了，一齐出来。走不多远，已到了荇叶渚。那姑苏选来的几个驾娘早把两只棠木舫撑来，众人扶了贾母、王夫人、薛姨妈、刘姥姥、鸳鸯、玉钏儿上了这一只，落后李纨也跟上去。凤姐儿也上去，立在船头上，也要撑船。贾母在舱内道："这不是玩的，虽不是河里，也有好深的。你快不给我进来！"凤姐儿笑道："怕什么！老祖宗只管放心。"说着便一篙点开。到了池当中，船小人多，凤姐只觉乱晃，忙把篙子递与驾娘，方蹲下了。⁵ 然后迎春姊妹等并宝玉上了那只，随后跟来。其余老嬷嬷、散众丫鬟俱沿河随行。宝玉道："这些破荷叶可恨，怎么还不叫人来拔去。"宝钗笑道："今年这几日，何曾饶了这园子闲了，天天逛，哪里还有叫人来收拾的工夫。"林黛玉道："我最不喜欢李义山的诗，只喜他一句：'留得残荷听雨声。'③偏你们又不留着残荷了。"宝玉道："果然好句，以后咱们就别叫人拔去了。"⁶ 说着，已到了花溆的萝港之下，觉得阴

1. 如此写到梨香院里十二"官"的演习吹打，也别致。

2. 经验之谈，深知临水听曲的妙处。

3. 说话总带风趣。

4. "可恶"是反话，正是最溺爱、最操心的人。

5. 总见凤姐好强逞能个性。

6. 与她喜散不喜聚心态一致，爱萧条零落景象，古人以为乃人之气数使然，非关评李商隐诗也。凡黛玉之所赏，宝玉必赞同。

---

①　下作黄子——骂孩子的话，犹言"下流种子"。

②　上脸——得意忘形；自以为了不起。

③　"留得残荷"句——唐代李商隐，字义山，其《宿骆氏亭寄怀崔雍崔衮》诗："秋阴不散霜飞晚，留得枯荷听雨声。"与小说引句有一字之异。

森透骨，两滩上衰草残菱，更助秋情。[1]

贾母因见岸上的清厦旷朗，便问："这是你薛姑娘的屋子不是？"众人道："是。"贾母忙命拢岸，顺着云步石梯上去，一同进了蘅芜苑，只觉异香扑鼻。那些奇草仙藤愈冷愈苍翠，都结了实，似珊瑚豆子一般，累垂可爱。[2]及进了房屋，雪洞一般，一色玩器全无，[3]案上只有一个土定瓶①，瓶中供着数枝菊花，并两部书、茶奁、茶杯而已。床上只吊着青纱帐幔，衾褥也十分朴素。贾母叹道："这孩子太老实了。你没有陈设，何妨和你姨娘要些。我也不理论，也没想到，你们的东西自然在家里没带了来。"[4]说着，命鸳鸯去取些古董来，又嗔着凤姐儿："不送些玩器来与你妹妹，这样小器！"王夫人、凤姐儿等都笑回说："她自己不要的。我们原送了来，都退回去了。"薛姨妈也笑说："她在家里也不大弄这些东西的。"贾母摇头道："使不得。虽然她省事，倘或来一个亲戚，看着不像；[5]二则年轻的姑娘们，房里这样素净，也忌讳。[6]我们这老婆子越发该住马圈去了。你们听那些书上、戏上说的，小姐们的绣房精致得还了得呢。她们姐妹们虽不敢比那些小姐们，也不要很离了格儿。有现成的东西，为什么不摆？若很爱素净，少几样倒使得。我最会收拾屋子，如今老了，没这闲心了。她们姐妹们也还学着收拾得好，只怕俗气，有好东西也摆坏了。我看她们还不俗。如今让我替你收拾，包管又大方又素净。[7]我的梯己两件，收到如今，没给宝玉看见过，若经了他的眼，也没了。"说着，叫过鸳鸯来，亲吩咐道："你把那石头盆景儿和那架纱桌屏，还有个墨烟冻石鼎，这三样摆在这案上就够了。再把那水墨字画白绫帐子拿来，把这帐子也换了。"[8]鸳鸯答应着，笑道："这些东西都搁在东楼上的不知哪个箱子里，还得慢慢找去，明儿再拿去也罢了。"贾母道："明日后日都使得，只别忘了。"说着，坐了一会方出来，一径来至缀锦阁下。文官等上来请过安，因问："演习何曲？"贾母道："只拣你们生的演习几套罢。"文官等下来，往藕香榭去，不提。

这里凤姐儿已带着人摆设整齐，上面左右两张榻，榻上都铺着锦裀蓉簟②，每一榻前有两张雕漆几，也有海棠

1. "萝港"之名，因藤萝侧垂，覆盖其上而起。秋色惨淡，水港幽暗，自是另一种境界。

2. 宜与"大观园试才题对额"回写蘅芜苑文字对看，亦同中有异。

3. 出人意表，与姊妹们房间竟大不一样，写"欲偿白帝凭清洁"的宝钗如此。

4. 这话是非说不可的，不然像是嫌人家置办不起。

5. 面子问题，一层。

6. 忌讳，又一层，是更重要的。不同观念喜好对撞，又暗示宝钗孤居结局。

7. 想见贾母年轻时。人老了，眼光仍在。

8. 稍加点缀，便能令房间改观，做到大方又素净，确是设计布置的行家。

---

① 土定瓶——一种定窑烧制的粗质瓷瓶。定窑为北宋建于定州（今河北定州）的著名瓷窑。

② 锦裀蓉簟（diàn 电）——锦裀，华美的毯子，褥子。蓉簟，有荷花图案的竹席。

式的，也有梅花式的，也有荷叶式的，也有葵花式的，也有
方的，也有圆的，其式不一。一个上面放着炉瓶一分①攒盒；
一个上面空设着，预备放人所喜之食。上面二榻四几，是贾
母、薛姨妈；下面一椅两几，是王夫人的，余者都是一椅一
几。东边是刘姥姥，刘姥姥之下便是王夫人。西边便是史湘
云，第二便是宝钗，第三便是黛玉，第四迎春、探春、惜
春，挨次下去，宝玉在末。李纨、凤姐二人之几设于三层槛
内，二层纱橱之外。攒盒式样，亦随几之式样。每人一把乌
银洋錾自斟壶，¹一个十锦珐琅杯。大家坐定，贾母先笑道：
"咱们先吃两杯，今日也行一令才有意思。"薛姨妈等笑说
道："老太太自然有好酒令，我们如何会呢，安心要我们醉了。
我们都多吃两杯就有了。"贾母笑道："姨太太今儿也过谦起
来，想是厌我老了。"薛姨妈笑道："不是谦，只怕行不上来
倒是笑话了。"王夫人忙笑道："便说不上来了，只多吃一杯
酒，醉了睡觉去，还有谁笑话咱们不成？"薛姨妈点头笑道：
"依令。老太太到底吃一杯令酒才是。"贾母笑道："这个自然。"
说着便吃了一杯。²

　　凤姐儿忙走至当地，笑道："既行令，还叫鸳鸯姐姐来行
更好。"众人都知贾母所行之令必得鸳鸯提着，故听了这话
都说："很是。"³凤姐儿便拉了鸳鸯过来。王夫人笑道："既在
令内，没有站着的理。"回头命小丫头子："端一张椅子，放
在你二位奶奶的席上。"鸳鸯也半推半就，谢了座，便坐下，
也吃了一盅酒，笑道："酒令大如军令，不论尊卑，惟我是
主。违了我的话，是要受罚的。"⁴王夫人等都笑道："一定如
此，快些说来。"鸳鸯未开口，刘姥姥便下了席，摆手道："别
这样捉弄人，我家去了。"众人都笑道："这却使不得。"鸳鸯
喝命小丫头子们："拉上席去！"⁵小丫头子们也笑着，果然拉
入席中。刘姥姥只叫："饶了我罢！"鸳鸯道："再多言的罚一
壶。"⁶刘姥姥方住了。鸳鸯道："如今我说骨牌副儿②，从老太
太起，顺领说下去，至刘姥姥止。比如我说一副儿，将这三
张牌拆开，先说头一张，次说第二张，再说第三张，⁷说完了，
合成这一副儿的名字。无论诗词歌赋、成语俗话，比上一句，
都要叶韵。错了的罚一杯。"众人笑道："这个令好，就说出

1. 两次宴会，文章的重点
完全不同，并无重复，
是值得注意处。每人一
把自斟壶，也是前已商
定的。

2. 酒令是贾母提出的，自
应尊为行令者，故请她
吃令酒。

3. 转由能干的鸳鸯来行令，
是代劳之意，以免贾母
费心思受累。

4. 看她说的。

5. 酒令亦如山。

6. 说到做到，果有军威。

7. 回目"三宣"，此之谓也。

---

① 炉瓶一分——一套焚香用具，即香炉、箸瓶、香盒三物，总称"炉瓶三事"。分，份。
② 骨牌副儿——骨牌共三十二张，刻有等于两粒骰子的点色，即上下的点数都是少则一，多至六；一、四点色红，
二、三、五、六点色绿。三张牌点色成套的就成"一副儿"，有一定的名称，如行令中所说的。

来。"鸳鸯道："有了一副了，左边是张'天'。"贾母道："头上有青天。"众人道："好。"鸳鸯道："当中是个'五与六'。"贾母道："六桥梅花香彻骨。"鸳鸯道："剩得一张'六与幺'。"贾母道："一轮红日出云霄。"鸳鸯道："凑成便是个'蓬头鬼'。"贾母道："这鬼抱住钟馗腿。"①1 说完，大家笑着喝彩。贾母饮了一杯。

鸳鸯又道："有了一副。左边是个'大长五'。"薛姨妈道："梅花朵朵风前舞。"鸳鸯道："右边还是个'大五长'。"薛姨妈道："十月梅花岭上香。"鸳鸯道："当中'二五'是杂七。"薛姨妈道："织女牛郎会七夕。"2鸳鸯道："凑成'二郎游五岳'。"3薛姨妈道："世人不及神仙乐。"②4 说完，大家称赏，饮了酒。鸳鸯又道："有了一副。左边'长幺'两点明。"湘云道："双悬日月照乾坤。"鸳鸯道："右边'长幺'两点明。"湘云道："闲花落地听无声。"5鸳鸯道："中间还得'幺四'来。"湘云道："日边红杏倚云栽。"鸳鸯道："凑成'樱桃九点熟'。"湘云道："御园却被鸟衔出。"③说完饮了一杯。鸳鸯道："有了一副。左边是'长三'。"宝钗道："双双燕子语梁间。"鸳鸯道："右边是'三长'。"宝钗道："水荇牵风翠带长。"鸳鸯道："当中'三六'九点在。"宝钗道："三山半落青天外。"鸳鸯道："凑成'铁锁链孤舟'。"宝钗道："处处风波处处愁。"④6 说完饮毕。鸳鸯又道："左边一个'天'。"

1. 孙子孙女们哪一个不抱老祖宗的腿？

2. 又一个"白首双星"。

3. "二郎"是宝二爷吗？

4. 还记得跛足道人唱《好了歌》吗？每节开头都是"世人都晓神仙好"。

5. 好景不长，闲花自落，谁又能知其中蹊跷。

6. "好知运败金无彩"（第八回），后来宝钗所历风波烦恼必定不少。

---

① 贾母所行之令——"天"，上下都是六点的牌叫"天牌"。"头上有青天"，俗话，犹言"做人要凭良心"。以"六桥"比六点，"梅花"比五点。以"彻骨"切合点色刻于骨上。"一轮红日"比上面一点红；下面六点色绿，以青云为比。三张牌是六六、五六、幺六，五与幺相加也是六，成"一副儿"，叫"蓬头鬼"。相传唐代钟馗（kuí 葵）死后成了能捉鬼的神道。这里说他反被鬼抱住大腿，所以引人发笑。元明杂剧中有《庆丰年五鬼闹钟馗》一剧，其中有五鬼一拥而上扯衣抱腿，与钟馗扭打的情节。

② 薛姨妈所行之令——"大长五""大五长"都是上下皆五点的牌，叫"梅花"。"梅花朵朵""十月梅花"都比其牌点色，因为它是上下两"朵"共"十"点。"七夕"比"杂七"，用牛郎织女事及下句，或隐寓宝玉、宝钗夫妇的将来。"二郎游五岳"，成套点色名称。三张牌是五五、二五、五五，有五个点色同的就成"一副儿"，以"二郎"比一个"二"，"五岳"比五个"五"。传说杨戬（jiǎn 剪）为灌口二郎神。五岳，即中岳嵩山、东岳泰山、南岳衡山、西岳华山、北岳恒山。

③ 湘云所行之令——上下都是一点红的牌叫"长幺"，也叫"地牌"。用李白《上皇西巡南京歌》"双悬日月照乾坤"和刘长卿《别严元士》诗"闲花落地听无声"比其点色。以"日月"和"闲花"出两点红；以"乾坤"（天地）和"落地"切"地牌"。用"日边红杏"句（参见第五回《红楼梦曲·虚花悟》注）比"幺四"；"日"比一点红，"红杏"比四点红。三张牌是幺幺、幺四、幺幺，共九点，全红，故用"樱桃九点熟"为喻名其成套点色。唐玄宗有敕赐百官樱桃事，又樱桃传为莺鸟所含，故一名"含桃"。此令末句连上说樱桃虽熟了，却被鸟从皇帝的花园里衔走，是终于落空的意思。

④ 宝钗所行之令——"长三""三长"都是上下三点绿色成斜线的牌。两道斜线形状有点像双燕并栖，也像荇菜逐波、翠带随风。杜甫《曲江对雨》诗："林花著雨燕脂湿，水荇牵风翠带长。""三六"九点，用李白《登金陵凤凰台》诗句作比，以"三山"说上面三点绿，以"青天"说下面六点，六点是"天牌"的一半，正好合"半落青天"。杜诗写回首繁华，不堪俯仰。李诗写凤去台空，长安不见的惆怅。三张牌是三三、三六、三三，所有的"三"像一条条"铁锁链"，以孤"六"象征"孤舟"或以中间一张九点（孤九）谐音"孤舟"（南方俗语音）。唐寅《题画》诗："莫嫌此地风波险，处处风波处处愁。

黛玉道:"良辰美景奈何天。"宝钗听了,回头看着她。[1]黛玉只顾怕罚,也不理论。鸳鸯道:"中间'锦屏'颜色俏。"黛玉道:"纱窗也没有红娘报。"[2]鸳鸯道:"剩了'二六'八点齐。"黛玉道:"双瞻玉座引朝仪。"鸳鸯道:"凑成'篮子'好采花。"黛玉道:"仙杖香挑芍药花。"①说完饮了一口。鸳鸯道:"左边'四五'成花九。"迎春道:"桃花带雨浓。②"众人道:"该罚!错了韵,而且又不像。"迎春笑着饮了一口。[3]原是凤姐儿和鸳鸯都要听刘姥姥的笑话,故意都命说错,都罚了。[4]至王夫人,鸳鸯代说了一个,下便该刘姥姥。刘姥姥道:"我们庄家人闲了,也常会几个人弄这个,但不如说得这么好听。少不得我也试一试。"[5]众人都笑道:"容易说的。你只管说,不相干。"鸳鸯笑道:"左边'四四'是个人。"刘姥姥听了想了半日,说道:"是个庄家人罢。"众人哄堂笑了。贾母笑道:"说得好,就是这样说。"刘姥姥也笑道:"我们庄家人,不过是现成的本色,众位别笑。"鸳鸯道:"中间'三四'绿配红。"刘姥姥道:"大火烧了毛毛虫。"[6]众人笑道:"这是有的,还说你的本色。"鸳鸯道:"右边'幺四'真好看。"刘姥姥道:"一个萝卜一头蒜。"[7]众人又笑了。鸳鸯笑道:"凑成便是'一枝花'。"刘姥姥两只手比着,说道:"花儿落了结个大倭瓜。③"众人大笑起来。只听外面乱嚷[8]〔——且听下回分解。〕

1. 听出毛病来了,碍于公众场合,不便说。

2. 一而再出格,总为第四十二回宝钗"兰言"开导情节而有。

3. 若个个都说得妥当,无人受罚,亦太板了。别人说迎春错了,她并不在意,甚妥。

4. 再补上句更妥,免得以为迎春连押韵都不会,也替姥姥解除畏惧心理。

5. 难得她鼓起勇气来。

6. 像极,趣极!

7. 妙极,恰极,十足本色,不知作者如何想来。

8. 此句后诸本均无交代。因而我们无从知道外面究竟发生了什么,为何乱嚷。下回开头也没有结束行牙牌令的交代,直接转写喝酒。据此推断,最大的可能是最初抄本第四十回末因破损而残缺了一页(抄本不论是四回、五回、八回、十回、二十回装订成册,第四十回都在末尾),故勉强连缀痕迹宛然。大概外面乱嚷是发生了一件令人虚惊的小事,行文上为了截住行牙牌令的描写。这一点由上一回刘姥姥说故事,被马棚失火打断一段之后的一条脂评可证:"一段为后回作引,然偏于宝玉爱听时截住。"缺损处,虽未必有关宏旨,但毕竟是件憾事。

---

① 黛玉所行之令——"良辰"句出汤显祖《牡丹亭·惊梦》杜丽娘唱词。上四红下六绿的牌叫"锦屏",因点色排列成长方形,像美丽的屏风。纱窗,像六点,窗上多用绿纱,以比色。红娘,比四点红。所引句为王实甫《西厢记》第一本第四折中张生唱词:"侯门不许老僧敲,纱窗外定有红娘报。"有的《西厢记》版本如金圣叹评改本后一句作"纱窗也没有红娘报",与黛玉说的一样,可知曹雪芹读到的是接近这类的本子。杜甫《紫宸殿退朝口号》诗:"双瞻御座引朝仪。""御座"今引作"玉座",若非音讹,则为寓意(宝玉名)而改。八点齐排,如左右宫人引百僚分两行朝见皇帝。三张牌六六、四六、二六,四与二加起来也是六,成一副儿,叫"篮子",四周绿点像篮筐,红四像花。末句谓采花者是仙女。"芍药花"代表爱情,古代男女赠芍药以结情好。见《诗经·郑风·溱洧》。

② 迎春所行之令——李白《访戴天山道士不遇》诗:"犬吠水声中,桃花带雨浓。"用比"四五"花九,不像,"浓"与"九"也不协韵。

③ 刘姥姥所行之令——上下都是四点红的牌叫"人牌"。"三四",上面三点绿斜行,像"毛毛虫"。下面四点红,像"大火"。"幺四",上面一点红像"一个萝卜",下面四点红像"一头蒜",蒜头多瓣,皮紫红。三张牌是四四、三四、幺四,三与幺加起来也是四,成一副儿,叫"一枝花"。三点斜绿像花枝,其余都是红点像花朵。唐代名妓李娃旧名一枝花。此或隐寓巧姐"流落在烟花巷"。倭瓜,即南瓜,诸红点合成之状,既可比花,也可比瓜。花落结瓜可喻女子已婚嫁生育。

【总评】

　　刘姥姥既得贾母欢心，留她多住些日子，让她在这里尽情地吃喝玩乐个够，于是便安排了刘姥姥进大观园。大观园景物虽在竣工之初及元春省亲时有过描述，但自从分给宝玉和众姊妹居住后，各处室内陈设等都未曾描写。现在正好借姥姥惊奇的眼睛将它一一写出。同时表现荣府宴饮的靡费奢华、席间的嬉戏玩乐等等，也都是难得的恰当机会，所以详尽地加以描写。于是，这场游园便成了自省亲以来待客规格最高、游乐气氛最浓、烦恼最少、笑声最多的全盛日。

　　李纨让刘姥姥登梯上缀锦阁去看，是展示大观园内有专门用于堆放各色家具用品的地方。头上插菊花情节是写已延续了千百年之久的古代风俗。谈及风景如画，点到惜春画大观园事，她作画书中几次提到，后来必有情节交代，但续书忽略了，没有写。到潇湘馆一段有三个看点：一是姥姥被青苔滑了，跌了一跤。这既写出潇湘馆的幽处环境特点，也借此对照一下乡间劳动妇女，不像富家儿女那么"娇嫩"，动不动就"扭了腰"。二是黛玉居处笔砚在案，书籍满架，像"哥儿的书房"。这是为黛玉喜欢看书作诗，有文化品位设色。三是贾母命换新窗纱而引出关于纱织品种类、颜色、质地、用途的一番谈话。这是"织造世家"出身的作者见闻最广的看家本领，所以说得头头是道。由老祖母说出，尤符合从家庭生活中取材的真实情况。

　　秋爽斋中晓翠堂上设宴，鸳鸯与凤姐商议拿刘姥姥取笑，让众人尤其是贾母开心。这是一段趣味性极强的情节。刘姥姥诙谐的语言和滑稽的举止，惹出了许多笑话。其中姥姥说了"食量大如牛"的话后，描绘众人不同笑态的一段是经典性的画面，在古今中外任何一部小说中都难以见到。事后，凤、鸳向姥姥赔不是，写得周全。否则，一味恶意捉弄，不但有损凤姐、鸳鸯形象，也显不出久经世故的刘姥姥善解人意、存心凑趣的本领了。贫富悬殊，饮食的精粗与习惯上的巨大差异，是构成这幕精彩喜剧的基础。

　　探春的居处布置、陈设，突出了她"素喜阔朗"的个性。黛玉独喜"留得残荷听雨声"诗句，借此写船过荷塘，别出心裁。宝钗屋内"雪洞一般，一色玩器全无"的光景，引起贾母"年轻的姑娘，房里这样素净也忌讳"的话，也发人深省。

　　在藕香榭的第二次开宴，写法与第一次有别：上次重在取笑；此次则补写贾府在宴会上的规矩、讲究和饮食的奢侈。坐席的上下尊卑，都有严格的顺序，安排也都有其一定的道理。喝酒要行酒令，行牙牌令的规定，让黛玉都"怕罚"，迎春还真的被罚，可见非有点文化素养者还玩不了。但刘姥姥居然能用"现成的本色"语言闯过了这一关。

第四十一回
栊翠庵茶品梅花雪　怡红院劫遇母蝗虫

【题解】

　　本回回目诸本多作"贾宝玉品茶栊翠庵，刘姥姥醉卧怡红院"，略有差别，也只在"姥姥"或作"老妪"，"醉卧"或作"卧醉"等微细处；对句看似明白顺畅，但问题是到栊翠庵品茶的并非只有宝玉一人。这里采用的是庚辰本回目；以庚本此回回前脂评开头用语看，应是唯一存原貌者，故从之。评曰："此回栊翠品茶，怡红遇劫。盖妙玉虽以清净无为自守，而怪洁之癖未免有过，老妪只污得一杯，见而勿用，岂似玉儿日享洪福，竟至无以复加而不自知。故老妪眠其床，卧其席，酒屁熏其屋，却被袭人遮过，则仍用其床其席其屋。亦作者特为转眼不知身后事写来作戒，纨袴公子可不慎哉！"回目上句说，贾母等人与刘姥姥至栊翠庵，妙玉奉茶招待，又特邀钗、黛、宝玉喝梯己茶，用的是往年从梅花上扫下的雪水烹的。下句说刘姥姥多吃了酒食，腹泻如厕后，头晕目眩，误闯入怡红院，在宝玉床上睡着了，令其房中遭"劫"。"母蝗虫"是事后黛玉背地里给姥姥起的绰号，是笑话她饮食胃口好。

　　话说刘姥姥两只手比着说道："花儿落了结个大倭瓜。"众人听了哄堂大笑起来。[1]于是吃过门杯，又逗趣笑道："实告诉说罢，我手脚子粗笨，又喝了酒，仔细失手打了这瓷杯。有木头的杯取个来，我便失了手掉了地下也不碍。"众人听了，又笑起来。凤姐听如此说，便忙笑道："果真要木头的，我就取了来。可有一句先说下：这木头的可比不得瓷的，它都是一套，定要吃遍一套方使得。"刘姥姥听了心下揣掇道："我方才不过是趣话取笑儿，谁知她果真竟有。我时常在村庄乡绅大家子也赴过席，金杯银杯倒都也见过，从来没见有木头杯之说。哦！是了，想必是小孩子使的木碗儿，不过诳我多喝两碗。别管它，横竖这酒蜜水似的，多喝点子也无妨。"[2]想毕便说："取来再商量。"

　　凤姐乃命丰儿："到前面里间屋，书架子上有十个竹根套杯取来。"丰儿听了，答应着才要去，鸳

1. 这几句话显然是后来书稿整理者从上一回结尾中移来的，以便在上回末页缺损的情况下，能与此回开头连接起来。然而如此连接，破绽仍明显，主要有三：一、上回末最后一句"只听外面乱嚷"无着落，不知嚷什么；二、席上不再行牙牌令没有一句话交代，不合情理；三、上回明明说每人"一个十锦珐琅杯"，这里却成了失手易打碎的"瓷杯"。这之前定有要换姥姥杯子的细节，缺失了，所以前后矛盾。

2. 为登厕伏脉。（庚）

鸳笑道："我知道你这十个杯还小。况且你才说是木头
的，这会子又拿了竹根的来，倒不好看。[1]不如把我们
那里的黄杨根整抠的十个大套杯拿来，灌她十下子。"
凤姐笑道："更好了。"鸳鸯果命人取来。刘姥姥一看，
又惊又喜：惊的是一连十个，挨次大小分下来，那大
的足似个小盆子，第十个极小的还有手里的杯子两个
大；喜的是雕镂奇绝，一色山水树木人物，并有草字
以及图印。因忙说道："拿了那小的来就是了，怎么这
么多？"凤姐笑道："这个杯没有喝一个的理。我们家
因没有这么大量的，所以没人敢使它。姥姥既要，好
容易寻了出来，必定要挨次吃一遍才使得。"刘姥姥
唬得忙道："这可不敢。好姑奶奶，竟饶了我罢！"贾
母、薛姨妈、王夫人都知道她有年纪的人禁不起，忙
笑道："说是说，笑是笑，不可多吃了，只吃这头一杯
罢。"[2]刘姥姥道："阿弥陀佛！我还是小杯吃罢。把这
大杯收着，我带了家去慢慢地吃罢。"说得众人又笑
起来。鸳鸯无法，只得命人满斟了一大杯，刘姥姥两
手捧着喝。

　　贾母、薛姨妈都道："慢些，不要呛了。"薛姨妈
又命凤姐布菜。凤姐笑道："姥姥要吃什么，说出名
儿来，我拣了喂你。"刘姥姥道："我知什么名儿，样
样都是好的。"贾母笑道："你把茄鲞①拣些喂她。"[3]凤
姐听说，依言拣些茄鲞送入刘姥姥口中，因笑道："你
们天天吃茄子，也尝尝我们的茄子弄得可口不可口。"
刘姥姥笑道："别哄我，茄子跑出这个味儿来了，我们
也不用种粮食，只种茄子了。"众人笑道："真是茄子，
我们再不哄你。"刘姥姥诧异道："真是茄子？我白吃
了这半日。姑奶奶再喂我些，这一口细嚼嚼。"凤姐
果又拣了些放入口内。刘姥姥细嚼了半日，笑道："虽
有一点茄子香，只是还不像是茄子。告诉我是什么法
子弄的，我也弄着吃去。"凤姐笑道："这也不难。[4]你
把才下来的茄子把皮劖②了，只要净肉，切成碎丁子，
用鸡油炸了，再用鸡脯子肉并香菌、新笋、蘑菇、五
香腐干、各色干果子俱切成丁子，用鸡汤煨干，将香

①　茄鲞（xiǎng 享）——腌腊茄子。鲞，原指腊鱼、鱼干。
②　劖（qiān 千）——削。

1. 要木头的，先说竹根的，只为写
出荣府藏物之富，无奇不有。

2. 长辈们自当与凤、鸳等不同，有
惜老之心，非只为捉弄取乐也。

3. "茄鲞"因此便成了如今各种"红
楼宴"中必不可少的一道菜。

4. 说不难，做起来却是够麻烦的。
传统菜肴中也确有此类喧宾夺主
的做法。凤姐所说的做法也不知
真有，还是作者想出来的。书中
菜肴名不少，只有这种说得最详
尽。笔者曾品尝过好几家"红楼
宴"，"茄鲞"的做法、味道都不
一样，也难说有多好。

油一收，外加糟油一拌，盛在瓷罐子里封严，要吃时拿出来，用炒的鸡瓜①一拌就是。"

　　刘姥姥听了，摇头吐舌，说道："我的佛祖！倒得十来只鸡来配它，怪道这个味儿！"一面说笑，一面慢慢地吃完了酒，还只管细玩那杯。凤姐笑道："还不足兴，再吃一杯罢。"刘姥姥忙道："了不得，那就醉死了。我因为爱这样范②，亏他怎样作了。"鸳鸯笑道："酒吃完了，到底这杯子是什么木的？"1 刘姥姥笑道："怨不得姑娘不认得，你们在这金门绣户的，如何认得木头！2 我们成日家和树林子作街坊，困了枕着它睡，乏了靠着它坐，荒年间饿了还吃它，眼睛里天天见它，耳朵里天天听它，口儿里天天讲它，所以好歹真假我是认得的。让我认一认。"一面说，一面细细端详了半日道："你们这样的人家断没有那贱东西，那容易得的木头你们也不收着。我掂着这杯笨重，断乎不是杨木，这一定是黄松的。"众人听了，哄堂大笑起来。3

　　只见一个婆子走来请问贾母，说："姑娘们都到了藕香榭，请示下就演罢，还是再等一会子？"贾母忙笑道："可是，倒忘了他们，就叫他们演罢。"那个婆子答应去了。不一时，只听得箫管悠扬，笙笛并发。正值风清气爽之时，那乐声穿林度水而来，自然使人神怡心旷。4 宝玉先禁不住拿起壶来斟了一杯，一口饮尽，复又斟上，才要饮，只见王夫人也要饮，命人换暖酒。宝玉连忙将自己的杯捧了过来，送到王夫人口边，王夫人便就他手内吃了两口。5 一时暖酒来了，宝玉仍归旧座，王夫人提了暖壶下席来，众人都出了席，薛姨妈也立起来，贾母忙命李纨、凤姐二人接过壶来："让你姑妈坐了，大家才便。"王夫人见如此说，方将壶递与凤姐，自己归座。贾母笑道："大家吃上两杯，今日着实有趣。"说着擎杯让薛姨妈，又向湘云、宝钗道："你姐妹两个也吃一杯。你林妹妹虽不大会吃，也别饶她。"说着自己已干了。湘云、宝钗、黛玉也都干了。当下刘

1. 考一考姥姥。

2. 误会了，当作别人不认得，岂可放过这夸口说嘴的机会。

3. 当场露了馅儿，先已交代过，套杯恰恰是黄杨根雕成的。

4. 印证了上回贾母说过听曲"借着水音更好听"的话。"穿林度水"四字极妙。

5. 对母亲一片温情。妙极！忽写宝玉如此，便是天地间母子之至情至性。献芹之民之意，令人酸鼻。（庚）

―――――――――――

　　① 鸡瓜——鸡丁。
　　② 样范——模样。今江南方言中仍有。

姥姥听见这般音乐，且又有了酒，越发喜得手舞足蹈起来。宝玉因下席过来向黛玉笑道："你瞧刘姥姥的样子。"<u>黛玉笑道："当日圣乐一奏，百兽率舞①，如今才一牛耳。"</u>[1] 众姐妹都笑了。

须臾乐止，薛姨妈出席笑道："大家的酒想也都有了，且出去散散再坐罢。"贾母也正要散散，于是大家出席，都随着贾母游玩。贾母因要带着刘姥姥散闷，遂携了刘姥姥至山前树下盘桓了半晌，又说与她这是什么树，那是什么石，这是什么花。刘姥姥一一的领会，又向贾母道："<u>谁知城里不但人尊贵，连雀儿也是尊贵的。偏这雀儿到了你们这里，它也变俊了，也会说话了。</u>"[2] 众人不解，因问什么雀儿变俊了，会说话。刘姥姥道："那廊下金架子上站的绿毛红嘴是鹦哥儿，我是认得的。<u>那笼子里黑老鸹子怎么又长出凤头来②，也会说话呢？</u>"[3] 众人听了，又都笑将起来。

一时只见丫头们来请用点心。贾母道："吃了两杯酒倒也不饿。也罢，就拿了这里来大家随便吃些罢。"丫头们听说，便去抬了两张几来，又端了两个小捧盒。揭开看时，每个盒内两样，这盒内是两样蒸食：一样是藕粉桂糖糕，一样是松瓤鹅油卷；那盒内是两样炸的：一样是只有一寸来大的小饺儿。贾母因问什么馅子，婆子们忙回是螃蟹的。<u>贾母听了，皱眉说道："这会子油腻腻的，谁吃这个！"</u>[4] 又看那一样是奶油炸的各色小面果，也不喜欢。因让薛姨妈吃，薛姨妈只拣了一块糕。贾母拣了一个卷，只尝了一尝，剩的半个递与丫头了。

刘姥姥因见那小面果子都玲珑剔透，各式各样，便拣了一朵牡丹花样的笑道："<u>我们乡里最巧的姐儿们，剪子也不能铰出这么个纸来。我又爱吃又舍不得吃，包些家去给她们做花样子去倒好。</u>"[5] 众人都笑了。贾母笑道："家去我送你一坛子。你先趁热吃这个罢。"别人不过拣各人爱吃的拣了一两样就罢了；刘姥姥原不曾吃过这些东西，

1. 虽是说笑，总嫌尖刻。毋须讳言，黛玉实有很强的贵族小姐的优越感。

2. 与前宴时说"这里的鸡儿也俊，下的蛋也小巧"同出一辙。

3. 说得有趣，恐是有意博笑。

4. "甲第纷纷厌粱肉"，饥民听这话，不知作何感想。

5. 借比较，夸贾府厨工手艺高，反射出乡间剪纸手艺巧。看花色精美糕点，确能生出此种心情。

---

① 圣乐一奏，百兽率舞——舜的乐曲一奏起来，百兽都随着乐声而起舞。出《尚书》。
② 黑老鸹子长出凤头来——乌鸦头上长一撮凤毛，指八哥。凤头，鸟的羽冠。

且都作得小巧，不显盘堆的，她和板儿每样吃了些就去了半盘子。剩的，凤姐又命攒了两盘并一个攒盒拿与文官等吃去。忽见奶子抱了大姐儿来，大家哄她玩了一会。那大姐儿因抱着一个大柚子玩的，忽见板儿抱着一个佛手，便也要佛手。[1]丫头们哄她取去，大姐儿等不得，便哭了。众人忙把柚子与了板儿，将板儿的佛手哄过来与她才罢。那板儿因玩了半日佛手，此刻又两手抓着些果子吃，又忽见这柚子又香又圆，[2]更觉好玩，且当球踢着玩去，也就不要佛手了。

当下贾母等吃过茶，又带了刘姥姥至栊翠庵来。妙玉忙接了进去。至院中，见花木繁盛，贾母笑道："到底是她们修行的人，没事常常修理，比别处越发好看。"一面说一面便往东禅堂来。妙玉笑往里让，贾母道："我们才都吃了酒肉，你这里头有菩萨，冲了罪过。我们这里坐坐，把你的好茶拿来我们吃一杯就去了。"[3]妙玉听了，忙去烹了茶来。宝玉留神看她是怎么行事，只见妙玉亲自拣了一个海棠花式雕漆填金云龙献寿的小茶盘，里面放一个成窑五彩小盖钟①，捧与贾母。[4]贾母道："我不吃六安茶②。"妙玉笑道："知道。这是老君眉③。"贾母接了，又问是什么水。妙玉笑回："是旧年蠲④的雨水。"贾母便吃了半盏，便笑着递与刘姥姥说："你尝尝这个茶。"刘姥姥便一口吃尽，笑道："好是好，就只淡些，再熬浓些更好了。"贾母、众人都笑起来。[5]然后众人都是一色官窑脱胎填白盖碗⑤。

那妙玉便把宝钗和黛玉的衣襟一拉，二人随她出去，宝玉悄悄地随后跟了来。只见妙玉让她二人在耳房内，宝钗坐在榻上，黛玉便坐在妙玉的蒲团上；妙玉自向风炉上扇滚了水，另泡了一

1. 小儿常情，遂成千里伏线。（庚）指后半部佚稿中板儿与大姐儿（巧姐）的归宿，参见下一条脂评。

2. 柚子，即今香圆（橼）之属也，与"缘"通。佛手者，正指迷津者也。以小儿之戏，暗透前后通部脉络，隐隐约约，毫无一丝漏泄，岂独为刘姥姥之俚言博笑而有此一大回文字哉！（庚）可知巧姐将来得以跳出欲海"迷津"而步上正道，且与板儿有"缘"结为夫妻。

3. 栊翠庵茶好，想早有所闻。

4. 最高规格，然止于礼遇而已。

5. 小茶钟半盏，恐不够姥姥一口。老君眉，属绿茶品种，用嫩尖，清香轻淡是其特色。传统茶艺中茶、水、烹、杯都有讲究，已一一写到。即如烧汤火候也很要紧，东坡有诗称"蟹眼已过鱼眼生，飕飕欲作松风鸣"（《试院煎茶》），又曰"松风忽作泻时声"（《汲江煎茶》）。"蟹眼""鱼眼"，喻水将沸冒起的小大气泡，而烧汤之火"候有松声即去"，若大沸，则"汤老"，不堪用。此曰"熬浓些"，岂是肉骨头汤！茶久"熬"，成中药了。尚记丁巳春日，谢园送茶乎？展眼二十年矣！丁丑仲春，畸笏。（靖）丁巳，乾隆二年（1737），作者13岁；丁丑，乾隆二十二年（1757）。

---

① 成窑五彩小盖钟——景德镇在明代成化年间官窑烧制的瓷器，以彩制著称。钟，同"盅"，小杯。
② 六安茶——安徽霍山县旧属六安郡，其大蜀山产茶著名。
③ 老君眉——即今洞庭湖君山所产之银针茶。嫩芽上被银白色茸毛，比为老子的长寿眉，故名。历代为贡品。
④ 蠲（juān 捐）——同"涓"，清洁，引申为封藏保洁的意思。或谓谐"攒"字，聚集。
⑤ 官窑脱胎填白盖碗——官窑，宋五大名窑之一。脱胎，一种凸印团花的青瓷制品。填白，以粉白釉料衬底，以增光泽的工艺。

壶茶。宝玉便走了进来笑道："偏你们吃梯己茶呢。"二人都笑道："你又赶了来饕①茶吃。这里并没你的。"妙玉刚要去取杯，只见道婆收了上面的茶盏来。妙玉忙命："将那成窑的茶杯别收了，搁在外头去罢。"宝玉会意，知为刘姥姥吃了，她嫌脏不要了。[1]又见妙玉另拿出两只杯来。一个旁边有一耳，杯上镌着"瓟斝②"三个隶字，后有一行小真字是"晋王恺珍玩③"，又有"宋元丰五年四月眉山苏轼见于秘府④"一行小字。[2]妙玉便斟了一斝递与宝钗。那一只形似钵而小，也有三个垂珠篆字，镌着"杏犀䀉⑤"。妙玉斟了一䀉与黛玉。仍将前番自己常日吃茶的那只绿玉斗来斟与宝玉。[3]宝玉笑道："常言'世法平等⑥'，她两个就用那样古玩奇珍，我就是个俗器了。"妙玉道："这是俗器？不是我说狂话，只怕你家里未必找得出这么一个俗器来呢。"[4]宝玉笑道："俗说'随乡入乡'，到了你这里，自然把这金玉珠宝一概贬为俗器了。"[5]妙玉听如此说，十分欢喜，遂又寻出一只九曲十环一百二十节蟠虬整雕竹根的一个大盉⑦出来，笑道："就剩了这一个，你可吃得了这一海？"宝玉喜得忙道："吃得了。"妙玉笑道："你虽吃得了，也没这些茶糟蹋。[6]岂不闻'一杯为品，二杯即是解渴的蠢物，三杯便是饮牛饮驴了'。你吃这一海便成什么？"说得宝钗、黛玉、宝玉都笑了。妙玉执壶，只向海内斟了约有一杯。宝玉细细吃了，果觉轻淳无比，赏赞不绝。妙玉正色道："你这遭吃茶是托她两个福，独你来了我是不给你吃的。"[7]宝玉笑道："我深知道的，我也不领你的情，只谢她二人便是了。"妙玉听了方说："这话明白。"黛

---

1. 贾母让姥姥尝一口茶，不料让妙玉损失一只成窑杯。妙玉偏僻处，此所谓"过洁世同嫌"也。他日瓜洲渡口，红颜屈从枯骨，固不能各示劝惩，岂不哀哉？（靖）此批透露妙玉结局，然详情莫明，原抄错乱特甚，此用郑庆山校文。

2. 所镌"王恺""苏轼"等字样，皆为显示茶具是古玩珍奇而虚构，非真有实事实物。即如"元丰五年四月"，苏轼贬官在黄州已度过了三个寒食节，那年的四月二十八日，他还书写《眉山远景楼记》于雪堂上，根本不在汴京，如何能进朝廷"秘府"！

3. 姥姥喝过一口的成窑杯"嫌脏不要了"，这里又如此。可见妙玉的"洁"与"不洁"，都打上深深的阶级和感情的烙印。

4. 真是妙玉说的话，自鸣清高的出家人，却以藏有古代豪门富室的杯子和奇珍宝物而得意自豪，实在也是个讽刺。

5. 见风施舵，转得快！

6. 茶下"糟蹋"二字，成窑杯已不屑再要，妙玉真清洁高雅，然亦怪谲孤僻甚矣。实有此等人物，但罕耳。（庚）评者未看出妙玉言行带有矫情的味道。

7. 此话是说给宝钗、黛玉听的。以钗、黛的高智商，哪能信！玉兄独至，岂真无茶吃？作书人又弄狡狯，只瞒不过老朽。然不知落笔时作者作如何想。丁亥夏。（靖）

---

① 饕——当念作"蹭（cèng）"，揩油沾光之义。北京有此方言。
② 瓟斝（bān páo jiǎ 班咆甲）——瓟、瓟，葫芦类，可作饮器。斝，古代酒器，似爵而稍大。此谓限制瓟瓟生长，使之成斝状，或将斝制成瓟瓟状的饮器。
③ 小真字是"晋王恺珍玩"——小真字，正楷小字。王恺，晋代豪富，喜收藏珍奇宝物。
④ 秘府——宫廷中收藏图书秘珍之处。
⑤ 杏犀䀉（qiáo 乔）——以杏黄色半透明的犀牛角制成的碗类饮器
⑥ 世法平等——平等看待世间一切事物。佛家语。
⑦ 盉（hǎi 海）——大的杯碗。下文接着称为"海"，可知义通。

玉因问："这也是旧年的雨水？"妙玉冷笑道："<u>你这
么个人竟是大俗人，连水也尝不出来。</u>[1] 这是五年前
我在玄墓蟠香寺住着，收的梅花上的雪，共得了那一
鬼脸青①的花瓮一瓮，总舍不得吃，埋在地下，今年
夏天才开了。我只吃过一回，这是第二回了。你怎么
尝不出来？隔年蠲的雨水哪有这样轻淳，如何吃得！"
<u>黛玉知她天性怪僻，</u>[2] 不好多话亦不好多坐，吃过茶
便约着宝钗走了出来。

　　宝玉和妙玉陪笑道："<u>那茶杯虽然脏了，白撂了
岂不可惜？依我说不如就给了那贫婆子罢，她卖了也
可以度日。你道可使得？</u>"[3] 妙玉听了，想了一想点头
说道："这也罢了。<u>幸而那杯子是我没吃过的，若我
吃过的，我就砸碎了也不能给她。</u>[4] 你要给她，我也
不管，我只交给你，快拿了去罢。"宝玉笑道："自然
如此，<u>你哪里和她说话授受去，越发连你也脏了。</u>[5]
只交与我就是了。"妙玉便命人拿来递与宝玉，宝玉
接了，又道："<u>等我们出去了，我叫几个小幺儿来河
里打几桶水来洗地如何？</u>"[6] 妙玉笑道："这更好了，
只是你嘱咐他们，抬了水只搁在山门外头墙根下，别
进门来。"宝玉道："这是自然的。"说着便袖着那杯，
递与贾母房中的小丫头拿着，说："明日刘姥姥家去，
给她带去罢。"交代明白，贾母已经出来要回去。妙
玉亦不甚留，送出山门，回身便将门闭了。不在话下。

　　且说贾母因觉身上乏倦，便命王夫人和迎春姊
妹陪了薛姨妈去吃酒，自己便往稻香村来歇息。凤
姐忙命人将小竹椅抬来，贾母坐上，两个婆子抬起，
凤姐、李纨和众丫鬟、婆子围随去了，不在话下。这
里薛姨妈也就辞出。王夫人打发文官等出去，将攒盒
散与众丫鬟们吃去，自己便也乘空歇着，随便歪在方
才贾母坐的榻上，命一个小丫头放下帘子来，又命她
捶着腿，吩咐她："老太太那里有信，你就叫我。"说
着，也歪着睡着了。[7]

　　宝玉、湘云等看着丫鬟们将攒盒搁在山石上，
也有坐在山石上的，也有坐在草地下的，也有靠着树

①　鬼脸青——一种深青色釉的瓷器。

1. 谁敢说黛玉俗？妙玉的个性写得
太突出了。

2. 黛是解事人。（靖）

3. 宝玉有人情味，毕竟秉性善良。

4. 所谓好洁，竟生如此心态，这就
怪癖了。若非宝玉要求，恐这一
步也未必肯让。

5. 能体察其心，索性顺着她的话说。

6. 揣摩其心理到位，故能处处投其
所好。妙玉对宝玉之有好感，或
许这也是个原因。

7. 长辈们若将刘姥姥当上宾，始终
奉陪，便不合情理，故提前一一
离去。因乏倦要歇息是人上了年
纪不耐劳累，又见园子范围之大，
一次看不尽，且为姥姥登厕迷路
营造必要条件。

的，也有傍着水的，倒也十分热闹。一时又见鸳鸯来了，要带着刘姥姥各处去逛，众人也都赶着取笑。一时来至"省亲别墅"的牌坊底下，刘姥姥道："嗳呀！这里还有个大庙呢。"说着，便爬下磕头。众人笑弯了腰。刘姥姥道："笑什么？这牌楼上的字我都认得。我们那里这样的庙宇最多，都是这样的牌坊，那字就是庙的名字。"众人笑道："你认得这是什么庙？"刘姥姥便抬头指那字道："这不是'玉皇宝殿'四字？"众人笑得拍手打掌，还要拿她取笑。刘姥姥觉得腹内一阵乱响，忙得拉着一个小丫头，要了两张纸，就解衣。<u>众人又是笑，又忙喝她："这里使不得！"</u>[1]忙命一个婆子带了东北角上去了。那婆子指与她地方，便乐得走开去歇息。[2]

　　那刘姥姥因喝了些酒，她脾气①不与黄酒相宜，且吃了许多油腻饮食发渴，多喝了几碗茶，不免通泻起来，蹲了半日方完。及出厕来，酒被风禁，且年迈之人蹲了半天，忽一起身，只觉得眼花头眩，辨不出路径。四顾一望，皆是树木山石、楼台房舍，却不知哪一处是往哪一路去的了，只得顺着一条石子路慢慢地走来。及至到了房舍跟前，又找不着门。再找了半日，忽见一带竹篱，<u>刘姥姥心中自忖道："这里也有扁豆架子？"</u>[3]一面想，一面顺着花障走了来，得了一个月洞门进去。只见迎面忽有一带水池，只有七八尺宽，石头砌岸，里面碧浏清水，流往那边去了，上面有一块白石横架在上面。刘姥姥便度石过去，顺着石子甬路走去，转了两个弯子，只见有一房门。于是进了房门，<u>只见迎面一个女孩儿满面含笑迎了出来。</u>[4]刘姥姥忙笑道："姑娘们把我丢下了，要我碰头碰到这里来。"说了，只觉那女孩儿不答。刘姥姥便赶来拉她的手，"咕咚"一声便撞到板壁上，把头碰得生疼。细瞧了一瞧，原来是幅画儿。刘姥姥自忖道："原来画儿有这样活凸出来的。"一面想一面看，一面又用手摸去，却是一色平的，因点头叹了两声。一转身，方得了一个小门，门上挂着葱绿撒花软帘。

　　① 脾气——指脾胃的适应能力。

1. 幸好喝住了！亵渎"玉皇宝殿"，罪过，罪过！

2. 姥姥又不是小孩儿，也没有在一旁等着的道理。

3. 想得妙，作者写农妇感受之真切，令人惊奇。

4. "凭谁醉眼认朦胧？"

　　刘姥姥掀帘进去，抬头一看，只见四面墙壁玲珑剔透，琴剑瓶炉皆贴在墙上，锦笼纱罩，金彩珠光，连地下踩的砖皆是碧绿凿花，竟越发把眼花了，¹找门出去，哪里有门？左一架书，右一架屏。刚从屏后得了一门转去，只见她亲家母也从外面迎了进来。刘姥姥诧异，忙问道："你想是见我这几日没家去，亏你找我来。哪一位姑娘带你进来的？"她亲家只是笑，不还言。刘姥姥笑道："你好没见世面，见这园里的花好，你就没死活戴了一头。"她亲家也不答。便心中忽然想起：²"常听见大富贵人家有一种穿衣镜，这别是我在镜子里头呢。"想毕，伸手一摸，再细一看，可不是，四面雕空紫檀板壁将这镜子嵌在中间。因说："这已经拦住，如何走出去呢？"一面说，一面只管用手摸。这镜子原是西洋机括，可以开合。不意刘姥姥乱摸之间，其力巧合，便撞开消息①，掩过镜子，露出门来。刘姥姥又惊又喜，迈步出来，忽见有一副最精致的床帐。她此时又带了七八分醉，又走乏了，便一屁股坐在床上，只说歇歇，不承望身不由己，便前仰后合的，朦胧着两眼，一歪身就睡熟在床上。³

　　且说众人等她不见，板儿没了他姥姥，急得哭了。众人都笑道："别是掉在茅厕里了？快叫人去瞧瞧。"因命两个婆子去找，回来说没有。众人各处搜寻不见。袭人战敊②其道路："定是她醉了迷了路，顺着这一条路往我们后院子里去了。⁴若进了花障子到后房门进去，虽然碰头，还有小丫头们知道；若不进花障子再往西南上去，若绕出去还好，若绕不出去可够她绕回子好的。我且瞧瞧去。"一面想着，一面回来，进了怡红院便叫人，谁知那几个在房子里的小丫头已偷空玩去了。

　　袭人一直进了房门，转过集锦槅子，就听得鼾齁如雷。忙进来，只闻得酒屁臭气满屋。⁵一瞧，只见刘姥姥扎手舞脚地仰卧在床上。袭人这一惊不小，慌忙赶上来将她没死活地推醒。那刘姥姥惊醒，睁

1. 怡红院之富丽景象，竟在如此场合中写出，也是意想不到的。

2. 为菊花插满头作镜中影，若也写碰头之类动作，便与见画生误会重复了，故写自己想起，有变化。程高本于此等处，加油添醋，增写了若干细节，反成蛇足。

3. 叙来合情合理。

4. 袭人最熟知怡红院周边环境，她的估计肯定错不了。

5. 未见其人，先听到鼾声，闻着臭气，写来逼真。此怡红院所以称遇"劫"也。

---

　　① 消息——即"机括"，开关装置。
　　② 战敊（diān duó 颠夺）——亦作"掂敊"。掂量、盘算、思忖。

眼见了袭人，连忙爬起来道："姑娘，我失错了！并没弄脏了床帐。"一面说，一面用手去掸。袭人恐惊动了人，被宝玉知道了，只向她摇手不叫她说话。忙将当地大鼎内贮了三四把百合香，仍用罩子罩上。[1] 些须收拾收拾，所喜不曾呕吐。忙悄悄地笑道："不相干，有我呢。你随我出来。"刘姥姥答应着，跟了袭人出至小丫头们房中，命她坐了，向她说道："你就说醉倒在山子石上，打了个盹儿。"[2] 刘姥姥答应知道。又与她两碗茶吃，方觉酒醒了，因问道："这是哪个小姐的绣房，这样精致？[3] 我就像到了天宫里一样。"袭人微微笑道："这个么，是宝二爷的卧室。"那刘姥姥吓得不敢作声。袭人带她从前面出去，见了众人，只说她在草地下睡熟了，带了她来的。众人都不理会，也就罢了。

　　一时贾母醒了，就在稻香村摆晚饭。贾母因觉懒懒的，也没吃饭，便坐了竹椅小敞轿回至房中歇息，命凤姐儿等去吃饭。她姊妹方复进园来。[4] 要知端的，〔且听下回分解。〕

1. 袭人从来都想息事宁人，故用鼎香掩饰之。

2. 这话也非说不可。

3. 上回认黛玉住处为"哥儿的书房"，此则反以为宝玉之居是"小姐的绣房"，颠倒得妙。

4. 末了二三行，庚辰本如此，戚序本则分在下一回开头。似是作者原来于此处只是定下大致分回情节。

【总评】

　　此回是刘姥姥游大观园的下半部分。姥姥喝酒怕失手打了瓷杯，就说"有木头的杯取个来"。本是谈笑，不料真有。借此显示荣国府收藏珍奇玩物之丰富。姥姥被灌酒，为下文醉卧怡红院植根。菜肴之丰盛，不铺陈罗列，只拣一种凉菜"茄鲞"的繁复烹制方法来写，是聪明的办法。宝玉"将自己的杯捧过来送到王夫人口边，王夫人便就他手内吃了两口"，是写母子情深，别以为"不肖"的逆子是没有孝心和温情的。凤姐的女儿大姐儿与板儿玩柚子和佛手，如脂评所说，是为"暗透前后通部脉络"。

　　贾母领刘姥姥及众姊妹一行来到栊翠庵品茶。妙玉这个来自苏州的带发修行的尼姑，原也是官宦人家的贵小姐，她受贾府供养，却自命清高，有怪异的洁癖。作者在这段情节中出色地展示了她的性格、志趣和为人，以及她对宝玉的特殊感情。她对贾母、刘姥姥、钗黛和宝玉的态度都各不相同，写得极为细腻、生动，值得我们仔细品味和思索。

　　刘姥姥宴后腹响里急，慌忙如厕后眼花头眩，不辨来路，误闯入怡红院，竟醉卧在宝玉床上熟睡。这是一段有趣的文字。"酒屁臭气满屋"，被找来的袭人遮掩了过去。这与前文栊翠庵妙玉过洁之举，洁与脏形成了极大的反差。脂评有"作者特为转眼不知身后事写来作戒"之语（见本回题解引），令人深思。

第四十二回
蘅芜君兰言解疑癖　潇湘子雅谑补余香

【题解】

　　本回回目有几种本子与这里采用的庚辰本回目在上下句的末了一个字上不同，如"疑癖"，蒙府、戚序、卞藏本作"疑语"；"余香"，卞藏、甲辰、程高本作"余音"。上句说，宝钗用真诚的话解开了黛玉心中的疙瘩。黛玉小性多疑，故称"疑癖"。下句说黛玉用文雅的戏语（以前多尖刻讥刺）打趣宝钗，继续表现她俩未尽友情的美好。补，续。用"余香"正为与"兰言"相应。古人说，真诚的话就像兰花一样香，语本《易·系辞上》："二人同心，其利断金；同心之言，其臭（同'嗅'，气味）如兰"。可知改作"疑语""余音"皆不当。此回回目和内容，都强调钗、黛友谊。看过雪芹全部原稿的脂砚斋等人，在此回前有评语曰："钗、玉名虽二个，人却一身，此幻笔也。今书至三十八回时，已过三分之一有余，故写是回，使二人合而为一。请看黛玉逝后宝钗之文字，便知余言不谬矣。"评语似乎是说，钗、黛各代表女儿美质优点的两个不同方面，分别塑造成两种类型人物，若将各自所长"合而为一"，则为作者心目中之理想女儿。太虚幻梦中之可卿，名曰"兼美"，《红楼序曲》又称书为"怀金悼玉"而作，或亦可窥见此意。又曹雪芹原稿分回未最后确定，原来篇幅长的大回后被整理者分为小回，故回数前后不一致，评语说"三十八回"，却置于四十二回即是。以前者算，"三分之一有余"原稿应是一百十回；以后者算，应是一百二十回。所以研究原作应有几回，是个很难确定的问题。

　　话说她姊妹复进园来，吃过饭，大家散出，都无别话。

　　且说刘姥姥带着板儿先来见凤姐儿，说："明日一早定要家去了。虽然住了两三天，日子却不多，把古往今来没见过的，没吃过的，没听过的，都经验了。难得老太太和姑奶奶并那些小姐们，连各房里的姑娘们都这样怜贫惜老照看我。我这一回去没别的报答，[1] 惟有请些高香天天给你们念佛，保佑你们长命百岁的，就算我的心了。"凤姐儿笑道："你别喜欢。都是为你，老太太也被风吹病了，睡着说不好过；我们大姐儿也着了凉，在那里发热呢。"刘姥姥听了忙叹道："老太太有年纪的人，不惯十分劳乏的。"凤姐儿道："从来没像昨儿高兴。往常也进园子逛去，不过到一两处坐坐就回来了。昨儿因为你在这里，要叫

1. 此时是这样想，将来就难说了，恐有大报答的日子。

你都逛逛，一个园子倒走了多半个。大姐儿因为找我去，太太递了一块糕给她，谁知风地里吃了就发起热来。"刘姥姥道："小姐儿只怕不大进园子，生地方小人儿家原不该去。¹ 比不得我们的孩子，会走了，哪个坟圈子里不跑去。¹ 一则风扑了也是有的；二则只怕她身上干净，眼睛又净，或是遇见什么神了。依我说，给她瞧瞧祟书本子①，仔细撞客②着。"一语提醒了凤姐儿，便叫平儿拿出《玉匣记》来，着彩明来念。彩明翻了一回，念道："八月二十五日，病者在东南方得遇花神。用五色纸钱四十张，向东南方四十步送之，大吉。"凤姐儿笑道："果然不错，园子里头可不是花神！只怕老太太也是遇见了。"一面命人请两份纸钱来，着两个人来，一个与贾母送祟，一个与大姐儿送祟。果见大姐儿安稳睡了。²

凤姐儿笑道："到底是你们有年纪的经历得多。我这大姐儿时常要病，也不知是什么原故。"刘姥姥道："这也有的事。富贵人家养的孩子多太娇嫩，自然禁不得一些儿委屈，再她小人儿家，过于尊贵了，也禁不起。以后姑奶奶倒少疼她些就好了。"³凤姐儿道："这也有理。我想起来，她还没个名字，你就给她起个名字。一则借借你的寿；二则你们是庄家人，不怕你恼，到底贫苦些，你贫苦人起个名字，只怕压得住她。"⁴刘姥姥听说，便想了一想，笑道："不知她几时生的？"凤姐儿道："正是生的日子不好呢，可巧是七月初七日。"刘姥姥忙笑道："这个正好，就叫她作巧哥儿罢。这叫作'以毒攻毒，以火攻火'的法子。姑奶奶定要依我这名字，她必长命百岁。日后大了，各人成家立业，或一时有不遂心的事，必然是遇难成祥，逢凶化吉，却从这'巧'字上来。"⁵

凤姐儿听了，自是欢喜，忙道谢，又笑道："只保佑她应了你的话就好了。"说着，叫平儿来吩咐道："明儿咱们有事，恐怕不得闲儿。你这空儿闲着，把送姥姥的东西打点了，⁶她明儿一早就好走得便宜了。"刘姥姥忙说："不敢多破费了。已经遭扰了几日，又拿着走，越发心里不安起来。"凤姐儿道："也没有什么，不过随常的东西。好也罢，歹也罢，带了去，你们街坊邻舍看着也

1. 是农村实况，非有生活体验者说不出。

2. 岂真送了就安稳哉？盖妇人之心意皆如此；即不送，岂有一夜不睡之理？作者正描愚人之见耳。（庚）凤姐的聪明固无人能及，然亦有愚昧无知的一面。

3. 此是实情，值得深思。比如种花木，天天照料反而不好。今之独生子女，多有受宠爱呵护太过，反禁不起风寒病邪者。

4. 小儿起个阿狗之类贱名，穿那已养大了的小儿穿过的旧衣服等皆属此种。一篇愚妇无理之谈，实是世间必有之事。（庚）

5. 七月七日称"七夕"，有乞巧风俗，故取名"巧"。应了这话固好，批书人焉能不心伤！狱庙相逢之日，始知"遇难成祥，逢凶化吉"实伏线于千里。哀哉伤哉！此后文字，不忍卒读。辛卯冬日。（靖）后来刘姥姥救巧姐出火坑，大概是在狱神庙与凤姐相逢时闻知消息，并受其所托，故称"巧"。不过巧姐被卖到烟花巷遭蹂躏已是既成事实。批书人对事态如此发展深感失望痛心，他原以为巧姐可以保全贞操的！所以大叹"哀哉伤哉"。

6. 不用关照，早打点好了。

① 祟书本子——说鬼神吉凶的迷信书，下文《玉匣记》即其一种。

② 撞客——迷信谓鬼神附体而得病招灾。

热闹些，也是上城一次。"

　　说着，只见平儿走来说："姥姥过这边瞧瞧。"刘姥姥忙赶了平儿到那边屋里，只见堆着半炕东西。¹平儿一一地拿与她瞧着，又说道："这是昨日你要的青纱一匹，奶奶另外送你一个实地子月白纱作里子。这是两个茧绸①，作袄儿裙子都好。这包袱里是两匹绸子，年下做件衣裳穿。这是一盒子各样的内造点心，也有你吃过的，也有没吃过的，拿去摆碟子请客，比你们买的强些。这两条口袋是你昨日装瓜果来的，如今这一个里头装了两斗御田粳米，熬粥是难得的；²这一条里头是园子里的果子和各样干果子。这一包是八两银子。这都是我们奶奶给的。这两包每包里头五十两，共是一百两，是太太给的，叫你拿去或者做个小本买卖，或者置几亩地，以后再别求亲靠友的。"说着，又悄悄笑道："这两件袄儿和两条裙子，还有四块包头，一包绒线，可是我送姥姥的。那衣裳虽是旧的，我也没大很穿，你要弃嫌，我就不敢说了。"³

　　平儿说一样，刘姥姥就念一句佛，已经念了几千声佛了，又见平儿也送她这些东西，又如此谦逊，忙念佛道："姑娘说哪里话？这样好东西我还弃嫌！我便有银子，也没处去买这样的呢。只是我怪臊的，⁴收了又不好，不收又辜负了姑娘的心。"平儿笑道："休说外话，咱们都是自己，我才这样。你放心收了罢，我还和你要东西呢。到年下，你只把你们晒的那个灰条菜干子和豇豆、扁豆、茄子、葫芦条儿，各样干菜带些来——我们这里上上下下都爱吃这个——就算了，⁵别的一概不要，别罔费了心。"刘姥姥千恩万谢地答应了。平儿道："你只管睡你的去。我替你收拾妥当了，就放在这里，明儿一早打发小厮们雇辆车装上，不用你费一点心的。"

　　刘姥姥越发感激不尽，过来又千恩万谢地辞了凤姐儿，过贾母这边睡了一夜，次早梳洗了，就要告辞。因贾母欠安，众人都过来请安，出去传请大夫。一时婆子回："大夫来了。"老嬷嬷请贾母进幔子去坐。贾母道："我也老了，哪里养不出那阿物儿来，还怕他不成！不用放幔子，就这样瞧罢。"⁶众婆子听了，便拿过一张小桌子来，放下一个小枕头，便命人请。

　　① 茧绸——柞蚕丝绸，质坚牢。

1. 丰收景象。

2. 吴振棫《养吉斋丛录》："康熙二十年，圣祖于丰泽园稻田中偶见一穗与众穗迥异。次年命择膏埌，以布此种。其米作微红色。嗣后四十余年，悉炊此米作御膳，外间不可得也。其后种植渐广，内仓积存始多。世宗时，河东总督田文镜病初愈，尝以此米赐之，作粥最佳也。"

3. 平儿真会说话，全无德色。

4. 本无贪婪之心而所获却大过所望，连丫头都有馈赠。我何功德，受此厚爱？故不免害臊。

5. 使姥姥拿得安心的良策。所要的东西，也全是厌食膏腴思换口味所需。如此一说，姥姥以后倒不能不来了。

6. 老太君非年轻媳妇，故以为隔幔就诊多余，然能摹写其说话口气如此有趣，还真不容易。

一时只见贾珍、贾琏、贾蓉三个人将王太医领来。王太医不敢走甬路，只走旁阶，跟着贾珍到了阶矶上。早有两个婆子在两边打起帘子，两个婆子在前导引进去，又见宝玉迎了出来。只见贾母穿着青绉绸一斗珠的羊皮褂子①端坐在榻上。两边四个未留头的小丫鬟都拿着蝇帚、漱盂等物；又有五六个老嬷嬷雁翅②排立两旁，碧纱橱后隐隐约约有许多穿红着绿戴宝簪珠的人。王太医便不敢抬头，忙上来请了安。贾母见他穿着六品服色，便知是御医了，[1] 也含笑问："供奉③好？"因问贾珍："这位供奉贵姓？"贾珍等忙回："姓王。"贾母笑道："当日太医院正堂有个王君效，好脉息④。"王太医忙躬身低头，含笑回答："那是晚生家叔祖。"贾母听了，笑道："原来这样，也算是世交了。"一面说，一面慢慢地伸手放在小枕上。老嬷嬷端着一张小机⑤，连忙放在小桌前，略偏些。王太医便屈一膝坐下，歪着头诊了半日，又诊了那只手，忙欠身低头退出。[2] 贾母笑道："劳动了。珍儿，让出去好生看茶。"

贾珍、贾琏等忙答应了几个"是"，复领王太医出到外书房中。王太医说："太夫人并无别症，不过偶感一点风寒，究竟不用吃药，不过略清淡些，常暖着一点儿，就好了。如今写个方子在这里，若老人家爱吃，便按方煎一剂吃，若懒怠吃，也就罢了。"说着，吃过茶，写了方子。刚要告辞，只见奶子抱了大姐儿出来笑说："王老爷也瞧瞧我们。"王太医听说，忙起身，就奶子怀中，左手托着大姐儿的手，右手诊了一诊，又摸了一摸头，又叫伸出舌头来瞧瞧，笑道："我说了姐儿又要骂我了，只是要清清净净地饿两顿就好了。不必吃煎药，我送丸药来，临睡时用姜汤研开，吃下去就是了。"[3] 说毕，作辞而去。贾珍等拿了药方来，回明贾母原故，将药方放在案上出去，不在话下。这里王夫人和李纨、凤姐儿、宝钗姊妹等见大夫出去，方从橱后出来。王夫人略坐一坐，也回房去了。

刘姥姥见无事，方上来和贾母告辞。贾母说："闲了再来。"又命鸳鸯来："好生打发你姥姥出去，我身上不好，不

1. 是见过大世面的，只一眼就能看出从医者的身份来。

2. 深知贾府家世地位，故举止毕恭毕敬；细诊脉息，便已了然，不多说一句话。

3. 诊视幼儿又是个写法。两次都不发一问，是区区小恙，何须多问。医道高明，从所嘱几句话中也不难看出。

---

① 青绉绸一斗珠的羊皮褂子——黑色绉绸面羔羊皮的褂子。未出生的胎羊皮经加工，毛卷曲如粒粒珍珠，故名，又叫"珍珠毛"。

② 雁翅——喻排列整齐。

③ 供奉——有专长而供职内廷，受皇帝差遣的人，这里是对王太医的尊称。

④ 好脉息——医生的切脉功夫最能见出医术之高下，故医道高明者，便说他"好脉息"或"好脉理"。

⑤ 机（wù 误）——小凳子。

能送你。"刘姥姥道了谢，又作辞，方同鸳鸯出来。到了下房，鸳鸯指炕上一个包袱说道："这是老太太的几件衣裳，[1]都是往年间生日节下众人孝敬的。老太太从不穿人家做的，收着也可惜，却是一次也没穿过的。昨日叫我拿出两套来送你带去，或是送人，或是自己家里穿罢，别见笑。这盒子里是你要的面果子。这包儿里是你前儿说的药：梅花点舌丹也有，紫金锭也有，活络丹也有，催生保命丹也有①，每一样是一张方子包着，总包在里头了。这是两个荷包，带着玩罢。"说着，便抽开系子，掏出两个"笔锭如意"的锞子②来给她瞧，又笑道："荷包拿去，这个留下给我罢。"[2]

　　刘姥姥已喜出望外，早又念了几千声佛，听鸳鸯如此说，便说道："姑娘只管留下罢了。"鸳鸯见她信以为真，便笑着仍与她装上，道："哄你玩呢，我有好些呢。留着年下给小孩子们罢。"说着，只见一个小丫头拿了个成窑钟子来，递与刘姥姥，[3]道："这是宝二爷给你的。"刘姥姥道："这是哪里说起，我哪一世修了来的，今儿这样！"说着，便接了过来。鸳鸯道："前儿我叫你洗澡换的衣裳是我的，你不弃嫌，我还有几件也送你罢。"刘姥姥又忙道谢。鸳鸯果然又拿出两件来与她包好。刘姥姥又要到园中辞谢宝玉和众姊妹、王夫人等去。[4]鸳鸯道："不用去了。他们这会子也不见人，回来我替你说罢。闲了再来。"又命了一个老婆子，吩咐她："二门上叫两个小厮来，帮着姥姥拿了东西送出去。"婆子答应了，又和刘姥姥到了凤姐儿那边，一并拿了东西，在角门上命小厮们搬了出去，直送刘姥姥上车去了。不在话下。

　　且说宝钗等吃过早饭，又往贾母处问过安，回园至分路之处，宝钗便叫黛玉道："颦儿，跟我来，有一句话问你。"黛玉便同了宝钗来至蘅芜苑中，进了房，宝钗便坐了，笑道："你跪下，我要审你。"[5]黛玉不解何故，因笑道："你瞧宝丫头疯了！审问我什么？"宝钗冷笑道："好个千金小姐！好个不出闺门的女孩儿！满嘴里说的是什么？你只实说便

1. 在平儿屋里已见"堆着半炕东西"，不料到贾母处下房，又有"炕上一个包袱"许多东西给她，也是姥姥想不到的。

2. 若无此一戏，只是一个送一个谢，不免平板。也写活了鸳鸯个性，可视作前文戏弄姥姥的余音。

3. 该送的一样都不遗漏。

4. 辞谢众人，在姥姥是应有之礼，若真去了，又有何可写哉？

5. 不扯别的，不绕弯子，直奔主题，然总令人不解。以玩笑语说出，已定下委婉劝导调子。

①　梅花点舌丹等药——都是较贵重的中医成药。梅花点舌丹，治疮毒肿痛，口舌溃烂。紫金锭，即太乙紫金丹，治温湿时邪引起的昏乱呕泄，及小儿痰壅惊闭；外用治痈疮。活络丹，又名小活络丸，能祛风活络，治风寒湿痹，麻木拘挛。催生保命丹，治难产。
②　"笔锭如意"的锞子——铸有笔和如意图案的金银小元宝。以"笔锭"谐音"必定"，以取吉祥。

罢。"黛玉不解，只管发笑，心里也不免疑惑起来，口里只说："我何曾说什么？你不过要捏我的错儿罢了。你倒说出来我听听。"宝钗笑道："你还装憨儿。昨儿行酒令，你说的是什么？[1] 我竟不知哪里来的。"黛玉一想，方想起来昨儿失于检点，把《牡丹亭》《西厢记》说了两句，不觉红了脸，[2] 便上来搂着宝钗笑道："好姐姐，原是我不知道，随口说的。你教给我，再不说了。"宝钗笑道："我也不知道，听你说得怪生的，所以请教你。"黛玉道："好姐姐，你别说与别人，我以后再不说了。"

宝钗见她羞得满脸飞红，满口央告，便不肯再往下追，[3] 因拉她坐下吃茶，款款地告诉她道："你当我是谁？我也是个淘气的，[4] 从小七八岁上也够个人缠的。我们家也算是个读书人家，[5] 祖父手里也极爱藏书。先时人口多，姊妹弟兄也在一处，都怕看正经书。弟兄们也有爱诗的，也有爱词的，诸如这些《西厢》《琵琶》以及《元人百种》①，无所不有。他们是偷背着我们看，我们却也偷背着他们看。[6] 后来大人知道了，打的打，骂的骂，烧的烧，才丢开了。所以咱们女孩儿家不认字的倒好。男人们读书不明理，尚且不如不读书的好，何况你我。就连作诗写字等事，原不是你我份内之事，究竟也不是男人份内之事。[7] 男人们读书明理，辅国治民，这便好了。只是如今并不听见有这样的人，读了书，倒更坏了。[8] 这是书误了他，可惜他也把书糟蹋了，所以竟不如耕种买卖，倒没有什么大害处。你我只该做些针黹纺织的事才是，偏又认得了字，既认得了字，不过拣那正经的看也罢了，最怕见了那些杂书移了性情，就不可救了。"[9] 一席话，说得黛玉垂头吃茶，心下暗服，只有答应"是"的一字。忽见素云进来说：[10] "我们奶奶请二位姑娘商议要紧的事呢。二姑娘、三姑娘、四姑娘、史姑娘、宝二爷都在那里等着呢。"宝钗道："又是什么事？"黛玉道："咱们到了那里就知道了。"说着，便和宝钗往稻香村来，果见众人都在那里。

李纨见了她两个先笑道："社还没起，就有脱滑②的了，四丫头要告一年的假呢。"黛玉笑道："都是老太太

1. 原来为此。

2. 自愧失于检点，要从当时历史条件环境去设想。若是今天的女孩儿，能随口引《牡丹亭》《西厢记》词句，正可炫耀文学修养深厚。

3. 适可而止，与人为善也。

4. 要说服人，莫过现身说法。

5. "也算"二字太谦。（靖）

6. 当时年轻男女精神文化生活写照。可见诗词戏曲类文学作品对他们吸引力之大。

7. 男人分内究竟是何事？（靖）对作诗写字"也不是男人份内之事"说法，表示怀疑。

8. 此话有借题发挥，伤时骂世之嫌。

9. 卒章显志，一席话之要旨所在。所谓"移了性情"，或即不能守身、不遵礼教之谓也。

10. 黛玉既被说服，此事已完，自可藏住。

---

① 《琵琶》《元人百种》——《琵琶》即元末高则诚所作的南戏剧本《琵琶记》，演蔡伯喈应考，中状元，入赘相府，其妻赵五娘求乞进京寻夫故事。《元人百种》，即明臧懋循编《元曲选》，收元人杂剧近百种。

② 脱滑——溜走。

昨儿一句话，又叫她画什么园子图儿，惹得她乐得告假了。"探春笑道："也别怪老太太，都是刘姥姥一句话。"黛玉忙笑道："可是呢，都是她一句话。她是哪一门子的姥姥，直叫她个'母蝗虫'就是了。"[1]说着，大家都笑起来。宝钗笑道："世上的话，到了凤丫头嘴里也就尽了。幸而凤丫头不认得字，不大通，不过一概是市俗取笑。更有颦儿这促狭嘴，她用《春秋》的法子①，将市俗的粗话，撮其要，删其繁，再加以润色，比方出来，一句是一句。这'母蝗虫'三字，把昨儿那些形景都现出来了。[2]亏她想得倒也快。"众人听了，都笑道："你这一注解，也就不在她两个以下。"李纨道："我请你们大家商议，给她多少日子的假。我给了她一个月，她嫌少，你们怎么说？"黛玉道："论理一年也不多。这园子盖才盖了一年，如今要画，自然得二年工夫呢。又要研墨，又要蘸笔，又要铺纸，又要着颜色，又要……"刚说到这里，众人知道她是取笑惜春，便都笑问说："还要怎样？"黛玉自己也撑不住笑道："又要照着这样儿慢慢地画，可不得二年的工夫？"众人听了，都拍手笑个不住。宝钗笑道："有趣，最妙落后一句是'慢慢地画'，她可不画去，怎么就有了呢？所以昨儿那些笑话儿虽然可笑，回想是没味的。你们细想颦儿这几句话，虽淡淡的，回想却有滋味。我倒笑得动不得了。"[3]惜春道："都是宝姐姐赞得她越发逞强，这会子又拿我取笑儿。"黛玉忙拉她笑道："我且问你，还是单画这园子呢，还是连我们众人都画在上头呢？"惜春道："原说只画这园子的，昨儿老太太又说，单画园子成个房样子了，叫连人都画上，就像行乐图似的才好。我又不会这工细楼台，又不会画人物，又不好驳回，正为这个为难呢。"黛玉道："人物还容易，你草虫上能不能？"[4]李纨道："你又说不通的话了，这个上头哪里又用得着草虫？或者翎毛倒要点缀一两样。"黛玉笑道："别的草虫不画罢了，昨儿'母蝗虫'不画上，岂不缺了典！"众人听了，又都笑起来。黛玉一面笑得两手捧着胸口，一面说道："你快画罢，我连题跋都有了，起个名字就叫作《携蝗大嚼图》。"众人听了越发哄然大笑得前仰后合。[5]只听"咕咚"一声响，不知什么倒了，急忙看时，原来是湘云伏在椅子背上，

---

① 《春秋》的法子——以含蓄简短的言词来褒贬。

1. 如此鄙视姥姥，不免欺人。

2. 居然宝钗大赞，众人附和，可见豪门闺秀们高人一等的优越感都差不多。

3. 看他刘姥姥笑后复一笑，亦想不到之文也。听宝卿之评，亦千古定论。（庚）批书人竟也以为宝钗之评中肯，实大可怀疑。此时大家讥笑姥姥，日后大厦倾倒，还不知谁该笑谁呢。

4. 黛玉岂不知画中不宜草虫，必另有说头。

5. 宴席上不知礼让，吃相难看，是长期农村贫困生活所致，何必如此不体谅人！众人固能对黛玉的尖刻讥语笑得前仰后合，我却笑不出来，我不信曹雪芹也以为刘姥姥只是可鄙，恐是为将来这位有侠义心肠，能拼着老命千方百计救巧姐出火坑的老人家前后境遇对照作的大反跌。

那椅子原不曾放稳，被她全身伏着背子大笑，她又不防，两下里错了劲，向东一歪，连人带椅都歪倒了，幸有板壁挡住，不曾落地。众人一见，越发笑个不住。宝玉忙赶上去扶了起来，方渐渐止了笑。

宝玉和黛玉使个眼色儿。黛玉会意，便走至里间，将镜袱揭起照了照，只见两鬓略松了些，忙开了李纨的妆奁，拿出抿子①来，对镜抿了两抿，仍旧收拾好了，方出来，指着李纨道："这是叫你带着我们作针线、教道理呢，你反招了我们来大玩大笑的。"李纨笑道："你们听她这刁话。她领着头儿闹，引着人笑了，倒赖我的不是。真真恨得我，——只保佑明儿你得一个利害婆婆，再得几个千刁万恶的大姑子、小姑子，试试你那会子还这么刁不刁的。"

黛玉早红了脸，拉着宝钗说："咱们放她一年的假罢。"宝钗道："我有一句公道话，你们听听，藕丫头虽会画，不过是几笔写意②。如今画这园子，非离了肚子里头有几幅丘壑的，如何成得？这园子却是像画儿一般，山石树木，楼阁房屋，远近疏密，也不多，也不少，恰恰的是这样。<u>你只照样儿往纸上一画，是必不能讨好的。这要看纸的地步远近，该多该少，分主分宾，该添的要添，该减的要减，该藏的要藏，该露的要露。</u>¹这一起了稿子，再端详斟酌，方成一幅图样。第二件，这些楼台房舍是必要用界划③的。一点不留神，栏杆也歪了，柱子也塌了，门窗也倒竖过来，阶矶也离了缝，甚至于桌子挤到墙里头去，花盆放在帘子上来，岂不倒成了一张笑'话'儿了？第三，要安插人物，也要有疏密，有高低。衣褶裙带，手指足步，最是要紧；一笔不细，不是肿了手，就是瘸了脚，染脸撕发，倒是小事。依我看来，竟难得很。如今一年的假也太多，一月的假也太少，竟给她半年的假，再派了宝兄弟帮着她。并不是为宝兄弟知道教着她画，那就更误了事；为的是有不知道的，或难安插的，宝兄弟好拿出去问问那会画的相公，就容易了。"

宝玉听了，先喜得说："这话极是。詹子亮的工细楼台就极好，程日兴的美人是绝技，如今就问他们去。"宝钗道："我说你是'无事忙'，说了一声，你就问去，也等着商议

1. 宝钗之画论，即工于绘画的曹雪芹之论说。拿手的本领，怎能不借此机会大大发挥一番。其中的道理也是适用于写小说的，比如写在小说中的故事和人物，也不能照搬生活，那同样"是必不能讨好的"。

———

① 抿子——刷发油的小刷子。
② 写意——画法，与工笔相对，用简疏的笔墨画出对象的特征。
③ 界划——国画中，用界尺划线，标出宫室楼阁等物的大小位置。

定了再去。如今且说拿什么画？"宝玉道："家里有雪浪纸①，又大又托墨②。"宝钗冷笑道："我说你不中用！那雪浪纸写字，画写意画儿，或是会山水的画南宗山水③，托墨，禁得皴染④。拿了画这个，又不托色，又难染⑤，画也不好，纸也可惜。¹我教你一个法子：原先盖这园子就有一张细致图样，虽是匠人描的，那地步方向是不错的。你和太太要了出来，也比着那纸大小，和凤丫头要一块重绢，叫相公矾了。²叫他照着这图样删补着立了稿子，添了人物就是了。就是配这些青绿颜色，并泥金泥银，也得他们配去。你们也得另炀上风炉子，预备化胶、出胶、洗笔。还得一张粉油大案，铺上毡子。你们那些碟子也不全，笔也不全，都得从新再治一份儿才好。"³

　　惜春道："我何曾有这些画器？不过随手写字的笔画画罢了。就是颜色，只有赭石、广花⑥、藤黄、胭脂这四样。再有，不过是两支着色笔就完了。"宝钗道："你怎不早说？这些东西我却还有，只是你也用不着，给你也白放着。如今我且替你收着，等你用着这个的时候我送你些。也只可留着画扇子，若画这大幅的，也就可惜了的。今儿替你开个单子，⁴照着单子和老太太要去。你们也未必知道得全，我说着，宝兄弟写。"宝玉早已预备下笔砚了，原怕记不清白，要写了记着，听宝钗如此说，喜得提起笔来静听。宝钗说道："头号排笔四支，二号排笔四支，三号排笔四支，大染四支，中染四支，小染四支，大南蟹爪十支，小蟹爪十支，须眉十支，大著色二十支，小著色二十支，开面十支，柳条二十支⑦，箭头朱四两，南赭四两，石黄四两，石青四两，石绿四两，管黄四两，广花八两，蛤粉四匣，胭脂十片，大赤飞金二百帖，青金二百帖⑧，广匀胶四两，净矾四两。矾绢的胶矾在外，别管他们，你

1. 内行话，适合书法、写意画的纸，不适合画有众多亭台楼阁的工笔画。

2. 用重绢矾过就对了，正好画金绿山水、众多人物、建筑。

3. 作画程序已了然与胸。

4. 单子出自绘画经验的积累，经得起行家的检验挑剔，故敢不避明细。写小说者若不懂绘画，哪里开得出单子，只怕连下列这许多画笔、颜料也未必说得出名称，辨得清用途。

---

① 雪浪纸——宜于作画的一种优质宣纸。
② 托墨——附墨性能好、墨色显明、宜于写字作画的纸质。
③ 南宗山水——山水画自唐以后，分南北两大派；南宗水墨简洁，多用皴染，重在笔意气韵，亦称文人画，以王维为代表；北宗彩色凝重，勾勒精细，以工力规模见长，以李思训父子为代表。
④ 皴（cūn 村）染——画山石、树林时常用的技法，用多次水墨擦染，使山石等显得有层次向背和立体感。又分很多不同名目，如披麻皴、大斧劈皴、小斧劈皴等。"染"，己、庚、蒙、戚诸本原作"搜"。
⑤ 染（wěng）——用水墨或彩色烘染轮廓外部，使画的物象明显突出。"染"，列藏本作"染渍"。
⑥ 广花——又叫"花青"，国画中的蓝色颜料。
⑦ "排笔"至"柳条"——皆笔名。
⑧ "箭头朱"至"青金"——皆颜料或作颜料用的金箔名。

只把绢交出去叫他们矾去。这些颜色，咱们淘澄飞跌①着，又玩了，又使了，包你一辈子都够使的。再要顶细绢箩四个，粗绢箩二个，担笔四支，大小乳钵四个，大粗碗二十个，五寸粗碟十个，三寸粗白碟二十个，风炉两个，沙锅大小四个，新瓷罐二口，新水桶四只，一尺长白布口袋四条，柽炭二十斤，柳木炭一斤，三屉木箱一个，直地纱一丈，生姜二两，酱半斤。"黛玉忙道："铁锅一口，锅铲一个。"宝钗道："这作什么？"黛玉笑道："你要生姜和酱这些作料，我替你要铁锅来好炒颜色吃的。"[1]众人都笑起来。宝钗笑道："你哪里知道！那粗色碟子保不住不上火烤，不拿姜汁子和酱预先抹在底子上烤过了，一经了火是要炸的。"[2]众人听说，都道："原来如此。"

　　黛玉又看了一回单子，笑着拉探春悄悄地道："你瞧瞧，画个画儿又要这些水缸、箱子来了。想必她糊涂了，把她的嫁妆单子也写上了。"[3]探春"嗳"了一声，笑个不住，说道："宝姐姐，你还不拧她的嘴？你问问她编排你的话。"宝钗笑道："不用问，狗嘴里还有象牙不成！"一面说，一面走上来，把黛玉按在炕上，便要拧她的脸。黛玉笑着忙央告："好姐姐，饶了我罢！颦儿年纪小，只知说，不知道轻重，作姐姐的教导我。姐姐不饶我，我还求谁去？"[4]众人不知话内有因，都笑道："说得好可怜见的，连我们也软了，饶了她罢。"

　　宝钗原是和她玩，忽听她又拉扯上前番说她胡看杂书的话，便不好再和她厮闹，[5]放起她来。黛玉笑道："到底是姐姐，要是我，再不饶人的。"[6]宝钗笑指她道："怪不得老太太疼你，众人爱你伶俐，今儿我也怪疼你的了。过来，我替你把头发拢一拢。"[7]黛玉果然转过身来，宝钗用手拢上去。宝玉在旁看着，只觉更好，不觉后悔：不该令她挽上鬓去，也该留着，此时叫她替她挽去。正自胡思，只见宝钗说道："写完了，明儿回老太太去。若家里有的就罢；若没有的，就拿些钱去买了来，我帮着你们配。"宝玉忙收了单子。

　　大家又说了一回闲话。至晚饭后，又往贾母处来请安。贾母原没有大病，不过是劳乏了，兼着了些凉，温

1. 风趣之极。开列长长清单，本枯燥乏味文字，有此插话，便立刻化板滞为灵动矣。

2. 趣话正为引出这一经验之谈，没有实践过的人怕想不出。

3. 此所谓"雅谑"也，并无一丝嘲讽意。

4. 双关语。暗暗照应前说话不检点，向宝钗求饶情节。黛玉说话确有机带双敲习惯。

5. 前番认真，此是玩笑，不相混为是。

6. 仍带双关意。

7. 听出来了，因其伶俐而疼之是真意。替她拢头发，因按她在炕上要拧脸之故。甚细。

① 淘澄（dèng 邓）飞跌——调制颜料的几个步骤。淘，水洗去土研碎。澄，研细兑胶澄清。飞，澄清后将上浮的淡色吹去。跌，再摇荡碗盏，只留下沉底的重色。

存①了一日，又吃了一剂药，疏散一疏散，至晚也就好了。

不知次日又有何话，且听下回分解。

【总评】

　　刘姥姥来见凤姐说，"明日一早定要家去了"。谈到为老太太、大姐儿着凉不适"送祟"事，凤姐想起请姥姥给大姐儿起名，姥姥据大姐儿七月初七生日给起了名说："或一时有不遂心的事，必然是遇难成祥，逢凶化吉，却从这'巧'字上来。"靖本独有的一条带重要信息的脂评说："应了这话固好，批书人焉能不心伤！狱庙相逢之日，始知'遇难成祥，逢凶化吉'实伏线于千里。哀哉伤哉！此后文字不忍卒读。辛卯冬日。"由此评语可知后来巧姐确实已"流落在烟花巷"里，过着被人蹂躏的非人生活了。刘姥姥从火坑里救出她来，不过是免于她永沦苦海罢了，所以脂评才有"焉能不心伤"的话。

　　刘姥姥离荣府时，所获之丰大大超乎她的想象，光是银子就给了一百零八两，还不算"笔锭如意"的锞子（金银小元宝）在内；东西更多到堆了半个炕，什么御田粳米、衣裤裙袄、绸纱料子、内造点心、面果子、常用药物、水果干果，还有宝玉向妙玉讨来给她的一个成窑盅子等等，还特地命"小厮们雇辆车装上"。在后来贾府事败、巧姐遭难时，刘姥姥仗义"忍耻"，拼老命，伸援手，"招大姐"，不是偶然的。

　　黛玉在宴请刘姥姥席上行牙牌令怕罚，不及深思，随口引了《牡丹亭》《西厢记》中的句子，宝钗当时只"回头看着她"，并未说什么。待姥姥回家后，她将黛玉带至蘅芜苑房中，笑着"审"她，问她行酒令时说了什么。黛玉想起来后，满脸羞愧，央告宝钗以后"再不说了"。宝钗便"不肯再往下追"，转而现身说法，说自己从前"也偷背着他们看"，直说到"最怕见了那些杂书移了性情，就不可救了"，说得黛玉"心下暗服"。对恪守妇道的宝钗来说，这本是最自然不过的事，黛玉听了心服，也不足为怪。毕竟她们都是那个时代社会的人。作者的美学标准就是描述不失真，主观上并没有将反封建、反理学作为自己小说的主题，所以回目称宝钗之言为"兰言"，意即好友真诚的话。至于今天看来，这些情节客观上能说明什么，有何意义，那是另一回事。

　　前时，黛玉见刘姥姥醉态，曾讥之以"当日圣乐一奏，百兽率舞，如今才一牛耳"；如今又给她取绰号为"母蝗虫"，还说惜春画游园行乐，可叫《携蝗大嚼图》，不免尖刻。

　　宝钗论绘画大是内行。雪芹本工画，故说来头头是道。作画与写小说有不少相通之处，因而也可从中领略作者撰此书的构思布局、塑造形象等方法技巧。说绘画所需种种用具而不遗漏，非精通此道者不能。开列清单本是枯燥乏味之事，在高手笔下，居然也能如此有趣。黛玉调笑说，是用来"炒颜色吃的"，又说"想必她糊涂了，把她的嫁妆单子也写上了"，此即回目所谓"雅谑"也。

---

① 温存——休息、静养。

第四十三回
闲取乐偶攒金庆寿　不了情暂撮土为香

【题解】

　　本回回目诸本一致。上句：贾母要替凤丫头过生日，就对王夫人说："今年人又齐全，料着又没事，咱们大家好生乐一日。"故用"闲取乐"三字；过生日要花钱，又说："我想着，咱们也学那小家子，大家凑份子，多少尽着这钱去办，你道好玩不好玩？"故称"偶攒金庆寿"。下句：宝玉对死去的金钏儿旧情未了，便在她生日那天，借故私出城外祭奠，因匆忙中未曾备香，只得以荷包中的香料代替。"撮土为香"，是比喻条件不许可情况下，不妨因陋就简，只以诚信为主。

　　话说王夫人因见贾母那日在大观园不过着了些风寒，不是什么大病，请医生吃了两剂药也就好了，便放了心，因命凤姐来，吩咐她预备给贾政带送东西。[1]正商议着，只见贾母打发人来请，王夫人忙引着凤姐儿过来。王夫人又请问："这会子可又觉大安些？"贾母道："今日可大好了。方才你们送来野鸡崽子汤，我尝了一尝，倒有味儿，又吃了两块肉，心里很受用。"王夫人笑道："这是凤丫头孝敬老太太的。算她的孝心虔，不枉了素日老太太疼她。"[2]贾母点头笑道："难为她想着。若是还有生的，再炸上两块，咸浸浸的，吃粥有味儿。那汤虽好，就只不对稀饭。"凤姐听了，连忙答应，命人去厨房传话。

　　这里贾母又向王夫人笑道："我打发人请你来，不为别的。初二是凤丫头的生日，上两年我原早想替她做生日，偏到跟前有大事，就混过去了。今年人又齐全，料着又没事，咱们大家好生乐一日。"[3]王夫人笑道："我也想着呢。既是老太太高兴，何不就商议定了？"贾母笑道："我想往年不拘谁作生日，都是各自送各自的礼，这个也俗了，也觉很生分的似的。今儿我出个新法子，又不生分，又可取笑。"王夫人忙道：

1. 贾政出差在外，须提一笔，以免读者忘却。

2. 要写贾母为凤姐过生日，先说凤姐处处孝敬贾母。

3. 真喜欢享乐之人，所谓"闲取乐"也。贾母犹云"好生乐一日"，可见逐日虽乐，皆还不趁心也。所以世人无论贫富，各有愁肠，终不能时时遂心如意。此是至理，非不足语也。（庚）

"老太太怎么想着好，就怎么样行。"贾母笑道："我想着，咱们也学那小家子，大家凑份子，多少尽着这钱去办，你道好玩不好玩？"[1] 王夫人笑道："这个很好，但不知怎么凑法？"贾母听说，益发高兴起来，忙遣人去请薛姨妈、邢夫人等，又叫请姑娘们并宝玉，那府里珍儿媳妇并赖大家的等有头脸管事的媳妇也都叫了来。

众丫头、婆子见贾母十分高兴，也都高兴，忙忙地各自分头去请的请，传的传，没顿饭的工夫，老的、少的、上的、下的，乌压压挤了一屋子。只薛姨妈和贾母对坐，邢夫人、王夫人只坐在房门前两张椅子上，宝钗姊妹等五六个人坐在炕上，宝玉坐在贾母怀前，地下满满地站了一地。贾母忙命拿几个小杌子来，给赖大母亲等几个高年有体面的嬷嬷坐了。贾府风俗：年高服侍过父母的家人，比年轻的主子还有体面，[2] 所以尤氏、凤姐儿等只管地下站着，那赖大的母亲等三四个老嬷嬷告个罪，都坐在小杌子上了。

贾母笑着把方才一席话说与众人听了。众人谁不凑这趣儿；再也有和凤姐儿好的，情愿这样的；有畏惧凤姐儿的，巴不得来奉承的：况且都是拿得出来的，所以一闻此言，都欣然应诺。贾母先道："我出二十两。"薛姨妈笑道："我随着老太太，也是二十两了。"[3] 邢夫人、王夫人道："我们不敢和老太太并肩，自然矮一等，每人十六两罢了。"尤氏、李纨也笑道："我们自然又矮一等，每人十二两罢。"贾母忙和李纨道："你寡妇失业的，哪里还拉你出这个钱，我替你出了罢。"[4] 凤姐忙笑道："老太太别高兴，且算一算账再揽事。老太太身上已有两份呢，这会子又替大嫂子出十二两，说着高兴，一会子回想又心疼了。过后儿又说'都是为凤丫头花了钱'，使个巧法子哄着我拿出三四倍来暗里补上，我还做梦呢。"说得众人都笑了。贾母笑道："依你怎么样呢？"[5] 凤姐笑道："生日没到，我这会子已经折受①得不受用了。我一个钱饶不出，惊动这些人，实在不安，不如大嫂子这份我替她出了罢。[6] 我到了那一日多吃些东西，就享了福了。"邢夫人等听了，

1. 贾府庆寿，从未用"凑份子"办法聚钱，今偶尔一用，故曰"偶攒金"。原来凑份子是小家的事。近见多少人家，红白事一出，且筹算分子之多寡，不知何说？（庚）看他写与宝钗作生日后，又偏写与凤姐作生日。阿凤何人也，岂不为彼之华诞大用一回笔墨哉？只是亏他如何想来，特写于宝钗之后，较姊妹胜而有余；于贾母之前，较诸父母相去不远。一部书中，若一个一个只管写过生日，复成何文哉？故起用宝钗，盛用阿凤，终用贾母，各有妙文，各有妙景。余者诸人，或一笔不写，或偶因一语带过，或丰或简，其情当理合，不表可知。岂必谆谆死笔，按数而写众人之生日哉？（庚）迥不犯宝钗。（庚）

2. 借此表一表尊老是贾府祖传家风。在感情上，作者对往昔大家庭有自豪一面，值得注意。

3. 不宜少出，也不宜逾越。

4. 必如是方妙。（庚）且看阿凤妙语，听说凑份子，心里已有一本账。

5. 又写阿凤一评，更妙！若一笔直下，有何趣哉？（庚）

6. 说是替大嫂子出，恐已有算计，结果必定是口惠而实不至。

---

① 折受——受之折福的意思。受过分待遇的谦辞。

都说"很是"。贾母方允了。

凤姐儿又笑道："我还有一句话呢。我想老祖宗自己二十两，又有林妹妹、宝兄弟的两份子。姨妈自己二十两，又有宝妹妹的一份子，这倒也公道。只是二位太太每位十六两，自己又少，又不替人出，这有些不公道。老祖宗吃了亏了！"[1]贾母听了，忙笑道："到底是我的凤丫头向着我，这说得很是。要不是你，我叫她们又哄了去了。"凤姐笑道："老祖宗只把她姐儿两个交给两位太太，一位占一个，派多派少，每位替出一份就是了。"贾母忙说："这很公道，就是这样。"赖大的母亲忙站起来笑说道："这可反了！我替二位太太生气。在那边是儿子媳妇，在这边是内侄女儿，倒不向着婆婆、姑娘，倒向着别人。这儿子媳妇成了陌路人，内侄女儿竟成了个外侄女儿了。"说得贾母与众人都大笑起来了。[2]赖大之母因又问道："少奶奶们十二两，我们自然也该矮一等了。"贾母听说道："这使不得。你们虽该矮一等，我知道你们这几个都是财主，份位虽低，钱却比她们多①。[3]你们和她们一例才使得。"众嬷嬷听了，连忙答应。贾母又道："姑娘们不过应个景儿，每人照一个月的月例就是了。"又回头叫："鸳鸯，来，你们也凑几个人，商议凑了来。"鸳鸯答应着，去不多时，带了平儿、袭人、彩霞等，还有几个小丫鬟来，也有二两的，也有一两的。

贾母因问平儿："你难道不替你主子作生日，还入在这里头？"平儿笑道："我那个私自另外有了，这是官中的，也该出一份。"贾母笑道："这才是好孩子。"凤姐又笑道："上下都全了。还有二位姨奶奶，她们出不出，也问一声儿。尽到她们是理，不然，她们只当小看了她们了。"[4]贾母听了，忙说："可是呢，怎么倒忘了她们！只怕她们不得闲儿，叫一个丫头问问去。"说着，早有丫头去了。半日，回来说道："每位也出二两。"贾母喜道："拿笔砚来算明，共计多少？"尤氏因悄骂凤姐道："我把你

1. 说的话像是向着贾母，实则唯恐漏了什么人，总透出多多益善的贪心。

2. 写阿凤全付精神，虽一戏，亦人想不到之文。（庚）

3. 贾母明察，心里着实有数。惊魂夺魄只此一句。所以一部书全是老婆舌头，全是讽刺世事，反面春秋也。所谓痴子弟正照风月鉴，若单看了家常老婆舌头，岂非痴子弟乎？（庚）

4. 众人凑钱为自己过生日，还不满足，一个都不放过。纯写阿凤，以衬后文。（庚）

---

① 份位虽低，钱却比她们多——指的是赖大之母等人。"份位"，庚辰本作"果位"，杨传镛先生以为"果位"是原文，此乃用佛语，合贾母声口。

这没足厌的小蹄子！这么些婆婆婶子来凑银子给你过生日，你还不足，又拉上两个苦瓠子①作什么？"¹凤姐也悄笑道："你少胡说，一会子离了这里，我才和你算账。她们两个为什么苦呢？有了钱也是白填送别人，不如拘了来咱们乐。"²

说着，早已合算了，共凑了一百五十两有余。贾母道："一日戏酒用不了。"尤氏道："既不请客，酒席又不多，两三日的用度都够了。头等，戏不用钱，省在这上头。"贾母道："凤丫头说哪一班好，就传哪一班。"凤姐道："咱们家的班子都听熟了，倒是花几个钱叫一班来听听罢。"贾母道："这件事我交给珍哥媳妇了。索性叫凤丫头别操一点心，受用一日才算。"³尤氏答应着。又说了一回话，都知贾母乏了，才渐渐地散出来。

尤氏等送邢夫人、王夫人二人散去，便往凤姐房里来，商议怎么办生日的话。凤姐儿道："你不用问我，你只看老太太的眼色行事就完了。"⁴尤氏笑道："你这阿物儿，也忒行了大运了。我当有什么事叫我们去，原来单为这个。出了钱不算，还要我来操心，你怎么谢我？"凤姐笑道："别扯臊②，我又没叫你来，谢你什么！你怕操心，这会子就回老太太去，再派一个就是了。"尤氏笑道："你瞧她，兴③得这样儿！我劝你收着些儿好，太满了，就要泼出来的。"⁵二人又说了一回方散。

次日，将银子送到宁国府来。尤氏方才起来梳洗，因问："是谁送过来的？"丫鬟们回说："是林大娘。"尤氏便命叫了她来。丫鬟走至下房，叫了林之孝家的过来。尤氏命她脚踏上坐了，一面忙着梳洗，一面问她："这一包银子共多少？"林之孝家的回说："这是我们底下人的银子，凑了先送过来。老太太和太太们的还没有呢。"正说着，丫鬟们回说："那府里太太和姨太太打发人送份子来了。"尤氏笑骂道："小蹄子们，专会记得这些没要紧的话。昨儿不过老太太一时高兴，故意的要学那小家子凑份子，你们就记得，到了你们

1. 尤氏非书中要角，也未见有多少能耐，然悄骂凤姐的话却说得好。

2. 虽是实情，仍可看出为银子欺人。纯写阿凤，以衬后文，二人形景如见，语言如闻，真描画得到。（庚）

3. 恐难受用。所以特受用了，才有链卿之变。乐极生悲，自然之理。（庚）

4. 一大秘诀，却非阿凤独有，行事只看上头眼色行事者多多。

5. 被说中了，所谓"身后有余忘缩手"也，要收也难。

---

① 苦瓠子——苦味的葫芦。喻苦命人。
② 扯臊——不知羞。
③ 兴——兴奋，得意。

嘴里当正经的说。还不快接了进来，好生待茶，再打发她们去。”丫鬟应着，忙接了银子进来，一共两封，连宝钗、黛玉的都有了。尤氏问：“还少谁的？”林之孝家的道：“还少老太太、太太、姑娘们的和底下姑娘们的。”尤氏道：“还有你们大奶奶的呢？”林之孝家的道：“奶奶过去，这银子都从二奶奶手里发，一共都有了。”

说着，尤氏已梳洗了，命人伺候车辆。一时来至荣府，先来见凤姐。只见凤姐已将银子封好，正要送去。尤氏问：“都齐了？”凤姐儿笑道：“都有了，快拿了去罢，丢了我不管。”尤氏笑道：“我有些信不及，倒要当面点一点。”[1]说着，果然按数一点，只没有李纨的一份。尤氏笑道：“我说你肏鬼呢，怎么你大嫂子的没有？”凤姐儿笑道：“那么些还不够使？短一份儿也罢了，等不够了我再给你。”[2]尤氏道：“昨儿你在人跟前作人，今儿又来和我赖，这个断不依你！我只和老太太要去。”凤姐儿笑道：“我看你利害。明儿有了事，我也‘丁是丁，卯是卯’①的，你也别抱怨。”[3]尤氏笑道：“你一般的也怕。不看你素日孝敬我，我才是不依你呢。”说着，把平儿的一份拿了出来，说道：“平儿，来，把你的收起去，等不够了，我替你添上。”平儿会意，因说道：“奶奶先使着，若剩下了，再赏我也是一样。”尤氏笑道：“只许你主子作弊，就不许我作情儿？”平儿只得收了。

尤氏又道：“我看着你主子这么细致，弄这些钱哪里使去？使不了，明儿带了棺材里使去。”[4]一面说着，一面又往贾母处来。先请了安，大概说了两句话，便走到鸳鸯房中和鸳鸯商议，只听鸳鸯的主意行事，何以讨贾母的喜欢。二人计议妥当。尤氏临走时，也把鸳鸯的二两银子还她，说：“这还使不了呢。”说着，一径出来，又至王夫人跟前说了一回话。因王夫人进了佛堂，把彩霞②的一份也还了她。见凤姐不在跟前，一时把周、赵二人的也还了。她两个还不敢收。[5]尤氏

1. 前凤姐自认为李纨出份子，已被尤氏猜透心思，故信不过经她手里发的银子。

2. 果真如此，被抓住了，只好耍赖。可见阿凤处处心机。（庚）

3. 这句玩笑话，带着威胁性，掂量之下，尤氏不敢不依。

4. 戏言成谶。此言不假，伏下后文短命。尤氏亦能干事矣，惜不能劝夫治家，惜哉，痛哉！（庚）评尤氏语而用“惜哉，痛哉”，应也与其不幸结局有关，惜无从知其详。

5. 做人情，既有平儿，自该有鸳鸯、彩霞。退还二位姨娘是不但知其闲钱不多，也知其是迫于形势拿出来的，只看她们不敢收回便知。阿凤声势亦甚矣。（庚）

① 丁是丁，卯是卯——“丁”谐音“钉”，“卯”谐音“铆”（铆眼）。钉与铆必须定准，方能接合。喻办事认真，不肯通融。

② 原作“彩云”，据前文改。

道："你们可怜见的，哪里有这些闲钱？凤丫头便知道了，有我应着呢。"二人听说，千恩万谢的方收了。[1]

　　展眼已是九月初二日，园中人都打听得尤氏办得十分热闹，不但有戏，连耍百戏的并说书的男女先儿①全有，都打点取乐玩耍。李纨又向众姊妹道："今儿是正经社日，可别忘了。[2]宝玉也不来，想必他只图热闹，把清雅就丢了。"[3]说着，便命丫鬟去瞧作什么，快请了来。丫鬟去了半日，回说："花大姐姐说，今儿一早就出门去了。"[4]众人听了，都诧异说："再没有出门之理。这丫头糊涂，不知说话。"因又命翠墨去。一时翠墨回来说："可不真出了门了。说有个朋友死了，出去探丧去了。"[5]探春道："断然没有的事。凭他什么，再没今日出门之理。你叫袭人来，我问她。"刚说着，只见袭人走来。李纨等都说道："今儿凭他有什么事，也不该出门。头一件，你二奶奶的生日，老太太都这么高兴，两府上下众人来凑热闹，他倒走了！第二件，又是头一社的正日子，他也不告假，就私自去了！"袭人叹道："昨儿晚上就说了，今儿一早有要紧的事，到北静王府里去，就赶回来的。劝他不要去，他必不依。今儿一早起来，又要素衣裳穿，想必是北静王府里的要紧姬妾没了，也未可知。"李纨等道："若果如此，也该去走走，只是也该回来了。"说着大家又商议："咱们只管作诗，等他回来罚他。"刚说着，只见贾母已打发人来请，便都往前头去了。袭人回明宝玉的事，贾母不乐，便命人去接。[6]

　　原来宝玉心里有件私事，于头一日就吩咐茗烟："明日一早要出门，备下两匹马，在后门口等着，不要别一个跟着。说给李贵，我往北府里去了。倘或有人找我，叫他拦住，不用找，[7]只说北府里留下了，横竖就来的。"茗烟也摸不着头脑，只得依言说了。今儿一早，果然备了两匹马，在园后门等着。天亮了，只见宝玉遍体纯素，从角门出来，一语不发，跨上马，一弯腰，顺着街就趱②下去了。茗烟也只得跨马加鞭

---

① 男女先儿——指男女盲艺人。为人说唱弹奏，谐笑取乐。先儿，先生。
② 趱（diān 颠）——通作"颠"，犹言溜。

1. 知情而敢担当，人情才做到点子上。尤氏亦可谓有才矣。论有德，比阿凤高十倍，惜乎不能谏夫治家，所谓人各有当也。此方是至情至理。最恨近之野史中，恶则无往不恶，美则无一不美，何不近情理之如是耶？（庚）评语末了几句说出作者所坚持的美学理想。鲁迅说过，《红楼梦》一出来，传统的写法都打破了，不再是好人都好，坏人都坏了。作者敢于如实描写，从无讳饰，因而人物都是活的。亦即此意。

2. 忽提诗社事，难怪当社长。看书者已忘，批书人亦已忘了，作者竟未忘。忽写此事，真忙中愈忙，紧处愈紧也。（庚）

3. 此独宝玉乎？亦骂世人。余亦谓宝玉忘了，不然何不来耶？（庚）

4. 必如此安排，方见宝玉重情不重礼。奇文。（庚）

5. 想是劝过的，拦不住。奇文。信有之乎？花团锦簇之日，偏如此写法。（庚）

6. 若真去人接，便露馅儿了。

7. 想到了，故有此番嘱咐，必拦住，方可瞒过。

赶上，在后面忙问："往哪里去？"宝玉道："这条路是往哪里去的？"茗烟道："这是出北门的大道。出去了冷清清没有可玩的。"宝玉听说，点头道："正要冷清清的地方才好。"[1] 说着，索性加了两鞭，那马早已转了两个弯子，出了城门。

茗烟越发不得主意，只得紧紧跟着。一气跑了七八里路出来，人烟渐渐稀少，宝玉方勒住马，回头问茗烟道："这里可有卖香的？"茗烟道："香倒有，不知是哪一样？"宝玉想道："别的香不好，须得檀、芸、降①三样。"[2] 茗烟笑道："这三样可难得。"宝玉为难。茗烟见他为难，因问道："要香作什么使？我见二爷时常小荷包里有散香，何不找一找？"一句提醒了宝玉，便回手从衣襟下掏出一个荷包来，摸了一摸，竟有两星沉、速②，心内欢喜，只是不恭些，再想自己亲身带的，倒比买的又好些。[3] 于是又问炉炭。茗烟道："这可罢了。荒郊野外，哪里有？既用这些，何不早说？带了来，岂不便宜！"宝玉道："糊涂东西，若可带了来，又不这样没命地跑了。"[4]

茗烟想了半日，笑道："我得了个主意，不知二爷心下如何？我想二爷不止用这个呢，只怕还要用别的，这也不是事。如今我们再往前走二里地，就是水仙庵了。"[5] 宝玉听了，忙问："水仙庵就在这里？更好了，我们就去。"说着，就加鞭前行，一面回头向茗烟道："这水仙庵的姑子长往咱们家去，咱们这一去到那里和她借香炉使使，她自然是肯的。"茗烟道："别说是咱们家的香火，就是平白不认识的庙里，和她借，她也不敢驳回。只是一件，我常见二爷最厌这水仙庵的，如何今儿又这样喜欢了？"[6] 宝玉道："我素日因恨俗人不知原故，混供神，混盖庙，这都是当日有钱的老公们和那些有钱的愚妇们，听见有个神，就盖起庙来供着，也不知那神是何人；因听些野史小说，便信真了。[7] 比如这水仙庵里面，因供的是洛神③，故名水

1. 像是为避人耳目，给人悬念。

2. 香要贵重的，总因情重。

3. 随身带的更好，是因贴心。

4. 总是怕家人追问吧。奇奇怪怪，不知为何，看他下文怎样。（庚）

5. 庙名却巧，要祭之人怕也成水仙了吧。

6. 此一问正为回答而设。如此宝玉方能解说为何平时讨厌而如今又喜欢的缘故。

7. 近闻刚丙庙，又有三教庵，以如来为尊，太上为次，先师为末，真杀有余辜。所谓此书救世之溺不假。（庚）"三教"为儒、道、释。刚丙庙、三教庵皆北京所实有；刚丙庙"在颐和园东宫门迤南"，三教庵"在万泉庄"或曰"在西单牌楼中京畿道"。

---

① 檀、芸、降——三种较贵重的香。分别用檀香木、芸香草、降香木制成。

② 两星沉、速——两小块沉香和速香合成的香料。香中有黄熟香一种，质轻虚，俗讹为速香。

③ 信野史，供洛神——曹植《洛神赋》序称洛水之神"名曰宓妃"乃"有所感而赋焉"。赋中有"其形也，翩若惊鸿，婉若游龙""远而望之，皎若太阳升朝霞；迫而察之，灼若芙蕖（荷花）出绿波"等语，故下文引之。又第五回赞警幻仙姑赋亦颇借其词意，可参看。信野史而庙供，当年北京实有。

仙庵。殊不知古来并没有个洛神，那原是曹子建的谎话，谁知这起愚人就塑了像供着。今儿却合我的心事，故借它一用。"[1]

　　说着，早已来至门前。那老姑子见宝玉来了，事出意外，竟像天上掉下个活龙来的一般，忙上来问好，命老道来接马。宝玉进去，也不拜洛神之像，却只管赏鉴。<u>虽是泥塑的，却真有"翩若惊鸿，婉若游龙"之态，"荷出绿波，日映朝霞"之姿</u>。[2]宝玉不觉滴下泪来。老姑子献了茶，宝玉因和她借香炉。那姑子去了半日，连香供纸马都预备了来。宝玉道："一概不用。"说着，命茗烟捧着炉，出至后院中，拣一块干净地方儿，竟拣不出。茗烟道："那井台上如何？"<u>宝玉点头，一齐来至井台上，将炉放下。</u>[3]茗烟站过一旁。

　　宝玉<u>掏出香来焚上，含泪施了半礼</u>，[4]回身命收了去。茗烟答应，且不收，忙爬下磕了几个头，口内祝道："我茗烟跟二爷这几年，二爷的心事，我没有不知道的，只有今儿这一祭祀，没有告诉我，我也不敢问。只是这受祭的阴魂，虽不知名姓，想来自然是那人间有一、天上无双的极聪明、极俊雅的一位姐姐妹妹了。二爷心事不能出口，让我代祝：你若芳魂有感，香魄多情，虽然阴阳间隔，既是知己之间，时常来望候二爷，未尝不可。你在阴间，保佑二爷来生也变个女孩儿，和你们一处相伴，再不可又托生这须眉浊物了。"[5]说毕，又磕几个头，才爬起来。[6]

　　宝玉听他没说完，便撑不住笑了。[7]因踢他道："休胡说！看人听见笑话。"[8]茗烟起来，收过香炉，和宝玉走着，因道："我已经和姑子说了，二爷还没用饭，叫她随便收拾了些东西，二爷勉强吃些。我知道今儿咱们里头大排筵宴，热闹非常，二爷为此才躲了出来的。横竖在这里清净一天，也就尽到礼了。若不吃东西，断使不得。"宝玉道："戏酒既不吃，这随便素的吃些何妨。"茗烟道："这才是呢。还有一说，咱们来了，必有人不放心。若没有人不放心，便晚了进城何妨？若有人不放心，二爷须得进城回家去才是。第一，老太太、太太也放了心；第二，礼也尽了，不过如此。就是家去了，看戏吃酒，也并不是二爷有意，

1. 洛神虽假，心事却真；寄真于假，假亦真矣！

2. 此处用《洛神赋》句自妙。"翩若"二句是原文；"荷出"二句是句意。参见前页注释③。

3. "井台"亦如"水仙"，巧妙关合，亡者呼之欲出矣。茗烟犹蒙在鼓里。妙极之文！宝玉心中拣定是井台上了，故意使茗烟说出，使彼不犯疑猜矣。宝玉亦有欺人之才，盖不用耳。（庚）

4. 只施半礼，恰到好处。倘双膝跪地行大礼，反不合适了。

5. 跟随身边久了，摸透宝玉习性，方说得出这趣话来。

6. 试思宝玉之为人，岂不应有一极伶俐乖巧小童哉？此一祝亦如《西厢记》中双文降香，第三炷则不语，红娘则代祝数语，直将双文心事道破。此处若写宝玉一祝，则成何文字？若不祝，直成一哑谜，如何散场？故写茗烟一戏，直戏入宝玉心中……今看此回，直欲将宝玉当作一个极轻俊羞怯的女儿看，茗烟则极乖觉可人之丫鬟也。（庚）

7. 非但假中有真，且能悲中有喜，作者之绝技也。

8. 说中了，才踢他。也知人笑，更奇。（庚）

原不过陪着父母尽孝道。二爷若单为了这个，不顾老太太、太太悬心，就是方才那受祭的阴魂也不安生。二爷想我这话如何？"宝玉笑说："你的意思我猜着了，你想着只你一个跟了我出来，回来你怕担不是，所以拿这大题目来劝我。¹我才来了，不过为尽个礼，再去吃酒看戏，并没说一日不进城。这已完了心愿，赶着进城，大家放心，岂不两尽其道。"²茗烟道："这更好了。"说着，二人来至禅堂，果然那姑子收拾了一桌素菜。

宝玉胡乱吃了些，茗烟也吃了，二人便上马仍回旧路。茗烟在后面，只嘱咐："二爷好生骑着，这马总没大骑的，手里提紧着！"³一面说着，早已进了城，仍从后门进去，忙忙来至怡红院中。袭人等都不在房里，只有几个老婆子看屋子，见他来了，都喜得眉开眼笑道："阿弥陀佛，可来了！把花姑娘急疯了！上头正坐席呢，二爷快去罢。"宝玉听说，忙将素服脱了，自去寻了华服换上，问在什么地方坐席，老婆子回说在新盖的大花厅上。

宝玉听说，一径往花厅①来，耳内早已隐隐闻得歌管之声。刚至穿堂那边，只见玉钏儿独坐在廊檐下垂泪，⁴一见他来，便收泪说道："凤凰来了，快进去罢。再一会子不来，都反了。"⁵宝玉陪笑道："你猜我往哪里去了？"玉钏儿不答，只管擦泪。⁶宝玉忙进厅里，见了贾母、王夫人等，众人真如得了凤凰一般。宝玉忙赶着与凤姐儿行礼。贾母、王夫人都说他不知好歹："怎么也不说声就私自跑了，这还了得！明儿再这样，等老爷回家来，必告诉他打你。"说着，又骂跟的小厮们都偏听他的话，说哪里去就去，也不回一声儿。一面又问他到底哪去了，可吃了什么，可唬着了。⁷宝玉只回说："北静王的一个爱妾昨日没了，给他道恼②去。他哭得那样，不好撇下就回来，所以多等了一会子。"贾母道："以后再私自出门，不先告诉我们，一定叫你老子打你。"宝玉答应着。因又要打跟的小子们，众人又忙说情，又劝道：

1. 亦知这个大，妙极！（庚）

2. 这是大通的意见，世人不及的去处。（庚）

3. 看他偏不写凤姐那样热闹，却写这般清冷，真世人意料不到这一篇文字也。（庚）

4. 如此写出宝玉情祭者为谁，可谓高明之极。总是千奇百怪的文字。（庚）

5. 是平常言语，却是无限文章、无限情理。看至后文，再细思此言，则可知矣。（庚）评语中的"后文"，当指后半部佚稿中宝玉因惹出"丑祸"，离家淹留在外（狱神庙）、贾府上下焦急地盼他平安回来。作者惯用此种谶语式手法来预示后事。

6. 若回答猜到或猜不到都不好，只有不答最好，也最合情理。谁管你去哪里，我姐姐的死都是你害的！

7. 溺爱之至。奇文，毕肖。（庚）

---

① 花厅——正厅之外的内厅，多建于跨院或园中，周围点缀以湖石花木，供饮宴、会客等用。

② 道恼——旧时向丧家吊问，称"道烦恼"或"道恼"。

"老太太也不必过虑了，他已经回来，大家该放心乐一回了。"贾母先不放心，自然发恨，今见来了，喜且有余，哪里还恨，也就不提了。还怕他不受用，或者别处没吃饱，路上着了惊怕，反百般地哄他。袭人早过来服侍，大家仍旧看戏。当日演的是《荆钗记》①，¹贾母、薛姨妈等都看得心酸落泪，也有叹的，也有骂的。要知端的，下回分解。

> 1. 剧情偏又与投水、哭祭有关。

【总评】

　　贾母喜欢凤丫头，要给她过生日，提议"学那小家子，大家凑份子"。这法子好，若用荣府公款开支，反而难援例摆平。有此一举，府中各种人等的尊卑地位、经济状况得到一次展示机会。贾母自认出银二十两，薛姨妈照样跟进，她处客位，少出说不过去，但也不能超过贾母去。邢、王夫人"不敢和老太太并肩"，所以减等，是礼数使然。尤氏、李纨"自然又矮一等"，故再减。贾母体恤李纨"寡妇失业"，要替她出。凤姐要老太太"算一算账再揽事"，因为她身上还有"林妹妹、宝兄弟的两份子"。说的话好像向着贾母，其实是唯恐漏掉孙辈们的份子，她对银子的态度总是多多益善。但话仍讲得漂亮："惊动这些人，实在不安，不如大嫂子这份我替她出了罢。"其实心里早有算计，准备口惠而实不至。轮到赖大之母等众嬷嬷，想再矮一等，贾母以为不可，说"我知道你们这几个都是财主，份位虽低，钱却比她们多。你们和她们一例才使得"，是明察实情的话。丫头们也都有出份。凤姐还要人去问周、赵二姨娘，收管银子的尤氏指出其"没足厌"，"又拉上两个苦瓠子"。后见凤姐没出李纨一份，索性也将平儿、鸳鸯、彩云和周、赵姨娘的份子都私下退还给了她们。原因不尽相同，皆有借此做人情、笼络之意。

　　凤姐的生日恰好也是金钏儿的生日，却没有人会想起那个不幸的丫头的好日子来。只有"情不情"的宝玉记得。所以，一大早他"遍体纯素"带着小厮茗烟，各跨一匹马，从角门出来，直奔北门大道，向人烟稀少处去。中途又要买香又要借香炉，终于到庵中捧炉至后院焚香祭奠起来。这段情节的描述，奇妙处在于自始至终不说明宝玉是去祭谁（所谓北静王爱妾死了，自是谎话），全用暗示手法让读者心里明白：比如宝玉要买香而无处买时，茗烟提醒他用荷包里的散香，宝玉心想："自己亲身带的，倒比买的又好些"。再如所到处名"水仙庵"，又说"古来并没有个洛神，那原是曹子建的谎话……今儿却合我心事，故借它一用"；香炉只放在它后院的"井台上"。茗烟以谐语代宝玉祝祷的话，已猜中必是"一位姐姐妹妹"。宝玉回来"刚至穿堂那边，只见玉钏儿独坐在廊檐下垂泪"。宝玉赔笑说："你猜我往哪里去了？"玉钏儿不答，只管擦泪，如此等等。就连当天演的戏《荆钗记》，其中也有王十朋江边祭哭的事。所以下回开头，黛玉有"不拘哪里的水舀一碗，看着哭去"的讥诮语，她大概已猜到八九分了。

---

① 《荆钗记》——南戏剧本，作者有元柯丹丘、明初朱权诸说，写宋王十朋与妻钱玉莲悲欢离合故事。其中有钱拒绝富豪逼迫，投江自杀，为人救起情节。十朋以为妻已死，故下回开始说到他江边祭哭事。

第四十四回

变生不测凤姐泼醋　喜出望外平儿理妆

【题解】

本回回目诸本一致。上句：凤姐生日那天，贾琏乘机与鲍二家的偷情，被突然回房的凤姐撞见，即所谓"变生不测"，由此而引起醋性大发的凤姐一场大闹。下句：在这场冲突中，无辜的平儿作了凤姐的出气筒，挨了打。受委屈的平儿被李纨陪到怡红院重新梳理妆饰，让平时想接近她而一直没有机会的宝玉"喜出望外"，忙个不亦乐乎。

话说众人看演《荆钗记》，宝玉和姊妹一处坐着。林黛玉因看到《男祭》这一出上，便和宝钗说道："这王十朋也不通得很，不管在哪里祭一祭罢了，必定跑到江边子上来作什么？俗语说，'睹物思人'，天下的水总归一源，不拘哪里的水舀一碗，看着哭去，也就尽情了。"[1]宝钗不答。宝玉回头要热酒敬凤姐。[2]

原来贾母说今日不比往日，定要叫凤姐痛乐一日。本来自己懒怠坐席，只在里间屋里榻上歪着，和薛姨妈看戏，随心爱吃的拣几样放在小几上，随意吃着说话儿；将自己两桌席面赏那没有席面的大小丫头并那应差听差的妇人等，命她们在窗外廊檐下也只管坐着随意吃喝，不必拘礼。王夫人和邢夫人在地下高桌上坐着，外面几席是她姊妹们坐。贾母不时吩咐尤氏等："让凤丫头坐在上面，你们好生替我待东①，难为她一年到头辛苦。"[3]尤氏答应了，又笑回说道："她坐不惯首席，坐在上头，横不是竖不是的，酒也不肯吃。"贾母听了，笑道："你不会，等我亲自让她去。"凤姐儿忙也进来，笑说："老祖宗，别信她们的话，我吃了好几钟了。"贾母

1. 黛玉何等心思，又时时在意宝玉一言一行，此次不辞而别，纵有借口，瞒得过别人也瞒不过她。故指桑骂槐，借王十朋多此一举相讥。

2. 每当被黛玉奚落，宝玉总是装聋作哑。

3. 贾母推重夸奖，说的也是实情，一时体面风光，与展眼发生的不测之变形成明显反差。

---

① 待东——亦作"代东"，代做东，替主人招待客人。东，东道主。

笑着，命尤氏："快拉她出去，按在椅子上，你们都轮流敬她。她再不吃，我当真的就亲自去了。"[1]尤氏听说，忙笑着又拉她出来坐下，命人拿了台盏①斟了酒，笑道："一年到头，难为你孝顺老太太、太太和我。我今儿没什么疼你的，亲自斟杯酒，乖乖儿地在我手里喝一口。"凤姐儿笑道："你要安心孝敬我，跪下，我就喝。"尤氏笑道："说得你不知是谁！我告诉你说，好容易今儿这一遭，过了后儿，知道还得像今儿这样不得了？趁着尽力灌丧两钟罢。"[2]

凤姐儿见推不过，只得喝了两钟。接着众姊妹也来，凤姐也只得每人的喝一口。赖大妈妈见贾母尚这等高兴，也少不得来凑趣儿，领着些嬷嬷们也来敬酒。凤姐儿也难推脱，只得喝了两口。鸳鸯等也都来敬，凤姐儿真不能了，忙央告道："好姐姐们，饶了我罢，我明儿再喝罢。"鸳鸯笑道："真个的，我们是没脸的了？就是我们在太太跟前，太太还赏个脸呢。往常倒有些体面，今儿当着这些人，倒拿起主子的款儿来了。我原不该来，不喝，我们就走。"[3]说着真个回去了。凤姐儿忙赶上拉住，笑道："好姐姐，我喝就是了。"说着拿过酒来，满满的斟了一杯喝干。[4]鸳鸯方笑了散去。

然后又入席。凤姐儿自觉酒沉②了，心里突突地似往上撞，要往家去歇歇，[5]只见那耍百戏的上来，便和尤氏说："预备赏钱，我要洗洗脸去。"尤氏点头。凤姐儿瞅人不防，便出了席，往房门后檐下走来。平儿留心，也忙跟了来，[6]凤姐儿便扶着她。才至穿廊下，只见她房里的一个小丫头正在那里站着，见她两个来了，回身就跑。凤姐儿便疑心，忙叫。那丫头先只装听不见，无奈后面连平儿也叫，只得回来。凤姐儿越发起了疑心，忙和平儿进了穿堂，叫那小丫头子也进来，把槅扇关了。凤姐儿坐在小院子的台阶上，命那丫头子跪了，喝命平儿："叫两个二门上的小厮来，拿绳子鞭子，把那眼睛里没主子的小蹄子打烂了！"那小丫头子已经唬得魂飞魄散，

---

① 台盏——有托盘的酒杯。
② 酒沉——饮酒过了量。

1. 老祖宗下命，看起来非醉不可了。

2. 闲闲一戏语，伏下后文，令人可伤，所谓"盛筵难再"。（庚）又作谶语。

3. 一路下来，算一算不知喝了多少，到此真不能了。可又怎能推辞！鸳鸯是什么人？能当众不给面子？听听她的话，何等锋利强硬！凤姐哪得罪得起。

4. 压垮骆驼的最后一根稻草。

5. 正是这个感觉，写来合情合理。

6. 不跟来就没有下半回"理妆"事了。

哭着只管磕头求饶。凤姐儿问道："我又不是鬼，你见了我，不说规规矩矩站住，怎么倒往前跑？"小丫头子哭道："我原没看见奶奶来。我又记挂着房里无人，所以跑了。"凤姐儿道："房里既没人，谁又叫你来的？你便没看见我，我和平儿在后头扯着脖子叫了你十来声，越叫越跑。离得又不远，你聋了不成？你还和我强嘴！"说着，便扬手一掌打在脸上，打得那小丫头子一栽；这边脸上又一下，登时小丫头子两腮紫胀起来。[1]平儿忙劝："奶奶仔细手疼。"凤姐便说："你再打着，问她跑什么。她再不说，把嘴撕烂了她的！"

那小丫头子先还强嘴，后来听见凤姐儿要烧了红烙铁来烙嘴，方哭道："二爷在家里，打发我来这里瞧着奶奶的，若见奶奶散了，先叫我送信儿去的。不承望奶奶这会子就来了。"凤姐儿见话中有文章，便又问道："叫你瞧着我做什么？难道怕我家去不成？必有别的原故，快告诉我，我从此以后疼你。你若不细说，立刻拿刀子来割你的肉。"[2]说着，回头向头上拔下一根簪子来，向那丫头嘴上乱戳。唬得那丫头一行躲，一行哭求道："我告诉奶奶，可别说我说的。"平儿一旁劝，一面催她，叫她快说。丫头便说道："二爷也是才来房里的，睡了一会醒了，打发人来瞧瞧奶奶，说才坐席，还得好一会才来呢。二爷就开了箱子，拿了两块银子，还有两根簪子、两匹缎子，叫我悄悄地送与鲍二的老婆去，叫她进来。她收了东西就往咱们屋里来了。二爷叫我来瞧着奶奶，底下的事我就不知道了。"[3]

凤姐听了，已气得浑身发软，忙立起身来，一径来家。刚至院门，只见又有一个小丫头在门前探头儿，一见了凤姐，也缩头就跑。[4]凤姐儿提着名字喝住。那丫头本来伶俐，见躲不过了，索性跑了出来，笑道："我正要告诉奶奶去呢，可巧奶奶来了。"[5]凤姐儿道："告诉我什么？"那小丫头便说，二爷在家这般如此如此，将方才的话也说了一遍。凤姐啐道："你早做什么了？这会子我看见你了，你来推干净儿！"说着也扬手一下，打得那丫头一个趔趄。

便蹑手蹑脚地走至窗前，往里听时，只听里头

1. 凤姐手段本就厉害，何况醉酒时。

2. 软硬兼施。

3. 还能有什么事？

4. 层层设防，又怎能防得住。如见其形。（庚）

5. 两个小丫头都是用来监视报信的，前后反应不同，不作重复文字。

说笑。那妇人笑道："多早晚你那阎王老婆死了就好了。"贾琏道："她死了再娶一个也是这样，又怎么样呢？"那妇人道："她死了，你倒是把平儿扶了正，只怕还好些。"贾琏道："如今连平儿她也不叫我沾一沾了。平儿也是一肚子委屈不敢说。[1]我命里怎么就该犯了'夜叉星'！"

　　凤姐听了，气得浑身乱战。又听他俩都赞平儿，便疑平儿素日背地里自然也有愤怨语了。[2]那酒越发涌了上来，也并不忖度，回身把平儿先打了两下，一脚踢开门进去，也不容分说，抓着鲍二家的厮打一顿。又怕贾琏走出去，便堵着门站着骂道："好淫妇！你偷主子汉子，还要治死主子老婆！平儿，过来！你们淫妇、忘八一条藤儿，多嫌着我，外面你哄我！"说着，又把平儿打了几下。[3]打得平儿有冤无处诉，只气得干哭。骂道："你们做这些没脸的事，好好的又拉上我做什么！"说着，也把鲍二家的厮打起来。

　　贾琏也因吃多了酒，进来高兴，未曾做得机密，一见凤姐来了，已没了主意。又见平儿也闹起来，把酒也气上来了。凤姐儿打鲍二家的，他已又气又愧，只不好说的，今见平儿也打，便上来踢骂道："好娼妇！你也动手打人！"平儿怯打，忙住了手，哭道："你们背地里说话，为什么拉我呢？"凤姐见平儿怕贾琏，越发气了，又赶上来着着平儿，偏叫打鲍二家的。平儿急了，便跑出来找刀子要寻死。[4]外面众婆子、丫头忙拦住解劝。这里凤姐见平儿寻死去，便一头撞在贾琏怀里，叫道："你们一条藤儿害我，被我听见了，倒都唬起我来。你也勒死我罢！"贾琏气得墙上拔出剑来，说道："不用寻死，我也急了，一齐杀了，我偿了命，大家干净。"正闹得不开交，只见尤氏等一群人来了，说："这是怎么说？才好好的，就闹起来。"贾琏见了人，越发"倚酒三分醉"，逞起威风来，[5]故意要杀凤姐儿。凤姐儿见人来了，便不似先前那般泼了；[6]丢下众人，便哭着往贾母那边跑。

　　此时戏已散出，凤姐跑到贾母跟前，爬在贾母怀里，只说："老祖宗救我！琏二爷要杀我呢。"[7]贾母、邢夫人、王夫人等忙问怎么了。凤姐儿哭道："我

1. 这些话听在凤姐耳朵里，对平儿大为不利。

2. 疑平儿素日有怨愤语，虽属多心，亦非平白无故。凡事写来总不脱"情理"二字。

3. 既因心有所疑，也因软的可欺。奇极！先打平儿，可是世人想得着的？（庚）

4. 三面受气，如何不急？

5. 总以为倚酒逞威能保住面子，给人以占理印象。天下小人大都如是。（庚）

6. 也为占理，不能给人以泼悍印象。天下奸雄、妒妇、恶妇大都如是，只是恨无阿凤之才耳。（庚）

7. 先营造危急严重情势。瞧她称呼。（庚）

才家去换衣裳，不防琏二爷在家和人说话，我只当是有客来了，唬得我不敢进去。在窗户外头听了一听，原来是和鲍二家的媳妇商议，说我利害，要拿毒药给我吃了，治死我，把平儿扶了正。我原气了，又不敢和他吵，原打了平儿两下，问他为什么要害我。他臊了，就要杀我。"[1] 贾母听了，都信以为真，说："这还了得！快拿了那下流种子来！"

一语未完，只见贾琏拿着剑赶来，后面许多人跟着。[2] 贾琏明仗着贾母素日疼他们，连母亲、婶母也无碍，故逞强闹了来。邢夫人、王夫人见了，气得忙拦住，骂道："这下流种子！你越发反了，老太太在这里呢！"那贾琏也斜着眼道："都是老太太惯的她，她才这样。连我也骂起来了！"邢夫人气得夺下剑来，只管喝他："快出去！"那贾琏撒娇撒痴，涎言涎语的，还只乱说。贾母气得说道："我知道你不把我们放在眼里，叫人把他老子叫来，看他去不去！"贾琏听见这话，方趔趄着脚儿出去了，赌气也不往家去，便往外书房来。

这里邢夫人、王夫人也说凤姐儿。贾母笑道："什么要紧的事！小孩子们年轻，馋嘴猫儿似的，哪里保得住不这么着。从小儿世人都打这么过的。[3] 都是我的不是，她多吃了两口酒，又吃起醋来。"说得众人都笑了。贾母又道："你放心，等明儿我叫他来替你赔不是；你今儿别过去臊着他。"因又骂："平儿那蹄子，素日我倒看她好，怎么暗地里这么坏！"[4] 尤氏等笑道："平儿没有不是，是凤丫头拿着人家出气。两口子不好对打，都拿着平儿煞性子。平儿委屈得什么似的呢，老太太还骂人家。"贾母道："原来这样，我说那孩子倒不像那狐媚魇道的。既这么着，可怜见的白受他们的气。"因叫："琥珀，来，你去告诉平儿，就说我的话：我知道她受了委屈，明儿我叫凤丫头替她赔不是。今儿是她主子的好日子，不许她胡闹。"

原来平儿早被李纨拉入大观园去了。[5] 平儿哭得哽噎难抬。宝钗劝道："你是个明白人，[6] 素日凤丫头何等待你，今儿不过她多吃了一口酒。她可不拿你出气，难道倒拿别人出气不成？别人又笑话她吃

1. 听她告状时如何改换事实真相，偏不说偷情，也无须再说。

2. 贾琏不聪明，正好替凤姐的话作证。

3. 贾母不糊涂，不论谁怎么说，怎么表演，不过是那么回事，心里明明白白，在她看来"什么要紧"，不过是"馋嘴猫儿"行为。评论家们常引这几句话来证明贾府世世代代都道德败坏，不以为耻，习以为常；或据此更严谴贾母纵容儿孙胡作非为等等。笔者以为不应对贾母责之太过。一来，此时为宽慰凤姐，劝其不必醋劲儿太大，要想得开；二来，所言的对象是"世人"，是普遍现象，非"家里人"或"我辈"，是阅人多矣、洞明世事之言。难道能说世上年轻人都能够清心寡欲吗？

4. 没有这点误会，就没有尤氏的纠正、贾母的转怜。真好文章。

5. 可知吃蟹一回非闲文也。（庚）指第三十九回写李纨对平儿特亲热、欣赏，夸她是凤姐的"总钥匙""膀臂"。

6. 宝钗处事冷静理智，有她来劝就好。必用宝钗评出，方是身分。（庚）

醉了。你只管这会子委屈，素日你的好处岂不都是
假的了？"正说着，只见琥珀走来，说了贾母的话。
平儿自觉面上有了光辉，方才渐渐地好了，也不往
前头来。宝钗等歇息了一会，方来看贾母、凤姐。

　　宝玉便让了平儿到怡红院中来。袭人忙接着，
笑道："我先原要让你的，只因大奶奶和姑娘们都让
你，我就不好让的了。"平儿也陪笑说"多谢"。因
又说道："好好儿的，从哪里说起！无缘无故白受了
一场气。"袭人笑道："二奶奶素日待你好，这不过
是一时气急了。"平儿道："二奶奶倒没说的，只是
那淫妇治的我，她又偏拿我凑趣，况还有我们那糊
涂爷，倒打我。"说着，便又委屈，禁不住落泪。宝
玉忙劝道："好姐姐，别伤心，我替他两个赔不是
罢。"[1] 平儿笑道："与你什么相干？"宝玉笑道："我
们弟兄姊妹都一样。他们得罪了人，我替他赔个不
是也是应该的。"又道："可惜这新衣裳也沾了，这
里有你花妹妹的衣裳，何不换了下来，拿些烧酒喷了，
熨一熨，把头也另梳一梳。"一面说，一面便吩咐小
丫头子们舀洗脸水，烧熨斗来。

　　平儿素日只闻人说宝玉专能和女孩儿们接交；
宝玉素日因平儿是贾琏的爱妾，又是凤姐儿的心腹，
故不肯和她厮近，因不能尽心，也常为恨事。平儿
今见他这般，心中也暗暗地掂掇："果然话不虚传，
色色想得周到。"又见袭人特特地开了箱子，拿出两
件不大穿的衣裳来与她换，便赶忙地脱下自己的衣
服，忙去洗了脸。宝玉一旁笑劝道："姐姐还该擦上
些脂粉，不然倒像是和凤姐姐赌气了似的。况且又
是她的好日子，而且老太太又打发了人来安慰你。"
平儿听了有理，便去找粉，只不见粉。宝玉忙走至
妆台前，将一个宣窑①瓷盒揭开，里面盛着一排十
根玉簪花棒，拈了一根递与平儿。又笑向她道："这
不是铅粉，这是紫茉莉花种，研碎了，兑上香料制的。"
平儿倒在掌上看时，果见轻、白、红、香，四样俱美；
扑在面上，也容易匀净，且能润泽肌肤，不似别的
粉青重涩滞。然后看见胭脂也不是成张的，却是一

1. 可笑！难怪平儿要说"与你什么相干"，你赔得着吗？然知宝玉之性情为人，就不奇怪了。作者无一处不把握住人物的特殊性格。

---

　　①　宣窑——明代宣宗宣德年间的官窑瓷器，色彩鲜艳、精致。

个小小的白玉盒子，里面盛着一盒，如玫瑰膏子一样。宝玉笑道："那市卖的胭脂都不干净，颜色也薄。这是上好的胭脂拧出汁子来，淘澄净了渣滓，配了花露蒸叠成的。只用细簪子挑一点儿，抹在手心里，用一点水化开，抹在唇上；手心里的就够打颊腮了。"平儿依言妆饰，果见鲜艳异常，且又甜香满颊。宝玉又将盆内开的一枝并蒂秋蕙用竹剪刀撷了下来，与她簪在鬓上，忽见李纨打发丫头来唤她，方忙忙地去了。[1]

　　宝玉因自来从未在平儿前尽过心——且平儿又是个极聪明、极清俊的上等女孩儿，比不得那起俗拙蠢物——深为恨怨。今日是金钏儿的生日，故一日不乐。[2]不想落后闹出这件事来，竟得在平儿前稍尽片心，亦今生意中不想之乐也。因歪在床上，心内怡然自得。忽又思及贾琏惟知以淫乐悦己，并不知作养脂粉。又思平儿并无父母兄弟姊妹，独自一人，供应贾琏夫妇二人；贾琏之俗，凤姐之威，她竟能周全妥帖，今儿还遭荼毒，想来此人薄命比黛玉犹甚。[3]想到此间，便又伤感起来，不觉凄然泪下。因见袭人等不在房内，尽力落了几点痛泪。复起身，又见方才的衣裳上喷的酒已半干，便拿熨斗熨了叠好；见她的手帕子忘去，上面犹有泪渍，又拿至脸盆中洗了晾上。[4]又喜又悲，闷了一回，也往稻香村来。说一回闲话，掌灯后方散。

　　平儿就在李纨处歇了一夜，凤姐儿只跟着贾母。贾琏晚间归房，冷清清的，又不好去叫，只得胡乱睡了一夜。次日醒了，想昨日之事，大没意思，后悔不来。邢夫人记挂着昨日贾琏醉了，忙一早过来，叫了贾琏过贾母这边来。贾琏只得忍愧前来，在贾母面前跪下。贾母问他："怎么了？"贾琏忙陪笑说："昨儿原是吃了酒，惊了老太太的驾了，今儿来领罪。"贾母啐道："下流东西，灌了黄汤，不说安分守己地挺尸去，倒打起老婆来了！凤丫头成日家说嘴，霸王似的一个人，昨儿嚷得可怜。要不是我，你要伤了她的命，这会子可怎么样？"[5]贾琏一肚子的委屈，不敢分辩，只认不是。贾母又道："那凤丫头和平儿还不是个美人胎子？你还不足，成日

1. 忽使平儿在绛芸轩中梳妆，非但世人想不到，宝玉亦想不到者也。作者费尽心机了。写宝玉最善闺阁中事，诸如胭粉等类，不写成别致文章，则宝玉不成宝玉矣。然要写，又不便特为此费一番笔墨，故思及借人发端。然借人又无人，若袭人辈，则逐日皆如此，又何必拣一日细写，似觉无味。若宝钗等，又系姊妹，更不便来细搜袭人之妆奁，况也是自幼知道的了。因左想右想，须得一个又甚亲，又甚疏，又可唐突，又不可唐突，又和袭人等极亲，又和袭人等不大常处，又得袭人辈之美，又不得袭人辈之修饰一人来，方可发端，故思及平儿一人方如此，故放手细写绛芸闺中之什物也。（庚）

2. 至此方明白说出。先不乐，然后乐，方是"喜出望外"。原来为此。宝玉之私祭，玉钏之潜哀，俱针对矣。然于此刻补明，又一法也。真千变万化之文。万法俱备，毫无脱漏，真好书也。（庚）

3. 平儿身世之不幸，居然由宝玉默想中补明，实出人意料。

4. 国外有某汉学翻译家介绍《红楼梦》，将贾宝玉误译成女性。我总纳闷，尽管宝玉确有脂粉气，且总与姊妹们混在一起，又何至于不辨男女呢？今若单看这几句，便知老外把他错当成姑娘，不足怪矣。

5. 凤姐在贾母前的表演，还是相当成功的。

家偷鸡摸狗，脏的臭的都拉了你屋里去。为这起淫妇打老婆，又打屋里的人，你还亏是大家子公子出身，活打了嘴了！你若眼睛里有我，你起来，我饶了你，乖乖地替你媳妇赔个不是，拉了她家去，我就喜欢了。[1]要不然，你只管出去，我也不敢受你的跪。"贾琏听如此说，又见凤姐儿站在那边，也不盛妆，哭得眼睛肿着，也不施脂粉，黄黄脸儿，[2]比往常更觉可怜可爱。想着："不如赔了不是，彼此也好了，又讨老太太的喜欢了。"想毕，便笑道："老太太的话我不敢不依，只是越发纵了她了。"贾母笑道："胡说！我知道她最有礼的，再不会冲撞人。她日后得罪了你，我自然也作主，叫你降伏就是了。"

贾琏听说，爬起来，便与凤姐儿作了一个揖，笑道："原来是我的不是，二奶奶饶过我罢。"满屋里的人都笑了。贾母笑道："凤丫头，不许恼了，再恼我就恼了。"说着，又命人去叫了平儿来，命凤姐儿和贾琏两个安慰平儿。贾琏见了平儿，越发图不得①，所谓"妻不如妾，妾不如偷"，[3]听贾母一说，便赶上来说道："姑娘昨日受了屈了，都是我的不是。奶奶得罪了你，也是因我而起。我赔了不是不算外，还替你奶奶赔个不是。"说着，也作了一个揖，引得贾母笑了，凤姐儿也笑了。

贾母又命凤姐儿来安慰她。平儿忙走上来给凤姐儿磕头，说："奶奶的千秋②，我惹了奶奶生气，是我该死。"凤姐儿正自愧悔昨日酒吃多了，不念素日之情，浮躁起来，为听了旁人的话，无故给平儿没脸。今反见她如此，又是惭愧，又是心酸，忙一把拉起来，落下泪来。[4]平儿道："我服侍了奶奶这么几年，也没弹我一指甲。就是昨儿打我，我也不怨奶奶，都是那淫妇治的，怨不得奶奶生气。"说着，也滴下泪来了。[5]贾母便命人将他三人送回房去："有一个再提此事，即刻来回我，我不管是谁，拿拐棍子给他一顿。"三个人从新给贾母、邢、王二位夫人磕了头。老嬷嬷答应了，送他三人回去。

_____

① 图不得——不能自持。
② 千秋——生日。此为祝颂长寿语。

1. 贾母亦善于调解夫妻纠纷。

2. 大妙大奇之文！此一句便伏下病根了。草草看去，便可惜了作者行文苦心。（庚）批书人甚细心。

3. 见不施脂粉的凤姐已觉可怜可爱，再看理过妆、施过脂粉的平儿而不自持，就难怪了。总写好色之徒神情心态。要他赔不是，还不张口就来。

4. 此种愧悔，人性之所同，真写得出！

5. 此所以为平儿也。脂评常在书中以小见大，如批此句谓：妇人女子之情毕肖，但世之大英雄羽翼偶摧，尚按剑生悲，况阿凤与平儿哉？所谓此书真是哭成的。（庚）

　　至房中，凤姐儿见无人，方说道："我怎么像个阎王，又像夜叉？那淫妇咒我死，你也帮着咒我。千日不好也有一日好。可怜我熬得连个淫妇也不如了，我还有什么脸来过这日子？"说着，又哭了。[1]贾琏道："你还不足，你细想想，昨儿谁的不是多？[2]今儿当着人，还是我跪了一跪，又赔不是，你也争足了光了。这会子还叨叨，难道还叫我替你跪下才罢？太要足了强，也不是好事。"[3]说得凤姐儿无言可对，平儿"嗤"的一声笑了。贾琏也笑道："又好了！真真我也没法了。"

　　正说着，只见一个媳妇来回说："鲍二媳妇吊死了。"[4]贾琏、凤姐儿都吃了一惊。凤姐忙收了怯色，反喝道："死了罢了，有什么大惊小怪的！"[5]一时只见林之孝家的进来，悄回凤姐道："鲍二媳妇吊死了，她娘家的亲戚要告呢。"凤姐儿笑道：[6]"这倒好了，我正想要打官司呢！"林之孝家的道："我才和众人劝了他们一回，又威吓了一阵，又许了他几个钱，也就依了。"凤姐儿道："我没一个钱！有钱也不给，只管叫他告去。也不许劝他，也不用镇吓他，只管让他告去，告不成倒问他个'移尸讹诈'！"[7]林之孝家的正在为难，见贾琏和她使眼色儿，心下明白，便出来等着。贾琏道："我出去瞧瞧，看是怎么样。"凤姐儿道："不许给他钱！"[8]

　　贾琏一径出来，和林之孝来商议，着人去作好作歹，许了二百两发送才罢。贾琏生恐有变，又命人去和王子腾说了，将番役仵作[①]人等叫了几名来，帮着办丧事。那些人见了如此，纵要复辩，亦不敢辩，只得忍气吞声罢了。贾琏又命林之孝将那二百银子入在流年账上，分别添补，开销过去。[9]又梯己[②]给鲍二些银两，安慰他说："另日再挑个好媳妇给你。"鲍二又有体面，又有银子，有何不依，便仍然奉承贾琏，[10]不在话下。

　　里面凤姐心中虽不安，面上只管佯不理论。因房中无人，便拉平儿笑道："我昨儿灌丧了酒了，你

1. 心中余忿难平，因贾母有言在先，只能来软的。辖治丈夫，此是首计，懦夫来看此句。（庚）

2. 难说，难说，都有不是，论多少不如论先后。妙！不敢自说没不是，只论多少。懦夫来看！（庚）

3. 只此句说对了。

4. 这一来方有丑事的了结，也借此使凤姐、贾琏形象更多面、丰满。倒也有气性，只是又是情景一个，可怜！（庚）

5. 立即收起怯色，反露牙竖毛，厉声怒吼。这正是凤姐。写阿凤如此。（庚）

6. 怕什么也不怕告，要打官司，岂非正撞在枪口上了？偏于此处写阿凤笑，坏哉阿凤！（庚）

7. 早有成竹在胸。写阿凤如此！（庚）

8. 说是这么说，何尝不料到暗中是要给的，但在众人前总以维护颜面、立威为要。

9. 没有银子是打发不去的，只好商之于管家，挪公款为私用了，此类弊端大概不是初次了。大弊小弊，无一不到。（庚）

10. 可悲可叹！为天下夫妻一哭。（庚）

① 番役仵作——番役，任缉捕的差役。仵作，管验尸的差役。
② 梯己——也作"体己"，有时作私房钱解，这里是私下的意思。

别愤怨。打了哪里？让我瞧瞧。"平儿道："也没打
重。"只听得说："奶奶、姑娘都进来了。"要知端的，
下回分解。

【总评】————————————————————————————————————

这一回写的是贾琏乘着庆凤姐生日举办酒宴之机，与鲍二家的偷情，被突然回家的凤姐逮住，掀起了一场醋海风波的全过程。

宴席上大家轮流来敬凤姐的酒，鸳鸯更不依不饶。不如此，凤姐就不会饮酒过量而要回房去歇歇。贾琏派小丫头设了两道防线，若不被凤姐识破叫住，就不可能将私通者逮个正着。那妇人将"平儿扶了正"等话，实代表了旁观者对阿凤、平儿的观感；不是恰好被凤姐听到，平儿也不会挨打，也就没有她到怡红院来理妆的事……如此一环扣一环，丝毫没有牵强之嫌。凤姐向贾母哭诉原委，只将事情经过略加改变，就全掩过自己泼悍一面，获取了同情。

贾母有句话，常被评说者引用，以此证明伤风败俗的丑行在贾府中历来如此，或指责贾母纵容儿孙辈胡来，即"小孩子们年轻，馋嘴猫儿似的，哪里保得住不这么着，从小儿世人都打这么过的"。她是泛指，说的是"世人"，倒似乎也并非没有一定的道理。

平儿受委屈，被李纨拉入大观园。宝钗劝慰，自是理性之言。宝玉要替他兄嫂两人向平儿赔不是。平儿笑道："与你什么相干？"此正彰显宝玉之为人，不如此，就不是宝玉了。平儿到怡红院，宝玉请她换衣、梳妆、擦脂粉，忙个不亦乐乎。他对胭脂的质地、用法之内行，还胜过女儿。这一节说宝玉"得在平儿前稍尽片心，亦今生意中不想之乐也"，回目"喜出望外"，即指他而言；同时也借此为平儿出力一写。

次日情景是风波的收尾。在贾母主持下，贾琏向凤姐作揖赔不是，也给平儿赔了不是。平儿与凤姐则互表歉疚。三人回至房中，人报"鲍二媳妇吊死了"。虽然"贾琏、凤姐儿都吃了一惊"，但凤姐仍大声呵斥，丝毫不肯示弱，声称连一个钱也不赔。还是贾琏偷偷许了二百两银子才罢，而银子则取自公款，命家人"入在流年账上，分别添补，开销过去"。

第四十五回
金兰契互剖金兰语　风雨夕闷制风雨词

【题解】

本回回目诸本一致。上句："金兰契""金兰语"，分指深挚的友情投合和挚友间的知心话。与第四十二回回目中"兰言"一词出处同，《易·系辞上》："二人同心，其利断金；同心之言，其臭（气味）如兰。"这是说，宝钗与黛玉之间结成了诚挚的友谊，互相剖白自己的真心话。下句：林黛玉在一个秋风秋雨的傍晚，为排遣内心的苦闷而吟成了《秋窗风雨夕》一诗。

话说凤姐儿正抚恤平儿，忽见众姊妹进来，忙让坐了，平儿斟上茶来。凤姐儿笑道："今儿来得这么齐全，倒像下帖子请了来的。"探春先笑道："我们有两件事：一件是我的，一件是四妹妹的，还夹着老太太的话。"[1] 凤姐儿笑道："有什么事，这么要紧？"探春笑道："我们起了个诗社，头一社就不齐全，众人脸软，所以就乱了。我想必得你去作个监社御史，铁面无私才好。再四妹妹为画园子，用的东西这般那般不全，回了老太太，老太太说：'只怕后头楼底下还有当年剩下的。找一找，若有呢，拿出来，若没有，叫人买去。'"

凤姐笑道："我又不会作什么'湿'的'干'的，[2] 要我吃东西去不成？"探春道："你虽不会作，也不要你作。你只监察着我们里头有偷安怠惰的，该怎么样罚他就是了。"凤姐儿笑道："你们别哄我，我猜着了。哪里是请我作监社御史！分明是叫我作个进钱的铜商①。[3] 你们弄什么社，必是要轮流作东道的。你们的月钱不够花了，想出这个法子来拘我去，好和我要钱。可是这个主意？"一席话说得众人都笑起来了。李纨笑道："真真你是个水晶心肝玻璃人。"[4] 凤姐儿笑道：

1. 听起来事情还不少，说穿了，只有一个字，往下看便知。

2. "诗"与"湿"谐音。

3. 一语道破。佩服，佩服！众姊妹齐登门，还能有什么事？以凤姐的本领，还能猜不到？

4. 夸她绝顶聪明，别人的心思一眼就看透。

---

① 进钱的铜商——供给钱的富商。进，进奉，供给朝廷。西汉邓通得铜山而铸钱，大富。

"亏你是个大嫂子呢！姑娘们原交给你带着念书，学规矩、针线的，她们不好，你要劝。这会子她们起诗社能用几个钱，你就不管了？老太太、太太罢了，原是老封君①。你一个月十两银子的月钱，比我们多两倍子。老太太、太太还说你'寡妇失业的'，可怜，不够用，¹又有个小子，足的又添了十两，和老太太、太太平等。又给你园子地，各人取租子。年终分年例，你又是上上份儿。你娘儿们，主子、奴才共总没十个人，吃的穿的仍旧是官中的。一年通共算起来，也有四五百银子。这会子你就每年拿出一二百两银子来，陪她们玩玩，能几年的限？她们各人出了阁，难道还要你赔不成？这会子你怕花钱，调唆她们来闹我，我乐得去吃一个河涸海干，我还通不知道呢！"

李纨笑道："你们听听，我说了一句，她就疯了，说了两车的无赖泥腿市俗专会打细算盘、分斤拨两的话出来。²这东西，亏她托生在诗书大宦名门之家做小姐，出了嫁又是这样，她还是这么着；若是生在贫寒小户人家，作个小子，还不知怎么下作贫嘴恶舌的呢！天下人都被你算计了去！昨儿还打平儿呢，亏你伸得出手来！那黄汤难道灌丧了狗肚子里去了？气得我只要给平儿打抱不平。³忖度了半日，好容易'狗长尾巴尖儿'②的好日子，又怕老太太心里不受用，因此没来，究竟气还未平。你今儿又招我来了。给平儿拾鞋也不要，你们两个只该换一个过子才是。"⁴说得众人都笑了。

凤姐忙笑道："竟不是为诗为画来找我的，这脸子竟是为平儿来报仇的。我竟不承望平儿有你这么一位仗腰子的人。早知道，便有鬼拉着我的手打她，我也不打了。平姑娘，过来！我当着大奶奶、姑娘们替你赔个不是。担待我'酒后无德'③罢。"⁵说着，众人又都笑起来了。李纨笑问平儿道："如何？我说必定要给你争争气才罢。"平儿笑道："虽如此，奶奶们取笑，我禁不起。"李纨道："什么禁不起，有我呢！快拿了钥匙叫你主子开了楼房找东西去。"凤姐儿笑道："好嫂子，

1. 为宝钗生日凑份子时，就数贾母说的这些话她记得牢。当时阻断说"且算一算账再揽事"，自是指"又有林妹妹、宝兄弟的两份子"。如今看来，不妨另作别解：李纨的进账，她算得比谁都清楚，老太太可算不过她。

2. 心直口拙之人急了，恨不得将万句话来并成一句，说死那人，毕肖！（庚）此评有见地，只是"口拙"二字还可斟酌。李纨是老实公道，可说起话来并不笨拙。能伤人的不一定都是刀子，木棍也照样可以。

3. 想到平儿意不平。

4. 说要将平儿"扶正"，谁都觉得过分；换个说法，意思还一样，又出之于大嫂子之口，却能引得众人笑。天下事往往如此。

5. 凤姐真有本领！既消了李纨的气，又给了平儿好大面子，还在众人前显得待"房里人"不错，有肚量。

① 封君——原指受封地的贵族，后亦称因丈夫或子孙显贵而受封典者。
② "狗长尾巴尖儿"的好日子——对生日的戏谑说法。传说小狗在母胎里要长足尾巴才出生。
③ 酒后无德——饮酒而神志不乱，叫"有酒德"；饮酒而醉，胡言乱语，发酒疯，叫"无酒德"。

你且同她们回园子里去。我才要把这米账和他们算一算，那边大太太又打发人来叫，又不知有什么话说，须得过去走一趟。还有年下你们添补的衣服，还没打点给他们做去。"李纨笑道："这些事我都不管，你只把我的事完了，我好歇着去，省得这些姑娘小姐闹我。"凤姐忙笑道："好嫂子，赏我一点空儿。你是最疼我的，怎么今儿为平儿就不疼我了？往常你还劝我说：'事情虽多，也该保养身子，捡点着偷空儿歇歇。'你今儿反倒逼我的命了。况且误了别人的年下衣裳无碍，她姊妹们的若误了，却是你的责任，老太太岂不怪你不管闲事，连一句现成的话也不说？我宁可自己落不是，岂敢带累你呢！"李纨笑道："你们听听，说得好不好？把她会说话的！我且问你，这诗社你到底管不管？"凤姐儿笑道："这是什么话，<u>我不入社花几个钱，不成了大观园的反叛？还想在这里吃饭不成</u>？明儿一早就到任，下马拜了印，先放下五十两银子给你们慢慢地作会社东道。过后几天——我又不作诗作文，只不过是个俗人罢了——'监察'也罢，不'监察'也罢，有了钱了，你们还撺出我来？"[1] 说得众人又都笑起来。

凤姐儿道："过会子我开了楼房，凡有这些东西，都叫人搬出来。你们看，若使得，留着使；若少什么，照你们单子，我叫人替你们买去就是了。画绢，我就裁出来，那图样没有在太太跟前，还在那边珍大爷那里呢。说给你们别碰钉子去。我打发人取了来，一并叫人连绢交给相公们矾去，如何？"李纨点头笑道："这难为你，果然这样还罢了。既如此，咱们家去罢，等着她不送了去，再来闹她。"说着，便带了她姊妹就走。凤姐儿道："<u>这些事再没两个人，都是宝玉生出来的。</u>"[2] 李纨听了，忙回身笑道："正是为宝玉来，反忘了他。头一社是他误了。我们脸软，你说该怎么罚他？"凤姐想了一想，说道："没有别的法子，<u>只叫他把你们各人屋子里的地罚他扫一遍才好。</u>"[3] 众人都笑道："这话不差。"

说着，才要回去，只见一个小丫头扶了赖嬷嬷进来。凤姐儿等忙站起来，笑道："大娘坐。"又都向她道喜。赖嬷嬷向炕沿上坐了，笑道："我也喜，主

1. 尽管凤姐对钱很在意，很精明，但她很清楚维护大家庭和谐关系，得到老太太、太太们欢心，使各房姊妹们对自己有好感，更重要得多。故立即表明不当"大观园的反叛"的态度，慷慨地放下五十两银子来，让众人皆大欢喜。这也是凤姐高明之处。

2. 谁在背后怂恿，一猜就中，以前协理宁国府办丧事，不也是由宝玉推荐，贾珍出面才请得她的。他们叔嫂间彼此都有相当的了解。

3. 宝玉何曾扫过地，不过受这样的罚，也未必不乐意。

子们也喜。若不是主子们的恩典，我们这喜从何来？昨儿奶奶又打发彩哥儿赏东西，我孙子在门上朝上磕了头了。"李纨笑道："多早晚上任去？"赖嬷嬷叹道："我哪里管他们，由他们去罢！前儿在家里给我磕头，我没好话，我说：'哥哥儿，你别说你是官儿了，横行霸道的！你今年活了三十岁，虽然是人家的奴才，一落娘胎胞，主子恩典放你出来，上托着主子的洪福，下托着你老子娘，也是公子哥儿似的读书认字，也是丫头、老婆、奶子捧凤凰似的，长了这么大。<u>你哪里知道那'奴才'两字是怎么写？</u>[1]只知道享福，也不知道你爷爷和你老子受的那苦恼，熬了两三辈子，好容易挣出你这么个东西来。<u>从小儿三灾八难，花的银子也照样打出你这么个银人儿来了。</u>[2]到二十岁上，又蒙主子的恩典，许你捐个前程在身上。你看那正根正苗的忍饥挨饿的，要多少？你一个奴才秧子，仔细折了福！如今乐了十年，不知怎么弄神弄鬼的，求了主子，又选了出来。州县官儿虽小，事情却大，为那一州的州官，就是那一方的父母。你不安分守己，尽忠报国，孝敬主子，只怕天也不容你！'"

　　李纨、凤姐儿都笑道："你也多虑。我们看他也就好。先那几年，还进来了两次，这有好几年没来了，年下生日，只见他的名字就罢了。前儿给老太太、太太磕头来，在老太太那院里，见他又穿着新官的服色，倒发的威武了，比先时也胖了。他这一得了官，正该你乐呢，反倒愁起这些来！他不好，还有他父母呢，你只受用你的就完了。闲了坐个轿子进来，和老太太斗一日牌，说一天话儿，谁好意思的委屈了你。家去一般也是楼房厦厅，谁不敬你，自然也是老封君似的了。"

　　平儿斟上茶来，赖嬷嬷忙站起来接了，笑道："姑娘不管叫哪个孩子倒来罢了，又折受我。"说着，一面吃茶，一面又道："奶奶不知道。这些小孩子们全要管得严，饶这么严，他们还偷空儿闹个乱子来，叫大人操心。知道的说小孩子们淘气；不知道的，人家就说仗着财势欺人，连主子的名声也不好。恨得我没法儿，常把他老子叫来骂一顿，才好些。"因又指宝玉道："我不怕你嫌我，如今老爷不过这么管你一管，老太

1. 借赖嬷嬷孙子从出生得主子恩赐，将他从奴才身份放出，读书享福，如今长大了，还凭主子之力捐得前程，当上了州官，来慨叹世代当奴才所受的痛苦，又勾勒出一幅当时现实社会中新暴发户的画面。

2. 说出话来全是一个世代老嬷嬷叹往昔艰难的口吻。

太护在头里。当日老爷小时，挨你爷爷的打，谁没看见的。[1] 老爷小时，何曾像你这么天不怕地不怕的了。还有那边大老爷，虽然淘气，也没像你这扎窝子①的样儿，也是天天打。还有东府里你珍哥儿的爷爷，那才是火上浇油的性子，说声恼了，什么儿子，竟是审贼！如今我眼里看着，耳朵里听着，那珍大爷管儿子，倒也像当日老祖宗的规矩，只是管的到三不着两②的。他自己也不管一管自己，这些兄弟侄儿怎么怨得不怕他？你心里明白，喜欢我说；不明白，嘴里不好意思，心里不知怎么骂我呢。"

正说着，只见赖大家的来了，接着周瑞家的、张材家的都进来回事情。凤姐儿笑道："媳妇来接婆婆来了。"赖大家的笑道："不是接她老人家的，倒是打听打听奶奶、姑娘们赏脸不赏脸。"[2] 赖嬷嬷听了，笑道："可是我糊涂了，正经说的话且不说，且说'陈谷子、烂芝麻'的混捣熟③。因为我们小子选了出来，众亲友要给他贺喜，少不得家里摆个酒。我想，摆一日酒，请这个也不是，请那个也不是。又想了一想，托主子洪福，想不到的这样荣耀，就倾了家，我也是愿意的。因此吩咐他老子连摆三日。[3] 头一日，在我们破花园子里摆几席酒，一台戏，请老太太、太太们、奶奶、姑娘们去散一日闷；外头大厅上一台戏，摆几席酒，请老爷们、爷们去增增光；第二日再请亲友；第三日再把我们两府里的伴儿请一请。热闹三天，也是托着主子的洪福一场，光辉光辉。"

李纨、凤姐儿都笑道："多早晚的日子？我们必去，只怕老太太高兴要去，也定不得。"赖大家的忙道："择了十四的日子，只看我们奶奶的老脸罢了。"凤姐笑道："别人不知道，我是一定去的。先说下，我是没有贺礼的，也不知道放赏，吃完了一走，可别笑话。"[4] 赖大家的笑道："奶奶说哪里话？奶奶要赏我们，三二万银子就有了。"赖嬷嬷笑道："我才去请老太太，老太太也说去，可算我这脸还好。"说毕，又叮咛了一回，方起身要走，因看见周瑞家的，便想起一事来，[5] 因说道："可是还有

1. 得意时总倚老卖老教训小辈，恐是其从前管教小孩习惯使然。话匣子一开，便煞不住，作为贾家几辈人生活的见证，说话间又带出许多往事作补笔。

2. 凤姐没猜对，原来是来打听消息的。赖家要办庆宴，事前并不透露。赖嬷嬷来了半日，也未提起，只顾讲别的了。如此叙事变化，为避平板也。写老年人糊涂，一得意，便忘了来贾府所为何事，也合情合理。

3. 谁都知道赖嬷嬷家已成财主，摆三日筵席，何至于便"倾了家"呢？无非要表示盛情厚意而已。

4. 看透赖家为感恩并摆一摆阔而邀，不吃白不吃，去吃是赏人家光，故拿定主意不做蚀本生意，先把话放下。是阿凤说话神理，换不得别人。

5. 又补出一事。原来是周瑞家的想借此机会，来向凤姐求情，放她儿子一马。

---

①　扎窝子——"扎窝"本指飞鸟归巢，宝玉整天在内帏里混，不思有所作为。

②　到三不着两——不得要领，不能抓在点子上。

③　混捣熟——说滥了的话，即"陈谷子、烂芝麻"之意。

一句话问奶奶：这周嫂子的儿子犯了什么不是，撵了他不用？"凤姐儿听了，笑道："正是，我要告诉你媳妇，事情多，也忘了。赖嫂子回去说给你老头子，两府里不许收留他小子，叫他各人去罢。"

赖大家的只得答应着。周瑞家的忙跪下央求。赖嬷嬷忙道："什么事？说给我评评。"凤姐儿道："前日我的生日，里头还没吃酒，他小子先醉了。老娘那边送了礼来，他不说在外头张罗，倒坐着骂人，礼也不送进来。两个女人进来了，他才带着小幺们往里抬。小幺们倒好，他拿的一盒子倒失了手，撒了一院子馒头。人去了，打发彩明去说他，他倒骂了彩明一顿。<u>这样无法无天的忘八羔子，还不撵了作什么！</u>"[1]赖嬷嬷笑道："我当什么事情，原来为这个。奶奶听我说：他有不是，打他骂他，使他改过，撵了去断乎使不得。他又比不得是咱们家的家生子儿，他现是太太的陪房。奶奶只顾撵了他，太太脸上不好看。依我说，奶奶教导他几板子，以戒下次，仍旧留着才是。不看他娘，也看太太。"凤姐儿听说，便向赖大家的说道："<u>既这样，打他四十棍，以后不许他吃酒。</u>"[2]赖大家的答应了。周瑞家的磕头起来，又要与赖嬷嬷磕头，赖大家的拉着方罢。然后他三人去了，李纨等也就回园中来。

至晚，果然凤姐命人找了许多旧收的画具出来，送至园中。宝钗等选了一回，各色东西，可用的只有一半，将那一半又开了单子，与凤姐儿去照样置买，不必细说。

一日，外面矾了绢，起了稿子进来。<u>宝玉每日便在惜春这里帮忙。</u>[3]探春、李纨、迎春、宝钗等也多往那里来闲坐，一则观画，二则便于会面。<u>宝钗因见天气凉爽，夜复渐长，</u>[4]遂至母亲房中商议，打点此针线来——<u>日间至贾母处、王夫人处省候两次，不免又承色</u>①<u>陪坐，闲话半时；园中姊妹处也要度时闲话一回，故日间不大得闲——每夜灯下女工，必至三更方寝。</u>[5]

黛玉每岁至春分、秋分之后，必犯嗽疾；今秋又遇贾母高兴，多游玩了两次，未免过劳了神，近日又复

---

① 承色——看人脸色、顺人心意的侍候。

1. 别以为赖嬷嬷来请赴宴，是求情大好时机，凤姐必碍于情面有所顾忌，这太小看了这位总理荣国府的铁娘子了。试看她当着周瑞家的面，臭骂她儿子，就知其管辖下人之严。不知主奴尊卑有别，不把差事当回事，扰乱大家庭宗法统治的秩序，这就叫"无法无天"，必得重重治他。

2. 雷霆手段。还算给了赖嬷嬷点面子，赖说"教导他几板子"，凤就下令"打他四十棍"，看你还敢不敢再犯！

3. 前宝钗有话，派宝兄弟相帮，遇难好拿去问会画的相公。自忙不暇，又加上一"帮"字，可笑可笑。所谓《春秋》笔法。（庚）

4. 秋凉天气与下写黛玉犯嗽、感伤作诗皆有干系。"复"字妙！补出宝钗每年夜长之事，皆《春秋》字法也。（庚）似求之过深，四季寒暑总是周而"复"始的。

5. 下写宝钗探视黛玉，可见是偷闲而来，愈见难得。灯下秋夕。写针线下"商议"二字，直将寡母训女多少温存活现在纸上。不写阿呆兄，已见阿呆兄终日醉饱优游，怒则吼，喜则跃，家务一概无闻之形景毕露矣。《春秋》笔法。（庚）

嗽起来，觉得比往常又重，所以总不出门，只在自己房中将养。有时闷了，又盼个姊妹来说些闲话排遣；及至宝钗等来望候她，说不得三五句话，又厌烦了。众人都体谅她病中，且素日形体娇弱，禁不得一些委屈，所以她接待不周，礼数粗忽，也都不苛责。

这日，宝钗来望他，因说起这病症来。宝钗道："这里走的几个太医，虽都还好，只是你吃他们的药，总不见效，不如再请一个高明的人来瞧一瞧，治好了岂不好？每年间闹一春夏，又不老，又不小^①，成什么？不是个常法。"[1] 黛玉道："不中用。我知道我这病是不能好的了。[2]且别说病，只论好的日子我是怎么个形景，就可知了。"宝钗点头道："可正是这话。古人说'食谷者生'^②，你素日吃的竟不能添养精神气血，也不是好事。"[3]黛玉叹道："'死生有命，富贵在天'^③，也不是人力可强的。今年比往年反觉又重了些似的。"说话之间，已咳嗽了两三次。

宝钗道："昨儿我看你那药方上，人参、肉桂觉得太多了。虽说益气补神，也不宜太热。依我说，先以平肝健胃为要，肝火一平，不能克土^④，胃气无病，饮食就可以养人了。每日早起，拿上等燕窝一两，冰糖五钱，用银铫子^⑤熬出粥来，若吃惯了，比药还强，最是滋阴补气的。"[4]黛玉叹道："你素日待人，固然是极好的，然我最是个多心的人，只当你心里藏奸。从前日你说看杂书不好，又劝我那些好话，竟大感激你。往日竟是我错了，实在误到如今。[5]细细算来，我母亲去世得早，又无姊妹兄弟，我长了今年十五岁，[6]竟没一个人像你前日的话教导我。怨不得云丫头说你好，我往日见她赞你，我还不受用，昨儿我亲自经过，才知道了。比如若是你说了那个，我再不轻放过你的；[7]你竟不介意，反劝我那些话，可知我竟自误了。若不是从前日看出来，今日这话，再不对你说。你方才说叫我吃燕窝粥的话，

----

1. 探病者常多虚礼，以为说些看去精神不错，很快就能康复之类的话，是安慰病者，自认做了好事。其实意思不大，多来了还让病者受累。宝钗全无此套，一上来就直截了当，实话实说，确是难得。

2. 生病最怕自己先失去信心，但情况也确如所言。

3. 入不敷出，如何养生？真金玉之言。

4. 直指处方用药不当，并不容易：一、要自己深通医理，说出个所以然来；二、要不怕担风险，敢于负责任；三、要想出更有效、更妥善的办法来。宝钗一一做到，所说的几句话，就算让极有修养的太医来说，也不过如此。

5. 黛玉可爱之处，非心胸狭隘者可比。一旦看出宝姊姊真心相待，便敢掏心窝子，痛悔从前，承认自己错了。其率直的真性情，令人感动。剖心之语，真不愧"金兰"之喻。

6. 黛玉才十五岁，记清。（庚）

7. 自我解剖能够如此，再无什么可保留的了。

----

①　又不老，又不小——因老幼多在床上睡，黛玉既非老，又非小，故云。
②　食谷者生——我国传统医学认为人食五谷，能养气血，食纳佳者，生命力强。
③　死生有命，富贵在天——语出《论语·颜渊》。
④　肝火一平，不能克土——中医理论以五行配五脏，有相生相克之说。肝属木，脾属土。肝火旺，即木盛，则克土，使脾胃病；肝平，则脾胃健，食纳增。
⑤　铫（diào 吊）子——亦作"吊子"，有柄有嘴的小锅，用以煎熬饮料。

虽然燕窝易得，但只我因身上不好了，每年犯这个病，也没什么要紧的去处。请大夫，熬药，人参、肉桂，已经闹了个天翻地覆，这会子我又兴出新文来，熬什么燕窝粥。老太太、太太、凤姐姐，这三个人便没话说，那些底下的婆子、丫头们，未免不嫌我太多事了。<u>你看这里这些人，因见老太太多疼了宝玉和凤丫头两个，他们尚虎视眈眈，背地里言三语四的，</u>[1]何况于我！<u>况我又不是他们这里正经主子，原是无依无靠投奔了来的，</u>[2]他们已经多嫌着我了。如今我还不知进退，何苦叫他们咒我？"

宝钗道："这样说，我也是和你一样。"黛玉道："你如何比我？你又有母亲，又有哥哥；这里又有买卖地土，家里又仍旧有房有地。你不过是亲戚的情分，白住了这里，一应大小事情，又不沾他们一文半个，要走就走了。我是一无所有，吃穿用度，一草一纸，皆是和他们家的姑娘一样，那起小人岂有不多嫌的！"<u>宝钗笑道："将来也不过多费得一副嫁妆罢了，如今也愁不到这里。"</u>[3]黛玉听了，不觉红了脸，笑道："人家才拿你当个正经人，把心里的烦难告诉你听，你反拿我取笑儿。"宝钗笑道："虽是取笑，却也是真话。你放心，我在这里一日，我与你消遣一日；你有什么委屈烦难，只管告诉我，我能解的，自然替你解一日。我虽有个哥哥，你也是知道的；只有个母亲，比你略强些。咱们也算同病相怜。你也是个明白人，何必作'司马牛之叹'①？[4]你才说的也是，多一事不如省一事。我明日家去，和妈妈说了，只怕我们家里还有，与你送几两。<u>每日叫丫头们就熬了，又便宜，又不惊师动众的。"</u>[5]黛玉忙笑道："东西是小，难得你多情如此！"宝钗道："这有什么放在口里的！只愁我人人跟前失于应候罢了。只怕你烦了，我且去了。"黛玉道："晚上再来，和我说句话儿。"宝钗答应着便去了，不在话下。

这里黛玉喝了两口稀粥，仍歪在床上。<u>不想日未落时天就变了，渐渐沥沥下起雨来。秋霖脉脉，阴晴不定，那天渐渐的黄昏，且阴得沉黑，兼着那雨滴竹</u>

1. 能自尊自爱。言语中补出大家庭在表面和乐的背后，彼此攀比妒恨，互不服气的实况。

2. 说来凄凉，难怪作者第三回便拟目称"荣国府收养林黛玉"。

3. 宝钗此一戏，直抵过通部黛玉之戏宝钗矣！又恳切，又真情，又平和，又雅致，又不穿凿，又不牵强。黛玉因识得宝钗后方吐露真情，宝钗亦识得黛玉后方肯戏也。此是大关节、大章法，非细心看不出。细思二人此时好看之极，真是儿女小窗中喁喁也。（庚）评得精彩！此是全书情节发展的重大转折。此后，再也没有黛玉含酸讥讽的事了，初期林薛间的猜疑、避嫌等等，一扫而空。

4. 通部众人必从宝钗之评定，然宝钗亦必从颦儿之评始可，何妙之至！（庚）所谓定评，应是说黛玉实不必为孤女无靠而发愁，倒应该时时留意保养身体；也是说宝钗为人之好，光有袭人、湘云夸赞还不能算数，必待黛玉也心悦诚服始可。

5. 看似偶然想起，实则必早有打算，难得她如此周到。绛珠称"情情"，生前便因受甘露之惠而誓以一生眼泪相报，此时欲报无由，能不深受感动？

---

① 司马牛之叹——司马牛是孔子的学生，曾因没有兄弟而感叹。见《论语·颜渊》。

梢，更觉凄凉。[1] 知宝钗不能来，[2] 便在灯下随便拿了一本书，却是《乐府杂稿》，有《秋闺怨》《别离怨》等词①。黛玉不觉心有所感，[3] 亦不禁发于章句，遂成《代别离》一首，拟《春江花月夜》之格，乃名其词曰《秋窗风雨夕》②。其词曰：

> 秋花惨淡秋草黄，耿耿秋灯秋夜长。
> 已觉秋窗秋不尽，哪堪风雨助凄凉！
> 助秋风雨来何速！惊破秋窗秋梦绿。
> 抱得秋情不忍眠，自向秋屏移泪烛。
> 泪烛摇摇爇短檠，牵愁照恨动离情。[4]
> 谁家秋院无风入？何处秋窗无雨声？
> 罗衾不奈秋风力，残漏声催秋雨急。
> 连宵脉脉复飕飕，灯前似伴离人泣。[5]
> 寒烟小院转萧条，疏竹虚窗时滴沥。
> 不知风雨几时休，已教泪洒窗纱湿。③

吟罢搁笔，方要安寝，丫鬟报说："宝二爷来了。"[6] 一语未完，只见宝玉头上带着大箬笠④，身上披着蓑衣，黛玉不觉笑了，说："哪里来的渔翁？"[7] 宝玉忙问："今儿好些？吃了药没有？今儿一日吃了多少饭？"[8] 一面说，一面摘了笠，脱了蓑衣，忙一手举起灯来，一手遮住灯光，向黛玉脸上照了一照，觑着眼，细瞧了一瞧，笑道："今儿气色好了些。"

黛玉看脱了蓑衣，里面只穿半旧红绫短袄，系着绿汗巾子，膝上露出绿绸撒花裤子，底下是掐金满绣的绵纱袜子，靸着蝴蝶落花鞋。黛玉问道："上头怕雨，底下这鞋袜子是不怕雨的？也倒干净。"宝玉笑道："我这一套是全的。

1. 因悔长久自误，又兼病体难痊，不免情绪低落，风雨黄昏正配合此时心境而写。

2. 多盼望宝钗能再来说说话！

3. 述黛玉作此诗缘由，作者也是暗作讥语的。"心有所感"四字便是故意含混，但绝非说黛玉有此体验而引起感触，因为那是不可能有的。这里虚拟的乐府题，本仿前人旧题，专用以写夫妻离别怨恨的。如王昌龄《闺怨》写少妇独居"悔教夫婿觅封侯"，李白《远别离》写娥皇、女英洒泪斑竹故事。黛玉《咏白海棠》有"秋闺怨女拭啼痕"句，脂评："且不脱落自己。"可知是将来的预兆。后宝玉因变故而离家不归也恰在秋天。

4. 点出"离情"。

5. 再点自己是"离人"。

6. 为暗示诗中远离者即宝玉，故一个刚搁笔，一个就进来了。

7. 这一比甚妙，读下去便知。

8. 关怀备至。一句。（庚）两句。（庚）三句。（庚）

---

① 《乐府杂稿》《秋闺怨》《别离怨》——虚拟的书名和篇名。实际上当是说宋郭茂倩《乐府诗集》一类书及《秋怨》《闺怨》《远别离》一类诗。

② 《代别离》《春江花月夜》《秋窗风雨夕》——代，拟；模仿而作。前人多有在题目上加"拟"或"代"字的仿乐府古题之诗，如鲍照有《代东门行》《拟行路难》等。《春江花月夜》，初唐张若虚的著名歌行，它将景物描写与抒写离相思之情融合成一体，多用重字、回环、复叠、蝉联（上句结尾与下句开头用词关联）等句式反复抒情，语言浅显，易于记诵，相当于通俗流行歌曲。黛玉仿此格调而作，故所拟题目《秋窗风雨夕》亦与之成对偶。

③ "秋花惨淡秋草黄"一首——"助凄凉"，庚辰本原同，后改笔作"助秋凉"，当是为增加"秋"这一重字而又能与下句蝉联而改，然作诗不当以词害意，故不从。"秋梦绿"，秋夜梦中所见草木葱茏的春夏景象。程高本作"秋梦续"，"续"与"惊破"抵触，又与下句"不忍眠"矛盾。抱得，怀着。"秋屏移泪烛"，用唐代杜牧《秋夕》诗"银烛秋光冷画屏"及其《赠别》诗"蜡烛有心还惜别，替人垂泪到天明"意。"移泪烛"，程高本作"挑泪烛"，不妥，灯草才用"挑"，烛芯只用"剪"。爇（ruò 若），点燃。檠（qíng 情），灯架，蜡烛台。脉脉，通"霢霢"，细雨连绵。

④ 箬笠——斗笠，竹篾编的衬一层箬竹叶的笠帽，防雨用具。

有一双棠木屐,才穿了来,脱在廊檐上了。"黛玉又看那蓑衣斗笠不是寻常市卖的,十分细致轻巧,因说道:"是什么草编的?怪道穿上不像那刺猬似的。"宝玉道:"这三样都是北静王送的。[1]他闲了下雨时,在家里也是这样。你喜欢这个,我也弄一套来送你。别的都罢了,惟有这斗笠有趣,竟是活的。上头的这顶儿是活的,冬天下雪,戴上帽子,就把竹信子①抽了,去下顶子来,只剩了这圈子。下雪时,男女都戴得,我送你一顶冬天下雪戴。"黛玉笑道:"我不要它。戴上那个,成个画儿上画的和戏上扮的渔婆儿了。"及说了出来,方想起话未忖度,与方才说宝玉的话相连,后悔不及,羞得脸飞红,便伏在桌上嗽个不住。[2]

宝玉却不留心,[3]因见案上有诗,遂拿起来看了一遍,又不禁叫好。黛玉听了,忙起来夺在手内,向灯上烧了。宝玉笑道:"我已背熟了,烧也无碍。"黛玉道:"我也好了些,多谢你一天来几次瞧我,下雨还来。这会子夜深了,我也要歇着,你且请回去,明儿再来。"宝玉听说,回手向怀中掏出一个核桃大小的一个金表来,[4]瞧了一瞧,那针已指到戌末亥初之间,忙又揣了,说道:"原该歇了,又扰得你劳了半日神。"说着,披蓑戴笠出去了,又翻身进来,问道:"你想什么吃?你告诉我,我明儿一早回老太太,岂不比老婆子们说得明白?"[5]黛玉笑道:"等我夜里想着了,明儿早起告诉你。你听,雨越发紧了,快去罢。可有人跟着没有?"有两个婆子答应:"有人,外面拿着伞、点着灯笼呢。"黛玉笑道:"这个天点灯笼?"宝玉道:"不相干,是明瓦②的,不怕雨。"

黛玉听说,回手向书架上把个玻璃绣球灯拿了下来,命点一支小蜡来,递与宝玉,道:"这个又比那个亮,正是雨里点的。"宝玉道:"我也有这么一个,怕她们失脚滑倒了打破了,所以没点来。"黛玉道:"跌了灯值钱,跌了人值钱?你又穿不惯木屐子。[6]那灯笼命她们前头照着。这个又轻巧又亮,原是雨里自己拿着的。你自己手里拿着这个,岂不好?明儿再送来。

1. 好!一提北静王,前宝玉私祭,也借口去北静王家。后来宝玉遭厄,淹留于狱神庙,当有北静王援手,始得经一年后回来。

2. 宝玉此次探望,只为有这句失言而写。妙极之文!使黛玉自己直说出夫妻来,却又云"画的""扮的"。本是闲谈,却是暗隐不吉之兆,所谓"画儿中爱宠"是也。谁曰不然!(庚)总不离宿命!作者对现实世界的深刻悲观主义情绪,竟使此类作谶成了最常用手法,是本书文字上的一大特色。

3. 宝玉心眼大,自然不会留心这些细节。必云"不留心"方好,方是宝玉。若着心又有何文字?且直是一时时猎色之贼矣。(庚)

4. 怀表在当时是舶来品,非与外贸大商有联络的显贵之家不能有。此句"金表"前,原文多出"一个"二字,重复了,今据文理删去。

5. 直与后部宝钗之文遥遥针对。(庚)后部之文已不可得见,难以揣测其如何"针对"。

6. 关心备至。

---

① 竹信子——也叫"竹芯子",帽顶中的竹签子。
② 明瓦——用蛎壳加工成薄片,呈半透明状,嵌在灯架上,可挡风避雨,又透光线。

就失了手也有限的，怎么忽然又变出这'剖腹藏珠'①
的脾气来！"宝玉听说，连忙接了过来。前头两个婆
子打着伞，提着明瓦灯，后头还有两个小丫鬟打着伞。
宝玉便将这个灯递与一个小丫头捧着，宝玉扶着她的
肩，一径去了。

　　就有蘅芜苑的一个婆子，也打着伞，提着灯，送
了一大包上等燕窝来，还有一包子洁粉梅片雪花洋糖，[1]
说："这比买的强。姑娘说了：'姑娘先吃着，完了再送
来。'"黛玉回说："费心。"命她外头坐了吃茶。婆子笑
道："不吃茶了，我还有事呢。"黛玉笑道："我也知道
你们忙。如今天又凉，夜又长，越发该会个夜局，痛
赌两场了。"婆子笑道："不瞒姑娘说，今年我大沾光儿
了。横竖每夜各处有几个上夜的人，误了更，也不好，
不如会个夜局，又坐了更，又解了闷。今儿又是我的
头家，如今园门关了，就该上场了。"[2]黛玉听说，笑道：
"难为你。误了你发财，冒雨送来。"命人给她几百钱，
打些酒吃，避雨气。那婆子笑道："又破费姑娘赏酒吃。"
说着，磕了一个头，外面接了钱，打伞去了。

　　紫鹃收起燕窝，然后移灯下帘，服侍黛玉睡下。
黛玉自在枕上感念宝钗，一时又羡她有母兄；一面又
想宝玉虽素日和睦，终有嫌疑。[3]又听见窗外竹梢蕉叶
之上，雨声渐沥，清寒透幕，不觉又滴下泪来。直到
四更将阑，方渐渐地睡了。暂且无话。要知端的，〔下
回分解。〕

1. 言而有信，立马兑现。

2. 指夜开赌局。几句闲话，将潭
潭大宅夜间所有之事描写一尽。
虽偌大一园，且值秋冬之夜，
岂不寥落哉？今用老妪数语，
更写得每夜深人定之后，各处
灯光灿烂，人烟簇集，柳陌之上，
花巷之中，或提灯同酒，或寒
月烹茶者，竟仍有络绎人迹不
绝，不但不见寥落，且觉更胜
于日间繁华矣。此是大宅妙景，
不可不写出；又伏下后文，且
又衬出后文之冷落。此闲话中
写出，正是不写之写也。脂砚
斋评。（庚）

3. 原本心中只有宝玉一人，现在
又多了个宝钗。

【总评】————————————————————————

　　众姊妹到凤姐处，与她谈两件事：一是诗社要凤姐做"监社御史"；一是惜春画园子，东
西不齐全。凤姐一听就明白，是向她这个总管财物的人伸手来了。有贾母之命，她当然不会拒绝，
但还是说了两车打细算盘的话。李纨提起昨日平儿挨打，要替她"打抱不平"，凤姐当众赔不是，
是对上一回的回应。

　　赖嬷嬷为其"奴才秧子"的孙子得以升州官，要摆酒，来请主子们赏光，此是插曲。她
教孙辈别忘了起家不易，有句话颇受评说者注意："你哪里知道那'奴才'两字是怎么写！"

　　宝钗探望黛玉，一来就直接对其病症和疗效提出自己不同于太医的看法，没有半句虚语
客套。因为对医理知识有充分的自信，所以也不怕代太医出主意："依我说，先以平肝健胃为要，
肝火一平，不能克土，胃气无病，饮食就可以养人了。"这才说到吃燕窝。总是尽量把自己提

————————————————————————
①　剖腹藏珠——喻只重物不重身。见《资治通鉴·唐太宗贞观元年》。

出的建议的道理说透。这实在比礼节性地探望病人，讲几句宽慰病人的好话，真诚多了。

黛玉是个聪明人，对自己病情的深浅也心里有数，只是在疾病外，精神上也还有压力，总觉得自己孤苦伶仃，是无依无靠来投奔贾府的。平时什么用度都得花人家的，因贾母宠爱，已被一些人嫉恨，现在怎么可以为养病再出新花样要吃燕窝呢？黛玉自尊心很强，不愿讨嫌，不愿背地里被人说不知进退。宝钗听了黛玉的倾诉，有的放矢地将她的顾虑一一消除，说是"你放心，我在这里一日，我与你消遣一日；你有什么委屈烦难，只管告诉我，我能解的，自然替你解一日"。这是真诚的许诺，她是这么说的，也是这么做的。就连燕窝的来源，也为她妥善解决了：将家里有的送来，以免惊师动众。这样真诚相待的态度，能不教黛玉感动吗？宝钗是个封建时代的淑女，没有叛逆性，受传统的伦理道德影响很深，但在她身上同样可以找出许多优点来。

在这次"互剖金兰语"的情节中，黛玉的自省自责态度，也同样让我们感动："我最是个多心的人，只当你心里藏奸……往日竟是我错了，实在误到如今。"如此坦诚、直率、勇敢地向宝钗承认自己的错误，真是太难得、太令人钦佩了！她的心地竟像水晶般的透明、洁净。这就是黛玉特别可爱可敬之处。

从此，钗黛间的矛盾基本上消除了。这恰好证明作者无意将她俩描写成情敌的关系，虽则在此之前，多心的黛玉常有一些猜疑，言语间时时流露出醋意。同时，她们之间真诚友谊的建立，使造成黛玉悲剧另有原因，显得更可信了。

黛玉作《秋窗风雨夕》诗，已没有《葬花吟》中那种抑塞不平之气和傲世态度，而显得更加苦闷、颓伤。病魔缠身和对昔日因多心而招致烦恼的深自悔恨，使她加重了精神负担，是她消沉的原因。

《秋闺怨》《别离怨》或《代别离》这类题目，在乐府中从来都有特定的内容，只写男女别离的愁怨，并不写背乡离亲、寄人篱下的内容。何况，此时黛玉双亲都已过世，家中别无亲人，诗中"别离""离情""离人"等语是用不上的。所以，"黛玉不觉心有所感"，感的只能是对未来命运的隐约预感。而这一预感倒恰恰被后半部佚稿中宝玉获罪、拘留于狱神庙不归，因而与黛玉生离死别的情节所证实。黛玉刚写完诗搁下笔，宝玉就进来了。黛玉先说宝玉打扮得像渔翁，接着说漏了嘴，又把自己比作"画儿上画的和戏上扮的渔婆"，因而羞红了脸。对此，用心极细的脂评揭示作者这样写的用意说："妙极之文！使黛玉自己直说出夫妻来，却又云'画的''扮的'。本是闲谈，却是暗隐不吉之兆，所谓'画儿中爱宠'是也。谁曰不然！"可知作者的宿命观念根深蒂固，并不只是警幻册子判词、红楼梦曲及"制灯谜贾政悲谶语"回才有。

第四十六回
尴尬人难免尴尬事　鸳鸯女誓绝鸳鸯偶

【题解】

本回回目诸本基本一致，唯蒙府、戚序、卞藏本"鸳鸯偶"作"鸳鸯侣"。此据庚辰本。"尴尬人"指邢夫人，她要为丈夫贾赦去讨贾母房里的鸳鸯来做小老婆，其媳妇王熙凤以为此事难行得通，徒惹贾母生气，故称"尴尬事"。果然，鸳鸯知道后，发誓不去贾赦房里，强硬地拒绝了这次一厢情愿的说媒。故这段情节又常称"鸳鸯抗婚"。"鸳鸯偶"，喻男女作成配偶。有回前脂评曰：此回亦有本而笔，非泛泛之笔也。只看他题纲用"尴尬"二字于邢夫人，可知包藏含蓄文字之中莫能量也。（庚）指出此回情节应有真事为素材。

话说林黛玉直到四更将阑，方渐渐地睡去，暂且无话。

如今且说凤姐儿因见邢夫人叫她，不知何事，忙另穿戴了一番，坐车过来。邢夫人将房内人遣出，悄向凤姐儿道："叫你来不为别的，有一件为难的事，老爷托我，我不得主意，先和你商议。[1] 老爷因看上了老太太的鸳鸯，要她在房里，叫我和老太太讨去。我想这倒是平常有的事，只是怕老太太不给，你可有法子？"凤姐儿听了，忙道："依我说，竟别碰这个钉子去。老太太离了鸳鸯，饭也吃不下去的，哪里就舍得了？[2] 况且平日说起闲话来，老太太常说，老爷如今上了年纪，作什么左一个小老婆右一个小老婆放在屋里？没的耽误了人家。放着身子不保养，官儿也不好生作去，成日家和小老婆喝酒。太太听这话，很喜欢老爷么？这会子回避还恐回避不及，反倒拿草棍儿戳老虎的鼻子眼儿去了！[3] 太太别恼，我是不敢去的。明放着不中用，而且反招出没意思来。老爷如今上了年纪，行事不妥，太太该劝才是，[4] 比不得年轻，作这些事无碍。如今兄弟、侄儿、儿子、孙子一大群，还这么闹起来，怎么见人呢？"邢夫人冷笑道："大家子三房四妾的也多，偏咱们

1. 怕是主意已定，来拉凤姐儿做帮手的。

2. 聪明人第一感觉判断正确无误。

3. 道理再明白不过，说得也足够生动，怎奈婆婆固执己见，听不进去。

4. 若能劝夫自重，也不会做尴尬事了。

就使不得？我劝了也未必依。就是老太太心爱的丫头，这么胡子苍白了又作了官的一个大儿子，要了作房里人，也未必好驳回的。¹我叫了你来，不过商议商议，你先派上了一篇不是。也有叫你要去的理？自然是我说去。²你倒说我不劝，你还不知道那性子的？劝不成，先和我恼了。"

凤姐儿知道邢夫人禀性愚弱①，只知承顺贾赦以自保，³次则婪聚财货为自得，家下一应大小事务俱由贾赦摆布；凡出入银钱事务，一经她手，便克啬异常，以贾赦浪费为名，"须得我就中俭省，方可偿补"；儿女奴仆，一人不靠，一言不听的。如今又听邢夫人如此的话，便知她又弄左性，劝了也不中用，连忙陪笑说道："太太这话说得极是。⁴我能活了多大，知道什么轻重。想来父母跟前，别说一个丫头，就是那么大的一个活宝贝，不给老爷给谁？⁵背地里的话，哪里信得？我竟是个呆子。琏二爷或有日得了不是，老爷、太太恨得那样，恨不得立刻拿来一下子打死；及至见了面，也罢了，依旧拿着老爷、太太心爱的东西赏他。如今老太太待老爷，自然也是那样了。依我说，老太太今儿喜欢，要讨，今儿就讨去。⁶我先过去哄着老太太发笑，等太太过去了，我搭讪着走开，把屋子里的人我也带开，太太好和老太太说的。给了更好，不给也没妨碍，众人也不得知道。"

邢夫人见她这般说，便又喜欢起来，⁷又告诉她道："我的主意，先不和老太太说。老太太说不给，这事便死了。我心里想着：先悄悄地和鸳鸯说，她虽害臊，我细细地告诉了她，她自然不言语，就妥了。那时再和老太太说，老太太虽不依，搁不住她愿意，常言'人去不中留'，自然这就妥了。"凤姐儿笑道："到底是太太有智谋，这是千妥万妥的。⁸别说是鸳鸯，凭她是谁，哪一个不想巴高望上、不想出头的？这半个主子不做，倒愿意做个丫头？将来配个小子，就完了。"邢夫人笑道："正是这个话了。别说鸳鸯，就是那些执事的大丫头，谁不愿意这样呢？你先过去，别露一点风声，我吃了晚饭就过来。"

1. 越说得仿佛有理，越见其愚不可及。

2. 有这句话，凤姐心里一块石头落了地。

3. "禀性愚弱"四字定评。且看凤姐如何转舵。

4. 当机立断，顷刻变脸。

5. 只顺着婆婆说过的话说，且更加码。

6. 够坏的，急着想看看执拗的婆婆如何碰钉子，如何拿草棍儿戳老虎鼻子眼儿。

7. 可笑。

8. 居然听不出真话假话，看不出赞同嘲弄，真笨到家了！

---

① 愚弱——愚蠢执拗。庚辰本作"愚儱"，"儱"即"弱"字，故下文说她"弄左性，劝了也不中用"。列藏本作"愚强"，义应同；蒙府本、戚序本作"愚拙"，当为后人所改；甲辰本、程高本作"愚弱"，更非原意。

凤姐儿暗想："鸳鸯素日是个可恶的①，虽如此说，保不严她就愿意。我先过去了，太太后过去，若她依了，便没话说；倘或不依，太太是多疑的人，只怕就疑我走了风声，使她拿腔作势的。那时太太又见应了我的话，差恼变成怒，拿我出起气来，倒没意思。不如同着一齐过去了，她依也罢，不依也罢，就疑不到我身上了。[1] 想毕，因笑道："方才临来，舅母那边送了两笼子鹌鹑，我吩咐他们炸了，原要赶太太晚饭上送过来的。我才进大门时，见小子们抬车，说太太的车拔了缝，拿去收拾去了。不如这会子坐了我的车，一齐过去倒好。"邢夫人听了，便命人来换衣服。凤姐忙着服侍了一回，娘儿两个坐车过来。凤姐儿又说道："太太过老太太那里去，我若跟了去，老太太若问起我过来作什么的，倒不好。不如太太先去，我脱了衣裳再来。"

邢夫人听了有理，便自往贾母处来，和贾母说了一回闲话，便出来，假托往王夫人房里去，从后房门出去，打鸳鸯的卧房门前过。只见鸳鸯正坐在那里做针线，见了邢夫人，忙站起来。邢夫人笑道："做什么呢？我瞧瞧，你扎的花儿越发好了。"一面说，一面便进来接她手内的针线瞧了一瞧，只管赞好。放下针线，又浑身打量。只见她穿着半新的藕合色的绫袄，青缎掐牙背心，下面水绿裙子。蜂腰削肩，鸭蛋脸面，乌油头发，高高的鼻子，两边腮上微微的几点雀斑。[2]

鸳鸯见这般看她，自己倒不好意思起来，心里便觉诧异，因笑问道："太太，这会子不早不晚的，过来做什么？"邢夫人使个眼色儿，跟的人退出。邢夫人便坐下，拉着鸳鸯的手，笑道："我特来给你道喜来了。"鸳鸯听了，心中已猜着三分，不觉红了脸，[3] 低了头，不发一言。听邢夫人道："你知道，你老爷跟前竟没个可靠的人，[4] 心里再要买一个，又怕那些人牙子②家出来的，不干不净，也不知道毛病儿，买了来家，三日两日又肏鬼吊猴的。因满府里要挑一个家生女儿收

---

① 可恶的——这里是捉摸不透的意思。
② 人牙子——人贩子。牙子，买卖经纪人。

1. 无此心机，还是凤姐吗？

2. 庸笔写人物，必在初次出场时形容一番，犹戏台上角色之亮相。作者偏不用此套，全视人物在情节进展中之需要而定，鸳鸯已出场多次，几成熟人，却到此时方细写其着装、姿容，此种艺术经验，大可借鉴。

3. 机灵人何须多言，一听便猜着了。

4. 老爷有无可靠的人，与我什么相干？脂评则所见不同：说得得体。我正想，开口一句不知如何说，如此则妙极是极，如闻如见。（庚）

了，又没个好的：不是模样儿不好，就是性子不好，有了这个好处，没了那个好处。因此冷眼选了半年，这些女孩子里头，就只你是个尖儿，[1] 模样儿，行事做人，温柔可靠，一概是齐全的。意思要和老太太讨了你去，收在屋里。你比不得外头新买的，你这一进去了，进门就开了脸，就封你姨娘，又体面，又尊贵。你又是个要强的人。俗语说的，'金子终得金子换'，谁知竟被老爷看中了你。如今这一来，你可遂了素日心高志大的愿了，[2] 也堵一堵那些嫌你的人的嘴。跟了我回老太太去！"说着，拉了她的手就要走。

鸳鸯红了脸，夺手不行。邢夫人知她害臊，便又说道："这有什么臊处？你又不用说话，只跟着我就是了。"鸳鸯只低了头不动身。邢夫人见她这般，便又说道："难道你不愿意不成？若果然不愿意，可真是个傻丫头了。[3] 放着主子奶奶不作，倒愿意作丫头？三年二年，不过配上个小子，还是奴才。你跟了我们去，你知道我的性子又好，又不是那不容人的人。老爷待你们又好。过一年半载，生下个一男半女，你就和我并肩了。家里的人，你要使唤谁，谁还不动？现成主子不做去，[4] 错过这个机会，后悔就迟了。"鸳鸯只管低了头，仍是不语。邢夫人又道："你这么个响快人，怎么又这样积粘①起来？有什么不称心之处，只管说与我，我管保你遂心如意就是了。"鸳鸯仍不语。[5] 邢夫人又笑道："想必你有老子娘，你自己不肯说话，怕臊。你等他们问你，这也是理。[6] 让我问他们去，叫他们来问你，有话只管告诉他们。"说毕，便往凤姐儿房中来。

凤姐儿早换了衣服，因房内无人，便将此话告诉了平儿。平儿也摇头笑道："据我看，此事未必妥。平常我们背着人说起话来，听她那主意未必是肯的。也只说着瞧罢了。"凤姐儿道："太太必来这屋里商议。依了还可，若不依，白讨个臊，当着你们，岂不脸上不好看。你说给她们炸些鹌鹑，再有什么配几样，预备吃饭。你且别处逛逛去，估量着去了，再来。"[7] 平儿听说，照样传给婆子们，便逍遥自在地往

① 积粘——即"滞粘"，不干脆。

1. 还用得着你说。

2. 古时，陈涉叹曰："燕雀安知鸿鹄之志哉！"鸳鸯固非鸿鹄，其志亦不大，又岂以做老爷小妾、受封姨娘为荣哉！

3. 不知究竟谁傻？

4. 这样的主子不做也罢。

5. 鸳鸯哪里是特别害臊的人，一再不语，只不过是不想冲撞大太太。

6. 一根筋，转不过弯儿来，总是说一厢情愿的话。

7. 想得周到。平儿出去逛，才有机会在园子里遇见鸳鸯向她和袭人一诉曲衷。

园子里来。

这里鸳鸯见邢夫人去了，必在凤姐儿房里商议去了，必定有人来问她的，不如躲了这里。[1]因找了琥珀说道："老太太要问我，只说我病了，没吃早饭，往园子里逛逛就来。"琥珀答应了。鸳鸯也往园子里来，各处游玩，不想正遇见平儿。平儿因见无人，便笑道："新姨娘来了！"[2]鸳鸯听了，便红了脸，说道："怪道你们串通一气来算计我！等着我和你主子闹去就是了。"平儿听了，自悔失言，便拉她到枫树底下，[3]坐在一块石上，索性把方才凤姐过去回来所有的形景言词，始末原由，告诉与她。鸳鸯红了脸，向平儿冷笑道："这是咱们好，比如袭人、琥珀、素云、紫鹃、彩霞、玉钏儿、麝月、翠墨，跟了史姑娘去的翠缕，死了的可人和金钏，去了的茜雪，连上你我，[4]这十来个人，从小儿什么话儿不说？什么事儿不作？这如今都大了，各自干各自的去了，[5]然我心里仍是照旧，有话有事，并不瞒你们。这话我先放在你心里，且别和二奶奶说：别说大老爷要我做小老婆，就是太太这会子死了，他三媒六聘地娶我去做大老婆，我也不能去。"[6]

平儿方欲笑答，只听山石背后哈哈地笑道："好个没脸的丫头，亏你不怕牙碜①。"二人听了，不免吃了一惊，忙起身向山石背后找寻，不是别人，却是袭人笑着走了出来，问："什么事情？告诉我。"说着，三人坐在石上。平儿又把方才的话说与袭人听，袭人道："真真这话，论理不该我们说，这个大老爷也太好色了，[7]略平头正脸的，他就不放手了。"平儿道："你既不愿意，我教你个法子，不用费事就完了。"[8]鸳鸯道："什么法子？你说来我听。"平儿笑道："你只和老太太说，就说已经给了琏二爷了，大老爷就不好要了。"[9]鸳鸯啐道："什么东西！你还说呢！前儿你主子不是这么混说的？谁知应到今儿了！"[10]袭人笑道："他们两个都不愿

1. 终不免女儿气，不知躲在哪里方无人来罗皂，写得可怜可爱。（庚）

2. 虽是打趣，却出于两人素日要好，无话不谈，故脱口而出，非存心要讥刺挖苦也。

3. 随笔带出妙景。正愁园中草木黄落，不想看此一句，便恍如置身于千霞万锦、绛雪红霜之中矣。（庚）稍嫌夸张。

4. 余按此一算，亦是十二钗。真镜中花，水中月，云中豹，林中之鸟，穴中之鼠，无数可考，无人可指，有迹可追，有形可据，九曲八折，远响近影，迷离烟灼，纵横隐现，千奇百怪，眩目移神，现千手千眼大游戏法也。脂砚斋。（庚）稍嫌夸张。

5. 说来不免有几分悲凉。此语已可伤，犹未各自干各自去，日后更有各自之处也，知之乎？（庚）

6. 有志气！可知也有丫头不慕虚荣，不稀罕当奶奶的。能不受制于人，活得快乐自在，比什么都重要。或以为鸳鸯只是感主子知遇之恩，决心矢忠于贾母，以封建道德来解说，未必是真正理解她。

7. 一语道破。

8. 读来一喜，都想听听是什么好法子。

9. 原来只是一句玩笑话，也只有知心好友才肯这么说。

10. 所谓"混说""应到今儿"，指的是前螃蟹宴上，鸳鸯取笑凤姐，凤姐回说："你和我少作怪，你知道你琏二爷爱上你了，要和老太太讨了你作小老婆呢！"行文前后一一呼应如此。

---

① 牙碜（chěn）——令人肉麻，受不了。原意谓食物中夹砂石，嚼起来硌牙，皮肤为之起栗。

意，我就和老太太说，叫老太太说把你已经许了宝玉了，大老爷也就死了心了。"¹ 鸳鸯又是气，又是臊，又是急，因骂道："两个蹄子不得好死的！人家有为难的事，拿着你们当正经人，告诉你们，与我排解排解，你们倒替换着取笑儿。你们自为都有了结果了，将来都是做姨娘的。据我看，天下的事，未必都遂心如意。你们且收着些儿，别试乐过了头儿！"²

　　二人见她急了，忙陪笑央告道："好姐姐，别多心，咱们从小儿都是亲姊妹一般，不讨无人处偶然取个笑儿。³ 你的主意告诉我们知道，也好放心。"鸳鸯道："什么主意！我只不去就完了。"平儿摇头道："你不去，未必得干休。大老爷的性子，你是知道的。虽然你是老太太房里的人，此刻不敢把你怎么样，将来难道你跟老太太一辈子不成？也要出去的。那时落了他的手，倒不好了。"鸳鸯冷笑道："老太太在一日，我一日不离这里，若是老太太归西去了，他横竖还有三年的孝呢，没个娘才死了，他先收小老婆的！等过了三年，知道又是怎么个光景？那时再说。纵到了至急为难，我剪了头发作姑子去；不然，还有一死。一辈子不嫁男人，又怎么样？乐得干净呢！"^{①4} 平儿、袭人笑道："真个这蹄子没了脸，越发信口儿都说出来了。"鸳鸯道："事到如此，臊一回子怎么样？你们不信，慢慢地看着就是了。太太才说了，找我老子娘去。我看她南京找去！"平儿道："你的父母都在南京看房子，没上来，终究也寻得着。现在还有你哥哥、嫂子在这里。可惜你是这里的家生女儿，不如我们两个人是单在这里。"鸳鸯道："家生女儿怎么样？'牛不吃水强按头'？我不愿意，难道杀我的老子娘不成！"

　　正说着，只见她嫂子从那边走来。⁵ 袭人道："当时找不着你的爹娘，一定和你嫂子说了。"鸳鸯道："这个娼妇，专管是个'九国贩骆驼的^②'，听了这话，她有个不奉承去的！"说话之间，已来到跟前。她嫂子笑道：

1. 袭人也来这么一下子，但也非言出无因，第二十四回鸳鸯来到怡红院，宝玉曾要吃她嘴上的胭脂，被鸳鸯叫袭人"出来瞧瞧"才罢。这些事女儿们大概都会记住。

2. 随口回敬袭人的话，谁料又成谶语，不幸言中。

3. 干净了结取笑，言归正传。

4. 真情表白已清楚说出作者原构思中鸳鸯的结局，正是她名字的反义："一辈子不嫁男人"。绝非落到了贾赦手里。事情是明摆着的：一、享福人贾母归西何时，说不准；二、再加三年守孝，更不知到何时了；三、那时光景早已大变，贾赦先获罪"致使锁枷杠"了（见首回脂评）；四、出路也想过了，首先是"那时再说"，万一遇急难，还可做尼姑。至于说"不然，还有一死"，实在只不过是一句表示"不从"的口头常语，连袭人也说过。第三十六回宝玉说她再要离去，就"没意思"，袭人反驳说："有什么没意思，难道做了强盗贼，我也跟着罢？再不然，还有一个死呢。人活百岁，横竖要死，这一口气不在，听不见看不见就罢了。"你看，说得比鸳鸯还狠呢。可知"殉主"之想，鸳鸯从未有过。

5. 说到曹操，曹操就到。

---

① 一辈子不嫁男人，又怎么样？乐得干净呢——鸳鸯结局实即如此。小说中人名，有些是取其反义的，如贾赦后来"致使锁枷杠"，实是"不赦"；晴雯的遭遇恰恰是"乌云浊雾"；鸳鸯亦如此，她偏偏不是双栖而是独宿。参见拙著《论红楼梦佚稿》中《鸳鸯没有死》。戚序本回末有评："鸳鸯女从热闹中别具一幅肠胃，不轻许人一事，是宦途中药石仙方。"批书人从鸳鸯不轻许人，联想到官场上也只有如此方可保全自己；则其所了解到佚稿中的鸳鸯，必不悬梁"殉主"，所以才比之为"药石仙方"。

② 九国贩骆驼的——喻好管闲事、到处招揽钻营的人。甲辰、程高本"九国"作"六国"。

"哪里没找到，姑娘跑了这里来！你跟了我来，我和你说话。"平儿、袭人都忙让坐。他嫂子说："姑娘们请坐，我找我们姑娘说句话。"袭人、平儿都装不知道，笑道："什么这样忙？我们这里猜谜儿，赢手批子打呢，等猜了这个再去。"鸳鸯道："什么话？你说罢。"她嫂子笑道："你跟我来，到那里我告诉你，横竖有好话儿。"鸳鸯道："可是大太太和你说的那话？"[1]他嫂子笑道："姑娘既知道，还奈何我！快来，我细细地告诉你，可是天大的喜事！"

　　鸳鸯听说，立起身来，照她嫂子脸上下死劲啐了一口，指着她骂道：[2]"你快夹着屁嘴离了这里，好多着呢！什么'好话'！宋徽宗的鹰，赵昂的马，都是好画儿。什么'喜事'！状元痘儿灌的浆又满是喜事①。怪道成日家羡慕人家女儿做了小老婆，一家子都仗着她横行霸道的，一家子都成了小老婆了！看得眼热了，也把我送在火坑里去。我若得脸呢，你们在外头横行霸道，自己就封自己是舅爷了；我若不得脸，败了时，你们把忘八脖子一缩，生死由我去！"[3]一面骂，一面哭，平儿、袭人拦着劝。她嫂子脸上下不来，因说道："愿意不愿意你也好说，不犯着牵三挂四的。俗语说，'当着矮人，别说短话'。姑奶奶骂我，我不敢还言；这二位姑娘并没惹着你，'小老婆'长，'小老婆'短，人家脸上怎么过得去？"[4]袭人、平儿忙道："你倒别这么说，她也并不是说我们，你倒别牵三挂四的。你听见哪位太太、太爷们封我们做小老婆？况且我们两个也没有爹娘、哥哥、兄弟在这门子里仗着我们横行霸道的。她骂的人自有她骂的，我们犯不着多心。"鸳鸯道："她见我骂了她，她臊了，没得盖脸，又拿话挑唆你们两个。幸亏你们两个明白，原是我急了，也没分别出来，她就挑出这个空儿来。"她嫂子自觉没趣，赌气去了。

　　鸳鸯气得还骂，平儿、袭人劝她一回，方罢了。平儿因问袭人道："你在那里藏着做什么的？我们竟没看见你。"袭人道："我因为往四姑娘房里瞧我们宝二

1. 问得好，不说也知道。

2. 收起和颜悦色，顷刻变成一头护崽发怒的母狮，恨不得一口咬住嫂子喉咙，将她撕个粉碎。

3. 泼辣尖刻，痛快淋漓！

4. 小人伎俩，见处于劣势，便施挑拨。

---

①　状元痘儿灌的浆又满是喜事——状元痘即天花痘疹，疹发出灌浆饱满，可转危为安，故曰"喜事"，亦对其嫂所言的嘲讽。

爷去的，¹谁知迟了一步，说是来家里来了。我疑惑怎么不遇见呢，想要往林姑娘家里找去，又遇见她的人说也没去。我这里正疑惑是出园子去了，可巧你从那里来了，我一闪，你也没看见。后来她又来了。我从这树后头走到山子石后，我却见你两个说话来了，谁知你们四个眼睛没见我。"

　　一语未了，又听身后笑道："四个眼睛没见你？你们六个眼睛竟没见我！"三人吓了一跳，回身一看，不是别个，正是宝玉走来。²袭人先笑道："叫我好找，你哪里来？"宝玉笑道："我从四妹妹那里出来，迎头看见你来了，我就知道是找我去的，我就藏了起来哄你。看你低着头过去，进了院子又出来了，逢人就问。我在那里好笑，只等你到了跟前，吓你一跳的，后来见你也藏藏躲躲的，我就知道也是要哄人了。我探头往前看了一看，却是她两个，所以我就绕到你身后。你出去，我就躲在你躲的那里了。"平儿笑道："咱们再往后找找去，只怕还找出两个人来，也未可知。"³宝玉笑道："这可再没有了。"鸳鸯已知话俱被宝玉听了，只伏在石头上装睡。宝玉推她笑道："这石头上冷，咱们回房里去睡，岂不好？"说着，拉起鸳鸯来，又忙让平儿来家吃茶。平儿和袭人都劝鸳鸯走，鸳鸯方立起身来，四人竟往怡红院来。宝玉将方才的话俱已听见，此时心中自然不快，⁴只默默地歪在床上，任她三人在外间说笑。

　　外边邢夫人因问凤姐儿鸳鸯的父母，凤姐因说："她爹的名字叫金彩，⁵两口子都在南京看房子，从不大上京。她哥哥金文翔，⁶现在是老太太那边的买办。她嫂子也是老太太那边浆洗上的头儿。"⁷邢夫人便命人叫了她嫂子金文翔媳妇来，细细说与她。金家媳妇自是喜欢，兴兴头头去找鸳鸯，指望一说必妥，不想被鸳鸯抢白一顿，又被袭人、平儿说了几句，羞恼回来，便对邢夫人说："不中用，她倒骂了我一场。"因凤姐儿在旁，不敢提平儿，只说："袭人也帮着她抢白我，说了许多不知好歹的话，回不得主子的。太太和老爷商议再买罢。谅那小蹄子也没有这么大福，我们也没有这么大造化。"邢夫人听了，因说道："又与袭人什么相干？她们如何知道的？"又问："还有谁在跟

1. 先提宝二爷，不使下文突兀。

2. 通部情案，皆必从石兄挂号，然各有各稿，穿插神妙。（庚）作者假托小说为石头所记自身经历的故事，而石头即宝玉脖子上挂的通灵玉，所以非关宝玉的"情案"，也总是"穿插"着宝玉出场。

3. 有人窥听，反而不知，无人时，却要找，写此种心理，令凑巧之事不露穿凿痕迹。

4. 闻女儿出嫁必不快，何况是大老爷想占鸳鸯。

5. 姓金名彩，由"鸳鸯"二字化出，因文而生文也。（庚）

6. 更妙。（庚）

7. 只鸳鸯一家，写得荣府中人各有各职，如目已睹。（庚）

前?"金家的道:"还有平姑娘。"凤姐儿忙道:"你不该拿嘴巴子打她回来? 我一出了门,她就逛去了,回家来连一个影儿也摸不着她! 她必定也帮着说什么来!"[1]金家的道:"平姑娘没在跟前,远远地看着倒像是她,可也不真切,不过是我白忖度。"[2]凤姐便命人:"去快找了她来,告诉她我来家了,太太也在这里,请她来帮个忙儿。"丰儿忙上来回道:"林姑娘打发了人下请字,请了三四次。她才去了。奶奶一进门,我就叫她去的。林姑娘说:'告诉你奶奶,我烦她有事呢。'"凤姐儿听了,方罢,故意地还说:"天天烦她,有些什么事!"[3]

邢夫人无计,吃了饭回家,晚间告诉了贾赦。贾赦想了一想,即刻叫贾琏来,说:"南京的房子还有人看着,不止一家,即刻叫上金彩来。"贾琏回道:"上次南京信来,金彩已经得了痰迷心窍,那边连棺材银子都赏了,不知如今是死是活,便是活着,人事不知,叫来也无用。他老婆子又是个聋子。"[4]贾赦听了,喝了一声,又骂:"下流囚攮的! 偏你这么知道,还不离了我这里!"唬得贾琏退出,一时又叫传金文翔。贾琏在外书房伺候着,又不敢家去,又不敢见他父亲,只得听着。一时金文翔来了,小幺儿们直带入二门里去,隔了五六顿饭的工夫,才出来去了。贾琏暂且不敢打听,隔了一会,又打听贾赦睡了,方才过来。至晚间,凤姐儿告诉他,方才明白。

鸳鸯一夜没睡,至次日,她哥哥回贾母,接她家去逛逛,贾母允了,命她出去。鸳鸯意欲不去,又怕贾母疑心,只得勉强出来。[5]她哥哥只得将贾赦的话说与她,又许她怎么体面,又怎么当家作姨娘。鸳鸯只咬定牙不愿意。她哥哥无法,少不得去回复了贾赦。贾赦怒起来,因说道:"我这话告诉你,叫你女人向她说去,就说我的话:'自古嫦娥爱少年',她必定嫌我老了,大约她恋着少爷们,多半是看上了宝玉,只怕也有贾琏。若有此心,叫她早早歇了,我要她不来,以后谁还敢收? 此是一件。第二件,想着老太太疼她,将来自然往外聘作正头夫妻去。叫她细想,凭她嫁到谁家,也难出我的手心。除非她死了,或是终身不嫁男人,我就服了她!"[6]若不然时,叫她趁早回心转意,有多少好处。"贾赦说一句，金文翔应一声"是"。贾赦道："你别哄我，我明儿还打发你太太过去问鸳鸯，你们说了，她不依，便没你们的不是，若问她，她再依了，仔细你的脑袋！"

金文翔忙应了又应，退出回家，也等不得告诉他女人转说，竟自己对面说了这话。把个鸳鸯气得无话可回，想了一想，便说道："我便愿意去，也须得你们带了我回声老太太去。"[1] 她哥嫂听了，只当回想过来，都喜之不尽。她嫂子即刻带了她上来见贾母。

可巧王夫人、薛姨妈、李纨、凤姐儿、宝钗等姊妹并外头的几个执事有头脸的媳妇，都在贾母跟前凑趣儿呢。鸳鸯喜之不尽，[2] 拉了她嫂子，到贾母跟前跪下，一行哭，一行说，把邢夫人怎么来说，园子里她嫂子又如何说，今儿她哥哥又如何说，"因为不依，方才大老爷索性说我恋着宝玉，不然要等着往外聘，凭我到天上，这一辈子也跳不出他的手心去，终究要报仇。我是横了心的，当着众人在这里，我这一辈子别说是'宝玉'，便是'宝金''宝银''宝天王''宝皇帝'，竖横不嫁人就完了！[3] 就是老太太逼着我，我一刀子抹死了，也不能从命！若有造化，我死在老太太之先；若没造化，该讨吃的命，服侍老太太归了西，我也不跟着我老子娘、哥哥去，我或是寻死，或是剪了头发当尼姑去！若说我不是真心，暂且拿话来支吾。日后再图，天地鬼神，日头月亮照着嗓子，从嗓子里头长疔烂了出来，烂化成酱在这里"！[4] 原来她一进来时，便袖了一把剪子，一面说着，一面左手打开头发，右手便铰，众婆娘、丫鬟忙来拉住，已剪下半绺来了。众人看时，幸而她的头发极多，铰得不透，连忙替她挽上。

贾母听了，气得浑身乱战，口内只说："我通共剩了这么一个可靠的人，他们还要来算计！"因见王夫人在旁，便向王夫人道："你们原来都是哄我的！外头孝敬，暗地里盘算我。[5] 有好东西也来要，有好人也来要，剩了这么个毛丫头，见我待她好了，你们自然气不过，弄开了她，好摆弄我！"王夫人忙站起来，不敢还一言。[6] 薛姨妈见连王夫人怪上，反不好劝的了。李纨一听见鸳鸯这话，早带了姊妹们出去。[7] 探春

1. 这一想，主意已定。

2. 所想的办法正须人多，好摊开在光天化日之下，所以大喜也。

3. 横下心来，当众宣称一辈子不嫁人，句句掷地有声。或有研究者称当时文禁严酷，曹雪芹之伟大在于敢借题发挥，骂最高统治者"宝皇帝"，据说就是乾隆皇帝。如此研究《红楼梦》，真能让作者吓出一身冷汗。

4. 破釜沉舟，可泣鬼神。

5. 老太太气糊涂了，有之，有之。

6. 王夫人毕竟老实。千奇百怪，王夫人亦有罪乎？老人家迁怒之言，必应如此。（庚）

7. 此话此事，实非家庭伦理教化所宜，尤不宜小辈们掺和，故大嫂子忙带姊妹们出去。

有心的人，想王夫人虽有委屈，如何敢辩；薛姨妈现是亲姊妹，自然也不好辩的；宝钗也不便为姨母辩；李纨、凤姐、宝玉一概不敢辩；这正用着女孩儿之时，迎春老实，惜春小，因此，窗外听了一听，便走进来，陪笑向贾母道："这事与太太什么相干？老太太想一想，也有大伯子要收屋里的人，小婶子如何知道？便知道，也推不知道。"[1]

犹未说完，贾母笑道："可是我老糊涂了！[2]姨太太别笑话我。你这个姐姐她极孝顺我，不像我那大太太一味怕老爷，婆婆跟前不过应景儿。可是我委屈了她。"薛姨妈只答应"是"，又说："老太太偏心，多疼小儿子媳妇，也是有的。"贾母道："不偏心！"因又说："宝玉，我错怪了你娘，你怎么也不提我，看着你娘委屈？"宝玉笑道："我偏着娘说大爷大娘不成？通共一个不是，我娘在这里不认，却推给谁去？我倒要认是我的不是，老太太又不信。"[3]贾母笑道："这也有理。你快给你娘跪下，你说：太太别委屈了，老太太有年纪了，看着宝玉罢。"宝玉听了，忙走过去，便跪下要说；王夫人忙笑着拉他起来，说："快起来，快起来，断乎使不得！终不成你替老太太给我赔不是不成？"宝玉听说忙站起来。[4]贾母又笑道："凤姐儿也不提我。"[5]

凤姐儿笑道："我倒不派老太太的不是，老太太倒寻上我了？"[6]贾母听了，与众人都笑道："这可奇了！倒要听听这不是。"凤姐儿道："谁教老太太会调理人，调理得水葱儿似的，怎么怨得人要？我幸亏是孙子媳妇，若是孙子，我早要了，还等到这会子呢！"[7]贾母笑道："这倒是我的不是了？"凤姐儿笑道："自然是老太太的不是了。"贾母笑道："这样，我也不要了，你带了去罢！"凤姐儿道："等着修了这辈子，来生托生男人，我再要罢。"贾母笑道："你带了去，给琏儿放在屋里，看你那没脸的公公还要不要了！"[8]凤姐儿道："琏儿不配，就只配我和平儿这一对烧糊了的卷子①和他混罢。"[9]说得众人都笑起来了。

丫鬟回说："大太太来了。"王夫人忙迎了出去。

1. 值此关键时刻，方见出探春有见识，有胆量，有才干，有担当。

2. 自认糊涂者必不糊涂。

3. 宝玉也善言词，说的也是理。

4. 宝玉亦有罪？（庚）

5. 怪到凤姐头上，便有妙语可听了。阿凤也有了罪？奇奇怪怪之文，所谓《石头记》不是作出来的。（庚）

6. "语不惊人死不休"，这样的话，谁想得到？

7. 爱新觉罗·永忠曾以"混沌一时七窍凿"的诗句来赞曹雪芹的绝顶聪明，若移之于凤姐身上，谁曰不宜？以责怪为奉承，亏她想得出这样的话来。

8. 真是妙不可言！凤姐、平儿都说过这一戏言，现在居然轮到贾母也这样说，可是想得到的？

9. 妙语。一场双方施尽全力的紧张决战，居然以如此轻松的谐笑来结束，又谁能想得到？

---

①　烧糊了的卷子——烧焦了的面食。喻面目黑丑。卷子，馒头的一种。

要知端的，〔下回分解。〕

【总评】

　　这一回从头到尾没有穿插其他不相干的情节，写的只是一件事：鸳鸯抗婚。

　　邢夫人将她儿媳妇凤姐儿叫去，告诉她老爷想讨鸳鸯。凤姐是头脑很清醒、对人相当了解、能准确判断情势的人，所以立即表示此事办不成，自己也不敢去说，要太太劝老爷作罢。邢夫人很不高兴，也想不通，说"也有叫你要去的理？自然是我说去"。"凤姐知道邢夫人禀性愚犟"，好"弄左性"，"劝了也不中的"，既说由她说去，没自己的事，马上就见风转舵，赔笑表示赞同，还怂恿说"老太太今儿喜欢，要讨，今儿就讨去"，存心让她去碰钉子。自己则谨慎行事，以防事不谐，疑心到是自己"走了风声"或从中作梗。邢夫人和凤姐都写得很到位。

　　写鸳鸯拒绝议婚的经过，有几个层次：一、邢夫人找她说，她只是红脸，不言语；拉她走，她也"夺手不行"。邢夫人还当她害羞，不信她真会不愿意，正见其愚。二、鸳鸯避人，躲到大观园里去，遇上平儿和袭人，都是她"从小儿什么话儿不说"的好友，这就给了她吐露心里真实想法的机会；平、袭是说了几句密友间并无恶意的"取笑儿"的话，但这只能激得她把心里话说得更透彻。三、鸳鸯的嫂子来作说客，这又给了鸳鸯发泄心中愤怒的机会，所以把那个"九国贩骆驼的"嫂子骂得个狗血淋头，若在太太、奶奶面前说，就不能如此淋漓痛快。四、她哥哥金文翔来说，"鸳鸯只咬定牙不愿意"，她哥哥只得回复贾赦，使贾赦发怒，讲出"难出我的手心"一类狠话来威胁，还要她哥带话回去再问。至此，鸳鸯意识到不得不最后摊牌了。所以反而说："我便愿意去，也须得你们带了我回声老太太去。"便拉着她嫂子去见贾母。于是演出了悲情感人、破釜沉舟的一幕，把情节发展推向了高潮。

　　当着贾母和恰好"都在贾母跟前凑趣儿"的众人面，鸳鸯把事情和盘托出，从邢夫人、她嫂子哥哥到大老爷，如何轮番来说，如何放下威胁、诽谤的话来，原原本本地说了。其中表明自己心迹的最核心的一句话是："我这一辈子别说是'宝玉'，便是'宝金''宝银''宝天王''宝皇帝'，竖横不嫁人就完了！"这意思在园中对平儿、袭人也说过："一辈子不嫁男人，又怎么样？乐得干净呢。"至于做尼姑，去寻死，那是遇万不得已情况，为表不屈的决心而极言之的话，并非其意愿。所以鸳鸯后来的命运极可能是终身独居。续书写其"殉主"是看偏了，忘了她说过的话："若是老太太归西去了，他横竖还有三年的孝呢，没个娘才死了，他先收小老婆的；等过了三年，知道又是怎么个光景？那时再说。"从无殉主之想。贾赦是说过"也难出我手心"的话，可这样的虚声恫吓当不了真。就算真一直存着"终究要报仇"的念头，他后来自己"致使锁枷杠"了，先被别人报了仇，还谈什么娶妾。鸳鸯对平儿、袭人说："据我看，天下的事，未必都遂心如意"，这话还真说着了。此书中有以反义为人名者，如大恶不赦之人，偏叫"赦"；命运如"乌云浊雾"者，却叫"晴雯"；名为"鸳鸯"，原来是永远不成双的。回目"誓绝鸳鸯偶"，也是发誓不嫁人的意思。

　　过分强调此书政治性而又处处寻找微言大义者，有因鸳鸯说了"宝皇帝"一词而以为作者借此大胆讥刺最高封建统治者。其实，这与雍正或乾隆皇帝有什么相干？小说正不该如此读。

　　此回自凤姐被邢夫人叫去起，到凤姐调笑贾母会调理人结，首尾相应。

第四十七回
呆霸王调情遭苦打　冷郎君惧祸走他乡

【题解】

　　本回回目诸本大同小异，基本一致，唯蒙府、戚序、卞藏本"苦打"作"毒打"；卞藏本"他乡"作"别乡"，此用庚辰本。回目所标内容，只占此回后一半篇幅，前半则是上回鸳鸯抗婚的余音。又回目两句，实际写到的只有前一句。呆霸王薛蟠有玩弄同性优伶娈童之癖，所谓"龙阳"之好。他把席间见到的会串戏却有豪侠之气的柳湘莲误当成可侮弄对象而向他调情，结果被柳骗到郊外，给他一顿痛打。贾府派人找到受伤起不来的薛蟠后，将他抬回家中养伤。后一句中的"冷郎君"即指柳湘莲，因为他被视作"冷心冷面"的人而并非姓冷。"惧祸走他乡"事，书中并未实写，所谓"柳湘莲一时酒后放肆，如今酒醒，后悔不及，惧罪逃走了"，只不过是薛姨妈不愿再生事，编出来哄儿子的话。但柳湘莲远走他乡是肯定的。因为在遇见薛蟠前，曾于酒席间对宝玉说过："眼前我还要出门去走走，外头逛个三年五载再回来。"宝玉问他为何，他仅以"你不知道我的心事"作答，显得相当神秘。

　　话说王夫人听见邢夫人来了，连忙迎了出去。邢夫人犹不知贾母已知鸳鸯之事，正还要来打听信息。进了院门，早有几个婆子悄悄地回了她，她方知道。待要回去，里面已知；又见王夫人接了出来，[1]少不得进来，先与贾母请安，贾母一声儿不言语，自己也觉得愧悔。凤姐儿早指一事回避了。鸳鸯也自回房去生气。薛姨妈、王夫人等恐碍着邢夫人的脸面，也都渐渐地退了。邢夫人且不敢出去。

　　贾母见无人，方说道："我听见你替你老爷说媒来了。你倒也三从四德的①，只是这贤惠也太过了！你们如今也是孙子儿子满眼了，你还怕他，劝两句都使不得？还由着你老爷的那性儿闹。"邢夫人满面通红，回道："我劝过几次不依。老太太还有什么不知道的呢，我也是不得已儿。"贾母道："他逼着你杀人，你也杀去？[2]如今你也想想，你兄弟媳妇本来老实，又生得多病多痛，上上下下哪不是她

> 1. 进退两难，这才是真的尴尬。

> 2. 虽不是杀人，仗势逼人去卖身也差不多。以下贾母为邢夫人详述为何不能放走鸳鸯的道理。

---

① 三从四德——封建妇道。三从，指妇女幼从父兄，嫁从夫，夫死从子。四德，指妇女的品德、辞令、仪容、女工。

操心？你一个媳妇虽然帮着，也是天天'丢下笆儿弄扫帚'。凡百事情，我如今都自己减了。她们两个就有一些不到的去处，有鸳鸯，那孩子还心细些，我的事情，她还想着一点子：该要去的，她就要了来；该添什么，她就度空儿告诉她们添。鸳鸯再不这样，她娘儿两个，里头外头，大的小的，哪里不忽略一件半件？我如今反倒自己操心去不成？还是天天盘算，和你们要东西去？我这屋里有的没的，剩了她一个，年纪也大些，我凡百的脾气性格儿，她还知道些。二则她还投主子们的缘法，也并不指着我和这位太太要衣裳去，又和那位奶奶要银子去。所以这几年，一应事情，她说什么，从你小婶和你媳妇起，以至家下大大小小，没有不信的。所以不单我得靠，连你小婶、媳妇也都省心。我有了这么个人，便是媳妇和孙子媳妇有想不到的，我也不得缺了，也没气可生了。这会子她去了。你们弄个什么人来我使？<u>你们就弄她那么一个真珠的人来，</u>[1]不会说话也无用。我正要打发人和你老爷说去：<u>他要什么人，我这里有钱，叫他只管一万八千的买去，</u>[2]就只这个丫头不能。留下她服侍我几年，就比他日夜服侍我尽了孝的一般。你来得也巧，你就去说，更妥当了。"

说毕，命人来："请了姨太太、你姑娘们来说个话儿，才高兴，怎么又都散了？"丫头们忙答应着去了。众人忙赶的又来。只有薛姨妈向丫鬟道："我才来了，又作什么去？你就说我睡了觉。"那丫头道："好亲亲的姨太太，姨祖宗！[3]我们老太太生气呢。你老人家不去，没个开交了。只当疼我们罢！你老人家嫌乏，我背了你老人家去。"薛姨妈笑道："小鬼头儿，你怕些什么？不过骂几句完了。"说着，只得和这小丫头子走来。贾母忙让坐，又笑道："咱们斗牌罢。姨太太的牌也生，咱们一处坐着，别叫凤丫头混了我们去。"薛姨妈笑道："正是呢，老太太替我看着些儿。<u>就是咱们娘儿四个斗呢，还是再添个呢？</u>"王夫人笑道："可不只四个。"[4]凤姐儿道："再添一个人热闹些。"贾母道："叫鸳鸯来，叫她在这下手里坐着。姨太太的眼花了，咱们两个的牌，都叫她瞧着些儿。"凤姐儿叹了一声，向探春道："<u>你们知书识字的，倒不学算命？</u>"[5]探春道："这又奇了！这会子你倒不打点精神赢老太太几个钱，又想算命？"凤姐儿道：

1. 前赖嬷嬷说"花的银子也照样打出你这么个银人儿来了"，这里贾母说"你们就弄她这么一个真珠的人来"，上了年纪的人说话都是这口吻。

2. 你算算，在老太太眼里，鸳鸯的身价该值几何？才过了二百多年，当时买一个好丫头，居然与今天到超市买件高档一点的商品差不多，世事变化真是翻天覆地啊！

3. 奇称、趣称。从未听见过，却有情理。

4. 老实人言语。（庚）

5. 凤姐说出话来，总令人惊奇不解，必待说明后，方能绕过弯子来。

"我正要算算今儿该输多少呢，我还想赢呢！你瞧瞧，场子没上，左右都埋伏下了。"说得贾母、薛姨妈都笑起来。

一时鸳鸯来了，便坐在贾母下手，鸳鸯之下便是凤姐儿。铺上红毡，洗牌告幺①，五人起牌。斗了一回，鸳鸯见贾母的牌已十严，只等一张二饼，便递了暗号与凤姐儿。[1]凤姐儿正该发牌，便故意踌躇了半晌，笑道："我这一张牌定在姨妈手里扣着呢。我若不发这一张，再顶不下来的。"[2]薛姨妈道："我手里并没有你的牌。"凤姐儿道："我回来是要查的。"薛姨妈道："你只管查。你且发下来，我瞧瞧，是张什么。"凤姐儿便送在薛姨妈跟前。薛姨妈一看，是个二饼，便笑道："我倒不稀罕它，只怕老太太满了。"凤姐儿听了，忙笑道："我发错了。"贾母笑得已掷下牌来，说："你敢拿回去！谁叫你错的不成？"[3]凤姐儿道："可是我要算一算呢？这是自己发的，也怨埋伏！"贾母笑道："可是你自己该打着你那嘴，问着你自己才是。"又向薛姨妈笑道："我不是小器爱赢钱，原是个彩头儿。"薛姨妈笑道："可不是这样，哪里有那样糊涂人说老太太爱钱呢？"

凤姐儿正数着钱，听了这话，忙又把钱穿上了，向众人笑道："够了我的了。竟不为赢钱，单为赢彩头儿。我到底小器，输了就数钱，快收起来罢。"贾母规矩是鸳鸯代洗牌，因和薛姨妈说笑；不见鸳鸯动手，贾母道："你怎么恼了，连牌也不替我洗？"鸳鸯拿起牌来，笑道："二奶奶不给钱。"贾母道："她不给钱，那是她交运了。"便命小丫头子："把她那一吊钱都拿过来！"小丫头子真就拿了，搁在贾母旁边。凤姐儿忙笑道："赏我罢！我照数儿给就是了。"薛姨妈笑道："果然凤丫头小器，不过是玩儿罢了。"凤姐听说，便站起来，拉着薛姨妈，回头指着贾母素日放钱的一个木匣子，笑道："姨妈瞧瞧，那个里头不知玩了我多少去了！这一吊钱玩不了半个时辰，那里头的钱就招手儿叫它了。只等把这一吊也叫进去了，牌也不用斗了，老祖宗的气也平了，又有正经事差我办去了。"[4]话说未完，引得贾母、众人笑个不住。偏有平儿怕钱不够，又送了一吊来。凤姐儿道："不用放在我跟前，也放在老太太的那一处罢。一齐叫进去，倒省事，

1. 为了逗贾母开心、消气，都存心在玩牌中输钱给她。此法至今仍有沿用者。此妙在凤姐、鸳鸯不须事先招呼，自然都心领神会，一搭一档，配合默契。

2. 演得不错，像极！

3. 被人耍了，反得意地笑人，世间事如此者不少。

4. 一场精彩演出，竟不用事先排练，就能配合得天衣无缝，真该给凤姐颁个奖。

---

①　洗牌告幺——洗牌，把牌弄乱再分。告幺，翻牌或掷骰，按点数多少起牌。

不用做两次，叫箱子里的钱费事。"[1] 贾母笑得手里的牌撒了一桌子，推着鸳鸯，叫："快撕她的嘴！"

平儿依言放下钱，也笑了一回，方回来。至院门前，遇见贾琏问她："太太在哪里呢？老爷叫我请过去呢。"平儿忙笑道："在老太太跟前呢，站了这半日，还没动呢。趁早儿丢开手罢。老太太生了半日气，这会子亏二奶奶凑了半日趣儿，才略好了些。"贾琏道："我过去，只说讨老太太的示下，十四往赖大家去不去，好预备轿子的。又请了太太，又凑了趣儿，岂不好？"平儿笑道："依我说，你竟不去罢。合家子连太太、宝玉都有了不是，这会子你又填限①去了。"贾琏道："已经完了，难道还找补不成？况且与我又无干；二则老爷亲自吩咐我请太太的，这会子我打发了人去，倘若知道了，正没好气呢，指着这个拿我出气罢。"说着就走。平儿见他说得有理，也便跟了过来。

贾琏到了堂屋里，便把脚步放轻了，往里间探头，只见邢夫人站在那里。凤姐儿眼尖，先瞧见了，使眼色儿，不命他进来，又使眼色与邢夫人。邢夫人不便就走，只得倒了一碗茶来，放在贾母跟前。贾母一回身，贾琏不防，便没躲伶俐。贾母便问："外头是谁？倒像个小子一伸头儿。"凤姐儿忙起身说："我也恍惚看见一个人影儿，让我瞧瞧去。"一面说，一面起身出来。贾琏忙进去，陪笑道："打听老太太十四可出门？好预备轿子。"贾母道："既这么样，怎么不进来？又作鬼作神的。"贾琏陪笑道："见老太太玩牌，不敢惊动，不过叫媳妇出来问问。"贾母道："就忙到这一时，等她家去，你问多少问不得？哪一遭儿你这么小心来着！又不知是来作耳报神的，也不知是来作探子的，[2] 鬼鬼祟祟，倒吓我一跳。什么好下流种子！你媳妇和我玩牌呢，还有半日的空儿，你家去再和那赵二家的商量治你媳妇去罢。"[3] 说着，众人都笑了。鸳鸯笑道："鲍二家的，老祖宗又拉上赵二家的。"贾母也笑道："可是，我哪里记得什么'抱'着'背'着的，[4] 提起这些事来，不由我不生气！我进了这门子，作重孙子媳妇起，到如今，我也有了重孙子媳妇了，连头带尾五十四年，[5] 凭着大惊小险、千奇百怪的事，

① 填限——又作"填馅"。原指砌墙时，于墙中填充泥土砖块。后为白白代人受过的意思。

1. 平儿亦知凑趣，故送钱来，正好给主子有了讲趣话的话题。才花两吊钱，便获得满堂彩，贾母都笑得不行了，真值！

2. 贾母世事经历得多，一看就明白了，哪里瞒得过她？

3. 凤姐生日，凑份子办酒宴是贾母的提议，本想借此尽情地乐一场，不料被贾琏的丑事搅了。当时为宽慰凤姐，虽说得轻描淡写，心里自然有气，所以记得；可又记不清是谁家媳妇，故张冠李戴。

4. 趣话天成，诙谐之至。

5. 倘贾母进门当媳妇时，十七八岁，如今七十一二岁了，与她问刘姥姥年纪时所说的话完全符合。

也经了些，从没经过这些事。还不离了我这里呢！"

贾琏一声儿不敢说，忙退了出来。平儿站在窗外站着，悄悄笑道："我说着你不听，到底碰在网里了。"正说着，只见邢夫人也出来。贾琏道："都是老爷闹的，如今都搬在我和太太身上。"邢夫人道："我把你这没孝心、雷打的下流种子！人家还替老子死呢，白说了几句，你就抱怨了。你还不好好的呢，这几日生气，仔细他捶你！"贾琏道："太太快过去罢，叫我来请了好半日了。"说着，送他母亲出来，过那边去。

邢夫人将方才的话只略说了几句，<u>贾赦无法，又含愧，自此便告病，且不敢见贾母，</u>[1]只打发邢夫人及贾琏每日过去请安。<u>只得又各处遣人购求寻觅，终究费了八百两银子，买了一个十七岁的女孩子来，名唤嫣红，收在屋内。</u>[2]不在话下。

这里斗了半日牌，吃晚饭才罢。此一二日间无话。

展眼到了十四日，黑早，赖大的媳妇又进来请。贾母高兴，便带了王夫人、薛姨妈及宝玉姊妹等，到赖大花园中坐了半日。那花园虽不及大观园，却也十分齐整宽阔；泉石林木，楼阁亭轩，也有好几处惊人骇目的。外面厅上，薛蟠、贾珍、贾琏、贾蓉并几个近族的；很远的就没来，贾赦也没来。赖大家内，<u>也请了几个现任的官长并几个世家子弟作陪。</u>[3]因其中有个柳湘莲，薛蟠自上次会过一次，已念念不忘。又打听他最喜串戏①，且串的都是生旦风月戏文，不免错会了意，误认他作了风月子弟，正要与他相交，恨没有个引进；这日可巧遇见，竟乐得无可不可。且贾珍等也慕他的名，酒盖住了脸，就求他串了两出戏。下来，移席和他一处坐着，问长问短，说此说彼。

那柳湘莲原是世家子弟，读书不成，父母早丧，<u>素性爽侠，不拘细事，酷好耍枪舞剑，赌博吃酒，以至眠花卧柳，吹笛弹筝，无所不为。因他年纪又轻，生得又美，不知他身份的人，都误认作优伶一类。</u>[4]那赖大之子赖尚荣与他素习交好，故今日请来作陪。不想酒后别人犹可，独薛蟠又犯了旧病。湘莲心中早已不快，得

1. 只能如此。早知今日，何必当初。

2. 本性难改。首选既不可得，退而求其次。

3. 笼络官场，拉拢大户，亦新发之家所必有。

4. 柳湘莲出场须先表明其身世为人，为阿呆看走了眼而鲁莽调情写出缘由来。

---

① 串戏——演戏。

便意欲走开完事，无奈赖尚荣死也不放。赖尚荣又说：
"方才宝二爷又嘱咐我，[1]才一进门，虽见了，只是人多，
不好说话，叫我嘱咐你，散的时候别走，他还有话说呢。
你既一定要去，等我叫出他来，你两个见了再走，与我
无干。"说着，便命小厮们到里头找一个老婆子，悄悄告诉：
"请出宝二爷来。"那小厮去了没一盏茶时，果见宝玉出
来了。赖尚荣向宝玉笑道："好叔叔，把他交给你，我张
罗人去了。"说着，一径去了。

宝玉便拉了柳湘莲到厅侧小书房中坐下，问他："这
几日可到秦钟的坟上去了？"[2]湘莲道："怎么不去？前日
我们几个人放鹰①去，离他坟上还有二里。我想，今年
夏天的雨水勤，恐怕他的坟站不住。我背着众人走到那
里去瞧了一瞧，果然又动了一点子。回家来就便弄了几
百钱，第三日一早出去，雇了两个人，收拾好了。"[3]宝
玉道："怪道呢！上月我们大观园的池子里结了莲蓬，我
摘了十个，叫茗烟出去，到坟上供他去。回来我也问他：
'可被雨冲坏了没有。'他说：'不但不冲，且比上回又新
了些。'我想着，不过是这几个朋友新筑了。我只恨我
天天圈在家里，一点儿做不得主，行动就有人知道，不
是这个拦，就是那个劝的，能说不能行。虽然有钱，又
不由我使。"[4]湘莲道："这个事也用不着你操心，外头有
我，你只心里有了就是。眼前十月初一，我已经打点下
上坟的花销。你知道我一贫如洗，家里是没得积聚的，
纵有几个钱来，随手就光的，不如趁空儿留下这一份，
省得到了跟前扎煞手②。"[5]宝玉道："我也正为这个要打
发茗烟找你，你又不大在家，知道你天天萍踪浪迹，没
个一定的去处。"湘莲道："你也不用找我。这个事不过
各尽其道。眼前我还要出门去走走，外头逛个三年五载
再回来。"[6]宝玉听了，忙问道："这是为何？"柳湘莲冷
笑道："你不知道我的心事，等到跟前，你自然知道。我
如今要别过了。"[7]宝玉道："好容易会着，晚上同散，岂
不好？"湘莲道："你那令姨表兄还是那样，再坐着，未
免有事，[8]不如我回避了倒好。"宝玉想了一想，说道：
"既是这样，倒是回避他为是。只是你要果真远行，必

1. 又让宝玉插一脚，亦前脂评所
谓"通部情案，皆必从石兄挂
号"也。

2. 不但与宝玉相识，还曾是秦钟
朋友，从未提及过。忽提此人，
使我堕泪。近几回不见提此人，
自谓不表矣，乃忽于此处向柳
湘莲提及，所谓"方以类聚，
物以群分"也。（庚）此评因
提及秦钟而"堕泪"，令人不解。
难道也是还泪债的？

3. 原来交情还不浅。不知因常听
其串戏唱曲而结识，还是都爱
"眠花卧柳"。

4. 一泄心头郁闷。也是与宝玉处
境类似者所共有的烦恼。

5. 此语可怪！所谓"留下这一份"
者，银子财物也。却不知为
何"趁空儿"便可留下，是在
行商贩货吗？不像；是去打劫
吗？无据。恐是作者故意不写
明的。

6. 可知"走他乡"是既定主意，
与薛蟠不相干。

7. 说来神秘兮兮，心事无人知，
不猜也罢。

8. 薛蟠言行之不堪，早看出来了。

---

① 放鹰——打猎。鹰为猎鹰。
② 扎煞手——张开双手，表示没有办法。

须先告诉我一声，千万别悄悄地去了。"说着，便滴下泪来。柳湘莲道："自然要辞的。你只别和别人说就是。"说着，便站起来要走，又道："你就进去罢，不必送我。"

一面说，一面出了书房。刚至大门前，早遇见薛蟠在那里乱嚷乱叫说："谁放了小柳儿走了！"柳湘莲听了，火星乱迸，恨不得一拳打死，[1]复思酒后挥拳，又碍着赖尚荣的脸面，只得忍了又忍。薛蟠忽见他走出来，如得了珍宝，忙趔趄着上来，一把拉住，笑道："我的兄弟，你往哪里去了？"湘莲道："走走就来。"薛蟠笑道："好兄弟，你一去都没兴了，好歹坐一坐，你就是疼我了。[2]凭你有什么要紧的事，交给哥，你只别忙，有你这个哥，你要做官发财都容易。"

湘莲见他如此不堪，心中又恨又愧，早生一计，便拉他到避人之处，笑道："你真心和我好，假心和我好呢？"薛蟠听见这话，喜得心痒难挠，乜斜着眼，忙笑道："好兄弟，你怎么问起我这话来？我要是假心，立刻死在眼前！"湘莲道："既如此，这里不便。等坐一坐，我先走，你随后出来，跟到我下处①，咱们替另喝一夜酒。我那里还有两个绝好的孩子②，从没出门③的。你可连一个跟的人也不用带，[3]到了那里，服侍的人都是现成的。"薛蟠听如此说，喜得酒醒了一半，说："果然如此？"湘莲道："如何！人拿真心待你，你倒不信了！"薛蟠忙笑道："我又不是呆子，怎么有个不信的呢！既如此，我又不认得，你先去了，我在哪里找你？"湘莲道："我这下处在北门外头，你可舍得家，城外住一夜去？"薛蟠笑道："有了你，我还要家做什么？"[4]湘莲道："既如此，我在北门外头桥上等你。咱们席上且吃酒去。你看我走了之后，你再走，他们就不留心了。"薛蟠听了，连忙答应。于是二人复又入席，饮了一回。那薛蟠难熬，只拿眼看湘莲，心内越想越乐，左一壶，右一壶，并不用人让，自己便吃了又吃，不觉酒已八九分了。

湘莲便起身出来，瞅人不防，去了。至门外，命小厮杏奴："先家去罢，我到城外就来。"[5]说毕，已跨马直出北门，桥上等候薛蟠。没顿饭时的工夫，只见薛蟠骑着一匹

1. 光听这称呼，能不火冒三丈？你把我柳大爷当什么人了？奇谈。（靖）

2. 此语亦不堪。呆子声口如闻。（靖）

3. 投其所好，亦计策中阻其带着人去之法。

4. 摹写因欲火而入魔者之言毕肖。

5. 想得周密。

---

① 下处——自称居处。

② 绝好的孩子——这里指娈童。

③ 从没出门——这里是从未出外接客的意思。

大马，远远地赶了来，张着嘴，瞪着眼，头似拨浪鼓①一般，不住左右乱瞧。及至从湘莲马前过去，只顾望远处瞧，不曾留心近处，反踩过去了。¹湘莲又是笑，又是恨，便也撒马随后赶来。薛蟠往前看时，渐渐人烟稀少，便又圈马回来再找。不想一回头见了湘莲，如获奇珍，忙笑道："我说你是个再不失信的。"湘莲笑道："快往前走，仔细人看见，跟了来，就不便了。"说着，先就撒马前去，薛蟠也紧紧地跟来。

湘莲见前面人迹已稀，且有一带苇塘，便下马，将马拴在树上，向薛蟠笑道："你下来，咱们先设个誓，日后要变了心，告诉人去的，便应了誓。"薛蟠笑道："这话有理。"连忙下了马，也拴在树上，便跪下说道："我要日久变心，告诉人去的，天诛地灭！"²一语未了，只听"喥"的一声，颈后好似铁锤砸下来，只觉得一阵黑，满眼金星乱迸，身不由己便倒下了。湘莲走上来瞧瞧，知道他是个笨家，不惯挨打，只使了三分气力，向他脸上拍了几下，登时便开了果子铺②。薛蟠先还要挣挫起来，又被湘莲用脚尖点了两点，仍旧跌倒，³口内说道："原是两家情愿，你不依，只好说，为什么哄出我来打我？"一面说，一面乱骂。湘莲道："我把你瞎了眼的，你认认柳大爷是谁！你不说哀求，你还伤我！我打死你也无益，只给你个利害罢。"说着，便取了马鞭过来，从背至胫，打了三四十下。

薛蟠酒已醒了大半，觉得疼痛难禁，不禁有"嗳哟"之声。湘莲冷笑道："也只如此！我只当你是不怕打的。"一面说，一面又把薛蟠的左腿拉起来，朝苇中泞泥处拉了几步，滚得满身泥水，又问道："你可认得我了？"薛蟠不应，只伏着哼哼。湘莲又掷下鞭子，用拳头向他身上擂了几下。薛蟠便乱滚乱叫，说："肋条折了！⁴我知道你是正经人，因为我错听了旁人的话了。"湘莲道："不用拉旁人，你只说现在的。"薛蟠道："现在也没什么说的。不过你是个正经人，我错了。"湘莲道："还要说软些，才饶你。"薛蟠哼哼着道："好兄弟。"湘莲便又一拳。薛蟠"嗳"了一声，道："好哥哥。"湘莲又连两拳。薛蟠忙"嗳哟"叫道："好老爷，饶了我这没眼睛的瞎子罢！⁵从今以后，我敬你怕你了。"湘莲道："你

1. 情状可笑之极！恰恰是"酒已八九分"人着急的傻相。

2. 心机不错，若不跪下发誓，这第一下出手就不会有如此效果。

3. 练家子本领偏用"三分气力""拍了几下""点了两点"之类淡淡的话写来。

4. 薛蟠叫痛也叫得活龙活现。

5. 阿呆错会了"说软些"的意思，越说得亲热，越揍得凶；总算在挨揍中逐渐学会规矩。

---

① 拨浪鼓——一种两边挂木珠为锤、带柄的小鼓，旧时货郎担常用以叫卖。
② 果子铺——形容被殴后，皮破血流，脸上青一块、紫一块。

把那水喝两口。"薛蟠一面听了，一面皱眉道："那水脏得很，怎么喝得下去！"湘莲举拳就打。薛蟠忙道："我喝，我喝……"说着，只得俯头向苇根下喝了一口，犹未咽下去，只听"哇"的一声，把方才吃的东西都吐了出来。湘莲道："好脏东西，你快吃尽了，饶你。"薛蟠听了，叩头不迭，道："好歹积阴功饶我罢！这至死不能吃的。"湘莲道："这样气息，倒熏坏了我。"说着，丢下薛蟠，便牵马认镫①去了。这里薛蟠见他已去，方放下心来，后悔自己不该误认了人。待要挣挫起来，无奈遍体疼痛难禁。[1]

谁知贾珍等席上忽不见了他两个，各处寻找不见。有人说："恍惚出北门去了。"薛蟠的小厮们素日是惧他的，他吩咐了不许跟去，谁还敢找去？[2]后来还是贾珍不放心，命贾蓉带着小厮们寻踪问迹的，直找出北门，下桥二里多路，忽见苇坑边薛蟠的马拴在那里。众人都道："可好了！有马必有人。"一齐来至马前，只听苇中有人呻吟。大家忙走来一看，只见薛蟠衣衫零碎，面目肿破，没头没脸，遍身内外，滚得似个泥猪一般。贾蓉心内已猜着九分了，忙下马，令人搀了出来，笑道："薛大叔天天调情，今儿调到苇子坑里来了。必定是龙王爷也爱上你风流，要你招驸马去，你就碰到龙犄角上了。"[3]薛蟠羞得恨没地缝儿，钻不进去，哪里爬得上马去？贾蓉只得命人赶到关厢②里雇了一乘小轿子，薛蟠坐了，一齐进城。贾蓉还要抬往赖家去赴席，薛蟠百般央告，又命他不要告诉人，贾蓉方依允了，让他各自回家。贾蓉仍往赖家回复贾珍并方才形景。贾珍也知为湘莲所打，也笑道："他须得吃个亏才好。"至晚散了，便来问候。薛蟠自在卧房将养，推病不见。

贾母等回来，各自归家时，薛姨妈与宝钗见香菱哭得眼睛肿了。[4]问其原故，忙赶来瞧薛蟠时，脸上身上虽有伤痕，并未伤筋动骨。薛姨妈又是心疼，又是发恨，骂一回薛蟠，又骂一回柳湘莲，意欲告诉王夫人，遣人寻拿柳湘莲。宝钗忙劝道："这不是什么大事，不过他们一处吃酒，酒后反脸常情。[5]谁醉了，多挨几下子打，也

① 认镫——将脚踏进马镫，即上马。
② 关厢——即城关，城门附近地区。

是有的。况且咱们家的无法无天，也是人所共知。妈不过是心疼的缘故。要出气也容易，等三五天哥哥养好了出得去时，那边珍大爷、琏二爷这干人，也未必白丢开了，自然备个东道，叫了那个人来，当着众人替哥哥赔不是认罪就是了。如今妈先当件大事告诉众人，倒显得妈偏心溺爱，纵容他生事招人，今儿偶然吃了一次亏，妈就这样兴师动众，倚着亲戚之势，欺压常人。"薛姨妈听了道："我的儿，到底是你想得到，我一时气糊涂了。"宝钗笑道："这才好呢。他又不怕妈，又不听人劝，一天纵似一天，吃过两三个亏，他倒罢了。"

薛蟠睡在炕上，痛骂柳湘莲，又命小厮们去拆他的房子，打死他，和他打官司。<u>薛姨妈禁住小厮们，只说柳湘莲一时酒后放肆，如今酒醒，后悔不及，惧罪逃走了。</u>[1] 薛蟠听见如此说了……要知端的，〔且听下回分解。〕

1. 原来回目中"惧祸"二字，只是薛姨妈哄哄儿子的谎话，除非柳湘莲出走，另有未写出来的隐情。

【总评】

贾母将前来打听信息的邢夫人好好地教训了一顿。讥诮她"三从四德""贤惠也太过了"，说得她"满面通红"。最后要她跟老爷去说，"他要什么人，我这里有钱，叫他只管一万八千的买去，就只这个丫头不能。留下她服侍几年，就比他日夜服侍我尽了孝的一般"。

接着写贾母、薛姨妈、凤姐、鸳鸯四人斗牌（打麻将）。凤姐与鸳鸯早有打算，要让贾母开心消气，所以串通好，故意输给贾母。凤姐还装"小器"，舍不得给钱，说了许多趣话，直逗得"贾母笑得手里的牌撒了一桌子"。

邢夫人回家将贾母所说告知贾赦，贾赦含愧告病，不敢见贾母。但"终究费了八百两银子，买了一个十七岁的女孩子来，名唤嫣红，收在屋内"。

接上第四十五回赖嬷嬷要摆酒来请贾府众人。到那天，贾母带了王夫人、薛姨妈及宝玉姊妹等"到赖大花园中坐了半日"。但这次请酒写的主要是柳湘莲和薛蟠，还捎带上宝玉。柳湘莲是个"素性爽侠，不拘细事，酷好耍枪舞剑，赌博吃酒"的人，因为他生得美，薛蟠错认作"优伶一类"人，酒后"又犯了旧病"，即好男风的毛病。应该说同性恋是一种性变态，但有此习好者并非个别，清代小说中常有反映。柳湘莲对薛蟠的不堪言行，当然怒不可遏，碍于席上主人的面子，没有当场发作，便心生一计，将薛蟠骗至郊外，狠狠地揍了他一顿，打得他挣挫不起来。幸好贾珍遣人去找，找到后雇了一乘轿子抬回来。

第四十八回

滥情人情误思游艺　慕雅女雅集苦吟诗

【题解】

　　本回回目诸本皆同。"滥情人"指薛蟠，他属于警幻仙姑所说的"皮肤滥淫之蠢物"一类，故谓。上回写他因误看人而去调情，结果吃了大亏，即所谓"情误"。他挨打后羞于见人，就想到跟随熟人离家外出做买卖，逛上一年半载躲一躲再说。"游艺"这里指出游学行商本领。"慕雅女"指香菱，她羡慕小姐们聚集在一起吟诗填词的风雅生活，便趁着薛蟠外出行商的机会，搬进大观园来与宝钗同住，并拜师求教，下苦工夫学着作诗，以期学会了也能成为诗社的一员。有回前脂评曰：题曰"柳湘莲走他乡"，必谓写湘莲如何走，今却不写，反细写阿呆兄之游艺……文章歧路，令人不识者如此。至"情小妹"回中，方写湘莲文字，真神化之笔。（庚）"情小妹"回，指第六十六回"情小妹耻情归地府"。

　　且说薛蟠听见如此说了，气方渐平。三五日后，疼痛虽愈，伤痕未平，只装病在家，愧见亲友。

　　展眼已到十月，因有各铺面伙计内有算年账要回家的，少不得家内治酒饯行。<u>内有一个张德辉，年过六十，自幼在薛家当铺内揽总，</u>[1] 家内也有二三千金的过活①，今岁也要回家，明春方来。因说起："今年纸扎香料短少，明年必是贵的。明年先打发大小儿上来，当铺内照管照管；赶端阳前，我顺路贩些纸扎香扇来卖。除去关税花销，亦可以剩得几倍利息。"薛蟠听了，心中忖度："如今我挨了打，正难见人，想着要躲个一年半载，又没处去躲。天天装病，也不是事。<u>况且我长了这么大，文不文，武不武，</u>[2] 虽说做买卖，究竟戥子②、算盘从没拿过；地土风俗，远近道路又不知道，不如也打点几个本钱，和张德辉逛一年来。赚钱也罢，不赚钱也罢，且躲躲羞去。二则逛逛山水，

> 1. 自家店铺内多年老伙计，必是可靠的。

> 2. 也算有几分难得的自知，可惜劣根已生成，振作不起，也难改恶习。

_____

①　过活——资产。

②　戥（děng 等）子——一种称金银或药物的小秤。

也是好的。"心内主意已定，至酒席散后，便和张德辉说知，命他等一二日，一同前往。

晚间，薛蟠告诉了他母亲。薛姨妈听了，虽是欢喜，但又恐他在外生事。花了本钱倒是末事。因此不命他去，[1]只说："好歹你守着我，我还放心些。况且也不用做这买卖，也不等着这几百银子来用。你在家里安分守己的，就强似这几百银子了。"薛蟠主意已定，哪里肯依。只说："天天又说我不知世事，这个也不知，那个也不学；如今我发狠把那些没要紧的都断了，如今要成人立事，学习着做买卖，又不准我了，叫我怎么样呢？我又不是个丫头，把我关在家里，何日是个了日？况且那张德辉又是个年高有德的，咱们和他是世交，我同他去，怎么得有舛错？[2]我就一时半刻有不好的去处，他自然说我劝我。就是东西贵贱，行情他是知道的，自然色色问他，何等顺利，倒不叫我去。过两日我不告诉家里，私自打点了一走，明年发了财回来，那时才知道我呢！"说毕，赌气睡觉去了。

薛姨妈听他如此说，因和宝钗商议。宝钗笑道："哥哥果然要经历正事，正是好的了。只是他在家里说得好听，到了外头，旧病复犯，越发难拘束了。[3]但也愁不得许多。他若是真改了，是他一生的福；若不改，妈也不能又有别的法子。一半尽人力，一半听天命罢了。这么大人了，若只管怕他不知世路，出不得门，干不得事，今年关在家里，明年还是这个样儿。他既说得名正言顺，妈就打量着丢了八百、一千银子，竟交与他试一试。横竖有伙计们帮着，也未必好意思哄骗他的。[4]二则他出去了，左右没了助兴的人，又没了倚仗的人，到了外头，谁还怕谁，有了的吃，没了的饿着，举眼无靠，他见了这样，只怕比在家里省了事也未可知。"[5]薛姨妈听了，思忖半晌，说道："倒是你说得是。花两个钱，叫他学些乖来也值了。"商议已定，一宿无话。

至次日，薛姨妈命人请了张德辉来，在书房中命薛蟠款待酒饭，自己在后廊下，隔着窗子，向里千言万语嘱托张德辉照管薛蟠。张德辉满口应承，吃过饭告辞，又回说："十四日是上好出行日期，大世兄即刻打点行李，雇下骡子，十四一早就长行了。"薛蟠喜

1. 行文是要顿挫的，源于人性之复杂，若无此一曲折，便不真了。

2. 此言可凭，是唯一能使母亲稍得宽慰的要素。

3. 宝钗虽主张放他出去，然并非全无疑虑，故话中也有曲折。后来续写者便不知行文要曲折，是一大差别。

4. 权衡去留得失，也知其可行条件。

5. 作书者曾吃此亏，批书者亦曾吃此亏，故特于此注明，使后人深思默戒。脂砚斋。（庚）此批提供作者、脂砚斋事历的线索。可知曹雪芹曾为谋生计而外出做买卖，受过饱一顿、饥一顿、举目无亲的苦，或者还有赔本之类的挫折。脂砚斋也有过类似经历。

之不尽，将此话告诉了薛姨妈。薛姨妈便和宝钗、香菱并两个老年的嬷嬷，连日打点行装。派下薛蟠之乳父老苍头①一名，当年谙事旧仆二名，外有薛蟠随身常使小厮二人，主仆一共六人，[1] 雇了三辆大车，单拉行李使物，又雇了四个长行骡子。薛蟠自骑一匹家内养的铁青大走骡，外备一匹坐马。诸事完毕，薛姨妈、宝钗等连夜劝戒之言，自不必备说。

　　至十三日，薛蟠先去辞了他母舅，然后过来辞了贾宅诸人。贾珍等未免又有饯行之说，也不必细述。至十四日一早，薛姨妈、宝钗等直同薛蟠出了仪门，母女两个，四只泪眼看他去了，方回来。

　　薛姨妈上京带来的家人不过四五房，并两三个老嬷嬷、小丫头，今跟了薛蟠一去，外面只剩了一两个男子。因此薛姨妈即日到书房，将一应陈设玩器并帘幔等物，尽行搬了进来收贮，命那两个跟去的男子之妻，一并也进来睡觉。[2] 又命香菱将他屋里也收拾严紧，"将门锁了，晚间和我去睡"。宝钗道："妈既有这些人作伴，不如叫菱姐姐和我作伴去。我们园里又空，夜长了，我每夜作活，越多一个人，岂不越好？"[3] 薛姨妈听了，笑道："正是，我忘了，原该叫她同你去才是。我前日还和你哥哥说：文杏又小，道三不着两的，莺儿一个人，不够服侍的，还要买一个丫头来你使。"宝钗道："买的不知底里，倘或走了眼，花了钱事小，没的淘气。倒是慢慢地打听着，有知道来历的，买个还罢了。"[4] 一面说，一面命香菱收拾了衾褥妆奁，命一个老嬷嬷并臻儿送至蘅芜苑去，然后宝钗和香菱才同回园中来。[5]

　　香菱笑向宝钗道："我原要和奶奶说的，大爷去了，我和姑娘作伴儿去。又恐怕奶奶多心，说我贪着园里来玩；谁知你竟说了。"宝钗笑道："我知道你心里羡慕这园子不是一日两日的了，只是没个空儿。就每日来一趟，慌慌张张的，也没趣儿。所以趁着机会，索性住上一年，我也多个作伴的，你也遂了心。"香菱笑道："好姑娘，趁着这个工夫，你教给我作诗罢。"[6]

---

① 老苍头——老仆人。汉时仆隶头缠深青色布，故谓。

1. 光看跟从的人，已排场不小，亦见家人对此行的关怀。

2. 欲使香菱能入园与宝钗去做伴，先写薛姨妈命两个跟去的旧仆之妻进来同宿，令安排更顺理成章。

3. 香菱之愿可遂矣！

4. 闲言过耳无迹，然已伏下一事矣。（庚）恐后有买得之婢。惹人生气事。

5. 细想香菱之为人也，根基不让迎、探，容貌不让凤、秦，端雅不让纨、钗，风流不让湘、黛，贤惠不让袭、平，所惜者幼年罹祸，命运乖蹇，至为侧室，且虽曾读书，不能与林、湘辈并驰于海棠之社耳。然此一人岂可不入园哉？故欲令入园，终无可入之隙。筹画再四，欲令入园，必呆兄远行后方可。然阿呆兄又如何方可远行？曰名不可，利不可，正事不可，必得万人想不到，自己忽发一机之事方可。因此思及"情"之一字，乃呆素所误者，故借"情误"二字生出一事，使阿呆游艺之志已坚，则菱卿入园之隙方妥。回思因欲香菱入园，是写阿呆情误；因欲阿呆情误，先写一赖尚荣；实委婉严密之甚也。脂砚斋评。（庚）此批甚当。（靖）

6. 立表一大心愿。写得何其有趣！今忽见菱卿此句，合卷从纸上另走出一娇小美人来，并不是湘、林、探、凤等一样口气声色，真神骏之技，虽驰驱万里而不见有倦怠之色。（庚）

宝钗笑道："我说你'得陇望蜀①'呢。我劝你今儿头一日进来，先出园东角门，从老太太起，各处各人，你都瞧瞧，问候一声儿，也不必特意告诉他们说搬进园来。若有提起因由的，你只带口说我带了你进来作伴儿就完了。回来进了园，再到各姑娘房里走走。"

香菱应着，才要走时，只见平儿忙忙地走来。¹香菱忙问了好，平儿只得陪笑相问。宝钗因向平儿笑道："我今儿带了她来作伴儿，正要去回你奶奶一声儿。"平儿笑道："姑娘说的是哪里话？我竟没话答言了。"宝钗道："这才是正理。店房也有个主人，庙里也有个住持。虽不是大事，到底告诉一声，便是园里坐更上夜的人，知道添了她两个，也好关门候户的了。你回去就告诉一声罢，我不打发人说去了。"平儿答应着，因又向香菱笑道："你既来了，也不拜一拜街坊邻舍去？"²宝钗笑道："我正叫她去呢。"平儿道："你且不必往我们家去，二爷病了，在家里呢。"香菱答应着去了，先从贾母处来，不在话下。

且说平儿见香菱去了，便拉宝钗悄说道："姑娘可听见我们的新闻了？"宝钗道："我没听见新闻。因连日打发我哥哥出门，所以你们这里的事，一概也不知道，连姊妹们这两日也没见。"平儿笑道："老爷把二爷打了个动不得，难道姑娘就没听见？"³宝钗道："早起恍惚听见了一句，也信不真。我也正要瞧你奶奶去呢，不想你来了。又是为了什么打他？"平儿咬牙骂道："都是那贾雨村什么风村，半路途中哪里来的饿不死的野杂种！认了不到十年，生了多少事出来！⁴今年春天，老爷不知在哪个地方看见了几把旧扇子，回家来，看家里所有收着的这些好扇子都不中用了，立刻叫人各处搜求。谁知就有一个不知死的冤家，混号儿世人叫他作石呆子，⁵穷得连饭也没得吃，偏他家就有二十把旧扇子，死也不肯拿出大门来。二爷好容易烦了多少情，见了这个人，说之再三，他把二爷请到他家里坐着，拿出这扇子，略瞧了一瞧。据二爷说，原是不能再有的，全是湘妃、棕竹、麋

1. 必有急事。"忙忙"二字奇，不知有何妙文。（庚）

2. 有促她快去之意，盖来谈之事不欲其知也。是极！恰是戏言，实欲支出香菱去也。（庚）

3. 前宝玉挨其父打，今贾琏亦挨其父打，却不知为何；一用正面详写，一只侧面提及。既言打得"动不得"，必要说出原因，如此又带出一事来。

4. 从未见平儿如此臭骂过人，贾雨村之为人可想而知矣！一句"生出多少事"，暗含无数见不得人的勾当。

5. 既以"呆子"相称，必有异于常人处。

---

① 得陇望蜀——谓不知足，得寸进尺，语出《后汉书·岑彭传》。

鹿、玉竹①的，皆是古人写画真迹。¹回来告诉了，老爷便叫买他的，要多少银子给他多少。偏那石呆子说：'我饿死冻死，一千两银子一把，我也不卖！'²老爷没法子，天天骂二爷没能为。已经许了他五百两，先兑银子，后拿扇子。他只是不卖，只说：'要扇子先要我的命！'姑娘想想，这有什么法子？谁知雨村那没天理的听见了，便设了个法子，讹他拖欠官银，拿他到衙门里去，说：'所欠官银，变卖家产赔补。'把这扇子抄了来，作了官价，送了来。³那石呆子如今不知是死是活。⁴老爷拿着扇子，问着二爷说：'人家怎么弄了来？'二爷只说了一句：'为这点子小事，弄得人坑家败业，也不算什么能为！'⁵老爷听了，就生了气，说二爷拿话堵老爷，因此这是第一件大的。这几日，还有几件小的，我也记不清，所以都凑在一处，就打起来了。也没拉倒，用板子棍子，就站着，不知拿什么，混打一顿，脸上打破了两处。我们听见姨太太这里有一种丸药，上棒疮的，姑娘快寻一丸子给我。"宝钗听了，忙命莺儿去要了一丸来与平儿。宝钗道："既这样，替我问候罢，我就不去了。"平儿答应着去了，不在话下。

　　且说香菱见过众人之后，吃过晚饭，宝钗等都往贾母处去了，自己便往潇湘馆中来。⁶此时，黛玉已好了大半，见香菱也进园来住，自是欢喜。香菱因笑道："我这一进来了，也得了空儿，好歹教给我作诗，就是我的造化了！"⁷黛玉笑道："既要学作诗，你就拜我为师。我虽不通，大略也还教得起你。"⁸香菱笑道："果然这样，我就拜你为师。你可不许腻烦的。"黛玉道："什么难事，也值得去学！不过是起、承、转、合②，当中承、转是两副对子，平声对仄声，虚的对虚的，实的对

1. 不须细表，为避繁也。

2. 饿死冻死是小事，扇子就是性命，正见其呆性。世间确有此种怪异癖好者，特用浓墨画一笔。

3. 比"乱判葫芦案"时又老练了许多。

4. 还用说？前已表过"要扇子先要我的命"，哪里还有活路？首回甄士隐歌"因嫌纱帽小，致使锁枷杠"二句，脂评注明"贾赦、雨村一干人"，则二人后来获罪，肯定与此次故设冤狱，谋扇害命事被揭发出来相关。

5. 贾琏滥淫，固其垢病，然见此类坑害百姓事，能说公道话，可知其正义感尚未泯灭。书中人物，多不用单色调。

6. 是进学堂来了。

7. 因宝钗说她"得陇望蜀"，并未应允是否教她作诗，故又向黛玉再提，可见其愿望之迫切。

8. 找对人了。黛玉对作诗固深有经验，居然好为人师，也是想不到的。或因居馆寂寥，正可借此找个诗友，让自己有机会谈谈心得了。由此也能看出对女孩子是否应该读书作诗一事，钗、黛的不同想法。

---

①　湘妃、棕竹、麋鹿、玉竹——作扇股用的四种名贵的竹子。

②　起、承、转、合——律诗四联，以其顺序称，为首、颔、颈、尾；以作诗的普遍性结构章法说，则为起、承、转、合。起，为起头，发端，往往点题；承，为承接，承上一联而述，即继续发挥开端提出的意思；转，为转折，犹如文章之换段，另换角度，再转出新的意来；合，为综合，即总全篇而结束。

实的①，若是果有了奇句，连平仄、虚实不对都使得的。"¹
香菱笑道："怪道我常弄一本旧诗，偷空儿看一两首，又
有对得极工的，又有不对的。又听见说'一三五不论，
二四六分明②'。看古人的诗上，亦有顺的，亦有二四六上
错了的，所以天天疑惑。如今听你一说，原来这些格调规矩，
竟是末事，只要词句新奇为上。"黛玉道："正是这个道理，
词句究竟还是末事，第一是立意要紧。若意趣真了，连词
句不用修饰，自是好的，这叫做'不以词害意'③。"²

　　香菱笑道："我只爱陆放翁的诗：'重帘不卷留香久，
古砚微凹聚墨多'④，说得真有趣！"黛玉道："断不可看
这样的诗。你们因不知诗，所以见了这浅近的就爱；一入
了这个格局，再学不出来的。³你只听我说，你若真心要学，
我这里有《王摩诘全集》⑤，你且把他的五言律读一百首，
细心揣摩透熟了，然后再读一二百首老杜⑥的七言律，次
再李青莲⑦的七言绝句读一二百首。肚子里先有了这三个
人作了底子，⁴然后再把陶渊明、应玚、谢、阮、庾、鲍⑧
等人的一看。你又是这样一个极聪敏伶俐的人，不用一年
的工夫，不愁不是诗翁了。"香菱听了，笑道："既这样，
好姑娘，你就把这书给我拿出来，我带回去，夜里念几首
也是好的。"黛玉听说，便命紫鹃将王右丞的五言律拿来，
递与香菱，又道："你只看有红圈的，都是我选的。有一首，

1. 看她说得多轻巧！当时一谈到学诗，都指学近体诗，尤其是律诗，由此入手，能掌握字声、押韵、对仗、章法等基本格律也。因对作诗了然于胸，故寥寥数语，便把格律事说完了。

2. 须将格律、词句、立意三者位置摆正了。

3. 此即宋人严羽所谓"入门须正，立志须高"，"若自退屈，即有下劣诗魔入其肺腑之间"，"路头一差，愈骛愈远，由入门之不正也"。(《沧浪诗话·诗辩》)

4. 学律绝大概没有更好楷模了，亦严沧浪所谓"当以盛唐为法"也。初学者以此三大家诗打"底子"，路子正，是最妥的方法。

---

① 平声对仄声，虚的对虚的，实的对实的——古人将字声分为平、上、去、入四声，上、去、入声调不平，总称仄声。律诗形式中，规定一句之中两字平仄相间，一联之间，平仄相反，故曰"平声对仄声"。中二联对仗，动词、形容词、副词、语助词等等称虚词，名词为实词，均须对称，故曰"虚的对虚的，实的对实的"。诸本原来均作"虚的对实的，实的对虚的"，当系笔误，今改。

② 一三五不论，二四六分明——对作律诗字声平仄要求的一种流行说法。即七律一句中，第一、第三、第五字规定的平仄声要求不严，可以变通；第二、第四、第六字必须严格，不可任意改变。其实，这只是大略的粗疏的说法。在某种句式中，也有一三五必须论的，也有二四六可以不分明的。

③ 不以词害意——不能因为追求文字格律而损害内容。见《孟子·万章上》。

④ "重帘"二句——陆游《书室明暖，终日婆娑其间，倦则扶杖至小园，戏作长句》之二诗原句。清阎若璩《潜丘札记》卷四："何焯瞻告余：陆放翁之才，万顷海也，今人第以其'疏帘不卷留香久，古砚微凹积墨多'等句，遂认作苏州一老清客耳。"

⑤ 《王摩诘全集》——即《王右丞集》，王维，字摩诘，唐代大诗人，五律有很高的成就，官终尚书右丞，故又称"王右丞"。

⑥ 老杜——唐代大诗人杜甫。其七律之成就，唐代无与伦比。后人称他"老杜"，以别于另一位称"小杜"的唐代著名诗人杜牧。

⑦ 李青莲——唐代大诗人李白，幼年居绵州昌隆青莲乡（今四川江油），自号青莲居士。他的七绝成就极高。

⑧ 应玚、谢、阮、庾、鲍——应玚，汉末诗人，"建安七子"之一。谢，谢灵运，南朝宋诗人。阮，阮籍，三国魏诗人。庾，庾信，北朝周诗人。鲍，鲍照，南朝宋诗人。

念一首。不明白的，问你姑娘；或者遇见我，我讲与你就是了。"香菱拿了诗，回至蘅芜苑中，诸事不顾，只向灯下一首一首地读起来。宝钗连催她数次睡觉，她也不睡。[1]宝钗见她这般苦心，只得随她去了。

　　一日，黛玉方梳洗完了，只见香菱笑吟吟地送了书来，又要换杜律。黛玉笑道："共记得多少首？"香菱笑道："凡红圈选的，我尽读了。"黛玉道："可领略了些滋味没有？"香菱笑道："我倒领略了些滋味，不知可是不是，说与你听听。"黛玉笑道："正要讲究讨论，方能长进。[2]你且说来我听。"香菱笑道："据我看来，诗的好处，有口里说不出来的意思，想去却是逼真的；有似乎无理的，想去竟是有理有情的。"[3]黛玉笑道："这话有了些意思，但不知你从何处见得？"香菱笑道："我看他《塞上》①一首内一联云：'大漠孤烟直，长河落日圆。'想来烟如何直？日自然是圆的。这'直'字似无理，'圆'字似太俗。合上书一想，倒像是见了这景的。若说再找两个字换这两个，竟再找不出两个字来。再还有：'日落江湖白，潮来天地青。'②这'白''青'两个字也似无理。想来，必得这两个字才形容得尽；念在嘴里，倒像有几千斤重的一个橄榄。还有：'渡头余落日，墟里上孤烟。'③这'余'字和'上'字，难为他怎么想来！我们那年上京来，那日下晚便湾住船④，岸上又没有人，只有几棵树，远远的几家人家做晚饭，那个烟竟是碧青，连云直上。谁知我昨日晚上看了这两句，倒像我又到了那个地方去了。"[4]

　　正说着，宝玉和探春也来了，也都入座听她讲诗。宝玉笑道："既是这样，也不用看诗，会心处不在多，[5]听你说了这两句，可知'三昧'⑤你已得了。"黛玉笑道："你说他这'上孤烟'好，你还不知他这一句还是套了前人的来。我给你这一句瞧瞧，更比这

1. 学诗，潜心细读经典之作是第一步，非以苦为乐，下硬工夫不可。

2. 难怪李、杜相交亦以"细论文"为乐。

3. 香菱所言，虽似寻常说话，并无高妙深论，却能点中好诗佳句之要害，道出它给人的真切感受。

4. 都是作者诗论和读诗感受的故事化、通俗化。

5. 说得好，读诗以"会心"二字最要紧，不在多，而在真正有所领悟。

———————————

①　《塞上》——指王维《使至塞上》诗。"大漠"一联，为诗之五六句。
②　"日落"二句——王维《送邢桂州》诗之五六句。
③　"渡头"二句——王维《辋川闲居赠裴秀才迪》诗之五六句。
④　湾住船——停泊。
⑤　三昧——事物之精奥、秘诀。佛家语。

个淡而现成。"说着，便把陶渊明的"暧暧远人村，依依墟里烟"①翻了出来，递出香菱。香菱瞧了，点头叹赏，笑道："原来'上'字是从'依依'两个字上化出来的！"宝玉大笑道："你已得了，不用再讲，越发倒学杂了。<u>[1]</u>你就作起来，必是好的。"探春笑道："明儿我补一个柬来，请你入社。"香菱笑道："姑娘何苦打趣我！[2]我不过是心里羡慕，才学着玩罢了。"探春、黛玉都笑道："谁不是玩？难道我们是认真作诗呢！若说我们认真成了诗，出了这园子，把人的牙还笑倒了呢！"[3]宝玉道："这也算自暴自弃了。前日我在外头和相公们商议画儿，他们听见咱们起诗社，求我把稿子给他们瞧瞧。我就写了几首给他们看看，谁不真心叹服！他们都抄了刻去了。"[4]探春、黛玉忙问道："这是真话么？"宝玉笑道："说谎的是那架上的鹦哥。"黛玉、探春听说，都道："你真真胡闹！且别说那不成诗，便是成诗，我们的笔墨，也不该传到外头去。"宝玉道："这怕什么？古来闺阁中的笔墨不要传出去，如今也没人知道了。"

说着，只见惜春打发了入画来请宝玉，宝玉方去了。香菱又逼着黛玉换出杜律来，又央黛玉、探春二人："<u>出个题目，让我诌去，[5]诌了来，替我改正。</u>"黛玉道："昨夜的月最好，我正要诌一首，竟未诌成，你竟作一首来。'十四寒'②的韵，由你爱用哪几个字去。"香菱听了，喜得拿回诗来，又苦思一回，作两句诗；又舍不得杜诗，又读两首。<u>如此茶饭无心，坐卧不定。[6]</u>宝钗道："何苦自寻烦恼！都是颦儿引的你，我和她算账去。<u>你本来呆头呆脑的，[7]</u>再添上这个，越发弄成个呆子了。"香菱笑道："好姑娘，别混我。"[8]一面说，一面作了一首，先与宝钗看了，笑道："这个不好，不是这个作法。你别怕臊，只管拿了给她瞧去，看她是怎么说。"香菱听了，便拿了诗找黛玉。黛玉看时，只见写道是：

> 月挂中天夜色寒，清光皎皎影团团。
> 诗人助兴常思玩，野客添愁不忍观。

1. 近见诗歌鉴赏文章，多好作长篇大论，这个这样讲，那个又那样讲，反令初学者无所适从，不得要领。

2. 何尝不想加入，来试身手，不知真能学会否，哪里就敢奢望。

3. 作者借人物之口，自占地步。毕竟要模拟众多闺阁之作，并非易事。

4. 也不妄自菲薄，特有宝玉之言；闺中戏作，本自取其乐，不欲外传，被评头品足，也是实情，故再有"胡闹"的话。

5. 一读二论三作，实践极重要。即便不学作诗，只限于欣赏或研究诗，自己学不学着作，还是很不一样的。事非经过不知难，有实践，才有真切体验，才能更深切领会前人创作之甘苦，好诗究竟好在哪里。

6. 一心专注必有的精神状态。

7. "呆头呆脑的"，有趣之至！最恨野史有一百个女子，皆曰聪敏伶俐，究竟看来，她行为也平平。今以"呆"字为香菱定评，何等妩媚之至也。（庚）

8. 正在兴头上，哪肯听这些！如闻如见。（庚）

---

① "暧暧"二句——陶潜《归园田居》诗中句。
② 十四寒——诗韵中平声分上平声、下平声，各十五部，每部有一字为韵目。十四寒，即上平声第十四部，以"寒"字为韵目者。

> 翡翠楼边悬玉镜，珍珠帘外挂冰盘。
> 良宵何用烧银烛，晴彩辉煌映画栏。①

黛玉笑道："意思却有，只是措词不雅。皆因你看的诗少，被它缚住了。¹把这首丢开，再作一首，只管放开胆子去作。"

香菱听了，默默地回来，索性连房也不入，只在池边树下，或坐在山石上出神，或蹲在地下抠土，²来往的人都诧异。李纨、宝钗、探春、宝玉等听得此信，都远远地站在山坡上瞧着她。只见她皱一回眉，又自己含笑一回。宝钗笑道："这个人定要疯了！昨夜嘟嘟哝哝，直闹到五更天才睡下，没一顿饭的工夫，天就亮了，我就听见她起来了，忙忙碌碌梳了头，就找颦儿去。³一回来了，呆了一日，作了一首又不好，自然这会子另作呢。"宝玉笑道："这正是'地灵人杰'②，老天生人，再不虚赋情性的。我们成日叹说：可惜她这么个人竟俗了，谁知到底有今日！可见天地至公。"宝钗听了，笑道："你能够像她这苦心就好了，学什么有个不成的？"宝玉不答。⁴

只见香菱兴兴头头的，又往黛玉那边去了。探春笑道："咱们跟了去，看她有些意思没有。"说着，一齐都往潇湘馆来。只见黛玉正拿着诗和她讲究。众人因问黛玉："作得如何？"黛玉道："自然算难为她了，只是还不好。这一首过于穿凿了，⁵还得另作。"众人因要诗看时，只见作道：

> 非银非水映窗寒，试看晴空护玉盘。
> 淡淡梅花香欲染，丝丝柳带露初干。
> 只疑残粉涂金砌，恍若轻霜抹玉栏。
> 梦醒西楼人迹绝，余容犹可隔帘看。③

宝钗笑道："不像吟月，'月'字底下添一个'色'字倒还使得。⁶你看，句句倒是月色。这也罢了，原是诗从胡

1. 诗有诗的语言，固可写得明白如话，却不是只会说常话、套话、俗话，那至多是顺口溜，也即所谓"措词不雅"，像"诗人助兴常思玩"即是。也不能被诗题"缚住"，打不开思路。根本原因说得一清二楚。

2. 描摹苦吟情状如画。

3. 真到了王国维所说的第二境界："衣带渐宽终不悔，为伊消得人憔悴"也。（见《人间词话》）

4. 宝钗总好劝人，宝玉从来恶劝。

5. 所谓"穿凿"，如注释中说过多比附也。眼睛仍只盯住月亮本身，没有真正放开。咏物诗若不能寄情寓兴，只就物说物，必不见佳。

6. 可知律诗内容与题目差一点不得。

---

① "月挂"一首——助兴常思玩，常思赏月以助诗兴。野客，山野之人，隐士之类。翡翠、珍珠，为求措辞华丽给楼和帘加上的饰词。玉镜、冰盘，喻月。银烛，银白色的蜡烛。此首堆砌辞藻，凑泊成句，首尾两联，只说得个"月亮很亮"，内容空洞，写得很幼稚。

② 地灵人杰——亦作"人杰地灵"，山川灵秀，人物杰出。

③ "非银"一首——梅花香欲染，形容其香气之浓。诗词中多写月夜梅花，所以用梅烘月。柳带，柳条。残粉涂金砌，阶台上涂了一层淡淡的铅粉。古以"金粉楼台"称华丽建筑。余容，将西沉的月亮，拟人说法。此首能用烘染手法，已较大胆，然过多地比附，反成写月色而非月。

说来，¹再迟几天就好了。"香菱自为这首妙绝，听如此说，自己又扫了兴，不肯丢开手，便要思索起来。因见她姊妹们说笑，便自己走至阶前竹下闲步，挖心搜胆，耳不旁听，目不别视。一时，探春隔窗笑说道："菱姑娘，你闲闲罢！"香菱怔怔答道："'闲'字是'十五删'①的，错了韵了。"众人听了，不觉大笑起来。²宝钗道："可真是诗魔了。都是颦儿引的她！"黛玉道："圣人说，'诲人不倦'②，她又来问我，我岂有不说之理！"

李纨笑道："咱们拉了她往四姑娘房里去，引她瞧瞧画儿，叫她醒一醒才好。"说着，真个出来拉了她过藕香榭，至暖香坞中。惜春正乏倦，在床上歪着睡午觉，画缯③立在壁间，用纱罩着。众人唤醒了惜春，揭纱看时，十停方有了三停。香菱见画上有几个美人，因指着笑道："这一个是我们姑娘，那一个是林姑娘。"探春笑道："凡会作诗的，都画在上头，你快学罢！"³说着，玩笑了一回。

各自散后，香菱满心中还是想诗。至晚间，对灯出了一回神，至三更以后，上床卧下，两眼鳏鳏④，直到五更，方才朦胧睡去了。一时天亮，宝钗醒了，听了一听，她安稳睡了，心下想："她翻腾了一夜，不知可作成了？这会子乏了，且别叫她。"正想着，只听香菱从梦中笑道："可是有了！难道这一首还不好？"宝钗听了，又是可叹，又是可笑，连忙唤醒了她，问她："得了什么？你这诚心都通了仙了。学不成诗，还弄出病来呢！"一面说，一面梳洗了，会同姊妹往贾母处来。原来香菱苦志学诗，精血诚聚，日间作不出，忽于梦中得了八句，⁴梳洗已毕，便忙录出来，自己并不知好歹，便拿来又找黛玉。刚到沁芳亭，只见李纨与众姊妹方从王夫人处回来，宝钗正告诉她们，说她梦中作诗说梦话。⁵众人正笑，抬头见她来了，便都争着要诗看。且听下回分解。

1. 何等胆量，敢说这一句！真诗人语。

2. 可知清人律诗押韵，尚严守韵部。近人则有将"只等闲"与"铁索寒"押在一起的；还有将"三江""七阳"通押的。

3. 一直叙来都是香菱学诗事，故以惜春作画略为穿插，以免行文单调，或可称"诗中有画"；又说画中美人都是"会作诗"的，则又可称"画中有诗"。

4. 这一现象，历来多有，苏东坡、陆放翁皆有梦中得诗事。现代的心理学、神经学方面的科学家有合理解说，此处以"精血诚聚"四字概说之可也。

5. 一部大书起是梦，宝玉情是梦，贾瑞淫又是梦，秦之家计长策又是梦，今作诗也是梦，一并风月鉴亦从梦中所有，故红楼，梦也。余今批评亦在梦中，特为梦中之人特作此一大梦也。脂砚斋。（庚）

---

① 十五删——上平声第十五部，韵目为"删"。寒、删两部，韵近，易致混淆。近人作律有通用两部者，如七律《长征》"只等闲""铁索寒"通押。

② 诲人不倦——教导别人，不辞疲倦。语出《论语·述而》。

③ 画缯——作画用的绢帛。

④ 鳏鳏（guān 关）——形容睁着眼的样子。鳏，一种鱼，目常睁而不闭，似人之忧愁失眠，故丧妻者曰鳏。

【总评】

薛蟠挨打后，装病在家，愧见亲友，听薛家所开的当铺内伙计张德辉谈起两地贩卖可获厚利，便动了心，想与他一同外出一年半载去做买卖，既可借此躲躲羞，又可逛逛山水，主意定后，告诉其母。薛姨妈先是反对，后听宝钗说让他自己去经历经历，学些乖来，未必不好，就同意了。因有薛蟠的离家，香菱才得进大观园与宝钗同住，才有学作诗、与诸女孩斗草玩耍等事。

叙述中插入一事：贾赦看中石呆子二十把古董扇子，欲购不得，贾雨村知道后，设计诬石呆子"拖欠官银，拿他到衙门里去"，抄了他扇子送来给贾赦。而原先声称"要扇子先要我的命"的石呆子，则"不知是死是活"。此事连做儿子的贾琏都看不过去，出语讥讽，遭其父一顿打。脂评曾对《好了歌注》"因嫌纱帽小，致使锁枷杠"二句有批说："贾赦、雨村一干人。"看来，这一弊案在后半部佚稿中还要揭出来。

香菱自幼遭人拐卖，沦为奴隶；薛蟠占其为妾后，精神上是很寂寞的。她十分羡慕小姐们雅集吟咏，也渴望过那种精神文化生活。如今有了机会，便拜林黛玉为师，学起作诗来了。在她学诗的情节中，作者把自己的诗论和写诗的体会故事化了。他仿效初学者的笔调，揣摩他们习作中易犯的通病，以及他们在实践中逐步摸索前进的过程，把不同阶段的成绩都一一真实地再现出来，使这些诗歌成为小说描写不可分割的有机组成部分，艺术上是非常成功的。

黛玉先给香菱讲诗的基本格律（因当时学诗都指学近体格律诗，即律诗、绝句），强调在必要时可以突破。对诗的好坏来说，不但格律是末事，就连词句也是末事，第一立意要紧。若意趣真了，连词句不用修饰，自是好的，这叫作"不以词害意"，说法无疑是非常正确的。接着就是读诗，黛玉为她挑选的是王维的五律、杜甫的七律和李白的七绝各一二百首。所举盛唐三大家都是唐诗中写近体诗成就最高的三位，这叫作"入门须正，立志须高"（严羽《沧浪诗话》）。再下来便是检验读后对"诗的好处"的领略程度。若不能领略，读再多也枉然。香菱聪慧，颇能领略其中妙处，宝玉说她已得"三昧"。最后是动手试写，开始创作实践。读诗，领会其好处是一回事，自己作诗能否作得好又是另一回事。但自己实践过、摸索过、尝过创作的甘苦，再去读诗，又必然更能加深对诗的领会，这与只读不作是不一样的。

香菱开始写的诗不好，她接受教训，继续摸索，终于有成。这除了凭她天赋外，自己主观努力也十分重要。小说中对其苦吟有不少生动的描写；其中用情节来穿插，尤有风趣，如探春叫她："菱姑娘，你闲闲罢！"她却答道："'闲'字是'十五删'的，错了韵了。"因为此次作诗规定用"十四寒"韵，与"十五删"韵不能通押，前人很严格；近人作律，则有不遵此的。最后，写她忽于梦中得了八句，其实也不神秘，从心理学角度看，那正是日间苦志思索所形成的一种精神状态的反映。

第 四 十 九 回
琉璃世界白雪红梅　脂粉香娃割腥啖膻

【题解】

　　本回回目诸本两歧，除相同者外，蒙府、戚序、卞藏本作"白雪红梅园林佳景，割腥啖膻闺阁野趣"，异文平弱无味，当是后人所改。此用庚辰本回目。上句："琉璃世界"，形容大观园一场大雪后的景象，所谓"四顾一望，并无二色"，"自己却如装在玻璃盆内一般"。"白雪红梅"，指此时"栊翠庵中有十数株红梅，如胭脂一般，映着雪色，分外显得精神"。下句：史湘云悄悄与宝玉商议，要了块生鹿肉来，在园子里自己生火，边割边烧烤着吃。虽生鹿肉属腥膻野味，经烧过，香气四溢，引得几位姊妹也来品尝。有回前评曰：此回系大观园集十二正钗之文。（庚）

　　话说香菱见众人正说笑，她便迎上去笑道："你们看这一首。若使得，我便还学；若还不好，我就死了这作诗的心了。"说着，把诗递与黛玉及众人，看时，只见写道是：

　　　精华欲掩料应难，影自娟娟魄自寒。[1]
　　　一片砧敲千里白，半轮鸡唱五更残。
　　　绿蓑江上秋闻笛，红袖楼头夜倚栏。
　　　博得嫦娥应借问：缘何不使永团圆？①

众人看了笑道："这首不但好，而且新巧有意趣。[2]可知俗语说：'天下无难事，只怕有心人。'社里一定请你了。"香菱听了，心下不信，料着是她们哄自己的话，还只管问黛玉、宝钗等。

　　正说之间，只见几个小丫头并老婆子忙忙地走来，都笑道："来了好些姑娘、奶奶们，我们都不认得，奶

1. 恰好寄寓自身半生的经历遭际，也透露学诗终有成的希望。

2. 前后三首诗代表长期实践中不同摸索阶段而已。从初试到成功，跨度是很大的。若在真实生活中，只怕连作三十次，也绝不可能臻此境地。

---

① "精华"一首——精华，月之光华。影，月之形；魄，月之质。首联既咏月，又暗寓自身，寄情于景。领联用特殊修辞句式，笔法老练，如"一片""千里"，既是说砧，又是说月，借李白"长安一片月，万户捣衣声"诗意；又如"残"字，是残月，也是残更，是自残，敲残，还是唱残，随心会意。颈联拓展境界，野客添愁，少妇感怀。蓑衣古用草编，故言"绿"，月夜吹笛，闻之犹悲。结句感喟，本是诗人的，偏推给寂寞嫦娥，诗意曲折，又扣诗题。"团圆"二字，月与人合咏。

奶、姑娘们快认亲去。"李纨笑道："这是哪里的话？你到底说明白了，是谁的亲戚？"那婆子、丫头都笑道："奶奶的两位妹子都来了，还有一位姑娘，说是薛大姑娘的妹妹；还有一位爷，说是薛大爷的兄弟。我这会子请姨太太去呢，奶奶和姑娘们先上去罢。"说着，一径去了。宝钗笑道："我们薛蝌和他妹妹来了不成？"李纨也笑道："我们婶子又上京来了不成？他们也不能凑在一处，这可是奇事。"大家纳闷，来至王夫人上房，只见乌压压一地的人。

原来邢夫人之兄嫂带了女儿岫烟进京来投邢夫人的，可巧凤姐之兄王仁也正进京，两亲家一处打帮来了。走至半路泊船时，正遇见李纨之寡婶，带着两个女儿——大名李纹，次名李绮，也上京。大家叙起来，又是亲戚，因此三家一路同行。后有薛蟠之从弟①薛蝌，因当年父亲在京时，<u>已将胞妹薛宝琴许配都中梅翰林之子为婚，正欲进京发嫁，</u>¹ 闻得王仁进京，他也随后带了妹子赶来。所以今日会齐了，来访投各人亲戚。

于是大家见礼叙过，贾母、王夫人都欢喜非常。贾母因笑道："怪道昨日晚上灯花爆了又爆，结了又结，原来应到今日。"一面叙些家常，一面收看带来的礼物，一面命留酒饭。凤姐儿自不必说，忙上加忙。李纨、宝钗自然和婶母、姊妹叙离别之情。黛玉见了，先是欢喜，次后想起众人皆有亲眷，独自己孤单，没个亲眷，不免又去垂泪。宝玉深知其情，十分劝慰了一番方罢。

然后宝玉忙忙来至怡红院中，向袭人、麝月、晴雯等笑道："你们还不快看人去！谁知宝姐姐的亲哥哥是那个样子，他这叔伯兄弟形容举止另是一样了，倒像是宝姐姐的同胞弟兄似的。"² 更奇在你们成日家只说宝姐姐是绝色的人物，你们如今瞧瞧她这妹子，还有大嫂嫂的两个妹子，我竟形容不出来了。老天，老天！你有多少精华灵秀，<u>生出这些人上之人来！</u>³ 可知我井底之蛙，成日家只说现在的这几个人是有一无二的，谁知不必远寻，就是本地风光，一个赛似一个。如今我又长了一层学问了。除了这几个，难道还有几个不成？"一面说，一面自笑自叹。<u>袭人见他又有些魔意，便不肯去瞧。</u>⁴ 晴雯等早去

1. 写大观园盛事，前有省亲、两宴，此则于香菱学诗后，环绕群芳毕集作即景联句等事，续写精神文化生活盛况，故让宝琴等四裙钗一时会齐，以免逐个交代，正为了省事。彼等皆配角，盛时同宴乐，事败各分散，与全书情节发展关系不大。宝琴特一开始就写明她已许配待嫁。

2. 薛蝌虚表一笔，便足以想象其形容举止。

3. 新到诸钗，亦用虚笔相夸。后文尚有大赞宝琴长得好之处，因而有评论者说宝琴是超过钗、黛、湘的全书中最美的人物。其实，这样死抠作者行文一字一句，作逻辑推理，是将空灵的文学语言当成严格的科学说明，过于认真，也过于拘泥了。

4. 不肯去看，心中对宝玉有微词也。

---

① 从弟——堂弟。

瞧了一遍回来，嘻嘻笑向袭人道："你快瞧瞧去！大太太的一个侄女儿，宝姑娘一个妹妹，大奶奶两个妹妹，倒像一把子四根水葱儿。"[1]

　　一语未了，只见探春也笑着进来找宝玉，因说道："咱们的诗社可兴旺了。"[2]宝玉笑道："正是呢。这是你一高兴起诗社，所以鬼使神差来了这些人。但只一件，不知她们可学过作诗不曾？"探春道："我才都问了问她们，虽是她们自谦，看光景没有不会的。便是不会也没难处，你看香菱就知道了。"袭人笑道："她们说薛大姑娘的妹妹更好，三姑娘看着怎么样？"探春道："果然的，据我看，连她姐姐并这些人总不及她。"[3]袭人听了，又是诧异，又笑道："这也奇了，还从哪里再寻好的去呢？我倒要瞧瞧去。"探春道："老太太一见了，喜欢得无可不可的，已经逼着太太认了干女儿了。老太太要养活，才刚已经定了。"宝玉喜得忙问："这果然的？"探春道："我几时说过谎？"又笑道："有了这个好孙女儿，就忘了你这孙子了。"宝玉笑道："这倒不妨，原该多疼女儿些才是正理。"[4]明儿十六，咱们可该起社了。"探春道："林丫头刚起来了，二姐姐又病了，终是七上八下的。"宝玉道："二姐姐又不大作诗，没有她又何妨？"探春道："索性等几天，等她们新来的混熟了，咱们邀上她们，岂不好？这会子大嫂子、宝姐姐心里自然没有诗兴的，况且湘云没来，[5]颦儿才好了，人都不合式；不如等着云丫头来了，这几个新的也熟了，颦儿也大好了，大嫂子和宝姐姐心也闲了，香菱诗也长进了，如此邀一满社，岂不好？咱们两个如今且往老太太那里去听听，除宝姐姐的妹妹不算外，她一定是在咱们家住定了的。倘或那三个要不在咱们这里住，咱们央告着老太太留下她们，也在园子里住下，咱们岂不多添几个人，越发有趣了！"宝玉听了，喜得眉开眼笑，忙说道："倒是你明白。我终究是个糊涂心肠，空喜欢一会子，却想不到这上头。"

　　说着，兄妹两个一齐往贾母处来，果然王夫人已认了宝琴作干女儿，贾母欢喜非常，连园中也不命住，晚上跟着贾母一处安寝。[6]薛蝌自向薛蟠书房中住下。贾母便和邢夫人说："你侄女儿也不必家去了，园里住几天逛逛再去。"邢夫人兄嫂家中原艰难，这一上京，原仗的是邢夫人与他们治房舍，帮盘缠，听如此说，岂不

1. 好形容！

2. 正是为此而添人的。

3. 谁更好看些，各人各爱，本是最难说的事；由探春先夸，以后再有人夸，就不突然了。

4. 宝玉心态从来如此。

5. 这是第一个缺不得的人。

6. 贾母之爱幼，不只是对亲孙子、外孙女而已，也难得。

愿意。邢夫人便将邢岫烟交与凤姐。凤姐筹算得园中姊妹多，性情不一，且又不便另设一处，莫若送到迎春一处去，倘日后邢岫烟有些不遂意的事，纵然邢夫人知道了，与自己无干。[1]从此后，若邢岫烟家去住的日期不算，若在大观园住到一个月上，凤姐儿亦照迎春份例送一份与岫烟。凤姐儿冷眼掂掇岫烟心性为人，[2]竟不像邢夫人及她的父母一样，却是个极温厚可疼的人。因此凤姐反怜她家贫命苦，比别的姊妹多疼她些，邢夫人倒不大理论了。

贾母、王夫人因素喜李纨贤惠，且年轻守节，令人敬服，今见她寡婶来了，便不肯令她外头去住。那李婶虽十分不肯，无奈贾母执意不从，只得带着李纹、李绮在稻香村住下了。[3]

当下安插既定，谁知保龄侯史鼐又迁委①了外省大员，不日要带了家眷去上任。贾母因舍不得湘云，便留下她了，接到家中。原要命凤姐儿另设一处与她住，史湘云执意不肯，只要与宝钗一处住，因此也就罢了。[4]

此时大观园中，比先更热闹了多少：李纨为首，余者迎春、探春、惜春、宝钗、黛玉、湘云、李纹、李绮、宝琴、邢岫烟，再添上凤姐儿和宝玉，一共十三个。[5]叙起年庚，除李纨年纪最长，他十二个人，皆不过十五六七岁，或有这三个同年，或有那五个共岁，或有这两个同月同日，或有那两个同刻同时，所差者大半是时刻月分而已。连他们自己也不能记清谁长谁幼，一并贾母、王夫人及家中婆子、丫鬟也不能细细分晰，不过是"弟""兄""姊""妹"四个字，随便乱叫。[6]

如今香菱正满心满意只想作诗，又不敢十分啰唣宝钗，可巧来了个史湘云。那史湘云又是极爱说话的，哪里禁得起香菱又请教她谈诗，越发高了兴，没昼夜高谈阔论起来。[7]宝钗因笑道："我实在聒噪得受不得了。一个女孩儿家，只管拿着诗作正经事讲起来，叫有学问的人听了反笑话，说不守本分。[8]一个香菱没闹清，偏又添了你这么个话口袋子，满嘴里说的是什么？怎么是'杜工部之沉郁，韦苏州之淡雅'，又怎么是'温八叉之绮靡，

① 迁委——调动官职。

1. 侄女自当与女儿安排住在一起。筹算精细是阿凤处事之道。
2. 脂评注"掂掇"：音颠夺，心内忖度也。（庚）
3. 李纨之寡婶及二女自当住稻香村。
4. 蘅芜苑已有香菱，再加湘云也够了。好在宝琴被贾母叫去住，如此已一一安顿妥当。
5. 十二正钗，有八个已齐了；另四个是来不了的：元春在宫中，可卿已死，妙玉出家人，巧姐尚幼。纹、绮、琴、烟辈既非正钗，亦非副钗，只是陪客。
6. 有人想把书中人物尤其是群芳的年龄按长幼顺序排出个谱来，结果发现很难梳理得清而不彼此矛盾的，因而十分烦恼。我想，这未必是研究小说的好办法。你看，连她们自己都记不清谁长谁幼，只是随便乱叫。你又何必去花这份心思呢？
7. 真巧，凑到一起了。这种没完没了的讨论，生活中也能见到。
8. 宝钗的说法，无疑属"保守派"言论，但两个姑娘如此日夜无休止地高谈阔论，恐也难免会令旁听者不耐烦。

李义山之隐僻'①。¹放着两个现成的诗家不知道，提那些死人做什么？"湘云听了，忙笑问道："现在是哪两个？好姐姐，你告诉我。"宝钗笑道："呆香菱之心苦，疯湘云之话多。"²湘云、香菱听了，都笑起来。

正说着，只见宝琴来了，披着一领斗篷，金翠辉煌，不知何物。宝钗忙问："这是哪里的？"宝琴笑道："因下雪珠儿，老太太找了这一件给我的。"香菱上来瞧道："怪道这么好看，原来是孔雀毛织的。"湘云笑道："哪里是孔雀毛，就是野鸭子头上的毛做的。³可见老太太疼你了，这样疼宝玉，也没给他穿。"宝钗道："真俗语说'各人有各人的缘法'。我也再想不到她这会子来，既来了，又有老太太这么疼她。"湘云道："你除了在老太太跟前，就在园里来，这两处，只管玩笑吃喝。到了太太屋里，若太太在屋里，只管和太太说笑，多坐一会无妨；若太太不在屋里，你别进去，那屋里人多心坏，都是要害咱们的。"⁴说得宝钗、宝琴、香菱、莺儿等都笑了。宝钗笑道："说你没心，却又有心；虽然有心，到底嘴太直了。我们这琴儿就有些像你。你天天说要我作亲姐姐，我今儿竟叫你认她作亲妹妹罢。"湘云又瞅了宝琴半日，笑道："这一件衣裳也只配她穿，别人穿了，实在不配。"

正说着，只见琥珀走来，笑道："老太太说：叫宝姑娘别管紧了琴姑娘，她还小呢，让她爱怎么样就怎么样；⁵要什么东西只管要去，别多心。"宝钗忙起身答应了，又推宝琴，笑道："你也不知是哪里来的这段福气！你倒去罢，仔细我们委屈着你。我就不信我哪些儿不如你。"说话之间，宝玉、黛玉都进来了，宝钗犹自嘲笑。湘云因笑道："宝姐姐，你这话虽是玩话，却有人真心是这样想呢。"琥珀笑道："真心恼的再没别人，就只是他。"口里说，手指着宝玉。宝钗、湘云都笑道："他倒不是这样人。"琥珀又笑道："不是他，就是她。"说着，又指着黛玉。湘云便不则声。⁶宝钗忙笑道："更不是了。我的妹妹和她的妹妹一样，她喜

1. 倘看过诗话之类书的，便会发现诗家们也多类似的喋喋不休。

2. 极妙的调侃。

3. 后回提到过它，名叫凫靥裘。

4. 当然是在说笑话，但从宝钗批评她"嘴太直"来看，又似话出有因。这种地方留给读者自己去想最妥。

5. 贾母之喜爱宝琴，一至于此。亦深知宝钗之为人是要严管宝琴的。

6. 湘云还以为黛玉心里会恼，故不作声。是不知道黛玉病中相谈、赠燕窝之事也。脂砚。（庚）

---

① "杜工部之沉郁"四句——杜工部，杜甫，曾任检校工部员外郎，其诗沉郁顿挫。韦苏州，唐诗人韦应物，曾为苏州刺史，其山水田园诗自然淡远。温八叉，唐诗人温庭筠，传说他八叉手而成诗八韵，所以有此外号，善写闺情，诗风艳丽。李义山，唐诗人李商隐，字义山，诗好用典，旨意隐晦难解。

欢得比我还疼呢，哪里还恼？你信云儿混说①，她的那嘴有什么实据！"

宝玉素习深知黛玉有些小性儿，且尚不知近日黛玉和宝钗之事，正恐贾母疼宝琴，她心中不自在；¹ 今见湘云如此说了，宝钗又如此答，再审度黛玉声色，亦不似往日，果然与宝钗之说相符，心中闷闷不解②。因想："她两个素日不是这样的，如今看来，竟更比他人好了十倍。"² 一时又见林黛玉赶着宝琴叫"妹妹"，并不提名道姓，直似亲姊妹一般。那宝琴年轻心热，³ 且本性聪敏，自幼读书识字，⁴ 今在贾府住了两日，大概人物已知。又见诸姊妹都不是那轻薄脂粉，且又和姐姐皆和契，故也不肯怠慢。其中又见林黛玉是个出类拔萃的，便更与黛玉亲敬异常。宝玉看着，只是暗暗地纳罕。⁵

一时宝钗姊妹往薛姨妈房内去后，湘云往贾母处来，林黛玉回房歇着。宝玉便找了黛玉来，笑道："我虽看了《西厢记》，也曾有明白的；几回说了取笑，你还曾恼过。如今想来，竟有一句不解，我念出来，你讲讲我听听。"黛玉听了，便知有文章，⁶ 因笑道："你念出来我听。"宝玉笑道："那《闹简》上有一句说得最好，'是几时孟光接了梁鸿案？'③这句最妙。'孟光接了梁鸿案'这七个字，不过是现成的典，难为他这'是几时'三个虚字，问得有趣。⁷ 是几时接了？你说说我听听。"黛玉听了，禁不住也笑起来，因笑道："这原问得好。她也问得好，你也问得好。"宝玉道："先时你只疑我，如今你也没的说，我反落了单。"黛玉笑道："谁知她竟真是个好人，我素日只当她藏奸。"因把说错了酒令起，连送燕窝病中所谈之事，细细告诉了宝玉，宝玉方知缘故。⁸ 因笑道："我说呢，正纳闷'是几时孟光接了梁

1. 有意提起黛玉平时的"小性儿"和宝玉为此而担心。

2. 见惯以往钗、黛总是针锋相对，所以奇怪。

3. 四字道尽，不犯宝钗。脂砚斋评。（庚）

4. 我批此书，竟得一秘诀，以告诸公：凡野史中所云才貌双全佳人者，细细通审之，只得一个粗知笔墨之女子耳。此书凡云知书识字者，便是上等才女，不信时只看他通部行为及诗词诙谐皆可知。妙在此书从不肯自下评注，云此人系何等人，只借书中人闲评一二语，故不得有未密之缝被看书者指出，真狡猾之笔耳。（庚）

5. 因此接写向黛玉问明原委事。

6. 特以《西厢记》词句请教，若不知话里"有文章"，便不是林黛玉了。

7. 宝玉问得也有趣。

8. 前钗、黛结下"金兰"之谊是全书的大过节、大关键，故特用湘云误会、宝玉不解再次写明，以令醒目。有人以为如此一来，钗、黛间没有冲突，便看不到有趣文字了。殊不知此书不落"三角恋爱"套头，《红楼梦》是超越"木石""金玉"成空的良缘梦范围的。宝、黛、钗之间的悲剧，只不过是整个家庭大悲剧中的一部分，虽则是重要部分。生活是极丰富多彩的，这一冲突解决了，还有别的冲突。我们正不该要求作者按我们的愿望或习惯爱好去写小说。

---

① 你信云儿混说——诸本同。庚辰本"云"作"口"，则成了责怪琥珀混说，不对，混说者应是湘云。脂砚还为湘云的态度作过解说："是不知道黛玉病中相谈、赠燕窝之事也。"故下面紧接"她"字，而不是"你"字，可知庚辰本抄误。

② 闷闷不解——列藏、蒙府、戚序、戚宁同。程高本作"甚是不解"。唯庚辰本作"闷闷不乐"。钗黛亲近要好，宝玉岂有"不乐"之理，知亦误。

③ 是几时孟光接了梁鸿案——出自《西厢记》。原为红娘嘲莺莺暗中早应了张生的约会，此为宝玉奇怪黛玉"是几时"已接受了宝钗的友谊。下文"小孩儿家口没遮拦"，宝玉借此取笑黛玉在行酒令时随口就用了《西厢记》词句。钗黛的亲近正从谈论此事开始。

鸿案',原来是从'小孩儿家口没遮拦'上就接了案了。"[1]

黛玉因又说起宝琴来,想起自己没有姊妹,不免又哭了。宝玉忙劝道:"这又自寻烦恼了。你瞧瞧,今年比旧年越发瘦了,你还不保养!每天好好的,你必是自寻烦恼哭一会子,才算完了这一天的事。"黛玉拭泪道:"近来我只觉心酸,眼泪却像比旧年少了些似的。心里只管酸痛,眼泪却不多。"[2]宝玉道:"这是你哭惯了,心里疑的,岂有眼泪会少的!"

正说着,只见他屋里的小丫头子送了猩猩毡斗篷①来,又说:"大奶奶才打发人来说,下了雪,要商议明日请人作诗呢。"一语未了,只见李纨的丫头走来请黛玉。宝玉便邀着黛玉同往稻香村来。黛玉换上掐金挖云红香羊皮小靴②,罩了一件大红羽纱面白狐皮里的鹤氅③,束一条青金闪绿双环四合如意绦④,头上罩了雪帽。二人一齐踏雪行来,只见众姊妹都在那边,都是一色大红猩猩毡与羽毛缎的斗篷,独李纨穿一件青哆罗呢⑤对襟褂子,薛宝钗穿一件莲青斗纹锦上添花洋线番羓丝⑥的鹤氅;邢岫烟仍是家常旧衣,并无避雪之衣。[3]一时史湘云来了,穿着贾母与她的一件貂鼠脑袋面子、大毛黑灰鼠里子、里外发烧⑦大褂子;头上戴着一顶挖云鹅黄片金里、大红猩猩毡昭君套⑧,又围着大貂鼠风领⑨。黛玉先笑道:"你们瞧瞧,孙行者来了。她一般的也拿着雪褂子,故意妆出个小骚达子⑩来。"湘云笑道:"你们瞧我里头打扮的。"一面说,一面脱了褂子。只见她里头穿着一件半新的靠色三镶领袖秋香色盘金五色绣龙窄褃小袖掩衿⑪银鼠短

---

1. 说得也巧,指酒席上行令"没遮拦"也。

2. 读来惊心。说眼泪好像少些,一是为强调心里酸痛更甚;二是暗示"泪债"已偿还不少了。后四十回续书即据此写黛玉夭亡前已无眼泪,是呆看了这几句话。应知脂评已有"绛珠之泪至死不干"语(第三回)。

3. 众姊妹所穿"一色大红",只此三人不同:李纨寡妇身份,不宜大红;宝钗素来好淡不好艳;岫烟则因贫寒无衣故也。

---

① 猩猩毡斗篷——红色毛毡制的披风。猩猩,猩红色,传猩猩血可作红色染料。
② 掐金挖云红香羊皮小靴——掐金,用金线嵌制镶作边缘。挖云,挖成云状的花边衬色,作装饰用。红香羊皮,产于蒙古被列为贡品的一种细揉羊皮,染作红色。
③ 鹤氅(chǎng 敞)——原指鸟羽制成的御寒外衣,此指仿制的衣裘。
④ 青金闪绿双环四合如意绦——青金,即"金青",黑色。闪绿,夹绿色。谓黑丝线加绿丝线织成丝带。双环四合如意,丝带结扣的花样。
⑤ 哆罗呢——一种国外舶来的阔幅呢料。
⑥ 莲青斗纹锦上添花洋线番羓丝——莲青,紫色。斗纹,交叉花纹。锦上添花,在图案之上再添花卉图样。洋线番羓丝,国外来的丝线毛线混合织物。
⑦ 里外发烧——表里都有毛的皮褂子。
⑧ 片金、昭君套——片金,一种丝织品。昭君套,一种女用风帽。
⑨ 风领——防风的皮领子。
⑩ 小骚达子——亦作"小臊鞑子",犹今人骂"小洋鬼子"。骚,狐臭,兽类臭气,同"臊"。鞑,鞑靼,本蒙古族的别称,后亦泛指北方少数民族。
⑪ 靠色三镶、秋香色、窄褃(kèn)、掩衿——靠色三镶,红色的三道镶边;靠,指靠红色。秋香色,黄绿色,指短袄的颜色。窄褃,窄腰身。掩衿,大襟,满襟。

袄，里面短短的一件水红妆缎狐肷褶子①，腰里紧紧束着一条蝴蝶结子长穗五色宫绦，脚下也穿着麂皮小靴，越显得蜂腰猿臂，鹤势螂形②。1众人都笑道："偏她只爱打扮成个小子的样儿，原比她打扮女儿更俏丽了些。"2

湘云笑道："快商议作诗！我听听是谁的东家？"李纨道："我的主意。想来昨儿的正日已过了，再等正日又太远，可巧又下雪，不如大家凑个社，又给她们接风，又可以作诗。你们意思怎么样？"宝玉先道："这话很是。只是今日晚了，若到明儿晴了，又无趣。"3众人看道："这雪未必晴，纵晴了，这一夜下的也够赏了。"李纨道："我这里虽好，又不如芦雪广③好。4我已经打发人笼地炕去了，咱们大家拥炉作诗。老太太想来未必高兴；况且咱们小玩意儿，单给凤丫头个信儿就是了。你们每人一两银子就够了，送到我这里来。"指着香菱、宝琴、李纹、李绮、岫烟，"五个不算外，咱们里头二丫头病了不算，四丫头告了假也不算，你们四份子送了来，我包总五六两银子也尽够了。"宝钗等一齐应诺。因又拟题限韵，李纨笑道："我心里自己定了，等到了明日临期，横竖知道。"说毕，大家又闲话了一回，方往贾母处来。本日无话。

到了次日一早，宝玉因心里记挂着这事，一夜没好生得睡，5天亮了就爬起来。掀开帐子一看，虽然门窗尚掩，只见窗上光辉夺目，心内早踌躇起来，抱怨定是晴了，日光已出。6一面忙起来揭起窗屉，从玻璃窗内往外一看，原来不是日光，竟是一夜大雪，下的将有一尺多厚，天上仍是搓绵扯絮一般。宝玉此时欢喜非常，忙唤人起来，盥漱已毕，只穿一件茄色哆罗呢狐皮袄子，罩一件海龙皮小鹰膀褂子④，束了腰，披了玉针蓑，戴上金藤笠，登上沙棠屐⑤，忙忙地往芦雪广来。出了院门，四顾一望，并无二色，远远的是

1. 真造语天才，奇峭无比。脂评称"鹤势螂形"四字曰：近之拳谱中有坐马势，便似螂之蹲立。昔人爱轻捷便俏，闲取一螂，观其仰颈叠胸之势。今四字无出处，却写尽矣。脂砚斋评。（庚）脂砚先生兴趣广泛，还爱看拳谱。或以为是作者之续弦妻，不知雪芹从何处觅得女拳师来为伴，真咄咄怪事！

2. 至今尚有姑娘爱打扮成小子模样的，湘云若生活在今天，怕是连头发也剪掉了！

3. 明日是晴是雪，给人留下悬念。

4. 赏雪吟诗好去处。

5. 无事已忙，有事还用说？

6. 兴奋之前，先写失望，才更有意思。有过如此误判经验的，又岂止宝玉一人！

---

①　水红妆缎狐肷褶子——淡红色妆缎面的狐裘。狐肷，狐胸腹部的皮毛。褶子，一种大领的便外衣，长仅及膝。

②　蜂腰猿臂，鹤势螂形——腰围纤细，双臂修长，轻盈灵动。"猿臂"诸本原讹作"猿背"，今改。螂，螳螂。

③　芦雪广（yǎn 眼）——"广"，蒙府、戚序、戚宁本作"庵"，列藏本作"庐"，程甲本有作"庭"的，多数作"亭"，甲辰本有空字的，多数作"亭"，梦稿本、程乙本作"庭"。皆误，今从庚辰本。广，非"廣"之简体字，也非"庵"的别写，原有此本字。义为就山崖筑成之房屋。唐代韩愈《陪杜侍御游湘西两寺》诗："剖竹走泉源，开廊架崖广。"小说中建筑之名多不重复，如怡红院、潇湘馆、蘅芜苑、秋爽斋、藕香榭、稻香村、栊翠庵等等，庵有栊翠，似不致再用。芦雪广正"傍山临水"而建，芦花似雪，言其临水；广，正说傍山。

④　海龙皮小鹰膀褂子——一种海獭皮之类的皮毛制成的加两袖的褂子。

⑤　玉针蓑、金藤笠、沙棠屐——玉针、金藤，都是形容蓑笠之美的饰词。制蓑衣的莎草之类草，形状如针；以藤皮编笠帽，刷桐油后，呈金黄色。沙棠，木名，宜制木履。

青松翠竹，自己却如装在玻璃盆内一般。于是走至山坡之下，顺着山脚，刚转过去，已闻得一股寒香拂鼻。回头一看，恰是妙玉门前，栊翠庵中有十数株红梅，如胭脂一般，映着雪色，分外显得精神，好不有趣！¹宝玉便立住，细细地赏玩一回方走。只见蜂腰板桥上一个人打着伞走来，是李纨打发了请凤姐儿去的人。

宝玉来至芦雪广，只见丫鬟、婆子正在那里扫雪开径。原来这芦雪广盖在傍山临水河滩之上，一带几间茅檐土壁，槿篱竹牖①，推窗便可垂钓，²四面皆是芦苇掩覆；一条去径，逶迤穿芦度苇过去，便是藕香榭的竹桥了。众丫鬟、婆子见他披蓑戴笠而来，却笑道："我们才说正少一个渔翁，如今果然全了。姑娘们吃了饭才来呢，你也太性急了！"宝玉听了，只得回来。刚至沁芳亭，见探春正从秋爽斋出来，围着大红猩猩毡斗篷，戴着观音兜②，扶着个小丫头，后面一个妇人打着一把青绸油伞。宝玉知她往贾母处去，遂立在亭边，等她来到，二人一同出园前去。

宝琴正在里间房内梳洗更衣。一时众姊妹来齐，宝玉只嚷饿了，连连催饭。好容易等摆上饭来，头一样菜便是牛乳蒸羊羔。³贾母便说："这是我们有年纪的人的药，没见天日的东西，可惜你们小孩子们吃不得。今儿另外有新鲜鹿肉，你们等着吃。"众人答应了。宝玉却等不得，只拿茶泡了一碗饭，就着野鸡瓜齑，忙忙地咽完了。贾母道："我知道你们今儿又有事情，连饭也不顾吃了。"便叫"留着鹿肉，与他晚上吃"，凤姐忙说"还有呢"，方才罢了。史湘云便悄和宝玉计较道："有新鲜鹿肉，不如咱们要一块，自己拿了园里弄着，又玩又吃。"⁴宝玉听了，巴不得一声儿，便真和凤姐要了一块，命婆子送入园去。

一时，大家散后，进园齐往芦雪广来，听李纨出题限韵。独不见湘云、宝玉二人。黛玉道："他两个再到不了一处，若到一处，生出多少故事来！这会子一定算计那块鹿肉去了。"⁵正说着，只见李婶也走来看热闹，因问李纨道："怎么一个带玉的哥儿和那一个挂金麒麟的姐儿，那样干净清秀，又不少吃的，他两个在那里商议着要吃生肉呢，说得有来有去的。我只不信，肉也生吃得的？"众人听了，都笑道："了不得，

1. 雪景如绘，恰恰是回目的前八个字。必曰"妙玉门前"，因妙玉系十二正钗之一。虽不参与雅集，却可顺便带出其名来。

2. 再来一个蓑笠翁就更好了。

3. 由羊羔引出鹿肉来。此羊羔指胎羊而非小羊，故言"没见天日的东西"，作药膳，性大补，然只适合老年人而不宜青壮。不知是否因为多激素的缘故。

4. 真是个野小子，非湘云想不出这主意来。

5. 只有她一猜就中。联诗极雅之事，偏于雅前写出小儿啖膻茹血极腌臜的事来，为锦心绣口作配。（庚）

---

① 槿篱竹牖（yǒu 有）——木槿为夏秋开花的灌木，密植于庭院可当作篱笆。竹牖，竹窗。
② 观音兜——女用风帽的一种，状似观音所戴的样式。

快拿了他两个来。"黛玉笑道："这可是云丫头闹的，我的卦再不错。"

李纨等忙出来，找着他两个，说道："你们两个要吃生的，我送你们到老太太那里吃去。哪怕吃一只生鹿，撑病了不与我相干。[1] 这么大雪，怪冷的，替我作祸呢！"宝玉笑道："没有的事，我们烧着吃呢。"李纨道："这还罢了。"只见老婆们拿了铁炉、铁叉、铁丝蒙①来，李纨道："仔细割了手，不许哭！"说着，同探春进去了。

凤姐打发了平儿来回复不能来，[2] 为发放年例正忙。湘云见了平儿，哪里肯放。平儿也是个好玩的，素日跟着凤姐儿无所不至，见如此有趣，乐得玩笑，因而褪去手上的镯子，三个人围着火，平儿便要先烧三块吃。那边宝钗、黛玉平素看惯了，不以为异；宝琴等及李婶深为罕事。探春与李纨等已议定了题韵。[3] 探春笑道："你闻闻，香气这里都闻见了，我也吃去。"说着，也找了他们来。李纨也随来，说："客已齐了，你们还吃不够？"湘云一面吃，一面说道："我吃这个方爱吃酒，吃了酒才有诗。若不是这鹿肉，今儿断不能作诗。"[4] 说着，只见宝琴披着凫靥裘站在那里笑。湘云笑道："傻子！你来尝尝。"宝琴笑说："怪脏的。"宝钗道："你尝尝去，好吃的。你林姐姐弱，吃了不消化，不然她也爱吃。"宝琴听了，便过去吃了一块，果然好吃，便也吃起来。

一时，凤姐儿打发小丫头来叫平儿。平儿说："史姑娘拉着我呢，你先走罢。"小丫头去了。一时，只见凤姐也披了斗篷走来，[5] 笑道："吃这样好东西，也不告诉我！"说着，也凑在一处吃起来。黛玉笑道："哪里找这一群花子去！罢了，罢了，今日芦雪广遭劫，生生被云丫头作践了。我为芦雪广一大哭！"[6] 湘云冷笑道："你知道什么！'是真名士自风流'，你们都是假清高，最可厌的。我们这会子腥膻，大吃大嚼，回来却是锦心绣口。"[7] 宝钗笑道："你回来若作得不好了，把那肉掏了出来，就把这雪压的芦苇子塞上些，以完此劫。"[8]

说着，吃毕，洗漱了一回。平儿戴镯子时，却少了一个，左右前后乱找了一番，踪迹全无。[9] 众人都诧异。凤姐儿笑道："我知道这镯子的去向。你们只管作诗去，我们也不用找，只管前头去，不出三日，包管就有了。"[10] 说着又问："你

1. 该她说，是大嫂子，又是社长，有安全责任在身。

2. 又一挫，少了凤姐，总是憾事，且看她究竟来不来。

3. 前后只写众人围火烧鹿肉吃，中间插一句作诗事，别样叙法。

4. 只用湘云的话，便将鹿肉与作诗连了起来。

5. 如何？还是来了。

6. 必有此话反衬，才有趣。大约此话不独黛玉，观书者亦如此。（庚）未必，未必！

7. 驳得好！何谓雅，何谓俗？本对立统一。湘云心直口快个性体现。

8. 看宝钗如今与黛玉站在同一边说话了。所谓用"芦苇子塞上"，是腹中草莽之意，恰是"茅塞"一语。

9. 又插一事，第五十二回写到。

10. 对查找失物，凤姐颇有自信。

_____

① 铁丝蒙——铁丝罩，烤肉用具。

们今儿作什么诗？老太太说了，离年又近了，正月里还该作些灯谜儿大家玩笑。"众人听了，都笑道："可是倒忘了。如今赶着作几个好的，预备着正月里玩。"说着，一齐来至地炕屋内，只见杯盘果菜俱已摆齐，墙上已贴出诗题、韵脚、格式来了。宝玉、湘云二人忙看时，只见题目是"即景联句①，五言排律②一首，限'二萧'韵"。后面尚未列次序。李纨道："我不大会作诗，我只起三句罢，¹然后谁得了谁先联。"宝钗道："到底分个次序。"要知端的，且听下回分解。

1. 联句起头，不受他人限制，故谦语自承，但是否竟由李纨来作，还得看下去方知。

【总评】

　　此回的开头是上回香菱学诗情节的结尾。她拿出第三篇习作来，得到众人的称赞。三首诗是三个阶段成绩优劣的代表和浓缩。在现实生活中，也许要写上三十首、三百首才可能有如此大步的跨越。"天下无难事，只怕有心人"正是点题语。

　　荣国府来了一帮姑娘亲戚：邢岫烟、李纹、李绮、薛宝琴，人谓"倒像一把子四根水葱儿"。史湘云因照料她的叔伯迁外省上任，贾母也就将她接了过来，她们分别与迎春、李纨和宝钗做伴同住。这一来，大观园女儿国到了人丁最兴旺、最热闹的时期。

　　香菱一心想作诗，如今来了个极爱说话的史湘云，正好向她请教，于是两人就"没有昼夜高谈阔论起来"。什么"杜工部之沉郁，韦苏州之淡雅""温八叉之绮靡，李义山之隐僻"，聒噪得人受不了。这可能也是当时诗坛风气的折射，故宝钗戏谑之为"呆香菱之心苦，疯湘云之话多"。

　　宝玉素知黛玉有小性儿，对宝钗多有讥语，现在突然发现钗、黛关系十分亲密，与前大不一样，心里又是"不解"又是"纳罕"。直到他到黛玉房中，用《西厢记》中词句"是几时孟光接了梁鸿案"相询问，黛玉"因把说错了酒令起，连送燕窝病中所谈之事，细细告诉了宝玉，宝玉方知缘故"。的确，自"兰言解疑癖"和"互剖金兰语"两回后，钗、黛之间的猜疑与矛盾已消除了。作者本无意要将宝钗写成黛玉的情敌，这一点是许多读此书的人至今也不能理解的。

　　这一回对人物各种服饰作细致的描写是一大特色，也是一个亮点。即如史湘云作"小子"模样的打扮，书中就说她"越显得蜂腰猿臂，鹤势螂形"，便是绝妙的形容。服饰之中写到斗篷的次数尤多，也都各有其妙用，已为评论家所关注。景物描写则以"白雪红梅"显精神，它为下回咏红梅提供诗材，也为"宝琴立雪图"张本。

　　群芳聚会作诗前，湘云出主意与宝玉一道讨得一块生鹿肉来自己烧烤，引得姊妹们也纷纷来尝鲜。黛玉笑她们是"一群花子"，湘云答以"是真名士自风流"，还说"我们这会子腥膻，大吃大嚼，回来却是锦心绣口"。写活了湘云，也大增情节的风趣。

---

① 联句——数人相聚共作一首诗，这种形式起于汉武帝时的《柏梁台诗》，后有演变。联句之风，清代特盛。曹雪芹友人敦诚《四松堂集》等书中仍存有芹圃（即雪芹）、松堂、荇庄等人联句多首。

② 排律——又称"长律"。即超过八句，可多至百韵以上的律诗，格律上是律诗的延长，除首尾两联可散行外，中间不论多少句，都须对仗。多用五言。联句多用此体。

第 五 十 回

芦雪广争联即景诗　暖香坞创制春灯谜

【题解】

　　此回回目诸本大体一致，唯"芦雪广（音眼，傍山建筑。详见上回注释）"蒙府、戚序、卞藏本"广"作"庵"；列藏本作"庐"；甲辰、程高本作"庭"或"亭"，皆非。此用庚辰本回目。下句"暖香坞"庚辰本讹作"暖春坞"，从诸本改。"创制"诸本作"雅制"，不从。因所制灯谜，除一般谜底外，尚另含隐义，即还有深一层的谜底，是其"创"意，非通常之"雅"制。下回仿此法作"怀古诗"，则以"新编"隐其用意。群芳在一起作诗，上回末李纨已宣布，这次为"即景联句"，即以眼前景物为题，由多人各联一二句共成一首诗。可以排好顺序来联，也可谁先想好谁就先联。回中所写，主要是后一种，其中湘云、黛玉诗思敏捷，彼此"争"着来联。暖香坞是惜春的住处。众人来到这里，遵贾母心意，以诗词制成春节时玩的灯谜，湘云、宝钗、宝玉、黛玉各有所作。

　　话说薛宝钗道："到底分个次序，让我写出来。"说着，便令众人拈阄为序。<u>起首恰是李氏，然后按次各各开出。</u>[1]凤姐儿说道："既这样说，我也说一句在上头。"众人都笑说道："更妙了！"宝钗便将"稻香老农"之上补了一个"凤"字，李纨又将题目讲与她听。

　　凤姐儿想了半日，笑道："你们别笑话我。我只有一句粗话，下剩的我就不知道了。"众人都笑道："越是粗话越好。你说了，就只管干正事去罢。"凤姐儿笑道："我想，下雪必刮北风，昨夜听见一夜的北风，我有了一句，就是'一夜北风紧'，可使得？"众人听了，都相视笑道："这句虽粗，不见底下的，这正是会作诗的起法。不但好，而且留了多少地步与后人。[2]就是这句为首，稻香老农快写上，续下去。"凤姐和李婶、平儿又吃了两杯酒，自去了。这里李纨便写了：

　　　　一夜北风紧，

自己联道：

　　　　开门雪尚飘。入泥怜洁白，

1. 虽规定得明明白白，却未必能一一照办，世间事大抵如此。一定要按次序，恰又不按次序，似脱落处而不脱落，文章歧路如此！（庚）

2. 发端句明明是惯作排律的行家所拟，却偏偏穿插成由没有文墨的凤姐来说，又让众人道出如此开头的好处来，好像只是凑巧碰上的。作者用笔之灵巧，真令人意想不到。

香菱道：

> 匝地惜琼瑶①。有意荣枯草，

探春道：

> 无心饰萎苕②。价高村酿熟③，

李绮道：

> 年稔府粱饶④。葭动灰飞管⑤，

李纹道：

> 阳回斗转杓⑥。寒山已失翠，

岫烟道：

> 冻浦不闻潮。易挂疏枝柳，

湘云道：[1]

> 难堆破叶蕉。麝煤融宝鼎⑦，

1. 想此时湘云尚按次序联句。

宝琴道：

> 绮袖笼金貂。光夺窗前镜，

黛玉道：

> 香粘壁上椒⑧。斜风仍故故⑨，

宝玉道：

> 清梦转聊聊⑩。[2] 何处梅花笛⑪？

2. 稍觉有悲凉意味。

宝钗道：

---

① 匝地惜琼瑶——这里说雪似美玉而惜其遍地抛洒。匝，满，遍。
② 无心饰萎苕（tiáo 条）——饰，装点。苕，苇花，秋开冬萎，开时一片白，诗中多喻雪，如苏轼《将之湖州》诗："溪上苕花正浮雪。"芦雪广"四面皆是芦苇掩覆"，其名当由此而得。
③ 价高村酿熟——谓酒涨价，因大雪天寒，唐代郑谷《辇下冬暮咏怀》诗："烟含紫禁花期近，雪满长安酒价高。"
④ 年稔（rěn 忍）府粱饶——年成好，官仓粮食多。稔，庄稼成熟。古人以为"雪是五谷之精"，冬雪大瑞，便得"年登岁稔"。
⑤ 葭（jiā 家）动灰飞管——意即"管中葭灰飞动"。葭，芦苇。古代候验节气之具叫灰琯，将芦苇茎中薄膜制成灰，置于十二乐律的玉管内，到某一节气，相应律管内的灰会自行飞出。
⑥ 阳回斗转杓——阳气复来，形如水杓的北斗七星斗柄所指的方位改变了。
⑦ 麝煤融宝鼎——鼎炉中燃起芳香燃料以取暖。融，炊烧使气上腾。
⑧ "光夺"二句——意即"〔雪〕夺窗前之镜光，〔雪〕粘壁上〔沾得〕之椒香"。夺，超过。椒，芳香植物，古代后妃居室，多以椒和泥涂壁，取其温馨。
⑨ 故故——屡屡，阵阵。
⑩ 聊聊——稀少，说梦因冷而难成。
⑪ 梅花笛——因《梅花落》笛曲而名。

　　　　谁家碧玉箫？ 鳌愁坤轴陷①，

李纨笑道："我替你们看热酒去罢。"宝钗命宝琴续联，
只见湘云站起来道：¹

　　　　龙斗阵云销②。 野岸回孤棹③，

宝琴也站起道：²

　　　　吟鞭指灞桥④。 赐裘怜抚戍⑤，

湘云哪里肯让人，且别人也不如她敏捷，都看她扬眉
挺身地说道：³

　　　　加絮念征徭。 坳垤审夷险⑥，

宝钗连声赞好，也便联道：

　　　　枝柯怕动摇。 皑皑轻趁步，

黛玉忙联道：

　　　　翦翦舞随腰⑦。 煮芋成新赏⑧，

一面说，一面推宝玉，命他联。宝玉正看宝钗、宝琴、
黛玉三人共战湘云，⁴十分有趣，哪里还顾得联诗，今
见黛玉推他，方联道：

　　　　撒盐是旧谣⑨。 苇蓑犹泊钓⑩，

湘云笑道："你快下去，你不中用，倒耽搁了我。"⁵ 一
面只听宝琴联道：

1. 湘云已抢在宝琴之先了。

2. 难道我不会联？所以也站起来。

3. 作诗不让人的情神如见。的是湘
云。写海棠是一样笔墨，如今联
句又是一样写法。（靖）批语未
指明对应的正文，姑从陈庆浩
《新编石头记脂砚斋评语辑校》
系于此。

4. 与"三英战吕布"只有文武之分。

5. 不但口快，心也急。

―――――――――――――

① 鳌愁坤轴陷——背负大山的大海龟恐雪压大地塌陷而发愁。坤轴，地轴。据《列子》等神话传说。
② 龙斗阵云销——以玉龙斗罢喻雪。宋代张元《咏雪》诗："战罢玉龙三百万，败鳞残甲满天飞。"龙斗时云集，
斗罢云消。
③ 回孤棹——以孤舟返回写雪，用王子猷雪夜访戴，兴尽而返典故。见《世说新语·任诞》。
④ 吟鞭指灞桥——唐昭宗时宰相郑綮（qìng 庆），答人问有无新诗曰："诗思在灞桥风雪中驴子背上，此何以得
之？"桥在长安东。见宋尤袤《全唐诗话》。
⑤ 赐裘怜抚戍——唐开元时，宫中制绵袍赐边军。有士兵于袍中得一诗曰："沙场征戍客，寒苦若为眠？战袍经
手作，知落阿谁边？"蓄意多添线，含情更着绵。今生已过也，重结后生缘。"查问结果，为一宫女所作，玄宗
深悯之，命她嫁给那士兵。见《唐诗纪事》。下句亦用此事。
⑥ 坳（āo 凹，又读ào 奥）垤（dié 叠）审夷险——意谓覆雪之地，须察高低不平。坳，低洼地。垤，小土堆。夷，
平坦，安全。
⑦ "皑皑（ái 捱）"二句——诗文中多以"风回雪舞"喻女子步态，此则以轻步舞腰来点风雪。李商隐《歌舞》诗：
"回雪舞轻腰。"皑皑，白。翦翦，风尖细状。
⑧ 煮芋成新赏——雪天煮芋为食，如赏新奇美味。小说下文写到"李纨命人将那蒸的大芋头盛了一盘"。
⑨ 撒盐是旧谣——"撒盐空中"的"旧谣"是说下雪的。参见第五回正册判词之一说。这两句程高本改为"苦
茗成新赏，孤松订久要"，有道学气。
⑩ 苇蓑犹泊钓——芦雪广可"垂钓"，宝玉"披蓑戴笠"，人称"渔翁"。唐柳宗元《江雪》诗："孤舟蓑笠翁，独
钓寒江雪。"此句与下句渔与樵对仗，比程高本此句改作"泥鸿从印迹"工切。

林斧不闻樵①。伏象千峰凸，

湘云忙联道：

盘蛇一径遥②。¹ 花缘经冷结③，

宝钗与众人又忙赞好。探春又联道：

色岂畏霜凋！深院惊寒雀，

湘云正渴了，忙忙地吃茶，已被岫烟联道：²

空山泣老鸮④。阶墀随上下，

湘云忙丢下茶杯，忙联道：³

池水任浮漂。照耀临清晓，

黛玉联道：

缤纷入永宵。诚忘三尺冷⑤，

湘云忙笑联道：

瑞释九重焦⑥。僵卧谁相问⑦？

宝琴也忙笑联道：

狂游客喜招⑧。天机断缟带⑨，

湘云又忙道：

海市失鲛绡⑩。

1. 该赞好，确是联得工稳。

2. 岫烟亦能诗者，若只有初次联，似太少；又抢不过几位快手，故写她趁湘云口渴吃茶空隙，再联。

3. 写湘云争联神情，连用几个"忙"字。

---

① 林斧不闻樵——林间已不闻樵夫的斧声。戚序本作"乍停樵"，不妥；程高本作"或闻樵"，更误，雪天大观园内岂能"闻樵"？今从庚辰本。
② "伏象"二句——意即"千峰凸起如象伏，一径遥遥似蛇盘"。象色白，故以喻；雪地足印使小径更显。唐代韩愈《咏雪赠张籍》诗："岸类长蛇搅，陵犹巨象豗（huī 灰，打架）。"
③ 花缘经冷结——花，雪花，叫"六出花"。"结"，庚辰、蒙府、列藏诸本作"绪"，当是形讹；戚序、戚宁本作"聚"，以为"绪"是音讹而改。今从甲辰、程甲、程乙本。
④ 老鸮（xiāo 消）——鸮，鸱鸮，猫头鹰，叫声凄厉似泣。与上句写雀饥噪声如惊，同样说雪大。
⑤ 诚忘三尺冷——将士因忠诚而忘却戍守的寒苦。诚，忠。李世民《赐萧瑀》诗："疾风知劲草，板荡识诚臣。"诚臣，即忠臣。三尺，剑。出《汉书·高帝纪》。雪里刀剑随身，尤觉寒冷，即"霜清剑佩寒"（陆游《梦仙》诗）意。或谓"三尺"指雪，以为用"程门立雪"典，不对。排律对仗的修辞要求，以上下句相称相类始可，如前"花缘"一联，"花""色"皆指雪。"阶墀"四句省却的也全是"雪"。若"三尺"代雪（从未见这样的代法），则下句之"九重"必同指方能相称。又"程门立雪"事，典籍明言"雪深一尺"，岂可增量而附会之？又有"三尺"指代微躯之说，也不对。
⑥ 瑞释九重焦——皇帝因瑞雪能兆丰年而解除了焦虑。宋玉《九辩》："君之门以九重。"九重，指代皇帝。
⑦ 僵卧谁相问——用袁安卧雪典故：大雪，洛阳令出外视察，见百姓都除雪开路，方能出门。独袁安门口无路，以为已死。除雪入户，见安僵卧。问："何不出？"安曰："大雪，人皆饿，不宜干人。"见《后汉书·袁安传》注引《汝南先贤传》。
⑧ 狂游客喜招——唐代王元宝每逢大雪，扫雪开路，招客饮宴，名曰"暖寒会"。见五代王仁裕《开元天宝遗事》。
⑨ 天机断缟带——天机，天上织女用的织机。缟带，白色丝带，喻雪。韩愈《咏雪赠张籍》诗："随车翻缟带，逐马散银杯。"
⑩ 海市失鲛绡——海市，海市蜃楼，海上幻景。鲛绡，传说海中鲛人所织的白色丝织品，亦喻雪。

林黛玉不容她道出，接着便道：[1]

> 寂寞对台榭，

湘云忙联道：

> 清贫怀箪瓢①。

宝琴也不容情，也忙道：

> 烹茶冰渐沸，

湘云见这般，自为得趣，又是笑，又忙联道：

> 煮酒叶难烧。

黛玉也笑道：

> 没帚山僧扫，

宝琴也笑道：

> 埋琴稚子挑②。

湘云笑得弯了腰，忙念了一句，众人问："到底说的是什么？"湘云喊道：[2]

> 石楼闲睡鹤，

黛玉笑得揉着胸口，高声嚷道：[3]

> 锦罽暖亲猫③。[4]

宝琴也忙笑道：

> 月窟翻银浪，

湘云忙联道：

> 霞城隐赤标④。

黛玉忙笑道：

> 沁梅香可嚼，

宝钗笑着称好，也忙联道：

1. 黛玉岂肯让湘云独占，故不容她说出下一联出句，便接了过来。这一来，联句就从每人两句变成一句，以此表示速度明显加快了。

2. 一边笑，一边说，又加她原本就咬舌，众人自然不易听清。她索性就喊，有趣！

3. 湘、黛二人笑态不同：一个笑弯了腰，一个揉着胸口，都切合各自体质特点。黛玉唯恐像湘云说的大家听不清，也就高声嚷了起来。

4. 难怪联句者自己先绝倒，作诗以"猫"字押韵毕竟不多。此句不但妥帖，且有谐趣。

---

① 清贫怀箪瓢——清贫者在风雪饥寒中想着有简单的食物充饥。箪，盛饭竹器。箪食瓢饮事，出《论语·雍也》。
② "没帚"二句——意即"山僧扫没帚〔之雪〕，稚子挑埋〔于雪中之〕琴。"下句出典未详。
③ 锦罽（jì 季）暖亲猫——天寒，猫贴着毯子以取暖。锦罽，锦毯。
④ "月窟"二句——谓雪如月光倾泻大地，隐没了赤城山的高峰。银浪，喻月光。霞城，赤城山，在浙江天台县北，"土色皆赤，状似云霞，望之如雉堞（城墙）"。赤标，谓赤色高峰望之可作标识。

淋竹醉堪调①。¹

宝琴也忙道：

或湿鸳鸯带，

湘云忙联道：

时凝翡翠翘②。

黛玉又忙道：

无风仍脉脉，

宝琴又忙笑联道：

不雨亦潇潇③。

湘云伏着，已笑软了。众人看她三人对抢，也都不顾作诗，看着也只是笑。黛玉还推她往下联，又道："你也有才尽力穷之时。我听听，还有什么舌根嚼了？"湘云只伏在宝钗怀里，笑个不住。²宝钗推她起来道："你有本事，把'二萧'的韵全用完了，我才服你。"湘云起身笑道："我也不是作诗，竟是抢命呢！"³众人笑道："倒是你说罢。"探春早已料定没有自己联的了，便早写出来，因说："还没收住呢。"李纹听了，接过来，便联了一句道：

欲志今朝乐，

李绮收了一句道：

凭诗祝舜尧。

李纨道："够了，够了！虽没作完了韵，剩的字若生扭用了，倒不好了。"说着，大家来细细评论一回，独湘云的多，都笑道："这都是那块鹿肉的功劳。"⁴

李纨笑道："逐句评去，都还一气，只是宝玉又落了第了。"⁵宝玉笑道："我原不会联句，只好担待我罢。"李纨笑道："也没有社社担待你的。又说韵险了，又整误了，又不会联句了，今日必罚你。我才看见栊翠庵的红梅有

1. 此联精警，用事无痕。

2. 依恋宝钗之情可见。

3. "二萧"韵部的字虽未用尽，但能用的也差不多了。湘云所说可知文字游戏的成分多于作诗。

4. 仍回到吃鹿肉上来，以证湘云不是凭空夸口。

5. 历来联句都无名篇佳作，是各人思路、修养、才情不同使然，若能"都还一气"，就算很不错了。倘写得自然浑成，反不真实。宝玉"落第"，方有乞红梅事生出。

① "沁梅"二句——上句典出《花史》：宋时，"铁脚道人尝爱赤脚走雪中，兴发则朗诵《南华·秋水篇》，嚼梅花满口，和雪咽之，曰：'吾欲寒香沁人肺腑。'"下句谓醉闻雪压竹之声，正好弹琴。用宋代王禹偁《黄冈竹楼记》意："冬宜密雪，有碎玉声，宜鼓琴，琴调和畅。"文中亦言"醉"酒。
② "或湿"二句——主语都是雪。翘，古代妇女的一种首饰，状如翠鸟尾上长羽。
③ "无风"二句——主语亦都是雪。脉脉，本含情不语的样子，这里形容雪的轻柔飘舞。潇潇，本小雨飘洒声，这里形容雪落微微有声。

趣，我要折一枝来插瓶。可厌妙玉为人，我不理她。如今罚你去取一枝来。"[1] 众人都道："这罚得又雅又有趣。"宝玉也乐为，答应着就要走。湘云、黛玉一齐说道："外头冷得很，你且吃杯热酒再去。"于是湘云早执起壶来，黛玉递了一个大杯，满斟了一杯。湘云笑道："你吃了我们这酒，你要取不来，加倍罚你！"宝玉忙吃了一杯，冒雪而去。

李纨命人好好跟着，黛玉忙拦说："不必，有了人，反不得了。"[2] 李纨点头说："是。"一面命丫鬟将一个美女耸肩瓶拿来，贮了水，准备插梅，因又笑道："回来该咏红梅了。"湘云忙道："我先作一首。"宝钗忙道："今日断乎不容你再作了！你都抢了去，别人都闲着也没趣。回来还罚宝玉，他说不会联句，如今就叫他自己作去。"黛玉笑道："这话很是。我还有个主意，方才联句不够，莫若拣那联得少的人作红梅诗。"宝钗笑道："这话是极。方才邢、李三位屈才，且又是客；[3] 琴儿和颦儿、云儿三个人也抢了许多，我们一概都别作，只让她三个作才是。"李纨因说："绮儿也不大会作，还是让琴妹妹罢。"宝钗只得依允，又道："就用'红梅花'三个字作韵，每人一首七律。邢大妹妹作'红'字，你们李大妹妹作'梅'字，琴儿作'花'字。"李纨道："饶过宝玉去，我不服。"湘云忙道："有个好题目命他作。"众人问："何题？"湘云道："命他就作'访妙玉乞红梅'，岂不有趣？"[4] 众人听了，都说："有趣。"

一语未了，只见宝玉笑嘻嘻地捐①了一枝红梅进来，众丫鬟忙已接过，插入瓶内。众人都笑称谢。宝玉笑道："你们如今赏罢，也不知费了我多少精神呢！"说着，探春早又递过一钟暖酒来。众丫鬟走上来，接了蓑笠掸雪。各人房中丫鬟都添送衣服来，袭人也遣人送了半旧的狐腋褂来。李纨命人将那蒸的大芋头盛了一盘，又将朱橘、黄橙、橄榄等物盛了两盘，命人带与袭人去。湘云且告诉宝玉方才的诗题，又催宝玉快作。宝玉道："好姐姐妹妹们，让我自己用韵罢，别限韵了。"[5] 众人都说："随你作去罢。"

1. 为人宽厚平实的李纨不喜怪癖矫情的妙玉，并不足怪。想出来处罚的方法却最好不过。只怕以后宝玉要争着"落第"了。

2. 黛玉早将妙玉看得透透的。在栊翠庵品茶时，妙玉对宝玉说："独你来了我是不给你吃的。"这话骗得了谁也骗不了黛玉。

3. 正要看看新来客人诗才如何，所以借红梅花为题，以少作屈才为由，再请补作，叙来合理。宝琴虽抢联甚多，毕竟非自己立意构思，亦未能展才，故让她替代李绮来作，此事由李纨开口确定最妥。赋诗各人分得一字为韵，是古已有之的老办法。可见此书无所不包。

4. 这题目出得好，与《咏红梅花》又不同，着眼在访与乞。

5. 不喜限韵，宝玉、宝钗所见略同：第三十七回末，宝钗说："我平生最不喜限韵，分明有好诗，何苦为韵所缚……只出题，不拘韵，原为大家偶得了好句取乐，并不为那些难人。"也许，这也正是作者对诗的见解。

---

① 捐——庚辰本作"勴"，字生奥，诸本皆改，如蒙府、戚序本作"背"，列藏本作"捧"，甲辰、程甲、程乙作"擎"。词书谓"勴"，渠焉切，音虔（qián 前），负物也。实即今之"捐"字。

　　一面说，一面大家看梅花。原来这一枝梅花只有二尺来高，旁有一横枝纵横而出，约有五六尺长，其间小枝分歧，或如蟠螭①，或如僵蚓，或孤削如笔，或密聚如林，花吐胭脂，香欺兰蕙，¹各各称赏。谁知邢岫烟、李纹、薛宝琴三人都已吟成，各自写了出来。众人便依"红梅花"三字之序看去，写道是：

咏红梅花　　得"红"字　　　　邢岫烟

桃未芳菲杏未红，冲寒先喜笑东风。

魂飞庚岭春难辨，霞隔罗浮梦未通。

绿萼添妆融宝炬，缟仙扶醉跨残虹。²

看来岂是寻常色，浓淡由他冰雪中。②

咏红梅花　　得"梅"字　　　　李纹

白梅懒赋赋红梅，逞艳先迎醉眼开。

冻脸有痕皆是血，酸心无恨亦成灰。³

误吞丹药移真骨，偷下瑶池脱旧胎。

江北江南春灿烂，寄言蜂蝶漫疑猜。③

咏红梅花　　得"花"字　　　　薛宝琴

疏是枝条艳是花，春妆儿女竞奢华。

闲庭曲槛无余雪，流水空山有落霞。⁴

幽梦冷随红袖笛，游仙香泛绛河槎。

前身定是瑶台种，无复相疑色相差。④

众人看了，都笑称赏了一番，又指末一首说：更好。宝玉见宝琴年纪最小，才又敏捷，深为奇异。黛玉、湘云二人斟了一小杯酒，齐贺宝琴。宝钗笑道："三首各有各

1. 不但形容文字精彩，且可看出作者对折枝梅花造型的脱俗审美情趣。一篇《红梅赋》。（庚）

2. 颔、颈二联警精，绝妙好词，如何想来？

3. 也切，只下笔稍嫌着力。

4. 风情无限，神来之笔。若以"雪"谐音"薛"，"落霞"歇后"孤鹜"，则似尚有隐寓意。

---

　　① 蟠螭——盘龙。螭，似龙而无角。

　　② 岫烟红梅诗一首——首联说红梅早开。芳菲，本花草香美，此即开放之意。花开如笑。三四句谓红梅若移向庚岭，景色与春天很难区别；因其色似红霞，却不能与罗浮山之梦相通。借大庚岭点梅，借春点红。用隋赵师雄游罗浮山梦见梅花化为"淡妆素服"的美女与人欢宴歌舞的故事。（见《龙城录》）用"隔""未通"，说所咏之梅与梦中所见颜色不同。五六句说梅似萼绿华仙女加了红妆，燃着红烛，又似梅花仙子喝醉酒跨过尚留残色的霓虹。绿萼，本梅之纯绿者，借梅拟人说萼绿华，九嶷仙人。（见《增补事类统编》）虹以赤色最显，形残时，犹可见。（见江淹《赤虹赋》）末谓花非"寻常色"，既说美丽，又说非通常淡色之梅。

　　③ 李纹红梅诗一首——冻脸，因花红又开于冰雪中，故为喻。酸心，梅蕊育梅子，故言酸；待到时过，花亦乌有，故曰"成灰"。借意李商隐《无题》诗："春心莫共花争发，一寸相思一寸灰。"颈联以花的脱胎换骨来形容，丹药点红，瑶池种仙桃，今化为红梅。故末言蜂蝶莫错认作桃杏，疑猜是否已到春色灿烂的季节。

　　④ 宝琴红梅诗一首——"春妆"句为红梅设喻。"无余雪""有落霞"含蓄地说梅非白是红。以残雪喻梅诗中常有，如唐戎昱《早梅》诗："不知近水花先发，疑是经春雪未消。"五六句谓随着女子所吹的笛声，梅亦做起幽梦来了，它的香气使人如乘槎邀游仙境。槎，木筏。《博物志》载银河与海相通，居海岛者在八月可定期见有木筏水面来去，有人登筏，结果碰到牛郎织女。绛河，银河的别称。用绛河代银河，为点花红。色相，佛家语，此言花的颜色和样子。

好。你们两个天天捉弄厌了我，如今又捉弄她来了。"李纨
又问宝玉："你可有了？"[1]宝玉忙道："我倒有了，才一看见
这三首，又吓忘了，等我再想。"[1]湘云听说，便拿了一支铜
火箸击着手炉，笑道："我击鼓了，若鼓绝不成，又要罚的。"
宝玉笑道："我已有了。"黛玉提起笔来，笑道："你念，我写。"
湘云便击了一下，笑道："一鼓绝。"宝玉笑道："有了，你写
吧。"众人听他念道：

　　　酒未开樽句未裁，

黛玉写了，摇头笑道："起得平平。"湘云又道："快着！"宝
玉笑道：

　　　寻春问腊到蓬莱。[2]

黛玉、湘云都点头笑道："有些意思了。"宝玉又道：

　　　不求大士瓶中露，为乞嫦娥槛外梅。①[3]

黛玉写了，又摇头道："凑巧而已。"湘云忙催二鼓，宝玉又
笑道：

　　　入世冷挑红雪去，离尘香割紫云来。②[4]
　　　槎枒谁惜诗肩瘦，衣上犹沾佛院苔。③[5]

黛玉写毕，湘云大家才评论时，只见几个丫鬟跑进来道："老
太太来了。"众人忙迎出来。大家又笑道："怎么这等高兴！"
说着，远远见贾母围了大斗篷，带着灰鼠暖兜④，坐着小竹
轿，打着青绸油伞，鸳鸯、琥珀等五六个丫鬟，每个人都是
打着伞，拥轿而来。李纨等忙往上迎，贾母命人止住说："只
站在那里就是了。"来至跟前，贾母笑道："我瞒着你太太和
凤丫头来了。"[6]大雪地下，我坐着这个无妨，没的叫她娘儿
们来踩雪。"众人忙一面上前接斗篷，搀扶着，一面答应着。

　　贾母来至室中，先笑道："好俊梅花！你们也会乐，我
来着了。"说着，李纨早命拿了一个大狼皮褥来，铺在当中。

----

1. 说得有趣，宝玉也幽默。
小说语言若干枯无味，定
是庸才。

2. "春"点红；"腊"代梅；"蓬
莱"，栊翠庵也。妙！

3. 妙玉若见此两句，说不定
有多欢喜呢！

4. 上联流动如话，此联工整
锤炼，大得律诗法度。

5. 此回眸一笑法，绝顶聪明。

6. 贾母虽老，兴致不减。

----

① "不求"二句——大士，指观音大士，传其净瓶中有甘露，可救灾厄。这里以观音、嫦娥比妙玉。槛外，栏
杆之外，又与妙玉自称"槛外人"巧合。
② "入世"二句——将栊翠庵比为仙境，折梅回"去"称"入世"；"来"到庵里乞梅称"离尘"。梅称"冷香"，
故分"冷""香"于二句中。"挑红雪""割紫云"喻折红梅。宋代毛滂《红梅》诗："谁将绛雪点寒枝。"唐代
李贺《杨生青花紫石砚歌》："踏天磨刀割紫云。"原诗采紫色石。
③ "槎枒"二句——前句意即"谁惜诗人瘦肩槎枒"。槎枒，亦作"楂枒""查牙"。本歧出貌，这里形容瘦骨嶙
峋的样子，肩因冷而耸。后句实说归途中尚念栊翠庵之清幽。
④ 暖兜——一种防风保暖的帽子。

贾母坐了，因笑道："你们只管照旧玩笑吃喝。我因为天短了，不敢睡中觉，抹了一回牌，想起你们来了，我也来凑个趣儿。"李纨早又捧过手炉来。探春另拿了一副杯箸来，亲自斟了暖酒，奉与贾母。贾母便饮了一口，问那个盘子里是什么东西。众人忙捧了过来，回说："是糟鹌鹑。"贾母道："这倒罢了，撕一两点腿子来。"李纨忙答应了，要水洗手，亲自来撕。贾母又道："你们仍旧坐下说笑，我听。"又命李纨："你也只管坐下，就如同我没来的一样才好，不然我就去了。"[1]众人听了，方依次坐下，只李纨挪到尽下边。贾母因问："作何事了？"众人便说："作诗。"贾母道："有作诗的，不如作些灯谜，大家正月里好玩的。"[2]众人答应了。

说笑了一会，贾母便说："这里潮湿，你们别久坐，仔细受了潮湿。"因说："你四妹妹那里暖和，我们到那里瞧瞧她的画儿，赶年可有了？"众人笑道："哪里能年下就有了？只怕明年端阳有了。"贾母道："这还了得！它竟比盖这园子还费工夫了。"

说着，仍坐了竹椅轿，大家围随，过了藕香榭，穿入一条夹道，东西两边皆有过街门，门楼上里外皆嵌着石头匾，如今进的是西门，向外的匾上凿着"穿云"二字，向里的凿着"度月"两字。来至当中，进了向南的正门，贾母下了轿，惜春已接了出来。从里边游廊过去，便是惜春卧房，门斗上有"暖香坞"三个字。[3]早有几个人打起猩红毡帘，已觉温香拂脸。[4]大家进入房中，贾母并不归坐，只问："画在哪里？"惜春因笑问："天气寒冷了，胶性皆凝涩不润，画了恐不好看，故此收起来。"贾母笑道："我年下就要的。你别托懒儿，快拿出来给我快画！"[5]

一语未了，忽见凤姐儿披着紫绒羯褂，笑嘻嘻地来了，口内说道："老祖宗今儿也不告诉人，私自就来了，要我好找。"贾母见她来了，心中自是喜悦，道："我怕你们冷着了，所以不许人告诉你们去。你真是个鬼灵精儿，到底找了我来。以理，孝敬也不在这上头。"凤姐儿笑道："我哪里是孝敬的心找了来？我因为到了老祖宗那里，鸦没雀静的，[6]问小丫头子们，她又不肯说，叫我找到园里来。我正疑惑，忽然又来了两三个姑子，我心

1. 看着孙辈们笑谈欢乐，对老祖母来说，便是一大享受。

2. 与前文由下人传话一样，再次嘱要作灯谜。

3. 这一处是前面没有提到过的。看他又写出一处。从起至末，一笔一部之文也有，千万笔成一部之文也有，一二笔成一部之文也有。如"试才"一回，起若都说完，以后则索然无味，故留此几处以为后文之点染也。此方活泼不板，眼目屡新。（庚）

4. 切"暖香"之名。各处皆如此，非独因"暖香"二字方有此景。戏注于此，以博一笑耳。（庚）

5. 一而再说到惜春作画，无论画成画不成，皆须有所交代。谁知八十回后续作竟完全忘却此事，一句也不再提起。

6. 这四个字俗语中常闻，但不能落纸笔耳，便欲写时，究竟不知系何四字。今如此写来，真是不可移易。（庚）

里才明白了：那姑子必是来送年疏①，或要年例香例银子，老祖宗年下的事也多，一定是躲债来了。我赶忙问了那姑子，果然不错。我连忙把年例给了她们去了。如今来回老祖宗，债主已去，不用躲着了。已预备下希嫩的野鸡，请用晚饭去，再迟一会就老了。"她一行说，众人一行笑。凤姐儿也不等贾母说话，便命人抬过轿子来。贾母笑着，搀了凤姐的手，仍上轿，带着众人，说笑出了夹道东门。一看，四面粉妆银砌，忽见宝琴披着凫靥裘，站在山坡上遥等，身后一个丫鬟，抱着一瓶红梅。[1] 众人都笑道："怪道少了两个人，她却在这里等着，也弄梅花去了。"贾母喜得忙笑道："你们瞧，这雪坡上，配上她的这个人品，又是这件衣裳，后头又是这梅花，像个什么？"众人都笑道："就像老太太屋里挂的仇十洲②画的《艳雪图》。"贾母摇头笑道："那画的哪里有这件衣裳？人也不能这样好！"[2] 一语未了，只见宝琴背后又转出一个披大红猩毡的人来。贾母道："那又是哪个女孩儿？"众人笑道："我们都在这里，那是宝玉。"贾母笑道："我的眼越发花了。"说话之间，来至跟前，可不是宝玉和宝琴！宝玉笑向宝钗、黛玉等道："我才又到了栊翠庵。妙玉每人送你们一枝梅花，我已经打发人送去了。"[3] 众人都笑说："多谢你费心！"

　　说话之间，已出了园门，来至贾母房中。吃毕饭，大家又说笑了一会。忽见薛姨妈也来了，说："好大雪，一日也没过来望候老太太。今日老太太倒不高兴？正该赏雪才是。"贾母笑道："何曾不高兴！我找了她们姊妹们去玩了一会子。"薛姨妈笑道："昨日晚上，我原想着今日要和我们姨太太借一日园子，摆两桌粗酒，请老太太赏雪的；又见老太太安息得早，我闻得女儿说老太太心下不大爽快，因此今日也没敢惊动。早知如此，我正该请。"[4] 贾母笑道："这才是十月里头场雪，往后下雪的日子多呢，再破费不迟。"薛姨妈笑道："果然如此，算我的孝心虔了。"

　　凤姐儿笑道："姑妈，仔细忘了如今先秤五十两银子来，交给我收着，一下雪，我就预备下酒，姨妈也不用

1. 又另是一幅可题作"白雪红梅"的美人图。

2. 借名人之画作比，又说画不及真人。前人题画诗、风景诗亦有此法，此处写来特灵活。

3. 宝玉再到栊翠庵，想是去致谢的。妙玉一高兴，乐得大大方方，拿贾府园内花木，送贾家姊妹们每人一枝做人情。

4. 薛姨妈有心要宴请贾母赏雪，大概与薛家人宝琴兄妹前来叨扰贾府，宝琴又被认作干孙女，得贾母赠衣裳、招同住，特别宠爱有关。借此一请，或可聊表谢忱。

---

① 年疏——一种求神祈福的祭文，请僧尼持诵过，于年终前送至施主家，以便焚化。

② 仇十洲——明代画家仇英，号十洲，擅长工笔画山水、人物、楼阁等。

操心，也不得忘了。"[1]贾母笑道："既这么说，姨太太给她五十两银子收着，我和她每人分二十五两。到下雪的日子，我装心里不快，混过去了，姨太太更不用操心，我和凤丫头倒得了实惠。"[2]凤姐将手一拍，笑道："妙极了！这和我的主意一样。"众人都笑了。贾母笑道："呸！没脸的，就顺着竿子爬上来了！你不说姨太太是客①，在咱们家受屈，我们该请姨太太才是，哪里有破费姨太太的理！[3]不这样说呢，还有脸先要五十两银子，真不害臊！"凤姐儿笑道："我们老祖宗最是有眼色的，试一试姑妈：若松呢，拿出五十两来，就和我分；这会子估量着不中用了，翻过来拿我做法子，说出这些大方话来。如今我也不和姑妈要银子，竟替姑妈出银子，治了酒，请老祖宗吃了，我另外再封五十两银子孝敬老祖宗，算是罚我个包揽闲事，这可好不好？"[4]话未说完，众人已笑倒在炕上。

贾母因又说及宝琴雪下折梅，比画儿上还好，因又细问她的年庚八字并家内景况。薛姨妈度其意思，大约是要与宝玉求配。[5]薛姨妈心中固也遂意，只是已许过梅家了，因贾母尚未明说，自己也不好拟定，遂半吐半露告诉贾母道："可惜这孩子没福，前年她父亲就没了。她从小儿见的世面倒多，跟着她父母四山五岳都走遍了。她父亲是个好乐的，各处因有买卖，带着家眷这一省逛一年，明年又往那一省逛半年，所以天下十停，走了有五六停了。[6]那年在这里，把她许了梅翰林的儿子，偏第二年他父亲就辞世了，如今她母亲又是痰症……"凤姐也不等说完，便嗐声跺脚地说："偏不巧，我正要作个媒呢，又已经许了人家。"贾母笑道："你要给谁说媒？"凤姐儿笑道："老祖宗别管，我心里看准了，他们两个确是一对。如今已许了人，说也无益，不如不说罢了。"贾母也知凤姐儿之意，听见已有了人家，也就不提了。[7]大家又闲话了一会方散。一宿无话。

次日雪晴。饭后，贾母又亲嘱惜春："不管冷暖，你只画去；赶到年下，十分不能，便罢了。第一要紧把昨日琴儿和丫头、梅花，照模照样，一笔别错，快快添上。"惜春听了，虽是为难，只得应了。一时众人都来看她如

1. 是笑话还是真话？看来只是说笑。但事涉银子，凤姐也不会不闪过念头。只是她已练就了敢于对长辈大胆说笑的一身本领。

2. 不料贾母也如此幽默，想是听说姨妈要请她，心里特别高兴。

3. 这是实话了。

4. 凤姐是何等人物！哪会说不过老太太？不"顺着竿子爬"，倒着爬也行。为让老祖宗高兴，甘愿自己贴出银子来做赔本生意。不但会算小账，更会算大账。阿凤真不愧是大才！

5. 只不过那么一问，便都揣摩贾母心思。就算猜对了，也只表明贾母在宝玉将来婚姻大事上甚为切心，尚未最终决定选谁。前已说过娶亲还早，且等二三年再说。多方打听，"有备无患"，自在情理之中。

6. 为后文宝琴作怀古绝句及真真国女儿诗先铺好路。

7. 凤姐当然也能猜到，既已没戏了，乐得说句风凉话，以博一笑。但彼此都知道，此话题应适可而止，不宜挑破。

---

① 你不说姨太太是客——诸本同。庚辰本"你不说"作"你不该说"，大误。很显然，这是贾母嘲凤姐厚脸贪心，不把薛姨妈当客人。

何画，惜春只是出神。李纨因笑向众人道："让她自己想去，咱们且说话儿。昨儿老太太只叫作灯谜，回家和绮儿、纹儿睡不着，我就编了两个《四书》的。她两个每人也编了两个。"

众人听了，都笑道："这倒该作的。先说了，我们猜猜。"李纨笑道："'观音未有世家传'，打《四书》一句。"湘云接着就说："'在止于至善。'①"宝钗笑道："你也想一想'世家传'三个字的意思再猜。"李纨笑道："再想。"黛玉笑道："哦，是了！是'虽善无征'②。"¹众人都笑道："这句是了。"李纨又道："一池青草草何名。"湘云忙道："这一定是'蒲芦也'③。再不是不成？"李纨笑道："这难为你猜。纹儿的是'水向石边流出冷'，打一古人名。"探春笑问道："可是山涛④？"李纹笑道："是。"李纨又道："绮儿的是个'萤'字，打一个字。"众人猜了半日，宝琴笑道："这个意思却深，不知可是花草的'花'字？"李绮笑道："恰是了。"众人道："萤与花何干？"黛玉笑道："妙得很！萤可不是草化⑤的？"众人会意，都笑了，说："好！"

宝钗道："这些虽好，不合老太太的意思，不如作些浅近的物儿，大家雅俗共赏才好。"²众人都道："也要作些浅近的俗物才是。"湘云想了一想，笑道："我编了一支《点绛唇》，恰真是个俗物，你们猜猜。"说着便念道：

> 溪壑分离，红尘游戏，真何趣？
> 名利犹虚，后事终难继。⑥

众人都不解，想了半日，也有猜是和尚的，也有猜是道士的，也有猜是偶戏人的。宝玉笑了半日道："都不是，我

1. 猜得不错，却不是什么吉利话，恰成了自己的谶语。

2. 从李纨所受的家教看，她据《四书》而编谜，很自然。但这样掉书袋的东西，谁喜欢？说它雅不如说它迂。故宝钗另提建议。

---

① 在止于至善——语出《大学》，意谓臻于最完美的境地。湘云以"至善"，去扣"观音"是可以的，她是大善士。但以"止"字去扣"未有世家传"，未能紧切谜面。故宝钗要她想一想"世家传"三字，暗示应扣紧没有子孙传代的意思。

② 虽善无征——语出《中庸》："上焉者虽善无征。"本意谓先王之礼虽好，但无从考稽。征，验证、考稽。但作谜底时，则借用"征"字的另一含义，即"纳征"之"征"，是成婚的意思；既无成婚事，自无后代。

③ 蒲芦也——蒲芦，芦苇。《中庸》："夫政也者，蒲芦也。故为政在人，取人以身。"

④ 山涛——魏晋名士，字巨源。性好老庄，本韬晦不求闻达，为"竹林七贤"之一。四十岁后出仕，成了司马氏王朝的新贵，推举嵇康为官，遭嵇拒绝。嵇写了著名的《与山巨源绝交书》。

⑤ 萤可不是草化的——萤火虫在水边草根产卵，次年蛹成虫。古人误以为它是草腐烂变化而成的。《礼记·月令》："季夏之月……腐草为萤。""花"可拆开成"草""化"二字，故为谜底。

⑥ 《点绛唇》（溪壑分离）一首——点绛唇，曲牌名，谜语是用此曲牌格式写的。谜底是耍的猴儿。曲子说猴子被人捕捉住后，就离了溪边谷中，到闹市中供人耍玩，让它穿戴起来，扮成文官武将，但这些全是虚假的，而且还给人剁了尾巴去。此谜作者大有深意。

猜着了，必定是耍的猴儿。"¹湘云笑道："正是这个了。"众人道："前头都好,末后一句怎么解？"湘云道："哪一个耍的猴儿,不是剁了尾巴去的？"众人听了,都笑起来,说："偏她编个谜儿也是刁钻古怪的。"

　　李纨道："昨日姨妈说,琴妹妹见的世面多,走的道路也多,你正该编谜儿,正用着了。你的诗且又好,何不编几个我们猜一猜？"宝琴听了,点头含笑,自去寻思。²宝钗也有了一个,念道：

　　　　镂檀锲梓一层层,岂系良工堆砌成？
　　　　虽是半天风雨过,何曾闻得梵铃声！①³
　　　　　　——打一物。

众人猜时,宝玉也有了一个,念道：

　　　　天上人间两渺茫,琅玕节过谨提防。
　　　　鸾音鹤信须凝睇,好把唏嘘答上苍。②⁴

黛玉也有了一个,念道是：

　　　　骐骥何劳缚紫绳？驰城逐堑势狰狞。
　　　　主人指示风雷动,鳌背三山独立名。③⁵

探春也有了一个,方欲念时,宝琴走过来笑道：⁶"我从小儿所走的地方的古迹不少。我今拣了十个地方的古迹,作了十首怀古的诗。诗虽粗鄙,却怀往事,又暗隐俗物十件,姐姐们请猜一猜。"众人听了,都说："这倒巧,何不写出来大家一看？"要知端的,〔下回分解。〕

1. 谜儿众人不解,只让宝玉猜中,并非偶然。它就像从大荒山来到人间的石头的遭遇;也像宝玉一生道路的漫画缩影;还像是对后来"树倒猢狲散"的贾府的讽刺。作者写制作灯谜的创意已现。

2. 已开始了下回情节。

3. 俗物谜底倘是松球,深层谜底应是宝玉出家。"风雨"当喻贾府发生变故;末句言未明宝玉弃家为僧心意。

4. 俗物谜底倘是风筝,深层谜底应是"对境悼颦儿"(第七十九回脂评)。"琅玕节过",则说潇湘馆由"凤尾森森,龙吟细细"一变而为"落叶萧萧,寒烟漠漠"(第二十六回正文及脂评)景象。"鸾音鹤信",瑞禽来接黛玉归天之象。

5. 俗物谜底倘是走马灯,深层谜底应是黛玉夭亡。前两句似喻其一往情深,义无反顾,至死而"万苦不怨"(第三回末脂评)。此"风雷"当指其内心情感之震荡,全因念"主人"宝玉之安危而"动";"三山",海外蓬莱等三座仙山;言其登仙界而成"世外仙姝"也。

6. 为暗示宝琴之诗谜也用相同方式,故不容探春念(只虚晃一枪)而立即接上。

---

①　"镂檀锲梓一层层"一首——说谜底之物像一座层层叠叠的宝塔,仿佛是檀、梓一类木雕,但它并不经工匠之手。而是天然生成的。一般的宝塔,檐角上多悬铜铃,风吹动时会发出声音。现在说它在风雨过时是不会响的。凡有关佛教的事物,多称"梵"。此首后人猜谜底,有以为是松球,松球之形,既像层塔,又像无声的梵铃。若然,则"半天风雨"乃松涛声也。宋代石曼卿《古松》诗："影摇千尺龙蛇动,声撼半天风雨寒。"

②　"天上人间两渺茫"一首——琅玕(láng gān 郎甘),青玉石。常喻竹。有人以为谜底是会发声的风筝。若然,则风筝在天,地下望之渺茫,放线动竹竿时须防挂住,后两句则形容其发声。明代陈沂《询刍录·风筝》："于鸢首以竹为笛,使风入作声的鸣筝,俗呼风筝。"三首灯谜诗似有隐意寄托,参见拙著《红楼梦诗词曲赋鉴赏》。

③　"骐骥何劳缚紫绳"一首——骐骥,亦作"绿耳",千里马名,传说为周穆王"八骏"之一。紫绳,指缰绳。谓其驰过城池,越过沟渠,甚骠勇。有人猜谜底是走马灯。若然,则末句说元宵灯节之鳌山。北宋汴京元宵节搭灯山作鳌背神山形,上立千百种彩灯。见孟元老《东京梦华录》。

【总评】

　　联句是清代文人十分盛行的风气，在作者好友敦诚的《四松堂集》中就能找到不少。但这种诗近乎诗伴酒友间的吟咏游戏，是不可能产生真正有艺术价值的作品的。有评点家指出《芦雪广即景联句》有"杂乱""重叠"的疵病，说"雪芹于此似欠检点"（野鹤《读红楼札记》）。其实，"杂乱"本是这种百衲衣式的联句体的通病。如果写得自然一气、精彩动人，就不真实，倒反而"欠检点"了。湘云说："我也不是作诗，竟是抢命呢！"对这类受制于人、"抢命"而作的东西，是不能以寻常个人写排律作品的标准去要求的。作者忠实于事物本来有的面貌是不应受到责备的。联句只有起头不受别人思路影响，自有高下之分。作者让没有多少文化的凤姐，来说上一句"粗话"："一夜北风紧。"却"留了多少地步与后人"，"正是会作诗的起法"。这是绝妙的穿插，精心的安排。

　　联句中做得少的人要受罚，宝玉"落第"，被罚往栊翠庵去讨红梅，大家说"这罚得又雅又有趣"，宝玉求之不得。众人又商议要作咏红梅诗，说是宝玉"叫他自己作去"，"方才邢、李三位屈才，且又是客"，就请她三人作，其中李绮"不大会作"，让给了宝琴，安排谁作诗，也错落有致。将某句诗的每个字当作韵，分给不同的人来作的办法，古已有之，此即是。邢、李、薛三诗，似都有为命运自我写照的隐意，因无提示线索可据，不必深求。宝玉这次不受韵脚所限，所以诗写得相当漂亮。

　　宝琴立雪、丫头捧梅之景，是她的特写镜头，被比作仇十洲《艳雪图》，正说她长得好看，受贾母喜爱。为请贾母赏雪，凤姐说"先秤五十两银子来，交给我收着"，后来又说"我另外再封五十两银子孝敬老祖宗"，虽然都是戏语，但其爱财之心，仍可窥见。薛姨妈见贾母问宝琴"年庚八字并家内景况"，猜度"是要与宝玉求配"，连忙说其父生前已"把她许了梅翰林的儿子"了。此事也不过写贾母一时对宝琴的好感，不宜过度引申。

　　贾母说"有作诗的，不如作些灯谜，大家正月里好玩"。李纨就据《四书》作了两首，引出湘云的《点绛唇》曲"耍的猴儿"谜诗，被宝玉猜中，大有深意。这样，就又有了宝钗、宝玉和黛玉的谜诗，也像有所隐寓，但主要作用恐怕还是为下回薛小妹的怀古诗谜作引。

第 五 十 一 回
薛小妹新编怀古诗　胡庸医乱用虎狼药

【题解】

　　本回回目诸本皆同。薛宝钗的堂妹宝琴从小随父母走遍四山五岳，见闻甚广。因此"拣了十个地方的古迹，作了十首怀古诗"为灯谜，拿给大家看，居然没有人能猜中。其实猜不中的未必是谜底俗物，而是作者隐含其中深层次的谜。这里"新编"的"新"，与上回回目中"创制"的"创"一样，都还有暗示手法"创新"的含义。所谓"怀古"，表面上是追念古人古事，其深层次的隐义是作者借此来表达怀念小说中"作古"的死者，故也不妨说是悼今。说是灯谜，其实也是人生之谜。小说中写到死去的入册裙钗，计有正钗黛玉、元春、迎春、凤姐、李纨、可卿；副钗香菱；又副钗晴雯、金钏儿（未明言，应是）共九人。二尤等不属此列。这九人应当就是十首诗隐写的对象，其中第一首是总说。回目后句说，晴雯外感风寒，发热病倒，老嬷嬷请来一个大夫只是庸医，开的方子用药过猛，幸好被宝玉看后及时阻止住了，另换别的大夫。虎狼药，喻药性特别猛烈，用之不当会损害健康，甚至危及生命的药材、方剂。此庸医正文中未言姓氏，回目冠以"胡"姓，想亦是取胡乱之意。

　　话说众人闻得宝琴将素习所经过各省内的古迹为题，作了十首怀古绝句，内隐十物，皆说："这自然新巧。"都争着看时，只见写道是：

　　　　赤壁怀古　其一
　　赤壁沉埋水不流，徒留名姓载空舟。
　　喧阗一炬悲风冷，无限英魂在内游。①1
　　　　交趾怀古　其二
　　铜铸金镛振纪纲，声传海外播戎羌。
　　马援自是功劳大，铁笛无烦说子房。②2

1. 总言死亡相藉。奇在赤壁之战，江上空舟所书恰是"曹"字。此"一炬"与甄士隐家遭火灾的象征性十分相似。

2. 寓元春。"金镛"，隐宫闱；张衡《东京赋》："宫悬金镛。"南齐武帝置金镛于景阳宫，令宫人闻钟声即起梳妆，此即为"振纪纲"。次句状晋封后声势显赫。马援正受恩遇，忽病死于征途中，与"喜荣华正好，恨无常又到""望家乡，路远山高"合。末句尚不得索解。

---

① 《赤壁怀古》一首——赤壁，山名，在今湖北省嘉鱼县东北，长江南岸。东汉建安十三年（208），孙权与刘备联军用火攻大破曹操军于此。诗言曹军伤亡惨重，折戟沉尸于江中，江水为之不流。战舰成空，徒留将帅之姓名而已。喧阗（tián 田）：声音大而杂。一炬，一把火，指三江口周瑜纵火。此诗谜底，有人猜为"蚊子灯"，一种捕蚊的器具。

② 《交趾怀古》一首——交趾，古郡名，汉武帝时置，辖境相当今两广大部和越南北部。东汉光武帝时，大将马援曾率兵镇压了交趾人民的起义，立铜柱为汉界。秦灭六国，曾收兵器铸金钟和铜人，此借指马援建立成功。镛，大钟。"铜铸金镛"，程高本作"铜柱金城"，乃为牵合史事而改，不从。马援曾于金城（今甘肃兰州）一带击败先零羌兵，故言"声播戎羌"，羌族又称西戎。末谓若论劳苦功高，当数马援，有笛曲可征其事迹，用不着去说汉初的张良（字子房）。崔豹《古今注》："《武溪深》，马援南征时作。门生爱寄生善笛，援作歌以和之。"此首谜底，有人猜为"喇叭"。

钟山怀古　其三

名利何曾伴汝身，无端被诏出凡尘。
牵连大抵难休绝，莫怨他人嘲笑频。①1

淮阴怀古　其四

壮士须防恶犬欺，三齐位定盖棺时。
寄言世俗休轻鄙，一饭之恩死也知。②2

广陵怀古　其五

蝉噪鸦栖转眼过，隋堤风景近如何？
只缘占得风流号，惹得纷纷口舌多。③3

桃叶渡怀古　其六

衰草闲花映浅池，桃枝桃叶总分离。
六朝梁栋多如许，小照空悬壁上题。④4

---

① 《钟山怀古》一首——钟山，亦称北山，即今南京市东北的紫金山。南朝宋文帝筑室于钟山西岩下，谓之招隐馆。至齐时周颙（yóng）亦于此立隐舍，供在京任职时的假日休憩之用。孔稚珪作《北山移文》，借周颙事，以讽刺隐士贪图官禄的虚伪情态，文中言其隐而复出，未必实有其事，因孔作乃寓言体游戏文章。诗谓隐者何尝存名利之想，乃奉命出山至尘世为官，世俗之牵挂、连累，本难断绝，故免不了会频频遭人嘲笑。本诗谜底，有人猜为"木偶"。

② 《淮阴怀古》一首——淮阴，秦置县名，故城在今江苏淮安市南。汉高祖封韩信为淮阴侯于此。韩信早年曾遭恶少之欺，受到过钻人裤裆下的侮辱；功成后，又被吕后诬陷，终遭诛杀。他在破赵平齐后，要求为王，刘邦立他为齐王。项羽曾分齐地为三国，故称"三齐"。此句似言其封王之日，正是决定他最后结局之时。末谓其知恩能报。韩信贫贱时曾挨饿，一个漂洗丝绵的妇人给其饭食。后韩信受封，召见妇人，赠以千金为报。此首谜底，有人猜为"马桶"；有人猜为祭亡灵用的供品"打狗棒"，好让死者在阴间过"恶狗村"时防身；有人则猜为"纳宝瓶"，一种瓦陶器皿的陪葬品，用以盛食品、物品纳于棺中，谓亡灵持之，可以无恐。

③ 《广陵怀古》一首——广陵，古郡名，即今江苏扬州市。隋炀帝曾开凿运河，自长安至江都（即广陵），两岸堤上，种植杨柳，谓之隋堤，又沿河造离宫四十余所，江都宫尤为华丽。炀帝率后妃、百官、僧尼一二十万人大举出游江都，穷极侈靡，耗尽国力。诗后二句说炀帝游逸乐游玩，得了个"风流"皇帝称号，故招来后世纷纷讥贬。有人猜此谜为"牙签"。清时，牙签以柳木制成，除剔牙用的牙签外，古代作藏书标志的也称"牙签"。

④ 《桃叶渡怀古》一首——桃叶渡，在今南京市秦淮河与青溪合流处。晋代王献之的妾桃叶，曾渡河与献之分别，献之在渡口作《桃叶歌》相赠，桃叶作《团扇歌》以答。诗以秋日桃叶离枝来说人的分别。梁栋：大臣的代称。献之曾为中书令。多如许，多半如此，指难免都有离别亲人的憾恨。末谓着字的壁上徒然地挂着画像。此首人猜"团扇""门神""镜子""油灯""纱灯"不一。

---

1. 寓李纨。她青春丧偶，心如"槁木死灰"，不闻外界事，不曾为"名利"所系。后来"被诏出凡尘"，"戴珠冠，披凤袄"，全因儿子贾兰爵禄高登的缘故，这就是"牵连"。可惜"黄泉路近"，病死了，只获得个"虚名儿"，"枉与他人作笑谈"。

2. 寓王熙凤。"恶犬"似指贾琏，将来凤姐运蹇，反被他所欺，终至遭休弃。或隐其被人告发，以至获罪遭厄，被拘于狱神庙。凤姐独操大权、包揽诉讼、索贿敛财的"三齐位"，既确定于她协理宁府秦可卿"盖棺"之时，也是决定她自己下场的时刻，犹韩信自矜功伐而遭诛。后两句则指接济了因挨饿而告贷的刘姥姥而终得姥姥的报恩。

3. 寓晴雯。怡红院"绿柳周垂"，通往柳叶渚还有一条柳堤，故以"隋堤"作比。晴雯、宝玉"相与共处者，仅五年八月有奇"，故曰"转眼过"。其"册子"判词说："风流灵巧招人怨，寿夭多因诽谤生。"后两句即此意。

4. 寓迎春。首句景象，第七十九回迎春被接出大观园后已写到，宝玉"天天到紫菱洲一带地方徘徊瞻顾"，"看那岸上的蓼花苇叶，池内的翠荇香菱，也都摇摇落落，似有追忆故人之态。""桃枝桃叶"本是同根，恰好喻姊弟关系。后两句寓意难测。三句似是说"金陵诸钗遭遇多半如此"的隐语。后来是否会有宝玉空对迎春所遗小照并伤悼题句一类情节，便不好说了。

青冢怀古　其七

黑水茫茫咽不流，冰弦拨尽曲中愁。

汉家制度诚堪叹，樗栎应惭万古羞。①1

马嵬怀古　其八

寂寞脂痕渍汗光，温柔一旦付东洋。

只因遗得风流迹，此日衣衾尚有香。②2

蒲东寺怀古　其九

小红骨贱最身轻，私掖偷携强撮成。

虽被夫人时吊起，已经勾引彼同行。③3

梅花观怀古　其十

不在梅边在柳边，个中谁拾画婵娟？

团圆莫忆春香到，一别西风又一年。④4

---

① 《青冢怀古》一首——青冢，王昭君的墓，在今内蒙古呼和浩特市南。黑水，即呼市南之大黑河。冰弦，指一种优质蚕丝制成的琵琶弦。传说王嫱出塞，弹琵琶以寄恨。汉家制度，指汉元帝遣昭君和亲事。《西京杂记》说元帝凭画工画像召见后宫，宫人都贿赂画工，独王嫱不肯，所以她的像画得坏，不得见元帝。后匈奴求亲，元帝按图选昭君去，临行才发现她最美，悔之不及，杀毛延寿等画工。这个故事并不符史实，昭君是自愿和亲的。因其流传广，此亦用之。"诚堪叹"，"叹"字原本诸家歧出：庚辰本作"叹"，蒙府本作"噪"，戚序、戚宁本作"操"，甲辰、程高本作"笑"，列藏本作"燥"，旁点去，添"笑"字。实在应该是"叹"字，"噪""操""燥"盖其形讹也。樗（chū初）栎，古人说它是不成材的树，用以喻无用之人，指元帝。此谜诸家都猜木匠用的"墨斗"。

② 《马嵬怀古》一首——马嵬，马嵬驿，亦叫马嵬坡。在今陕西兴平县西。天宝末，安禄山叛兵攻破潼关，玄宗仓皇逃往蜀地，西出长安百余里，至马嵬，六军驻马不进，指杨家为致乱祸根，杀杨国忠，杨贵妃被迫缢死，卒年三十八。渍（zì自），液体粘在东西上。此首人猜"肥皂"。

③ 《蒲东寺怀古》一首——蒲东寺，传奇小说《莺莺传》（《会真记》）和杂剧《西厢记》中虚构的佛寺，名普救寺，因在蒲郡之东，又称蒲东寺。张生与崔莺莺同寓居寺中而恋爱。小红：指莺莺的婢女红娘。她为男女双方撮合，使之配成一对；老夫人生疑，曾拷打红娘，逼其说出自己女儿与张生的私情。此谜有猜为"灯笼""鞋拔"或"骰子"者。

④ 《梅花观怀古》一首——梅花观，《牡丹亭》中虚构之寺观。戏曲中写杜丽娘抑郁成疾，死葬梅花观梅树下，死前曾自画肖像，并题诗曰："近睹分明似俨然，远观自在若飞仙；他年得傍蟾宫客，不在梅边在柳边。"末句隐柳梦梅之名。后柳梦梅旅居该观，拾得画像，与丽娘鬼魂相聚，并受托将她躯体救活，后结为夫妻。个中，此中。画婵娟，指杜的自画像。春香，杜之婢女。戏中柳在外怀念丽娘，有"砧声又报一年秋"等语。此首有人猜为"扇子"。

---

1. 寓香菱。她受夏金桂虐待，"酿成干血之症""病入膏肓"，如"册子"中所画"一方池沼，其中水涸泥干"，与首句正合。她永别故乡亲人，身世寂寞孤凄，恰如出塞之昭君，拨琵琶而"分明怨恨曲中论"。"汉家"之"汉"，借作"汉子"即丈夫解，则三四句嘲薛蟠无用之句意甚明。

2. 寓秦可卿。一二句写她"淫丧天香楼"。"渍汗光"三字，状缢者遗容如见。"行事又温柔和平"是可卿特点。三四句是男女行房事的隐语。

3. 寓金钏儿。"小红"可作婢女的通称，宋代已有。"身轻骨贱"之语，非认真严词谴责，无非指金钏儿对宝玉说了些挑逗性的话。"私掖偷携"谓其与宝玉拉拉扯扯。金钏儿虽被王夫人打巴掌，撵了出去，但宝玉却已情系逝者，而有"不了情暂撮土为香"事。

4. 寓黛玉。首句以杜丽娘心中只有柳梦梅，喻黛玉心中只有宝玉。"画婵娟"，在书中已有细节写到，如脂评所说是"画儿中爱宠"即镜中花、水中月，终成画饼之意。宝玉自秋天离家，流落一年之后方得归来，其间虽牵挂思念黛玉，盼能"团圆"，无奈黛玉已在那年春尽花落时泪尽而逝了。

众人看了，都称奇道妙。宝钗先说道："前八首都是史鉴上有据的；后二首却无考，我们也不大懂得，不如另作两首为是。"[1]黛玉忙拦道："这宝姐姐也忒'胶柱鼓瑟①'、矫揉造作了。这两首虽于史鉴上无考，咱们虽不曾看这些外传，不知底里，难道咱们连两本戏也没有见过不成？[2]那三岁孩子也知道，何况咱们？"探春便道："这话正是了。"李纨又道："况且她原是到过这个地方的。这两件事虽无考，古往今来，以讹传讹，好事者竟故意地弄出这古迹来以愚人。比如那年上京的时节，单是关夫子②的坟，倒见了三四处。[3]关夫子一生事业，皆是有据的，如何又有许多的坟？自然是后来人敬爱他生前为人，只怕从这敬爱上穿凿出来，也是有的。及至看《广舆记》③上，不止关夫子的坟多，自古来有些名望的人，坟就不少，无考的古迹更多。如今这两首虽无考，凡说书唱戏，甚至于求的签上皆有注批，老小男女，俗语口头，人人皆知皆说的。况且又并不是看了《西厢记》《牡丹亭》的词曲，[4]怕看了邪书。这竟无妨，只管留着。"宝钗听说，方罢了。大家猜了一回，皆不是。[5]

冬日天短，不觉又是前头吃晚饭之时，一齐前来吃饭。因有人回王夫人说："袭人的哥哥花自芳进来说，他母亲病重了，想她女儿。他来求恩典，接袭人家去走走。"[6]王夫人听了，便说道："人家母女一场，岂有不许她去的！"一面就叫凤姐来，告诉了凤姐，命她酌量去办理。

凤姐儿答应了，回至房中，便命周瑞家的去告诉袭人原故。又吩咐周瑞家的："再将跟着出门的媳妇传一个，你们两个人，再带两个小丫头子，跟了袭人去。外头派四个有年纪跟车的。要一辆大车，你们带着坐；要一辆小车，给丫头们坐。"周瑞家的答应了，才要去，凤姐儿又道："那袭人是个省事的，你告诉她说我的话：叫她穿几件颜色好衣裳，大大的包一包袱衣裳拿着，包袱也要好好的，手炉也要拿好的。临走时，叫她先来，我瞧瞧。"[7]

1. 难怪前文有贾母带话，叫宝钗不要对妹子管得太严，是料定她要管的。
2. 驳得是。余谓颦儿必有尖语来讽，不望竟有此饰词代为解释，此则真心以待宝钗也。（庚）
3. 连李纨都以为不必干涉。不过仍是老实人说的话，还举关夫子坟多为佐证。其实谁见有蒲东寺、梅花观假古迹来？
4. 怎知不是看了书作的？就看了又怎么样？
5. 这九个字岂不奇怪？这么多冰雪聪明的女孩子，怎会谁也猜不着呢？可知又是在暗示所指并非谜底俗物，那当然就猜不着了。
6. 倘袭人不回家去，晴雯等也不致夜间淘气，也就不会有感风寒而生病的事了。情节环环相扣。
7. 出门回家去探亲的丫头，一定要穿着体面；事关外人对贾府的观感和管事人的名声。何况她是太太所喜欢的人，所以必定要亲自看过才放心。

① 胶柱鼓瑟——鼓，弹奏。瑟上之柱，用以系弦调音，若用胶粘住，则欲弹曲而音不能调。比喻处事拘板而不知变通。语出《史记·廉颇蔺相如列传》。
② 关夫子——指关羽，字云长，三国蜀汉大将，本河东解县（今山西临猗西南）人。后世加以神化，尊为"关圣大帝"，故到处有他的坟和庙。
③ 《广舆记》——明代陆应旸所撰的地理书。

周瑞家的答应去了。

半日，果见袭人穿戴了来，两个丫头与周瑞家的拿着手炉与衣包。凤姐儿看袭人头上戴着几枝金钗珠钏，倒华丽；又看身上穿着桃红百花刻丝银鼠袄子，葱绿盘金彩绣绵裙，外面穿着青缎灰鼠褂。凤姐笑道："这三件衣裳都是太太的，赏了你倒是好的；但只这褂子太素了些，如今穿着也冷，你该穿一件大毛的。"袭人笑道："太太就只给了这灰鼠的，还有一件银鼠的。说赶年下再给大毛的，还没有得呢。"凤姐笑道："我倒有一件大毛的，我嫌凤毛儿①出不好了，正要改去。也罢，先给你穿去罢。等年下太太给你作的时节，我再作罢，只当你还我一样。"众人都笑道："奶奶惯会说这话。成年家大手大脚的，替太太不知背地里赔垫了多少东西，¹ 真真赔得是说不出来的，哪里又和太太算去？偏这会子又说这小气话取笑儿。"凤姐儿笑道："太太哪里想得到这些？究竟这又不是正经事，再不照管，也是大家的体面。说不得我自己吃些亏，把众人打扮体统了，宁可我得个好名也罢了。一个一个像'烧糊了的卷子'似的，人先笑话我，说我当家倒把人弄出个花子来了。"众人听了，都叹说："谁似奶奶这样圣明！在上体贴太太，在下又疼顾下人。"² 一面说，一面只见凤姐儿命平儿将昨日那件石青刻丝八团天马皮褂子② 拿出来，与了袭人。又看包袱，只得一个弹墨花绫水红绸里的夹包袱，里面只包着两件半旧棉袄与皮褂。凤姐又命平儿把一个玉色绸里的哆罗呢的包袱拿出来，又命包上一件雪褂子。

平儿走去拿了出来：一件是半旧大红猩猩毡的，一件是半旧大红羽纱的。袭人道："一件就当不起了。"平儿笑道："你拿这猩猩毡的。把这件顺手带出来，叫人给邢大姑娘送去。昨儿那么大雪，人人都穿着不是猩猩毡，就是羽缎羽纱的，十来件大红衣裳，映着大雪，好不齐整！就只她穿着那件旧毡斗篷，越发显得拱肩缩背，好不可怜见的。如今把这件给她罢。"³

凤姐笑道："我的东西，她私自就要给人。我一个还花不够，再添上你提着，更好了！"众人笑道："这都是

1. 真会说奉承话！知道凤姐爱听人家说自己大手大脚，替太太赔垫等语。

2. 背地里可不是这么说的。"对下人严了些"的话似曾听见过。

3. 画出岫烟拮据状态。此举固平儿心地善良处，然亦是在下人前给凤姐面子。平儿聪慧，深知主子，才敢自己做主。李纨夸她是"总钥匙"的话，不谬。

---

① 凤毛儿——皮毛外衣边缘露出的毛边，是装饰性的。

② 天马皮褂子——用一种生活在沙碛中的狐狸的腹部皮毛制成的皮袄。

奶奶素日孝敬太太，疼爱下人。若是奶奶素日是小气的，只以东西为事，不顾下人的，姑娘哪里还敢这样了？"凤姐笑道："所以知道我的心的，也就是她还知三分罢了。"说着，又嘱咐袭人道："你妈若好了就罢；若不中用了，只管住下，打发人来回我，我再另打发人给你送铺盖去。可别使他们的铺盖和梳头的家伙。"[1] 又吩咐周瑞家的道："你们自然是知道这里的规矩的，也用不着我嘱咐了。"周瑞家的答应："都知道。我们这去到那里，总叫他们的人回避。若住下，必是另要一两间内房的。"说着，跟了袭人出去，又吩咐预备灯笼，遂坐车往花自芳家来，不在话下。

这里凤姐又将怡红院的嬷嬷唤了两个来，吩咐道："袭人只怕不来家了，你们素日知道那大丫头们，哪两个知好歹，派出来在宝玉屋里上夜。你们也好生照管着，别由着宝玉胡闹。"两个嬷嬷去了，一时来回说："派了晴雯和麝月在屋里，我们四个人原是轮流着带管上夜的。"凤姐听了点头，又说道："晚上催他早睡，早上催他早起。"老嬷嬷们答应了，自回园去。一时，果有周瑞家的带了信回凤姐说："袭人之母业已停床①，不能回来。"[2] 凤姐回明了王夫人，一面着人往大观园去取她的铺盖妆奁。

宝玉看着晴雯、麝月二人打点妥当，送去之后，晴雯、麝月皆卸罢残妆，脱换过裙袄。晴雯只在熏笼②上围坐，麝月笑道："你今儿别装小姐了，我劝你也动一动儿。"晴雯道："等你们都去尽了，我再动不迟。有你们一日，我且受用一日。"[3] 麝月笑道："好姐姐，我铺床，你把那穿衣镜的套子放下来，上头的划子③划上，你的身量比我高些。"说着便去与宝玉铺床。晴雯"嗤"了一声，笑道："人家才坐暖和了，你就来闹。"此时宝玉正坐着纳闷，想袭人之母不知是死是活，忽听见晴雯如此说，便自己起身出去，放下镜套，划上消息，进来笑道："你们暖和罢，都完了。"[4] 晴雯笑道："终究暖和不成的，我又想起来，汤婆子④还没拿来呢。"麝月道："这难为你想着！他素日

---

① 停床——人死后，先将尸体停放在灵床上，置于住屋正中，以备入棺，叫"停床"。
② 熏笼——也叫"火箱"，覆盖在香炉或火盆上的笼罩，有用竹编制成的，也有用金属制成箱形的。
③ 划子——指镜框上压镜帘用的，可以转动的小签子。
④ 汤婆子———一种取暖用具。金属制成的扁圆形瓶罐。注入热水，盖紧，置于被中，用以取暖。

---

1. 嫌不干净也。细极。不过是寻常嘱咐，也必句句认真摹写，作者真不容易！

2. 必是如此，若能当日回来，也不写这一情节了。

3. 逗麝月，故意不听其提醒。

4. 确是宝玉行为，体贴丫头，全无主人架子。

又不要汤婆子，咱们那熏笼上暖和，比不得那屋里炕冷，今儿可以不用。"宝玉笑道："这个话，你们两个都在那上头睡了，我这外边没个人，我怪怕的，一夜也睡不着。"晴雯道："我是在这里睡的，麝月，你往他外边睡去。"说话之间，天已二更，麝月早已放下帘幔，移灯炷香，服侍宝玉卧下，二人方睡。

晴雯自在熏笼上，麝月便在暖阁外边。<u>至三更以后，宝玉睡梦之中便叫袭人。叫了两声，无人答应，自己醒了，方想起袭人不在家，自己也好笑起来。</u>[1]晴雯已醒，因笑唤麝月道："连我都醒了，她守在旁边还不知道，真是个挺死尸的！"麝月翻身打个哈气^①，笑道："他叫袭人，与我什么相干！"因问："作什么？"宝玉说："要吃茶。"麝月忙起来，单穿红绸小棉袄儿。宝玉道："披上我的袄儿再去，仔细冷着。"麝月听说，回手便把宝玉披着起夜的一件貂颏满襟暖袄披上，下去向盆内洗洗手，先倒了一钟温水，拿了大漱盂，宝玉漱了一口，然后才向茶槅上取了茶碗，先用温水涮了一涮，向暖壶中倒了半碗茶，递与宝玉吃了；自己也漱了一漱，吃了半碗。晴雯笑道："好妹妹，也赏我一口儿。"麝月笑道："越发上脸儿了！"晴雯道："好妹妹，明儿晚上你别动，我服侍你一夜，如何？"<u>麝月听说，只得也服侍她漱了口，倒了半碗茶与她吃过。</u>[2]麝月笑道："你们两个别睡，说着话儿，我出去走走回来。"晴雯笑道："外头有个鬼等着你呢！"宝玉道："外头自然有大月亮的，我们说话，你只管去。"一面说，一面便嗽了两声。

麝月便开了后房门，揭起毡帘一看，果然好月色。晴雯等她出去，便欲唬她玩耍。仗着素日比别人气壮，不畏寒冷，也不披衣，只穿着小袄，便蹑手蹑脚地下了熏笼，随后出来。宝玉笑劝道："看冻着，不是玩的！"晴雯只摆手，随后出了房门。只见月光如水，忽然一阵微风，只觉侵肌透骨，不禁毛骨森然。<u>心下自思道："怪道人说热身子不可被风吹，这一冷果然利害。"</u>[3]一面正要唬麝月，只听宝玉高声在内说道："晴雯出去了！"[4]晴雯忙回身进来，笑道："哪里就唬死了她？偏你惯会

_____

① 哈气——呵欠。

1. 将来恐有误叫晴雯的时候。

2. 将来恐有向宝玉讨茶喝的时候。

3. 迟了！不以身试冷，哪知厉害！

4. 既怕麝月被吓着，又怕晴雯被冻着，真是宝玉！

这蝎蝎螫螫老婆寒像①的！"宝玉笑道："倒不为唬坏了她，头一件你冻着也不好；二则她不防，不免一喊，倘或惊醒了别人，不说咱们是玩意儿，倒反说袭人才去了一夜，你们就见神见鬼的。¹ 你来把我的这边被掖一掖。"晴雯听说，便上来掖了掖，伸手进去，焐②一焐时，宝玉笑道："好冷手！我说看冻着。"一面又见晴雯两腮如胭脂一般，用手摸了一摸，也觉冰冷。宝玉道："快进被来焐焐罢。"

一语未了，只听"咯噔"的一声门响，麝月慌慌张张地笑了进来，说道："吓了我一跳好的，黑影子里，山子石后头，只见一个人蹲着。我才要叫喊，原来是个大锦鸡，见了人，一飞飞到亮处来，我才看真了。² 若冒冒失失一嚷，倒闹起人来。"一面说，一面洗手。又笑道："晴雯出去，我怎么不见？一定是要唬我去了。"宝玉笑道："这不是她？在这里焐呢！我若不叫得快，可是倒唬一跳。"晴雯笑道："也不用我唬去，这小蹄子已经自惊自怪的了。"一面说，一面仍回自己被中去。麝月道："你就这么'跑解马'③似的，打扮得伶伶俐俐的出去了不成？"宝玉笑道："可不就这么出去了。"麝月道："你死不拣好日子！你出去站一站，把皮不冻破了你的！"³ 说着，又将火盆上的铜罩揭起，拿灰锹重将熟炭埋了一埋，拈了两块素香放上，仍旧罩了。至屏后，重剔了灯，方才睡下。

晴雯因方才一冷，如今又一暖，不觉打了两个喷嚏。⁴ 宝玉叹道："如何？到底伤了风了。"麝月笑道："她早起就嚷不受用，一日也没吃碗正经饭，她这会子不说保养些，还要捉弄人。明儿病了，叫她自作自受！"宝玉问道："头上可热？"晴雯嗽了两声，说道："不相干，哪里这么娇嫩起来了！"说着，只听外间房中十锦格上的自鸣钟"当当"的两声，外间值宿的老嬷嬷嗽了两声，因说道："姑娘们睡罢，明儿再说笑罢。"宝玉方悄悄地笑道："咱们别说话了，又惹她们说话。"说着，方大家睡了。

至次日起来，晴雯果觉有些鼻塞声重，懒怠动弹。⁵

1. 谁说不是？

2. 有此虚惊，半夜情景便逼真，也见园内环境。

3. 麝月说话，何其生动！恨后人续写，全无此种语言。

4. 果然来了！

5. 是中寒邪症状。

---

① 蝎蝎螫螫老婆寒像——形容一点小事，便惊慌失措，好像怕被蝎子螫了似的。螫，蜂蝎以尾刺人。老婆寒像，诸本多改作"老婆汉像"，今从庚辰本。此俚俗方言。杨传镛先生谓："我们乡下有寒婆婆之说，形容人萎萎缩缩的。"

② 焐（wù务）——以热物接触冷物而使之变暖，或以被絮等物覆盖使之暖和。小说中本无此字而皆写作"渥"字，实为借字，今据义均改为通行用字。

③ 跑解（xiè谢）马——马术杂技。骑马表演者都穿短衣。

宝玉道：“快不要声张！太太知道，又叫你搬了家去养息。家里纵好，到底冷些，不如在这里。你就在里间屋里躺着，我叫人请了大夫，悄悄地从后门进来瞧瞧就是了。”晴雯道：“虽如此说，你到底要告诉大奶奶一声儿；不然，一时大夫来了，人问起来，怎么说呢？”宝玉听了有理，便唤了一个老嬷嬷来，吩咐道：“你回大奶奶去，就说晴雯白冷着了些，不是什么大病。袭人又不在家，她若家去养病，这里更没有人了。传一个大夫，悄悄地从后门进来瞧瞧，别回太太罢了。”老嬷嬷去了半日，来回说：“大奶奶知道了，说：‘吃两剂药好了便罢，若不好时，还是出去的为是。如今时气不好，恐沾带了；别人事小，姑娘们的身子要紧。’”晴雯睡在暖阁里，只管咳嗽，听了这话，气得喊道：“我哪里就害瘟病了？生怕过了人！我离了这里，看你们这一辈子都别头疼脑热的！”说着，便真要起来。[1] 宝玉忙按她，笑道：“别生气，这原是她的责任，生恐太太知道了说她。不过白说一句。你素习好生气，如今肝火自然又盛了。”

　　正说时，人回：“大夫来了。”宝玉便走过来，避在书架之后。[2] 只见两三个后门口的老嬷嬷带了一个大夫进来。这里的丫鬟都回避了。有三四个老嬷嬷，放下暖阁上的大红绣幔，晴雯从幔中单伸出手去。那大夫见这只手上有两根指甲，足有三寸长，尚有金凤花①染得通红的痕迹，[3] 便忙回过头来。有一个老嬷嬷忙拿了一块手帕掩了。那大夫方诊了一回脉，起身到外间，向嬷嬷们说道：“小姐的症是外感内滞，近日时气不好，竟算是个小伤寒。幸亏是小姐，素日饮食有限，风寒也不大，不过是血气原弱，偶然沾带了些，吃两剂药疏散疏散就好了。”说着，便又随婆子们出去。

　　彼时，李纨已遣人知会过后门上的人及各处丫鬟回避，那大夫只见了园中的景致，并不曾见一女子。一时出了园门，就在守园门的小厮们的班房内坐了，开了药方。老嬷嬷道：“老爷且别去，我们小爷啰唆，恐怕还有话问。”大夫忙道：“方才不是小姐，是位爷不成？那屋子竟是绣房，又是放下幔子来的，如何是位爷呢？”[4] 老嬷嬷悄悄笑道：“我的老爷，怪道小厮们才说今儿请

---

① 金凤花——即凤仙花，花瓣捣烂包在指甲上，指甲即可染成红色。

1. 丫头有病，若不能马上就好，便要出去养，以免传染他人。所谓“沾带”时气，或“瘟病”，当指病毒性恶性流感之类。此时只不过说说而已，将来是否真要演出这一幕呢？

2. 不欲让外来的医者知病者身份，因而回避。

3. 此是爱美的女孩儿时尚，也只能养两根，多了有碍干事。这又是晴雯的标志，再提到这两根指甲时，不知是何等境况？想来令人悲痛。

4. 竟能问出这话来，真是糊涂郎中！

了一位新大夫来了，真不知我们家的事。那屋子是我们小哥儿的，那人是他屋里的丫头，倒是个大姐。哪里的小姐！若是小姐的绣房，小姐病了，你那么容易就进去了？"说着，拿了药方进去。

宝玉看时，上面有紫苏、桔梗、防风、荆芥等药，后面又有枳实、麻黄①。宝玉道："该死，该死！他拿着女孩儿们也像我们一样地治，如何使得！凭她有什么内滞，这枳实、麻黄如何禁得！¹ 谁请了来的？快打发他去罢！再请一个熟的来。"老婆子道："用药好不好，我们不知道。如今再叫小厮去请王太医去倒容易，只是这个大夫又不是告诉总管房请的，这轿马钱是要给他的。"宝玉道："给他多少？"婆子道："少了不好看，也得一两银子，才是我们这门户的礼。"宝玉道："王太医来了给他多少？"婆子笑道："王太医和张太医每常来了，也并没个给钱的，不过每年四节一趸②送礼，那是一定的年例。这人新来了一次，须得给他一两银子去。"

宝玉听说，便命麝月去取银子。麝月道："花大姐姐还不知搁在哪里呢？"宝玉道："我常见她在螺甸③小柜子里取钱，我和你找去。"说着，二人来至袭人堆东西的房内，开了螺甸柜子，上一格子都是些笔墨、扇子、香饼、各色荷包、汗巾等物；下一格却有几串钱。于是开了抽屉，才看见一个小簸箩内放着几块银子，倒也有一把戥子。麝月便拿了一块银子，提起戥子来问宝玉："哪是一两的星儿？"宝玉笑道："你问我？有趣，你倒成了才来的了。"麝月也笑了，又要去问人。宝玉道："拣那大的给他一块就是了。又不做买卖，算这些做什么！"麝月听了，便放下戥子，拣了一块，掂了一掂，笑道："这一块只怕是一两了。宁可多些好，别少了，叫那穷小子笑话，不说咱们不识戥子，倒说咱们有心小气似的。"² 那婆子站在外头台矶上笑道："那是五两的锭子夹了半边，这一块至少还有二两呢！这会子又没夹剪④，姑娘收了这块，再拣一块小些的罢。"麝月早掩了柜子出来，笑道："谁

1. 治病除要对症下药外，尚须视患者的性别、年龄、体质强弱的差异，在用药处方上有所不同。这是我国传统医学的一大特色。如枳实一味，医家称其在消滞功能上有"冲墙倒壁"的力量。用于体质弱者，必当慎之又慎。

2. 宝玉杂学旁收，药理医道所知甚多。然长期锁在金丝笼子里娇养惯了，对书本外的日常生活知识，即所谓"世务"，往往十分无知，即如戥子、银子重量等小事，竟一窍不通。麝月从小在贵族深宅中伺候人，足不出户，也犯同样毛病。因而共同表演了这让人笑话的一出。写来是很引人深思的。此书写贵族之家场景，细心刻画方方面面，无一丝遗漏，非同庸手写书，只会叙述故事情节而已。

---

① 紫苏、桔梗、防风、荆芥及枳实、麻黄——紫苏等均外感常用的发散药，枳实、麻黄和后文提到的石膏，虽亦用于外感内滞之症，但因其药性猛烈，医者多视患者之体质而慎用之。
② 一趸（dǔn 盹）——总共，归成总数。
③ 螺甸——亦作"螺钿""螺填"。用贝壳薄片制成图像，镶嵌在漆器或雕镂器物上的一种工艺。
④ 夹剪——一种切割金银的剪子，口短柄长。

又找去！多了些，你拿了去罢。"宝玉道："你只快叫茗烟再请王大夫去就是了。"婆子接了银子，自去料理。

一时，茗烟果请了王太医来。先诊了脉，后说病症，与前相仿。只是方子上果没有枳实、麻黄等药，倒有当归、陈皮、白芍等，药之分量较先也减了些。[1]宝玉喜道："这才是女孩儿们的药，虽然疏散，也不可太过。旧年我病了，却是伤寒，内里饮食停滞，他瞧了，还说我禁不起麻黄、石膏、枳实等狼虎药。我和你们一比，我就如那野坟圈子里长的几十年的一棵老杨树，你们就如秋天芸儿进我的那才开的白海棠。[2]连我禁不起的药，你们如何禁得起？"麝月等笑道："野坟里只有杨树不成？难道就没有松柏？我最嫌的是杨树，那么大笨，树叶子只一点子，没一丝风，它也是乱响。你偏比它，也太下流了。"宝玉笑道："松柏不敢比，连孔子都说：'岁寒然后知松柏之后凋也。'①可知这两件东西高雅，不怕羞臊的才拿它混比呢。"

说着，只见老婆子取了药来。宝玉命把煎药的银吊子找了出来，[3]就命在火盆上煎。晴雯因说："正经给他们茶房里煎去，弄得这屋里药气，如何使得？"宝玉道："药气比一切的花香、果子香都雅。[4]神仙采药烧药，再者高人逸士采药治药，是最妙的一件东西。这屋里，我正想各色都齐了，就只少药香，如今恰好全了。"一面说，一面早命人煨上。又嘱咐麝月打点东西，遣老嬷嬷去看袭人，劝她少哭。一一妥当，方过前边来贾母、王夫人处问安吃饭。

正值凤姐儿和贾母、王夫人商议说："天又短又冷，不如以后大嫂子带着姑娘们在园子里吃饭一样；等天长暖和了，再来回地跑，也不妨。"[5]王夫人笑道："这也是好主意，刮风下雪倒便宜。吃些东西受了冷气也不好；空心走来，一肚子冷风，压上些东西也不好。不如园后门里头的五间大房子，横竖有女人们上夜的，挑两个厨子女人在那里，单给她姊妹们弄饭。新鲜菜蔬是有分例的，在总管房里支了去，或要钱，或要东西；那些野鸡、獐、狍各样野味，分些给她们就是了。"贾

---

① "岁寒"句——出《论语·子罕》。常喻人的节操坚贞。

1. 是行话。当归、白芍是妇女方剂中常用之药。

2. 再点回目，说不顾对象"乱用虎狼药"之弊。比得也有趣。所举峻猛药材，在方剂学中倒是常用的重要药物，历来医家亦颇有善用此者，如晚清民国初在医林擅胜名的实验派大师张锡纯，凡遇有实热发烧者，必重用生石膏，以为有效无害，且首创与西药合用，如以"阿斯匹林石膏汤"治外感发热，见所著《衷中参西录》）。

3. "找"字神理，乃不常用之物也。（庚）

4. 前人有此雅趣。白居易即事诗："室香罗药气，笼暖焙茶烟。"郑谷也有"药香沾笔砚，竹色染衣巾"诗句。

5. 管事者想得周到。

母道："我也正想着呢，就怕又添个厨房多事些。"凤姐道："并不多事。一样的份例，这里添了，那里减了。就便多费些事，小姑娘们冷风朔气的，别人还可，第一林妹妹如何禁得住？就连宝兄弟也禁不住，何况众位姑娘！"[1] 贾母道："正是这话了。上次我要说这话，我见你们的大事太多了，如今又添出这些事来……"要知端的，〔下回分解。〕

1. 事经细密盘算过，得失明摆着。"朔"字又妙！朔作韶，北音也。用此音，奇想奇想！（庚）

【总评】

雪芹借诗作谶或诗有隐寓，前已屡见。薛宝琴《怀古绝句十首》不揭底，又说"大家猜了一回，皆不是"，这样写用意何在？我曾说过："十首绝句，其实就是《红楼梦》的《录鬼簿》，是已死和将死的大观园女儿的哀歌。这就是真正的'谜底'。名曰'怀古'（也许可解作怀念作古的女儿），实则悼今；说是'灯谜'，其实就是人生之'谜'。"（拙著《红楼梦诗词曲赋鉴赏》）当然，不作这样的深求，只当它在写宝琴足迹广、见闻多、有诗才，也未始不可。

薛宝钗挑剔她妹妹作的蒲东寺（出《西厢记》）、梅花观（出《牡丹亭》）二首，说是史鉴中无考，"我们也不大懂得"，要她另作两首。黛玉笑她"矫揉造作"，可谓一语破的。钗、黛之间的猜疑虽可消除，但不等于为人的信条也能因此改变。此书不以单一色彩描绘人，所以写得真实、鲜活。

凤姐有出色的当家才干，她对下人并非一味严厉，而是恩威并用。袭人要回家探望母病，凤姐想得十分周到，要她换上好的行头，还送她大毛外衣；这固然为了荣府的体面，自己"得了好名"，但众人说她"在上体贴太太，在下又疼顾下人"的话，也不能认为全是阿谀奉承。此书不以单一色彩描绘人，所以写得真实、鲜活。

袭人一走，晴雯、麝月代司其职，有两个小地方值得注意：一是"宝玉睡梦之中便叫袭人"，将来晴雯夭折后，他睡梦中也仍叫晴雯。二是晴雯得病，宝玉说："快不要声张，太太知道，又叫你搬了家去养息。"大奶奶（李纨）也有"若不好时，还是出去的为是，如今时气不好，恐沾带了"等语，晴雯生气地喊："我哪里就害瘟病了？生怕过了人！"这又为后来她遭谗言、病中被逐出大观园作铺垫。此书之前后照应，往往如此。

此书写到人物染病、就诊、处方的地方不少，但完整地描写其全过程，表现我国传统医学原理之处是晴雯得病治病情节。先是她深夜想吓麝月而不慎外感风寒，写得十分周详；其次便是"胡庸医乱用虎狼药"，这就表现我国传统医学不但要求用药须对症，更要"以人为本"，要看对象的体质强弱，也就是宝玉一语破的的话："该死，该死！他拿着女孩儿们也像我们一样地治，如何使得！"枳实、麻黄固然与外感内滞对症，但这二味在中药学上是被形容为有"冲墙倒壁"力量的峻药，以晴雯之弱质是肯定受不了的。所以，后来另请大夫，换了"当归、陈皮、白芍等，药之分量较先也减了些"。这是中医与西医的重要区别之一，也是传统医学的优势所在。

宝玉与麝月不知银子重量，不识戥子，看来有点可笑，但描写成长于这样环境中的"怡红公子"和长期陪伴他的丫头没有基本生活知识，倒是很典型的。

第 五 十 二 回
俏平儿情掩虾须镯　勇晴雯病补雀金裘

【题解】

　　本回回目诸本基本一致。唯甲辰本"雀金裘"作"雀毛裘"。上句：几回前，写平儿来到芦雪广与大家一齐吃鹿肉前，先褪下手上的镯子，事后再戴时，却少了一个，到处找不到。凤姐传话给各处查访，被宋妈查到，原来是宝玉院里的小丫头坠儿偷了。平儿通达人情，怕此事说出来宝玉面子上不好看，就回凤姐说，是镯子褪了口，掉落路上，自己捡回来的，从而掩饰了窃镯真相。镯子名叫"虾须镯"。下句：贾母刚送给宝玉一件"雀金裘"，据说是俄罗斯孔雀毛织成的。（我国史记上有孔雀毛织裘的记载，见《南齐书·文惠太子传》。）宝玉穿上它，不小心被火星烧了一块，想尽办法，无人能补，病中的晴雯便勇敢地承担了此任。

　　贾母道："正是这话了。上次我要说这话，我见你们的大事多，如今又添出这些事来，你们固然不敢抱怨，未免想着我只顾疼这些小孙子、孙女儿，就不体贴你们这当家人了。你既这么说出来，更好了。"因此时薛姨妈、李婶都在座，邢夫人及尤氏婆媳也都过来请安，还未过去，贾母因向王夫人等说道："今儿我才说这话，素日我不说：一则怕逞了凤丫头的脸①，二则众人不服。今儿你们都在这里，都是经过妯娌姑嫂的，还有像她这样想得到的没有？"¹薛姨妈、李婶、尤氏等齐笑说："真个少有。别人不过是礼上面子情儿，实在她是真疼小叔子、小姑子。就是老太太跟前，也是真孝顺。"贾母点头叹道："我虽疼她，我又怕她太伶俐了，也不是好事。"凤姐儿忙笑道："这话老祖宗说差了。世人都说，'太伶俐聪明，怕活不长'。世人都说得，世人都信得，独老祖宗不当说，不当信。老祖宗只有伶俐聪明过我十倍的，怎么如今这样福寿双全的？只怕我明儿还胜老祖宗一倍呢！我活一千岁后，等老祖宗归了西，我才死呢。"贾母笑道："众人都死了，单剩下咱

> 1. 此是贾母真正疼凤丫头的话，也是有实据说的话。

---

① 逞脸——因受宠而得意忘形起来。

们两个老妖精，有什么意思！"说得众人都笑了。

宝玉因记挂着晴雯、袭人等事，便先回园里来。到了房中，药香满室，一人不见，只见晴雯独卧于炕上，脸面烧得飞红。又摸了一摸，只觉烫手。忙又向炉上将手烘暖，伸进被去摸了一摸身上，也是火烧。因说道："别人去了也罢，麝月、秋纹也这样无情，各自去了？"晴雯道："秋纹是我撵了她去吃饭的，麝月是方才平儿来找她出去了。两人鬼鬼祟祟的，不知说什么。必是说我病了不出去。"[1]宝玉道："平儿不是那样人。况且她并不知你病特来瞧你，[2]想来一定是找麝月来说话，偶然见你病了，随口说特瞧你的病，这也是人情乖觉取和的常事。便不出去，有不是，又与她何干？你们素日又好，断不肯为这无干的事伤和气。"晴雯道："这话也是，只是疑她为什么忽然又瞒起我来。"[3]宝玉笑道："让我从后门出去，到那窗根下听听说些什么，来告诉你。"说着，果然从后门出去，至窗下潜听。

只闻麝月悄问道："你怎么就得了的？"[4]平儿道："那日洗手时不见了，二奶奶就不许吵嚷，出了园子，即刻就传给园里各处的妈妈们小心查访。[5]我们只疑惑邢姑娘的丫头，本来又穷，只怕小孩子家没见过，拿了起来，也是有的。再不料定是你们这里的。幸而二奶奶没有在屋里，你们这里的宋妈去了，拿着这支镯子，说是小丫头子坠儿偷起来的，被她看见，来回二奶奶的。[6]我赶忙接了镯子，想了一想：宝玉是偏在你们身上留心用意、争胜要强的，那一年有个良儿偷玉，[7]刚冷了这一二年，闲时还有人提起来趁愿；这会子又跑出一个偷金子的来了，而且更偷到街坊家去了。偏是他这样，偏是他的人打嘴。所以我倒忙叮咛宋妈：千万别告诉宝玉，只当没有这事，别和一个人提起。[8]第二件，老太太、太太听了也生气。三则袭人和你们也不好看。所以我回二奶奶，只说：'我往大奶奶那里去的，谁知镯子褪了口，丢在草根底下，雪深了，没看见。[9]今儿雪化尽了，黄澄澄的映着日头，还在那里呢，我就拣了起来。'二奶奶也就信了，所以我来告诉你们。你们以后防着她些，别使唤她到别处去。等袭人回来，你们商议着，变个法子打发出去就完了。"麝月道："这小娼妇也见过些东西，怎么这么眼皮子浅！"平儿道："究竟这镯子能多重，原是

1. 会是什么事呢？读者也不解，难怪晴雯疑心说自己。

2. 说得有理。

3. 再也想不到是因为自己火爆脾气，人家才瞒她的。宝玉一篇推情度理之谈以射正事，不知何如？（庚）

4. 妙！这才有神理，是平儿说过一半了。若此时从平儿口中从头说起一原一故，直是二人特等宝玉来听方说起也。（庚）

5. 当时凤姐只说"不出三日，包管就有了"，并未再写为何就有了。至此方补出。

6. 妙极！红玉既有归结，坠儿岂可不表哉？可知"奸""贼"二字是相连的。故"情"字原非正道，坠儿原不情也，不过一愚人耳；可以传奸，即可以为盗。二次小窃皆出于宝玉房中，亦大有深意在焉。（庚）奸、贼、情之论，皆不高明。

7. 又补出良儿偷玉事。第八回脂评曾有"塞玉一段又为'误窃'一回伏线"之语，看来此处提偷玉事，也同样有为后来情节伏线的作用。

8. 平儿能体贴人，故回目"掩"字前加一"情"字，不想告诉宝玉，却全听见了。

9. 必编出话来瞒过凤姐，才能息事宁人。

二奶奶的，说这叫做'虾须镯'，[1]倒是这颗珠子还罢了。晴雯那蹄子是块爆炭，要告诉了她，她是忍不住的。一时气了，或打或骂，依旧嚷出来不好，所以单告诉你留心就是了。"[2]说着，便作辞而去。

　　宝玉听了，又喜，又气，又叹。喜的是平儿竟能体贴自己；气的是坠儿小窃；叹的是坠儿那样一个伶俐人，作出这样丑事来。因而回至房中，把平儿之语一长一短告诉了晴雯。又说："她说你是个要强的，如今病着，听了这话，越发要添病，等好了再告诉你。"[3]晴雯听了，果然气得蛾眉倒蹙，凤眼圆睁，即时就叫坠儿。宝玉忙劝道："你这一喊出来，岂不辜负了平儿待你我之心了。不如领她这个情，过后打发她就完了。"晴雯道："虽如此说，只是这口气如何忍得！"[4]宝玉道："这有什么气的？你只养病就是了。"

　　晴雯服了药，至晚间又服二和，夜间虽有些汗，还未见效，仍是发烧头疼，鼻塞声重。次日，王太医又来诊视，另加减汤剂①。虽然稍减了烧，仍是头疼。宝玉便命麝月："取鼻烟来，给她嗅些，痛打几个嚏喷，就通了关窍。"麝月果真去取了一个金镶双扣金星玻璃的一个扁盒来，递与宝玉。宝玉便揭翻盒扇，里面有西洋珐琅的黄发赤身女子，两肋又有肉翅，盒里面盛着些真正汪恰洋烟②。[5]晴雯只顾看画儿，宝玉道："嗅些，走了气就不好了。"晴雯听说，忙用指甲挑了些嗅入鼻中，不见怎样。便又多多挑了些嗅入。忽觉鼻中一股酸辣，透入囟门③，接连打了五六个嚏喷，眼泪鼻涕，登时齐流。[6]晴雯忙收了盒子，笑道："了不得，好辣，快拿纸来！"早有小丫头子递过一搭子细纸，晴雯便一张一张地拿来醒鼻子。宝玉笑问："如何？"晴雯笑道："果觉通快些，只是头还疼。"宝玉笑道："索性尽用西洋药治一治，只怕就好了。"说着，便命麝月："和二奶奶要去，就说我说了，姐姐那里常有那西洋贴头疼的膏子药，叫作'依弗哪'，[7]找寻一点儿。"

　　麝月答应了。去了半日，果拿了半节来。便去找了一块红缎子角儿，铰了两块指顶大的圆式，将那药烤和

1. 点醒回目。

2. 说出之所以"鬼鬼祟祟"的原因来。

3. 本为解晴雯之惑而去偷听的，自然只能告诉她。只是瞒过"是块爆炭"的话，另编出善良的谎言来。

4. 疾恶如仇。

5. 汪恰，西洋一等宝烟也。（庚）

6. 写得出。（庚）

7. "依弗哪"为拉丁文音译，其义即如所述。

---

①　加减汤剂——基本上仍用原来的汤药方剂，只调整其中几味药或其用量稍作增减。

②　汪恰洋烟——一种进口的高级鼻烟。

③　囟（xìn信）门——头顶中间颅盖各骨合缝相会处。

了，用簪挺摊上。晴雯自拿着一面靶镜，贴在两太阳上。麝月笑道："病得蓬头鬼一样，如今贴了这个，倒俏皮了。二奶奶贴惯了，倒不大显。"说毕，又向宝玉道："二奶奶说了：明日是舅老爷生日，太太说了叫你去呢。明儿穿什么衣裳？今儿晚上好打点齐备了，省得明儿早起费手。"[1] 宝玉道："什么顺手，就是什么罢了。一年闹生日也闹不清！"说着，便起身出房，往惜春房中去看画。

　　刚到院门外边，忽见宝琴的小丫鬟名小螺的从那边过去，宝玉忙赶上问："哪里去？"小螺笑道："我们二位姑娘都在林姑娘房里呢，我如今也往那里去。"宝玉听了，转步也便同她往潇湘馆来。不但宝钗姊妹在此，且连邢岫烟也在那里，四人围坐在熏笼上叙家常。紫鹃倒坐在暖阁里，临窗作针黹。一见他来，都笑说："又来了一个！可没了你的坐处了。"宝玉笑道："好一幅'冬闺集艳图'！可惜我迟来了一步。横竖这屋子比各屋子暖，这椅子坐着并不冷。"说着，便坐在黛玉常坐的搭着灰鼠椅搭的一张椅上。因见暖阁之中有一玉石条盆，里面攒三聚五栽着一盆单瓣水仙，点着宣石①，便极口赞："好花！这屋子越暖，这花香得越浓。[2] 怎昨儿未见？"黛玉因说道："这是你家的大总管赖大婶子送薛二姑娘的，两盆腊梅，两盆水仙。她送了我一盆水仙，送了蕉丫头一盆腊梅。我原不要的，又恐辜负了她的心。你若要，我转送你如何？"宝玉道："我屋里却有两盆，只是不及这个。琴妹妹送你的，如何又转送人，这个断使不得！"黛玉道："我一日药吊子不离火，我竟是药培着呢，哪里还搁得住花香来熏？越发弱了。况且这屋子里一股药香，反把这花香搅坏了。不如你抬了去，这花也倒清净了，没杂味来搅它。"宝玉笑道："我屋里今儿也有病人煎药呢，你怎么知道的？"黛玉笑道："这话奇了，我原是无心的话，谁知你屋里的事？你不早来听说古记②，这会子来了，自惊自怪的。"

　　宝玉笑道："咱们明儿下一社又有了题目了，就咏水仙、腊梅。"[3] 黛玉听了，笑道："罢，罢！我再不敢

1. 提到"穿什么衣裳"，不知不觉已为后面补雀金裘事作引头。

2. 由花香说到药香、煎药；由腊梅、水仙说到作诗咏花；又由《咏〈太极图〉》说到真真国女儿诗，如泻水平地上，见空便入。

3. 说说而已，未必真的去作。

————————

　①　宣石——产于今安徽宁国（旧属宣城），石质坚硬，色泽洁白，多用于叠假山。
　②　古记——本为记旧事的书，在这里"说古记"犹言"说故事"。

作诗了，作一回，罚一回，没的怪羞的。"说着，便两手捂起脸来。宝玉笑道："何苦来！又奚落我作什么？我还不怕臊呢，你倒捂起脸来了。"宝钗因笑道："下次我邀一社，四个诗题，四个词题。每人四首诗，四阕词。头一个诗题《咏〈太极图〉》①，限"一先"的韵，五言排律，要把"一先"韵都用尽了，一个不许剩。"[1]宝琴笑道："这一说，可知姐姐不是真心起社了，这分明是难人。若论起来，也强扭得出，不过颠来倒去弄些《易经》②上的话生填，究竟有何趣味！我八岁时节，跟我父亲到西海沿子上买洋货。谁知有个真真国③的女孩子，[2]才十五岁，那脸面就和那西洋画上的美人一样，也披着黄头发，打着联垂④，满头戴的都是珊瑚、猫儿眼、祖母绿这些宝石；身上穿着金丝织的锁子甲，洋锦袄袖；带着倭刀，也是镶金嵌宝的。实在画儿上的也没她好看。有人说她通中国的诗书，会讲'五经'，能作诗填词，因此我父亲央烦了一位通事官⑤，烦她写了一张字，就写的是她作的诗。"

　　众人都称奇道异。宝玉忙笑道："好妹妹，你拿出来我瞧瞧。"宝琴笑道："在南京收着呢，此时哪里去取来？"宝玉听了，大失所望，便说："没福得见这世面！"黛玉笑拉宝琴道："你别哄我们。我知道你这一来，你的这些东西未必放在家里，自然都是要带了来的，这会子又扯谎说没带来。他们虽信，我是不信的。"宝琴便红了脸，低头微笑不语。[3]宝钗笑道："偏这个颦儿惯说这些白话，把你就伶俐的！"黛玉笑道："若带了来，就给我们见识见识也罢了。"宝钗笑道："箱子、笼子一大堆，还没理清，知道在哪个里头呢！等过日收拾清了，找出来，大家再看就是了。"又向宝琴道："你若记得，何不念念我们听听？"宝琴方答道："记得是一首五言律，外国的女子，也就难

1. 特挑出为了难人而设极限的方法来，连诗题也是最抽象无趣的。可知也只是说笑而已。

2. 都只为了引出宝琴的诗来，而宝琴又推给所谓的"真真国女孩子"。此女年龄正与其自身合，至于珠宝首饰、奇装异服的打扮，应是据其经历见闻，又发挥想象临时虚构的，认真不得。

3. 黛玉岂是能轻易骗过的人！

---

① 《咏〈太极图〉》——北宋周敦颐曾绘制《太极图说》，发挥《易传》宇宙之创成源于太极之说。清时，康熙也曾命学士编修们各撰《太极图论》一篇进览。此类论说宇宙人生本源的抽象大道理的题目，若用于作诗，难免不"颠来倒去弄些《易经》上的话生填"。

② 《易经》——儒家"五经"之一，也叫《周易》或简称《易》。内容包括《经》《传》两部分，《经》主要是卦、爻和卦辞、爻辞，后人常作占卜之用；《传》包括解释《经》的七种十篇文字。

③ 真真国——有些学者认为是实指的国名，但说法不一，或以为指柬埔寨，古称"真腊国"，或以为指锡兰，或以为指伊斯兰教诸国。但更可能的应是作者虚拟的国名。小说中虚拟的地名本不少，如胡州（胡诌）、大如州（大概如此）等等，何况宝琴所述本是信口编造。可见，国名"真真"就是"真真假假"的意思。

④ 联垂——分垂两边的发辫。

⑤ 通事官——翻译官。

为她了。"宝钗道："你且别念，等把云儿叫了来，也叫她听听。"说着，便叫小螺来，吩咐道："你到我那里去，就说我们这里有一个外国美人来了，作得好诗，请你这'诗疯子'来瞧去，再把我们'诗呆子'也带来。"[1]小螺笑着去了。

半日，只听湘云笑问："哪一个外国美人来了？"一头说，一头果和香菱来了。众人笑道："人未见形，先已闻声。"宝琴等忙让坐，遂把方才的话重叙了一遍。湘云笑道："快念来听听。"宝琴因念道：

> 昨夜朱楼梦，今宵水国吟。
> 岛云蒸大海，岚气接丛林。
> 月本无今古，情缘自浅深。
> 汉南春历历，焉得不关心①？[2]

众人听了，都道："难为她！竟比我们中国人还强。"一语未了，只见麝月走来说：[3]"太太打发人来告诉二爷，明儿一早往舅舅那里去，就说太太身上不大好，不得亲自来。"宝玉忙站起来，答应道："是。"因问宝钗、宝琴可去。宝钗道："我们不去，昨儿单送了礼去了。"大家说了一回方散。

宝玉因让诸姊妹先行，自己落后。黛玉便又叫住他，问道："袭人到底多早晚回来？"宝玉道："自然等送了殡才来呢。"黛玉还有话说，又不曾出口，出了一回神，便说道："你去罢。"宝玉也觉心里有许多话，只是口里不知要说什么，想了一想，也笑道："明日再说罢。"一面下了阶矶，低头正欲迈步，复又忙回身问道："如今的夜越发长了，你一夜咳嗽几遍？醒几次？"[4]黛玉道："昨儿夜里好了，只嗽了两遍，却只睡了四更一个更次，就再不能睡了。"宝玉又笑道："正是，有句要紧的话，这会子才想起来。"一面说，一面便挨过身来，悄悄道："我想宝姐姐送你的燕窝——"一语未了，只见赵姨娘走了进来瞧黛玉，问："姑娘这两天

1. 吩咐也风趣，"有一个外国美人来了"，虽是玩话，却也是变一个方式道破宝琴在信口编造。"诗疯子""诗呆子"竟叫成绰号了，当然只有在提到作诗时才如此称呼。

2. 诗，当是隐寓宝琴自己将来的遭遇，她最终可能流落于海岛。全篇都写身在异乡"水国"，怀念从前在"朱楼"所过的那段春梦般的生活。

3. 诗听过就可，是真是假，不宜再多发挥，故立即用麝月走来截断。

4. 读者只当是宝玉的一般关心语，看过此书后半部的脂砚斋则另有所见：此皆好笑之极，无味扯淡之极，回思则皆沥血滴髓之至情至神也。岂别部偷寒送暖、私奔暗约，一味淫情浪态之小说可比哉？（庚）评语"回思"句，或暗示将来生离死别时，流落在外的宝玉对一病不起的黛玉揪心的牵挂。

---

① "昨夜朱楼梦"一首——诗说，昨夜还在贵族之家做着好梦，今晚却已在这环海之岛国吟咏了。这里唯见海上水气蒸云涛，山间雾霭连丛林，一片异地风光。海上生明月，想到古时之月本与今无异，只因人的感情有深浅不同，故多情人不免会望月生慨。如李白《把酒问月》诗说："今人不见古时月，今月曾经照古人。古人今人若流水，共看明月皆如此。"人生易老，往事历历，俯仰今昔，真不堪迟暮之感！岚（lán 兰），山中雾气。缘，因为。自，本有。汉南，非实指汉水之南，是用典。北朝庾信《枯树赋》："昔年种柳，依依汉南；今看摇落，凄怆江潭；树犹如此，人何以堪！"（赋又用桓温见前所植柳已十围而慨叹流涕事，见《世说新语·言语》）诗借汉南杨柳春色指"朱楼"之春色，说昔时情景如在眼前。此诗或有隐寓，参见拙著《红楼梦诗词曲赋鉴赏》该诗的"鉴赏"。

好？”黛玉便知她是从探春处来，从门前过，顺路的人情。黛玉忙陪笑让坐，说：“难得姨娘想着，怪冷的，亲自走来。”又忙命倒茶，一面又使眼色与宝玉。宝玉会意，便走了出来。

正值吃晚饭时，见了王夫人，王夫人又嘱他早去。宝玉回来，看晴雯吃了药。<u>此夕宝玉便不命晴雯挪出暖阁来，自己便在晴雯外边。又命将熏笼抬至暖阁前，</u>¹麝月便在熏笼上睡。一宿无话。

1. 宝玉对晴雯，难得如此关怀体贴。

至次日，天未明时，晴雯便叫醒麝月道：“你也该醒了，只是睡不够！你出去叫人给他预备茶水，我叫醒他就是了。”麝月忙披衣起来道：“咱们叫起他来，穿好衣裳，抬过这火箱去，再叫她们进来。老嬷嬷们已经说过，不叫他在这屋里，怕过了病气。如今她们见咱们挤在一处，又该唠叨了。”晴雯道：“我也是这么说呢。”二人才叫时，宝玉已醒了，忙起身披衣。麝月先叫进小丫头子来，收拾妥当了，才命秋纹、檀云等进来，一同服侍宝玉梳洗毕。麝月道：<u>“天又阴阴的，只怕有雪，穿那一套毡的罢。”</u>²宝玉点头，即时换了衣裳。小丫头便用小茶盘捧了一盖碗建莲①红枣汤，宝玉喝了两口。麝月又捧过一小碟法制紫姜②来，宝玉噙了一块。又嘱咐了晴雯一回，便往贾母处来。

2. 叫换了雪天穿的衣服，与"雀金裘"近了。

贾母犹未起来，知道宝玉出门，便开了房门，命宝玉进来。宝玉见贾母身后宝琴面向里睡着未醒。贾母见宝玉身上穿着荔色哆罗呢的天马箭袖，大红猩猩毡盘金彩绣石青妆缎沿边的排穗褂子。贾母道：“下雪呢？”宝玉道：“天阴着，还没下呢。”<u>贾母便命鸳鸯来：“把昨儿那一件乌云豹③的氅衣给他罢。”</u>³鸳鸯答应了，走去果取了一件来。宝玉看时，金翠辉煌，碧彩闪灼，又不似宝琴所披之凫靥裘。只听贾母笑道：<u>“这叫作'雀金呢'，这是俄罗斯国拿孔雀毛拈了线织的。前儿把那一件野鸭子的给了你小妹妹，这件给你罢。”</u>⁴宝玉磕了一个头，便披在身上。贾母笑道：“你先给你娘瞧瞧去再去。”

3. 果然，贾母见宝玉的穿着，赐氅衣了，写来无一丝牵强。

4. 特说出衣料和产地，以见比送宝琴的"凫靥裘"更难得。有批"小妹妹"脂评说："小"字更妙！盖王夫人之末女也。（庚）

---

① 建莲——产于今福建建宁县的穿心白莲子。
② 法制紫姜——用传统成法制成的嫩姜酱菜。
③ 乌云豹——沙狐的腹皮叫"天马"，领下皮叫"乌云豹"，都是贵重的皮毛。

　　宝玉答应了，便出来，只见鸳鸯站在地下揉眼睛。因自那日鸳鸯发誓决绝之后，她总不和宝玉说话。宝玉正自日夜不安，此时见她又要回避，宝玉便上来笑道："好姐姐，你瞧瞧，我穿着这个好不好？"鸳鸯一摔手，便进贾母房中去了。宝玉只得来到王夫人房中，与王夫人看了，然后又回至园中，与晴雯、麝月看过，复回至贾母房中，回说："太太看了，只说可惜了的，叫我仔细穿，别糟蹋了它。"[1]贾母道："就剩了这一件，你糟蹋了也再没了。这会子特给你做这个，也是没有的事。"说着，又嘱咐他："不许多吃酒，早些回来。"宝玉应了几个"是"。

　　老嬷嬷跟至厅上，只见宝玉的奶兄李贵和王荣、张若锦、赵亦华、钱启、周瑞六个人，带着茗烟、伴鹤、锄药、扫红四个小厮，背着衣包，抱着坐褥，笼着一匹雕鞍彩辔的白马，早已伺候多时了。老嬷嬷又吩咐了他六个人些话，六个人忙答应了几个"是"，忙捧鞭坠镫。宝玉慢慢地上了马，李贵和王荣笼着嚼环，钱启、周瑞二人在前引导，张若锦、赵亦华在两边紧贴宝玉后身。宝玉在马上笑道："周哥，钱哥，咱们打这角口走罢，省得到了老爷的书房门口又下来。"周瑞侧身笑道："老爷不在家，书房天天锁着的，爷可以不用下来罢了。"宝玉笑道："虽锁着，也要下来的。"[2]钱启、李贵等都笑道："爷说的是。便托懒不下来，倘或遇见赖大爷、林二爷，虽不好说爷，也劝两句。有的不是，都派在我们身上，又说我们不教爷礼了。"周瑞、钱启便一直出角门来。

　　正说话时，顶头果见赖大进来。宝玉忙笼住马，意欲下来，赖大忙上来抱住腿。宝玉便在镫上站起来，笑携他的手，说了几句话。接着又见一个小厮带着二三十个拿扫帚、簸箕的人进来，见了宝玉，都顺墙垂手立住，独那为首的小厮打千儿，请了个安。宝玉不识名姓，只微笑点了点头。马已过去，[3]那人方带人去了。于是出了角门，门外又有李贵等六人的小厮并几个马夫，早预备下十来匹马专候。一出角门，李贵等都各上了马，前引傍围地一阵烟去了，不在话下。

　　这里晴雯吃了药，仍不见病退，急得乱骂大夫，说："只会骗人的钱，一剂好药也不给人吃。[4]麝月笑劝

1. 王夫人叮嘱仔细穿，别糟蹋，正为宝玉不小心烧坏而有。

2. 顺笔写到清代贵族之家的礼仪规矩甚严，做儿子的不能骑着马过父亲居室书房外，必须要下来，以示恭敬。这种细节都一一写到，是此书不同于别的小说处。

3. 总为后文伏线。（庚）

4. 火爆性子，不知想吃什么好药。奇文！真娇憨女儿之语也。（庚）

她道："你太性急了，俗语说：'病来如山倒，病去如抽丝。'又不是老君的仙丹，哪有这样灵药！你只静养几天，自然好了。你越急越着手。"晴雯又骂小丫头子们："哪里钻沙①去了！瞅我病了，都大胆子走了。明儿我好了，一个一个的才揭你们的皮呢！"唬得小丫头子篆儿忙进来问："姑娘作什么？"[1]晴雯道："别人都死绝了，就剩了你不成？"说着，只见坠儿也蹭了进来。晴雯道："你瞧瞧这小蹄子，不问，她还不来呢！这里又放月钱了，又散果子了，你该跑在头里了。你往前些，我是老虎，吃了你？"坠儿只得前凑。晴雯便冷不防欠身一把将她的手抓住，[2]向枕边取了一丈青②，向她手上乱戳，口内骂道："要这爪子作什么？拈不得针，拿不动线，只会偷嘴吃。眼皮子又浅，爪子又轻，打嘴现世的，不如戳烂了！"坠儿疼得乱哭乱喊。[3]麝月忙拉开坠儿，按晴雯睡下，笑道："你才出了汗，又作死！等你好了，要打多少打不得？这会子闹什么！"晴雯便命人叫宋嬷嬷进来，说道："宝二爷才告诉了我，叫我告诉你们，坠儿很懒，宝二爷当面使她，她拨嘴儿不动，连袭人使她，她背后骂她。今儿务必打发她出去，明儿宝二爷亲自回太太就是了。"[4]宋嬷嬷听了，心下便知镯子事发，因笑道："虽如此说，也等花姑娘回来，知道了，再打发她。"晴雯道："宝二爷今儿千叮咛万嘱咐的，什么'花姑娘''草姑娘'，我们自然有道理。你只依我的话，快叫她家的人来领她出去！"麝月道："这也罢了，早也去，晚也去，带了去，早清净一日。"

宋嬷嬷听了，只得出去，唤了她母亲来，打点了她的东西。又来见晴雯等，说道："姑娘们怎么了，你侄女儿不好，你们教导她，怎么撵出去？也到底给我们留个脸儿。"[5]晴雯道："你这话只等宝玉来问他，与我们无干。"那媳妇冷笑道："我有胆子问他去！他哪一件事不是听姑娘们的调停？他纵依了，姑娘们不依，也未必中用。比如方才说话，虽是背地里，姑娘就直叫他的名字。在姑娘们就使得，在我们就成了野人了。"[6]晴雯听说，益发急红了脸，说道："我叫了他的名字了，你在

① 钻沙——水中有些小鱼小蟹能钻进沙里躲藏起来，故用以骂人跑得无影无踪。
② 一丈青——一种细长的带有挖耳小杓的簪子，长约四寸许，形状如针。

老太太跟前告我去,说我撒野,也撵出我去!"麝月忙道:"嫂子,你只管带了人出去,有话再说。这个地方岂有你叫喊讲礼的?你见谁和我们讲过礼?别说嫂子你,就是赖奶奶、林大娘,也得担待我们三分。便是叫名字,从小儿直到如今,都是老太太吩咐的,你们也知道的,恐怕难养活,巴巴地写了他的小名儿,各处贴着,叫万人叫去,为的是好养活。连挑水、挑粪、花子都叫得,何况我们![1]连昨儿林大娘叫了一声'爷',老太太还说她呢,此是一件。二则,我们这些人常回老太太的话去,可不叫着名字回话,难道也称'爷'?哪一日不把"宝玉"两个字念二百遍,偏嫂子又来挑这个了!过一日嫂子闲了,在老太太、太太跟前,听听我们当着面儿叫他就知道了。嫂子原也不得在老太太、太太跟前当些体统差事,成年家只在三门外头混,怪不得不知我们里头的规矩。[2]这里不是嫂子久站的,再一会,不用我们说话,就有人来问你。有什么分证的话,且带了她去,你回了林大娘,叫她来找二爷说话。家里上千的人,你也跑来,我也跑来,我们认人问姓,还认不清呢!"说着,便叫小丫头子:"拿了擦地的布来擦地!"那媳妇听了,无言可对,亦不敢久立,赌气带了坠儿就走。宋嬷嬷忙道:"怪道你这嫂子不知规矩,你女儿在这屋里一场,临去时,也给姑娘们磕个头。[3]没有别的谢礼——便有谢礼,她们也不希罕——不过磕个头,尽了心。怎么说走就走?"坠儿听了,只得翻身进来,给她两个磕了两个头,又找秋纹等。她们也不睬她。那媳妇嗐声叹气,口不敢言,抱恨而去。[4]

晴雯方才又闪了风,着了气,反觉更不好了。翻腾至掌灯,刚安静了些,只见宝玉回来,进门就嗐声跺脚。[5]麝月忙问原故,宝玉道:"今儿老太太欢欢喜喜地给了这个褂子,谁知不防,后襟子上烧了一块,幸而天晚了,老太太、太太都不理论。"一面说,一面脱下来。麝月瞧时,果见有指顶大的烧眼,说:"这必定是手炉里的火迸上了。这不值什么,赶着叫人悄悄地拿出去,叫个能干织补匠人织上就是了。"[6]说着,便用包袱包了,交与一个嬷嬷送出去,说:"赶天亮就有才好,千万别给老太太、太太知道!"婆子去了半日,仍旧拿回来,说:"不但织补匠人,能干裁缝、绣匠并做女工

1. 麝月机灵,一番话堵了坠儿娘的嘴,也着实够厉害的。

2. 说着说着,话就越来越损,有失厚道。

3. 宋嬷嬷也来这么一下,真教被撵者难堪。

4. 被撵者虽灰溜溜,毕竟是怀恨而去,晴雯多结怨,绝非好事。

5. 一边病情加重,一边懊恼而归,接得紧。

6. 必先一松,以为容易弥补。

的问了，都不认得这是什么，都不敢揽。"[1]麝月道："这怎么样呢？明儿不穿也罢了。"宝玉道："明儿是正日子，老太太、太太说了，还叫穿这个去呢。[2]偏头一日就烧了，岂不扫兴！"晴雯听了半日，忍不住翻身说道："拿来我瞧瞧罢！没那福气穿就罢了，这会子又着急。"宝玉笑道："这话倒说的是。"说着，便递与晴雯。又移过灯来，细看了一会，晴雯道："这是孔雀金线织的，如今咱们也拿孔雀金线，就像界线①似的界密了，只怕还可混得过去。"麝月笑道："孔雀线现成的，但这里除了你，还有谁会界线？"晴雯道："说不得我挣命罢了！"[3]宝玉忙道："这如何使得！才好了些，如何做得活！"晴雯道："不用你蝎蝎螫螫的，我自知道。"一面说，一面坐起来，挽了一挽头发，披了衣裳，只觉头重身轻，满眼金星乱迸，实实撑不住。待不做，又怕宝玉着急，少不得狠命咬牙捱着。便命麝月只帮着拈线。晴雯先拿了一根比一比，笑道："这虽不很像，若补上，也不很显。"宝玉道："这就很好，哪里又找俄罗斯国的裁缝去！"[4]晴雯先将里子拆开，用茶杯口大的一个竹弓钉牢在背面，再将破口四边用金刀刮得散松松的，然后用针纫了两条，分出经纬，亦如界线之法，先界出地子来，然后依本衣之纹来回织补。织补两针，又看看，织补两针，又端详端详。无奈头晕眼黑，气喘神虚，补不上三五针，便伏在枕上歇一会。[5]宝玉在旁，一时又问："吃些滚水不吃？"一时又命："歇一歇。"一时又拿一件灰鼠斗篷替她披在背上，一时又命："拿个拐枕与她靠着。"急得晴雯央告道："小祖宗！你只管睡罢。再熬上半夜，明儿把眼睛抠搂了，怎么处！"[6]

宝玉见她着急，只得胡乱睡下，仍睡不着。一时只听自鸣钟已敲了四下，[7]刚刚补完；又用小牙刷慢慢地剔出茸毛来。麝月道："这就很好，若不留心，再看不出的。"宝玉忙要了瞧瞧，笑说："真真一样了。"晴雯已嗽了几阵，好容易补完了，说一声："补虽补了，到底不像，我也再不能了！""嗳哟"了一声，便身不由主倒下了。要知端的，且听下回分解。

---

① 界线——刺绣和缝纫工艺中的一种纵横线织法。

1. 然后一紧，原来竟无办法。

2. 再说出明儿非穿不可，必令情势逼得无路可走，才由晴雯挺身而出。

3. 晴雯针线活之巧，无人可替代，不得已，只好豁出去了。

4. 能混得过去就好。妙谈！（庚）

5. 竟能将女工的界线织补法写得如此具体，作者本领真绝了！若非平时观察留心，又如何写得出？写晴雯病补神情，可谓已到拼命地步，真不愧加一"勇"字。

6. 体力已快难以支撑了，还一心只想着别让宝玉熬夜抠搂了眼睛，此正晴雯令人感动处。

7. 按"四下"，乃寅正初刻，"寅"此样法，避讳也。（庚）此批言作者避其先祖曹寅讳，自有重要资料价值。然是否真有意避讳，尚有可疑；书中曾写薛蟠误认"唐寅"为"庚黄"，还说谁知什么"糖银""果银"。

【总评】

宝玉处的小丫头坠儿偷了平儿的"虾须镯"，被宋妈查到，来回二奶奶。平儿接了镯子，心想：此事闹出来，宝玉和袭人等几个丫头脸上都不好看，老太太、太太也生气，便向凤姐撒了个谎，说是自己不慎"镯子褪了口，丢在草根底下"，今儿雪化尽了，拣了回来。平儿特来将此事告诉麝月，要她们防着点坠儿，"等袭人回来，你们商议着，变个法子打发出去就完了"。这些话被悄悄到窗根下前来听平儿说什么的宝玉全听到了，回房告诉病中的晴雯，把晴雯"气得蛾眉倒蹙，凤眼圆睁，即时就叫坠儿"，被宝玉劝住。在平儿话中曾带出"那一年有个良儿偷玉"一句来，应是为后半部佚稿中"'误窃'一回"（第八回脂评）情节作引。

谈起诗社作诗，引出薛宝琴口述的"真真国女儿诗"来。外国美人作中国诗的奇闻，在对外交流逐渐增多的康、雍、乾时代和宝琴之父乃皇家出海经办洋货的豪商等条件来看，虽非绝无可能，但从书中的描述来看，显然又是宝琴信口编造，黛玉所谓的"这会子又扯谎"。诗，似乎隐寓着宝琴自己的将来。

晴雯"是块爆炭"，等宝玉一出门，她就叫来坠儿，"向枕边取了一丈青，向她手上乱戳"，有评论者以为晴雯对比她地位更低的小丫头也够凶狠的，这未免有点不辨是非曲直而只论地位高低了。晴雯出于正义感而站在受欺压而反抗的小女孩们一边的时候也有。她惩罚坠儿，正表现其疾恶如仇的性格而已。她命人叫来宋嬷嬷，要她去叫坠儿妈来将坠儿领走。坠儿妈还负气争辩。麝月为人虽近袭人，但这次也完全站在晴雯一边，她们一道代宝玉撵走了坠儿。晴雯因此而多树了敌，也在情理之中。

宝玉临出门前，贾母给了他一件"雀金呢"裘衣，却不防后襟子上烧了一块。晴雯为救宝玉之急，将补裘的难题承担了下来，全然不顾惜自己难以支撑的病体。回目叫"勇晴雯病补雀金裘"，在她名字前加一个"勇"字，可以看出作者对她的这种牺牲精神的颂扬态度。当初，贾母看中她可以给宝玉使唤，一个重要原因是她慧心巧手，干针线活儿比谁都好，在这段情节中也得到了证实。

文字的精彩还在于作者并非干巴巴地叙述事情的经过，这里每个细节描写都形象而逼真：晴雯说的话有鲜明个性；一举一动都确像出自一个体质赢弱的病人；尤其是这样的织补活儿，其操作过程的每一环节，作者居然也能像行家似的说得头头是道。这就使我们不能不惊讶作者的生活知识是何等广博。

第五十三回
宁国府除夕祭宗祠　荣国府元宵开夜宴

【题解】

　　本回回目诸本一致，唯列藏本"宗祠"误作"宗祀"，"元宵"误作"元霄"。回目文义明白，无须解释；写法上却很特别，很少有什么故事情节，却将宁、荣二府从除夕前到元宵节的岁时礼仪习俗一一加以展示，给我们描绘出一幅大家族春节礼俗的详尽的历史性画卷。由此，使我们领悟到《红楼梦》并非一部所谓的爱情小说，也不是以宝玉、黛玉、宝钗等男女主角的恋爱婚姻纠葛为全书故事主要发展线索的。它的情节主线是贾府的荣枯兴衰，着眼于描写与这一大家族相关的形形色色人物和广阔的社会生活场景。

　　话说宝玉见晴雯将雀裘补完，已使得力尽神危，忙命小丫头子来替她捶着，彼此捶打了一会。歇下没一顿饭的工夫，天已大亮；且不出门，只叫："快传大夫！"一时王太医来了，诊了脉，疑惑说道："昨日已好了些，今日如何反虚浮微缩①起来，敢是吃多了饮食？不然就是劳了神思。外感却倒清了，这汗后失于调养，非同小可。"[1]一面说，一面出去开了药方进来。宝玉看时，已将疏散驱邪诸药减去，倒添了茯苓、地黄、当归等益神养血之剂。宝玉一面忙命人煎去，一面叹说："这怎么处？倘或有个好歹，都是我的罪孽。"晴雯睡在枕上，嗐道："好太爷！你干你的去罢，哪里就得痨病了！"

　　宝玉无奈，只得去了。至下半天，说身上不好，就回来了。晴雯此症虽重，幸亏她素习是个使力不使心的；[2]再者素习饮食清淡，饥饱无伤。这贾宅中的风俗秘法，无论上下，只一略有些伤风咳嗽，总以净饿为主，次则服药调养。故于前日一病时，净饿了两三日，又谨慎服药调治，如今劳碌了些，又加倍培养了几日，便渐渐地好了。近日园中姊妹皆各

1. 说得有理。

2. 谓其心地单纯，无忧无虑也。前写张友士为秦可卿看病，则称"思虑太过。此病是忧虑伤脾"。可知古人说"有动于中，必摇其精"的话不谬。

────────────

① 虚浮微缩——中医诊脉术语。虚浮，脉象似羽毛浮水，漂浮无力，是正气不足的现象；微缩，脉象微弱似无，触指即回，亦阴阳并虚、气血两亏的症状。

在房中吃饭，炊爨饮食亦便，宝玉自能变法要汤要羹调停，[1]
不必细说。

　　袭人送母殡后，业已回来，麝月便将平儿所说宋妈、坠
儿一事，并晴雯撵逐坠儿出去，也曾回过宝玉等语，一一地告
诉了一遍。袭人也没别说，只说太性急了些。只因李纨亦因
时气感冒，邢夫人又正害火眼，迎春、岫烟皆过去朝夕侍药，[2]
李婶之弟又接了李婶和李纹、李绮家去住几日；[3]宝玉又见袭
人常常思母含悲，晴雯犹未大愈，因此诗社之日，皆未有人
作兴，便空了几社。

　　当下已是腊月，离年日近，王夫人与凤姐治办年事。王
子腾升了九省都检点①，贾雨村补授了大司马②，协理军机，
参赞朝政，[4]不提。

　　且说贾珍那边，开了宗祠，着人打扫，收拾供器，请神主③，
又打扫上房，以备悬供遗真影像④。此时荣、宁二府内外上下，
皆是忙忙碌碌。这日，宁府中尤氏正起来，同贾蓉之妻打点
送贾母这边针线礼物，[5]正值丫头捧了一茶盘押岁锞子进来，
回说："兴儿回奶奶，前儿那一包碎金子，共是一百五十三两
六钱七分，里头成色不等，共总倾⑤了二百二十个锞子。"说
着递上去。尤氏看了一看，只见也有梅花式的，也有海棠式的，
也有"笔锭如意"的，也有"八宝联春"的。尤氏命："收起
这个来，叫他把银锞子快快交了进来。"丫鬟答应去了。

　　一时贾珍进来吃饭，贾蓉之妻回避了。贾珍因问尤氏：
"咱们春祭的恩赏⑥，可领了不曾？"尤氏道："今儿我打发蓉
儿关⑦去了。"贾珍道："咱们家虽不等这几两银子使，多少是
皇上天恩。早关了来，给那边老太太见过，置了祖宗的供，
上领皇上天恩，下则是托祖宗的福。咱们哪怕用一万银子供
祖宗，到底不如这个又体面，又是沾恩锡福的。除咱们这样
一二家之外，那些世袭穷官儿家，若不仗着这银子，拿什么
上供过年？真正皇恩浩大，想得周到。"[6]尤氏道："正是这话。"

1. 是凤姐的功劳。宝玉服侍晴雯，亦算尽心了。

2. 妙在一人不落，事事皆到。（庚）

3. 来的也有理，去的也有情。（庚）

4. 惯于徇私枉法者，反晋升为朝中显贵了。

5. 自可卿死后，贾蓉又娶妻了。

6. 极重虚荣的贾珍，借朝廷春祭赏赐百官的惯例歌功颂德。

---

①　都检点——也作"都点检"，五代时的官名，为禁军的最高长官，北宋初已废。
②　大司马——汉武帝置的官名，执掌兵权的最高长官，隋以后废。明清时作兵部尚书的别称。
③　神主——奉祀死者的牌位，有底座的木牌，上刻写死者的官衔、姓名。
④　遗真影像——死者的遗像。
⑤　倾——将金银重新镕铸。
⑥　春祭的恩赏——春节前，皇帝赏赐给大臣祭祖的银两。
⑦　关——也说成"关领"，领取。

　　二人正说着，只见人回："哥儿来了。"贾珍便命："叫他进来。"只见贾蓉捧了一个小黄布口袋进来。贾珍道："怎么去了这一日？"贾蓉陪笑回说："今儿不在礼部关领了，又分在光禄寺①库上，因又到了光禄寺，才领了下来。光禄寺的官儿们都说，问父亲好，多日不见，都着实想念。"贾珍笑道："他们哪里是想我。这又到了年下了，不是想我的东西，就是想我的戏酒了。"[1]一面说，一面瞧那黄布口袋，上有印，就是"皇恩永锡"四个大字；那一边又有礼部祠祭司的印记，又写着一行小字，道是："宁国公贾演、荣国公贾源，恩赐永远春祭赏共二份，净折银若干两，某年月日龙禁尉候补侍卫贾蓉当堂领讫，值年寺丞某人。"下面一个朱笔花押。

　　贾珍吃过饭，盥漱毕，换了靴帽，命贾蓉捧着银子跟了来，回过贾母、王夫人，又至这边，回过贾赦、邢夫人，方回家去，取出银子，命将口袋向宗祠大炉内焚了。又命贾蓉道："你去问问你琏二婶子，正月里请吃年酒的日子拟了没有。若拟定了，叫书房里明白开了单子来，咱们再请时，就不能重犯了。[2]旧年不留神，重了几家，人家不说咱们不留心，倒像两宅商议定了，送虚情怕费事一样。"贾蓉忙答应了过去。一时，拿了请人吃年酒的日期单子来了。贾珍看了，命交与赖升去看了，请人别重了这上头的日子。因在厅上看着小厮们抬围屏、擦抹几案、金银供器。

　　只见小厮手里拿着个禀帖，并一篇账目，回说："黑山村的乌庄头②来了。"贾珍道："这个老砍头的今儿才来！"[3]说着，贾蓉接过禀帖和账目，忙展开捧着，贾珍倒背着两手，向贾蓉手内看那红禀帖，上写着："门下庄头乌进孝叩请爷、奶奶万福金安，并公子小姐金安。新春大喜大福，荣贵平安，加官进禄，万事如意。"贾珍笑道："庄家人有些意思。"贾蓉也忙笑说："别看文法，只取个吉利罢了。"一面忙展开单子看时，只见上面写着："大鹿三十只，獐子五十只，狍子五十只，暹猪二十个，汤猪二十个，龙猪二十个，野猪二十个，家腊猪二十个，野羊二十个，青羊二十个，家汤羊二十个，家风羊二十个，鲟鳇鱼二个，

1. 官场弊端，比比皆是。

2. 请吃年酒，须先排定日程表。

3. 交一年租税的来了，贾珍嫌其迟，未见先骂，称呼如闻。

————————

　　①　光禄寺——官署名。北齐时置，掌管皇家膳食等事；至清代，只管祭祀所用膳食等事。
　　②　庄头——为贵族地主经营田庄的代理人。

各色杂鱼二百斤，活鸡、鸭、鹅各二百只，风鸡、鸭、鹅二百只，野鸡、兔子各二百对，熊掌二十对，鹿筋二十斤，海参五十斤，鹿舌五十条，牛舌五十条，蛏干二十斤，榛、松、桃、杏瓤各二口袋，大对虾五十对，干虾二百斤，银霜炭上等选用一千斤、中等二千斤，柴炭三万斤，御田胭脂米二石，¹ 碧糯五十斛，白糯五十斛，粉粳五十斛，杂色粱谷各五十斛，下用常米一千石，各色干菜一车，外卖粱谷、牲口各项折银二千五百两。外门下孝敬哥儿姐儿玩意：活鹿两对，活白兔四对，黑兔四对，活锦鸡两对，西洋鸭两对。"①

　　贾珍便命："带进他来。"一时只见乌进孝进来，只在院内磕头请安。贾珍命人拉他起来，笑说："你还硬朗？"² 乌进孝笑回道："托爷的福，还走得动。"贾珍道："你儿子也大了，该叫他走走也罢了。"乌进孝笑道："不瞒爷说，小的们走惯了，不来也闷得慌。他们可不是都愿意来见见天子脚下的世面？他们到底年轻，怕路上有闪失，再过几年就可放心了。"贾珍道："你走了几日？"乌进孝道："回爷的话，今年雪大，外头都是四五尺深的雪，前日忽然一暖一化，路上竟难走得很，耽搁了几日。虽走了一个月零两日，³ 因日子有限了，怕爷心焦，可不赶着来了。"

　　贾珍道："我说呢，怎么今儿才来。我才看那单子上，今年你这老货又来打擂台②来了。"⁴ 乌进孝忙进前了两步，回道："回爷说，今年年成实在不好。从三月下雨起，接接连连直到八月，竟没有一连晴过五日。九月里一场碗大的雹子，方近一千三百里地，连人带房并牲口、粮食，打伤了上千上万的，所以才这样。小的并不敢说谎。"贾珍皱眉道："我算定了，你

1. 《在园杂志》曾有此说。（庚）清刘廷玑《在园杂志》："浙闽总督范公时崇随驾热河，每赐御用食馔，内有殊红色大米饭一种。传旨云：'此本无种，其先特产上苑，只一二根苗穗，迥异他禾。乃登剖之，粒如丹砂，遂收其种，种于御园。今兹广获其米，一岁两熟，只供御膳。'"

2. 这就算见面时客气话了。

3. 贾府所置田地产之多之广可想见。

4. 看来是对付庄头的老手，说出话来有一套。

──────────

①　乌进孝进物清单——獐子：即麕，似鹿而小，无角。狍子："狍"同"麅"，一种力大善跑的鹿。暹猪：当是产于泰国（暹罗）的猪。汤猪：宰杀后用开水去净毛的家猪。龙猪：一种皮薄肉嫩、出产于广东南雄龙王岩和江西龙南县的长毛猪。家腊猪：家庭腌腊的猪。野羊：即羚羊。青羊：一种毛色带青的山羊。家汤羊：宰杀后用汤去毛而不剥皮的家羊。家风羊：经腌制风干的家羊。鲟鳇鱼二个：鲟，古称"鳣（xún 旬）"，体形很大（重可达数百斤或称千斤）的珍贵鱼类。鳇，古称"鳣（zhān 毡）"，形体类鲟的大鱼（大者二三丈），亦珍品。清单上此鱼数量，诸本各异：庚辰、列藏本为"二个"，蒙府本为"二十个"，戚序、戚宁本称"二十尾"，梦稿、甲辰及程高本为"二百个"，今从庚辰本。兔子：梦稿、甲辰、程高本作"野猫"，实即野兔，当时京师有此叫法。瓤：果核的仁。银霜炭：一种色呈银灰、无烟耐烧的优质炭。御田胭脂米：一种长粒的优质稻米，煮熟后质软色红有香气。康熙时种于京郊御田。也叫"玉田米"。又谓称"红稻""红莲稻"者即此。
②　打擂台——这里引申为存心要花样、来较量本领，看谁能占得便宜。

至少也有五千两银子来，这够做什么的？如今你们一共只剩了八九个庄子，今年倒有两处报了旱涝，你们又打擂台，真真是又教别过年了。"[1] 乌进孝道："爷的这地方还算好呢！我兄弟离我那里只一百多里，谁知竟又大差了。他现管着那府里八处庄地，比爷这边多着几倍，今年也只这些东西，不过多二三千两银子，也是有饥荒打呢。"贾珍道："正是呢，我这边倒可以，没有什么外项大事，不过是一年的费用。我受用些就费些；我受些委屈就省些。再者年例送人请人，我把脸皮厚些，可省些也就完了。比不得那府里，这几年添了许多花钱的事，一定不可免是要花的，却又不添些银子产业。这一二年倒赔了许多，不和你们要，找谁去？"[2]

　　乌进孝笑道："那府里如今虽添了事，有去有来，娘娘和万岁爷岂不赏的？"[3] 贾珍听了，笑向贾蓉等道："你们听听他这话，可笑不可笑？"贾蓉等忙笑道："你们山坳海沿子上的人，哪里知道这道理。娘娘难道把皇上的库给了我们不成！她心里纵有这心，她也不能作主。岂有不赏之理，按时到节，不过是些彩缎、古董、玩意儿；纵赏银子，不过一百两金子，才值了一千两银子，够一年的什么？这二年，哪一年不多赔出几千银子来！头一年省亲，连盖花园子，你算算那一注共花了多少，就知道了。再两年，再省一回亲，只怕就净穷了。"[4] 贾珍笑道："所以他们庄家老实人，外明不知里暗的事，黄柏木作磬槌子——外头体面里头苦。"[5] 贾蓉又笑向贾珍道："果真那府里穷了。前儿我听见凤姑娘和鸳鸯悄悄商议，要偷出老太太的东西去当银子呢。"[6] 贾珍笑道："那又是你凤姑娘的鬼，哪里就穷到如此。她必定是见去路太多了，实在赔得狠了，不知又要省哪一项的钱，先设出这法子来，[7] 使人知道，说穷到如此了。我心里却有个算盘，还不至如此田地。"说着，便命人带了乌进孝出去，好生待他，不在话下。

　　这里贾珍吩咐将方才各物，留出供祖宗的来，将各样取了些，命贾蓉送过荣府里。然后自己留了家中所用的，余者派出等例来，一份一份地堆在月台底下，命人将族中的子侄唤来，分与他们。[8] 接着荣国府也送了许多供祖之物及与贾珍之物。贾珍看着收拾完备供

1. 光看那张呈上的单子，已够吓人的，谁知仍不满足，还说"教别过年了"。怪不得在阶级斗争为纲年代里，要读者好好看看乌进孝的单子，以便了解封建地主阶级的剥削是怎么回事。

2. 是实话，所以才可怕。

3. 局外人自然那么想。是庄头口中语气。脂砚。（庚）

4. 答的也是实情，非装穷叹苦。省亲既寄托南巡接驾，则作者恐也有借此写自先祖曹寅始，任上大量亏空官银的感慨在。

5. 新鲜趣语。（庚）

6. 批"凤姑娘"脂评：此亦南北互用之文，前注不谬。（庚）前注说过"此姑娘亦'姑姑''娘娘'之称"。偷当事定是贾蓉从凤姐处听得。

7. 怕也是有以往作为为依据而言。

8. 长房宁府所收得之物，须按惯例分给次房荣府及族中无收入子侄。

器，靸着鞋，披着一件猞猁狲①大裘，命人在厅柱下石矶上太阳中铺了一个大狼皮褥子，负暄②闲看各子弟们来领取年物。因见贾芹亦来领物，贾珍叫他过来，说道："你作什么也来了？谁叫你来的？"贾芹垂手回说："听见大爷这里叫我们领东西，我没等人去就来了。"贾珍道："我这东西，原是给你那些闲着无事的、无进益的小叔叔兄弟们的。那二年你闲着，我也给过你的。你如今在那府里管事，家庙里管和尚、道士们，一月又有你的份例外，这些和尚的份例银子都从你手里过，你还来取这个，太也贪了！¹你自己瞧瞧，你穿的可像个手里使钱办事的？先前说你没进益，如今又怎么了？比先倒不像了。"贾芹道："我家里原人口多，费用大。"贾珍冷笑道："你还支吾我。你在家庙里干的事，打量我不知道呢！你到了那里，自然是爷了，没人敢违拗你。你手里又有了钱，离着我们又远，你就为王称霸起来，夜夜招聚匪类赌钱，²养老婆小子。这会子花得这个形象，你还敢领东西来？领不成东西，领一顿驮水棍③去才罢。等过了年，我必和你琏二叔说，换回你来。"贾芹红了脸，不敢答言。人回："北府水王爷送了字联、荷包来了。"³贾珍听说，忙命贾蓉出去款待，"只说我不在家"。贾蓉去了。这里贾珍看着领完东西，回房与尤氏吃毕晚饭，一宿无话。至次日，比往日更忙，都不必细说。

已到了腊月二十九日了，各色齐备，两府中都换了门神、联对、挂牌，新油了桃符④，焕然一新。⁴宁国府从大门、仪门、大厅、暖阁、内厅、内三门、内仪门并内塞门⑤，直到正堂，一路正门大开，两边阶下，一色朱红大高照，点得两条金龙一般。⁵次日，由贾母有诰封者，皆按品级着朝服，先坐八人大轿，带领着众人进宫朝贺行礼。⁶领宴毕回来，便到宁国府暖阁下轿。诸子弟有未随入朝者，皆在宁府门前排班伺候，然后引入宗祠。

且说薛宝琴是初次进，便细细留神打量这宗祠。⁷原

1. 盖知贾芹之为人，故骂其贪心。

2. 这一回文字断不可少。（庚）贾府之败，从内部而言，必先有家丑外扬或所干坏事走漏消息，让人有可乘之机，然后才被挟怨者利用来告发。这些恐与"招聚匪类赌钱"有很大关系。脂评在别处也有同样暗示。

3. 北静王水溶与后半部宝玉情节有关，故时时提及。

4. 换新门神、春联等风俗保持至今。

5. 从大门口起直到正堂，一路都开正门，两边点起红灯，是最隆重的布置。

6. 祭宗祠之前，受诰封者必须先进宫朝贺行礼。

7. 宗祠的建筑、景观、联额等，必从旁观者眼中看出，是书中定法；且必定要让初到者来看，故选中了薛宝琴。

---

①　猞猁狲——即猞猁，兽名，也叫土豹，是野猫的一种。皮毛贵重。
②　负暄——晒太阳取暖。
③　驮水棍——背水负重时用以支撑的棍棒。这里"领一顿驮水棍去"即"招一顿打"的意思。
④　桃符——传说黄帝曾立桃板于门，画二神以驱鬼，神名神荼、郁垒。后世风俗沿此，称画门神或书神名之桃木板为桃符；转而也称门上春联为桃符。
⑤　内塞门——"塞门"之名见于《论语·八佾》，乃指设于门口以蔽内外的屏风，这里当指内仪门与正堂之间的屏门。

来宁府西边另一个院子，黑油栅栏内五间大门，上面悬一匾，写着是"贾氏宗祠"四个字，旁书"衍圣公①孔继宗书"。[1]两旁有一副长联，写道是：

> 肝脑涂地，兆姓赖保育之恩；
> 功名贯天，百代仰蒸尝之盛。②[2]

亦衍圣公所书。进入院中，白石甬路，两边皆是苍松翠柏。月台上设着青绿古铜鼎彝等器。抱厦前上面悬一九龙金匾，写道是："星辉辅弼"③，乃先皇御笔。两边一副对联，写道是：

> 勋业有光昭日月，
> 功名无间及儿孙。

亦是御笔。五间正殿前悬一闹龙填青匾，写道是"慎终追远"④。旁边一副对联，写道是：

> 已后儿孙承福德，
> 至今黎庶念宁荣。

俱是御笔。里边香烛辉煌，锦帐绣幕，虽列着些神主，却看不真切。[3]只见贾府人分昭穆⑤排班立定：贾敬主祭，贾赦陪祭，贾珍献爵，贾琏、贾琮献帛，宝玉捧香，贾菖、贾菱展拜毯，守焚池。青衣乐奏，三献爵，拜兴毕，焚帛奠酒，礼毕乐止，退出。[4]众人围随着贾母，至正堂上。影前锦幔高挂，彩屏张护，香烛辉煌。上面正居中悬着宁、荣二祖遗像，皆是披蟒腰玉，两边还有几轴列祖遗影。

　　贾荇、贾芷等从内仪门挨次列站，直到正堂廊下。槛外方是贾敬、贾赦，槛内是各女眷。众家人小厮皆在仪门之外。每一道菜至，传至仪门，贾荇、贾芷等便接了，按次传至阶上贾敬手中。贾蓉系长房长孙，独他随女眷在槛内。每贾敬捧菜至，传与贾蓉，贾蓉便传与他妻子，又传与凤姐、尤氏诸人，直传至供桌前，方传与

1. "衍圣公孔继宗"，"继宗"与"衍圣"同义，显然出于作者虚拟，有研究者考当时某真人姓名恰巧与其近似，以为即此处所指，殆不可信。

2. 庚辰本有条墨笔眉批称"此联宜捭转"（俞平伯疑其为绮园所批）。因为楹联通常上句以仄声字作结，下句以平声字作结，此联则相反。

3. 若能看得真切，便不是宝琴眼中了。

4. 礼仪井然，亏他写得出。

---

① 衍圣公——孔子后裔之封号，自宋仁宗至和二年始称，沿袭至今。梦稿、程高本此句作"特晋爵太傅前翰林掌院事王希献书"，当是后人因忌讳"衍圣公"其真人避免"厚诬至圣先师"的罪名而改。

② "肝脑涂地"一联——兆姓：万民、百姓。十亿或万亿为兆。蒸尝：祭祀；秋祭叫"尝"，冬祭叫"蒸"，亦作"烝"。

③ 星辉辅弼——对朝廷重臣的誉词，谓贾氏如明星辉耀，辅佐着日月。弼，辅助。

④ 慎终追远——谨慎地保持晚节并教育好子孙，时时回想祖上的功德和所得到的恩荣。语出《论语·学而》，原指居丧能守礼法，尽孝道。

⑤ 昭穆——封建宗法制规定的宗庙、祭祀排列次序：始祖居中，以下二世、四世、六世……位于始祖左方，称"昭"；三世、五世、七世……位于右方，称"穆"。

王夫人。王夫人传与贾母，贾母方捧放在桌上。[1]邢夫人在供桌之西，东向立，同贾母供放。直至将菜饭汤点酒茶传完，贾蓉方退出，下阶归入贾芹阶位之首。当时凡从"文"旁之名者，贾敬为首；下则从"玉"者，贾珍为首；再下从"草"头者，贾蓉为首；左昭右穆，男东女西，俟贾母拈香下拜，众人方一齐跪下。将五间大厅，三间抱厦，内外廊檐，阶上阶下，两丹墀内，花团锦簇，塞得无一隙空地。鸦雀无闻，只听铿锵叮当，金铃玉佩微微摇曳之声，并起跪靴履飒沓之响。[2]一时礼毕，贾敬、贾赦等便忙退出，至荣府专候与贾母行礼。

　　尤氏上房早已袭地铺满红毡，[3]当地放着象鼻三足鳅沿鎏金珐琅大火盆，正面炕上铺着新猩红毡，设着大红彩绣云龙捧寿的靠背引枕，外另有黑狐皮的袱子搭在上面，大白狐皮坐褥，请贾母上去坐了。两边又铺皮褥，让贾母一辈的两三个妯娌坐了。这边横头排插之后小炕上，也铺了皮褥，让邢夫人等坐了。地下两面相对十二张雕漆椅上，都是一色灰鼠椅搭小褥，每一张椅下一个大铜脚炉，让宝琴等姊妹坐了。尤氏用茶盘亲捧茶与贾母，蓉妻捧与众老祖母；然后尤氏又捧与邢夫人等，蓉妻又捧与众姊妹。凤姐、李纨等只在地下伺候。茶毕，邢夫人等便先起身来侍贾母。贾母吃茶，与老妯娌闲话了两三句，便命看轿。凤姐儿忙上去挽起来。尤氏笑回说："已经预备下老太太的晚饭。每年都不肯赏些体面，用过晚饭过去，果然我们就不及凤丫头不成？"凤姐儿搀着贾母，笑道："老祖宗快走罢，咱们家去吃去，别理她。"[4]贾母笑道："你这里供着祖宗，忙得什么似的，哪里搁得住我闹！况且每年我不吃，你们也要送去的；不如还送了去，我吃不了，留着明儿再吃，岂不多吃些？"[5]说得众人都笑了。又吩咐她："好生派妥当人夜里照看香火，不是大意得的。"尤氏答应了。一面走出来，至暖阁前上了轿。尤氏等闪过屏风，小厮们才领轿夫请了轿，出大门。尤氏亦随邢夫人等同至荣府。[6]
　　这里轿出大门，这一条街上，东一边合面设列着宁国公的仪仗执事乐器；西一边合面设列着荣国公的仪仗执事乐器，来往行人皆屏退不从此过。一时来至荣府，也是大门正门直开到底。如今便不在暖阁下轿了，过了

1. 每上一道菜，如何传递，不嫌其循序繁复，不省略一个人，先后转手，皆合乎规矩，岂是容易写的？

2. 众人随贾母跪拜一幕，场面壮观，看上一眼，便令人目眩神摇，真不减王右丞"万国衣冠拜冕旒"句。（《和贾舍人早朝大明宫之作》）

3. 以下写宁府为贾母等奉茶，上房陈设、座次，谁捧茶给谁，谁先谁后，又一套礼节规矩。

4. 能与尤氏如此说话揶揄的，也只有凤姐。

5. 贾母也说得有趣。

6. 贾敬、贾赦已先至荣府专候贾母，此则再说尤氏、邢夫人同往。以下述说到荣国府众人为贾母行礼情景。

大厅，便转弯向西，至贾母这边正厅上下轿。众人围随同至贾母正室之中，亦是锦裀绣屏，焕然一新。当地火盆内焚着松柏香、百合草。贾母归了坐，老嬷嬷来回："老太太们来行礼。"贾母忙又起身要迎，只见两三个老妯娌已进来了。大家挽手笑了一回，让了一回。吃茶去后，贾母只送至内仪门便回来归正坐。贾敬、贾赦等领诸子弟进来。贾母笑道："一年价难为你们，不行礼罢。"一面说着，一面男一起，女一起，一起一起俱行过了礼。左右两旁设下交椅，然后又按长幼挨次归坐受礼。两府男妇、小厮、丫鬟，亦按差役上、中、下行礼毕，散押岁钱、荷包、金银锞，摆上合欢宴来。男东女西归坐，献屠苏酒、合欢汤、吉祥果、如意糕毕，贾母起身进内间更衣，众人方各散出。那晚，各处佛堂灶王前焚香上供，王夫人正房院内设着天地纸马香供，¹大观园正门上也挑着大明角灯，两溜高照，各处皆有路灯。上下人等，皆打扮得花团锦簇，一夜人声嘈杂，语笑喧阗，爆竹起火①，络绎不绝。

至次日五鼓，贾母等又按品大妆，摆全副执事进宫朝贺，兼祝元春千秋。领宴回来，又至宁府祭过列祖，方回来。²受礼毕，便换衣歇息。所有贺节来的亲友一概不会，只和薛姨妈、李婶二人说话取便，或者同宝玉、宝琴、钗、黛等姊妹赶围棋、抹牌作戏。王夫人与凤姐天天忙着请人吃年酒，那边厅上院内皆是戏酒，亲友络绎不绝。一连忙了七八日，才完了。³早又元宵将近，宁荣二府皆张灯结彩。十一日是贾赦请贾母等，次日贾珍又请，贾母皆去随便领了半日。⁴王夫人和凤姐儿连日被人请去吃年酒，不能胜记。

至十五日之夕，贾母便在大花厅上命摆几席酒，定一班小戏，满挂各色花灯，带领荣、宁二府各子侄、孙男、孙媳等家宴。⁵贾敬素不茹酒，也不去请他；于十七日祖祀已完，他便仍出城去修养；便这几日在家内，亦是静室默处，一概无听无闻，不在话下。贾赦略领了贾母之赐，也便告辞而去。贾母知他在此彼此不便，也就随他去了。贾赦自到家中，与众门客赏灯吃酒，自然是笙歌聒耳，锦绣盈眸，其取便快乐，另与这边不同的。⁶

---

① 起火——点燃后能升空的爆竹。

1. 除夕风俗：散押岁钱、摆合欢宴、设纸马香供送灶王爷上天，一应俱全。

2. 大年初一，仍须再次进宫朝贺，回来再次祭祖，以见礼仪之繁缛。

3. 按年前排定日程，请人吃年酒，一连七八天。

4. 十一、十二日，赦、珍辈再请贾母。

5. 元宵夜贾母带领宁、荣二府小辈们家宴。

6. 贾赦在荣府，总显得隔了一层。又交待一个。（庚）

　　这边贾母花厅之上，共摆了十来席。每一席旁边设
一几，几上设炉瓶三事，焚着御赐百合宫香。又有八寸来
长、四五寸宽、二三寸高的点着山石、布满青苔的小盆景，
俱是新鲜花卉。又有小洋漆茶盘，内放着旧窑茶杯并十锦
小茶吊，里面泡着上等名茶。一色皆是紫檀透雕，嵌着
大红纱透绣花卉并草字诗词的璎珞①。原来绣这璎珞的也
是个姑苏女子，名唤慧娘。¹因她亦是书香宦门之家，她
原精于书画，不过偶然绣一两件针线作耍，并非市卖之物。
凡这屏上所绣之花卉，皆仿的是唐、宋、元、明各名家
的折枝花卉，故其格式配色皆从雅，本来非一味浓艳匠
工可比。每一枝花侧，皆用古人题此花之旧句，或诗或
歌不一，皆用黑绒绣出草字来，且字迹勾踢、转折、轻重、
连断，皆与笔草无异，亦不比市绣字迹，板强可恨。她不
仗此技获利，所以天下虽知，得者甚少，凡世宦富贵之家，
无此物者甚多，当今便称为"慧绣"。竟有世俗射利者，
近日仿其针迹，愚人获利。偏这慧娘命夭，十八岁便死
了，如今竟不能再得一件的了。凡所有之家，纵有一两件，
皆珍藏不用。有那一干翰林文魔先生们，因深惜"慧绣"
之佳，便说这"绣"字不能尽其妙，这样笔迹说一"绣"
字，反似乎唐突了，便大家商议了，将"绣"字便隐去，
换了一个"纹"字，所以如今都称为"慧纹"。若有一件真
"慧纹"之物，价则无限。贾府之荣，也只有两三件，上
年将那两件已进了上，目下只剩这一副璎珞，一共十六
扇，贾母爱如珍宝，²不入在请客各色陈设之内，只留在
自己这边，高兴摆酒时赏玩。又有各色旧窑小瓶中都点
缀着"岁寒三友""玉堂富贵"等鲜花草。

　　上面两席是李婶、薛姨妈二位。贾母于东边设一透
雕夔龙护屏矮足短榻，靠背、引枕、皮褥俱全。榻之上
一头又设一个极轻巧洋漆描金小几，几上放着茶吊、茶碗、
漱盂、洋巾之类，又有一个眼镜匣子。贾母歪在榻上，与
众人说笑一回，又自取眼镜向戏台上照一回，³又向薛姨
妈、李婶笑说："恕我老了骨头疼放肆，容我歪着相陪罢。"
又命琥珀坐在榻上，拿着美人拳②捶腿。榻下并不摆席面，

1. 写贾母所摆家宴设置种种，其中又专挑"慧绣"或称"慧纹"一种作重点来细写。

2. 详述慧纹璎珞之精巧难得、价高罕有，以见贾府之藏物，多世间绝品。作者本出身世代织造之家，故对此类特别熟知，说来头头是道。

3. 当是舶来品，贵族们常用的手持单柄眼镜，从"照"字上看出。

① 璎珞——同"缨络"，此指有许多扇刺绣联结而成的陈设品。
② 美人拳——一种长柄的小锤，锤头或以皮革包裹，或制成一二小囊，内塞棉絮，如莲房状，老年人用以捶打腰腿。

只有一张高几，却设着璎珞、花瓶、香炉等物。外另设一精致小高桌，设着酒杯匙箸，将自己这一席设于榻旁，命宝琴、湘云、黛玉、宝玉四人坐着。每一馔一果来，先捧与贾母看了，喜则留在小桌上，尝一尝，仍撤了放在他四人席上，只算他四人是跟着贾母坐。[1] 故下面方是邢夫人、王夫人之位，再下便是尤氏、李纨、凤姐、贾蓉之妻；西边一路便是宝钗、李纹、李绮、岫烟、迎春姊妹等。

两边大梁上，挂着一对联三聚五玻璃芙蓉彩穗灯。每一席前竖一柄漆干倒垂荷叶，叶上有烛信，插着彩烛。这荷叶乃是錾珐琅的，活信可以扭转，如今皆将荷叶扭转向外，将灯影逼住，全向外照，看戏分外真切。窗格、门户一齐摘下，全挂彩穗各种宫灯。廊檐内外及两边游廊罩棚，将各色羊角、玻璃、戳纱、料丝，或绣，或画，或堆，或抠，或绢，或纸诸灯挂满。[2] 廊上几席，便是贾珍、贾琏、贾环、贾琮、贾蓉、贾芹、贾菱、贾菖等。

贾母也曾差人去请众族中男女，奈他们或有年迈，懒于热闹的；或有家内没有人，不便来的；或有疾病淹缠，欲来竟不能来的；或有一等妒富愧贫，不来的；甚至于有一等憎畏凤姐之为人而赌气不来的；或有羞口羞脚，不惯见人，不敢来的；因此族众虽多，女客来者，只不过贾菌之母娄氏，带了贾菌来了，[3] 男子只有贾芹、贾芸、贾菖、贾菱四个，现是在凤姐麾下办事的来了。当下人虽不全，在家庭间小宴中，数来也算是热闹的了。

当下又有林之孝之妻，带了六个媳妇，抬了三张炕桌，每一张上搭着一条红毡，毡上放着选净一般大新出局的铜钱①，用大红彩绳串着，每二人搭一张，共三张。林之孝家的指示：将那两张摆至薛姨妈、李婶的席下，将一张送至贾母榻下来。贾母便说："放在当地罢。"这媳妇们都素知规矩的，放下桌子，一并将钱都打开，将彩绳抽去，散堆在桌上。[4]

正唱《西楼·楼会》②这出将终，于叔夜因赌气去了，那文豹便发科诨道："你赌气去了，恰好今日正月十五，

1. 贾母最宠爱的四个孙辈儿女，待遇特殊。

2. 真是灯节气象。

3. 贾菌特于此一提。首回甄士隐歌中有"昨怜破袄寒，今嫌紫蟒长"句，脂评："贾兰、贾菌一干人。"可知他后来也和贾兰一样，做高官。续书全忽略了，再未提及其人。

4. 知为赏赐之用。

---

① 新出局的铜钱——铸钱局新铸成的铜钱。新铸的钱未经磨损，铜质厚重，图文清晰，常被人作喜庆赏赐之用。

② 《西楼·楼会》——清初袁于令撰《西楼记》传奇，写于叔夜和妓女穆素徽悲欢离合故事，其中《病晤》一出写二人正在西楼相会，书童文豹来传于父之命，让他去"赴社"，于只得与穆相别，赌气而去。这出戏的演出本叫《楼会》，俗称《西楼会》。

荣国府中老祖宗家宴，待我骑了这马，赶进去讨些果子吃，是要紧的。"[1] 说毕，引得贾母等都笑了。薛姨妈等都说："好个鬼头孩子，可怜见的！"凤姐便说："这孩子才九岁了。"贾母笑说："难为他说得巧。"便说了一个"赏"字。[2] 早有三个媳妇已经手下预备下小笸箩，听见一个"赏"字，走上去，向桌上的散钱堆内，每人便撮了一笸箩，走出来，向戏台说："老祖宗、姨太太、亲家太太赏文豹买果子吃的！"说着向台上便一撒，只听"豁啷啷"满台的钱响。[3] 贾珍、贾琏已命小厮们抬了大笸箩的钱来，暗暗地预备在那里。听见贾母一赏——要知端的，〔下回分解。〕

1. 戏班子于收场时，往往由小丑插科打诨，临时编几句应景的谐语为台词，引观剧者一笑，讨个彩头，此亦惯例。

2. 因其幼小而机灵，故得贾母欢心。

3. 早设定下的戏剧性效果，满台钱响，博得全场皆大欢喜。

【总评】

春节已近，宁国府贾珍那边开了宗祠，准备祭祖宗。书中提到拿出上千两金银来，遣人熔铸成各色"押岁锞子"备用；向朝廷领取"春祭的恩赏"以示荣耀；还要拟出请亲友贵客来吃年酒的单子，以免举办的日子重犯等等，写得诸务冗杂繁复。

贾府开支的一项重要来源，是各地庄子中的田产岁赋，由庄头收得上交。黑山村庄头乌进孝送来年货，一张长长的单子已足以让旁观者惊讶，可贾珍仍嫌太少，说是"又来打擂台来了""这够做什么的""真真是教别过年了"。乌庄头诉说农村旱涝灾情，贾珍则一味说府上花钱多，赔钱多，"不和你们要，找谁去？"所以，在强调阶级斗争的年代里，这张单子便成了贾府残酷剥削农民的有力罪证。

送来的年物，留出供祖宗的、送荣府的、自己家用的，其余分给族中"无进益的"子侄。来领年物的人中有贾芹，贾珍以为他太贪，数落他说："你在家庙里干的事，打量我不知道呢！你到了那里，自然是爷了，没人敢违拗你。你手里又有了钱，离着我们又远，你就为王称霸起来，夜夜招聚匪类赌钱，养老婆小子……"这为后四十回续书写贾府门口有"匿名揭帖儿"揭贾芹"窝娼聚赌"丑行所本。

除夕前，二府换新门神、联对、桃符等，次日，先进宫朝贺行礼，然后引入宗祠，种种细节皆从初来的薛宝琴眼中看出，是作者惯用的表现方法。祭宗祠的礼仪程序，写得甚细，男女尊卑、挨次排列，都有讲究。每上一道菜，如何从仪门外传至仪门，再至阶上，至槛内，至供桌前，最后由贾母捧放在桌上，前前后后经手的人何止十余。祭祀过祖宗，又须与贾母行礼，也有繁缛礼节。大年初一，"贾母等又按品大妆，摆全副执事进宫朝贺"，"领宴回来，又至宁府祭过列祖"，回来受礼毕，方得以歇息。以后七八日都是你来我往吃年酒，待忙完，又近元宵。当晚光是荣府大花厅内，就要摆上十来席酒，一边吃喝，一边看戏，贾母说声"赏"，还用大小笸箩向戏台上撒钱。这一回的描述，为后世保留下当时贵族大家庭如何欢度春节的极其丰富、形象的资料。

第 五 十 四 回
史太君破陈腐旧套　王熙凤效戏彩斑衣

【题解】

　　本回回目诸本一致，只有个别错字，如甲辰本"套"误作"倉"（仓）；列藏本"斑"误作"班"。回前脂评：首回楔子内云，古今小说"千部共出一套"云云，犹未泄真，今借老太君一写，是劝后来胸中无机轴之诸君子不可动笔作书。凤姐乃太君之要紧陪堂，今题"斑衣戏彩"，是作者酬我阿凤之劳，特贬贾珍、琏辈之无能耳。（庚）元代郭居业编《二十四孝》记舜到黄庭坚等二十四个孝子传说故事。其中一则说，春秋楚国的"老莱子年七十，作婴儿戏，着五彩斑斓衣，取水上堂，跌仆卧地，为小儿啼，欲母喜"（出《高士传》）。此为"老莱娱亲"故事，"戏彩斑衣"即指此。又蒙府本有回前诗云："积德于今到子孙，都中旺族首吾门。可怜立业英雄辈，遗脉谁知祖父恩？"郑庆山等研究者将其排除在脂评之外，然作者是谁，所指为何，尚不能确解。或有史料参考价值，姑系于此。又回末也有长评，其后半云："是作者借他人酒杯，消自己块垒，画一幅行乐图，铸一面菱花镜，为全部总评。噫！作者已逝，圣叹云亡，愚不自谦，辄拟数语，知我罪我，其听之矣！"金圣叹，当是比脂砚斋，他于雪芹病逝约半年后过世。

　　却说贾珍、贾琏暗暗预备下大筐箩的钱，听见贾母说"赏"，他们也忙命小厮们快撒钱。只听满台钱响，贾母大悦。

　　二人遂起身，小厮们忙将一把新暖银壶递在贾琏手内，随了贾珍趋至里面。贾珍先至李婶席上，躬身取下杯来，回身，贾琏忙斟了一盏；然后便至薛姨妈席上，也斟了。二人忙起身笑说："二位爷请坐着罢了，何必多礼。"于是除邢、王二夫人，满席都离了席，俱垂手旁侍。贾珍等至贾母榻前，因榻矮，二人便屈膝跪了。贾珍在先捧杯，贾琏在后捧壶。[1] 虽只二人奉酒，那贾环弟兄等，却也是排班按序，一溜随着他二人进来，见他二人跪下，也都一溜跪下。宝玉也忙跪下了。史湘云悄推他，笑道："你这会子又帮跪下作什么？有这样，你也去斟一巡酒，岂不好？"宝玉悄笑道："再等一会子再斟去。"说着，等他二人斟完起来，方起来。又与邢夫人、王夫人斟过了。贾珍笑道：

1. 贾珍、贾琏孙辈中为长者，须向席上贾母奉酒，是必有之礼。

"妹妹们怎么样呢?"贾母等都说:"你们去罢,她们倒便宜些。"
说了,贾珍等方退出。

　　当下天未二鼓,戏演的是《八义》中《观灯》^①八出。正
在热闹之际,宝玉因下席往外走。贾母因说:"你往哪里去?
外头爆竹利害,仔细天上掉下火纸来烧了!"¹ 宝玉回说:"不
往远去,只出去就来。"贾母命婆子们好生跟着。于是宝玉出来,
只有麝月、秋纹并几个小丫头随着。贾母因说:"袭人怎么不见?
她如今也有些拿大了,单支使小女孩子出来。"王夫人忙起身,
笑回道:"她妈前日没了,因有热孝^②,不便前头来。"² 贾母听
了点头,又笑道:"跟主子,却讲不起这孝与不孝。若是她还
跟我,难道这会子也不在这里不成?皆因我们太宽了,有人
使,不查这些,竟成了例了。"凤姐儿忙过来,笑回道:"今儿
晚上她便没孝,那园子里也须得她看着,灯烛花炮最是耽险的。
这里一唱戏,园子里的人谁不偷来瞧瞧。她还细心,各处照
看照看。况且这一散后,宝兄弟回去睡觉,各色都是齐全的。
若她再来了,众人又不经心,散了回去,铺盖也是冷的,茶
水也不齐备,各色都不便宜,所以我叫她不用来,只看屋子。
散了又齐备,我们这里也不耽心,又可以全她的礼,岂不三
处有益。³ 老祖宗要叫她,我叫她来就是了。"

　　贾母听了这话,忙说:"你这话很是,比我想得周到,快
别叫她了。但只她妈几时没了,我怎么不知道?"凤姐笑道:"前
儿袭人去亲自回老太太的,怎么倒忘了?"贾母想了一想,笑说:
"想起来了。我的记性竟平常了。"众人都笑说:"老太太哪里
记得这些事。"贾母因又叹道:"我想着,她从小儿服侍了我一
场,又服侍了云儿一场,末后给了一个魔王宝玉,亏她魔了
这几年。她又不是咱们家根生土长的奴才,没受过咱们什么
大恩典。她妈没了,我想着要给她几两银子发送,也就忘了。"
凤姐儿道:"前儿太太赏了她四十两银子,也就是了。"⁴ 贾母听
说,点头道:"这还罢了。正好鸳鸯的娘前儿也死了,我想她
老子娘都在南边,我也没叫她家去守孝,如今叫她两个一处
作伴儿去。"又命婆子将些果子、菜馔、点心之类与她两个吃
去。琥珀笑说:"还等这会子呢,她早就去了。"⁵ 说着,大家又

1. 只此一语,已可想见元
宵之夜连天爆竹震耳欲
聋的热闹情景。

2. 王夫人回的话也是,只
是理由还不太周全。

3. 凤姐的话就不同了,说
得面面俱到,尤其是为
散场后宝玉回去,诸事
齐全,最合贾母心意。

4. 受赏不轻。王夫人也借
此机会重酬其为宝玉尽
心之劳。

5. 宝玉回房,发现鸳鸯也
在房里,正与袭人说话,
是意外之事,不料反
先从贾母和琥珀口中说
出,写法不落俗套。

① 《八义》中《观灯》——明代徐元《八义记》传奇剧本,据元杂剧《赵氏孤儿》改编,写春秋时期晋国权臣屠
岸贾残杀赵盾全家,唯孤儿赵武幸存,后来报了仇的故事。为赵氏效力者有八义士,故名。《观灯》为该剧中
《宴赏元宵》一出。

② 热孝——父母新丧百日内为热孝。

吃酒看戏。

且说宝玉一径来至园中，众婆子见他回房，便不跟去，只坐在园门里茶房内烤火，和管茶的女人偷空饮酒斗牌。宝玉至院中，虽是灯光灿烂，却无人声。麝月道："她们都睡了不成？咱们悄悄地进去，吓她们一跳。"于是大家蹑足潜踪的进了镜壁一看，只见袭人和一人对面，都歪在地炕上，那一头有两三个老嬷嬷打盹。宝玉只当她两个睡着了，才要进去，忽听鸳鸯叹了一声，说道："可知天下事难定。论理，你单身在这里，父母在外头，每年他们东去西来，没个定准，想来你是再不能送终的了；偏生今年就死在这里，你倒出去送了终。"¹袭人道："正是。我也想不到能够看父母回首①。太太又赏了四十两银子，这倒也算养我一场，我也不敢妄想了。"宝玉听了，忙转身悄向麝月等道："谁知她也来了。我这一进去，她又赌气走了，不如咱们回去罢，让她两个清清静静地说一回。"²袭人正一个人闷着，幸而她来得好。"说着，仍悄悄地出来。

宝玉便走过山石之后去站着撩衣，麝月、秋纹皆站住，背过脸去，口内笑说："蹲下再解小衣，仔细风吹了肚子。"后面两个小丫头子知是小解，忙先出去茶房预备去了。这里宝玉刚转过来，只见两个媳妇子迎面来了，问："是谁？"秋纹道："宝玉在这里。你大呼小叫仔细吓着他。"那媳妇们忙笑道："我们不知道，大节下来惹祸了。姑娘们可连日辛苦了！"说着，已到了跟前。麝月等问："手里拿的是什么？"媳妇们道："是老太太赏金、花二位姑娘吃的。"秋纹笑道："外头唱的是《八义》，没唱《混元盒》②，哪里又跑出'金花娘娘'来了？"³宝玉笑命："揭起来我瞧瞧。"秋纹、麝月忙上去将两个盒子揭开。两个媳妇忙蹲下身子③。⁴宝玉看了，两盒内都是席上所有的上等果品菜馔，点了一点头，迈步就走。麝月二人忙胡乱掷了盒盖，跟上来。宝玉笑道："这两个女人倒和气，会说话。她们天天乏了，倒说你们连日辛苦，倒不是那矜功自伐④的。"麝月道："这好的也很好，那不知礼的也太不知礼。"宝玉笑道："你们是明白人，担待她们是粗笨可怜

1. 鸳鸯以能为父母送终为幸，因自己娘死前不得见一面也。"天下事难定"一语，感叹如闻，却有深意。

2. 宝玉心地善良，能体贴人处。

3. 秋纹亦能借媳妇称鸳鸯、袭人二人之姓笑说诙谐话，且又如此熟悉戏剧情节，实是作者幽默和文化素养使然。

4. 细腻之极！一部大观园之文皆若食肥蟹，至此一句，则三月于镇江江上唉出网之鲜鲥矣。（庚）以评语取喻看，这个批书人似早年在镇江一带生活过。

---

① 回首——死亡的讳称。
② 《混元盒》——明末清初无名氏（或题张照）撰的一部神魔剧。以水神金花娘娘同张真人斗法为全剧线索。
③ 两个媳妇忙蹲下身子——主子命揭盖瞧，奴婢下蹲不看，写礼数至细。
④ 矜功自伐——亦作"自矜功伐"，居功自夸。伐，功劳。

的人就完了。"一面说，一面来至园门。

那几个婆子虽吃酒斗牌，却不住出来打探，见宝玉来了，也都跟上了。来至花厅后廊上，只见那两个小丫头一个捧着小沐盆，一个搭着手巾，又拿着沤子①小壶，在那里久等。秋纹忙先伸手向盆内试了一试，说道："你越大越粗心了，哪里弄的这冷水！"小丫头笑道："姑娘瞧瞧这个天，我怕水冷，巴巴地倒的是滚水，这还冷了。"正说着，可巧见一个老婆子提着一壶滚水走来。小丫头便说："好奶奶，过来给我倒上些。"那婆子道："哥哥儿，这是老太太泡茶的，劝你走了舀去罢，哪里走大了脚。"[1]秋纹道："凭你是谁的，你不给？我管把老太太茶吊子倒了洗手！"那婆子回头见是秋纹，忙提起壶来就倒。[2]秋纹道："够了！你这么大年纪，也没个见识，谁不知是老太太的水！要不着的人就敢要了？"婆子笑道："我眼花了，没认出这姑娘来。"宝玉洗了手，那小丫头子拿小壶倒了些沤子在他手内，宝玉沤了。秋纹、麝月也趁热水洗了一回，沤了，跟进宝玉来。

宝玉便要了一壶暖酒，也从李婶、薛姨妈斟起，二人也笑让坐。贾母便说："他小，让他斟去，大家倒要干过这杯。"说着，便自己干了。邢、王二夫人也忙干了，让她二人，薛、李也只得干了。贾母又命宝玉道："连你姐姐妹妹一齐斟上，不许乱斟，都要叫她干了。"宝玉听说，答应着，一一按次斟了。至黛玉前，偏她不饮，拿起杯来，放在宝玉唇边，宝玉一气饮干。黛玉笑说："多谢。"[3]宝玉替她斟上一杯。凤姐儿便笑道："宝玉，别喝冷酒，仔细手颤，明儿写不得字，拉不得弓。"宝玉忙道："没有吃冷酒。"凤姐儿笑道："我知道没有，不过白嘱咐你。"然后宝玉将里面斟完，只除贾蓉之妻是丫头们斟的。[4]复出至廊上，又与贾珍等斟了。坐了一回方进来，仍归旧座。

一时上汤后，又接献元宵。贾母便命："将戏暂歇歇，小孩子们可怜见的，也给他们些滚汤滚菜的吃了再唱。"[5]又命将各色果子、元宵等物拿些与他们吃去。一时歇了戏，便有婆子带了两个门下常走的女先儿进来，放两张杌子在那一边，命她坐了，将弦子、琵琶递过去。贾母便问李、薛二人："听何书？"她二人都回说："不拘什么都好。"贾母便问："近来可有添些什么新书？"那两个女先儿回说："倒

1. 称呼好听之极！虽不能据婆子话便推定当时丫头也缠脚，但普遍流行以小脚为美的观念却十分明显。

2. 婆子势利眼，见是宝玉房中的大丫头之一秋纹，哪敢得罪！

3. 贾母兴致高，不让孙辈姐姐妹妹们拘于礼而推辞不饮，独黛玉例外。宝玉已知其体质不宜酒，故代饮。两心默契，写来出色。

4. 细，贾蓉新娶的妻子，岂宜由宝玉来给她斟酒。

5. 依然怜惜辛苦唱戏的孩子们。

---

① 沤（òu 怄）子——一种润肤的香蜜。下文"沤"作动词用，是涂抹的意思。

有一段新书,是残唐五代的故事。"[1]贾母问是何名,女先儿道:"叫作《凤求鸾》。"贾母道:"这个名字倒好,不知因什么起的?你先大概说说原故,若好再说。"女先儿道:"这书上乃是说残唐之时,有一位乡绅,本是金陵人氏,名唤王忠,曾做过两朝宰辅。如今告老还家,膝下只有一位公子,名唤王熙凤……"众人听了,笑将起来。贾母笑道:"这不重了我们凤丫头了?"媳妇忙上去推她,道:"这是二奶奶的名字,少混说!"贾母笑道:"你说,你说。"[2]女先儿忙笑着站起来说:"我们该死了!不知是奶奶的讳。"凤姐儿笑道:"怕什么!你们只管说罢,重名重姓的多着呢。"女先儿又说道:"这年,王老爷打发了王公子上京赶考,那日遇见大雨,进到一个庄上避雨。谁知这庄上也有个乡绅,姓李,与王老爷是世交,便留下这公子住在书房里。这李乡绅膝下无儿,只有一位千金小姐。这小姐芳名叫作雏鸾,琴棋书画,无所不通……"

贾母忙道:"怪道叫作《凤求鸾》,不用说,我已猜着了,自然是这王熙凤要求这雏鸾小姐为妻。"[3]女先儿笑道:"老祖宗原来听过这一回书。"众人都道:"老太太什么没听过,便没听过,也猜着了。"贾母笑道:"这些书都是一个套子,左不过是些佳人才子,最没趣儿。把人家女儿说得那样坏,还说是'佳人',编得连影儿也没有了。开口都是书香门第,父亲不是尚书,就是宰相。生一个小姐,必是爱如珍宝。这小姐必是通文知礼,无所不晓,竟是个绝代佳人。只一见了一个清俊的男人,不管是亲是友,便想起终身大事来,父母也忘了,书礼也忘了,鬼不成鬼,贼不成贼,哪一点儿是佳人?[4]便是满腹文章,做出这些事来,也算不得是佳人了。比如男人,满腹文章去作贼,难道那王法就看他是才子,不入贼情一案了不成?[5]可知那编书的是自己塞了自己的嘴。再者,既说是世宦书香大家小姐,都知礼读书,连夫人都知书识礼,便是告老还家,自然这样大家人口不少,奶母、丫鬟,服侍小姐的人也不少,怎么这些书上,凡有这样的事,就只小姐和紧跟的一个丫鬟?你们白想想,那些人都是管什么的?可是前言不答后语?"

众人听了,都笑说:"老太太这一说,是谎都批出来了。"贾母笑道:"这有个原故:编这样书的,有一等妒人家富贵,或有求不遂心,所以编出来污秽人家。再一

1. 这里说有位叫王熙凤的公子的《凤求鸾》故事出于残唐五代;续书一百零一回中则说是汉朝人物,女仆还说"前年李先儿说过这一回书",前后对不上头了。

2. 所谓"门下常走的女先儿",居然不知贾府中总管家事的王熙凤,亦怪事。

3. 自然是一猜就中。

4. 将全是一个套子的才子佳人书,种种前言不搭后语尽情挖苦一番,是楔子中所言的再发挥。

5. "文章满腹去作贼",余谓多多。(靖)

等他自己看了这些书，看魔了，他也想一个佳人，所以编了出来取乐，何尝他知道那世宦读书家的道理！别说他那书上那些世宦书礼大家，如今眼下真的，拿我们这中等人家说起，也没有那样的事，别说是那些大家子。[1] 可知是诌掉了下巴的话。所以我们从不许说这些书，连丫头们也不懂这些话。这几年我老了，他们姊妹们住得远，我偶然闷了，说几句听听，她们一来，就忙叫歇了。"李、薛二人都笑说："这正是大家的规矩，连我们家也没这些杂话给孩子们听见。"

凤姐儿走上来斟酒笑道："罢，罢！酒冷了，老祖宗喝一口润润嗓子再掰谎①。这一回就叫作《掰谎记》，[2] 就出在本朝、本地、本年、本月、本日、本时，老祖宗一张口难说两家话，花开两朵，各表一枝，是真是谎且不表，再整观灯看戏的人。老祖宗且让这二位亲戚吃一杯酒，看两出戏之后，再从昨朝话言掰起，如何？"[3] 她一面斟酒，一面笑说，未曾说完，众人俱已笑倒。两个女先儿也笑个不住，都说："奶奶好刚口②。奶奶要一说书，真连我们吃饭的地方都没了。"

薛姨妈笑道："你少兴头些！外头有人，比不得往常。"凤姐儿笑道："外头的只有一位珍大爷。我们还是论哥哥妹妹，从小儿一处淘气淘了这么大。这几年因做了亲，我如今立了多少规矩了。便不是从小儿的兄妹，便以伯叔论，那《二十四孝》上'斑衣戏彩'，他们不能来'戏彩'，引老祖宗笑一笑，我这里好容易引得老祖宗笑了一笑，多吃了一点东西，大家喜欢，都该谢我才是，难道反笑话我不成？"[4] 贾母笑道："可是，这两日我竟没有痛痛地笑一场，倒是亏她，才一路笑得我心里痛快了些，我再吃一钟酒。"吃着酒，又命宝玉："也敬你姐姐一杯。"凤姐儿笑道："不用他敬，我讨老祖宗的寿罢。"说着，便将贾母的杯拿起来，将半杯剩酒吃了，将杯递与丫鬟，另将温水浸的杯换了一个上来。于是各席上的杯都撤去，另将温水浸着待换的杯斟了新酒上来，然后归坐。

女先儿回说："老祖宗不听这书，或者弹一套曲子听听罢。"贾母便说道："你们两个对一套'将军令'③罢。"二人听说，忙和弦按调拨弄起来。贾母因问："天有几更了？"众

1. "白玉为堂金作马"，能造"天上人间诸景备"的大观园的贾府，在贾母口中尚谦称"中等人家"，不知"大家"又当如何？只能凭读者自己去拟想了。此亦"欲穷千里目，更上一层楼"，留有想象空间的写法。

2. 归结得恰当，让题意更醒目。

3. 学着女先儿说书的滥言俗套腔调。

4. 回目"效戏彩斑衣"，特于此点明出处含义。然所指内容实不仅仅是凤姐学女先儿说书的陈腔滥调而已，后文耍贫嘴、说笑话等也都包括在内。

---

① 掰（bāi）谎——戳穿谎言。掰，用双手将物分开。此字诸本多讹作"辨""辩"。

② 刚口——也作"纲口"。说书艺人的用语，犹言口才。

③ "将军令"——民间乐曲名。它是中调曲，由弦管乐器合奏，通称弹套。

婆子忙回："三更了。"贾母道："怪道寒浸浸的起来。"早有丫鬟拿了添换的衣裳送来。王夫人起身陪笑说道："老太太不如挪进暖阁里地炕上，倒也罢了。这二位亲戚也不是外人，我们陪着就是了。"贾母听说，笑道："既这样说，不如大家都挪进去，岂不暖和？"[1] 王夫人道："恐里间坐不下。"贾母笑道："我有道理。如今也不用这些桌子，只用两三张并起来，大家坐在一处挤着，又亲香，又暖和。"众人都道："这才有趣。"

说着，便起了席。众媳妇忙撤去残席，里面直顺并了三张大桌，另又添换了果馔摆好。贾母便说："这都不要拘礼，只听我分派你们就坐才好。"说着，便让薛、李正面上坐，自己西向坐了，叫宝琴、黛玉、湘云三人皆紧依左右坐下，[2] 向宝玉说："你挨着你太太。"于是邢夫人、王夫人之中夹着宝玉，宝钗等姊妹在西边，挨次下去便是娄氏带着贾菌、尤氏、李纨夹着贾兰，[3] 下面横头便是贾蓉之妻。贾母便说："珍哥儿带着你兄弟们去罢，我也就睡了。"

贾珍等忙答应，又都进来。贾母道："快去罢！不用进来，才坐好了，又都起来。你快歇着，明日还有大事呢。"贾珍忙答应了，又笑道："留下蓉儿斟酒才是。"贾母笑道："正是，忘了他。"贾珍答应了一个"是"，便转身带领贾琏等出来。二人自是欢喜，便命人将贾琮、贾璜各自送回家去，便邀了贾琏去追欢买笑，不在话下。

这里贾母笑道："我正想着，虽然这些人取乐，竟没一对双全的，就忘了蓉儿。这可全了，蓉儿就合你媳妇坐在一处，倒也团圆了。"因有家人媳妇回说开戏，贾母笑道："我们娘儿们正说得兴头，又要吵起来。况且那孩子们熬夜，怪冷的。也罢，叫他们且歇歇，把咱们的女孩子们叫了来，就在这台上唱两出给他们瞧瞧。"[4] 媳妇们听了，答应了出来，忙得一面着人往大观园去传人，一面二门口去传小厮们伺候。小厮们忙至戏房，将班中所有的大人一概带出，只留下小孩子们。

一时，梨香院的教习，带了文官等十二个人，从游廊角门出来。婆子们抱着几个软包，因不及抬箱，估量着贾母爱听的三五出戏的彩衣包了来。婆子们带了文官等进去见过，只垂手站着。贾母笑道："大正月里，你师父也不放你们出来逛逛？你们唱什么？刚才八出《八义》闹得我头疼，咱们清淡些好。你瞧瞧，薛姨太太、这李亲家太太，

1. 时至半夜三更，贾母兴犹未尽。

2. 仍要这三个干孙女、外孙女、侄孙女不离左右。

3. 又提贾菌、贾兰，曾孙辈中将来得出人头地者。

4. 此前演唱者文豹等一批小孩子，是临时雇来的戏班子。贾母心目中，家养于梨香院的文官等十二个女孩子，可能唱得更出彩，故想让她们也有个表演的机会。

都是有戏的人家，不知听过多少好戏的。这些姑娘都比咱们家姑娘见过好戏，听过好曲子。如今这小戏子又是那有名玩戏的人家的班子，虽是小孩子，却比大班还强。咱们好歹别落了褒贬！少不得弄个新样儿的，叫芳官唱一出《寻梦》①，只用管箫和，笙、笛一概不用。"¹文官笑道："这也使得。我们的戏自然不能入姨太太和亲家太太、姑娘们的眼，不过听我们一个发脱口齿②，再听一个喉咙罢了。"贾母笑道："正是这话了。"李婶、薛姨妈喜得都笑道："好个灵透孩子！她也跟着老太太打趣我们。"贾母笑道："我们这原是随便的玩意儿，又不出去做买卖，所以竟不大合时。"说着，又道："叫葵官唱一出《惠明下书》③，也不用抹脸。只用这两出，叫他们听个疏异④罢了。若省一点力，我可不依。"²

文官等听了出来，忙去扮演上台，先是《寻梦》，次是《下书》。众人都鸦雀无闻。薛姨妈因笑道："实在戏也看过几百班，从没见用箫管的。"贾母道："也有，只是像方才《西楼·楚江情》⑤一支，多有小生吹箫和的。这大套的实在少。这也在主人讲究不讲究罢了。这算什么出奇？"指湘云道："我像她这么大的时节，他爷爷有一班小戏，偏有一个弹琴的凑了来，即如《西厢记》的《听琴》⑥，《玉簪记》的《琴挑》⑦，《续琵琶》的《胡笳十八拍》⑧，竟成了真的了。³比这个更如何？"众人都道："这更难得了。"贾母便命个媳妇来，吩咐文官等，叫她们吹一套《灯月圆》。媳妇领命而去。

当下贾蓉夫妻二人捧酒一巡。凤姐儿因见贾母十分高兴，便笑道："趁着女先儿们在这里，不如叫她们击鼓，咱们传梅，行一个'春喜上眉梢'的令，如何？"⁴贾母笑道：

1. 是鼓励自家班子的话。所点经典剧目，自是清淡高雅，不致耳边喧阗，闹得人头疼。

2. 虽为自家班芳官、葵官演出表示谦虚，却不欲落人褒贬，必要求她们非卖力唱好不可，写出贾母真实心态。

3. 竟在诸著名剧目中带出曹寅的传奇剧本来，非人料想得到。作者为其先祖多才多艺的自豪感，洋溢纸上。

4. "击鼓传花"游戏，至今文娱活动中还经常使用。

① 《寻梦》——《牡丹亭》第十二出，写杜丽娘梦中与柳梦梅相会后，次日独自回忆梦中的情景。
② 发脱口齿——发声吐字，唱戏要求能做到字正腔圆。
③ 《惠明下书》——《西厢记》第二本第一折（一作楔子），写惠明和尚给白马将军杜确送信，请他前来普救寺解围。
④ 疏异——差异，指唱腔风格韵味不同。所点两出戏，《寻梦》由旦角唱，声调低回婉转；《下书》由净角唱，声调高亢激越。
⑤ 《西楼·楚江情》——《西楼记》第八出《病晤》中著名的曲子。
⑥ 《西厢记》的《听琴》——剧中第二本第五折，写莺莺月下听张生弹琴。
⑦ 《玉簪记》的《琴挑》——明代高濂《玉簪记》传奇剧本写尼姑陈妙常还俗嫁给潘必正的故事。第十六出《奇弄》，演出本称《琴挑》，叙二人借琴传情事。
⑧ 《续琵琶》的《胡笳十八拍》——作者祖父曹寅撰《续琵琶》又称《后琵琶》传奇剧本，写蔡文姬（琰）被南匈奴掠走，后为曹操设法赎归，夫妻团圆故事。因元代高则诚已有《琵琶记》南戏，写文姬之父蔡伯喈（邕）与赵五娘故事，故此剧称"续"或"后"。剧中《制拍》一出叙文姬创作《胡笳十八拍》诗，倾诉自己生逢乱离、流落异国的不幸遭遇。

"这是个好令，正对时对景。"忙命人取了一面黑漆铜钉花腔令鼓来，与女先儿们击着；席上取了一枝红梅。贾母笑道："若到谁手里住了，吃一杯，也要说个什么才好。"凤姐儿笑道："依我说，谁像老祖宗要什么有什么呢。我们这不会的，岂不没意思。依我说也要雅俗共赏，不如谁输了，谁说个笑话罢。"众人听了，都知道她素日善说笑话，最是她肚内有无限的新鲜趣谈。今见如此说，不但在席的诸人喜欢，连地下服侍的老小人等无不喜欢。那小丫头子们都忙出去找姐唤妹的，告诉她们："快来听，二奶奶又说笑话儿了。"众丫头们便挤了一屋子。[1]

于是戏完乐罢，贾母命将些汤点果菜与文官等吃去，便命响鼓。那女先儿们皆是惯的，或紧或慢，或如残漏之滴，或如进豆之疾，或如惊马之乱驰，或如疾电之光而忽暗；其鼓声慢，传梅亦慢，鼓声疾，传梅亦疾；恰恰至贾母手中，鼓声忽住。[2]大家呵呵一笑，贾蓉忙上来斟了一杯。众人都笑道："自然老太太先喜了，我们才托赖些喜。"贾母笑道："这酒也罢了，只是这笑话倒有些难说。"众人都说："老太太的比凤姐儿的还好还多，赏一个，我们也笑一笑儿。"[3]贾母笑道："并没什么新鲜发笑的，少不得老脸皮子厚地说一个罢了。"因说道："一家子养了十个儿子，娶了十房媳妇。惟有第十个媳妇聪明伶俐，心巧嘴乖。公婆最疼，[4]成日家说那九个不孝顺。这九个媳妇委屈，便商议说：'咱们九个心里孝顺，只是不像那小蹄子嘴巧，所以公公婆婆老了，只说她好。这委屈向谁诉去？'大媳妇有主意，便说道：'咱们明儿到阎王庙去烧香，和阎王爷说去，问他一问：叫我们托生为人，为什么单单的给那小蹄子一张乖嘴，我们都是笨的？'众人听了，都喜欢，说这主意不错。第二日，便都到阎王庙里来烧了香，九个人都在供桌底下睡着了。九个魂专等阎王驾到，左等不来，右等也不来。正在着急，只见孙行者驾着筋斗云来了，看见九个魂，便要拿金箍棒打。唬得九个魂忙跪下央求。孙行者问原故，九个人忙细细地告诉了他。孙行者听了，把脚一跺，叹了一口气道：'这原故幸亏遇见我，等着阎王来了，他也不得知道的。'九个人听了，就求说：'大圣发个慈悲，我们就好了。'孙行者笑道：'这却不难。那日你们妯娌十个托生时，可巧我到阎王那里去的，因为撒了泡尿在地下，你那小婶子便吃了。你们如今要伶俐嘴乖，有的是尿，再撒泡你们吃了

1. 未说笑话，先造声势。

2. 形容得有声有色。恰至贾母手中而鼓止，非偶然碰巧，谁都知道是事先有安排，无须写出。

3. 天上众星拱北辰。众人奉承老太太，是自然之理。

4. 自言最疼心巧嘴乖的媳妇，妙！

就是了。'"[1]

　　说毕，大家都笑起来。凤姐儿笑道："好的，幸而我们都笨嘴笨腮的，不然，也就吃了猴儿尿了。"尤氏、娄氏都笑向李纨道："咱们这里谁是吃过猴儿尿的，别装没事人儿。"薛姨妈笑道："笑话儿不在好歹，只要对景就发笑。"说着，又击起鼓来。小丫头子们只要听凤姐儿的笑话，便悄悄地和女先儿说明，以咳嗽为记。[2]须臾传至两遍，刚到了凤姐儿手里，小丫头子们故意咳嗽，女先儿便住了。众人齐笑道："这可拿住她了！快吃了酒，说一个好的，别太逗得人笑得肠子疼。"[3]

　　凤姐儿想了一想，笑道："一家子也是过正月半，合家赏灯吃酒，真真的热闹非常。祖婆婆、太婆婆、婆婆、媳妇、孙子媳妇、重孙子媳妇、亲孙子、侄孙子、重孙子、灰孙子、滴滴搭搭的孙子、孙女儿、侄孙女儿、外孙女儿、姨表孙女儿、姑表孙女儿……嗳哟哟，[4]真好热闹！"众人听她说着，已经笑了，都说："听数贫嘴，又不知编派哪一个呢！"尤氏笑道："你要招我，我可撕你的嘴！"凤姐儿起身拍手笑道："人家费力说，你们混，我就不说了。"贾母笑道："你说你说，底下怎么样？"凤姐儿想了一想，笑道："底下就团团地坐了一屋子，吃了一夜酒，就散了。"

　　众人见她正言厉色地说了，便再无别话，都怔怔地还等往下说，只觉冰冷无味。[5]史湘云看了她半日，凤姐儿笑道："再说一个过正月半的。几个人抬着个房子大的炮仗往城外放去，引了上万的人跟着瞧去。有一个性急的人等不得，便偷着拿香点着了。只听'噗哧'一声，众人哄然一笑，都散了。这抬炮仗的人抱怨卖炮仗的捅得不结实，没等放，就散了。"湘云道："难道他本人没听见响？"凤姐儿道："这本人原是聋子。"[6]众人听说，一回想，不觉一齐失声都大笑起来。又想着先前那一个没完的，问她："先一个怎么样？也该说完。"凤姐儿将桌子一拍，说道："好啰唆！到了第二日是十六日，年也完了，节也完了，我看着人忙着收东西还闹不清，哪里还知道底下的事了？"[7]众人听说，复又笑将起来。凤姐儿笑道："外头已经四更，依我说，老祖宗也乏了，咱们也该'聋子放炮仗——散了'罢。"尤氏等用手帕子捂着嘴，笑得前仰后合，指她说道："这个东西真会数贫嘴。"贾母笑道："真真这凤丫头，越发贫嘴了。"一面说，一面吩咐道："她提起炮仗来，咱们也把烟

1. 所谓说笑话是"雅俗共赏"，今听此说，俗则有之，雅却未必。

2. 写丫头们想听凤姐说笑话，先与击鼓者联系暗号，其实女先儿都老于此道，欲停贾母手中时，不须先招呼，自有办法。

3. 造足声势，却未必真能如此可笑。

4. 耍贫嘴者的噱头而已。

5. 大出众人所料，竟"冰冷无味"，有深意。不知乐极生悲道理者，不知"散了"之深刻含意，是真正可笑处。

6. 仍是借俗语说"散了"。

7. 岂止"冰冷无味"而已，简直是大不吉利的话。沉溺于乐事中人，哪能知道底下的事。

火放了，解解酒。"¹

　　贾蓉听了，忙出去，带着小厮们就在院内安下屏架，将烟火设吊齐备。这烟火皆系各处进贡之物，虽不甚大，却极精巧，各色故事俱全，夹着各色花炮。林黛玉禀气虚弱，不禁"毕驳"之声，贾母便搂她在怀中。薛姨妈便搂着湘云。湘云笑道："我不怕。"宝钗等笑道："她专爱自己放大炮仗，还怕这个呢！"王夫人便将宝玉搂入怀内。凤姐儿笑道："我们是没人疼的了。"² 尤氏笑道："有我呢，我搂着你。也不怕臊，你这会子又撒娇了，听见放炮仗，吃了蜜蜂儿屎似的，今儿又轻狂起来。"凤姐儿笑道："等散了，咱们园子里放去。我比小厮们还放得好呢。"

　　说话之间，外面一色一色地放了又放，又有许多的"满天星""九龙入云""平地一声雷""飞天十响"之类的零碎小爆竹方罢。然后又命小戏子打了一回"莲花落"①，撒了满台的钱，命那些孩子们满台抢钱取乐。又上汤时，贾母说道："夜长，觉得有些饿了。"凤姐儿忙回说："有预备的鸭子肉粥。"贾母道："我吃些清淡的罢。"凤姐儿忙道："也有枣儿熬的粳米粥，预备太太们吃斋的。"贾母笑道："不是油腻腻的，就是甜的。"凤姐儿又忙道："还有杏仁茶，只怕也甜。"贾母道："倒是这个还罢了。"说着，又命人撤去残席，外面另设上各种精致小菜。大家随便吃了些，用过漱口茶，方散。

　　十七日一早，又过宁府行礼，伺候掩了宗祠，收过影像，方回来。此日便是薛姨妈家请吃年酒。十八日便是赖大家，十九日便是宁府赖升家，二十日便是林之孝家，二十一日便是单大良家，二十二日便是吴新登家。³这几家，贾母也有去的，也有不去的，也有高兴，直待众人散了方回的，也有兴尽，半日一时就来的。凡诸亲友来请，或来赴席的，贾母一概怕拘束不会，自有邢夫人、王夫人、凤姐儿三人料理。连宝玉只除王子腾家去了，余者亦皆不会，只说贾母留下解闷。所以倒是家下人家来请，贾母可以自便之处，方高兴去逛逛，闲言不提。且说当下元宵已过⁴——〔下回分解。〕

1. 本以为不再专门写放爆竹烟花事，谁知仍写。

2. 黛玉禀气虚弱、湘云胆大淘气，都借放炮仗事描画一番；又见长者对小辈们的疼爱。

3. 元宵后还得忙于应付亲友、老家仆家人来请吃年酒好几天。自除夕前到元宵后，整个春节，几乎天天都写，事事不漏。别的小说中是见不到的。

4. 此句令人想起首回中一僧一道给甄士隐念的言词"好防元宵佳节后，便是烟消火灭时"，不免心惊。

---

　　① "莲花落"——民间曲名。宋时已流行，原为乞儿所唱，后为专业艺人采用，演奏时用竹板按拍伴奏。

【总评】

　　此回是上回庆元宵的延续。写众人向贾母敬酒行礼、演戏说法等事。袭人未到，凤姐回说是在照看园子，以防灯烛花炮出意外，鸳鸯因去作伴。宝玉回房，未进内先听到她俩在谈心，他怕自己进去鸳鸯"又赌气走了"，便悄悄退出来，此举可见其对女儿体贴之心。

　　席间听女先儿说书——《凤求鸾》，才起了个头，贾母便猜到了后面情节的发展，且大加嘲讽。凤姐称之为老祖宗的《掰谎记》。这是对小说楔子中石头所说的"至若佳人才子等书，则又千部共出一套……故逐一看去，悉皆自相矛盾，大不近情理之话"的印证；评议中还带出男人"满腹文章去作贼"的比喻来，说那些书全是"前言不答后语"，"可知是诌掉了下巴的话"。

　　凤姐尽量引贾母笑，还举《二十四孝》中老莱子七十岁学婴儿"斑衣戏彩"，卧地作小儿啼哭以取悦双亲的故事来点回目。所以贾母说："这两日我竟没有痛痛地笑一场，倒是亏她，才一路笑得我心里痛快了些。"

　　梨香院文官等十二个女孩子演唱的剧目，多出自《牡丹亭》《西厢记》，可见当时已普遍流行。贾母说自己年轻时，"他爷爷有一班小戏"，弹琴的节目中有《续琵琶》的《胡笳十八拍》。这是曹雪芹先祖父曹寅所撰之传奇剧本，雪芹当是有意将真实素材嵌入虚构的故事情节之中。

　　击鼓传花，行"春喜上眉梢"令——罚说笑话，贾母以吃了猴儿尿讽"伶俐嘴乖"者，自是调笑凤姐。凤姐说了个聋子放炮仗——"都散了"的笑话，还说："到了第二日是十六日，年也完了，节也完了，我看着人忙着收东西还闹不清，哪里还知道底下的事了？"令人联想到首回癞僧念的"好防佳节元宵后，便是烟消火灭时"的话，大是不吉之兆。

　　放过炮仗烟火后，自十八日起到二十二日，便是赖大家等一批老婢仆家请主子们吃年酒，"贾母也有去的，也有不去的"。这样，作者用整整两回书的篇幅，详尽地写下了贾府过春节的全过程。